STRAATLEVEN

Richard Price

Straatleven

Vertaald door Johan Hos

2010

DE BEZIGE BIJ

AMSTERDAM

De vertaler ontving voor deze vertaling een werkbeurs
van het Nederlands Letterenfonds.

Copyright Nederlandse vertaling © 2010 Johan Hos
Oorspronkelijke titel *Lush Life*
Oorspronkelijke uitgever Farrar, Straus and Giroux, New York
Omslagontwerp Dog and Pony
Foto auteur Catherine McGann
Vormgeving binnenwerk Peter Verwey, Heemstede
Druk Koninklijke Wöhrmann, Zutphen
ISBN 978 90 234 4057 4
NUR 302

www.debezigebij.nl

Zoals altijd in genegenheid opgedragen aan Judy, Annie en Gen

Nachtvissen op de Delancey

LEEFOMGEVING
23:00 UUR

HET TEAM LEEFOMGEVING, vier sweatshirts in een neptaxi die op de hoek van Clinton Street, naast de afrit van de Williamsburg Bridge, was geparkeerd om de binnenkomende zalmtrek te observeren. Hun mantra: drugs, wapens, overuren. Hun motto: iedereen heeft iets te verliezen.

'Dooie boel, vanavond.'

De vier auto's die ze deze avond tot nu toe naar de kant hadden gehaald, waren geflopt: drie ambtenaren – een inspecteur van de posterijen, een lokettist van de ondergrondse en een vuilnisman, allemaal verboden terrein – en een man die wel een vijftien centimeter lang mes onder zijn stoel had, maar geen veerklem.

Een van de brug komende stationcar stopt naast hen voor het stoplicht van Delancey Street; de bestuurder een grote, grijzende man met een lange neus, gekleed in een tweedjasje en met een platte, linnen pet op.

'The Quiet Man,' mompelt Geohagan.

'Genoeg, zwijn,' voegt Scharf toe.

Lugo, Daley, Geohagan, Scharf: Bayside, New Dorp, Freeport, Pelham Bay, alle vier in de dertig, wat betekent dat ze op dit late uur behoren tot de oudste blanke mannen in de Lower East Side.

Veertig minuten zonder een zweem van beet...

Rusteloos geworden, rijden ze uiteindelijk weg om in een uur van onafgebroken rechtsaf, rechts afslaan de smalle straten te doorkruisen: falafeltent, jazztent, tacotent, hoek. Schoolplein, crêperie, makelaar, hoek. Huurkazerne, huurkazerne, huurkazernemuseum, hoek. Pink Pony, Blind Tiger, muffinboetiek, hoek. Seksshop, theewinkel, synagoge, hoek. Boulangerie, bar, hoedenboetiek, hoek. Iglesia, gelateria, matsewinkel, hoek. Bollywood, Boeddha, Botanica, hoek. Leermarkt, leermarkt, leermarkt, hoek. Bar, school, bar, school, People's Park, hoek. Muurschildering van Tyson, van Celia Cruz, van lady Di, hoek. Blingzaak, kapperszaak, garage, hoek. En dan, eindelijk, op een beroet stuk van Eldridge Street, iets wat iets kan opleveren: een vermoeid kijkende Fujianees in een dun Members Only windjack die, bungelende sigaret, plastic tasjes als volle wateremmers hangend aan kromme vingers, de donkere straat in sjokt, op een half blok afstand gevolgd door een mank lopende, zwarte jongen.

'Wat denken jullie?' Lugo peilt de meningen via de achteruitkijkspiegel. 'Op jacht naar zijn Chinees?'

'Die zou *ik* grijpen,' zegt Scharf.

'Die vent ziet er bekaf uit. Heeft er waarschijnlijk net zijn week opzitten.'

'En je zou prettig scoren. Vrijdag betaaldag, je hebt je vierentachtig uur gewerkt en je loopt naar huis met, wat? Vier? Vier-vijftig?'

'Het kan zijn dat hij al zijn geld bij zich heeft, als hij geen banken gebruikt.'

'Kom op, joh.' De taxi hangt achter zijn prooi, de drie partijen elk een half blok van elkaar verwijderd. 'Beter kunnen we het niet maken.'

'Benny Yee van het Aanspreekpunt Minderheden, weet je wel? Die zegt dat de Fooks eindelijk doorhebben dat ze dat niet moeten doen, alles bij zich dragen.'

'Ja hoor. Ze doen dat niet meer.'

'Moeten we die jongen waarschuwen? Het zit er dik in dat hij nooit van Benny Yee heeft gehoord.'

'Ik wil een jonge man zijn dromen niet ontnemen,' zegt Lugo.

'Daar gaat hij, daar gaat hij...'

'Vergeet het maar, hij heeft ons gezien,' zegt Daley als de jongen van het ene moment op het andere normaal loopt en afslaat naar het oosten, terug naar de projects, de torenflats met sociale huurwoningen bij de East River, of naar de ondergrondse, of om, net als zij, even te pauzeren en dan het spel weer op te pakken.

Rechtsaf, rechtsaf en weer rechtsaf, zo vaak dat, als ze uiteindelijk iemand aan de kant zetten, wat zal gebeuren, het even zal duren voordat ze weer recht op hun benen kunnen staan en niet meer over-hangen als ze lopen; zo veel bochten naar rechts dat ze, om drie uur 's nachts, zes bier diep bij Grouchie's, als iedereen zwijgend, kwaad naar die ene mazzelkont kijkt die in een nis bij de toiletten een vrouw op zijn schoot heeft, aan de bar naar rechts hangen en dan, later in bed, in hun dromen naar rechts liggen te bewegen.

Op de hoek van Houston en Christie Street stopt een kersenrode Denali naast hen, drie opgetutte vrouwen op de achterbank, de be-stuurder met een zonnebril op in zijn eentje voorin. Het raampje aan de passagierskant schuift omlaag. 'Agenten? Waar is hier ergens het Howard Johnson hotel?'

'Rechtdoor, aan de overkant op de vierde kruising,' zegt Lugo be-hulpzaam.

'Dank u wel.'

'Een zonnebril midden in de nacht?' vraagt Daley vanaf de rech-terkant, vooroverbuigend om voor Lugo langs oogcontact te ma-ken.

'Ik heb fotosensitiviteit...' antwoordt de man met een tikje tegen zijn bril.

Het raampje glijdt weer omhoog en hij schiet door Houston Street naar het oosten.

'Zei hij agenten?'

'Komt door die stomme crewcut van je.'

'Door die idiote truckerspet van jou, zal je bedoelen.'

'Ik heb fotosensitiviteit...'

Even later rijden ze zelf langs de Howard Johnson en kijken hoe de man van de Denali als een koetsier het portier openhoudt om de dames een voor een achter uit de auto te laten stappen.

'Huggy Bear,' mompelt Lugo.

'Welke gek zet hier nu een Howard Johnson neer?' Scharf gebaart naar het morsig uitziende ketenhotel, geflankeerd door een oeroude kniesjtent en een kerk van de zevendedagadventisten waarvan het aluminium kruis over een stenen davidster heen is aangebracht. 'Wat was de gedachte daarachter?'

'Achtentwintig smaken,' zegt Lugo. 'Mijn vader nam me elke zon-dag mee, als ik een wedstrijd gespeeld had.'

'Dan heb je het over de ijssalon,' zegt Scharf. 'Dat is een ander verhaal.'

'Ik heb nooit een vader gehad,' zeg Geohagan.

'Wil je er een van mij?' Daley draait zich naar de achterbank. 'Ik had er drie.'

'Ik kan alleen maar dromen van een vader die me meenam naar een Howard Johnson als ik gespeeld had.'

'Hé Sonny.' Lugo vangt de blik van Geohagan op in de achteruit-kijkspiegel. 'Zullen we straks een partijtje overgooien?'

'Ja, meneer.'

'Het is goed klote hier, hè?' Zegt Daley.

'Omdat jij aan de beurt bent om er een te pakken,' zegt Lugo met een afwerend gebaar naar een dronken man die denkt dat hij een taxi heeft aangehouden.

'Er zit iemand daarboven die de pest aan me heeft.'

'Moment…' Scharf schiet plotseling overeind, zijn hoofd draait om zijn as. 'Dat ziet er goed uit. Groot licht, naar het westen, vier man erin.'

'Naar het westen?' Lugo geeft vol gas in druk verkeer. 'Doen of je dun bent, meiden.' Hij zet de wielen aan de bestuurderskant op de betonnen middenberm om voorbij een echte taxi te komen die voor het stoplicht staat, en dan met een gierende U-bocht naast het doelwit te komen en naar binnen te turen. 'Vrouwen, twee mama's, twee kinderen.' Voorbijrijdend, nu allemaal hongeriger, waarop Scharf opnieuw een kreet slaakt: 'Groene Honda, naar het oosten.'

'Nu weer naar het oosten, zegt hij.' Lugo keert weer en zit achter de Honda.

'Wat hebben we…'

'Twee mannen voorin.'

'Wat hebben we…'

'Neon rand op de nummerplaat.'

'Getinte ramen.'

'Rechter achterlicht defect.'

'De passagier voorin stopt iets onder de stoel.'

'En bedankt.' Lugo knalt de jammerlichten aan en klimt op de bumper van de Honda waarvan de bestuurder een half blok de tijd neemt om naar de kant te gaan.

Daley en Lugo lopen langzaam aan weerskanten van de auto naar voren en vangen de voorstoelen in gekruiste lichtbundels. De bestuurder, een latino met groene ogen, draait zijn raampje omlaag. 'Agent? Wat doe ik?'

Lugo leunt met gekruiste armen op het portier alsof het een tuinhek is. 'Mag ik de papieren zien?'

'Serieus. Wat doe ik?'

'Rij je altijd zo?'

'Hoe?'

'Richting aangeven als je van rijstrook wisselt, voorkomend rijgedrag en dat soort flauwekul.'

'Pardon?'

'Kom op. Zo rijdt niemand als hij niet ergens zenuwachtig over is.'

'Dat was ik ook.'

'Zenuwachtig?'

'Omdat u me volgde.'

'Omdat een taxi je volgde?'

'Ja hoor, een taxi.' Hij geeft zijn papieren. 'Serieus, agent, en ik wil niet onbeleefd zijn, misschien kan ik nog wat leren, maar wat heb ik gedaan?'

'Primair, je hebt een neon rand op je platen.'

'Die heb ik er niet op gezet. Dit is het karretje van mijn zuster.'

'Secundair, je ramen zijn te donker.'

'Dat *heb* ik haar nog gezegd.'

'Tertiair, je ging over ononderbroken geel heen.'

'Omdat er iemand dubbel geparkeerd stond.'

'Quartiair, je blokkeert een brandkraan.'

'Omdat u me aan de kant zette.'

Lugo neemt even de tijd om vast te stellen hoe groot de bek is die hij krijgt.

In de regel blijft hij rustig en vriendelijk, buigt hij zich in het raampje van de bestuurder om een gesprek te voeren, om uit te leggen, zijn gezicht geladen met geduld, de mensen in de ogen kijkend alsof hij zeker wil weten dat wat hij staat uit te leggen verwerkt wordt, schijnbaar doof voor het obligate gesputter, het strafbare verbale geweld, maar... als de bestuurder dat ene ding zegt, dat ene woord over een of andere onzichtbare streep heen gaat, dan stapt hij, zonder enige verandering in de uitdrukking op zijn gezicht, zonder enig waarschuwingsteken, behalve misschien een langzaam rechter wordende houding, een bedroefd-walgende blik in de verte, achteruit, pakt de portierkruk, en dan bestaat de wereld zoals ze die kenden niet meer.

Maar deze knul valt nog wel mee.

'Dit is voor je eigen bestwil. Wil je even uitstappen?'

Terwijl Lugo de bestuurder naar de achterbumper begeleidt, buigt Daley zich het raampje aan de bijrijderkant in en richt zijn kin op de passagier, de tweede jongen die, met zware oogleden onder een te grote baseballpet, doet of hij half in coma is en recht voor zich uit staart alsof ze nog steeds onderweg zijn.

'En, wat is jouw verhaal?' zegt Daley terwijl hij het portier aan de passagierskant opendoet en ook deze jongen een stuk trottoir aanbiedt. Geohagan, uitgedost in Keltische vlechten, knopen en kruisen, buigt zich naar binnen om het handschoenenkastje, de bekerhouder en het cassettevak te doorzoeken, en Scharf doet de achterbank.

Bij de achterbumper staat de bestuurder in een vogelverschrikker-T triest in de verte te staren terwijl Lugo, zijn ogen halfdicht in de rook van zijn sigaret, met zijn vingers zakken naloopt, en een dikke rol twintigjes vindt.

'Dat is vet veel poen, vriend.' Hij telt het en propt het bij de jongen in zijn borstzakje, alvorens verder te fouilleren.

'Ja, dat is dus mijn collegegeld.'

'Wat is dat voor opleiding dat je contant moet betalen?' Lugo lacht, is klaar met doorzoeken en gebaart naar de bumper. 'Ga zitten.'

'Burke Technisch College in de Bronx? Pas geopend.'

'Daar accepteren ze contant geld?'

'Geld is geld.'

'Da's ook weer waar.' Lugo haalt zijn schouders op en wacht maar af tot de auto doorzocht is. 'Wat is je hoofdvak?'

'Meubelmanagement?'

'Ben je ooit eerder opgepakt?'

'Schei uit, mijn oom is praktisch bij de recherche in de Bronx.'
'Praktisch?'
'Nee. Rechercheur. Hij is net met pensioen.'
'Ja? Welke wijk?'
'Weet ik niet precies. Wijk 69?'
'De harde jongens van 69,' roept Geohagan met zijn handen onder de passagiersstoel.
'Er is geen wijk 69,' zegt Lugo terwijl hij zijn peuk in de goot knipt.
'Ergens in de zestig. Ik zei dat ik het niet precies wist.'
'Hoe heeft hij?'
'Rodriguez?'
'Rodriguez in de Bronx? Dat beperkt het al een beetje. Voornaam?'
'Narcisso?'
'Mij onbekend.'
'Groot feest met zijn pensioen?'
'Sorry.'
'Ik heb zitten denken om zelf te proberen op de politieacademie te komen.'
'Ja? Hartstikke goed.'
'Donnie.' Geohagan komt achteruit uit het passagiersportier en houdt een luchtdicht zakje met wiet omhoog.
'We zitten namelijk te springen om nog meer idiote blowers.'
De jongen doet zijn ogen dicht, richt zijn kin naar de sterren, naar de maan boven Delancey.
'Van hem of van jou.' Lugo gebaart naar de andere knul op de stoep, het gezicht nog steeds leeg als een masker, de zakken uitgespreid over de motorkap. 'Iemand moet het zeggen, anders gaan jullie allebei mee.'
'Van mij,' mompelt de bestuurder ten slotte.
'Draai je je even om?'
'Schei uit, man. Ga je me daarvoor vastzetten?'
'Twee seconden geleden was je nog een vent. Hou dat zo.'
Lugo boeit hem, draait hem dan weer om en houdt hem op een armlengte van zich af alsof hij bekijkt wat de jongen die avond heeft aangetrokken. 'Heb je nog meer? Nu zeggen als je niet wilt dat we die bak uit elkaar trekken.'

'Barst. Ik had dat amper.'

'Goed, maak je dan maar niet dik.' Lugo zet hem weer op de bumper terwijl het zoeken niettemin doorgaat.

De jongen kijkt weg, schudt zijn hoofd, mompelt: 'Zak.'

'Wat zeg je?'

'Niks, ik zeg gewoon...' Zijn mond vertrokken van walging van zichzelf. 'Niet over u.'

Geohagan komt terug met het zakje en geeft het af.

'Goed, moet je horen.' Lugo steekt een nieuwe sigaret op, neemt een lange eerste trek. 'Dit kan ons dus geen hor schelen. Wij hebben een hogere taak.' Hij knikt naar een passerende patrouillewagen, moet lachen om iets dat de bestuurder zei. 'Begrijp je wat ik bedoel?'

'Iets ernstigers?'

'Goed begrepen.'

'Meer heb ik niet.'

'Ik heb het niet over wat je hebt. Ik heb het over wat je weet.'

'Wat ik *weet*?'

'Je weet wat ik bedoel.'

Ze draaien zich allebei om en kijken in de richting van de East River: twee mannen die even een praatje maken, een van hen met zijn armen op zijn rug.

Ten slotte ademt de jongen lang en zwaar uit. 'Ik kan u vertellen waar je wiet kunt kopen.'

'Dat geloof je zelf niet, hè?' Lugo deinst achteruit. 'Ik zal jou eens vertellen waar je wiet kunt kopen. Op vijftig plaatsen. Voor de helft van wat jij hebt betaald koop ik betere shit voor je – zeven dagen per week met een blinddoek om.'

De jongen zucht, probeert niet naar de amper nieuwsgierige voorbijgangers te kijken die uit de geldautomatenhal van de Banco de Ponce en de Dunkin' Donuts komen, de studenten die in en uit taxi's wippen.

'Kom op, doe wat voor mij, dan doe ik wat voor jou.' Lugo gooit afwezig het zakje van de ene hand naar de andere, laat het vallen, raapt het op.

'Doen? Wat dan?'

'Ik wil een wapen.'

'Een wat? Ik weet geen wapen.'

'Je hoeft geen wapen te weten. Maar je weet wel iemand die iemand weet, toch?'

'Man...'

'Om te beginnen weet je van wie je deze shit hebt gekocht, ja?'

'Ik weet nergens wapens. Je hebt voor veertig dollar wiet. Van mijn eigen geld betaald want het helpt me ontspannen, een beetje feesten. Iedereen die ik ken heeft iets van werken, naar school en blowen. Meer niet.'

'Dus, eh... jij hebt niemand die je bijvoorbeeld kan bellen en zeggen: "Ik ben geript in de woontorens. Ik heb een weggooipen nodig, kan ik je daar en daar treffen?"'

'Een pen?'

Lugo maakt een wapen met zijn vinger.

'Bedoelt u een pipo?'

'Pipo, pen...' Lugo draait weg en trekt zijn paardenstaartje strak.

'Pfff...' De jongen kijkt een andere kant op, zegt dan: 'Ik weet een mes.'

Lugo lacht. 'Mijn moeder heeft een mes.'

'Dit is gebruikt.'

'Vergeet het maar.' Dan, met een kingebaar naar de andere knul: 'En dat aangevertje van je?'

'Mijn neef? Die is half achterlijk.'

'De andere helft dan?'

'Schei uit.' De bestuurder laat als een koe zijn hoofd bungelen.

Er komt opnieuw een patrouillewagen aanrollen, deze keer om de arrestant op te halen.

'Goed, denk er maar over na, oké?' zegt Lugo. 'Ik zie je over een paar uur wel in de cel.'

'En mijn auto?'

'Heeft die Gilbert Grape zijn rijbewijs?'

'Zijn broer wel.'

'Zeg hem dan dat hij zijn broer belt, dat hij als de sodemieter hierheen komt voordat je weggesleept wordt.'

'Verdomme.' Dan, roepend: 'Raymond! Heb je dat gehoord?'

De neef knikt, maar maakt geen aanstalten om zijn mobieltje van de motorkap te pakken.

'Met dat alles heb ik nog geen antwoord op mijn vraag,' zegt Lugo, terwijl hij hem op de achterbank van de politiewagen schedelstuurt. 'Ben je ooit eerder opgepakt?'

De jongen draait zijn hoofd weg en mompelt iets.

'Het is goed, je kunt het best zeggen.'

'Ik zei: "Ja."'

'Waarvoor?'

De jongen haalt in verlegenheid gebracht zijn schouders op en zegt: 'Hiervoor.'

'O ja? Hier in de buurt?'

'Uh-huh.'

'Hoe lang geleden?'

'Op kerstavond.'

'Op kerstavond? Hiervoor?' Lugo trekt een pijnlijke grimas. 'Dat is wreed. Wie doet er nou…? Weet je nog wie je gepakt heeft?'

'Uh-hu,' mompelt de jongen, kijkt Lugo dan aan. 'U.'

Een uur later, als de jongen in wijk Acht is opgeborgen, goed voor nog een uur of twee geharrewar over wapens dat waarschijnlijk nergens toe zou leiden, en een paar uur papierwerk voor Daley, die als verantwoordelijke voor de aanhouding netjes onder de pannen is, waren ze weer op pad om er eentje te pakken voor Scharf, een laatste rondrit voordat ze neerstrijken in een van de plaatselijke parken om – als dan niets lukte – iemand op te pakken voor het overtreden van zijn huisarrest na middernacht.

Toen ze voor de vijftigste keer die avond vanaf Houston Ludlow Street in draaiden, voelde Daley iets in de rasterschaduw voorbij Katz's Deli, niet iets wat hij precies kon duiden, maar… 'Donnie, rijd nog eens rond.'

Lugo scheurt de taxi om vier hoeken heen: van Ludlow naar Stanton, naar Essex, naar Houston en dan langzaam weer linksaf Ludlow in, tot net voorbij Katz's, waar ze naast een geparkeerde auto belanden die vol zit met onderuitgezakte collega's in burger van Drugszaken, en ze door de bestuurder worden weggekeken: Dit is onze stek.

EEN

Pipo

OM TIEN UUR 'S OCHTENDS stapte Eric Cash, vijfendertig, uit zijn liftloze appartementengebouw in Stanton Street, stak een sigaret op en ging op weg naar zijn werk.

Toen hij acht jaar geleden pas hierheen was verhuisd, was hij gegrepen door het idee dat er geesten rondwaarden in de Lower East Side, en op een doodenkele dag kon een simpele wandeling als die van vandaag die fascinatie weer oproepen, omringd als hij werd door de talloze sporen van de negentiende-eeuwse Jiddische boomtown. De nauwe straten als beknellende kloven met hun hangende tuinen van prehistorische brandtrappen, de verweerde stenen saterkoppen die tussen pokdalige raamkozijnen wellustig omlaagloerden naar de Erotic Boutique, de vervaagde Hebreeuwse opschriften boven de oude socialistische cafetaria, omgebouwd tot Aziatische massagesalon, omgebouwd tot hippe jongerentent. Maar na bijna tien jaar in de buurt, zelfs op een zonovergoten oktobermorgen als deze, was de hele etnohistorische lappendeken, net als hijzelf, sleets aan het worden.

Hij was een jood uit het noorden van de staat, vijf generaties van deze buurt verwijderd, maar hij wist waar hij was, hij had de grap door: de Laboratorio del gelati, de Tibetaanse hoedenboetieks, 88 Forsyth House met zijn historisch gerestaureerde koudwaterflats die maar amper verschilden van de ongerestaureerde huurkazernes die het pand omringden, en in zijn hoedanigheid – op de zeldzame dagen dat het Beest een van zijn dutjes deed – van manager van Café Berkmann, dat vlaggeschip van gastvrij onthaal, genoot hij ervan deel uit te maken van de clou.

Maar wat hem echt aantrok tot de buurt was niet de ironie van de volledig geworden cirkel die deze vertegenwoordigde, maar het nu, het hier en nu dat appelleerde aan de ware motor van zijn wezen, een hevig verlangen om te slagen, om het te maken dat vele malen werd versterkt door het volledig ontbreken van enig idee hoe dat 'het' zich zou manifesteren.

Hij bezat niet een bepaalde aanleg of vaardigheid of, wat erger was, hij had wel een beetje aanleg, enige vaardigheid: hij had de hoofdrol gespeeld in een twee jaar geleden door 88 Forsyth House gesponsorde souterrainproductie van *The Dybbuk*, zijn derde rolletje sinds zijn studietijd, en hij had vorig jaar een kort verhaal geplaatst gekregen in een inmiddels ter ziele gegaan literair vodje uit Alphabet City, het vierde in tien jaar, zonder dat een van beide prestaties tot iets had geleid; en deze onbevredigde hunkering naar erkenning begon het zo langzamerhand vrijwel onmogelijk te maken een film uit te zitten, een boek te lezen of zelfs een nieuw restaurant uit te proberen – dingen die steeds vaker werden neergezet door mensen van zijn eigen leeftijd of jonger – zonder dat hij de neiging kreeg om met zijn gezicht naar voren tegen een blinde muur te rennen.

Nog twee straten van zijn werk hield hij in toen hij de achterhoede bereikte van een amper voortkruipende stoet die zich in westelijke richting door Rivington Street uitstrekte naar een punt dat hij niet kon zien.

Wat het ook was, met hem had het niets te maken: de mensen waren overwegend latino, hoogstwaarschijnlijk afkomstig uit de ongesaneerde liftloze panden aan de andere kant van Delancey en het handvol onsterfelijke projects dat dit, het roomgouden centrum van de Lower East Side, als een jai alai-*cesta* omvatte. Iedereen was op zijn paasbest, als voor kerkbezoek of voor een of ander religieus festival, met inbegrip van een groot aantal kinderen.

Hij kon zich ook niet voorstellen dat het iets had uit te staan met Berkmann's, en het was zelfs zo dat de rij niet alleen pal voor het café langs liep, maar de ingang hermetisch en onachtzaam blokkeerde; Eric zag hoe twee aparte gezelschappen behoedzaam probeerden door de wachtenden heen te breken, het al snel opgaven en ergens anders gingen eten.

Toen hij door een van de grote zijramen naar binnen tuurde, zag hij dat de zaal onkarakteristiek genoeg vrijwel leeg was en dat de minimale personeelsbezetting van halverwege de ochtend de gasten in aantal overtrof. Maar wat zijn darmen pas goed in de knoop draaide, was de aanblik van de eigenaar, zijn baas Harry Steele, die in zijn eentje achterin aan een tweepersoontje zat, met zijn eeuwig droevige mansgezicht door agitatie verschrompeld tot het formaat van een appel.

In ieder geval kon Eric van waar hij nu stond eindelijk zien waar de rij naartoe voerde: de Sana'a 24/7, een door twee Jemenitische broers gedreven minisupermarkt drie straten voorbij Berkmann's, op de hoek van Rivington en Eldridge Street.

De eerste gedachte die bij hem opkwam, was dat ze de vorige dag zeker een enorme Powerball-winnaar hadden gehad, of dat de New-Yorkse staatsloterij weer op de honderden miljoenen stond, maar nee, dit was iets anders.

Hij volgde de rij langs de verse puinhopen van de meest recentelijk ingestorte synagoge, langs het aangrenzende People's Park tot hij de hoek aan de overkant van de Sana'a bereikte waar de schaduw van de gerafelde, twee jaar oude wimpels met GRANDIOZE OPENING over zijn gezicht speelde.

'Hé, Eric…' Een jonge Chinese man van de uniformdienst, Fenton Ma, die het kruispunt regelde, knikte in zijn richting. 'Maf, hè?'

'Wat is er?'

'Maria is daar binnen,' zei Ma, terwijl hij een duw kreeg van het golfeffect in de menigte die hij tegenhield.

'Welke Maria?'

'De Maagd Maria. Ze is gisteravond verschenen in de condensatie op een van de diepvriesdeuren. Het nieuws verspreidt zich hier snel, vind je niet?' Weer een duw van achteren.

Toen zag Eric een tweede menigte die zich aan de overkant van de straat aan het vormen was, een menigte die naar de menigte keek, voor het merendeel jong, blank en verbijsterd.

'Ze is hie-ier,' riep iemand.

Eric was er altijd heel goed in door een drom mensen heen te glippen, had er volop ervaring mee omdat hij in Berkmann's tientallen keren per dag alleen maar naar de reserveringsdesk moest proberen te komen, en dus slaagde hij erin de smalle zaak binnen te wippen zonder dat iemand in de rij hem terugriep. Pal binnen de ingang stond een van de Jemenitische broers, Nazir, lang en mager, met een adamsappel als een tomahawk, als kassier/portier met een dikke stapel eendollarbiljetten in zijn ene hand, de andere met de palm naar boven en de vingertoppen wenkend naar de binnenkomende pelgrims.

'Zeg hallo tegen Maria.' Zijn stem eentonig en kortaf. 'Ze houdt heel veel van je.'

De Maagd was een veertig centimeter hoog, kalebasvormig silhouet in de condensatie voor de schappen met bier en frisdrank, waarvan het geleidelijk toelopende bovenste deel boven de bredere, onderste massa licht naar een kant neigde, wat hem inderdaad vagelijk herinnerde aan alle kunsthistorische Maria's die hun bedekte hoofd opzijbogen om naar de baby op hun arm te kijken, maar eigenlijk moest je het er wel erg bij denken.

De mensen die om Eric heen geknield lagen, hielden gsm-camera's en camcorders omhoog, legden offerandes neer van supermarktboeketten, kaarsen, ballonnen – een met het opschrift U BENT ZO BIJZONDER – handgeschreven briefjes en andere aandenkens, maar voor het merendeel staarden ze, sommigen met gevouwen handen, alleen maar uitdrukkingloos naar de vriezer, totdat de tweede Jemenitische broer, Tariq, naar voren stapte, 'Maria neemt nu afscheid,' zei, en iedereen door de leveranciersdeur achter in de zaak naar buiten dreef om plaats te maken voor de volgende groep.

Tegen de tijd dat Eric de voorkant van de winkel weer had bereikt, was Fenton Ma afgelost door een oudere agent met de naam LO PRESTO op zijn schildje.

'Mag ik iets vragen?' zei Eric op ontspannen toon, omdat hij deze man niet kende. 'Hebt u haar gezien, daar binnen?'

'Wie, de Maagd?' Lo Presto keek hem zonder bijzondere uitdrukking aan. 'Ligt eraan wat je bedoelt met "gezien".'

'U weet wel. Gezien.'

'Nou, ik zal je wat zeggen.' Hij keek opzij, voelde in zijn borstzak naar een sigaret. 'Om een uur of acht vanochtend gingen een paar jongens van wijk Negen naar binnen, je weet wel, gewoon uit nieuwsgierigheid? En voor dat ding, op zijn knieën, ligt Servisio Tucker, die een halfjaartje geleden op Avenue D. zijn vrouw heeft vermoord. Die jongens hadden al die tijd die hele buurt binnenstebuiten gekeerd om hem te vinden, dat snap je. En vanochtend hoefden ze alleen maar in die zaak naar binnen te waaien en daar lag hij, op zijn knieën. Hij kijkt ze aan, de tranen staan in zijn ogen, hij steekt zijn handen uit voor de boeien en hij zegt: "Oké. Goed. Ik ben zover."'

'Zo.' Eric, verrukt, ervaart een kortstondig vleugje optimisme.

'Ik wil maar zeggen...' Lo Presto, de sigaret eindelijk aangestoken, liet een weelderig lange haal rook ontsnappen. 'Heb ik haar gezien? Wie zal het zeggen. Maar als dat geen godvergeten wonder is, dan weet ik het niet meer.'

Op een zonnige, rustige ochtend als deze, als Berkmann's leeg was, verlost van de overvolle, met drank besproeide gejaagdheid van de vorige avond, was het een luchtpaleis en zat je nergens in de buurt beter dan in een van de gelakte pitrieten stoelen, ondergedompeld in de luxe van een café-au-lait en de *New York Times,* het zonlicht spetterend op de geglazuurde, gebroken witte tegels, omringd door de rekken vol wijnflessen met cryptische sjabloonnummers, het industriële gaasversterkte glas en de gedeeltelijk ontzilverde spiegels, allemaal in diverse pakhuizen in New Jersey opgedoken door de eigenaar, Harry Steele: een restaurant uitgedost als theater, uitgedost als nostalgie. Voor Eric zelf waren de eerste momenten dat hij hier elke dag binnenkwam als de eerste momenten in een groot honkbalstadion: die suizende rush van ruimte en geometrische perfectie na zijn wandeling vanuit de driekamer voor-en-achterflat waarvan een van de ramen uitkeek op de inpandige luchtkoker van het gebouw, die was aangebracht om verse lucht aan te voeren maar in werkelijkheid al sinds het jaar van de moord op McKinley dienst had gedaan als veredelde vuilstortkoker.

Maar deze ochtend, nu hij niets anders te doen had dan kranten rechthangen op hun pseudo-oudgemaakte houten stokken, of trillend als een blaadje van de eindeloze serie kopjes koffie die de twee op proef werkende barkeepers hem brachten, tegen zijn desk leunen, werd dit vluchtige genoegen hem ontzegd. In zijn nerveuze verveling nam hij een moment de tijd om de twee nieuwe werknemers achter de bar te bestuderen: een zwarte jongen met dreadlocks en groene ogen die Cleveland heette en een blanke knul – Spike? Mike? – die met zijn arm op het zink geleund stond te praten met een mollige kennis die erin was geslaagd door de processie heen te breken. Deze kennis, zag Eric, had een nog zwaardere kater dan hij.

Men zei dat Eric, na veertien jaar met tussenpozen werken voor Harry Steele, op hem was gaan lijken. Ze hadden allebei de permanente wallen onder de ogen van Serge Gainsbourg of Lou Reed, dezelfde onbeduidende gestalte. Het verschil met Harry Steele was dat zijn gebrek aan fysieke allure de mystiek van zijn gouden vingers alleen maar versterkte.

Een serveerster van Grouchie's, die een tatoeage had van alle zeven dwergen die de binnenkant van haar dij opmarcheerden, had een keer tegen Eric gezegd dat iedereen of een hond, of een kat was en dat hij, met zijn dwangmatige neiging om te anticiperen op wat een ander nodig had, duidelijk een hond was. Best een rotopmerking tegen iemand met wie je net naar bed was geweest, maar waarschijnlijk wel waar, want op dit moment deed de hulpeloze ergernis van zijn baas hem popelen van verlangen iets te ondernemen.

In ieder geval was Steele niet meer alleen, maar deelde hij zijn tafeltje met zijn handelaar, Paulie Shaw, een kleine rattenhond wiens scherpe kop, driftige spraak en gespannen manier van doen Eric deden denken aan te veel schimmige figuren uit de dagen waarvoor hij zich nu schaamde. Terwijl hij zijn vijfde koffie afsloeg, keek hij hoe Paulie een aluminium koffertje openknipte en uit het fluwelen, voorgevormde binnenwerk een aantal rechthoekige glazen negatieven tilde, elk in zijn eigen beschermhoes.

'"Sweatshop in Ludlow Street".' Hij hield het negatief bij de randen omhoog. '"Blinde bedelaar, 1888". "De bierkan gedeeld". "Het bandietennest" – die ene alleen is meer waard dan de rest bij elkaar, zoals ik je aan de telefoon al zei. En dan, niet te vergeten, "Huurkazerne in Mott Street".'

'Schitterend,' mompelde Steele, terwijl zijn ogen opnieuw afdwaalden naar de rij voor het *milagro*, naar zijn lege café.

'Stuk voor stuk door Riis zelf voor zijn lezingen met de hand ingekleurd,' zei Paulie. 'Die man was lichtjaren op zijn tijd vooruit, totaal multimedia. Hij liet tussen de zestig en honderd van deze dingen op een enorm scherm in elkaar overvloeien, met muziek erbij. De sjieke wijven dreven op hun tranen de zaal uit.'

'Oké,' zei Steele, maar half luisterend.

'Oké?' Paulie dook ineen om zijn ogen te vinden. 'Voor... voor het bedrag dat we besproken hebben?'

'Ja, ja.' Steele's knieën pompten onder de tafel.

De jongen met de kater die aan de bar zat lachte plotseling om iets dat zijn vriend zei; het opdringerige geluid weerkaatste van de betegelde muren.

'Mike, ja?' Eric tilde zijn kin richting de op proef werkende bartender.

'Ike,' zei die losjes, zonder zijn arm van het zink te halen, alsof de hele zaak van hem was.

Hij had een kaalgeschoren kop en een hele menagerie aan retrotatoeages op de binnenkant van beide onderarmen – hoelameisjes, zeemeerminnen, duivelskoppen, panters – maar zijn glimlach was zo onbedorven als een veld maïs; de jongen was net, dacht Eric, een postermodel voor de buurt.

'Ike, ga eens vragen of ze iets willen.'

'Ja, baas.'

'Tempo,' zei zijn vriend.

Terwijl Ike achter de bar vandaan stapte en in de richting van het tafeltje achterin liep, tilde Paulie het fluwelen binnenwerk van zijn koffertje met buit op en onthulde een tweede laag handelswaar, waar hij een grote, sienna-oranje paperback uit trok.

'Jij hebt toch wat met Orwell?' zei hij tegen Steele. '*Road to Wigan Pier*, Victor Gollancz Left Wing Book Club, drukproeven, 1937. Wat je hier ziet bestaat niet eens.'

'Alleen de negatieven van Riis.' Steele's ogen dwaalden opnieuw naar de amper bewegende rij. 'Dit is godbetert te bezopen om waar te zijn,' gooide hij er ineens uit tegen de zaal in het algemeen.

'Anders Henry Miller,' zei Paulie snel terwijl hij in zijn koffertje groef. 'Heb je iets met Henry Miller?'

Ike's schaduw viel op het tafeltje, en Paulie draaide zich half om en boog zich achterover om hem recht in de ogen te kijken. 'Kan ik iets voor je betekenen?'

'Wilt u iets?' vroeg Ike.

'We zijn voorzien,' zei Steele.

'Henry Miller.' Paulie haalde een gebonden boek te voorschijn. 'Eerste druk *Aironditioned Nightmare*, smetteloze stofomslag en, moet je dit zien: een opdracht aan Nelson A. Rockefeller.'

Buiten in Rivington Street ontstond er een woordenwisseling in het Spaans en werd iemand met een gedempte bons tegen het raam van het café aangeduwd.

'Wat een buurt,' zei Steele op lichte toon, terwijl hij Eric voor het eerst deze doder-dan-dode ochtend recht aankeek. 'Iets te veel kroes en te weinig smelt, vind je niet?' Toen keek hij zijn handelaar weer aan. 'Hoe zit je in splinters van het Kruis?'

'In wat?'

En op dat moment stond Eric, de hond met het jongensgezicht, buiten.

Een straat van het restaurant af, terwijl hij zich met bonzend hart afvroeg hoe hij precies ging doen wat er gedaan moest worden, riep iemand: 'Wacht even,' en hij draaide zich om en zag Ike, een sigaret opstekend, in zijn richting komen lopen.

'Ga je naar Maria kijken?'

'Min of meer,' zei Eric.

'Ik heb pauze. Kan ik met je mee?'

Eric aarzelde, vroeg zich af of een getuige het moeilijker of makkelijker zou maken, maar toen liep Ike gewoon naast hem.

'Eric, klopt dat?'

'Dat klopt.'

'Ike Marcus.' Zijn hand uitstekend. 'Vertel, Eric. Wat doe jij?'

'Wat bedoel je, wat ik doe?' Eric wist exact wat hij bedoelde.

'Ik bedoel behalve…' De jongen was in ieder geval wel zo bij de tijd dat hij de zin niet afmaakte.

'Ik schrijf,' zei Eric, die het altijd haatte dit te moeten zeggen maar hen beiden alleen maar wilde bevrijden.

'O ja?' zei Ike dankbaar. 'Ik ook.'

'Mooi,' zei Eric kortaf, en dacht: Wie vroeg jou iets?

Het enige levensvatbare project dat hij onderhanden had was een filmscenario, vijfduizend voorschot en nog twintig bij voltooiing, iets over de Lower East Side in de gloriedagen, ook wel bekend als de jodendagen, in opdracht van een bezoeker van Berkmann's, een voormalige kraker uit Alphabet City die veranderd was in onroerend-goedmagnaat en nu auteur wilde worden; iedereen wilde auteur zijn...

'Kom je hier oorspronkelijk vandaan?' vroeg Ike.

'Iedereen komt hier oorspronkelijk vandaan,' zei Eric, en liet het toen varen: 'Uit het noorden.'

'Schei uit. Ik ook.'

'Waar ergens?'

'Riverdale?' En toen, terwijl hij Eric bij de arm pakte en in de remmen ging: 'Moet je daar kijken.'

Het dak van de reusachtige synagoge was net twee nachten eerder ingestort en alleen de drie verdiepingen hoge achtermuur met de twee identieke, licht beschadigde davidsterren, afgetekend door stralen zonlicht die door de kieren vielen, stond nog overeind. In de beschutting van die muur stonden, als rekwisieten op een toneel, nog de tafel van de chazan, de ark van de Thora, een menora met de spanwijdte van een mannetjeseland en vier zilveren kandelaars, waarbij een onbeschadigde rij van zes banken het idee dat je in een openluchttheater stond nog versterkte. Al het andere was veranderd in een golvend veld puin waar Eric en Ike, onderweg naar de mini-super, inhielden op het afgezette trottoir, omringd door een samenraapsel van kufi's dragend personeel van delicatessenzaken, arbeiders uit de ploegendienst van sweatshops en collectief spijbelende kinderen van diverse nationaliteiten.

'Moet je kijken,' zei Ike nog eens, met een knikje naar een grote orthodoxe jood in bezweet kostuum en fedora die zich, het oor tegen zijn gsm geplakt, een weg zocht door de bergen overblijfselen en flarden van gebedsboeken redde door de losse en gescheurde blad-zijden onder bakstenen en brokken pleisterwerk te leggen zodat ze niet weg konden waaien. Twee teenagers, een lichte zwarte en een latino, liepen achter hem aan en propten de geredde pagina's in kussenslopen.

'Het is net zo'n modern decor voor een stuk van Shakespeare, weet je wel?' zei Ike. 'Brutus en Pompeius in volledige camouflage, zwaaiend met machinepistolen.'

'Het heeft meer van Godot.'

'Hoeveel denk je dat hij die twee jongens betaalt?'

'Zo weinig als hij maar mee weg kan komen.'

Een lange, jonge vent met een gifgroen, met het logo van de New York Jets getooid keppeltje stond naast hen als een razende op een stenoblok te schrijven. Eric had het ongemakkelijke gevoel dat hij noteerde wat ze zeiden.

'Waar schrijf je voor?' vroeg Ike zonder speciale nadruk.

'De *Post*,' zei hij.

'Serieus?'

'Yep.'

'Schitterend.' Ike grijnsde en gaf hem zelfs een hand.

Deze knul, dacht Eric, was een portret.

'Wat is hier nou gebeurd?' vroeg Ike.

'In elkaar gedonderd.' De verslaggever haalde zijn schouders op en klapte zijn blocnote dicht. Toen hij wegliep zagen ze dat hij een klompvoet had.

'Dat zal ook klote zijn,' zei Ike zachtjes.

'Mag ik wat vragen? Meneer?' riep een zwarte man met een bril, zijn kleren praktisch in rafels, maar met een diplomatenkoffertje in de hand, naar de orthodoxe jood die nog steeds in zijn gsm liep te praten. 'Gaat u herbouwen?'

'Uiteraard.'

'Heel goed,' zei de gerafelde man en liep verder.

'Wij moeten ook verder,' zei Ike, gaf Eric een tik tegen zijn arm en ging op weg naar de heilige Maagd.

Bij de Sana'a aangekomen keek Eric opzij naar Ike, klaar om hem te instrueren hoe je door de rij heen glipte, maar hij was er al door, had Nazir zijn dollar entree gegeven en was naar binnen verdwenen. Ingeklemd tussen de smekelingen knielden ze naast elkaar, als honkballers in hun cirkel die bijna aan slag zijn, voor de heilige Maria en de gewijde berg offerandes die sinds Erics vorige bezoek al drie keer zo hoog was geworden.

Zijn eerste gedachte was een van de broers te benaderen en een beroep op hem te doen de rij buiten op zijn minst een ander tracé te geven, zodat die niet alle andere zaken in de buurt de nek omdraaide, maar hij besefte dat dat juist het probleem was: de rij bevond zich, buiten zowel als binnen, buiten hun macht. Het enige alternatief was hun vragen zich helemaal van de heilige te ontdoen wat er, gezien de binnenstromende contanten, niet inzat. En dus...

'Kut,' fluisterde Eric. Toen tegen Ike: 'Mag ik je iets persoonlijks vragen?' Zijn stem beefde van de spanning.

'Absoluut.'

'Al die tattoos; wat wil je daar later tegen je kinderen over zeggen?'

'Mijn kinderen? Ik ben mijn eigen kind.'

'Mijn eigen kind,' zei Eric terwijl hij over zijn borst wreef alsof hij er meer lucht in wilde brengen. 'Dat vind ik mooi.'

'Ja? Goed zo, het is waar.'

'Shit,' siste Eric. 'Hoe doe je dit...'

'Hoe doe je wat?' fluisterde Ike en reikte toen onopvallend naar de glazen deur, trok hem een paar tellen open en deed hem weer dicht. 'Dat?'

Binnen een minuut had de binnengestroomde vochtige lucht het condenspatroon vervormd, zodat de heilige haar biezen had kunnen pakken. Een kwartier later, toen het nieuws Rivington Street was doorgevlogen, was er van een rij voor het *milagro* geen sprake meer. En tegen de middag moest je bij Café Berkmann twintig minuten op een tafeltje wachten.

'Want jij woonde niet hier in deze buurt in de hoogtijdagen, dus dat kan je van geen kant weten, maar als je praat over tien, twaalf jaar geleden?' Little Dap Williams ouwehoerde verder terwijl hij bukte om de volgende stapel bijbelpagina's onder een baksteen vandaan te trekken. 'Je had in die tijd een stel harde jongens hier in de buurt. De Purples op Avenue C, de gebroeders Hernandez op A en B, de Delta Force in de Cahans, een zwarte jongen, Maquetumba in de Lemlichs. Voor de helft opgepakt en zwaar opgeborgen wegens bendevorming en misdadige organisatie en voor de andere helft dood, de hele kern, en dus heb je nu alleen nog ouwe gozers met halveliters in hun hand die herinneringen ophalen aan vroeger, hun en een stel melkniggers, hangers, iedereen voor zichzelf met zijn miezerige lijntjes, niemand die ergens de baas is.'

'Maquetumba?' Tristan had zijn sloop bijna vol.

'Een Dominicaan. Nu dood. Ik weet van mijn broer dat hij met zijn jongens de Lemlichs helemaal in zijn zak had.'

'Wat is dat voor naam?'

'Dat zeg ik net. Dominicaans.'

'Maar wat het betekent.'

'Maquetumba? Dat moet jij weten, jij komt daarvandaan.'

'Puerto Rico.'

'Dat komt toch op hetzelfde neer?'

Tristan haalde zijn schouders op.

'Sss,' siste Little Dap tussen zijn tanden. 'Zoals, "hij die het meeste dropt." Dat werk.'

'Wat dropt?'

Little Dap keek hem strak aan.

'O ja.' Alsof hij hem snapte. Tristan was al blij dat hij met Little Dap kon hangen, blij dat hij met iemand kon hangen, opgesloten in zijn vierentwintiguurs leven met zijn ex-stiefvader, diens nieuwe vrouw, kinderen, regels en klappen. Zelfs het feit dat hij hier was beland, bijbelbladzijden rapend op deze stinkberg, had iets van een klein wonder. Nadat hij de hamsters, zijn niet-echte broertjes en zusjes vanochtend bij hun scholen had afgezet, had hij geen zin gehad om zelf naar school te gaan.

En dus had hij om tien uur voor de deur van de Seward Park High School gezeten, zonder te weten wat hij zou gaan doen of iemand in de buurt te hebben om het mee te doen, toen Little Dap naar buiten kwam, hem met een knikje voorbijliep en toen zijn schouders ophaalde, terugliep en hem vroeg of hij iets wilde verdienen bij die joodse instorting.

Het leek altijd net of, altijd als hij besloot te spijbelen, iedereen besloot om naar school te gaan, en andersom. Als hij niet elke ochtend vroeg de hamsters naar school moest brengen, kon hij gewoon in de snoepwinkel bij Seward hangen en met de anderen uit de Lemlichs ontbijten met Coca-Cola en gevulde muffins terwijl ze besloten wat ze die dag gingen doen, maar dat haalde hij nooit; en 's middags hetzelfde: als iedereen na de laatste les bij elkaar kwam en besloot naar wiens huis ze gingen, zat Tristan weer opgescheept met de omgekeerde hamstertocht en had hij geen notie waar ze heen gingen. En hij mocht geen gsm van zijn ex-stiefvader.

'Ja, de projects liggen nu wijd open,' zei Little Dap nog eens.

'En je broer?'

Tristan wist, net als iedereen, alles over Big Dap: de enige zwarte in de geschiedenis die ooit met een smeris in een lift slaags was geraakt, de kerel uiteindelijk met zijn eigen wapen in zijn been had geschoten en niet was veroordeeld.

'Dap? Pfff... Die is te lui. Ik bedoel, hij kon de Lemlichs best runnen, als hij dat wilde, tenminste, omdat iedereen zo bang voor hem is, weet je wel, als hij de moeite deed. Maar shit, het enige wat hij wil, is zo makkelijk mogelijk scoren. Naar een hoek gaan: "Onderdeurtje, sta je te dealen? Kost honderd per week." Innen, terug naar Shyanne's hok, zich suf roken en tv kijken. Dat is geen leven.'

'Maal tien hoeken?'

Tristan verdiende maar vijfentwintig, dertig dollar per bezorging voor Smoov en Smoov kwam alleen maar bij hem als er niemand anders was.

'Wijd open...' Little Dap hoofdschuddend alsof het dieptragisch was.

'Nou en? Ga jij de grote gangsterbaas uithangen?'

'Mooi niet. En zeker in zo'n ondergrondse extrabeveiliging belanden. Een van de ouwe gozers in de buurt zei dat je daar tien jaar ouder wordt voor elk jaar dat je er zit, dat ze daar vierentwintig uur per dag liggen te dagdromen hoe ze er een eind aan kunnen maken.'

'Serieus?'

'Ik ga duizend keer liever terug naar de gladiatorschool.'

'Serieus.'

Tristan had nooit in de jeugdgevangenis gezeten, noch, sinds hij het afgelopen jaar zeventien was geworden, in de Tombs, alleen net als iedereen een paar keer in de politiecel voor de gebruikelijke shit: bezit, onbevoegd ophouden – oftewel na de avondklok in het park hangen – die ene keer voor vechten, pissen uit het slaapkamerraam.

'Maar ik zal je zeggen wat ik wel ga doen,' zei Little Dap. 'Vanavond een pakketje scoren. Verkopen, morgen uitslapen en feesten.'

'Je eigen broer betalen voor een hoek?'

'Mij rekent hij niets.'

'Heb je geld voor een pakketje?'

Dap deed hetzelfde als Tristan, afleveren, misschien vaker omdat hij meer in trek was, maar hij kreeg ook geld van zijn grootmoeder en inde af en toe voor zijn broer.

'Niet op dit moment als zodanig, maar ik krijg het vanavond. Vanavond hier terug, iemand rippen en ik zit gebakken.'

'Goed,' zei Tristan, die het niet helemaal volgde.

'Je hebt een barbier in Washington Heights. Als je een *hermano dominicano* bent, verkopen ze je een gram voor twintig dollar, dus wat ik denk is dat we hier iemand rippen, dan gaan we met de cash daarheen, jij doet het woord en we komen terug via Tompkins Park, verkopen voor honderd aan de blanke jongens die uit de bars komen, weet je wel? We gaan heen met zeg maar tweehonderd voor tien gram, komen hier terug en verkopen voor duizend en reken maar uit.'

'We…'

'Ja, toch?'

'Zeker.'

Maar Washington Heights. Of zelfs hier in de buurt. Ze waren amper vijf, zes straten van de Lemlichs maar Tristan kon de keren praktisch tellen dat hij zo ver van huis was geweest zonder dat hij een bezorging deed. Hij kwam niet graag ten noorden van Houston of ten westen van Essex, en haatte het als hij dope moest bezorgen bij de artsen en verpleegsters van Bellevue of het Academisch Gewrichtencentrum, allebei zo ver de stad in dat ze net zo goed in een ander land konden liggen. De enige plek waar hij het niet erg vond om af te leveren was het advocatenkantoor in Hester Street, dat was dichtbij, alhoewel die advocaat met dat rode haar, als die hem had zitten begon hij Tristan vanwege zijn sikje altijd 'Che' te noemen, zonder dat Tristan wist hoe hij hem moest zeggen daarmee op te houden.

Hij kon er met zijn hoofd niet bij hoe Smoov, maar een jaar ouder dan hij, zo zelfverzekerd was dat hij in die buurten de bars bij de ziekenhuizen binnenliep en praatjes aanknoopte met artsen, verpleegsters, advocaten en noem maar op om nieuwe klanten te ronselen. Shit, hij zou niet eens hier in deze rotzooi staan als Little Dap niet had gezegd dat hij mee moest komen.

'Dus, voel je er wat voor?'

'Ik weet het niet.' Denkend aan de tijd dat hij binnen moest zijn, die klappen. 'Misschien dat ik moet oppassen.'

'Zie je?' Little Dap praatte tegen het puin. 'Melkniggers, overal waar ik kijk.'

'Misschien kan ik er onderuit komen,' mompelde Tristan.

'Hé, hoor es?' riep Litte Dap naar de rabbi, of wat die vent ook was. 'Wat doen jullie met die kandelaars daarginds?'

'Dat gaat jou niet aan.'

'Wat?' Little Dap begon verontwaardigd te doen.

De man met de baard, inmiddels weer aan zijn gsm, negeerde hem.

'Ik vraag gewoon wat. Dacht je dat ik ze ging stelen of zoiets?'

De man glimlachte en haalde even de telefoon onder zijn kaak vandaan. 'Die komen in de nieuwe tempel.'

'Maakt het uit,' zei Little Dap terwijl hij zijn sloop opschudde.

Tristan keek naar de ramptoeristen op het afgezette trottoir – zandnegers, Chinezen met platte koppen, *blancos*, andere jeugd – en stelde zich voor dat ze daar allemaal stonden om naar hem te kijken, om te zien wat er verborgen zat onder het sikje, dat lichtere eronder, wetend dat het niet echt zo was maar toch onbehaaglijk bij de gedachte, en dus richtte hij zijn ogen op de taak waarvoor hij betaald werd. Een vette twintig dollar.

Toen hij weer opkeek stond de rabbi of wat dan ook hem met een pijnlijke glimlach op zijn gezicht aan te kijken.

'Wat?' Tristan kleurde en volgde toen de blik van de man naar zijn voeten en zag de bijbelpagina waar hij bovenop stond.

Halverwege de stille periode aan het eind van de middag wandelde Eric achter de bar en schonk zich een slappe Hennesy met clubsoda in. In de regel dronk hij niet overdag maar sinds het moment waarop ze de heilige Maria op straat hadden gezet, was hij zich bewust geweest van een onbepaald angstgevoel. De baas had hem niet eens bedankt; er had nog geen veelbetekenend knikje afgekund, al was een beleid van 'niets vragen, niets weten' waarschijnlijk wel verstandiger als je in Steele's positie verkeerde.

Nadat hij had gekeken hoe de twee nieuwe barkeepers de lunchdrukte waren doorgekomen, dacht Eric dat ze wel geschikt zouden blijken. Cleveland, de zwarte, was geen held met de cocktailshaker maar wel iemand die prettig converseerde, wat veel belangrijker was; en Ike, goed genoeg met de drank, lachte vlot. Eric stelde zich voor dat ze allebei binnen een maand een aardige aanhang zouden opbouwen.

Hij was niet blij met de stunt die Ike had uitgehaald. Niet dat hij zelf niet aan die mogelijkheid had gedacht, maar die knul had niet eens het geduld opgebracht om even rond te kijken en de aanwezige pelgrims te monsteren om vast te stellen of ze eens even grondig in elkaar getrapt zouden worden voordat ze het pand konden verlaten. Gelukkig had het net lang genoeg geduurd voordat de heilige verdampt was en waren ze al bijna buiten gehoorsafstand voordat het gejammer was begonnen.

'Eric.' Ike kwam naast hem staan terwijl hij de cognac terugzette. 'Als je wilt zal ik die graag voor je maken.'

'Het lukt wel.'

Hoewel er drie vrouwen van een winkelexpeditie binnenkwamen en met de buiken vooruit tegen de bar belandden, bleef Ike, onrustig van de ene op de andere voet wippend, naast Eric hangen. 'Kan ik je iets vertellen?' Zijn stem werd zachter. 'Ik ben niet bijgelovig, of zo, maar wat ik vanochtend heb uitgehaald? Ik heb echt een rotgevoel dat me dat nog eens zwaar gaat opbreken.'

Eric, geraakt door de kwetsbare oprechtheid van de jongen, wilde net iets nuchters en geruststellends zeggen, toen de idioot hem voor was en hem grijnzend tegen zijn schouder stompte. 'Geintje, makker.' En hij verdween om de dames te bedienen.

Tristan pakte de joint aan die hem werd voorgehouden en groef zijn voeten in het grind op het dak van hun flat in de Lemlichs, terwijl ze allebei opkeken naar het kilometershoge 1 Police Plaza, maar een paar straten verderop. Niet alleen had hij vandaag schijt aan op tijd thuis zijn, hij had die middag niet eens de hamsters van hun diverse scholen opgehaald: een primeur. Hij zou het moeten bezuren, maar er was altijd wel iets dat hij moest bezuren in dat huis en hij kon gewoon niet geloven dat Little Dap nog steeds met hem hing, dus ze konden allemaal barsten.

'Gaan we naar de Heights?' mompelde hij.

'Alles op zijn tijd.'

'Wat.'

'Hoezo, wat…' Little Dap draaide zijn hoofd opzij. 'Eerst de cash, maatje.'

'O,' zei Tristan. 'Shit.'

De grote reis naar Washington Heights had hem zo in beslag genomen dat hij daar niet meer aan had gedacht.

'Wat.' Little Dap nam een diepe haal. 'Je hebt nooit…'

'Jawel, nee, niet…'

Little Dap haalde zijn schouders op. 'Niets aan,' en gaf hem de joint.

Tristan schaamde zich zo dat hij niet kon ophouden met grijnzen.

'Maar het lukt me niet zonder mijn *dolgaat*.' Little Dap porde hem in slow motion in de borst. 'Weet je wat ik bedoel?'

Een bloedrode maan glipte achter 1 Police Plaza vandaan.

'Waarom ga je niet gewoon een paar jongens op de hoeken langs?' zei Tristan terwijl hij een wolk uithoestte. 'Je zegt dat je int voor Big Dap, we gaan de stad in voor het spul' – hij hoestte nog eens – 'komen terug en maken er wat van voordat hij het merkt, en dan geven we hem zijn geld zoals altijd.'

Het was het grootste aantal woorden dat hij in een jaar aan een stuk had uitgesproken.

'Nah, uh-uh.' Little Dap strekte zijn nek. 'Dat heb ik een keer geprobeerd en dat liep niet goed af. Dat is geen goed plan. Je moet nooit tussen Dap en zijn geld komen. Ik bedoel, mij kun je naar de bak sturen, die gladiatorschool-shit kan ik hebben, als je het echt wil weten zou ik daar zo voor instructeur kunnen spelen, maar als Dap je in zijn vingers krijgt als hij kwaad is? Nee-nee.

'En wat je ook nog hebt, is dat we dit totaal ondergronds moeten spelen, want die smerissen van wijk Acht, weet je wel? Die zijn constant op zoek naar iets om mijn broer op te pakken vanwege die neergeschoten smeris, dus die pakken mij en dan is het: "O, Little Dap – waar is Big Dap?" Alsof hij automatisch mijn meesterbrein is bij een klus, en dan hebben ze een mooie reden om van hier tot aan de rivier achter hem aan te gaan. Maar wat ze ook met hem doen? Ik krijg het dubbel op mijn dak.'

Tristan haalde een herinnering op hoe Big Dap vorig jaar zijn broer op straat waar iedereen bij stond in elkaar had geslagen, en dat het had geklonken als geweerschoten.

Toen dacht hij aan de ogen van zijn ex-stiefvader, de manier waarop ze uitpuilden als hij hem goed had zitten, als hij uithaalde om er een het stadion uit te meppen.

Tristan wilde er niet meer mee doorgaan. 'Misschien moet je het dan niet doen.' In een poging te klinken alsof hij het uit bezorgdheid zei.

'Nah, het is goed. Ik red het wel.'

Ze bleven een tijdje zwijgend roken, en Tristan besloot dat de Manhattan Bridge de onderarm van God was, die de weg naar Brooklyn versperde.

'Luister.' Little Dap verslikte zich. 'Het enige als we hier weggaan? Van de Chinezen afblijven. Die worden zo vaak geript dat ze meestal nooit meer iets bij zich dragen, en als ze al iets hebben? Dan kom je bij ze en dan is het van: "Hier," en dan staan ze met het geld in hun handen voordat je nog maar iets kan zeggen.'

'Wat mankeert daaraan?'

'Dat is geen respect.'

'Dat is wat?'

'Hoe weten zij wat ik van plan ben als ik nog niet eens bij ze ben?'

'Ja...'

'Maar die *blanke* jochies?' Little Dap lachte en snoof rook uit. 'Jezus, dat is...' Hij klapte dubbel, zijn hand voor zijn mond. 'Vorig jaar ga ik op een vent af en ik duw hem de pipo in zijn smoel? Heeft die lul geen geld op zak en vraagt hij of ik een cheque wil, zo van, aan wie moet hij hem uitschrijven?'

'Wat?' Tristan lachte nu ook, alsof iedereen hier een door de wol geverfde veteraan was.

'Hier.' Little Dap graaide in zijn achterzak en trok er een gekreukelde, lichtblauwe cheque uit. Hij was van een bank in Traverse City, Michigan, zes maanden geleden gedateerd en uitgeschreven aan toonder voor honderd dollar.

'Ga je hem cashen?' Het duizelde Tristan plotseling van de vriendschap.

'Schei uit, als ik dit ding cash kunnen ze het achterhalen. Ik bewaar hem gewoon voor de grap.'

'Maar als je ermee gepakt wordt, dan is dat toch bewijs?' mompelde Tristan. 'Dan bellen ze die bank, vragen wie die vent is, of hij in New York beroofd is...'

Er viel opnieuw een stilte, Tristan bang dat hij Little Dap te weinig respect had gegeven, had gedaan of hij een idioot was.

Maar Little Dap was te ver heen om het te merken; zijn ogen twee kersen, drijvend in karnemelk.

'Dus, wat wordt het,' terwijl hij Tristan het stickie gaf. 'Ben jij daarginds mijn dolgaat of wat... Ik wil je het horen zeggen.'

Tristan nam nog een laatste haal. 'Ja. Oké.' De woorden kwamen als rooksignalen naar buiten.

'Oké dan.' Little Dap hield zijn vuist op voor die van Tristan, terwijl die weer een onbedwingbare glimlach probeerde weg te drukken, zo lekker voelde het, of zo voelde tenminste iets.

'Man, jij zit wel altijd te grijnzen,' zei Little Dap terwijl hij de punt van de joint in zijn mond stak, het wapen uit de omslag van zijn sweatshirt haalde en probeerde aan Tristan te geven.

Tristan schrok achteruit en lachte, als je het zo kon noemen.

'Wat.' Little Dap knipperde met zijn ogen.

'Nah.'

'*Nah*? Dacht je dat je de straat op kon gaan en gewoon boe tegen iemand kon roepen?' Hij pakte Tristan bij de pols. 'Je gebruikt het helemaal niet, man.' Hij sloeg het wapen in zijn handpalm. 'Alleen maar laten zien.'

Eerst probeerde Tristan het nog terug te geven, maar toen werd hij meegesleept door hoe het voelde in zijn hand, de duizelingwekkende zwaarte.

'Nee, dit wordt goed voor je,' zei Little Dap. 'Je inwijding, weet je wel? De eerste keer is net als de eerste keer seks, je doet het om het achter de rug te hebben, en dan kun je je gaan concentreren om er beter in te worden, om er lol in te krijgen.'

'Goed.' Tristan onafgebroken starend naar het ding in zijn hand. 'Mag ik je wat vragen?'

Little Dap wachtte. En wachtte.

'Wat is in jezusnaam een dolgaat?'

'Een dolgaat? Een doet-alles-soldaat.'

'Oké.'

'Oké?'

'Oké.' Grijnzend, grijnzend.

'Je speelt nu mee, jongen.' Little Dap bekeek hem zoals hij het wapen bekeek. 'Het is tijd om wat te laten zien.'

TWEE

Leugenaar

DE EERSTEN DIE OM 04.00 UUR ter plaatse kwamen, waren de Leef-omgeving-jongens van Lugo die, aan het eind van een dubbele dienst nog steeds in hun neptaxi de buurt aan het doorkruisen waren, zij het vanaf 01.00 uur uitgeleend aan de Taakgroep Graffitibestrijding, met een pasgeïnstalleerde laptop op het dashboard die non-stop portretten van alle bekende, plaatselijke taggers toonde.

Wat ze in de stilte van dat ongewisse uur zagen, waren twee licha-men, de ogen naar de hemel, pal onder een straatlantaarn voor de deur van Eldridge Street 27, een oud, liftloos appartementengebouw van vijfhoog.

Terwijl ze behoedzaam uit de taxi kwamen om poolshoogte te ne-men, kwam er plotseling een blanke man met een wilde blik in zijn ogen, met iets zilverglanzends in zijn hand, uit het pand op hen af stormen.

Brullend van de adrenaline trokken ze allemaal hun wapen en toen de man de vier wapens op zijn borst gericht zag, vloog het zilverkleu-rige voorwerp, een mobiele telefoon, met een boog door de lucht en door de etalageruit van de ernaast gelegen Sana'a supermarkt, waar binnen een paar seconden een van de Jemenitische broers, een afge-zaagd jachtgeweer als een baseballknuppel over zijn linkerschouder, naar buiten kwam stuiven.

Om 04.15 uur kreeg Matty Clark een telefoontje van Bobby Oh van de nachtdienst: een dodelijke schietpartij in je wijk, ik dacht dat je het wel wilde weten – net op het moment dat hij vertrok van zijn beveiligingsbijbaan die hij drie nachten per week van middernacht tot vier draaide in een smalle bar zonder naambord of gidsvermelding in Chrystie Street, waar de cliëntèle 'uitsluitend op afspraak' vanachter een smalle, gehavende deur in deze obscure, door Chinezen gedomineerde zijstraat, naar binnen werden gezoemd, en waar single barrel Cruzan rum, absint, en cocktails met gemixte gember of brandende suikerklontjes tot de specialiteiten van het huis behoorden.

Hij was een zwaarkakige, rossige Ier met de aflopende schouders en ondoordringbare lichaamsbouw van de ouder wordende footballverdediger van de highschool, wiens lage zwaartepunt, ondanks zijn grote gewicht, altijd de indruk wekte dat hij zweefde in plaats van liep. Als iemand hem iets vroeg, vernauwden zijn toch al smalle ogen zich tot spleetjes en verdwenen zijn lippen helemaal, alsof praten, of misschien gewoon denken al, pijn deed. Dat gaf sommigen het idee dat hij traag van begrip was, anderen dat hij een nukkig vat met woede was; hij was geen van beide, maar hij kon meer dan goed leven zonder ooit de behoefte te voelen het grootste deel van zijn gedachten onder woorden te moeten brengen.

Er was geen enkele avond in zijn tijd in de NoName dat hij niet het oudste menselijke wezen in de ruimte was; de barkeeper/eigenaar met zijn babyface, Josh, leek op een verklede jongen van twaalf, met mouwophouders om zijn bovenarmen en bretels aan zijn broek, zijn haar in een bloempot geknipt en met pommade in een scheiding gehouden, maar zo oprecht-serieus als een onderzoeker van Kinsey: ieder drankje werd met de kin overpeinsd alvorens uitgevoerd, en zijn al even jonge bezoekers kregen adviezen: 'Vanavond brengen we...' het hele latsmalle etablissement riekend naar de theelichtjes die de enige bron van verlichting vormden, riekend naar iets bijzonders...

Hoewel de clientèle voornamelijk bestond uit de Eloi uit de Lower East Side en Williamsburg, had er zich een maand eerder een incident voorgedaan met een geblingde ploeg Morlocks uit de Bronx: enkele losse opmerkingen over terugkomen en de boel in de hens steken, waarop onmiddellijk via een ex-politieman een ontmoeting tussen de eigenaar en Matty werd gearrangeerd, en de afgelopen paar weken had zijn zwartbetaalde bijbaantje bestaan uit rustig in de schaduw tussen het kaarslicht zitten, een voorkeur ontwikkelen voor krasserige platen van Edith Piaf, niet een van de zijdezacht ogende mixologen te versieren en niet al te zeer aangeschoten te raken, voor het geval er inderdaad iets misging.

Het was een volmaakt gerieflijk bijbaantje, zeker voor iemand die het op zijn vierenveertigste nog steeds een straf vond 's nachts zijn ogen dicht te moeten doen, die niet minder gesteld was op het gevoel van belastingvrije contanten in zijn hand dan welke diender ook en die graag mocht kijken naar het bereiden van drankjes die, zo stelde hij zich voor, voor het laatst waren gezien in de Stork Club.

En nu de klus afgelopen was en de enige troost tijdens zijn laatste nacht was gevormd door de onopzettelijke schending van de niet-aan-de-mixologen-zitten-regel – onopzettelijk in de zin dat zij begonnen was: een nieuweling, lang, donker en duister als een lange sliert rook, die hem de hele nacht blikken had toegeworpen, monsterflesjes over de bar had toegeschoven als de babykoning niet keek en hem toen op het moment van haar pauze om 3.00 uur had gewenkt. Waarop Matty haar via de goedereningang achter in de zaak was gevolgd naar de verborgen, door huurkazernes ingesloten binnenplaats. Nadat hij had bedankt voor de aangeboden joint en toegekeken hoe zij een paar halen nam, wipte ze gewoon omhoog, haar armen om zijn nek, benen om zijn heupen geslagen, en begon hij – meer voor tractie en verlichting voor zijn lage rug dan uit hartstocht – haar tegen de bakstenen muur te rammen. Ze was zeker vijftien jaar jonger dan hij, maar hij kon zich niet eens ver genoeg ontspannen om daarvan te genieten, om op pad te gaan, het ging alleen maar om het opwippen, het tillen en het rammen, totdat ze verontrustend genoeg begon te huilen, waarop hij haar meer teder ging rammen, waarop ze haar tranen onmiddellijk gedroogd had: 'Wat doe je nou?'

'Sorry,' en terug naar het harde rammen, alsof hij een dressoir verhuisde: Hier, dame? Zo goed, dame? De seks was verontrustend geweest, niet echt leuk, maar het was en bleef seks. Afgezien daarvan leek ze weer gelukkig, want huilde weer.

En dus.

Wat betreft het belletje van de nachtdienst...

Hij kon het onderzoek aan hen overlaten totdat zijn dienst om

acht uur begon, of er nu in springen; Matty besloot te springen omdat de bar zo dicht bij de plaats delict was dat hij de gele tape van
waar hij stond kon zien flapperen. Wat had het voor zin om voor die
paar uur slaap naar huis te gaan?

Bovendien waren zijn zoons een paar dagen komen logeren, en hij
was niet bijster op ze gesteld.

Hij had er twee: degene die hij in gedachten altijd de Grote noemde, een lul van een kleinsteedse diender in Lake George, in het noorden van de staat, waar zijn vrouw na de scheiding was gaan wonen,
en de jongere, aan wie hij natuurlijk altijd dacht als de Andere, een
teenager zonder tekst die nog in de luiers had gelegen toen ze uit
elkaar waren gegaan.

Hij was op zijn best een onverschillige ouder, maar wist niet wat
hij eraan moest doen en de jongens zelf waren vrij goed geconditi-
oneerd om hem te zien als een verre verwant in New York City, een
of andere vent die door bloedverwantschap verplicht was hen nu en
dan binnen te laten vallen.

Daar kwam nog bij dat zijn ex een maandje eerder had opgebeld
om te zeggen dat ze vrij zeker wist dat de Andere op zijn middelbare
school wiet dealde. Matty had gereageerd door de Grote op zijn politiebureau te bellen en die had iets te snel 'Ik regel het wel' gezegd.
Matty had begrepen dat ze er samen bij betrokken waren en hij had
het laten rusten.

Beter te blijven werken…

Toen hij om 04.35, twintig minuten na het telefoontje, ter plaatse
arriveerde, was het nog donker, hoewel je de eerste vogel van de dag
ergens dichtbij in een lage boom kon horen kwetteren en de oeroude
daken van de huurkazernes in Eldridge Street zich tegen de hemel
begonnen af te tekenen.

Pal onder de straatlantaarn voor de deur van het pand stond een
gele plastic bewijskegel naast een afgeschoten patroonhuls, Matty
raadde een .22 of .25, maar de lichamen waren verdwenen. Het ene
was, met achterlating van een bijna acryl-fel bloedspoor dat naar de
stoeprand kronkelde, snel per ambulance afgevoerd; de andere man
was overeind gekomen en stond over het schot van een trap een paar
deuren verderop te kotsen, zijn oogleden scheef van de drank. Een

man van de uniformdienst paste op hem, discreet benedenwinds, en rookte een sigaret.

Matty had het liefst dat zijn misdaden in de openlucht zich in de kleine uurtjes voordeden, wanneer de onheilspellende rust van de straat een diepere dialoog met de plaats delict mogelijk maakte, en zo peinsde hij nu over de huls, .22 of .25, denkend, amateurs, vier uur in de ochtend, het uur van de desperado's, de schutter of schutters jong, waarschijnlijk junkies op zoek naar een paar dollar, nooit van plan geweest dat stuk shit te gebruiken, en nu verstoppen ze zich een tijdje, kijken elkaar aan: 'Jezus, hebben we...', halen hun schouders op, worden high en komen dan weer tevoorschijn voor meer. En Matty zei bij zichzelf: kijk wie er pas vrijgekomen is, praat met de Reclassering, met Huisvesting, ga de drugsplekken af, de dealers.

Nazir, een van de twee Jemenieten die de 24-uurs minisuper dreven, was zijn zaak weer binnengegaan en zat mistroostig achter de net gebroken ruit van zijn etalage met rond het thema kater geselecteerde farmaceutica. Het rellen-rolhek was, naar Matty vermoedde op verzoek van de politie, neergelaten voor de smalle deur.

Hij telde zes uniformen, vier sweatshirts maar geen sportcolberts. Toen kwam Bobby Oh, de supervisor van de nachtdienst die hem had gebeld, uit de vestibule van Eldridge Street 27.

'Ben je alleen?' vroeg Matty, terwijl hij hem de hand schudde.

'Ik sta vannacht zo strak als een pianosnaar,' zei Bobby. Hij was een kleine, goedverzorgde, middelbare Koreaan met een zakelijke manier van doen en jachtige ogen. 'We hadden een schietpartij in een bar in Inwood, een verkrachting in Tudor City, doorrijden na aanrijding in Chelsea...'

'...een troep scouts met een kind te weinig, Chroesjstjov landt straks op Idlewild...'

'...en een diender die met een knikker op zijn kop was geraakt in Harlem.'

'Met een wat?' Matty begon de straat af te speuren naar beveiligingscamera's.

'Het was een inspecteur.' Bobby haalde zijn schouders op.

'Wat is het verhaal?' Hij trok een stenoblok uit de binnenzak van zijn jasje.

'Het verhaal is…' Bobby klapte zijn eigen blok open. 'Drie blanke mannen, na een paar uur op kroegentocht, met als laatste halte Café Berkmann, hoek Rivington en Norfolk, volgden Rivington van daar in westelijke richting, toen Eldridge naar het zuiden, en worden voor nummer 27 hier staande gehouden door twee mannen, zwart en/of latino, een van hen haalt een wapen tevoorschijn en zegt: "Ik wil alles." Een van de drie, onze getuige, Eric Cash, geeft zijn portefeuille af en gaat uit de weg. De tweede, Steven Boulware' – Bobby prikte zijn pen in de richting van de kotser die met zijn armen om zich heengeslagen bij de trap stond – 'heeft hem zo ver om dat hij reageert door even een uiltje te knappen op de stoep. Maar de derde, Isaac Marcus? Hij reageert door op de schutter af te gaan en te zeggen: "Vanavond niet, vriend."'

'"Vanavond niet, vriend."' Matty schudde zijn hoofd.

'Zelfmoord met de mond. Hoe dan ook, een schot.' De pen prikte naar de huls bij de gele kegel. 'Homerun in het hart, en de schutter en zijn maat smeren hem via Delancey naar het oosten.'

Naar het oosten via Delancey. Matty wierp een blik op de twee mogelijkheden, de talloze woontorens in die buurt en de ondergrondse, aangezien de Lower East Side zo geïsoleerd, zo Byzantijns was dat alleen plaatselijke jeugd uit de projects of flikken uit Brooklyn in en uit de BMT stapten.

'Leefomgeving is vijf minuten later ter plaatse, een ziekenwagen van Gouverneur een minuut daarna, Marcus is overleden bij aankomst, ik heb de pil zelf gesproken.'

'Heeft hij een naam?' Matty, het hoofd gebogen, alles opschrijvend.

Bobby raadpleegde zijn aantekeningen. 'Prahash. Samram Prahash.'

'Alarmoproepen?'

'Geen.'

Matty keek verder rond of hij beveiligingscamera's zag, dacht niet dat hij er een zou vinden, bekeek de ramen van de oude huurkazernes en vroeg zich af hoeveel buurtonderzoek hij zou kunnen doen – als dat al mogelijk was – voordat de ploeg om acht uur zou komen. Ondanks het vroege uur brachten twee groepen leven in de straat: de laatsten van de jongeren die nog, net als het slachtoffer en zijn vrienden, onderweg naar huis waren uit de lounges en muziekbars, en de oudgedienden van voor de run op de buurt: Chinezen, Puerto Ricanen, Dominicanen en Bengalezen die net aan hun dag begonnen, of op die verweerde stenen vensterbanken hangend, of op weg naar hun werk.

Veel van de jongeren die op weg waren naar huis, hielden bij de afzetting in, maar de plaats van het misdrijf leek de etnische buurtbewoners amper op te vallen, en zeker degenen zonder papieren niet, die op weg waren naar de laadplatforms, restaurants en sweathops overal in de stad.

De hemel bleef bijna ongemerkt lichter worden en de vogels verschenen nu in groten getale, en schoten met tientallen tegelijk over de plaats delict heen van boom tot boom, alsof ze kralen aan het rijgen waren.

Matty knikte naar Nazir in zijn in quarantaine gestelde winkel, die zich gefrustreerd tegen het hoofd sloeg, want zowel de uitgaanstypes die hun dag beëindigden als de arbeiders die eraan begonnen, liepen doorgaans rond deze tijd bij hem binnen voor zijn gootwaterkoffie en een broodje.

'Heeft iemand met mijn vriend Naz gepraat?'

'Die Arabier? Ik, ja. Heeft geen ruk gehoord of gezien.'

Matty gebaarde naar de dronken man die met zijn mond halfopen op de trap stond. 'Boulware zei je toch? Wat doet hij nog hier?'

'De jongens op de ambulance zeiden dat hij alleen maar beschonken is.'

'Nee, ik bedoel waarom is hij niet binnen gebracht?'

'We hebben geprobeerd hem te vervoeren maar hij heeft de achterbank van twee patrouillewagens ondergekotst, dus heb ik hem maar hier gehouden om vol te gieten met koffie en te kijken of hij iets te melden heeft.'

'En?'

'Hij is nog steeds zo zat dat hij regressietherapie nodig zal hebben om zich zelfs maar te herinneren hoe hij heet.'

'Dan wil ik hem niet hier in de buurt. Is er niemand die hem te voet kan brengen? Het is maar een paar straten. Misschien komt hij dan bij zijn positieven. En de prater?'

'Cash? Om de hoek in een patrouillewagen. Ik dacht dat je hem misschien wel zijn verhaal wilde laten doen, dus…'

De nachtdienst deed het meestal kalm aan met verhoren omdat ze niet een uur voordat de plaatselijke bezetting aan het werk ging, iemand in een hoek wilde dwingen, en dan een volledig van bijstand voorziene getuige of verdachte overdragen voordat de collega's hem onder handen hadden kunnen nemen.

Matty had die fout gemaakt toen hij zich de eerste keer had opgegeven voor de voortdurend wisselende nachtploegen: te agressief opgetreden tegen een vermoedelijke schutter, en de dodelijke blikken van de plaatselijke collega's toen hij een verdachte compleet met raadsman overdroeg, hadden hem nog weken achtervolgd.

'Komt er een PD-unit?'

'Over ongeveer een uur.'

'Wie heb je nog meer gebeld?'

'Jou, de commandant van de wijk.'

'De Chef Recherche?'

'Dat is aan jou.'

Matty keek hoe laat het was; bijna vijf uur. De Chef Recherche kreeg elke dag om 06.00 uur een rapport en Matty vroeg zich af of dit voldoende rechtvaardiging was om hem een uur eerder wakker te bellen, en bedacht toen, blank slachtoffer, donkere schutter in deze verrukkelijke buurt: gedonder in pers gegarandeerd.

'Ja, laat de centrale hem nu maar bellen.' Matty bedacht, dek jezelf door hem te dekken, maar toen: 'Nee, doe maar niet,' omdat hij minstens een uur ongestoord wilde werken voordat iedereen hem op zijn nek ging zitten.

'En natuurlijk heb je iemand de familie op de hoogte laten brengen.'

'Dat zou ik net doen en toen verscheen jij.'

Het was niet Oh's taak, maar…

Hij werd op zijn schouder getikt, draaide zich om en zag een bezorger staan, bungelende sigaret en de armen vol lange bruine zakken met broodjes en bagels.

Nazir sloeg met zijn vlakke hand op zijn raam en opende zijn armen wijd, alsof de man zijn kinderen vasthield.

'Mag ik?' De man, vet, bebaard, verveeld. De rook uit zijn mondhoek krulde recht in zijn oog.

Matty gaf een van de uniformen een teken dat de man zijn bezorging kon afleveren. 'En dan wil ik dat hek weer omlaag hebben.'

Op het moment dat hij een paar telefoontjes wilde plegen, een paar
mensen van zijn eigen eenheid wakker wilde maken, stopten er twee
personenwagens met nog meer nachtdiensters, uit Harlem en Inwood.

'Tisser, baas?' Tegen Bobby.

'Matty?' Bobby uit respect voor de plaatselijke collega.

Hij kreeg er vier aangeboden, twee mannen, twee vrouwen, drie
van hen Latijns-Amerikaans, wat goed uitkwam gezien waar ze zich
bevonden. 'Oké, getuigen zoeken,' met een handgebaar naar de oude
huurkazernes waarbij hij nu zag dat sommige voordeuren op een
kier stonden, waarschijnlijk permanent onklaar gemaakt – een teken
van Fujianese overbevolking waar tientallen mannen als haringen in
dezelfde woning gepropt waren die allemaal op ieder uur van de dag
en nacht moesten komen en gaan. 'Jullie weten het, zoveel als maar
realistisch is. Ik denk niet dat er in deze buurt camera's op straat
gericht staan, maar misschien staan ze ergens op een camera van de
ondergrondse, als ze hem naar Brooklyn zijn gesmeerd. Het dichtstbijzijnde station is Delancey en Christie; praat met het personeel op
de perrons, achter de kassa, jullie kennen het plaatje.' En toen tegen
Bobby: 'Waar is die andere vent ook alweer?'

Matty stond voorovergebogen, met een hand op het dak van de patrouillewagen zodat hij op ooghoogte kwam met de man, slachtoffer
of getuige, die roerloos op de achterbank zat.

'Eric?' Toen hij het portier opende, draaide Eric Cash zich met
shock-starende ogen naar hem toe. Er hing een lichte alcoholwalm
in de lucht, maar Matty was er vrij zeker van dat de drank al even
geleden uit het lichaam van de jongen verjaagd was. 'Mijn naam is
Clark, ik ben rechercheur. Het spijt me wat je vriend is overkomen.'

'Kan ik nu naar huis?' vroeg Eric opgewekt.

'Absoluut, nog even. Wat ik me namelijk afvroeg, het zou ons
enorm op weg helpen... Zou je me om de hoek precies kunnen laten
zien wat er gebeurd is?'

'Weet je,' ging Eric op dezelfde levendige, dissociatieve toon verder. 'Ik heb mensen altijd horen zeggen: "Ik dacht dat er een rotje afging." En zo klonk het precies. Net zoiets als ik, ik weet niet hoe lang geleden, een roman las, de titel weet ik niet meer, en het personage is ergens in een stad en hij is getuige van een steekpartij, en hij zegt dat het was alsof de dader, ik parafraseer het nu even, dat de dader het slachtoffer alleen maar met het mes op de borst tikte, alleen maar een heel zacht tikje gaf, en dat de vent die gestoken werd voorzichtig op de keien ging liggen, en dat was alles.' Eric keek Matty aan, wendde toen snel zijn blik af. 'Zo was het. "Pop," zo zachtjes. En dat was alles.'

Om de hoek, terug in Eldridge Street, maakte Eric even een babyachtig schuifelpasje van ontsteltenis toen hij zag dat het bloed niet weg was. Matty ondersteunde hem bij de elleboog.

De dag brak nu sneller aan, fris en zacht, en de straat was een gekkenhuis van vogels. Een dageraadachtig briesje deed Nazirs gerafelde wimpels boven zijn winkel klapperen alsof ze in een mast waren gehesen, en de huurkazernes zelf leken onder de voortjagende wolken voorover te rollen.

Iedere diender op de plaats delict, iedere nachtdienster, iedere collega in burger en uniform, stond of met zijn gsm te bellen, zich te melden, zich af te melden, dingen te melden, of ze waren bezig elkaars stenoblokjes te voeden. Iets wat Matty altijd weer opviel, hoe je het verhaal letterlijk voor je ogen in een kruis-koor van gegevens zag ontstaan: namen, tijdstippen, daden, citaten, adressen, telefoonnummers, run-nummers, schildnummers.

Het grootste deel van de La Bohèmers was inmiddels vertrokken, maar ze werden nu vervangen door een nieuwe ploeg, de uit busjes springende videofreelancers – een van hen verscheen zelfs op een fiets met tien versnellingen, de politiescanner op het stuur gebonden.

'Oké,' begon Cash, zijn gezicht vertrekkend en plukkend aan zijn haar, alsof hij iets vitaals vergeten was. 'Oké.'

'Je hebt alle tijd,' zei Matty.

Bobby Oh was weggelopen om de jeugd die was achtergebleven te ondervragen om te zien of ze een persoonlijke reden hadden om niet naar bed te gaan.

'Oké, dus... We staken Rivington over vanuit Berkmann's, met ons drieën, we gingen naar de flat van Steve.' Hij wees op het pand naast nummer 27. 'Hij was, we moesten hem half dragen, hij was straalbezopen. Ik ken hem niet echt, ik geloof dat hij een studiegenoot van Ike was en Ike ken ik eigenlijk ook niet en...' Hij begon af te dwalen, draaide een beetje rond alsof hij iemand zocht.

'En...' spoorde Matty aan.

'En ineens komen er twee jongens als wolven uit het donker, richten een wapen op ons, zeggen: "Geef op." En ik, ik geef meteen mijn portefeuille af, ik moest Steve loslaten en hij klapt gewoon tegen de stoep, maar Ike, ik weet het niet, Ike gaat op ze af en zegt: "Dan ben je aan het verkeerde adres," alsof hij met ze wil vechten, en toen "Pop," gewoon "Pop," en ze zijn verdwenen.'

'"Dan ben je aan het verkeerde adres,"' Matty schreef het op. De man had Bobby Oh verteld dat zijn vriend had gezegd: 'Vanavond niet, vriend.'

'Ze zeiden verder niets?'

'Misschien dat een van hen nog zei: "Oh."'

'"Oh"?'

'Zoiets als "O, shit," en toen de andere misschien: "Go."'

'Verder niets?'

'"Oh," en "Go," geloof ik.'

'En welke kant gingen ze op?'

'Die kant op,' naar het zuiden wijzend. 'Maar ik weet het niet zeker.'

Naar het zuiden, nu, niet naar het oosten, wat hij tegen Bobby had gezegd. Het zuiden betekende een hele nieuwe reeks woontorens maar geen haltes van de ondergrondse, wat de daders lokaal maakte, waarschijnlijk uit de gigantische Clara Lemlich Houses. Tenzij deze vent het de eerste keer goed had gehad en ze naar het oosten waren gevlucht...

Twee rechercheurs van de nachtdienst, klaar met het verhoren van buurtbewoners, kwamen uit het pand pal aan de overkant, en een van hen trok haar oogleden weg met de toppen van haar vingers, wat wilde zeggen, tot de nok toe gevuld met spleetogen.

Matty zag dat Bobby Oh het gebaar zag, de uitdrukking op zijn gezicht – Matty durfde kon het amper toe te geven – ondoorgronde-lijk.

'En nog een keer,' zei hij tegen Cash. 'Kun je ze beschrijven?'

'Ik weet het niet. Zwart. Latino. Ik wil niet de racist uithangen, maar in mijn hoofd? Ik doe mijn ogen dicht en zie wolven.'

Matty zag dat Nazir de jonge man vanuit zijn winkel met een harde, strakke blik zat op te nemen.

'Afgezien van wolven...'

'Ik weet het niet. Mager waren ze, mager, met een sikje.'

'Hadden ze allebei een sikje?'

'Een van hen. Geloof ik. Ik weet het niet, ik keek het grootste deel van de tijd naar beneden,' zei hij, terwijl hij onbewust weer een twist-pasje maakte en zonder iets te zien Eldridge Street aftuurde. 'Ik heb het allemaal al eerder aan de Aziatische rechercheur verteld en op dit moment wordt mijn geheugen alleen maar slechter, niet beter...'

'Goed, luister, dit is moeilijk voor je, dat begrijp ik, maar...'

'Ik heb niets misdaan,' zijn stem begon te breken.

'Dat heeft niemand gezegd,' zei Matty zorgvuldig.

Nazir tikte hard op zijn etalageruit om Matty's aandacht te trekken. Hij keek woedend.

'Nog heel even, Eric. Ik weet dat jij die kerels die je vriend hebben neergeschoten net zo hard wil grijpen...'

'Dat zeg ik net: hij is mijn vriend niet. Ik ken hem eigenlijk amper.'

Matty registreerde dat Eric de tegenwoordige tijd gebruikte en vroeg zich af of hij wist dat Marcus dood was. Cash had nog steeds niet gevraagd hoe de andere jongen, vriend of geen vriend, eraan toe was.

'Kun je iets over het wapen zeggen?'

Eric liet zijn schouders zakken en haalde diep adem. 'Volgens mij was het een .22.'

'Heb je verstand van wapens?'

'Ik heb verstand van .22-ers. Mijn vader gaf me er een mee toen ik naar New York verhuisde. Ik heb hem weggegooid zo gauw ik hier was.'

'Oké,' zei Matty na een paar seconden. 'Wat gebeurde er toen.'

'Ik probeerde het alarmnummer te bellen op mijn gsm, maar ik had geen bereik en dus ben ik die vestibule daar in gerend om het binnen te proberen.'

'Je rende naar binnen.'

'Ik denk dat de batterij gewoon leeg was, en dus ben ik weer de straat op gerend om hulp te halen, en opeens staan er vier smerissen met hun wapen op me gericht.' Eric haalde nog eens diep adem.

'Huh.'

'Wat?'

'Het dringt ineens tot me door... Ik heb de afgelopen twee uur vijf wapens op me gericht gehad.'

Terwijl een patrouillewagen de zwakjes protesterende Eric Cash meenam naar het bureau van wijk Acht, tikte Nazir nog eens kwaad op zijn ruit en wenkte Matty.

Bobby Oh had gezegd dat de man niets had gezien, maar omdat de winkel in Matty's domein lag zou hij hem een paar minuten geven om te klagen dat hij gesloten was en tekeer te gaan dat hij de stad voor zijn gebroken ruit zou laten opdraaien.

Toen hij naar de winkelpui toeliep, trok de Jemeniet van binnen in de zaak zijn rolhek omhoog.

'Nazir, de technische jongens lopen een beetje achter met het werk, maar ik zorg dat je zo snel mogelijk weer open kan, jongen.'

'Nee. Dat ook, maar ik wil je iets vertellen. Die klootzak waar je mee stond te praten, hè? Ik weet niet wat hij je verteld heeft, maar vertrouw hem maar niet. Hij deugt van geen kant.'

'Oh nee?' Matty bekeek de gekartelde vertakkingen van de gebroken ruit. 'Hoezo dat?'

'We hadden hier gisteren de Maagd Maria in de zaak, wist je dat?'

'Ik hoorde het, ja. Gefeliciteerd.'

'Gefeliciteerd? Die schoft is hier met een vriend binnengekomen en ze hebben haar weggeveegd alsof het niets was.' Hij knipte met zijn vingers. 'Iedereen was er kapot van.'

'Een heleboel fans teleurgesteld, zeker?' zei Matty, en toen, met een blik op zijn horloge: 'Goed, chef, ik zorg dat je zo snel mogelijk weer open kan.'

'Wacht,' zei Nazir terwijl hij in zijn zak groef en een mobiele telefoon te voorschijn haalde. 'Dit gooide die schoft tegen mijn etalage,' en gaf hem aan Matty. 'Ik mag drie keer doodvallen eer hij hem terugkrijgt.'

Toen hij hem openklapte, ontdekte Matty niet alleen dat Eric Cash' telefoon volledige opgeladen was, niet alleen dat het laatst gekozen nummer niet het alarmnummer was, maar, toen hij de lijst recent gebelde nummers afliep, dat dat nummer er helemaal niet in voorkwam. Toen hij de verbindingstoets indrukte, koos het toestel het laatste nummer, Café Berkmann, waar op dit nietbestaande uur van de dag een antwoordapparaat aanstond, maar de ontvangst was kristalhelder.

Oké, misschien had hij zich in zijn shocktoestand alleen maar ingebeeld dat hij had gebeld. Of misschien was er tijdelijk iets mis met de stroom of iets mis met het bereik. Of had Matty hem niet goed gehoord...

Daley, een van de Leefomgevingsjongens, een gewichtheffer die twee keer zo groot was door de omvang van het vest onder zijn sweatshirt, ving zijn blik op en wenkte hem naar de plek waar hij had staan praten met twee mensen, een lange, stevige vent met lang, kroezend peenhaar dat in een paardenstaart zat gebonden, en een even lang, zwart meisje, zo slank als een turnster, met kortgeknipt haar dat in een elfenpony was gehaarlakt.

'Hem moet je hebben.' Daley gebaarde naar Matty.

'Wat is er?' vroeg Matty.

'Ik zeg net tegen deze agent dat mijn vriendin en ik stonden te luisteren naar wat die vent vertelde dat er gebeurd was?' zei de man met de rooie kop. 'We waren zelfs speciaal blijven hangen om te horen wat hij zou zeggen omdat we hier aan deze kant van de straat stonden toen het gebeurde.'

'Moment,' onderbrak Matty hem, en wees waar Oh in de menigte stond. 'Tommy, kun jij hem hierheen halen?'

Daley baande zich een weg door de menigte terwijl Matty zijn hand op de arm van de man hield om hem stil te houden totdat Bobby bij hen was en ze het stel uit elkaar konden halen. De jongen leek doodop van een nacht doorhalen, maar nuchter, zijn vriendin een beetje nerveus maar helder.

Een paar tellen later liep Matty met de jongen de hoek om en keek zijn vriendin hem over haar schouder na terwijl Oh haar in tegengestelde richting meetroonde.

'Oké,' zei Matty toen ze eindelijk alleen waren, voor de deur van een bouwvallige *shteibel*, een Talmoed-leeszaal in Allen Street. 'Zeg het maar.'

'Zoals ik al zei, mijn vriendin en ik stonden pal aan de overkant toen het gebeurde.'

'Toen wat gebeurde.'

'Het schieten.'

'Oké.'

'Wat die gozer zei dat er twee zwarte jongens, of Dominicanen of wat dan ook, zomaar opeens op hen afkwamen?' De man stak een sigaret op en blies een snelle rooksliert uit. 'Hij liegt dat hij barst.'

Om 05.30 uur klom Eric Cash stijf van de achterbank van de patrouillewagen en draaide zich naar het bureau van wijk Acht, een achthoekig, op beleg berekend fort uit het tijdperk Lindsay, neergezet op platgebulldozerde longlijdersblokken en nu als een met punten bezette vuist gericht op de omliggende projects – Lemlich, Riis, Wald, Cahan en Gompers – in een buurt die verder laag en somber was, en zo ver naar het oosten lag dat hij een wereld vormde van laatste overblijfselen van voor de onroerend goed-run: het laatste joodse bejaardentehuis, de laatste kogelvrije drankhandel, het laatste Chinese afhaalgat-in-de-muur en de laatste markt van levend pluimvee – alles en iedereen gedompeld in het permanente halfduister onder de reusachtige stenen bogen van de Williamsburg Bridge.

Terwijl hij de paar treden naar de hoofdingang op werd geleid, vlogen de deuren met een klap open en stoven twee ambulanceverplegers met een brancard als een bobslee tussen zich in recht op hem af, maakten op het laatste moment een haakse bocht naar links om de invalidenbaan aan de zijkant van het gebouw te nemen, en staarde Ike's vriend Steven Boulware met weggezakte ogen in een hoofd dat bij elke hobbel en richel slap schudde, naar hem omhoog.

Op hetzelfde tijdstip staken twee rechercheurs van de nachtdienst de vloer van schilferende, achthoekige tegels in de hal van Eldridge Street 27 over, en begonnen de zadelvormige marmeren traptreden naar de bovenste verdieping op te sjokken om hun buurtonderzoek te beginnen. Er waren drie woningen per verdieping, elk met zijn dik onder de verf gesmeerde, vliesdun geworden mezoeza, alle voordeuren geschilderd in hetzelfde doffe karmijn als het in reliëf geperste tin waarmee de onderste helft van de muren van het trappenhuis van vestibule tot dak bedekt was.

Elk van hen nam een deur, gaf de ouderwetse draaibel, alsof het iemands neus was, een halve slag tussen duim en wijsvinger, wat een blikachtige, amper hoorbaar geluid veroorzaakte. Aanvankelijk deed niemand op de bovenste verdieping open, maar terwijl ze de trap afliepen naar de volgende, gluurde een klein, en voor zover er iets van haar te onderscheiden viel, Aziatisch vrouwtje door de kier van haar voordeur.

'Mevrouw?' Kendra Walker liep, zwaaiend met haar ID, haastig de trap weer op.

Het was een warme nacht geweest en ze had haar sportcolbertje over haar arm hangen, waardoor een onder haar vlezige schouder, in de jazzy letter van een clublogo getatoeëerde mannennaam zichtbaar was.

'Spreekt u Engels?' vroeg ze, met een stem die leek te veronderstellen dat volume verstaanbaarheid vergrootte.

'Engels?' herhaalde de vrouw.

Het rommelige appartement achter haar, verlicht door een eenzame neonhalo, was niet meer dan een enkel vertrek met een hoog plafond, overlopend in diverse hoeken en gaten.

'Geen Engels?'

'Nee.' De vrouw kon haar ogen niet losmaken van Kendra's tatoeage.

'Dat is de naam van mijn zoon,' zei Kendra, en zag toen de jongen uit een badkamer komen. 'Hallo.' Ze glimlachte; de jongen hield in, halverwege de rits. 'Spreek je Engels?'

'Ja,' antwoordde hij kortaf alsof hij een beetje beledigd was. Hij kwam zonder aansporing naar de deur.

'Is dat je moeder?'

'Mijn tante,' zei hij, en toen: 'Kevin,' lezend wat op Kendra's arm stond.

'Hoe heet je tante?'

'An Lu.'

'An Lu.' Ze schreef *Lou*. 'Kun je haar vragen...' Kendra aarzelde; de jongen was hoogstens een jaar of tien. 'Er is beneden een schietpartij geweest, een paar uur geleden. Er is een man gedood.'

'Gedood?' Hij vertrok zijn gezicht, ontblootte zijn tanden.

'Kun jij je tante vragen of ze iets gezien...'

'Hoe is hij gedood?' vroeg de jongen.

An Lu draaide haar gezicht van spreker naar spreker, zonder met haar ogen te knipperen.

'Zoals ik al zei, geschoten.'

'Geschoten?'

'Ja, geschoten,' zei ze langzaam. 'Kun je je tante vragen...'

De jongen vertaalde voor zijn tante, de vrouw luisterde met een effen uitdrukking op haar gezicht, keek Kendra aan en schudde van nee.

'Oké, kun je haar vragen of ze misschien iets gehoord heeft?'

De jongen vertaalde weer en deze keer had de vrouw iets te zeggen.

'Ze heeft mensen op straat horen schreeuwen, maar ze spreekt geen Engels dus...'

'De mensen die ze hoorde, hoe klonken die? Blank, zwart, Spaans...'

Opnieuw een korte uitwisseling, toen: 'Ze zegt Amerikaans.'

'Ze kon zeker niet een enkel woord verstaan, misschien een naam.'

De jongen gebaarde dat de vraag zinloos was. 'Waarom vraagt u het niet aan mij?'

Kendra aarzelde; geen tijd voor spelletjes, maar als de jongen eventueel iets had gehoord...

'Oké.' Met een sierlijk gebaar van haar pen, als met een dirigeerstokje, een show voor hem. 'Hoe heet jij?'

'Winston Ciu.'

'Oké, Winston Ciu. En jij? Heb jij iets gehoord of gezien?'

'Nee,' zei hij. 'Maar ik wou dat het wel zo was.'

Op de derde verdieping deinsde de Dominicaanse vrouw die opendeed met een hand op haar borst achteruit toen ze de rechercheur
zag staan.

'Jezus, zie ik er zo erg uit?' zei Gloria Rodriguez terwijl ze aan haar
kapsel voelde. 'Sorry dat ik u zo vroeg al stoor, maar er is hier voor
de deur geschoten.'

'Een uur geleden,' zei de vrouw. Ze had een kant-en-klare leesbril
uit de molen op en droeg een gebloemde peignoir en vinyl sloffen.

'Hebt u het gezien?'

'Gehoord. Ik lag in bed.'

'Wat hoorde u?'

'Zoiets als een schot. Schoten.'

'Schot of schoten.'

'Een, net een rotje. Pop, pop.'

'Dat zijn er twee.'

'Ja. Nee, eentje maar.'

Gloria hoorde Kendra een verdieping lager op een deur kloppen
en iets van beet hebben.

'Oké, dus u hoorde het schot, de pop. Hebt u uit het raam gekeken?'

'Nee, dat doe ik niet.'

'Hoorde u mensen praten? Een woordenwisseling?'

'Dat doe ik ook niet. Als ik iets hoor? Dan luister ik niet.'

'Misschien zonder het te willen. Misschien…'

'Een woordenwisseling, misschien. Misschien dat ik het droomde.'

'Waar ging het over?'

'In mijn droom?'

'Voor mijn part.'

'Ik weet nooit meer wat ik droom.'

Gloria keek de vrouw aan. 'U weet dat er nog steeds slecht volk
rondloopt dat we van de straat proberen te krijgen.'

'Goed zo.'

'Waarschijnlijk ziet u ze elke dag, toch?'

De vrouw haalde haar schouders op.

'Over wie heb ik het…'

De vrouw haalde haar schouders op.

'Wie heeft er hier in de buurt een wapen.'

Ze richtte haar kin op Gloria's heup. 'U.'

Terwijl ze de trap afliep hoorde Gloria een andere bewoonster praten over een woordenwisseling op straat, maar toen ze op de verdieping kwam, zag ze dat de vrouw niet met Kendra praatte maar met een verslaggever.

Om kwart voor zes stond Bobby Oh met Nikki Williams, de vriendin van de roodharige man, aan de overkant van de nog steeds drukke plaats delict.

'Ik kan het nog steeds niet geloven, het is gewoon, gewoon je leven. Je hoeft alleen maar de verkeerde straat in te lopen...' De lange, slanke meid huiverde, haar ogen strak in haar hoofd.

'Nikki...'

'Het was gewoon niets. Alsof God met zijn vingers knipte.'

'Nikki' – Bobby maakte even een wuivend gebaar – 'je moet me vertellen wat je hebt gezien.'

'Er is een beroemde regel uit een gedicht: "de wereld eindigt niet met een knal maar met gejammer."'

Bobby haalde adem, zei tegen de ogen: '"Dit is hoe de wereld eindigt. Niet met een knal maar met gejammer."'

Nikki staarde hem met onverholen verbazing aan.

'Alsjeblieft. Tijd is alles. Vertel wat je hebt gezien.'

Ze haalde diep, bevend adem, legde haar hand op haar hart en volgde de vlucht van een duif die de commotie verkende.

'Nikki.'

'Oké. Randal en ik liepen elkaar tegemoet in Eldridge Street?'

'Elkaar tegemoet?' Bobby hield zijn hoofd schuin. 'Ik dacht dat jullie bij elkaar waren.'

Nikki nam een ogenblik om tegen hem te glimlachen. 'Hoe kent u T.S. Eliot?'

'De apen waar ik mijn opvoeding van heb gehad waren verrassend intelligent. Dus jullie liepen naar elkaar toe?'

'Ja, dus. Ik bedoel, we waren oorspronkelijk samen om de hoek van Delancey gekomen, maar ik denk dat hij is blijven staan om een sigaret op te steken of zoiets, want van het ene moment op het andere sta ik in mijn eentje halverwege Eldridge, dus ik draaide me om om te kijken waar hij bleef en hij kwam nog maar net de hoek om, Eldridge *in*, en dat was toen ik *terug* begon te lopen, naar hem toe, en onderweg zag ik drie kerels aan de overkant, zo'n beetje halverwege ons? Ze stonden daar gewoon en opeens hoorde ik zo'n soort scherp pop- of snapgeluid en was er allerlei beweging alsof ze allemaal ergens bij vandaan sprongen, toen vielen er twee en rende de derde met iets metallics in zijn hand dat gebouw binnen.'

'Metallic.' Bobby moest een stukje achterover buigen; Nikki stak zeker tien centimeter boven hem uit.

'Ik dacht een wapen omdat twee van hen op de grond lagen, maar ik zag alleen maar iets glanzen in zijn hand, dus…'

'En je zag die drie voor het eerst toen je terugliep naar je vriend.'

'Ja.'

'Stonden ze met het gezicht naar je toe?'

'Nee, meer met hun rug naar me toe, meer met hun gezicht naar dat gebouw.'

'Zag je andere mensen bij hen staan?'

'Nee. Er was zelfs verder niemand op straat, behalve Randal.' Toen: 'Ik kan gewoon niet geloven dat ik hier gewoon sta.' Ze liet haar duim zachtjes over de randen van haar lippen glijden.

'En hoe lang denk je dat het duurde vanaf dat je hen zag, tot je het schot hoorde?'

'Dat weet ik niet. Zo lang het duurde om terug te lopen naar Randal terwijl hij naar mij toe liep? Hoe lang is dat? Tien seconden? Twintig seconden? Ik heb niet zo'n goed gevoel voor tijd.'

'En keek je de hele tijd naar hen?'

'Niet dat ik echt naar hen keek, meer dat ik ze vanuit mijn ooghoek zag omdat wij tweeën en zij de enigen in de straat waren.'

'Heb je toevallig iets gehoord?'

'Uit hun richting?'

'Ja.'

'Zoiets als een gesprek?'

'Wat dan ook. Een gesprek, losse woorden, een naam, een of andere uitbarsting…'

'Ik geloof het niet. Dat zou ik me wel herinneren, denk ik.'
'Er zijn bewoners in de buurt die hebben gezegd dat ze een woordenwisseling of geschreeuw hebben gehoord voordat het schot viel. Maar jij hebt niets gehoord?'
Nikki aarzelde, hield haar hoofd schuin alsof ze ergens over nadacht, begon iets te zeggen en zei toen iets anders. 'Was u beledigd doordat ik zo verbaasd deed dat u die regel van T.S. Eliot kende?'
'Volstrekt niet,' zei Bobby. 'Dus je hebt niets van een woordenwisseling gehoord?'
'Niet van hen.'
'Wat...' zei Bobby.
'Ik bedoel, toen die smerissen een paar minuten later met getrokken wapens uit die taxi kwamen, schreeuwden ze als gekken: 'Politie. Wapen weg. Geen beweging. Wapen weg, godverdomme.' *Dat* was een hoop herrie, en toen kwam de man van die levensmiddelenzaak naar buiten – ze hadden zijn etalage ingegooid, of althans iemand, en die stond ook een tijdje goed te schreeuwen. Misschien dat die mensen dat hebben gehoord, maar nee, van die drie mannen heb ik niets gehoord.'
'En je zag niemand anders in hun buurt. Misschien iemand die tegenover hen stond, met wie ze bijvoorbeeld stonden te praten...'
'Nee. Ik bedoel, ik maakte niet echt een studie van ze maar, nee.'
'En jij en Randal, hoe ver waren jullie van elkaar af toen het schot viel?'
'Ik zou zeggen dat ik hier stond,' zei ze met haar armen om zich heen geslagen en haar ogen gericht op haar schoenen. 'En Randal bij dat gebouw daarginds met die hoofden van zeemerminnen in de gevel?' – wijzend naar een huurkazerne op een meter of dertig naar het zuiden, twee deuren van de hoek met Delancey, waar nu twee verslaggevers stonden, allebei met hun gsm aan het oor.
'Ik heb een heel duidelijk beeld van hoe hij en ik naar elkaar toe liepen met die drie aan de overkant zodat we een soort driehoek vormden, en dan ineens die scherpe pop en dat ik zag hoe twee van hen op de grond vielen en de derde met dat zilverachtige ding in zijn hand daar naar binnen rende. Op het volgende moment ligt Randal boven op me en probeert hij me onder deze auto te duwen,' met

een knikje naar een geparkeerde Lexus. 'Sir Galahad,' voegde ze er droogjes aan toe.

'Wat zeg je?' Bobby glimlachte.

'Nikki, is alles goed?' Een jong stel, nog in uitgaanskleren maar met koffie en ochtendbladen in de hand, drong zich alsof hij niet bestond tussen Bobby en zijn getuige in. Zij was blond, hij licht zwart, net als Nikki.

'Ik heb iemand neergeschoten zien worden,' gooide zij eruit.

'Wat?' hijgde de jonge vrouw.

'Het was of het niets voorstelde. Het was alsof ze uitgleden op het ijs.'

'Ja, zo gaat het,' zei de zwarte jongen deskundig, waarbij Bobby dacht: Die komt zo uit Scarsdale.

'Dood?'

Nikki boog zich voor haar vriendin langs om het antwoord van Bobby te horen, die op zijn horloge tikte.

'Ik bel jullie.' Nikki stapte bij hen vandaan.

'Voorzichtig met wat je zegt,' mompelde de jongen terwijl ze wegliepen.

'Wat?' Nikki keek hem achterna. 'Waarom?'

De jongen wierp een behoedzame blik in Bobby's richting en liep toen verder.

'Waarom?' Nikki keek Bobby angstig aan.

Bobby haalde zijn schouders op. 'Die vriend van je kijkt te veel televisie. Waarom noemde je je vriendje daarnet sir Galahad?'

'Wat?' Ze keek nog steeds verward, tuitte toen haar lippen en wierp een blik over Bobby heen in de verte. 'Het is... Ik maakte een grapje.'

Bobby wachtte even, stond op het punt door te vragen toen het plotselinge geraas van een veiligheidshek dat voor de deur van een boeddhistisch tempelpand werd opgehaald, haar deed loskomen van de grond.

'Loop ik risico door met u te praten?'

'Geen enkel,' zei hij zonder met zijn ogen te knipperen. 'Waar kwamen jullie vandaan voordat je elkaar kwijtraakte?'

'De verjaardag van mijn vriendin in een club, de Rose of Sharon in Essex Street?'

'Had je gedronken?'

'Dat kan ik niet. Ik ben allergisch voor alcohol.'

'Was je in andere zin onder invloed?'

'Of ik stoned was?'

Bobby wachtte.

'Ik had eerder een paar trekjes gehad, maar veel eerder, rond twaalf uur en het was alleen maar om mee te doen en van het gezeur van iedereen af te zijn dat ik niet dronk. Dus, vier uur later?' Ze haalde haar schouders op. 'Alleen maar moe.'

'Goed.' Bobby knikte. 'Goed.' Toen: 'Luister, ik moet dit vragen. Ben je ooit met de politie in aanraking geweest?'

'Of ik ooit aangehouden ben?' Het hoofd schuin.

Bobby wachtte.

'Zou u me dat vragen als ik blank was?'

'Bij zo'n zaak? Zelfs als je Koreaanse was.'

'Nee dus, ik ben nooit met de politie in aanraking geweest,' zei ze korzelig. 'Mag ik nu iets vragen?'

'Absoluut,' zei Bobby met zijn ogen op het volgende onderwerp.

'Oké, luister, de politie richt wapens op je en ze gillen dat je je wapen moet laten vallen, wapen weg, godverdomme wapen weg, maar ze gillen *ook* dat je geen beweging mag maken. Wat doe je?'

'Wat denk je zelf?' zei Bobby. 'Alleen langzaam.'

Een paar tellen later kwam Matty terug van zijn gesprek om de hoek met het vriendje, en Bobby zag het nieuwe verhaal ook in zijn ogen.

Het eerste punt op de agenda was nu het wapen vinden waarvan Eric Cash zich had ontdaan. Nadat hij een verzoek had ingediend om Eldridge 27 door een zoekploeg van Bijzondere Bijstand van dak tot kelder binnenstebuiten te keren, ging Matty terug naar het bureau, zat een paar minuten stil achter zijn bureau om zijn gedachten op een rijtje te zetten en begon toen de de verzoekstromen te bewerken om meer mankracht te regelen.

Toen dat gebeurd was, belde hij Bobby op de plaats delict om te zorgen dat hij de PD-unit, als en wanneer die ooit nog mocht verschijnen, rechtstreeks doorstuurde naar het bureau voordat ze de straat onder handen namen. Toen stond hij op en wierp door het raam van de verhoorkamer een blik op Eric Cash, voorovergezakt met zijn wang op de rand van het gehavende tafelblad, een onaangeraakt bekertje koffie een paar centimeter van zijn gezicht. Matty wilde de unit eerst hier hebben om hem te testen op kruitsporen, omdat ze zonder dat, als hij echt de schutter was en als het moordwapen onvindbaar bleek, wel eens zuur konden zijn – al naargelang hoe taai hij onder het verhoren was: hoe snel hij een advocaat had.

Matty legde een hand op de deur, en stapte toen achteruit; laat hem maar smoren.

Terug achter zijn bureau begon hij het nummer in te toetsen van zijn directe chef, inspecteur Carmody, maar hing halverwege op. De man moest 24 uur op de hoogte worden gehouden als er in de wijk iets van deze omvang voorviel, maar hij was nieuw, zou alleen maar in de weg lopen en hij zou het toch niet willen weten.

In plaats daarvan belde hij Bobby Oh weer.

'Waar blijft die godvergeten PD-unit?'

'Wat wil je.'

'Geen wapen?'

'Dat zou je horen.' Toen: 'Ik zou ze maar bellen.'

Matty gunde zich nog een laatste moment om adem te halen, te denken aan een bamboewoud of een bergbeek, hoe die er ook uit mochten zien of mochten klinken, en belde toen Plaats Delict, biddend dat hij niet de Goalie zou treffen.

'Baumgartner.'

'Ja, goeiemorgen brigadier,' denkend, tering. 'Met Matty Clark van wijk Acht. Ik zit met een doodslag, een mogelijke verdachte in hechtenis, maar geen wapen, en ik heb een paraffinetest nodig.'

'Doodslag?'

'Ja.'

'Bevestigd?'

'Ja.'

'In.'

'Het Gouverneur.'

'Naam van de arts?'

Matty raadpleegde zijn aantekeningen. 'Prahash. Samram Prahash.'

'En waarom is hij de dader?'

'We hebben twee getuigen.'

'Zichtbare sporen op kleding of handen?'

'Voor zover ik weet wel,' loog Matty.

'Hoe laat is er geschoten?'

Matty haalde adem, wist welke kant dit op ging. 'Omstreeks nulvier uur dertig,' wat een halfuur later was.

'En hoe laat is het nu?'

Kijk goddomme op de klok aan je muur; Matty zag het beeld van Baumgartner achter zijn bureau, zo groot als een walrus, met dito snor.

'Brigadier?' Baumgartner, zangerig. 'Hoe laat is het nu?'

'Nul-zes uur dertig, ongeveer.' Pedante zak.

'Goed dan,' zuchtte de Goalie. 'Ik zal mijn baas moeten bewerken, maar ik kan je zo al wel zeggen, wat je ongetwijfeld zelf al weet, dat een paraffinetest na twee uur niet doorslaggevend is.'

'Moet je horen,' zei Matty tussen zijn tanden door. 'Als je je baas aan de lijn hebt, zeg hem dan dat de hoge bazen hier al bovenop zitten,' loog hij opnieuw. 'Zeg hem dat er daarginds al meer reportagewagens staan dan er mensen wonen. Zeg hem dat er dikke stront aan de knikker is.'

'Goed,' zei Baumgartner. 'Ik bel je terug.'

'Bel me rechtstreeks.' Matty gaf hem zijn mobiele nummer.

'Geef je naam nog eens.'

'Clark. Brigadier Matthew Clark. Wijk Acht.'

Om 07.00 uur bevonden twee van Matty's rechercheurs, Yolonda Bello en John Mullins, zich op Henry Hudson Parkway 2030 in Riverdale, een uit witte baksteen opgetrokken, vijfentwintig verdiepingen hoge monstruositeit met een bijna voorwereldlijk uitzicht over de rivier op de Pallisades in New Jersey. Het was niet Isaac Marcus' huidige adres, dat was dus een vijfmans slaaphok in Cobble Hill, een Our Gangachtige, wiet-doorrookte souterrainflat waar geen enkele van zijn net-

67

ontwaakte huisgenoten de rechercheurs zelfs maar kon vertellen waar Ike oorspronkelijk vandaan kwam. Riverdale was het adres op zijn rijbewijs en eveneens het huis van een zekere William Marcus, vermoedelijk de vader of op zijn minst een bloedverwant. De twee collega's die het bezoek moesten afleggen, waren gekozen omdat het adres in Riverdale vrijwel op hun route naar het werk lag: Yolonda woonde maar drie straten verderop, Mullins tien minuten naar het noorden in Yonkers. John kwam dikwijls over als een onaandoenlijke reus, wat niet echt zijn fout was, maar Yolonda was, in de juiste stemming, met haar grote, vochtige ogen die permanent op het randje van huilen stonden en haar stem als een knuffel, het beste in dit aspect van het werk. Toen ze zich bij de ongeveer veertigjarige, op blote voeten lopende vrouw die opendeed identificeerden als rechercheurs, sloeg die binnen een hartklop om van slaperig in woedend.

'Nou moet je ophouden, heeft dat gestoorde type aangifte gedaan of zoiets?'

'Wat?' Een geschrokken teenager kondigde haar aanwezigheid aan vanuit de nis met de eettafel. 'Hoezo, aangifte? Aangifte waarvan?'

'Dat kreng had haar de hele wedstrijd op haar nek gezeten en ze kreeg haar verdiende loon. De scheids floot niet eens voor een persoonlijke fout,' voer de vrouw tegen Yolonda uit. 'Zij trapte op haar hielen, werkte met haar ellebogen en ga zo maar door, en er zijn wel honderd getuigen die dat kunnen bevestigen. Jezus christus, moet je nou zien hoe groot zij helemaal is.'

De vrouw droeg zorgvuldig gescheurde jeans en een pas gestreken, wit T-shirt.

'Als ik vandaag ga, ben ik dood.' Het meisje was nu volkomen in paniek. 'Ik zei het nog.'

'Rustig, Nina. Er is niemand dood,' zei de vrouw, en keerde zich toen weer naar de zwijgende rechercheurs. 'Dit is gewoon honderd procent gelul.'

Wat het ook was waar de twee het over hadden, het was of relevant of niet, dacht Yolonda, maar het zou minstens een paar minuten moeten wachten.

'Is dit het adres van Isaac Marcus?' vroeg ze ten slotte.

'Isaac?' Yolonda's zachte, verontschuldigende toon had de vrouw onmiddellijk doen bedaren. 'Nee, hij woont in Brooklyn, geloof ik.' Toen: 'Wat wilt u van Ike?'

'Mooi dat ik vandaag niet naar school ga,' kreunde het meisje bij zichzelf.

'Wat wilt u van Ike?' herhaalde de vrouw met een kleiner wordend stemmetje. 'Ben u zijn moeder?'

'Nee. Ja. Nee, nee.' Er lag nu angst in haar ogen, ze begon kleine pasjes op de plaats te maken en stak een vinger op, als een heiligenbeeld. 'Ik ben getrouwd. Met zijn vader. Hertrouwd. Wat is er gebeurd?'

'Sorry, maar hoe heet u?'

'Ik?'

Yolonda wachtte, denkend, ze weet het al.

'Minette. Minette Davidson.'

'Minette,' zei Yolonda, stapte toen ongevraagd over de drempel en leidde de vrouw naar haar bankstel. Mullins kwam zwijgend achter hen aan, terwijl zijn blik zich onwillekeurig richtte op de prehistorische kliffen aan de overkant van de rivier.

In beslag genomen door haar eigen paniek bewees het meisje iedereen een dienst door uit de eethoek weg te stampen. Een paar tellen later sloeg ergens een deur dicht.

'Alstublieft,' zei Minette. Een onafgemaakte smeekbede.

'Is zijn vader thuis?' vroeg Yolonda geheel volgens het script.

'Hij zit in het noorden.'

Yolonda en John wisselden een blik; 'in het noorden' was voor hen een eufemisme voor gevangenis.

'Hij had een congres. Hij komt vanavond terug. Wat is…'

'Weet je hoe we hem kunnen bereiken?'

'O, alstublieft.'

Genoeg.

'Minette…' De vrouw probeerde op te staan maar Yolonda legde een hand op haar schouder en ging toen op haar hurken zitten om op ooghoogte te komen. 'We hebben een heel slecht bericht.'

Minette sprong, ondanks Yolonda's hand op haar schouder, overeind en dwarrelde toen, zonder op nadere details te wachten, als een blaadje op de vloer.

Omdat ze Minette Davidson niet met haar dochter alleen wilde laten, meldde Yolonda zich telefonisch bij Matty, en toen bleven zij en John het halfuur dat het duurde voordat Minette's zus eindelijk arriveerde, in de flat. Gedurende die tijd kwam niemand in de buurt van het meisje dat, zich van niets bewust, achter haar dichte slaapkamerdeur zat.

Volgens Yolonda, die het weer wist van zijn vrouw, een lerares Spaans aan een privé-school in Riverdale, werkte de vader van de dode jongen bij Con Ed, als projectmanager toxische locaties, wat dat ook mochten zijn, en zat hij op dit moment in een Marriott Hotel in de buurt van Tarrytown voor een seminar over het opruimen van hot-spots, wat *dat* ook weer mocht wezen.

Matty stond op het punt de politie van Tarrytown te bellen met een verzoek tot inkennisstelling toen Kendra Walker, een van de rechercheurs van de nachtdienst, binnenkwam om het toilet te gebruiken – haar riem al half los voordat ze wist waar het was.

'Die kant op.' Matty wees vanachter zijn bureau. 'Hé, is die PD-unit ooit nog op komen dagen?'

'Ja, ze kwamen net aan toen ik wegging. Bobby probeert ze nu hierheen te loodsen voor die paraffinetest die je wilde? Maar ik geloof dat ik een van hen hoorde zeggen dat ze daar nooit opdracht voor hebben gekregen, dus...'

'Nooit *wat*?'

'Ja. Sorry hoor, briggs.' Kendra haalde haar schouders en ging richting wc.

'Baumgartner.'

'Heb je je baas al gesproken?'

'Met wie spreek ik?'

'Matty Clark. Wijk Acht.'

'Hij begint om acht uur.'

'Ik dacht dat je hem meteen zou bellen nadat we elkaar gesproken hadden. Om *acht* uur? Dat heb je me niet verteld.' Matty probeerde zijn woede in te tomen, want je schoot er niets mee op die vent op de kast te jagen; hij zette je alleen maar achterin de rij als je nog een keer snel een pd-unit nodig had.

'Ik kan je meteen wel vertellen wat hij gaat zeggen,' zei Baumgartner die ergens op zat te kauwen. 'Namelijk dat voor een dergelijke zaak het verzoek van hogerop dan jou moet komen, op zijn minst een divisiecommandant.'

'Hé' – Matty grijnsde van razernij – 'had je me dat niet meteen kunnen vertellen? Weet je wel, gezien dat we op tijd proberen te zijn?'

'Ik zeg je gewoon hoe het ligt.'

'Ik hoop dat dit ergens goed voor is.' De stem van Mangini, de hoofdinspecteur, klonk als taai geworden lijm door de telefoon.

'Hoofdinspecteur' – Matty met een pijnlijke grimas – 'Matty Clark, wijk Acht, bent u wakker?'

'Nu wel.' Mangini hoestte.

'Sorry, baas. Hoe laat begint u?'

'Twaalf uur.'

'Ja, we zitten hier met een probleem, een doodslag, misschien hebben we de schutter, volgens twee getuigen is hij het, maar we hebben het wapen nog niet en ik heb de jongens van pd nodig voor een paraffinetest.'

'En?'

'Een chef moet de opdracht geven.'

'Het is verdomme nog geen zeven uur.'

'Het is half acht. Het punt is dat ik het nu nodig heb, want het is al bijna drieëneenhalf uur geleden.'

De hoofdinspecteur smoorde plotseling zijn toestel. Matty bleef hangen, met een potlood op zijn vloeiblad roffelend en lijdzaam luisterend naar de gedempte woordenwisseling tussen Mangini en zijn vrouw, die de man waarschijnlijk wakker had gemaakt door dit telefoontje in bed op te nemen.

'Goed, wat wil je?' De chef weer aan de lijn.

'Als ik nu…' Matty achter zijn bureau, handpalmen naar boven en gespreid. 'Als ik nu eens een van mijn mensen laat bellen en zeggen dat hij u is.'

'Mij best. Doe maar.' Toen. 'Wacht even. Voor een paraffinetest?'

'Ja.'

'Je zei daarnet toch dat je twee getuigen had?'

'Dat klopt, maar...'

'Waar heb je dan nog een paraffinetest voor nodig?'

'Omdat ik er een wil. Omdat je het maar beter zeker kan weten.'

De commandant zuchtte. Matty zag hem voor zich zoals hij daar lag, met zijn haren in pieken omhoog tegen het kussen.

'Goed, moet je horen.' Mangini hoestte, snoof. 'Wil je me een plezier doen? Bel de adjunct hierover en regel het met hem.'

'Berkowitz?' Matty kneep zijn wenkbrauwen samen. 'Hoe laat begint hij?'

'Een uur of acht.'

Met bazen kon acht inderdaad acht zijn, het kon negen zijn, het kon tien zijn: tien uur, zes uur na de schietpartij.

Matty hing op, belde adjunct-commissaris Berkowitz, kreeg het antwoordapparaat, sprak zijn situatie en mobiele nummer in, en meer kon hij niet doen.

Hij stond op om nog eens bij Eric Cash te kijken, hield in, wat was hij aan het vergeten...

Hij ging weer zitten en belde uiteindelijk de collega's in Tarrytown om de vader van Isaac Marcus in zijn hotel op de hoogte te brengen, hoewel zijn vrouw hem het nieuws inmiddels wel moest hebben verteld.

Niemand had enig idee hoe ze de moeder van de jongen moesten vinden.

Op het moment dat hij ophing, ging zijn gsm; Matty hoopte op Berkowitz, op Bobby Oh.

'Hé, Matty.' De chef van het bureau, Carmody, aan de lijn. 'Ik kijk net naar het nieuws. Wat is er in godsnaam aan de hand?'

'Ja, hallo inspecteur. Ik wilde u niet lastigvallen, we hebben het onder controle.'

'Moet ik komen?'

'We redden het wel, baas. Bedankt.'

'Goed. Bel me als er iets verandert.'

'Doe ik, baas.'

Van achter zijn bureau zag hij hoe Eric Cash naar de wc werd begeleid, de verhoorkamer uit lopend alsof hij eigenlijk een halfopen ziekenhuishemd hoorde te dragen.

Om half acht, ruwweg drieëneenhalf uur na de moord, stond de roodharige getuige, Randal Condo, voor de derde keer sinds hij zich als getuige had gemeld aan de overkant van Eldridge Street 27, deze keer met Kevin Flaherty, een substituut-officier van het kantoor van de openbare aanklager.

'...arm in arm met hun drieën, als in een revue. Ze stonden pal onder de straatlantaarn. Het was alsof ze op de bühne stonden.'

De plaats delict was inmiddels teruggebracht tot de tape, een bloedbevlekt trottoir, een paar weggegooide, binnenstebuiten gekeerde operatiehandschoenen, en een verspreid staand groepje mindere verslaggevers die als jongens op een dansfeestje probeerden te bedenken hoe ze de substituut en de getuige aan de overkant het beste konden benaderen.

'Stonden ze met hun gezicht naar je toe?' De substituut, een nog jonge ex-politieman, bood een stukje kauwgum aan, waardoor zijn inmiddels spijtig genoeg met een trompe-l'oeilcirkel van prikkeldraad getatoeëerde pols als een armband onder zijn stijve witte manchet uit gluurde.

'Nee, met hun rug naar me toe. Ik liep vanaf de hoek naar Nikki toe.'

'Je vriendin.'

Ze zwegen een paar tellen toen een lange, blonde meid op een fiets pal voor hen stopte om te kijken wat er gaande was; de tatoeage onder aan haar ruggengraat steeg als blauwe rook op uit het zitvlak van haar jeans.

'Je vriendin,' herhaalde Flaherty.

'Ja, en zij liep naar mij toe en zij stonden zoiets halverwege tussen ons in, aan de overkant, dus...'

'Hoorde je iets van wat ze zeiden?'

'Niet echt.' Randal hield zijn hand boven zijn ogen tegen het daglicht, het oogwit nu net zo rood als zijn haar.

'Er zijn veel bewoners die zeggen dat ze een woordenwisseling hoorden.'

'Ik heb niets gehoord, misschien Nikki. Krijgt zij ergens de derde graad?'

'Ongetwijfeld. Gearmd dus, met hun rug naar jou toe...'

'Ja, en wij liepen naar elkaar toe, Nikki en ik, en toen viel er een schot, de vent in het midden zakt in elkaar op de grond, de linker valt met zijn armen wijd recht achterover en de derde smeert hem naar binnen.'

'Heb je een wapen gezien?'

'Nee, op dat moment waren Nikki en ik ongeveer bij elkaar vanaf waar we naar elkaar toe liepen, gelukkig, en ik ging gewoon op de automatische piloot en trok haar achter deze auto hier.' Hij gaf een tikje tegen het passagiersportier van een gedeukte Lexus. 'Dus ik keek niet.'

'Dus in feite heb je nooit een wapen gezien.'

'Nee, maar ik weet wel zeker dat ik, terwijl ik naar Nikki toe liep, die vent die naar binnen rende voor die tijd zijn arm zag optillen en ik wed dat de dode vent een kogel in zijn lijf had.'

'En je hebt niemand anders in hun buurt gezien.'

'Nee. Alleen hun drieën.'

'Alleen hun drieën.' De substituut stak kauwgum in zijn mond. 'Voorbijgangers?'

'Niemand thuis behalve de kipjes.'

'Behalve wie?'

'Het is een liedje.'

De substituut staarde hem aan.

'Laat maar.' Condo keek met een vage glimlach een andere kant op. 'Nee, verder niemand.'

'En er was niets dat je het zicht benam, geen geparkeerde auto's, geen voorbijkomend verkeer.'

'Het was net een spookstad.'

De substituut nam even de tijd om te schakelen, en de twee mannen keken hoe een grijze Chinese vrouw met twee plastic tassen vol groente zonder iets te merken door het bloed liep.

'Ik heb begrepen dat je de versie van die man van het gebeurde aan een rechercheur hebt horen vertellen.'

'Klopt.'

'Dan weet je dus dat hij beweert dat twee zwarte of latino jongens hebben geschoten.'

'Ja, wat verwacht u anders dat hij gaat zeggen?'

'Wat vind je daarvan?'

'Vraagt u dat omdat mijn vriendin zwart is?'

Flaherty wachtte.

'Vraagt u of ik sta te liegen en een of andere vent verneuk omdat hij een ingebakken racist is? Of vraagt u of ik sta te liegen om twee stukken schorem te dekken omdat ze dezelfde kleur hebben als de vrouw met wie ik naar bed ga?'

'Een van beide.'

'Geen van beide.'

'Even tussen ons.' De substituut wuifde een verslaggever weg voordat die zelfs maar halverwege was overgestoken. 'Je loopt hier om vier uur 's nachts over straat; je was niet stoned of zoiets?'

'Ik ben al negen maanden niet high geweest.'

'Had je gedronken?'

'Waarom vraagt u me dat allemaal, alsof ik het gedaan heb?'

'Beter dat ik het vraag dan een verdediger in de rechtszaal, neem dat van mij aan. Had je gedronken?'

'Een paar biertjes.' Condo haalde zijn schouders op. 'Tegenwoordig? Ik ga voornamelijk voor helderheid.'

'Ben je ooit gearresteerd?'

Randal keek hem strak aan. 'Ik heb twee masters, een van Berklee College of Music en een van Columbia University.'

De substituut hield op zijn beurt een hand boven zijn ogen tegen de zon. 'En, ja of nee?'

Een halfuur later, terug op het bureau, gluurde de substituut even door de driekwart neergelaten jaloezieën van de verder lege kamer van de inspecteur naar Randals vriendin, Nikki Williams, die daar wachtte tot iemand van het OM het hele verhaal opnieuw van haar wilde horen.

'Die jongen was best zeker van zijn zaak,' zei hij. 'Hoe was zij?'
Matty haalde zijn schouders op en sloeg zijn armen over elkaar.
'Bobby Oh zegt goed. Nuchter, onbelemmerd zicht, zegt dat ze alles aanvankelijk uit haar ooghoek zag omdat zij de enigen op straat waren. Dus het ging van perifeer, knal, focus, ze ziet twee man op de grond en een derde die met iets in zijn hand het pand in rent. Plus dat ze blijkbaar naar elkaar toe liepen, hij vanaf de hoek Eldridge-Delancey en zij door Eldridge naar Delancey toe, dus waren het twee totaal verschillende zichthoeken, dus...'
'Ja, dat zei hij ook. Heeft zij iets van een woordenwisseling gehoord?'
'Nee,' zei Matty. 'Geen woordenwisseling.'
'Waarom hoort iedereen dat dan wel en alleen die twee niet?'
'Geen idee.' Matty haalde zijn schouders op. 'New York 's nachts, omgevingsgeluid, of misschien hebben ze het geschreeuw achteraf van Lugo met zijn ploeg gehoord, of die Arabier die een keel opzette over zijn gebroken ruit, weet je wel – dat ze de tijdvolgorde op zijn kop zetten.'
'En die knul met zijn *Lost Weekend*?'
'Boulware? Hopeloos,' zei Matty. 'Uiteindelijk hebben ze hem naar het Gouverneur gebracht om zijn maag leeg te pompen.'
'En waar is die Cash nu?'
'Hier.' Matty nam de substituut mee door de gang naar de observatiehoek bij de verhoorkamer, waar ze zagen dat Eric Cash weer met zijn voorhoofd op zijn arm op het tafelblad was gezakt.
Flaherty wierp een blik op de klok aan de muur: 08.00.
'Heb je hem al aangepakt?'
'Nee, ik wil hem met Yolonda nemen.'
'Leren van de meester, zeker?'
'Krijg een dikke,' zei Matty onaangedaan. 'Ze is onderweg hier naartoe van de inkennisstelling.'
'Ik heb begrepen dat hij iets van een strafblaadje heeft?'
'Zes jaar geleden opgepakt in Broome County voor cokedealen,' zei Matty. 'Voorwaardelijk. Ik weet niet goed wat ik ervan moet denken.'
'Hij heeft geen advocaat gevraagd?'

'Niet eens of hij mocht bellen.' Matty stak zijn handen in zijn zakken, van het ene moment op het andere zo moe dat hij de wangzakken tot onder zijn kaken voelde groeien. 'Het zou wel fijn zijn als ik een idee had van een motief.'

'Ga dan naar binnen en zorg dat je het krijgt,' zei de substituut.

'Dat wapen zou ik ook graag hebben.'

'Briggs.' Een van de frisse rechercheurs van de dagdienst wenkte hem vanaf het eind van de gang. 'Adjunct-commissaris Berkowitz op lijn 3.'

'Ik ben het met je eens, je kunt het maar beter zeker weten,' zei Berkowitz. 'Aan de andere kant, met die twee getuigen klinkt het wel alsof je de zaak voor het inkoppen hebt.'

'Nee, dat is zo.' Matty liet naarmate het ene uur op het andere volgde de hoop op een paraffinetest verder varen. 'Ik zeg alleen, als we dat wapen niet vinden…'

'Heb je hem al aangepakt?'

'We gaan nu.'

'Is hij hard? Zacht?'

'Mijn water zegt zacht, maar…' Er was geen echte kijktest voor: je kon de ruigst uitziende gettokoppen krijgen die na het eerste rondje als kleuters zaten te janken en je had doetjes van studenten waar je niets meer uit kreeg dan een blik van duizend meter waarmee je een gat in een berg kon boren.

'Goed, luister. Ik stel het volgende voor,' zei Berkowitz. 'Ga eerst kijken waar je mee te maken hebt en als je dan nog vindt dat je de test nodig hebt, dan is het waarschijnlijk geen slecht plan, dan bel je mijn baas en je laat het hem regelen.'

'Upshaw?' Matty's gezicht deed pijn.

'Upshaw.'

Denkend, val dood met die eerste ronde, belde Matty Upshaw, chef recherche van Manhattan, kreeg het apparaat, draaide zijn verhaal af en hing op.

Even later sleepte hij zich terug de gang in en draaide zijn verhaal af tegen Kevin Flaherty.

'Nou, wapen of geen wapen, test of geen test, ik kan je meteen wel

77

vertellen wat *mijn* baas gaat zeggen.' De substituut bekeek Cash door de ruit. 'Hoe vaak hebben we twee ooggetuigen van een moord?'

Even later kwam Yolonda Bello het vertrek binnenzeilen. 'Hé, Kevin!' Ging op de substituut af en omhelsde hem. 'Wat voel ik, gewichttraining?' Deed een stapje achteruit en kneep in zijn borstspieren. 'Wat zie je er goed uit.' Toen tegen Matty: 'Ziet hij er niet goed uit? Ik vertel hem altijd dat ik het met zijn ouweheer deed toen ik hier begon en hij gelooft me nooit.'

Als Yolonda zo bezig was, bleef Matty altijd alleen maar beleefd glimlachen tot het was overgewaaid.

'Goed, oké, ik heb de vrouw van de vader van die dode jongen gesproken, wat niet meeviel, ze hebben nog een kind, een schatje, halfzus van het slachtoffer of zo. Mullins brengt ze hierheen als ze hun zaakjes bij elkaar hebben. En...' Ze wreef zich in haar handen terwijl ze door de jaloezieën gluurde. 'Wat hebben we hier? Hard? Zacht?'

'Gaat het een beetje, Eric?' Yolonda liep voorop de verhoorkamer in, en Matty en zij gingen aan weerskanten van hem zitten. 'Wil je iets hebben? Koffie, fris, een sandwich? Er zit een nieuwe Cubaanse afhaalzaak vlakbij in Ridge Street...'

'Ik voel me alsof ik daar aan vast geboeid zou moeten staan,' mompelde hij, met een blik op de lage onruststang die over de lengte van een korte muur van betonblokken liep.

'O ja?' zei Matty rustig, zijn ogen omlaag gericht en glimlachend met zijn aantekeningen schuivend. 'En waarom dat?'

'Geen idee.' Eric trok zijn schouders omhoog en keek een andere kant op.

'Luister goed,' zei Yolonda, terwijl ze haar handen op de zijne legde en hem met de gevoelvolle ogen aankeek. 'Je moet goed beseffen dat wat er gebeurd is niet jouw schuld was. Jullie waren lekker uit, een beetje dronken, maar je hebt niets misdaan. Oké? Degene die het heeft gedaan, die heeft het gedaan.'

'Oké,' zei Eric. 'Bedankt.'

'Goed. Om te beginnen hebben we een beschrijving nodig van de betrokkenen, zo goed en zo gedetailleerd mogelijk.'

'Jezus,' jammerde hij zachtjes. 'Dat heb ik al minstens drie keer gedaan.' Zijn ogen waren veranderd in opgezwollen blaren.

'Ik weet het, ik weet het.' Yolonda legde haar vingertoppen tegen haar slapen als ze zelf ook gek werd van het verzoek. 'Maar soms is het zo dat hoe vaker je iets vertelt, dat er uit het niets details opduiken. Je hebt geen *idee* hoe vaak we met een of andere getuige aan deze tafel hebben gezeten met hetzelfde verhaal en weer hetzelfde verhaal, en dan ineens is het: "O ja, wacht, o mijn god."'

'Gebeurt de hele tijd,' zei Matty.

'Oké.' Eric knikte tegen zijn in elkaar geklemde handen. 'Oké.'

'Luister. Ik kan je wel vertellen dat de telefoons van de tiplijn roodgloeiend staan,' loog Matty. 'Plus dat die jongens hem te voet zijn gesmeerd, niet met een auto, dus we hebben duidelijk te maken met lokale ratjes, waarschijnlijk ergens ondergedoken in de projects, de arrestatieteams gaan al naar binnen, waarmee ik maar wil zeggen dat ze voor mij praktisch al gepakt zijn. Maar, Eric.' De beurt aan Matty om hem in de ogen te kijken. 'Wij zitten met het volgende... Volgens jou zijn ze gewapend en dat soort voorkennis geeft dienders een totaal andere instelling waardoor ze iets te gretig naar hun wapen kunnen grijpen, snap je wat ik bedoel? En als ze dan een of andere pechvogel vinden die aan dat vage signalement voldoet en als die vent dan een onverhoedse beweging maakt naar zijn portefeuille, zijn papieren, zijn werkvergunning...'

'Wacht.' Eric kwam overeind, een slagader kloppend in de holte van een slaap. 'Volgens *mij* zijn ze gewapend? Alsof ze het misschien niet waren?'

'Nee, nee, nee, Eric.' Yolonda weer. 'Wat hij wil zeggen is dat jij onze enige ooggetuige bent. De arrestatieteams gaan af op wat jij gezegd hebt, en we hebben een zo nauwkeurig mogelijk signalement nodig want niemand wil de verkeerde onder schot nemen en God verhoede dat we een tragedie op ons dak krijgen.'

'Oké'

'Bedenk maar wat jou bijna overkwam toen je met alleen maar een mobieltje in je hand naar buiten kwam zetten.'

'Oké.

'Daar zouden de dienders de rest van hun leven mee moeten leven. En de familie van die arme vent. En, sorry dat ik het zeg, jij net zo goed.'

'Nee, ja. Oké.'

'Dus… Twee jongens.'

'Ja.'

'Allebei zwart?'

'Zwart en/of latino, de een iets lichter dan de andere, maar ik weet het niet zeker.'

'Welke van de twee had het wapen?'

'De lichtere.'

'Die jij denkt dat latino was?'

'Ik denk het wel.'

'Het wapen was een .25?'

'Nee,' zei Eric zorgvuldig. 'Dat heb ik al gezegd. Het was een .22.'

'Moment.' Matty vingerde door zijn aantekeningen. 'Klopt. En dat wist je omdat' – ogen tot spleetjes geknepen, terugdeinzend voor zijn eigen schrift – 'omdat je er van je vader een moest meenemen toen je naar New York verhuisde?'

'Ja.' Eric steeds meer op zijn hoede.

'Maar je hebt hem weggedaan zodra je hier was.'

'Zodra ik hier was.' Erics lichaam begon in te zakken alsof het ergens een klein lek had opgelopen.

'Ik ben… hoe heb je dat aangepakt?'

Hij wachtte even om hun gezichten te bekijken. 'Dit bureau had in die tijd een cash-voor-wapens-actie. Ik gaf het aan jullie, jullie gaven mij honderd dollar, er werd niets gevraagd.'

'Er werd niets gevraagd,' herhaalde Matty terwijl Eric hem aankeek.

'Ik ben blij dat ten minste iemand gebruik van dat gedoe heeft gemaakt,' zei Yolonda, een geeuw onderdrukkend.

'Oké, goed. De jongen met de .22… Is er iets anders dan het onderlinge verschil in huidskleur waardoor je denkt dat hij latino was en niet zwart?'

'Geen idee.' Eric haalde zijn schouders op. 'Waarom komt iemand bij je over als Iers in plaats van Italiaans?'

'Omdat Ieren liever zuipen dan neuken,' zei Yolonda.

Opgeschrikt door de onverhuld grove taal keek Eric naar Matty alsof hij verwachtte dat die zou knipogen of er een geestigheid overheen zou gooien, maar Matty bleef hem gewoon strak aankijken, alsof Yolonda een opmerking had gemaakt over het weer.

'Latino was gewoon de indruk die ik kreeg,' zei Eric ten slotte.

'Niet iets specifieks.'

'Oké, misschien kunnen we je een handje helpen.' Yolonda's beurt. 'De schutter. Wat voor haar had hij? Sluik, stoppels, kroezend' – en terwijl ze haar hand uitstak om het zijne aan te raken – 'krullend zoals jij.'

'Dat weet ik niet meer.' Blozend toen ze hem aanraakte.

'En gezichtshaar?' vroeg Matty.

'Ik geloof dat ik een sikje heb gezegd. Het staat in uw aantekeningen.'

'Vergeet die maar. Doe je ogen dicht en haal het je voor de geest.'

Eric deed gehoorzaam wat hem werd gezegd en gleed onmiddellijk weg in een sluimerend niemandsland. Yolonda en Matty keken elkaar aan.

'Eric.' Yolonda zei zachtjes zijn naam en hij huiverde weer wakker. 'Gaat het wel?'

'Wat.' Zijn mond afvegend.

'Kleding.'

'Kleding?' Hij vocht om alert te blijven. 'Ik weet het niet. Wat heb ik gezegd. Hoodies?'

'Allebei?'

'Ik weet het niet. Eentje wel.'

'Wat voor kleur?'

'Donker, zwart of grijs. Ik ben niet...'

'Woorden?'

'Woorden?'

'Op de borst of de mouwen.'

'Ik weet het niet.'

'Slogans, logo's, een design?'

Eric schudde zijn hoofd, staarde naar zijn in elkaar gestrengelde vingers.

'Schoenen? Sneakers?'

'Sneakers, geloof ik. Ja. Sneakers, witte sneakers.' Weer helemaal terug. 'Ik heb geen verstand van merken of stijlen of zo? Maar absoluut witte sneakers.'

Matty leunde achterover in zijn stoel en dreunde op: 'Zwarte of latino man met een donkere hoodie en witte sneakers,' en masseerde overdreven zijn voorhoofd alsof er ieder moment weer een Diallo door de politie afgeknald ging worden.

'Begrijp me goed,' zei Eric terwijl hij hun zijn handen met de palmen omhoog voorhield. 'Toen ik dat wapen zag, gaf ik mijn portefeuille af terwijl ik hem *met opzet* niet aankeek. Ik keek omlaag omdat ik niet wilde dat hij zou denken dat ik zijn gezicht zou onthouden. Ik wilde niet *dood*.'

'Heel handig van je,' zei Matty.

'Handig?' Eric keek of hij een klap had gekregen.

'Als in bij de tijd,' zei Yolonda vlug.

'Het verklaart in ieder geval waarom je je hun schoeisel herinnert,' zei Matty.

De sarcastische grap deed Eric ineenkrimpen, en Yolonda zond Matty een woedende blik: daar was het veel te vroeg voor – maar het was maar een verkenning. Matty wilde weten of hij het goed had gezien dat de man zijn berekenend onaangename houding om een of andere reden bijna onverdraaglijk vond.

'Goed, je hebt dus niet veel gezien,' zei Yolonda, haar blik nog steeds op Matty gericht. 'Maar je gehoor kon je niet uitschakelen, toch? Dus... Als hij iets zei, wat voor accent hoorde je dan? New Yorks Puerto Ricaans, zwart, buitenlands...'

'Ik zou het niet weten.'

'En wat zei hij ook alweer precies?' vroeg Matty.

'Alstublieft,' smeekte Eric. 'Kijk in uw aantekeningen.'

'Ik dacht dat we die zouden vergeten.'

'Eric?' Yolonda bewoog haar hoofd op en neer om zijn blik te vangen. 'Wil je even pauzeren?'

'Moet je horen,' zei Matty. 'Het spijt me als ik halsstarrig of agressief of hoe dan ook overkom, maar zoals ik al zei kun je met herhaling van vragen...'

'Soms nieuwe herinneringen losmaken en jullie zitten in een race tegen de klok met een te vaag signalement,' snauwde Eric bijna tegen de tafel. 'Ik doe mijn best, oké?'

Er viel een korte, zenuwslopende stilte, waarin Yolonda vaag glimlachte alsof ze trots op hem was en Matty met gespeelde tegenzin zijn stenoblok openklapte.

'Ik doe mijn best,' herhaalde Eric op zachtere, meer verontschuldigende toon.

'Dat zien we,' zei Yolonda.

'Oké, je hebt mij verteld dat hij zei' – Matty tuurde naar zijn krabbels – '"Geef op."?'

'Als ik dat heb gezegd.'

'Niet' – weer een blik op zijn aantekeningen – '"Ik wil alles." Dat heb je namelijk tegenover de nachtdienst verklaard.'

'Wat ik heb gezegd dat hij zei,' zei Eric smekend.

'En toen zei je vriend Ike tegen hem: "Dan ben je aan het verkeerde adres."?'

'Ike? Ja, dat klopt.'

'Of zei hij: "Vanavond niet, vriend."? Want ook op dat punt heb je ons twee versies gegeven.'

Eric staarde Matty aan.

'Is er nog iets anders gezegd dat je je herinnert?' vroeg Yolonda.

'Nee.'

'Tussen Ike en de boeven, de boeven onderling... het maakt niet uit. Woorden, bedreigingen, vloeken...'

'Nee.'

'Niet gewoon maar nee zeggen,' zei Matty. 'Denk even na.'

'U bedoelt iets in de trant van "Hé José Cruz!" "Yo, Satchmo Jones?" "We knallen die vent af en we dumpen het wapen in het riool op de hoek van Eldridge en Delancey, waarop we ons terugtrekken naar onze schuilplaats op nummer 4..."' Eric viel stil, leek plotseling geen lucht meer te hebben.

Ze keken hem strak aan.

'Sorry,' zei hij, terwijl zijn oogleden als schildpadjes omlaagzakten.

'Dit moet wel een nachtmerrie voor je zijn,' zei Matty.

'Ik ben zo moe.' Eric keek hen met zwemmerige ogen aan. 'Wanneer kan ik naar huis?'

83

'Ik beloof je, zodra we alles op een rijtje hebben?' zei Yolonda met haar bedroefde stem. 'Dan ben je weg.'

'*Wat* op een rijtje...'

'Laten we het nog eens over het eigenlijke schot hebben.'

Eric legde zijn holle handen tegen zijn slapen en staarde met starre ogen naar het tafelblad.

'De jongen die het schot afgeeft.'

'Wat?'

'Die schiet,' zei Yolonda.

'Ja.'

'Hoe hield hij het wapen vast?'

'Hoe?' Eric sloot zijn ogen, aarzelde even en strekte zijn arm uit, de hand met het wapen opzijgedraaid, de elleboog iets hoger dan zijn schouder zodat de kogel een neerwaartse baan zou beschrijven.

'Zoals de gangsters in de film?' vroeg Matty.

'Zoiets, ja.'

De lijkschouwer zou bevestigen of dat klopte.

'Oké. En toen.'

'Ze smeren hem.'

'Ze smeren hem. En jij deed wat.'

'Ik? Ik probeerde het alarmnummer te bellen.'

'Waarvandaan precies.'

'Eerst probeerde ik het daar op de stoep, maar ik kreeg geen bereik, wat ik al eerder heb gezegd en dus rende ik naar binnen om het daar te proberen.'

'Niet gelukt?'

'Nee.'

'Maar je hebt het hoe dan ook geprobeerd. De 911 ingetoetst?' vroeg Matty.

'Ja.' Een zoekende blik op hun gezicht. 'Natuurlijk.'

'Hoe lang schat je dat je binnen bent geweest?'

'Ik weet het niet. Lang genoeg om het een paar keer te proberen?'

'Een paar keer.'

'Ja.'

'Schat eens.'

'Een minuut?'

'Een minuut,' echode Matty, denkend aan alle mogelijkheden om een handvuurwapen in een bouwvallige huurkazerne te verstoppen als je zestig seconden tot je beschikking had.

'En waar in het gebouw was je precies?'

Opnieuw werden Erics antwoorden met elke nieuwe vraag voorzichtiger en alerter.

'In de hal, de gang op de begane grond.'

'Ook nog ergens anders?'

Op dat moment haperde Eric. 'Misschien op de trap.'

'Op de trap? Waarom zou je de trap oplopen?'

'Om te zien of ik hogerop eventueel een beter bereik kreeg?' De uitputting verdween nu helemaal uit zijn ogen.

'Ken je iemand die daar woont?' vroeg Yolonda.

'Nee.' Eric keek weer van het ene gezicht naar het andere.

'Ik vraag het maar,' zei ze, 'omdat bij de meeste van die panden de voordeur op slot zit, dus tenzij je iemand kent die de deur open kan drukken of...'

'Deze was in ieder geval open.'

'Oké.'

'Waarschijnlijk een bootkazerne.'

'Een bootkazerne?'

'U weet wel, met tweehonderd Chinese kerels per woning moet je de voordeur openlaten of anders een miljoen sleutels maken.'

'Een bootkazerne.' Matty keek Yolonda aan. 'Die had ik nog niet gehoord.'

De deur ging open en Fenton Ma, pet in zijn hand, stak zijn hoofd om de hoek.

'Neem me niet kwalijk, ik zoek de getuigen die binnen zijn gebracht na die schietpartij van vannacht.'

'Wie, hem?' Yolonda maakte een duimbeweging.

Ma herkende hem, zag Matty, en bij de onverholen verbazing op zijn gezicht voelde Eric Cash zich zowel vernederd als verdwaald.

'Nee,' zei Ma. 'De, de Chinese mensen van het buurtonderzoek? Ik moet tolken en ze zeiden dat ik het hier moest vragen.'

'Wij hebben ze niet.' Yolonda haalde haar schouders op.

'Ze zijn wel ergens,' zei Matty. 'Vraag maar aan de balie.'

'Goed.' Ma wierp een laatste blik op Eric. 'Bedankt.'

'Het buurtonderzoek leverde een aantal mensen op uit de panden in de buurt van Eldridge 27 die zeiden dat ze alles uit hun raam hadden gezien,' zei Yolonda.

Eric reageerde niet, hoogstwaarschijnlijk, dacht Matty, omdat hij te druk bezig was zijn verhaal te herschikken, of omdat hij nog steeds verdwaald was in de ogen van de Chinese diender.

'Maar als je het mij vraagt,' zei Matty, 'krijgen we hoogstens het aantal koppen vanuit de lucht, weet je wel, hoeveel personen er waren op het moment dat het schot viel.'

'En dat waren er dus vijf, ja?' zei Yolonda.

'Ja,' zei Eric zorgvuldig. 'Vijf, dus.'

'Goed,' zei Matty en trok zich toen, zonder oogcontact te verliezen, terug in zichzelf, alsof het aan Eric was om het gesprek gaande te houden.

'Ik dacht niet…' zei Eric uiteindelijk om maar iets te zeggen. 'Kan iedereen gewoon halverwege zoiets bij iedereen binnenvallen?'

'Waarom niet?' Yolonda haalde haar schouders op. 'Per slot zitten we niet midden in een verhoor of iets dergelijks.'

Een klop op de deur maakte een einde aan de eerste ronde, en een rechercheur wachtte op Matty's 'Ja' om zijn hoofd naar binnen te steken.

'Briggs? Chief Upshaw?'

Hij liet Yolonda achter zodat die zich uit de verhoorkamer weg kon babbelen en wierp onderweg naar zijn bureau een blik op de klok: 09.00. Vijf uur sinds de schietpartij, niet best voor zover de test betrof, maar…

'Ja, hallo Chief, bedankt voor het terugbellen.' Matty voerde het gesprek staande om overeind te blijven.

'Wat hoor ik over een paraffinetest?' De chef recherche van Manhattan klonk niet bijster gelukkig.

'Ja, we hebben het volgende…'

'Ik weet wat jullie hebben en het antwoord is nee.'

'Het is pas vijf uur geleden en we hebben nog kans op een positief resultaat, anders…'

'Op dit punt, als hij inderdaad de schutter is, waar het met je twee getuigen wel naar uitziet, heb je meer kans op vals negatief.'

'Baas...'

'Vals negatief, vals positief, het is te makkelijk om een zaak van het eerste begin af aan te verknallen. Waar het op neerkomt is dat hoofdcommissaris Mangold sowieso al weinig fiducie in die test heeft. En iedereen die je vanochtend voor mij hebt gesproken had je precies hetzelfde kunnen vertellen.'

Matty en Yolonda stonden achter een doorkijkspiegel te kijken hoe Eric Cash, met een technicus aan het werk op de digitale fotomanager, met koeienogen naar de gecomputeriseerde politiefoto's zat te staren die met zes tegelijk op het scherm verschenen.

'Waar het op neerkomt?' zei Matty. 'Mangold heeft de schurft aan de test en had twee minuten na de schietpartij nog niet eens toestemming gegeven. Baumgartner, Mangini, Berkowitz, Upshaw: het zijn net de wereldkampioenschappen afschuiven.'

'Tering.' Yolonda haalde haar schouders op, terwijl ze Cash door het eenrichtingglas bestudeerde. 'Hij was net een in de hoek gedreven rat daarnet.'

'Of hij had geen idee waar we het over hadden,' zei Matty.

'Precies. Wat ik zeg.'

'In ieder geval liegt hij over het alarmnummer.'

'Je meent het.'

'Ik weet het niet. Misschien was het de shock en dacht hij alleen maar dat hij het had gedaan.'

'Dat hij het al die keren had gedaan?' zei ze.

'Kan ik het eerlijk zeggen?' begon Matty, en liet de rest varen.

'Hij heeft geen moment gevraagd hoe het met Marcus was,' zei Yolonda. 'Of heb ik dat gemist.'

'Nee, dat klopt.'

'Hij weet niet dat hij dood is, hè?'

'Volgens mij niet,' zei Matty.

'Mooi.' Toen: 'Moet je kijken,' met haar kin wijzend naar Eric die, met zijn ogen halfmast, licht wiegend achter het computerscherm zat. 'Hij kijkt er niet eens naar.'

'Laten we maar rustig aan doen totdat ze het wapen vinden,' zei Matty.

Fenton Ma kwam, pet in de hand, naar ze toe. 'Deed ik het goed?'

'Je was geweldig,' zei Matty. 'Dank je wel.'

'Je speelde het zo overtuigend, je kan zo acteur worden,' zei Yolonda met haar ogen in de zijne. 'Matty, denk je niet dat hij een steengoede acteur zou zijn?'

'Het leek of je hem herkende,' zei Matty.

'Ja. Eric dinges. Werkt in dat restaurant waar niemand ooit een tafel kan krijgen, in Rivington Street.' Toen, een stukje terugdeinzend: 'Is *hij* de dader?'

'We praten alleen nog maar,' zei Matty. 'Kun je ons iets over hem vertellen?'

'Hij heeft mij en mijn vriendin een keer voor laten kruipen.' Ma haalde zijn schouders op. 'Voor mij is hij in orde.'

'Nou, zoals ik zei, we praten alleen nog maar.'

'Nogmaals bedankt,' zei Yolonda.

Ma bleef staan.

'Wat?' zei Matty.

'Alleen…' Ma schuifelde. 'Er zijn dus geen Chinese getuigen, ja?'

'En hij is ook zo knap,' zei Yolonda met een aai over zijn wang.

'Is er iemand gepakt?' vroeg Eric Cash bijna lusteloos terwijl Matty en Yolonda een halfuur nadat ze hem alleen hadden gelaten het vertrek weer binnenkwamen.

'Tot nu toe niet,' zei Matty, terwijl hij op zijn stoel plofte.

Of het nu kwam door het eentonige werk met de fotomanager of gewoon door de onderbreking zelf, de man leek totaal veranderd: emotioneel leeggelopen en bijna sprakeloos van uitputting.

Matty had dat eerder gezien in dit vertrek. Soms was de eerste ronde niet meer dan de voorbereiding voor de fysieke en mentale instorting in de pauze, die op zijn beurt een veel minder gewiekste klant voor de tweede ronde opleverde: het was de verhoorversie van boksen met je rug in de touwen.

'Eric?' Yolonda bedekte even een van zijn handen. 'Je moet ons een verslag geven van de avond.'

'Van de wat?' Hij keek naar haar op alsof zijn ogen van vislood waren voorzien. 'Vanaf wanneer?'

'Ik weet het niet. Vanaf dat je klaar was met je werk, bijvoorbeeld.'

'Vanaf dat *ik* klaar was met mijn werk?'

'Waarom niet?'

Eric aarzelde en begon toen, met zijn voorhoofd ondersteund door wijduitgespreide vingers, te praten tegen het tafelblad voor hem. 'Ik weet het niet, ik ging om acht uur weg bij Berkmann's, naar huis, douchen en toen naar een koffiehuis bij mij op de hoek.'

'Welk?' vroeg Yolonda.

'Kid Dropper's in Allen Street. Je weet wel, iedereen met een grote mok en een laptop. Behalve ik. Ik drink graag een martini na het werk. Ze hebben een bar, dus...'

'Hoe laat is het nu?'

'Half negen, kwart voor negen? Ze hadden zo'n soort open microfoon in het achterzaaltje. Ik kijk even en ik zie Ike op het podium, bezig iets voor te lezen.'

'Wat las hij?'

'Ik denk poëzie want het ging met zo'n bepaalde uitspraak, weet je wel, dat je ieder woord zegt alsof je er kwaad op bent?'

'Oké,' zei Matty, inwendig de nieuwe toon noterend.

'Ik keek even rond en ging naar de bar voorin, dronk mijn martini en een halfuur later wordt er hard geklapt en komt iedereen het zaaltje uit. Ike ziet me aan de bar zitten, zegt dat hij met zijn maatje met wie hij gaat eten naar de Congee Palace gaat, en of ik meega.'

'Dus jullie zijn bevriend?'

'Met Ike? Nee, dat heb ik al verteld. We werken alleen maar onder hetzelfde dak.'

'Nog nooit wezen stappen, dus?' vroeg Matty.

'Nee... Maar ik ga dus met hem mee: hem, mezelf en die Steve die, die gisteravond bij ons was.' Eric haperde, zijn kaak bewoog op en neer.

'Wat,' zei Yolonda.

'Niets.'

'Dus..'

'Dus... Wij naar de Congee in Allen Street.' Eric aarzelde, weer zijn kaak bewegend. 'Ik bedoel, die eikel was al half lam bij de voordracht.

En welke idioot bestelt er nu mojito's in een Chinees restaurant?'
'Bedoel je Ike?'
'Nee Steve… *Stevie*.' De uitputting begon nu, zoals vaak gebeurde, te leiden tot een slappe, lusteloze openhartigheid.
'Hoe laat was dit?'
'Een uur of half tien.'
'Waar praatten jullie over?'
'Ik? Ik zei niet veel. Maar zij zijn een en al ijzers in het vuur, blijkbaar mocht die Steve terugkomen voor een filmauditie, ja? De eerste keer in de tweede ronde, weet je wel, volgende halte: de Oscars, en dan is Ike aan de beurt en die gaat een of andere literaire tijdschriftsite opzetten, fondsen werven voor een documentaire, en we gaan met zijn allen een scenario schrijven, la-la, la-la, het gebruikelijke slappe gelul.' Matty en Yolonda knikken ernstig, willen geen van beiden de stroom indammen.
'Had iemand problemen met een van de anderen?' vroeg Matty.
'Bedoelt u onderling?'
'Zij met elkaar, jij, iemand anders…'
Eric aarzelde. 'Nee.'
'Wat was dat.' Yolonda glimlachte.
'Wat was wat,' zei hij. Toen: 'Ik word alleen altijd zo kotsmisselijk als ik dat moet aanhoren, weet je wel? Iedereen altijd met zijn grote plannen.'
'Logisch.'
'Ik heb ze zelf ook, weet je, maar niet dat ik…'
'Niet dat je…'
Eric hield een hand omhoog, richtte zijn ogen op de tafel.
'En waar gingen jullie daarna heen?'
'Daarna?' Erics stem ineens fel van woede. '*Steve* was blijkbaar nog net niet lazarus genoeg, want hij nam ons mee naar een supergeheime bar in Chrystie Street. Je moet reserveren, maar als je hier in de buurt een beetje een naam hebt laten ze je gewoon binnen. Ik had niet gedacht dat zij er ooit zelfs maar van gehoord hadden.'
'Hoe ging dat?' vroeg Matty, terwijl hij bedacht dat ze daar al weer weg waren geweest voordat hij binnen was gekomen.
'Nou, ze begonnen allebei absint te drinken. En ik kreeg een uit-

eenzetting over dat het geen echte absint is als hij niet uit Tsjecho-Slowakije kwam, en zelfs als hij uit Tsjecho-Slowakije kwam, moest er alsem in zitten, of lintworm, weet ik veel.'

'Het klinkt of je je niet bijster amuseerde met die twee,' zei Yolonda.

'Ik weet het niet. Soms is het net of iedereen die ik hier ken met elkaar op hetzelfde kut-kunstkamp is geweest of zoiets.' Hij staarde, de ogen vol tranen, naar zijn handen en zei toen nog, alsof hij zich schaamde: 'Ike was oké.'

'En de supergeheime bar was van hoe laat tot hoe laat?' vroeg ze.

'Daar waren we waarschijnlijk tegen elf uur weer weg.'

'Iedereen kon het nog steeds goed met elkaar vinden?'

'Ja, volgens mij wel. Ik geloof dat ik al heb verteld dat ze een maand of drie geleden tegelijk hun MFA hadden gehaald, en nu is Steve de hele avond van: "Mooi dat ik niet naar L.A. ga, L.A. is kut. New York voedt me, voedt mijn ziel. Als ze mij willen, moeten ze *hier* komen. En ik doe dus *geen* studiowerk."

En Ike gaat van: "En ik schrijf het niet."

En dan allemaal, met z'n allen: "Ik ga nog liever *dood* van de honger."

Ik bedoel maar, hoe oud zijn ze helemaal? Twee? Jezus, hij mocht een terugkomen op een auditie. Als je enige idee had hoe vaak...'

Het was even stil in het vertrek. Yolonda knikte meelevend.

'Wat is een MFA ook alweer?' vroeg Matty.

'*Master of Fine Arts.*'

'Juist.'

'En waar zijn jullie daarna heen gegaan?' vroeg Yolonda.

'Daarna was Ike aan de beurt, hij nam ons mee naar een of andere poëziebar op de Bowery, een beatnikbar of zoiets.'

'Hoe heet die?'

'Zeno's Conscience.'

'Kan dat allemaal op het uithangbord?'

'Hij zei dat er om middernacht een poppen-pornoshow was die we niet mochten missen.'

'Een wat?' Yolonda glimlachte.

'Wat het punt is? Die twee jongens, allebei, zijn net hierheen verhuisd. Een maand geleden? Twee maanden? We komen binnen en ze kennen de hele zaak. Ike is zo'n beetje de straatburgemeester. Wat een blitsmaker. Ik bedoel, als je maar een goeie ritselaar bent, misschien heb je dan wel een toekomst, wie weet.' 'Mijn zus was net zo,' zei Yolonda. 'Mijn moeder ging altijd maar van: "Yolonda! Ga je dood als je een keertje glimlacht? Waarom kun je niet eens aardig doen? Neem eens een voorbeeld aan Gloria." Ik kon ze allebei wel slachten.'

'En hoe was het poppenspel?' vroeg Matty.

'Het wat?' Eric gaapte, en een spastische huivering rilde door zijn lichaam. 'Hij had zich in de avond vergist.'

Er werd weer op de deur geklopt. Matty en Yolonda keken elkaar aan.

'Mag ik even?' zei Matty en glipte naar de gang waar hij adjunct-commissaris Berkowitz aantrof: klein, goed verzorgd, met een opmerkelijk gladde huid, als een teenager met grijs haar.

'Hoe loopt het daarbinnen?' vroeg hij.

'Het loopt,' zei Matty.

'Ik heb een vraagje: die andere vent, Steven Boulware, zit het erin dat hij verdacht gaat worden?'

'Nee, nee, tot nu toe is hij misschien getuige, als hij het al wordt. Hij was behoorlijk onder invloed.'

'Oké.' Berkowitz liet zijn handen in de zakken van zijn kostuum glijden, alsof ze alle tijd van de wereld hadden. 'Dat je het even weet, Boulware's pa zat blijkbaar in dezelfde commando-eenheid in Vietnam als de hoofdcommissaris.'

'Zoals ik al zeg' – Matty met een strakke blik – 'hij was voornamelijk onder invloed.'

'Goed.' Berkowitz maakte rechtsomkeert. 'Als daar verandering in komt, bel je me.'

'Sorry,' zei Matty, terwijl hij weer ging zitten, en maakte met zijn vuist onder tafel een rukgebaar. Yolonda ving het op zonder van gezichtsuitdrukking te veranderen.

'De poppenbar, beatnikbar…' Matty haperde, keek naar Yolonda die in haar aantekeningen keek.

'Zeno's Conscience,' zei Eric langzaam.

'Ja,' zei Matty.

'Gebeurde daar iets? Iemand tegengekomen die je je herinnert?' vroeg Yolonda.

'Nee. Ik weet het niet. Ik was tegen die tijd waarschijnlijk zelf ook lam. Maar nee, ik denk het niet.'

'Goed, en toen...'

'Toen zouden we er een eind aan breien, hadden we er een eind aan moeten breien' – zijn gezicht werd plotseling grauw – 'dat is wel duidelijk.'

'Wat heb ik tegen je gezegd over jezelf de schuld geven?' waarschuwde Yolonda.

'Ja... Hoe dan ook, tegen die tijd is onze grote filmster al op het trottoir over zijn nek gegaan...'

'Steve.'

'...en hij heeft een spreeksnelheid van een woord per uur, maar op een of andere manier belanden we bij Cry.'

'De bar in Grand Street?'

'Klopt.'

'Hoe laat leven we nu?'

'Ik weet het niet, het zal een uur of een zijn geweest.'

'Hoe ging het daar?'

'Hoe het ging? We zijn vijf minuten binnen en hij verdwijnt met een meid aan de bar.'

'Verdwijnt waarheen?' vroeg Yolonda.

Eric keek haar weer aan. 'Daarom noemen ze het "verdwijnen".'

'Hoe lang?'

'Net lang genoeg. Een kwartier, twintig minuten en mij liet hij achter met Steve en die staat naar me te turen van: "Wie ben jij in godsnaam?"'

'Kende je haar?'

'Gek genoeg? Ja. Ze werkt bij Grouchie's in Ludlow Street. Zit hier al eeuwen. Een echte oudgediende.'

'Even uit nieuwsgierigheid,' zei Matty. 'Hoe oud is een oudgediende?'

'Zij, zij moet nu in de dertig zijn, halverwege de dertig. Ik denk

93

dat ze aanvankelijk een soort performer/barmeisje was. Nu werkt ze gewoon in de bar. Het is…' Eric onderbrak zichzelf weer.

'Het is…'

'Ik weet het niet, mensen zeggen dat ze dit of dat zijn? En dan komt er een moment dat ze gewoon zijn wat ze zijn.'

'Ik weet wat je bedoelt,' zei Matty.

'Ja?'

'Gaat het, Eric?' zei Yolonda. 'Als je even wilt pauzeren, hoef je het alleen maar te zeggen.'

Eric reageerde niet.

'En hoe heette ze?' vroeg Matty.

'Wie?

'Die vrouw.'

'Weet ik niet zeker. Sarah zo-en-zo. Sarah… Ik weet het niet.'

Matty wist ook niet hoe ze verder heette. Grouchie's was een politiebar, een van de weinige tenten in de Lower East Side waar je het gevoel had dat je in Queens zat te drinken.

'Ze heeft een tattoo,' voegde hij schoorvoetend toe. 'Een figuur uit een tekenfilm. Een van de zeven dwergen misschien? Ik weet het niet zeker.'

'Een tattoo, waar?' vroeg Yolonda.

'Op haar been. De binnenkant.'

'De binnenkant van haar been. Bedoel je haar dijbeen?'

'In die buurt…' Hij keek een andere kant op.

'Eric,' zei Yolonda. 'Je weet dat ze Sneezy of Grumpy of wie dan ook ergens "in die buurt" heeft staan, maar je weet niet zeker hoe ze heet?'

'Dat heb ik gezegd. Sarah zo-en-zo.'

'Eric.' Een droevig meesmuilende blik van Yolonda.

'Wat.'

'Wat,' aapte ze hem goedaardig na.

'Een keer.' Hij haalde zijn schouders op. 'Maar dan een jaar geleden.'

'Je lijkt mijn man wel.'

'Wat moet ik zeggen.' De man leek plotseling in elkaar geslagen.

Matty herinnerde zich haar nu; ze had zelfs alle zeven dwergen staan die, net als hij die nacht, fluitend haar dijbeen op aan het werk gingen.

'Toen jullie naderhand weer bij elkaar waren, is er toen iets gezegd over dat hij met haar meeging?' vroeg Matty.

'Gezegd door wie? Mij en Ike? Nee. Hij kent me niet. En waarom zou ik ooit uit vrije wil zoiets over mezelf prijsgeven? Om me te laten vernederen?'

'Dus hij zei er niets over. Misschien zijn eikelige maatje Steve dan. Je weet wel, een opschepperige grap, terwijl hij zich niet realiseert dat jij met haar...'

'Nee, maar zelfs als hij zoiets had gedaan, wat had dat dan waarmee te maken?'

Ze gaven het weer een paar tellen stilte, een proefballonnetje om te zien of hij wist waar dit uiteindelijk op uit ging draaien.

'Hoe laat zijn jullie bij Cry weggegaan?' vroeg zij ten slotte.

'Ik weet niet of u me gehoord hebt,' zei Eric, terwijl iets van de behoedzame alertheid uit de eerste ronde terugkeerde in zijn ogen. 'Wat zou dat met wat dan ook te maken hebben?'

Matty keek Yolonda onopvallend aan en zij schudde, haar ogen op de tafel gericht, kort nee: te vroeg om te riskeren dat hij om een advocaat zou vragen.

'We proberen alleen maar een vinger achter zijn persoonlijkheid te krijgen,' zei Matty. 'Om te zien of hij misschien het type was dat mensen tegen de haren in streek.'

'Dus hoe laat zijn jullie bij Cry weggegaan.'

'Wat dacht u nou, dat ik na ieder glas op mijn horloge keek?' zei Eric op nukkige, maar inbindende toon, alsof hij er nog niet helemaal aan toe was zijn vermoeden over wat er aan de hand was onder ogen te zien.

'Hoe lang denk je dan dat jullie daar gebleven zijn?' vroeg Matty.

'Ik kan alleen maar zeggen dat we pal voor sluitingstijd bij Berkmann's binnenkwamen. Dat betekent twee uur, half drie.'

'Hoe ver is dat, drie straten lopen?'

'Drie straten wankelen. Alhoewel...' hij legde zijn handen op zijn gezicht. 'Ik was weer helemaal nuchter geworden. Volgens mij Ike ook. En ik heb niets gedronken bij Berkmann's. Ik houd niet van uitgaan waar ik werk. En ik voelde er al helemaal niets voor om op mijn werkadres te verschijnen met een of ander dronken tor die al niet meer op zijn benen kon staan, maar Ike hield hem zo'n beetje overeind, we kwamen toch binnen, ze namen een slaapmutsje en dat was het. Toen we daar weggingen, zouden we hem alleen nog maar naar zijn appartement in Eldridge Street dragen en dan elk onze eigen weg gaan, maar dat bleek dus…'

Ze wachtten.

'Weet je,' zei Eric ten slotte, zijn ogen glanzend alsof ze tot gelei waren gestold. 'Ik ben waarschijnlijk alcoholist? Maar ik word nooit onbekwaam waar anderen bij zijn. Ik zet mezelf niet te kijk, ik ben anderen niet tot last. Dat soort mensen… die maken zo veel kapot, en dan gaan ze naar huis. Dan brengt iemand ze thuis. Eikel.' Eric verdween ergens achter zijn tanden, kwam toen hartstochtelijk ratelend terug: '*Hij* had tegen die kogel aan moeten lopen.'

Matty en Yolonda schoven rechtop op hun stoel.

Er werd weer op de deur geklopt; de dienders verstrakten, Eric merkte niets.

'En weet je wat?' Een asgrauwe, betraande grimas naar hen toe.

Yolonda en Matty wachtten, het bloed fluitend in hun oren, totdat het kloppen zo aanhield dat Eric eindelijk afgeleid werd en het moment voorbijging.

'Wat, Eric,' drong Yolonda desondanks aan.

'Als hij vandaag wakker wordt?' Hij praatte tegen de tafel. 'Dan weet hij niet eens wat er gebeurd is. Geen herinnering, geen beelden… Totaal geen benul.'

Matty rukte de deur bijna van de scharnieren en inspecteur Carmody stapte instinctief achteruit de gang in.

'Ik kom net binnen,' zei hij. 'Hoe gaat het hier?'

'Eric,' zei Yolonda toen Matty weer binnenkwam. 'We moeten nog wat meer werk doen. Ik weet dat je totaal afgepeigerd bent, maar zou je nog wat langer hier kunnen blijven? Het zit er dik in dat we je vandaag nog vijf, zes keer nodig hebben.'

'Waarvoor?'

'Voor van alles, nog meer foto's bekijken, een confrontatie als het meezit, of misschien alleen om een paar puntjes op te helderen. Het valt nu moeilijk te zeggen.'

'Om wat op te helderen?'

'Wat dan ook,' zei Matty terwijl hij opstond. 'We moeten gewoon afwachten wat de dag gaat brengen.'

'Kan ik niet gewoon naar huis?' Met een blik van de een naar de ander.

'Natuurlijk, maar…'

'Ik bedoel, als ik nu gewoon opstond en de deur uit liep, dan kunnen jullie me niet tegen mijn wil hier houden, toch?'

'Is dat echt wat je wilt?' zei Yolonda zachtjes. Matty en zij keken hem aan, de jonge man die ergens al wist wat er te gebeuren stond, maar die gedachte nog niet in zijn brein durfde toe te laten.

Nadat ze Cash hadden opgescheept met een portrettekenaar om tijd te rekken voor het zoeken naar het wapen, gingen Matty en Yolonda het dak op voor een sigaret.

Het was warm daarboven en Yolonda, moeder van twee half-Ierse jongens, trok haar coltrui uit en onthulde een T-shirt met het opschrift IK BEN DE NANNY NIET.

Mijn god,' zei ze. 'Ik dacht dat we hem hadden.'

'Zal ik je eens iets zeggen?' Matty was nu zo moe dat hij het dansende zonlicht op de East River benauwend vond. 'Ik zou me een stuk zekerder voelen over deze vent als we dat wapen hadden.'

'Ze vinden het wel,' zei Yolonda, terwijl ze opstak.

Matty rolde zijn hoofd van de ene schouder naar de andere, hoorde het kraakbeen knarsen in zijn nek. 'En een motief zou ook fijn zijn.'

'Drie dronken mannen die de nacht hebben doorgehaald en de verongelijkte van de drie heeft een wapen? Waarom vraag je waarom?' Yolonda onderdrukte opnieuw een geeuw. 'We hebben hem omdat hij liegt dat hij het alarmnummer heeft gebeld, omdat hij liegt dat hij nooit iets met het slachtoffer had gedaan, probeerde te liegen dat hij dezelfde meid had geneukt maar dat was maar een keer, met andere woorden, hij is waarschijnlijk gedumpt en derhalve jaloers,

97

over het geheel genomen een verbitterd klootzakje, en hij nog *steeds* niet heeft geïnformeerd hoe die dode knul het maakt. En o ja, dat vergat ik bijna, twee getuigen.'

Matty deed zijn ogen een tel dicht, viel staande in slaap.

'Een waarom zou fijn zijn,' mompelde Yolonda. 'Waarom was die jongen, die Salgado, vorig jaar neergeschoten, weet je dat nog? Had een iPod geleend en teruggegeven zonder hem op te laden.'

'Schei uit, dat was in de Cahans.'

'O ja. Neem me niet kwalijk. Dat vergat ik even. Dit is een blanke. Sorry, waar zit ik met mijn hoofd.'

'Hou op, zeg.'

'Je kan soms zo'n ongelooflijke rechtse lul zijn. Godallemachtig.'

De binnenzak van Matty's jasje begon te trillen.

'Clark.'

'Ja, met hoofdinspecteur Langolier van Persvoorlichting? De baas wil weten hoe ver jullie zijn.'

'Ja, op het moment is het of beroving of onenigheid, twee getuigen die zijn vriend als schutter aanwijzen, maar die jongen zelf beweert, voor zover je het moet geloven, dat ze onder bedreiging beroofd zijn.'

Hij, heeft, hem, vermoord, vormde Yolonda met haar mond, terwijl Matty haar wegwuifde. 'We hebben tijd nodig om een en ander uit te zoeken.'

'Er wordt gezegd dat ze druk bezig waren de bloemetjes buiten te zetten?'

'Er was een zekere mate van barbezoek, ja,' zei Matty voorzichtig. De bazen bij Voorlichting kregen hun informatie dikwijls evenzeer van verslaggevers die belden om een of ander feit of gerucht na te trekken als van hun eigen rechercheurs. En als ze, zoals nu, naar beneden belden om te bevestigen wat de pers had aangebracht, was het kringetje rond.

'Luister, hebben jullie iets over een confrontatie tussen het slachtoffer en Colin Farrell?'

'De acteur Colin Farrell?' Matty masseerde zijn slapen.

'Dezelfde.'

'En waar zou zich dat hebben afgespeeld?' Matty wierp een blik naar Yolonda en toen naar de hemel.

'We hoopten dat jullie ons daarmee konden helpen.'

'Ik heb daar nog niets over gehoord, maar ik ga er meteen achteraan, baas.'

'Bel me terug.'

Matty hing op.

'Colin Farrell?' zei Yolonda terwijl ze haar peuk vanaf het dak wegknipte. 'Die was hartstikke goed in die film *Phone Booth*. Heb je die gezien?'

'Wat een klootzak.'

'Wie was het? Die manke knul van *The Post*?'

'Wie dacht je anders?' Matty toetste een nummer. Toen: 'Hé Mayer. Matty Clark. Doe me een lol en hou op met Langolier bellen en zijn kop vullen met al die flauwekul die je op straat hoort. Hij hangt jou op en meteen krijg ik hem met al die stomme geruchten op mijn nek, alsof er een slopersbal door het raam komt. Als jij hierover iets te vragen hebt kom je bij mij en ga je niet naar Langolier, en anders zweer ik dat ik je voor alles dat je moet weten alleen nog maar naar Langolier verwijs, begrepen? ... Pardon? Nog eens?'

Matty hield de telefoon op zodat Yolonda kon meeluisteren.

'Is het waar dat de schutter als commando in Vietnam heeft gevochten?'

'Jezus christus...'

'Wat doe ik nu weer?' piepte de verslaggever. 'Ik vraag het toch aan jou?'

'Doe me een lol en schrijf voorlopig alleen over het slachtoffer, oké?'

'Mij best, wat heb je?'

'Ik bel je terug.'

Matty hing op, keek uit over de buurt en kon bijna Eldridge 27 zien, behalve dat er op een of andere huurkazerne in Delancey Street een stapel extra verdiepingen werd gebouwd die er de laatste keer dat hij op dit dak had gestaan nog niet was geweest.

Hij wilde het wapen.

'Oké, we hebben collega's op pad gestuurd om de nacht te reconstrueren,' zei Yolonda als opening van de derde ronde. 'Ze praten met mensen in de bars die je noemde.'

'Waar is dat goed voor?' Erics stem ging omhoog. 'Het was een beroving.'

'Hoogstwaarschijnlijk wel. Maar we willen zeker weten dat jullie niet werden gevolgd en het kan zijn dat een of andere barkeeper iets heeft opgemerkt dat niet helemaal klopte, of dat Ike ergens in beland is waar jij niets van weet.'

'En?'

'En niets. Dat is te zeggen, die Chinezen die hier op een tolk zaten te wachten? Die hebben allemaal min of meer verklaard dat ze *drie* mensen hebben gezien toen ze uit het raam keken, niet vijf.'

'Wat? Nee, nee. Dan hebben ze gekeken nadat het schot afging.'

'Het punt is dat ze allemaal in verschillende panden wonen, ten noorden van de plaats delict, ten zuiden, pal aan de overkant.'

'Ze moeten na het schot hebben gekeken, ik weet niet wat ik er anders van moet zeggen.'

'Misschien,' zei Yolonda zwakjes.

'Maar al die ogen,' viel Matty in. 'Al die gezichtshoeken. De schutter en zijn maat, die zijn hem wel snel gesmeerd, hè?'

'Alles ging zo snel.' Eric legde zijn handpalm op zijn hart. 'Je hebt geen idee.'

'Je hebt gezegd dat ze naar het zuiden vluchtten, klopt dat?' zei Matty in zijn aantekeningen kijkend.

Eric sloot zijn ogen en haalde zich het toneel voor de geest. 'Naar het zuiden. Ja.'

'Want we hebben onze collega's alle naar de straat gerichte camera's in Eldridge Street van Delancey tot Henry laten nalopen,' zei Matty. 'We hebben op geen enkele iemand rond dat tijdstip zien rennen.'

'Misschien zijn ze meteen naar links, naar het westen afgeslagen. Of naar rechts,' zei Eric. 'Ik heb ze niet nagekeken om hun route te volgen.'

'Ja. Jij was bezig het alarmnummer te bellen.'

'Ja,' zei hij met een verslagen blik. 'Wat. Had ik ze achterna moeten gaan?'

'Dat zou stom zijn geweest,' zei Yolonda. 'Tussen haakjes, Sarah Bowen was behoorlijk van streek.'

Eric keek hen niet-begrijpend aan.

'De dame met de tatoeages die bij Cry met Ike meeging? Je weet wel, het ene moment gaat ze naar bed met iemand, het volgende hoort ze...'

Eric werd rood en keek een andere kant op.

'Ze lijkt zich jou trouwens een stuk beter te herinneren dan jij haar.'

'Waar slaat dat nou weer op?'

'Ze zei dat je vorig jaar min of meer verliefd op haar was.'

'Wat?'

'Dat je haar voortdurend belde.'

'Nee, wacht. Ho even. Dat was omdat ze elke keer dat ik belde zei dat het vanavond niet uitkwam, alsof het er een *andere* avond wel in zou zitten.' Eric slikte zijn woorden bijna in terwijl zijn ogen hun gezicht afzochten. 'Als ze ooit rechtuit gezegd had: "Ik wil je niet met je afspreken, ik ben niet geïnteresseerd in je", dan was het afgelopen geweest. Ik bedoel, wat krijgen we nou? Wat zei ze, dat ik haar stalkte of zoiets? Jezus.'

'Ik zeg alleen maar, toen we het erover hadden wist je meteen precies te vertellen met wie Ike gisteravond mee was, toch? Want je was het wel een beetje aan het brengen, weet je...'

'Ik was in verlegenheid, dus...' Toen: 'Wat moet dit voorstellen?' Zijn ontsteltenis weer te hoog opgeschroefd en de twee rechercheurs haastten zich om de stroom af te buigen, Yolonda als eerste.

'Wat...' zei ze zachtjes, met een glimlach. 'Bang dat we het tegen je vriendin zeggen?'

'Hoe weet u of ik wel er een heb?'

'Niet dan?'

Eric, nog steeds verzonken in consternatie, keek naar het tafelblad alsof daar iets op geschreven stond.

'Niet dan?'

'Niet wat?'

'Heb je geen vriendin?'

'Ja,' zei hij nadrukkelijk. 'Natuurlijk.'

'Dat is helemaal niet zo vanzelfsprekend,' zei Yolonda. 'Hoe heet ze?

'Alessandra. Waarom?'

'Woont ze hier in de buurt?'

'Ja. We wonen samen, maar ze zit nu in de Filippijnen, waarom?'

'Is ze Filippijnse?'

'Nee. Ze doet daar research voor haar master. Krijg ik nog te horen waarom u me dat allemaal vraagt?'

'We proberen alleen maar een compleet beeld te krijgen.'

'Van mij?'

'Soms heb je van die onderzoeken.' Yolonda haalde haar schouders op. 'Dan is het hollen of stilstaan. Dit is zo'n moment, voordat we verder kunnen, dat we moeten wachten op collega's uit het veld. Dit zijn gewoon vragen om de tijd door te komen.'

'Waar doet ze haar master in?'

'Genderstudies. Ze doet research naar het organiseren van sekswerkers in Manilla.'

'Sekswerkers,' zei Yolonda.

'Hoe lang zit ze daar al?' vroeg Matty.

'Een maand of negen,' zei Eric alsof hij zich een beetje schaamde.

'Bellen jullie veel? Of mailen jullie?'

'Alletwee een beetje.'

Hij loog, zag Matty. Hun relatie was hoogstwaarschijnlijk maar waterig.

'Mag ik even?'

Hij stond op, verliet de verhoorkamer en liep naar een rechercheur toe. 'Jimmy, over een kwartier, twintig minuten? Klop op de deur en zeg dat er telefoon is.'

'Komt voor elkaar.' Toen: 'Hé.' Matty wenkend om dichterbij te komen. 'De chauffeur van de hoofdcommissaris belde. Halloran?'

'En?'

'Zijn baas wil weten of je Phillip Boulware laat komen.'

'Wie?'

'De vader van die dronken jongen. Blijkbaar hebben ze op school in hetzelfde footballteam gezeten.'

'Sorry,' zei Matty terwijl hij weer naar binnen stapte.

'En, Eric,' zei Yolonda. 'We hebben begrepen dat je een tijd in Binghampon hebt gewoond?'

'Ik ben er geboren, hoezo?'

'Oké, dit moet je even niet verkeerd opvatten?' Ze legde weer een hand op hem. 'Maar we moesten je natrekken, dat is verplicht met iedereen met wie we in een onderzoek als dit praten, en...'

'En jullie hebben gezien dat ik ooit gearresteerd ben.'

'Zo te lezen was het gelul,' zei ze verontschuldigend. 'Wil je ons vertellen wat er gebeurd is?'

'Moet dat?'

'Dat is helemaal aan jou,' zei Matty.

'Luister, het spijt me maar nogmaals, ik begrijp niet waar dit iets mee te maken heeft?'

'Volgens mij hebben we net uitgelegd wat er op dit moment gebeurt, maar als je dat liever wilt kunnen we ook gewoon hier zitten en elkaar aankijken,' zei Matty.

'Het is niet dat ik...' probeerde Eric zich te verzetten, maar hij was opnieuw niet opgewassen tegen Matty's ergernis. 'Ik zou niet eens weten waar ik moest beginnen.'

'Wat maakt het uit,' zei Matty. 'Doe maar een gooi.'

'Ik weet het niet,' begon Eric op een toon alsof hij zich schaamde dat hij niet stoer genoeg was. 'Een jaar of vijftien geleden? Ik zat daar op hetzelfde *college* als Harry Steele. SUNY Binghamton. Ik was eerstejaars, hij vierde, en hij had iets bedacht, hij zocht iemand in de studentenflats die een kamer zou willen verbouwen tot cocktailbar... Mijn vader had een bar en grill in Endicott, een stadje verderop, en ik was daarmee opgegroeid, en ik zei dat ik het wel wilde doen. Voorraad ingeslagen, een stel gekleurde lampjes, een paar kaarttafeltjes, een uitsmijter ingehuurd van de worstelploeg...'

'Serieus?' Matty ging rechterop zitten, hield zijn hoofd een tikje schuin.

'Jazeker.' Eric glimlachte aarzelend en Matty voelde opnieuw de macht die hem in dit vertrek was verleend, hoe de stemming van de man steeg en inzakte met de toon van zijn stem. 'We verdienden iets van vijfhonderd per week.'

'En hoe lang duurde het voordat je betrapt werd?'

'Ongeveer een maand.'

'En ben je *daarvoor* gearresteerd?'

'Nee, nee. Ze zeiden dat als ik onmiddellijk van school ging, ze geen aanklacht zouden indienen. Dus dat heb ik gedaan.'

'En wat gebeurde er met Steele?' vroeg Matty.

'Niets. Hij was alleen maar de geldschieter, hij vertoonde zich nooit en ik had zijn naam nooit genoemd. Dus...'

Eric was even weg, en kwam terug. 'Die hele studie kon me eigenlijk amper iets schelen, behalve...'

'Behalve...' Yolonda leunde met haar trieste glimlach naar voren.

'Niets, ik bedoel, mijn hoofdvak was theaterwetenschap? En ik had net de hoofdrol in *The Caucasian Chalk Circle* binnengesleept en omdat de repetities begonnen had ik de bar toch een week of twee later moeten sluiten, dus...'

'De *Chalk Circle*, is dat een toneelstuk?'

'Een toneelstuk, ja,' zei Eric rustig. 'En eerstejaars kregen zowat nooit een rol, laat staan een hoofdrol, dus ik was zeg maar niet geheel gespeend van talent.'

'Balen,' zei Yolonda.

'Ja, nou ja, ik zou toch naar New York gaan, en dus kwam ik hier en het was niet makkelijk maar ik kreeg echt werk. Jeugdtheater, een paar souterrainproducties, een spotje voor Big Apple Tours en nog een voor Gallagher's Steak House...'

'Mag ik je iets vragen als acteur?' vroeg Yolonda.

Eric keek haar aan.

'Heb je ooit contact gehad met Colin Farrell?'

Eric bleef haar aankijken, zei toen: 'Waar komt die vraag in vredesnaam vandaan?'

'Laat maar.'

'Jij was dus spotjes aan het maken,' zei Matty.

'Amper... En toen kwam Steele naar de stad om een loungebar te starten op Amsterdam Avenue en hij had... ik had iets van *hem* te goed, en per slot moet je ook eten, toch? Dus ben ik voor hem gaan werken, een jaar of zeven, acht, maar toen had ik iets van, dat het mijn moment was, dat mijn tijd maar verstreek, dus nam ik ontslag, leende geld, ging terug naar Binghampon en kocht het restaurant dat jaren daarvoor het eerste was geweest dat Steele had geopend, pal nadat hij daarginds was afgestudeerd. Het was een executieverkoop en ik dacht, weet je wel, dat ik misschien in zijn voetstappen kon treden of zoiets.'

'*Turn, turn, turn...*' zei Yolonda plechtig en Matty moest een andere kant op kijken.

'Over wat voor kaart hebben we het?' vroeg Matty.

'Eclectisch... je weet wel, steak, crêpes, lo mein.'

'Ik dacht dat dat fusion was,' zei Yolonda.

'Het was meer con-fusion, een totale zeperd van begin tot eind,' zei Eric terwijl hij een beetje begon te ontspannen, zodat Matty een idee kreeg hoe hij was als alles goed ging.

'Hoe dan ook, de enige omzet die ik draaide was aan de bar en in die tijd was blow daarginds weer helemaal terug, je kon het niet buiten de deur houden, er stond constant een rij voor de toiletten en er waren klanten die vroegen of ik wist waar ze konden scoren, wat ik dus wist... en geleidelijk aan had ik een voorraadje achter de bar, niet meer dan kwartjes, alleen maar om te zorgen dat iedereen binnen bleef komen. Niet dat ik er iets op verdiende. Extra cash ging altijd meteen mijn eigen neus in maar ik vond het leuk, al die blije koppen aan de bar.' Eric verdween van het ene moment op het andere in zijn eigen gedachten, terwijl zijn lippen, als de laatste stuipen van een afgehakt hoofd, bleven bewegen.

'Soms vind ik het prettig om er te zijn voor mensen?' Hij keek hen recht aan, maar zonder dat er enige uitdaging in lag. 'Ongeacht de, weet je wel, de consequenties, denk ik.'

'Ik ben precies zo,' zei Yolonda zo zachtjes en met zoveel meegevoel dat Eric haar aankeek met iets dat grensde aan verlangen.

'Hoe dan ook,' vervolgde hij zonder aansporing. 'Het restaurant lag nog steeds op zijn gat, toen werd de vent van wie ik scoorde gepakt en het eerste wat hij deed was mij erbijlappen, ik verkoop in mijn bar aan een stille, de tent krijgt een hangslot en ik een paar handboeien.' Eric dreef weer weg. Toen: 'Je mag een telefoontje plegen, toch? ... Weet je wie ik belde? Mijn vader kon ik met geen mogelijkheid bellen, dat zou... Nee. Dus ik belde Steele in New York. Ik schaamde me kapot, ik bedoel, het was vroeger zijn tent geweest en hij was toch al niet blij dat ik ontslag had genomen.'

Yolonda gromde meelevend.

'Maar weet je wat hij deed? Hij stuurde me binnen het uur de borg. Ik zat een nacht in de bajes en kwam met voorwaardelijk weg, waarvan ik wel bijna zeker weet dat hij daar ook achter zat. Ik heb binnen een week mijn faillissement aangevraagd en binnen een maand zat ik weer in de stad, bij hem in dienst om te helpen Berkmann's te openen.'

'Wauw,' zei Yolonda, met een snelle blik op de klok aan de muur.

'Het punt is,' zei Eric tegen zijn handen. 'Hoe lang is dat nu geleden, zeven, acht jaar? Ik zit nog *steeds* te wachten tot hij er iets over zegt. Maar ik vind elke dag wel een manier om hem te bedanken.'

'Je hebt als het ware levenslang Harry Steele, hè?'

'Ik heb wat?' Eric bloosde.

'Heb je helemaal niets gehoord van wat hij zei?' vitte Yolonda tegen Matty.

'Wat bedoel je, over het toneelspelen?' Matty leunde achterover en wreef in zijn ogen. 'Jawel, ieder woord. Maar dat klinkt alsof het voorbij is, toch?'

'Dat heb ik nooit gezegd. Wanneer hebt u me dat horen zeggen?'

'Weet je, je hebt gelijk, dat heb je niet gezegd, sorry. Dus wat doe je daar nu mee?'

'Nu?' Eric liet zijn wang op zijn handpalm rusten, sloot zijn ogen. 'Wat ik nu voornamelijk doe, is schrijven.'

'O ja? Welk genre?'

'Gewoon schrijven.' Hij sloot zich af.

'Over misdaad?' vroeg Yolonda.

'Waarom zou je dat aannemen?' bitste Eric.

'Ik weet het niet.' Ze haalde haar schouders op. 'Daar zou ik over schrijven als ik het kon.'

Eric legde zijn gezicht in de holte van zijn elleboog.

'Ik ben bezig aan een scenario.' Op een toon alsof hij zich schaamde.

'Voor een film?'

'Voor geld.'

'Wat, bij wijze van persoonlijke sterrentaxi?'

'Bij wijze van wat?' Eric tilde zijn hoofd op, zijn gezicht een vage vlek.

'Een taxi naar sterrenstatus,' zei Yolonda. 'Dat is wat Sylvester Stallone heeft gedaan. Acteren kon hij voor geen meter, dus schreef hij *Rocky* voor zichzelf. Ze zouden het scenario van hem kopen maar met Steve McQueen in de hoofdrol? Stallone zei, vergeet het maar, ik speel Rocky en anders kunnen jullie mijn rug op. En moet je hem nu zien.'

Eric keek of hij elk moment in snikken kon uitbarsten.

'Moet je toch eens over nadenken.'

'En, waar gaat het over?' vroeg Matty. 'Je hebt ons nieuwsgierig gemaakt.'

'Het doet er niet toe.' Eric legde zijn hoofd weer op zijn arm.

Yolonda keek Matty aan: *duwen.*

'Eric,' zei Matty op vlakkere toon. 'Waar gaat het over?'

Eric richtte zich weer op en haalde met zijn mond wijd openhangend een keer diep adem.

'Het is historisch, over de buurt.'

'Ja...' Ze wachtten.

'Het gaat ergens over geestverschijningen. Maar niet geesten als in *geesten?* Het zijn meer overdrachtelijke geesten zoals, ik weet het niet, ik kan niet...'

'Dus het is eng?' vroeg Yolonda. 'Of niet.'

Haar vraag leek hem nog dieper te doen wegzinken.

'Eric?' herhaalde ze. 'Is het...'

'Het is stupide,' sneed hij haar af, niet meer dan fluisterend. 'Ongelooflijk godvergeten stupide.'

'Hoe dan ook,' zei ze. 'Waar kende je Ike eigenlijk van?'

Eric zat nog steeds zo ver weg in zijn depressie dat ze de vraag moest herhalen en toen ze dat deed werden zijn ogen weer dof en behoedzaam.

'Voor de tiende keer. Hij was vorige week pas aangenomen. Ik heb hem niet aangenomen. Er is veel verloop. De ene dag staat er nog een vent achter de bar, de volgende dag staat er een ander.'

'Dus afgezien van gisteravond waren jullie nooit ergens heen geweest, nooit iets...'

'Dat heb ik ook al gezegd.'

'Nooit naar buiten om te pauzeren, een sigaret te roken, even te kletsen.'

'Nee.'

'Waren jullie gisteren samen in de Sana'a Deli?'

'Waar?'

'De winkel op de hoek van Rivington en Eldridge.'

'Wacht. Ho even. Dat was toeval.'

'We hebben begrepen dat jullie de heilige Maria hebben weggeveegd.'

'Ik niet. Dat was hij.'

'Dus jullie waren *wel* samen. Of niet.'

'We kwamen elkaar tegen. Meer niet.'

'Die toestand met de heilige Maria. Wat vond je daarvan?'

'Wat ik daarvan vond?' Eric hield zijn handpalmen weer op. 'Het was condens op glas. Wat is de vraag?'

'Er zijn mensen die dat heel ernstig opnemen.'

'Ik?'

'Nou nee, jij niet, maar misschien heeft iemand zich kwaad gemaakt. In welk geval...'

'Zo iemand was er wel. De vent die een dollar de man stond te innen van de plaatselijke imbecielen. Trek hem maar na.'

'Hebben we gedaan.'

'Eric, als we het daar toch over hebben, we hebben je gsm bij hem voor de deur gevonden.'

'Wat?' Hij voelde aan zijn zakken. 'Was ik die kwijt?'

'Mag ik je vragen...' begon Matty.

'Hoe ben ik die kwijtgeraakt?'

'Je hebt gezegd dat je het alarmnummer belde, klopt dat?'

'Ik heb gezegd dat ik het probeerde.'

'Oké. Het is... Maar er staat geen 911 bij je gebelde nummers.'

'Dat heb ik uitgelegd. Ik kreeg geen verbinding. Daarom ben ik dat pand binnengerend.'

'Voor een beter bereik.'

'Precies.' De uitdrukking op zijn gezicht was een geagiteerd gapen. 'Wat wilt u zeggen?'

'Ik vraag me alleen af waarom er geen nummer in die lijst staat,'
zei Matty. 'Want bij mijn gsm...'

'Heet ik soms Thomas Edison?' piepte Eric. 'Ik ben al blij dat ik
hallo kan zeggen in dat ding.'

'Goed, goed,' bond Matty in.

'Eric, ik heb een andere vraag voor je.' Yolonda boog zich naar voren. 'Gisteravond, is er zelfs maar een kleine kans dat je tijdens de
confrontatie het wapen hebt aangeraakt? Je weet wel, dat je je hand
hebt uitgestoken om het vast te pakken of weg te duwen, of dat je het
toevallig hebt aangeraakt toen je je portefeuille afgaf...'

'Vraagt u dat echt?'

'De reden waarom ze dat vraagt,' zei Matty, 'is dat we verplicht
zijn een paraffinetest op kruitsporen bij je af te nemen.' Nog steeds
razend dat ze dat niet konden. 'Gewoon een standaardprocedure.'

'Die vraag moeten we nu stellen omdat *mocht* je dat wapen hebben aangeraakt, of een *ander* wapen in de afgelopen vierentwintig
uur? Dan ben je positief, en als we dat dan niet vooraf weten... ver-
rassingen, in dit stadium...'

'Nee.' Eric weifelde, toen: 'Wacht. Wat is hier eigenlijk aan de
hand?'

Er werd op de deur geklopt en Jimmy Iacone stak zijn hoofd om
de hoek: 'Telefoon.'

Matty keek Yolonda aan. 'Ga jij deze keer maar.' Wachtte toen tot
ze het vertrek verlaten had.

'Gaat het een beetje, Eric? Je ziet er nogal aangeslagen uit.'

'Zit ik op een of andere manier in de problemen?'

'Niet dat ik weet.'

'Wanneer krijg ik die test?'

'Maak je maar niet druk. Je hoeft er ook weer niet voor te stude-
ren,' zei Matty. 'Zolang je maar niet tegen ons hebt gelogen dat je de
afgelopen vierentwintig uur geen wapen hebt aangeraakt, hoef je je
nergens zorgen over te maken.'

'Dus niet.'

'Dan is het toch goed... Maar ik heb een vraag voor je. Gewoon
uit nieuwsgierigheid... Wanneer heb je eigenlijk voor het laatst een
wapen in je handen gehad?'

'Wat?' Eric hield zijn hoofd schuin en Matty was ogenblikkelijk razend op zichzelf. 'Ho even. Moet ik niet…' begon hij, weifelde toen, tot grote opluchting van Matty, en begon door zijn mond te ademen.

Yolonda kwam weer binnen. 'Goed nieuws.'

Ze draaiden zich allebei naar haar om.

'Je vriend Ike?' Ze straalde naar Eric. 'Hij is net geopereerd. Het ziet ernaar uit dat hij het gaat redden.'

Eric keek stomgeslagen.

'Kijk eens aan.' Matty knikte, keek toen Yolonda aan. 'Wie zijn er in het ziekenhuis?'

'Mander en Stucky.' Yolonda trok een gezicht.

'In dat geval moeten wij erheen, toch? Kan hij praten?'

'Dat zal niet lang duren.'

Matty stond op. 'Maar goed dat de heilige Maria niet al te zwaar baalde van je maatje, hè?'

Eric staarde hem aan, zijn gezicht alsof hij gewurgd werd.

'Gaat het een beetje, Eric?'

'Wat? Nee, jawel, ik ben alleen maar doodmoe.'

'Dat geloof ik graag,' zei Matty met een glimlach naar de zittende Eric.

'We gaan er nu naar toe,' zei Yolonda. 'Maar is er voordat we gaan nog iets dat je ons wil vertellen? Iets waar we niet aan toe zijn gekomen?'

'Nee, ik… Haalt hij het?'

'Blijkbaar wel,' zei Matty met een hand op de klink van de deur, maar zonder verder aanstalten te maken om te vertrekken.

Erics ogen zwierven zonder te focussen.

'Wat is er, Eric?'

'Wat…'

'Je kijkt of je iets wilt zeggen.'

'Wil dit…'

'Wil dit wat?'

'Wil dit zeggen dat ik nu naar huis kan?'

Even zei niemand iets. Yolonda keek hem aan met die vage glimlach van haar.

'Als je nog even geduld met ons kunt hebben,' zei Matty. 'We zouden het echt op prijs stellen als je hier kon blijven tot we in het ziekenhuis zijn geweest.'

Eric staarde naar in het niets en klopte op zijn zakken alsof hij weer zijn gsm zocht.

'Ik wil je wel een bed in het mafhok aanbieden,' zei Matty. 'Maar eerlijk gezegd is het daar zo smerig dat je waarschijnlijk lekkerder zit in het dagverblijf.'

'Leg anders je hoofd maar neer waar je zit,' zei Yolonda. 'Als je wilt, kunnen we wel zorgen dat iemand een kussen voor je opsnort.'

Eric reageerde niet.

'Als Ike bij kennis is,' zei Matty, 'wil je dan dat we iets tegen hem zeggen? Iets doorgeven?'

'Doorgeven?' herhaalde Eric verdwaasd.

'Goed, dan gaan we.' Matty maakte aanstalten om Yolonda mee te nemen naar de deur, maar zij ontweek hem, kwam terug naar de tafel.

'Mag ik je iets vragen?' zei ze bijna bedeesd. 'Het is niet dat ik onaardig of kritisch wil zijn en ik weet dat hij alleen maar een kennis van je werk was… Maar hoe komt het dat je, al die tijd dat je hier bent, niet *een* keer hebt gevraagd hoe het met hem ging, of zelfs maar of hij nog leefde of dood was.'

Ze wachtte zijn antwoord af.

'Heb ik dat niet gedaan?' zei Eric ten slotte, terwijl zijn ogen wild de lege betonwanden afzochten.

'Nee.'

Ze keken hem strak aan.

'Nee. Hoe kan… Heb ik dat niet gedaan?'

'Doe je ogen maar even dicht,' zei Yolonda zachtjes. 'We proberen het kort te houden.'

'Meer bewijs dan dat heb ik niet nodig,' zei ze aan de andere kant van het glas terwijl ze keken hoe Eric in zijn slaap als een dromende hond met zijn gezicht trok.

'Misschien is hij alleen maar uitgeput,' zei Matty.

'Ja hoor, dat zal het zijn,' zei Yolonda.

'Kom op, hij heeft niet eens een advocaat gevraagd,' zei Matty. Toen: 'Een keer, bijna. Ik denk dat hij bang was om schuldig over te komen als hij er een vroeg. Maar dat is het punt, wat voor harde jongen denkt nu zo?'

'Hij had het gewoon nog niet eerder gedaan. Hij weet niet hoe hij het moet spelen. Nou en.'

'Geef me een aannemelijk motief.'

'Wil jij een motief?' zei Yolonda kortaf. 'Mannen reageren te sterk, op pijn. En als ze dat doen? Slepen ze iedereen met zich mee.'

'Waar slaat dat nou weer op?'

'Op een motief, godbetert. Ik ben tevreden.'

Toen Matty beneden kwam, met het idee de rest van deze adempauze te gebruiken om terug te gaan naar Eldridge Street 27 en stuurman aan wal te gaan spelen bij het zoeken naar het wapen, nam hij automatisch de bezoekers in de wachtruimte op: een bejaard Chinees echtpaar waarvan de man verse bloed-zwarte hechtingen in de zijkant van zijn gezicht had zitten, een jonge Oost-Indische vrouw met een bon voor een weggesleepte auto in haar hand, en een geagiteerd kijkende blanke man van middelbare leeftijd, gekleed in het jasje van een kostuum en een trainingsbroek. Min of meer de gebruikelijke mix voor deze buurt.

Op het moment dat hij de voordeur bereikte ging zijn gsm; het binnenkomende nummer was vaag bekend.

'Brigadier Clark.'

'Ja, hoi.'

Tot zijn ergernis herkende Matty de stem van zijn oudste zoon.

'Zijn jullie al op? Het is nog niet eens twaalf uur.'

'Waar is Audubon Avenue ergens? Eddie en ik rijden hier al een uur rond.'

'Zijn jullie in Washington Heights? Wat doen jullie in Washington Heights?'

'Een kennis opzoeken.'

'Heb jij een kennis uit Lake George die in Washington Heights woont?' Matty voelde zijn maag vlinderen.

'Een vriend van Eddie.'

'*Eddie* heeft een vriend...' Matty hield de telefoon tegen zijn borst, ademde diep uit. 'Geef me je broer.'

'Die is er niet.'

'"Eddie en ik" zei je net.'

'Pa. Audubon Avenue. Weet je waar dat is of niet.'

Matty was misselijk, van woede, van zelfwalging.

'Ik kan je niet helpen, Matty,' zei hij ten slotte. 'Vraag maar aan een smeris.'

Van zijn stuk gebracht, en zich voorhoudend dat hij geen voorbarige conclusies moest trekken, liep hij naar de rolstoelbaan aan de zijkant van het gebouw om, voordat hij naar de plaats delict ging, een sigaret op te steken en zag de Toyota Sequoia, die leeg, met het portier open en een pluim uitlaatgassen, zonder een spoor van de bestuurder vrijwel in het midden van Pitt Street stond. Toen, bijna zonder na te denken, gooide hij de sigaret weg en liep de vestibule weer in voor een nieuwe blik op de blanke man die daar in elkaar gedoken, ellebogen op de knieën, zat te turen naar de herdenkingsplaquettes in bas-reliëf aan de muur, alsof hij ze uit zijn hoofd wilde leren. Hij had de vaalrode gezichtskleur van de alcoholistische dakloze, maar Matty dacht niet dat dat het probleem was.

'Meneer Marcus?'

Het hoofd van de man schoot omhoog naar de stem en net zo snel stond hij overeind.

'Ja,' terwijl hij zijn hand uitstak. Zijn blik was alert en tegelijk ongefocust.

'Brigadier Clark.' Matty schudde de hand en voelde een trilling onder de overdreven stevige handdruk.

'Bent u de rechercheur van wie ik de naam heb opgekregen?'

'Ja, dat ben ik. Hoe lang hebt u zitten wachten?'

'Dat weet ik niet.'

'Hebben ze niet naar boven gebeld?'

Marcus gaf geen antwoord. Matty keek naar de diender achter de balie die zijn neus niet uit zijn *Post* had gehaald, besloot toen om er geen punt van te maken. 'Moet u horen, het spijt me heel erg dat we elkaar onder deze omstandigheden ontmoeten.' Hij klonk in zijn eigen oren als een vriendelijke robot.

'Ja, ik was wel eerder hier geweest,' zei Marcus, 'maar ik kon het niet vinden.'

'Ja, nee, de wijk zit hier ingewikkeld in elkaar, maar als ik geweten had dat u kwam, had ik u...'

'Nee, nee, ik kon de stad niet vinden, dat hele kut New York niet. Ik zat op de Saw Mill in plaats van de Thruway en op een of andere manier kwam ik bij de Whitestone Bridge uit, en toen...'

'U kwam uit...'

'Tarrytown, het herinrichtingscongres van Con Ed, maar als dit een dag eerder was gebeurd, was ik uit Riverdale gekomen en dat is maar iets van een halfuur.'

Matty knikte alsof alles wat hij op dit moment hoorde redelijk en interessant was.

'Bent u hier alleen?'

'Alleen, ja.'

'U bent zelf komen rijden.'

'Ja, maar het was niet...'

Matty stak zijn hand achter Marcus' elleboog, stuurde hem naar buiten en wees naar de stationair brommende suv halverwege de straat.

Marcus schrok op alsof hij uit een boom viel.

'Zit het sleuteltje er nog in?'

'Ik kan gewoon niet...'

Matty wenkte Jimmy Iacone die voor een sigaret naar buiten kwam. 'Jimmy? Zou jij de auto van meneer Marcus voor hem willen wegzetten?'

Iacone leek even te steigeren bij het verzoek, en toen zag Matty in zijn ogen dat hij de naam herkende.

'Zet hem maar op de parkeerplaats.' Toen, tegen Marcus: 'Zoals ik al zei, het spijt me dat ik u onder deze omstandigheden moet ont-moeten.'

'Ja, ze hebben me vanochtend wakkergemaakt, de politie daar-ginds, al was het eigenlijk een vice-president van Con Ed, vanwege de persoonlijke benadering zeker, en, eerlijk gezegd weet ik het niet? Ik geloof dat ik het vrij goed aan het verwerken ben, maar ik moet u iets vragen en het is het belangrijk...' Marcus keek even een andere

kant uit, zijn hand tastend voor zijn mond. 'Hebt u zijn rijbewijs?'
'We hebben zijn persoonlijke bezittingen,' zei Matty op zijn hoede, wensend dat Yolonda hier in zijn plaats stond.
'Oké. Hebt u gezien... Had hij het vakje voor orgaandonor aangevinkt? En als dat zo is, zou ik dat als zijn vader ongedaan kunnen maken? Ik wil echt niet dat ze zijn organen gaan gebruiken. Echt niet.'
'Nee, nee. Daar kunnen wij wel voor zorgen.'
Twee jonge latino agenten in identieke zwart-blauwe NYPD-politiejacks en polyester helmen kwamen door de voordeur naar buiten en duwden hun patrouillemotoren langs Matty en Marcus van de hellingbaan af. Jimmy Iacone, op de terugweg van het wegzetten van Marcus' auto, teemde: 'Jullie zijn net een stel centerfolds uit *Blueboy*.'
'Hé bitch, je zei dat niemand hier dat blad kende,' dolde de ene motoragent met de andere, en alle drie lachten ze ingehouden in de trant van het leven is leven is leven, en gingen toen door met waar ze mee bezig waren.
'Meneer Marcus, gaat u mee naar boven? Dan kunnen we praten.'
'Goed.' Knikkend.
Matty draaide zich naar het gebouw toe, maar voelde dat Marcus niet meer bij hem was. Hij keek achterom en zag hem als verlamd toekijken hoe John Mullins een betraande, roodharige vrouw en een verdoofd-ogend tienermeisje naar het bureau toe begeleidde.
Hij wilde Marcus vragen of het zijn vrouw en dochter waren maar de man was van het ene moment op het andere zonder hem richting bureau vertrokken en tegen de tijd dat Matty weer binnen was, kon hij niet meer van hem ontwaren dan zijn schoenen met losse veters die met grote passen de trap op verdwenen, terwijl de diender achter de balie eindelijk overeind stond, zij het zonder iets te doen.
Marcus was niet op de eerste verdieping in een van de diverse wachtlokalen of toiletblokken, en evenmin op de tweede in het halfbakken sportzaaltje of de kleedkamers, maar op de derde waar zich alleen opslagkamers en wapenkasten bevonden; de man was blijkbaar door blijven klimmen tot hij geen trappen meer over had.
Matty vond hem tussen de afgegrendelde wapenrekken en de

aan haken hangende gevaarlijke-stoffenpakken.

'Meneer Marcus.'

'Alstublieft.' Hij hapte naar adem. 'Ik wil ze nu niet zien.'

'Was dat uw gezin?'

'Kunt u ze wegsturen?'

Matty kon niet uitmaken of de man radeloos was of alleen maar buiten adem.

'Ik smeek het u.'

Het kantoor van de hoofdinspecteur op de begane grond werd verbouwd en Carmody zat in de kamer van de inspecteur te telefoneren, en dus was het beste wat Matty de vader qua privacy kon aanbieden de eethoek van de afdeling, gedeeltelijk voor de zee van tegen elkaar geschoven bureaus verborgen door een borsthoge afscheiding.

Hij gaf Marcus een stoel aan het hergebruikte formica bureau dat dienstdeed als eettafel, zette de draagbare televisie uit voordat ze beelden van de schietpartij konden tonen, stapelde en verwijderde de diverse uit elkaar gehaalde exemplaren van de *Post* en de *News* die op de tafel verspreid lagen. Hij kon niets doen aan de gemengde achtergebleven luchtjes van Chinees of Dominicaans afhaaleten, noch aan het toilet een meter of twee verderop, waar iemand net luid spetterend bezig was.

Hij had er alles voor overgehad als Yolonda nu op zijn plaats zou staan. In ieder geval cosmetisch, al was hij waarschijnlijk de betere keus. De meeste nabestaanden voelden zich meer gerustgesteld door de grote Ier met zijn zware kaken, zo ruig en onverbiddelijk, dan door de latina met haar bambi-ogen – daargelaten dat Yolonda, ondanks al haar invoelende vibraties, een betere jager was dan hij ooit zou worden.

Marcus leek nu minder te ratelen en verdwaasder te zijn, hoewel hij overal van opschrok: het geluid van een doorgetrokken toilet op een meter van hem af, de verspreid rinkelende telefoons en onstoffelijke stemmen met oproepen, het plotselinge opduiken van een rechercheur die zijn hoofd om de hoek van het schot stak en, toen hij zag dat het toilet bezet was, zijn das tegen zijn pens duwde en zonder plichtplegingen een straal gorgelwater in de met kranten gevulde prullenbak spuwde.

Toen de deur van het toilet uiteindelijk openzwaaide, stond Jimmy Iacone erachter, nog bezig zijn riem vast te gespen, eerst geschrokken en toen in verlegenheid gebracht doordat hij Marcus amper twee meter verder zag zitten. Met een fluisterkuchje 'Neem me niet kwalijk' draaide hij zich om om zich te vergewissen dat de toiletdeur goed dicht was en mompelde toen, terwijl hij langs hen heen schoof tegen Matty: 'Geef me de volgende keer een seintje.'

'Neem me niet kwalijk voor de rommel, we zijn niet…' Matty maakt zijn zin niet af, draaide zich om, en volgde Marcus' afgeleide blik naar een baseballpet boven op de televisie met het in rood uitgevoerde opschrift NYPD PD-UNIT, met daaronder WIJ ZIEN DE DODEN.

'Sorry,' zei Matty. 'Dat is helaas hoe wij normaal proberen te blijven.'

'Galgenhumor,' zei Marcus op effen toon.

Terwijl Matty opstond om de pet weg te stoppen, wierp hij een blik uit het raam en zag hoe John Mullins Marcus' diepbedroefde vrouw en dochter terugbracht naar zijn auto.

'Met alle respect?' zei Matty terwijl hij zich weer naar de tafel keerde. 'Volgens mij is het niet verstandig van u om nu niet bij uw gezin te zijn.'

'Het was een beroving?' vroeg Marcus op lichte toon, terwijl het rood weer in zijn gezicht kroop.

Matty aarzelde, wilde bepleiten om minstens de vrouw te laten blijven, maar raakte verstrikt in de neteligheid van de vraag. 'Met wat we nu weten, denken we van niet.' Hij aarzelde en zette toen door. 'Ik zal u precies vertellen hoe het er voorstaat. Op dit moment hebben we twee geloofwaardige getuigen die verklaren dat ze drie blanke mannen voor een pand hebben zien staan, een van hen trekt een wapen, vuurt op uw zoon en vlucht de hal binnen.'

'Oké,' zei Marcus terwijl zijn ogen ronddwaalden.

'Toen, toen de eerste collega's ter plaatse kwamen, stond dezelfde blanke man die naar binnen was gerend weer buiten en vertelde hun dat hij en zijn vrienden onder bedreiging met een vuurwapen waren beroofd door twee zwarte of Latijns-Amerikaanse mannen, van wie er een het schot had gelost. Maar zoals ik al zeg, onze twee ooggetuigen verklaren iets anders.'

Matty wist niet zeker of er iets van wat hij had gezegd zelfs maar enigszins tot Marcus was doorgedrongen, maar hij wist dat er een goede kans was dat dit scenario in een notendop het hele leven van de man tot aan zijn dood kon gaan beheersen.

'Meneer Marcus, wilt u een glas water?'

'Waarom was het?'

'Heel eerlijk? We weten het niet precies. Ze hadden alledrie stevig gedronken, het kan zijn dat er ruzie is uitgebroken, wellicht over een vrouw, maar het komt...'

'Waren ze bevriend?'

'Ze werkten allebei in Café Berkmann, hij heet Eric Cash. Hebt u uw zoon die naam ooit horen noemen?'

'Nee.' Toen: 'Hij is hier?'

'Hij is nog niet in staat van beschuldiging gesteld, maar we praten met hem.'

'Hier.'

'Ja.'

'Kan ik naar hem toe?'

'Dat gaat niet.'

'Ik wil hem alleen maar vragen...'

'Dat gaat niet, meneer Marcus. Probeert u dat te begrijpen.'

'Oké. Ik dacht alleen maar, weet u wel, dat ik zowel in uw belang als het mijne...'

'Het is niet...'

'Ik begrijp het,' zei Marcus op redelijke toon. Toen: 'Waar was het?'

Matty aarzelde opnieuw. 'In het bovenlichaam.'

'Vroeg ik *dat*?' schreeuwde Marcus, en de onzichtbare zaal aan de andere kant van het schot was plotseling stil.

'Het spijt me,' zei Matty voorzichtig. 'Ik begreep de vraag verkeerd.'

'Waar in de *stad*, in New York.'

'In Eldridge Street, een paar straten ten zuiden van...'

'Ik ben... Eldridge? Mag ik vragen welk nummer?'

'Zevenentwintig.'

'Daar komen wij vandaan. Eldridge, bij Houston Street... Ike's overgrootvader.' Het was de eerste keer dat Matty hem de naam van zijn zoon hoorde uitspreken. Marcus zweeg even om op adem te komen en de herrie op de achtergrond vulde de leegte.

'Eldridge Street 27,' zei Marcus ten slotte bij zichzelf knikkend.

'Heeft hij geleden?' Toen, voordat Matty kon antwoorden: 'Nee, natuurlijk niet. Hoe zou u daar ooit ja op kunnen zeggen.'

'Hij heeft niet geleden,' zei Matty niettemin, hopende dat het waar was.

'Het was op slag?' De vraag was echt, Marcus kon zijn ironische toontje niet vasthouden.

'Op slag.'

Even zaten ze daar. Matty zag het begin van een iets minder shockachtige pijn in het gezicht van de man sijpelen.

'Moet u horen,' ploegde hij voort. 'Ik weet dat dit het verkeerde moment is, maar we hebben echt problemen met het waarom van de zaak, dus als er iets is dat u ons over uw zoon kunt vertellen...'

'Ik kan me niet herinneren wanneer ik hem voor het laatst gesproken heb,' zei Marcus. 'Voor het laatst gezien heb. Moment.' Zijn mond hing open terwijl hij het plafond afzocht. 'Wacht even.'

En Matty wist dat deze man met geen mogelijkheid iets aan het onderzoek kon bijdragen. Het ging er nu om hem bij zijn familie te krijgen.

'Is er iets wat ik voor u kan doen, meneer Marcus.'

'Voor me doen.'

'Als u niet bij uw familie wilt zijn wat ik, zoals ik al zei, niet verstandig vind, kan ik dan misschien iemand anders bellen?'

Marcus reageerde niet.

'Hebt u onderdak nodig?'

'Onderdak?'

'We kunnen zorgen...'

Marcus schrok op toen Yolonda van het ene moment op het andere naast hem tegen de afscheiding geleund stond. Ze legde even deelnemend een hand op zijn schouder, keek hem met haar verdrietige gezicht aan, en eindelijk begon hij te huilen.

Matty's gsm ging: Bobby Oh. Hij liet Yolonda als babysitter bij de vader achter en nam om de hoek op.

'Mister Bobby, vertel me iets goeds.'

'Niets en nergens,' zei Oh en gaapte.

Matty zag hem voor zich, na acht uur op de plaats delict: rode oogjes, overhemd uit de broek, het schaarse haar in een kring, als bevroren ijs rechtop op zijn schedel.

'Niemand in het pand kende hem of had hem ooit eerder gezien, dus ik kan me niet voorstellen dat hij het heeft doorgespeeld aan een medeplichtige ter plaatse, het dak is schoon, de belendende daken ook, de brandtrappen, regenpijpen, trappenhuizen, en de kelder, we hebben de vuilniscontainers op zes hoeken doorzocht, de vuilniswagen die hier om middernacht rijdt opgespoord en die houden we vast om te doorzoeken, de milieudienst komt mangaten en rioolputten leegzuigen... Hebben we iets overgeslagen?'

'Het is godbetert gewoon een Rip van Winkle, die vent,' zei Yolonda met een kingebaar door het raam naar Eric Cash. 'Als ik zoveel slaap kreeg, zag ik er tien jaar jonger uit.'

'Ik zie hem hiervoor niet zitten.'

'Ik wel.'

'En ik zal je nog eens iets zeggen. Als het klopt wat hij ons over vannacht vertelt, had hij op twintig centimeter na een kogel opgevangen. En dan onze behandeling er nog overheen?'

'Wat ben je toch een goed mens,' zei Yolonda. 'Zeg maar hoe je het wilt spelen.'

'Ik weet het niet. Hem nog een kans geven en dan het OM laten beslissen.'

'Oké. Dus hoe wil je het spelen?'

'Laat mij hem hard aanpakken.'

'Waarom jij? Je zegt dat je hem niet zit zitten.'

'Ja, ik weet het, maar hij raakt zwaar van slag als ik doe of hij me teleurstelt.'

Adjunct-commissaris Berkowitz verscheen naast hen, zijn London Fog-jas over zijn arm gedrapeerd.

'Hoever zijn we? Half door de knieën om door het raam een blik op Cash te werpen. 'De inlanders beginnen goed onrustig te worden.'

Matty en Yolonda sloegen weer aan het redetwisten: een ouder echtpaar met een wegenkaart.

'Ik weet het goed gemaakt.' Berkowitz rechtte zijn rug en keek op zijn horloge: 12.45 uur. 'Als ik jullie was, zou ik die vent zo langzamerhand maar inpakken.'

'Doen we, baas,' zei Yolonda met een blik op Matty alsof ze stond te popelen om triomfantelijk haar tong uit te steken.

Omdat Billy Marcus absoluut niet in staat was om te rijden en, hoe dan ook, niet terug wilde naar zijn familie in Riverdale, had Matty een kamer voor hem geboekt in het Landsman, een nieuw hotel in Rivington Street dat een goodwillovereenkomst had met het bureau, in de vorm van korting op suites voor drugs-stingoperaties, en goedkope eenpersoonskamers voor getuigen van buiten de stad, slachtoffers en bij gelegenheid voor nabestaanden die wachtten tot een lijk werd vrijgegeven.

Het hotel zou nu graag onder de afspraak uit willen, als het kon. De eigenaren waren, uit angst dat ze de allure van de buurt hadden overschat, halverwege de bouw in paniek geraakt en haastig op zoek gegaan naar langetermijndeals binnen de gemeenschap, maar uiteindelijk was het hotel vanaf het eerste begin een hit geweest.

Het lot om de man in te checken viel op Jimmy Iacone. Omdat er geen bagage te dragen viel en de jacht op een parkeerplek wel een halfuur kon duren, besloot Iacone om de zeven korte stratenblokken van Pitt tot aan Ludlow met Marcus te lopen. Ze vorderden traag; de man bewoog zich alsof hij door een buurt liep die zich in de nasleep bevond van een bombardement, vol brandende winkelpuien en met lijken bezaaide trottoirs, en hij kon zijn ogen niet losmaken van de jongeren die ze tegenkwamen, mannelijk, vrouwelijk, doorsnee, freaks, zwart en blank. Toen, op de hoek van Rivington en Suffolk, bleef hij stokstijf staan, draaide zich om en staarde met hangende onderkaak naar een of andere voorbijganger die hen was gepasseerd, en Iacone wist dat Marcus zijn zoon had gezien – dat overkwam de meesten, en daarom haatte hij het dat hij op het bureau was gestationeerd: hij ging liever door de gepantserde deur van een drugshuis heen, rolde liever over de grond met een erectiegestoorde kerel van 20 kilo die zonder medicijnen zat, kocht liever speed van een trippende Hells Angel – alles liever dan te maken krijgen met de ouder van een pas vermoord kind.

Omdat het hotel bijna vol zat, waren ze wel gedwongen Marcus een kamer te geven waar je wel een fotosessie kon houden, een arendsnest met glazen wanden op een hoek van de zestiende verdieping, meer uitkijkpost dan onderdak, helemaal wit: witte meubels, schakelaars en stopcontacten, een flatscreen aan de muur en een super dubbel bed bedekt met synthetisch wit bont. De strenge weelderigheid ten spijt, was het vertrek niet veel groter dan een schoenendoos, met nog geen halve meter ruimte tussen dat enorme bed en het driehoekige terras dat een vorstelijk uitzicht bood op de wijk: een zee van benauwde, op elkaar gepakte liftloze huurkazernes en honderd jaar oude lagere scholen, met als enige bouwsels die nog enige hoogte aspireerden de her en der oprijzende, in felgele bouwfolie gewikkelde stapels extra verdiepingen en, afgetekend tegen de rivier, de projects en door de vakbonden neergezette coöperatieve flats die de oostkant van dit morsige panorama als belegeringstorens flankeerden.

Marcus zat als een zoutzak op de rand van het poolbed, en Iacone stond ongemakkelijk voor hem te schuifelen alsof hij een liefdesrelatie uitmaakte en niet goed wist hoe hij moest vertrekken zonder een scène te veroorzaken.

'Hebt u iets nodig, meneer Marcus?'

'Zoals.'

'Eten, medicijnen, schone kleren…'

'Nee, ik red het nu wel, bedankt.'

'Ja?'

'Ja. Bedankt, dank u wel.' Hij stak een hand uit en schudde die van de rechercheur.

Iacone trok een kaartje uit de zijzak van zijn sportcolbertje, legde het op het nachtkastje en bleef toen nog even, met een vaag schuldgevoel dat hij hier zo makkelijk weg ging komen, van de ene voet op de andere wippen.

Een uur nadat ze Eric alleen hadden gelaten, gingen ze de verhoorkamer weer binnen – Matty klapte de deur van het betonnen vertrek open om hem wakker te maken. 'Wat.' Hij schoot overeind, zijn mond wit van de slaap. 'Gaat het goed met hem?'

'Vraag je dat *nu*?'

'We zijn er nog niet geweest. Er kwam iets tussen.' Yolonda pakte haar stoel en schoof hem zo dichtbij dat hun knieën tussen elkaar belandden. 'Wat.'

'Eric, weet je zeker dat alles wat je ons hebt verteld zo goed mogelijk overeenstemt met wat je je herinnert?' vroeg ze, terwijl ze nog dichter naar hem toe boog.

'In aanmerking genomen dat ik dronken was,' zei hij behoedzaam.

'Je bent nu in ieder geval nuchter,' teemde Matty, terwijl hij zich rechtop afzette tegen de muur.

'Wat?' herhaalde Eric. Zijn ogen tikten van gezicht naar gezicht.

'Zo ongeveer het allereerste wat je tegen me zei toen je hier binnenkwam, keek je naar *die* stang,' blafte Matty, nu met zijn handen op de tafel, schouders hoger dan zijn hoofd. 'En je zei: "Ik voel me alsof ik daar aan vast geboeid zou moeten staan."'

'Wat probeerde je tegen ons te zeggen?' vroeg Yolonda.

'Niets.' Voor hen terugschrikkend. 'Ik voelde me rot.'

'Rot. Voor Ike of voor jezelf?'

'Wat?'

'Dit is het laatste nieuws.' Matty kwam overeind. 'We hebben nu twee getuigen die net binnen zijn gekomen en die verklaren dat ze pal aan de overkant stonden toen het schot afging. En, *een* keer raden. Ze zagen jou en Steve en Ike, en verder niemand. Leg dat maar uit.'

'Nee. Dat klopt niet.'

'Ze hoorden het schot, zagen Ike vallen en jou het gebouw in verdwijnen.'

'Nee.'

'O, nee?' Kokend. 'Nee.'

'Luister, wij zitten hier niet om jou ergens in te luizen,' zei Yolonda. 'Er zijn wel duizend redenen waarom er iets misgaat. Jullie stonden te klooien, zo dronken als wat, en dat klereding ging gewoon af.'

'Wat?' Eric begon te trillen, leek zich te schamen dat hij zijn lichaam niet in bedwang kon houden.

'Hé, het kan net zo goed zijn dat Ike het van je probeerde af te pakken, of die andere jongen, hoe heet hij, Steve,' bood Yolonda. 'Wij hebben geen idee, het is aan jou om dat op te helderen, maar wat ik dus *wel* tegen jou zeg, Eric, zo stom als je was om een wapen bij je te steken voor zo'n kroegentocht van een hele nacht? Je hebt wel allejezus veel geluk want je had in veel grotere ellende kunnen zitten. Ike had nu ook in het lijkenhuis kunnen liggen en dan keek *jij* nu tegen de verdenking van doodslag aan.'

'Nee. Wacht…' Hij klonk alsof hij in zijn slaap schreeuwde.

'Eric, moet je horen. Matty en ik? Wij zitten elke dag tot over ons middel in de rotzooi. Gekken, psychopaten en gewoon doorsneetuig. Elke dag. Klinkt dat zelfs maar in de verste verte naar jou? Vind ik niet. Wat mij betreft? Jij bent hierin bijna net zoveel slachtoffer als Ike, dus dit is de deal. Jij vertelt ons hoe het is gebeurd, je vertelt ons waar het wapen is en wij maken dit zo makkelijk voor je als we maar kunnen. Met *alle* plezier. Maar jij zult de eerste stap moeten zetten.'

Eric fronste naar het lege tafelblad, schoot toen abrupt, kin in de borst, achteruit.

'Kom op, Eric, werk mee.'

'Werk mee…'

'Gebruik je *hersens*,' snauwde Matty. 'Als we met Ike praten, vertelt hij ons toch hoe het echt is gegaan, ja toch?'

'Ik hoop van wel,' zei Eric met een klein stemmetje, zijn ogen nog steeds op het tafelblad gericht.

'Je hoopt wat?' Matty hield een hand achter een oor.

Eric herhaalde het niet.

'Waarom denk je dat we nog steeds niet naar het ziekenhuis zijn gegaan?' Yolonda's ogen glansden van emotie.

Eric staarde haar aan.

'Als hij alles op een rijtje zet terwijl jij je blijft vastklampen aan dat verhaal van je? Wat voor beeld denk je dat dat geeft? Voor ons, het OM, voor een rechter? We gaan nog niet omdat we je nog een kans willen geven om jezelf te helpen.'

'Ik begrijp het niet.' Eric grijnsde bijna van ongeloof.

'Luister. Ik weet dat je bang bent, maar vertrouw mij nu alsjeblieft.' Yolonda legde haar handpalm op haar hart. 'Je schiet er niets mee op als je blijft vasthouden aan een leugen.'

'Het is geen leugen.'

'Nee? Dan zal ik je eens iets vertellen,' zei Matty. 'Als ik, zoals jij beweert, onschuldig was? Dan stuiterde ik op dit moment door deze kamer alsof mijn schoenzolen vlam hadden gevat. *Ieder*een die onschuldig was. Dat zou de natuurlijke, instinctieve reactie zijn. Maar jij zit hier de hele ochtend, je komt een tikje verveeld over, een tikje depressief, een tikje nerveus. Zo ongeveer alsof je bij de tandarts in de wachtkamer zit. Je bent godbetert in *slaap* gevallen. Ik heb nog *nooit* gezien dat iemand die onschuldig was zomaar ging pitten. In twintig jaar. *Nooit.*'

Aanvankelijk, door het ontbreken van oogcontact, dacht Matty dat Eric het spervuur met schouderophalen van zich af liet glijden; toen drong het tot hem door dat zijn lichaam letterlijk aan het stuiptrekken was.

'Eric,' zei Yolonda. 'Vertel ons wat er gebeurd is voordat Ike het doet.'

'Dat heb ik gedaan.'

'Wat heb je gedaan,' snauwde Matty.

'Verteld wat er gebeurd is.'

Yolonda schudde haar gebogen hoofd in trieste capitulatie.

'Je bent een waardeloze acteur, weet je dat?' Matty gaf een ruk aan zijn das. 'Geen wonder dat je in een restaurant bent beland.'

'Luister. Wat gebeurt er als Ike, wat God verhoede, het niet haalt?' Yolonda weer. 'Denk je dat dat op een of andere manier beter voor jou is? Het enige wat we dan hebben is jouw verhaal en dat van de getuigen. En waar blijf jij dan?'

'Waar jullie willen dat ik blijf.' Nog steeds een klein stemmetje, maar met iets beverigs uitdagends.

Dit breekt hem op, dacht Matty. Deze man is een muis, en hier niet onderdoorgaan vergt alles wat hij in zich heeft, het trekt hem helemaal leeg.

'Dat hele shitverhaal over naar binnen rennen voor een beter bereik,' zei Matty. 'Je hebt nooit zelfs maar geprobeerd om het alarmnummer te bellen, of wel.'

Eric trok zijn schouders omhoog alsof hij een klap verwachtte.

'Geef dat nou op zijn minst toe. In godsvredesnaam.'

Stilte. Toen: 'Nee, dat klopt.'

'Je vriend ligt op straat met een kogel in zijn borst en jij, onschuldig dat je bent, jij weigert de drie cijfers in te toetsen waarmee je hem misschien het *leven* redt? Hoe bestaat dat? Zelfs al spreek je de waarheid over dat, dat Afro-Hispanic overvalteam, wat dus *niet* zo is, blijft de vraag welk menselijk wezen zou weigeren die moeite voor een vriend te nemen. O nee, neem me niet kwalijk. Voor een *kennis* van je werk.'

'Ik wilde alleen maar weg,' zei Eric piepklein tegen de ruimte tussen zijn handen. 'Ik was bang.'

'Was *wat*?' Matty kneep zijn ogen tot spleetjes van ongeloof, keek toen Yolonda aan. 'Hij was *wat*?'

Yolonda keek hulpeloos en door verdriet verscheurd, een machteloze moeder die ziet hoe haar kind door haar man wordt geslagen.

Eric tilde eindelijk zijn hoofd op en staarde Matty met gapende mond aan.

'Ja, kijk me maar recht in mijn ogen, godvergeten mier dat je er bent.'

'Matty…' Yolonda hield eindelijk haar hand omhoog.

'Ik heb de hele dag die shit van jou aangehoord. Jij bent een zelfzuchtige, van zelfmedelijden vergeven, laffe, jaloerse, rancuneuze, gesjeesde carrière-ober. Dat ben jij van dag tot dag. Voeg daar een wapen bij en een strot vol wodka? Ik geloof geen moment dat die schietpartij van vannacht een ongeluk was. Volgens mij was jij een tijdbom op pootjes en ben je vannacht eindelijk afgegaan.'

Eric zat in aandachtige vervoering, zijn kin omhoog alsof hij een kus verwachtte en zijn ogen lieten die van Matty geen seconde los.

'We geven je nog *een* kans om te vertellen wat er is gebeurd. Houd jezelf buiten schot en geef ons een verhaal om je eigen rol in het geheel te rechtvaardigen, maar je begint hier en nu... En ik zweer je zowaar ik leef, als jij nog *een* keer komt aanzetten met dat *bezopen* shitverhaal over een Hispanic *en, of, en* een of andere *zwarte* jongen die ineens uit het donker opdoemen of wat dan ook, dan zorg ik er honderd procent zeker voor dat dit je zo zwaar gaat opbreken als maar kan.'

Ze wachtten: Eric flikkerend op zijn stoel, Yolonda met de grote, treurige ogen op hem gericht, Matty met een woeste blik maar inwendig biddend dat hij zelfs maar enige rechtvaardiging had om zo over de man heen te vallen.

'Ik kan alleen maar zeggen wat er gebeurd is,' zei Eric ten slotte, zijn stem oneindig nietig, zijn ogen nog steeds op die van Matty gevestigd.

En zo is het dan.

Jimmy Iacone liep mistroostig terug naar het Landsman; Matty had niets hoeven zeggen, de blik van waar-zit-jij-met-je-kop was genoeg geweest en hij had zonder een woord rechtsomkeert gemaakt in het wachtlokaal.

Een straat van het hotel af vond hij tot zijn verbazing Billy Marcus, tegenover de opgehoopte ingewanden van de pas ingestorte synagoge in Rivington Street, met open mond de verwoesting in zich opnemend, alsof hij niet zeker wist of hetgeen hij zag echt was of een hallucinaire extensie van zijn nieuwe ogen.

En of het nu kwam door het gewicht van de twee uitpuilende boodschappenzakken in zijn armen, door emotionele uitputting of gewoon door de zon die in zijn knieholten hakte, hij knikte voortdurend half door de knieën en strekte dan weer snel zijn benen, zodat hij er, voor iedereen die niet wist wat hem was overkomen, uitzag als een junkie met een goed shot in zijn arm.

'Meneer Marcus?'

Billy draaide zich met een ruk om en er stuiterde een literflacon crèmespoeling op de stoep.

Jimmy bukte zich om hem op te rapen en stak hem zorgvuldig tussen de boodschappen in een van de overvolle zakken.

'Het spijt me, ik was nog iets vergeten te vragen. Moet er iemand van ons mee naar de identificatie? Of doet een ander lid van de familie dat?'

Matty, Yolonda, substituut-officier Kevin Flaherty en adjunct-commissaris Berkowitz, in deze zaken de aangewezen slagman voor de chef recherche van Manhattan, stonden samen achter het doorkijkglas te kijken naar Eric Cash: voorover op zijn stoel, het voorhoofd op de tafel en zijn handen tussen zijn knieën geklemd.

Flaherty en Berkowitz hadden urenlang met hun respectieve bazen aan het oor door het wachtlokaal gezworven.

'Dit deugt niet,' zei Matty.

'Waarom,' zei Yolonda. 'Omdat je hem een rotgevoel hebt gegeven en hij niet heeft bekend?'

'Hij is te naïef om het zo keihard vol te houden. We vallen met twee ooggetuigen over hem heen, en hij vraagt nog *steeds* niet om een advocaat? Niet eens om te *bellen*? Wat is dat, een of andere vorm van omgekeerde psychologie?'

Berkowitz zei niets, observeerde hen als een ouder die de kinderen er onderling laat uitkomen.

Flaherty's gsm ging en hij liep weg, een vinger in zijn vrije oor.

'Ja, wat die ooggetuigen betreft.'

'Luister.' Matty hield zijn handen omhoog. 'Ik weet niet wat ik daarover moet zeggen. Maar ik kan jullie wel zeggen, als zij zich op een of andere manier vergissen en als deze zielige zak de waarheid spreekt?' Om zijn as draaiend naar Berkowitz: 'Baas, we naaien onszelf, we verspillen al deze tijd terwijl de schutter met iets van twaalf uur voorsprong Running Man speelt.'

'Kevin.' Yolonda knipte met haar vingers om de ogen van de substituut in haar richting te krijgen. 'Hoe vaak heb je die twee opnieuw ondervraagd?'

'Had je gezien dat ik aan de telefoon ben?' snauwde hij, met een hand op het mondstuk.

'Moet je zien.' Yolonda gaf Matty een stomp op zijn arm. 'Hij is meteen weer in slaap gevallen.'

'Wil de officier hem in staat van beschuldiging stellen?' vroeg Matty aan de net uitgebelde Flaherty.

'Hij zegt dat we problemen hebben, maar ook schuldvermoeden.'

'Dit deugt niet,' zei Matty opnieuw.

'Ik ben er ook niet weg van' zei Flaherty. 'Maar dit heb ik je van het begin af aan gezegd. Twee ooggetuigen troeven geen materieel bewijs. Als we hem laten lopen en hij besluit om te gaan skiën in Zwitserland voordat we hem honderd procent vrij kunnen pleiten? Dat kunnen we niet riskeren.'

'Zwitserland? Hij werkt godbetert in een restaurant.'

'Wat wil je dat ik zeg.'

'Wil je dat ik de honneurs waarneem?' vroeg Yolonda. 'Hij vindt mij aardig.'

'Ik doe het wel,' zei Matty.

'Het maakt niet uit,' zei Berkowitz. 'Maar laat in godsjezusnaam iemand de stekker er uittrekken.'

Behalve Marcus en Iacone zaten er maar twee mensen in de wachtruimte op de begane grond van het kantoor van de lijkschouwer: een dof kijkend, zwart echtpaar, jonger dan Marcus, naast elkaar maar zonder elkaar aan te raken, de vrouw met een verfrommeld maar droog papieren zakdoekje in haar hand.

En na twintig minuten zwijgend zitten in de enigszins gekoelde, vagelijk stinkdierachtige lucht en kijken naar het grote olieverfschilderij van een gouden zonsondergang uit de collectie van de stad dat recht boven het paar hing, stond Marcus abrupt op, stak de kamer over, zette zijn handen op zijn knieën om op ooghoogte met hen te komen en zei: 'Mijn innige deelneming met uw verlies,' op een toon alsof hij de eigenaar van de tent was, en ging toen weer op zijn stoel zitten.

Een paar minuten later verscheen uit een zijdeur een krachtig gebouwde rechercheur met de aflopende schouders van een bokser, en mompelde: 'William Marcus?' en Billy veerde weer omhoog alsof iemand hem geknepen had. Nadat hij zich had voorgesteld als Fortgang van de Identificatie-unit en na een knikje naar Iacone – ze hadden samen in het footballteam van de New Yorkse politie gezeten voordat Iacone zijn knie in de vernieling had geholpen en veertig kilo was aangekomen – bracht hij hen via diezelfde deur naar een betonnen trappenhuis, waar de geur van ontsmettingsmiddel met elke trede die ze afdaalden sterker werd.

Via een gang van betonblokken, met Fortgangs uitgestrekte arm voortdurend achter, maar niet in contact met Marcus' rug, werden ze binnengelaten in het vertrek dat Iacone meer haatte dan welk ander vertrek in New York: groot maar kaal, met slechts een enkel bureau en twee stoelen. In een van de wanden bevond zich een lang, rechthoekig, met smalle metalen jaloezieën afgesloten etalageraam.

Iacone bleef staan toen de vader de stoel naast Fortgangs bureau aangeboden kreeg en keek hoe Marcus gespannen de warboel op het blad afspeurde: een foto van Fortgang in trainingspak naast een softbalteam van jonge meisjes, een koffiebeker met de opschriften VERGEET NOOIT en NYPD gedrukt op een tekening van het World Trade Center, een stapel manillaenveloppen met namen en data in balpen, en een van initialen voorzien stuk steno dat niet de indruk wekte al te moeilijk te ontcijferen te zijn.

Opzijkijkend zag Iacone dat er een polaroidfoto onder een van de poten van het bureau geschoven zat, een portretfoto van een middelbare latino wiens ogen als van een geile stripwolf uit hun kassen puilden, en met het uiteinde van een plastic luchtpijpslang nog in zijn mond getapet. Toen zag hij dat Marcus er ook naar zat te kijken.

'Sorry,' zei Fortgang, bukte zich om de foto te pakken en in een la te schuiven.

Marcus ademde met een bevende zucht uit, knikte toen naar het lange, geblindeerde raam.

'Ligt het lijk daarachter?'

'Nee, dat is niet echt nodig.'

'Oké.'

Fortgang trok voorzichtig een envelop uit de stapel midden op het bureau, met in vrouwelijk lussenschrift *Isaac Marcus*, gevolgd door *Schotw. Hom. 8/10/02.*

'Meneer Marcus, we hebben hier een persoon' – de rechercheur klonk sonoor – 'die al dan niet uw zoon kan zijn. Het enige wat u hoeft te doen is deze foto's te bekijken, we hebben er twee, en als hij het is, weet u wel... Dan tekent u ze allebei op de achterkant en zijn we klaar.'

'Oké.'

'Voordat... Ik moet nog even zeggen dat polaroids zoals deze... soms zijn ze een beetje korrelig.'

'Korrelig?'

'Je ziet de persoon niet in het beste licht.'

'Oké.'

'Gaat het?' Fortgangs hand lag op de sluiting van de envelop.

'Wat?'

'Wilt u een glas water?'

'Water? Nee.'

Fortgang aarzelde, keek even naar Iacone, gaf hem een knikje om klaar te staan en haalde toen twee polaroids van acht bij dertien tevoorschijn en legde ze zorgvuldig naast elkaar voor de vader neer. Op de eerste lag Ike Marcus met zijn gezicht naar boven, de mond slap, een oog vaag van onder een driekwart gesloten ooglid glurend, waarbij Iacone zich afvroeg waarom ze niet op zijn minst dat oog helemaal hadden gesloten alvorens de foto te nemen: het zat er dik in dat je hem aan een ouder ging laten zien en op deze manier leek hun kind achterlijk.

Marcus fronste terwijl hij de foto's bestudeerde, alsof de tatoeages op de armen, de zeemeermin, panter en de duivelskop hem misschien onbekend waren en uit zijn concentratie brachten. De inschotwond leek onbeduidend, een derde tepel, een tikje uit het midden tussen de andere twee in.

Fortgang wachtte, kijkend naar zijn ogen.

Op de tweede foto lag de jongen op zijn buik, met zijn gezicht in profiel naar links, de ogen lichtjes gesloten onder opgetrokken wenkbrauwen, alsof de radiowekker net was afgegaan en hij uit alle macht probeerde niet wakker te worden. Zijn schouders waren opgetrokken naar zijn oren en zijn handen waren naar achteren gedraaid zodat de palmen naar de camera toegekeerd waren. Marcus nam het stoppelhaar in zich op, en de achterkant van de tatoeage die om de linkerbovenarm heen liep, een band met een vagelijk Keltisch/Navajo-patroon, en schudde zijn hoofd alsof die kamerbrede mystieke flauwekul hem tegenviel, alsof hij had gedacht dat zijn jongen meer ironie had kunnen opbrengen. De uitschotwond in de rug, ook deze, leek amper al het gedoe waard: hoogstens zo groot als een aardbei.

Marcus pakte een van de foto's, legde hem toen weer neer.

'Het is hem niet.'

Iacone kromp in elkaar, maar Fortgang leek niet verbaasd of van zijn stuk gebracht.

'Hebt u liever dat een ander lid van de familie hierheen komt?'

'Waarom? Als het hem niet is, hebt u de verkeerde familie, dus wat heeft dat voor zin? Ik ben zijn vader, ik zal het toch wel weten?'

Fortgang knikte. 'Ik begrijp het.'

'Het spijt me.'

'Het geeft niet. We kunnen hem ook langs andere weg identificeren.'

'Wat voor andere weg?'

'Het gebit.'

'Maar als het hem niet is, waarom zou u dan naar zijn tandarts gaan? Het slaat weer nergens op.'

Fortgang haalde even diep adem, wierp een blik richting Iacone, haalde toen zijn schouders op. 'Goed, meneer Marcus. Ik handel het verder wel af. Bedankt voor uw komst.'

Marcus stond op, gaf de rechercheur een hand, trok zijn overhemd recht, deed een stap in de richting van de deur en draaide toen om zijn as en haalde uit met een enkele, schreeuwende snik die door het hele gebouw heen zou hebben weerklonken als hij niet was opgeslokt door de akoestische tegels op de wanden die daar, zo had men Iacone ooit verteld, speciaal voor momenten als dit op waren aangebracht.

'We hebben een slecht bericht, Eric,' zei Matty op bijna verontschuldigende toon terwijl hij zijn stoel zo dichtbij schoof als maar kon zonder hem echt aan te raken.

Eric ging meer rechtop zitten en wachtte.

'Ike is dood.'

'Oh.' Zijn ogen een sterrenhemel van chaos.

'En, na overleg met het Openbaar Ministerie, gegeven de verklaringen van die twee getuigen, hebben we op dit moment geen andere keus dan jou in staat van beschuldiging te stellen.'

'In staat van beschuldiging. Me arresteren?'
'Ja.'
'Eric.' Yolonda boorde haar diepbedroefde toon aan. 'Je kunt je-zelf nog helpen. Vertel ons wat er is gebeurd.'

Maar in plaats daarvan deed hij iets wat Matty werkelijk schokte. Met zijn mond vertrokken in een grijnzende grimas, stond hij op en stak hun zijn polsen toe.

Matty voelde Yolonda's 'Zie je wel' door de achterkant van zijn schedel heen.

'Rustig maar,' zei Matty, terwijl hij een hand uitstak en Eric zacht-jes op zijn schouder duwde. 'Dat duurt nog wel even.'

'Eric, alsjeblieft,' jammerde Yolonda, maar toen, de lege uitdruk-king in zijn ogen ziende, liet ze het rusten.

Toen Matty weer bij Eldridge Street 27 aankwam voelde hij, door naar de verslaggevers te kijken, dat er daar iets was gebeurd. Ze wa-ren nu vrijwel allemaal stil en keken, gefocust en tegelijk aarzelend, naar een vrouw van middelbare leeftijd die met haar rug naar hen toe net buiten de afzettingstape stond, haar handen licht rustend op het gewichtloze plastic alsof het het klavier van een piano was.

Zich niet bewust van de aandacht die ze trok, staarde ze, zonder hem te zien, naar de huurkazerne; haar hoofd naar een schouder ge-kanteld. Nu en dan waagde een van de snapshotters zich naar voren om haar te kieken, de geïsoleerde knip, het snorren van videotape te hard voor de aarzelende straat.

Net als de meesten van hen raadde Matty dat dit de moeder was, al bleef het een mysterie hoe ze hier was gekomen of van wie ze het zelfs maar had gehoord, aangezien zelfs de vader van de jongen geen idee had waar, in welk land, op welk continent ze gevonden had kunnen worden.

Ze was halverwege de veertig, droeg een zijden blouse en zwarte rok en had de moeiteloze houding en gestalte van een jonge sporter, maar haar gezicht, voor zover hij het, verweerd en opgeblazen, kon zien, verried de jaren.

Matty bereidde zich mentaal voor en naderde haar toen van ach-teren.

'Heeft hij iets gezegd?' vroeg ze hem zonder zich om te draaien, zonder enige inleiding.

'Pardon?'

'Wat was het laatste dat hij heeft gezegd.' Ze had een accent dat hij niet kon plaatsen.

'Dat zijn we nog aan het natrekken.' Hij begon zijn automatische medeleven te betuigen, hield zich toen in: ze zou het toch niet horen.

'Waar stond hij. Precies,' vroeg ze rustig terwijl ze zich eindelijk naar hem toe keerde. Ze had flinterblauwe ogen, als gebarsten kristal.

Matty keek onwillekeurig naar het geronnen bloed, de vrouw volgde zijn blik en slaakte een abrupt hoeoe, het geluid van een fluit, een muzikale snik.

'Idioot.' Ze veegde bruusk over haar ogen, alsof ze zichzelf in het gezicht sloeg.

Matty herinnerde zich niet hoe ze heette, voor- noch achternaam.

'Hebt u iemand bij u?' vroeg hij.

'Iemand? Hoezo, iemand?'

'Familie.'

'Ja.' Wijzend op het bloed zonder er opnieuw naar te kijken.

'Dit is nu geen goede plek voor u,' zei hij.

'Elena?'

Ze draaiden zich om en zagen Billy Marcus naar de tape toe komen strompelen, alsof die een finishlijn markeerde.

Op het moment dat ze hem zag, liep haar gezicht vol met woede en even dacht Matty dat ze hem te lijf zou gaan. Marcus blijkbaar ook, want hij bleef stokstijf staan en deed zijn ogen halfdicht, alsof hij zich schrap zette, maar toen begon ze te huilen en hij sloeg, zelf snikkend, eerst aarzelend, toen krachtiger, zijn armen om haar heen, wat een buitenkansje opleverde voor het persvolk totdat Matty en een paar anderen ze wegjoegen.

'Kom maar,' zei Marcus, sloeg een arm om zijn ex heen en begon haar weg te leiden, allebei tientallen jaren ouder lijkend dan ze waren.

Bobby Oh kwam uit het pand naar buiten, ving Matty's blik op en haalde verontschuldigend zijn schouders op: geen wapen.

Toen het arrestantenvervoer eindelijk arriveerde, anderhalf uur nadat ze waren gebeld, gingen Yolonda en Matty de verhoorkamer weer binnen. Eric stond opnieuw op en stak zijn polsen uit.

'Wacht even,' mompelde Matty, en draaide hem bij zijn schouders om en boeide hem zodat zijn gekromde polsen tegen zijn onderrug lagen.

'Huh,' zei Eric. 'In Binghamton deden ze ze van voren.'

De deur van Billy Marcus' kamer in het Landsman zat niet op slot maar er werd niet gereageerd toen Matty aanklopte, dus ging hij, met een voorzichtige begroeting, naar binnen. Het was alsof hij een grot betrad: de gordijnen waren over de hele breedte dichtgetrokken tegen het zonlicht.

Het eerste wat Matty's aandacht in dit halfduister trok, was wat hij rook: met alcohol doordrenkt zweet, en onder die geur een zweem van iets basisch. Het tweede, toen zijn ogen zich begonnen aan te passen, was het grote bed: de uitgestrekte, synthetische ijsbeersprei in bulten opgebold en de kussens en lakens eronder opzijgetrokken of gewoon op de grond gegooid.

Het derde was de stilte. Een stilte die zo volkomen was dat hij veronderstelde alleen te zijn totdat een kort knisperen van nylons zijn aandacht naar de ene schimmige hoek trok en een ademzucht toen naar een andere.

'Mag ik?' zei Matty en trok een van de gordijnen net zo ver open dat hij het verlangen naar duisternis niet schond.

Ze zaten aan tegenoverliggende kanten van de kamer, de moeder in een hard plastic leunstoel, de vader op een radiator, hun kleren verward, Elena met maar een schoen aan, Marcus op blote voeten, en allebei keken ze hem aan met het gebrek aan zelfbewustzijn van dieren, de starende, ronde ogen van shock.

Op de grond was de chaos al net zo groot, een warboel van opengeslagen bagage en in een trance meegegriste persoonlijke bezittingen: kleren en slippers, medicijnflesjes en een reisstrijkijzer, een literfles Herbal Essences crèmespoeling en een halveliterfles babyolie die, ondersteboven gekeerd, langzaam in de vloerbedekking leegliep en zijn nootachtige parfum toevoegde aan de geuren in het vertrek.

Hij telde drie plastic badkamerbekertjes in het vertrek met uiteenlopende hoeveelheden gesmolten ijs en, zo te raden, wodka, en zag toen op het nachtkastje een vierde bekertje, met een opengeslagen Gideonbijbel als onderzetter.

Hij trok een stoel onder een bureautje vandaan, koos positie halverwege tussen hen in en leunde in de bezwangerde lucht naar voren. 'Ik kwam u vertellen dat we Eric Cash hebben gearresteerd.'

'Oké,' zei de vader neutraal.

'Maar hij heeft nog steeds niet bekend en ik ga u niets op de mouw spelden. Zoals ik u al eerder heb verteld, meneer Marcus, is er nog een hele berg werk te verzetten om de aanklacht rond te krijgen.'

'Hij is gearresteerd?'

'Hij is... ja, dat klopt.'

'Voor de rechter?' Marcus klonk alsof hij in zijn slaap praatte.

'Hij is nu op het arrestantencentrum en daar wordt hij verder behandeld.'

De moeder had hem recht aangekeken vanaf het moment dat hij de kamer was binnengekomen, maar hij wist wel vrijwel zeker dat ze geen woord had gehoord van wat hij had gezegd.

'Waarom had hij het ook alweer gedaan?' vroeg Marcus.

'Dat is een van de elementen die we nog steeds op een rijtje proberen te krijgen.'

'Maar hij wordt voorgeleid?'

Matty haalde adem. 'Die kant gaat het wel op, ja.'

'Oké, goed,' zei Marcus zwakjes. 'Dank u.'

Er daalde een nieuwe stilte neer, waarin Matty onopvallend de moeder bestudeerde die nu glazig een andere kant op keek en zachtjes met de top van een vinger over haar rechterslaap wreef.

En opnieuw viel hem het contrast op tussen haar gezicht en haar lichaam: de ontspannen katachtige en veerkrachtige alertheid van een twintig jaar jongere vrouw, maar in de ogen lagen de jaren en een ongelukkigheid die volgens hem niet de afgelopen dagen was begonnen.

'Is er nog iets anders wat ik voor een van u beiden kan doen. Iets wat u nodig hebt.'

'Nee, nee bedankt,' zei Marcus. 'Dank u wel.'

Matty aarzelde. 'Nieuw ijs, misschien?'

'Nee. Dank u wel.'

Matty boog zich naar voren om op te staan. 'Ik heb begrepen dat u al op het kantoor van de lijkschouwer bent geweest. Hebt u iets...'

'Nee!' schreeuwde de moeder, in een flits uit haar stoel en op Marcus afvliegend. '*Hij* is geweest!' Ze haalde uit naar zijn gezicht, terwijl hij lusteloos een hand ophield om zich te beschermen. '*Hij* is geweest!'

Marcus' ogen zakten weg in hun kassen.

Matty bleef zitten.

'Ik ga erheen om Isaac te zien en ze zeggen *nee*. Ze zeggen de vader is geweest en we doen het niet twee keer.

'Ik zeg, ik ben zijn moeder alstublieft, laat hem zien alstublieft, wat is dit voor regel? Nee. Sorry. Nee.'

'Hoe moest ik dat nou weten?' zei Marcus zonder zijn stem te verheffen.

'*Hij* is geweest!' Ze raakte hem met een nagel in zijn gezicht, en met de snelheid van een film op dubbele speelsnelheid bloeide een streep in het vlees van spierwit naar rood, naar druppelend.

'Elena, ik heb je toch gezegd dat ze je alleen maar een foto laten zien,' verdedigde Marcus zich. 'Je zou...'

'Zeg niet tegen me dat ik *zou*! Jij zegt *niets* tegen mij!'

Ze draaide zich om, beende de kamer door, gooide de deur open en vertrok. Matty kon niet uitmaken of haar onvaste gang door de drank kwam of doordat ze maar een schoen aanhad.

Marcus schuifelde van de radiator naar de rand van het onopgemaakte bed en veegde met een hoek van het bovenlaken afwezig zijn wang af. Het leek voor het eerst tot hem door te dringen wat een gigantische puinhoop het was.

'Zal ik achter haar aan gaan en zorgen dat haar niets overkomt?'

'Nee,' zei Marcus. 'Ze is...'

'Weet u, ik heb waarschijnlijk wel iets te goed van de lui bij de lijkschouwer, als ze absoluut haar zoon...'

'Niet doen,' zei Marcus met een plotselinge vlaag van energie. 'U kent haar niet, ze hoeft niet... Nee, doe maar niet. Alstublieft. Dank u.'

'Laat maar zitten.'

Marcus slaakte een lange, uitgeputte zucht en gebaarde toen naar de verfrommelde, van seks vochtige lakens.

'Ze zei dat we meteen een nieuwe moesten maken.' Hij plukte aan het synthetische bont. Toen, na een korte aarzeling: 'Dat is toch gestoord?'

De ingang voor arrestanten van de Tombs was verbazingwekkend onbeduidend voor zo'n alom bekende gevangenis: een onooglijk, gammel rolhek in een smalle achterafstraat in Chinatown. Binnen het gebouw zelf hadden alle bureaucratische tussenstations op de route naar de cellen dezelfde morsige proporties: wapenkast voor de begeleidende politiebeambten, balie voor het overleggen van de papieren, vingerafdrukken, fotografie, medische vragenlijst en ten slotte de fouillering; elke halte geflankeerd door zijn eigen, bescheiden ijzergazen veiligheidshek, zijn eigen, door luchtpijpen verkrampte plafond. De gigantische inrichting bestond, voor zover Eric kon uitmaken, uit een over verscheidene verdiepingen verspreid, claustrofobisch doolhof van trappen en korte gangen, een levensgroot Snakes and Ladders-bordspel. Hij was inmiddels een halfuur binnen, elke stap geëscorteerd door de twee rechercheurs die hem van het een paar straten verderop gelegen bureau hadden opgehaald, en hij moest zijn eerste andere arrestant nog zien. Die rechercheurs, onpersoonlijk beleefd en gelijkmatig gestemd tegenover hem tijdens de rit hierheen, werden eenmaal binnen steeds meer gespannen, meer nog dan hijzelf. Waarschijnlijk, bedacht hij, omdat ze bang waren dat ze hier door een of ander procedureel probleem urenlang vast kwamen te zitten.

Zelf was hij niet bang; eerder buitensporig afwezig, nog steeds in beslag genomen door dingen die door hem of tegen hem waren gezegd, of niet gezegd; dingen die waren gedaan of niet gedaan, ook weer door hem of door anderen; en ten slotte door wat hem als een telkens terugkerende koortsaanval besloop: wat hij had gezien.

Matty liep Berkmann's halverwege het zonnebad aan het eind van de middag binnen en koos een plek aan de lege bar. Het was er zo stil als in een leeszaal, op de personeelsvergadering na die aan de gang was, waarbij Harry Steele in een eetnis achterin tegen zijn managers sprak.

'Helaas moeten we het nu hebben over het aannemen van een nieuwe barkeeper.'

Er viel een ongemakkelijke stilte.

'Ik weet het en het spijt me,' mompelde hij. 'Maar…'

'Handsome Dan?' opperde een van de managers uiteindelijk.

'De ober?' zei Steele met een halve glimlach. 'Die wil een windmachientje achter de bar voor zijn haar.'

'Dan nemen we die Engelse vent van Le Zinc, met die kop alsof hij door een krokodil gebeten is.'

'Te ver de andere kant op.'

'Anders die jongen die ik laatst genoemd heb, die kassier van de cafetaria bij New York University, hij had wodka in zijn Hawaiian Punch zitten en een rij tot buiten op straat.'

'Nee,' zei Steele. 'Ik houd niet van handige jongens.'

'Hij is nooit betrapt.'

'Daarom dus.'

Onzeker of Steele wist dat hij op hem wachtte, liep Matty een paar passen bij de bar vandaan om zijn aandacht te trekken. De eigenaar tilde een vinger op, nog heel even, zonder in zijn richting te kijken.

'Weet je?' zei een van de vrouwelijke managers zachtjes. 'Ik geloof niet dat ik daar nu over kan praten.'

De tafel verviel opnieuw in zwijgen, totdat Steele knikte: 'Nee, je hebt gelijk.'

Opnieuw een nadenkende stilte, men knikte in zichzelf, beet op knokkels, staarde in koffiekopjes totdat Steele ten slotte zei: 'Oké, dan.'

Terwijl de anderen de een na de ander opstonden en hun spullen verzamelden, bleef Steele glazig broedend zitten.

'Lisa,' zei hij, een van zijn mensen met een glimlach onder hoge wenkbrauwen, halverwege het opstaan stilhoudend. Hij wachtte tot de rest weg was en gebaarde haar toen weer te gaan zitten. 'Waarom zette je die man alleen gisteren aan de tafel naast mij?' Hij grimaste pijnlijk terwijl hij het zei. 'Het hele restaurant was leeg. Het was gênant, twee mannen alleen zo dicht bij elkaar. Je zet *nooit* twee klanten alleen van hetzelfde geslacht naast elkaar. Dat is reclame maken voor eenzaamheid. Een slecht schilderij van Hopper.'

'Hij wilde bij het raam zitten,' zei ze.

'Hoor je wat ik zeg?'

Door de ramen telde Matty buiten vier rechercheurs die bezig waren met het buurtonderzoek in Rivington Street.

Drie anderen kwamen in een stortvloed van overjassen het café binnen, knikten naar Matty en monsterden het personeel, inwendig de ruimte verdelend.

Matty ging zitten op de plek van de vertrokken managers en accepteerde met een knikje de cafetière van de hulpkelner. In de zaal waren er meer tafeltjes bezet door rechercheurs en personeel dan door klanten en de hoge cilinders met geroosterde koffie vlogen als helikopters af en aan.

'Verschrikkelijk,' zei Steele zachtjes; de wallen onder zijn rusteloze ogen zagen eruit als geduimde klei. 'De helft van de omzet vandaag was pers.'

'Heb je hun iets verteld wat je eerst tegen mij had moeten zeggen?' Ze kenden elkaar al sinds het café acht jaar eerder was opengegaan en Matty had de discrete aanhouding-buiten-de-zaak afgehandeld van een ober die vlees uit de keuken aan andere restaurants had verkocht.

'Heb je hem nog leren kennen?' vroeg Matty.

'Marcus?' Steele haalde zijn schouders op. 'Heel eerlijk gezegd heb ik hem gewoon aangenomen omdat hij me goed leek.'

'Waren er problemen met anderen?'

'Na twee dagen?'

'Wie van je mensen hier zou hem het beste hebben gekend?' vroeg Matty.

'Geen idee.' Steele haalde zijn schouders op. 'Heb je aanwijzingen?'

'We hebben iemand aangehouden,' zei Matty met tegenzin. Toen: 'Wat kun je vertellen over Eric Cash.'

'Eric?' Steele glimlachte met een combinatie van genegenheid en iets wat minder was, en zei toen: '*Eric?*'

Matty dronk nog een kop koffie.

'Dat geloof je zelf niet,' zei Steele. 'Waarom zou hij zoiets doen?'
'Werkt hij al lang voor je?'
'Sinds de kleuterschool.'
Matty wachtte op meer.
'Je bent niet goed wijs.'
'Waarschuw de pers maar. Vertel.'
'*Eric*?'
Matty wachtte.
'Hij is heel goed in waar hij goed in is.' Steele vouwde zijn handen
rond de cafetière, fronste en wenkte om een nieuwe. 'Een ongeloof-
lijk goed oog.'
'Oog...'
'Je weet wel. Gezichten. Ongelukkige tafeltjes, obers op coke, wie
er voor de deur langsloopt' – Steele richtte zijn kin op Rivington –
'wie van onze goede buren zich warmloopt voor het zoveelste of-
fensief bij de volgende zitting van het Bureau Drankvergunningen.
Een geweldig oog, anticipeert op alles, totaal bij de les. Dit kan niet
kloppen.'
'Wat nog meer?'
'Loyaal? Ik weet niet goed waar je op uit bent.'
'Had hij problemen met Marcus? Een of ander conflict?'
'Ik heb geen idee. Maar ik betwijfel het.'
'Hij zegt dat ze vannacht omstreeks half drie samen hier waren.'
'Na negenen ben ik zelf nooit hier. Je kunt de video's bekijken.'
'Wat weet je van het incident met de heilige Maria gisteren?'
'Het wat?' Steele knipperde met zijn ogen.
Matty keek hem strak aan, maar ging er niet op door.
'Jij kunt er dus geen touw aan vastknopen?'
'Eric Cash...' Steele schudde zijn hoofd alsof hij het leeg wilde
maken, boog zich toen naar voren. 'Luister, nu we het toch over het
Bureau Drankvergunningen hebben. Zou je er iets voor voelen om
volgende maand voor die lui te verschijnen en een goed woordje
voor ons te doen?'
'Zoals?'
'Je weet wel, dat we goed voor de buurt zijn, dat we jullie geholpen
met die moord op Lam.'

'Ik zal het met mijn baas opnemen, maar ik zou niet weten wat hij er op tegen kan hebben.'

Twee maanden eerder, toen er midden in de nacht, drie straten van Berkmann, zonder getuigen, een bejaarde Chinees was neergeschoten en beroofd, had de politie uren zoekgebracht met het bestuderen van de beveiligingsvideo's van het café, binnen zowel als buiten, en een beeld van de dader opgepikt toen die een paar minuten na het gebeurde met stevige pas voor de deur langs liep.

Ze hadden ook beelden gevonden van een van de koks die een hulpkelner voorover duwde tegen de spoelbak, en twee obers die in de kleedkamer een 250 dollar kostende fles Johnny Walker Blue Label deelden, een tape die het restaurant nooit had verlaten, al ging het gerucht dat Steele hem voor het voltallige personeel, van hulpkelners tot managers, had afgespeeld alvorens de hoofdrolspelers te ontslaan.

'Het zal zeker geen probleem zijn. Waarschuw me een dag of twee van tevoren,' zei Matty terwijl hij aanstalten maakte om op te staan.

'Heb je gehoord wat er de vorige zitting gebeurde?' vroeg Steele die zich niet verroerde. 'Ze probeerden onze drankvergunning ingetrokken te krijgen omdat we binnen honderdvijftig meter van een school drank schenken.' Steele keek door het raam naar de negentiende-eeuwse middelbare school aan de overkant. 'Heb je de jeugd wel eens gezien die daar schoolgaat? Jezus, man, tegen dat tuig moeten jullie *ons* beschermen. Ik wil maar zeggen, met wie krijgen jullie eigenlijk te maken?'

'Ik weet wat je zegt,' zei Matty neutraal.

'En je weet ook wie op die zittingen vooraan staan met hun klachten, toch?'

'Wie?' Matty ging weer zitten en dacht, Daar gaan we weer, en dacht, Vijf minuten.

'De blanken. De, de zogenaamde 'pioniers'… De latino's en de Chinezen? Die hier sinds de zondvloed al wonen? Fijnere mensen zijn er niet. Blij met het werk. Het punt is, die klagers? Zij zijn ermee begonnen. Wij lopen alleen maar achter ze aan. Altijd zo geweest, zal altijd zo zijn. Ze komen hier, kopen een of ander drugskraakpand van de gemeente, knappen het een beetje op, maken er een fijne studio in, verhuren de rest van de ruimte, mengen zich onder de allochtonen en het voelt allemaal even lekker en politiek vooruitstrevend. Maar die lofts nu? Die panden? Tweehonderddertig vierkante meter, driehoog, geen lift, Orchard Street, hoek Broome? Twee komma vier miljoen, vorige week.'

Matty zag drie politietechnici binnenlopen, rechtdoor naar het kantoor beneden waar de tapes opgeslagen waren.

'Een stelletje middelbare, ongetalenteerde artiesten en salonsocialisten dat zit te klagen over de mensen waar ze rijk van zijn geworden. Dat zit daar te beweren dat ze in hun eigen buurt recht hebben op volmaakte rust en stilte... Nee. *Niet* dus. Dit is dus wel New York. Je hebt recht op een *zekere* mate van rust en stilte.'

'Ik wil maar zeggen, ik woon hier ook. Met de herrie, de dronkenlappen en de toeristenbussen. We noemen dat nieuw leven inblazen.'

'Weet je nog hoe het hier was toen we opengingen? Een helhol. Een dopesoek. Jullie hadden pakken aan alsof jullie in Bagdad zaten.'

'Ik weet het nog goed,' zei Matty afwezig: deze tirade was oud en versleten.

'We noemen het weder*op*standing.'

'Goed,' herhaalde Matty terwijl hij opstond en zich in zijn jas schouderde.

'Zowaar als er een god is' – Steele wierp een blik uit het raam – 'ik wou dat ze allemaal hun ellende op de markt gooiden, het geld opstreken en naar Woodstock verhuisden.'

'Een vraag nog.' Matty stond over hem heen gebogen. 'Die toestand met Eric Cash een paar jaar geleden in Binghamton. Dat hij dat restaurant kwijtraakte en die arrestatie voor drugs. Ik heb begrepen dat je hem toen uit de brand geholpen hebt?'

Steele keek een andere kant op en liet een strak glimlachje los. 'Zoals ik al zei is Eric heel goed waar hij goed in is. Maar soms moet je iemand even de vrije teugel laten.' Toen, Matty recht aankijkend, nu de onderwijzer: 'Neem van mij aan, je krijgt het met dubbele rente terug.'

Voor de deur van het restaurant trof Matty Clarence Howard, de portier/uitsmijter die arriveerde om aan het werk te gaan, en zat voordat hij zich schrap kon zetten klem in een omhelzing met schouderkloppen. Howard was gewichtheffer en ex-politieman die tijdens zijn eerste jaar in uniform was ontslagen omdat hij van een plaats delict binnenshuis die hij had moeten bewaken was weggelopen in het bezit van een postzegel, een 'Flying Jenny'-misdruk uit 1918, met het vliegtuig ondersteboven, die honderdduizenden dollars waard was. Men had wel vervolging ingesteld, maar het ding had in de zoom van zijn broek geplakt gezeten en niet in zijn zak: kortom, ruimte voor twijfel aangaande opzet. Matty had gevonden dat de jongen er slecht van afgekomen was en had hem geholpen dit baantje bij Steele te versieren, en was er pas een jaar later, op een avond dat ze al drinkend Ludlow Street waren afgezakt, achtergekomen dat Clarence niet alleen de jongste, maar ook de allereerste Afro-Amerikaanse voorzitter was geweest van de filatelievereniging van Forest Hills.

Matty mocht de man nog steeds.

'Trieste toestand,' zei Clarence terwijl hij een slokje nam uit een beker meeneemkoffie.

'Kende je hem?'

'Wie, Eric?'

'Het slachtoffer.'

'Nah. Hij was net overdag begonnen. Ik doe de avond.'

'En gisteravond?'

'Ik wou net zeggen, hoewel ik hen drieën bij de laatste ronde heb gezien.'

'En…'

'De dikke was lazarus, het slachtoffer alweer halverwege nuchter.'

'En Cash.'

'Cash…' Clarence schudde zijn hoofd en blies op zijn koffie. 'Ik zeg je *een* ding, ik hoop dat je harde bewijzen tegen hem hebt, want *Eric*? Dat snap ik niet.'

Matty voelde zich misselijk worden. 'Heeft hij ooit een wapen op zak?'

'Niet dat ik ooit gezien heb.'

'En niet gisteravond.'

'Niet dat het mij opviel.'

'Wat voor indruk kreeg je van hem toen hij hier vertrok?'
'Ongelukkig. Ik bedoel, Eric is best oké, maar hij is bij mij altijd overgekomen als iemand die iets meer plezier in zijn leven moet maken, weet je wat ik bedoel?'

Clarence zweeg even en keek naar een taxi die voor de deur stopte, waar drie met inkopen beladen vrouwen van de achterbank uitstapten.

'Al lijkt het vandaag niet zijn optimale dag om daarmee te beginnen, hè?'

Hoewel zijn dienst nog niet was begonnen, hield Clarence de deur van het restaurant open voor de vrouwen en de laatste draaide zich om en liet een muntstuk in zijn beker vallen, waardoor de koffie over de rand gutste.

Wit weggetrokken van gêne draaide ze zich op haar hak rond en voegde zich op een drafje bij haar vriendinnen aan de bar.

'Gebeurt voortdurend,' mompelde hij, terwijl hij zijn koffie in de goot liet lopen.

'Dus het gaat goed, Clarence?'

'Ik doe wat ik moet doen, weet je wel?' De jongen wilde meteen meer zeggen, maar toen belde Yolonda.

'Hé Matty,' zei ze. 'Een keer raden wie er wakker is.'

Ze liepen de ziekenhuiskamer in en gingen aan weerskanten van Steven Boulware's bed staan.

Ziek als een hond, de maag leeggepompt, infusen ontspruitend aan beide armen: ondanks dat alles wist de jongen, zijn halfdichte ogen leeg en tegelijk loerend, een air van onversneden sensualiteit uit te stralen.

Hij ontcijferde hun politiepassen en keek toen weg, alsof hij zich schaamde. 'Hoe is het met Ike?' Zijn stem klonk metaalachtig van de kater.

'Ike?' zei Matty.

'Wat is er vannacht gebeurd?' Yolonda richtte haar kin op hem.

'Vraagt u dat echt?'

Ze keken naar hem en wachtten.

Hij keek terug, alsof de vraag een hinderlaag bevatte.

'Wat kun je je herinneren?' zei Matty zo onbewogen als hij kon opbrengen.

Boulware ademde langzaam in, ademde uit, bleef zwijgen.

'Ik weet het,' zei Yolonda teder, terwijl ze zijn haar van zijn voorhoofd streek. 'Maar vertel ons wat er gebeurd is.'

'We waren bij waar ik woon, met ons drieën, laat,' begon hij. 'En ineens duiken er uit het niets twee jongens op, ik denk dat ze voor iemand op de loer lagen. Een had een vuurwapen en zei iets van: "Afgeven, kom op ermee." Ik denk, shit...'

Matty en Yolonda keken elkaar aan. Matty's gedachten buitelden over elkaar heen. 'Die oudere vent uit Ike's restaurant die bij ons was, ik weet niet meer hoe hij heette, ik geloof dat die gewoon deed wat ze zeiden.' Boulware zweeg even. 'Maar Ike, Ike gaat op de stoere toer, ik hoorde hem iets tegen die jongen zeggen van "Vanavond niet, vriend." Ik weet het niet, iets in de trant van krijg de klere... En toen geloof ik dat hij op die jongen afging.' Boulware sloot zijn ogen en kruiste zijn armen over zijn borst, als een rustende farao.

'Wat bedoel je met "geloof ik",' zei Yolonda rustig, terwijl ze begon op te zwellen van woede.

Boulware bleef voor lijk spelen, zo lang dat Matty de infusen uit zijn armen wilde rukken.

'We gaan je vragen om een stel politiefoto's te bekijken en met een portrettekenaar te werken,' zei Yolonda met een woedende blik op Matty. 'Vandaag nog.'

'Serieus?' Boulware vertrok zijn gezicht en deed zijn ogen open. 'Ik denk niet dat ik dat kan.'

'We laten alles hier komen,' zei Yolonda en liet het klinken alsof er niets leuker was. 'Je hoeft niet eens je bed uit te komen.'

'Nee, het is niet...' Hij draaide zijn hoofd moeizaam naar rechts, een hunkering naar bevrijding in zijn opwaarts rollende ogen.

'Wat is het probleem, Steve?' zei Matty, door de opgekropte verontrusting op iets scherpere toon dan normaal.

'Luister, vannacht? Ik heb... Ik was totaal weg. Ike en die andere vent moesten me overeind houden. Maar op het moment dat ik dat wapen zag? Ik heb me gewoon laten vallen en ben blijven liggen. En vanaf dat moment de hele tijd met mijn ogen dicht.'

'Je hield je dood, hè?' zei Yolonda alsof ze het wel grappig vond.
'Ik zal er niet om liegen. Ik was bang. Ik bedoel, ik was ook straalbezopen, maar ik was vooral doods- en doodsbang.' Hij zweeg even
en keek hen aan om sympathie te wekken. 'Dus ik deed dronken.'
'Je deed dronken.'
'Ik deed niet alsof, dat kunt u hier zo navragen, maar soms, als ik
goed dronken ben? Dan kom ik op een plek waar ik tegen mezelf kan
zeggen dat ik lichamelijk meer dit of dat ben dan ik werkelijk ben,
en... dan wordt het waar. En niet alleen met mezelf meer dronken
maken. Het kan net zo goed met mezelf sterker maken, of sneller, of
een betere stem hebben, wat dan ook.'
'Zeg je wel eens tegen jezelf dat je kan vliegen?' vroeg Yolonda.
'Luister, ik zag dat wapen en die truc van me nam het gewoon
over, een soort overlevingsinstinct. Het zou me niet verbazen als dat
me het leven heeft gered, maar... Ik bedoel, ik ben bepaald niet trots
op mezelf. Ik vind het niet... shit, zelfs toen de politie er was, was ik
nog steeds zo ver heen dat ik niet kon praten. Ik kon niet...'
Weer keek hij hen aan om begrip, om een vrijgeleide, en kreeg al-
leen maar strakke blikken.
'Maar je weet zeker dat jullie overvallen werden,' zei Matty.
'O ja. Zeker...'
'Door twee mannen.'
'Ja.' Toen: 'Ik weet vrij zeker dat het er twee waren, misschien wa-
ren het er meer, maar zoals ik al zei...'
'Je had je ogen dicht.'
'Hoeveel stemmen herinner je je dan?'
'Wat ik zei. Ike en de jongen met het wapen.'
'Denk nog eens terug.'
'Doe anders je ogen maar dicht,' zei Yolonda. 'Zodat je in die
stemming van je komt.'
Matty wierp een vernietigende blik. Yolonda trok haar lippen in
een plooi.
'Ik geloof dat er een meisje bij was.'
'Een meisje, bij hen?'
'Nee. Apart, zeg maar achter ons, aan de overkant misschien. Ik
weet het niet zeker.'

'Wat bedoel je met een meisje? Een kind?'

'Nee. Gewoon jong. Mijn leeftijd, zeg maar? Alsof ze ruzie met iemand maakte?'

'Ruzie, waarover?'

'Dat weet ik niet.'

'Hoe klonk ze, blank, zwart, latino...' Door haar boosheid raffelde Yolonda de lijst af alsof ze zich verveelde.

'Zwart. Ze had iets van zwart.'

'Wat bedoel je met "iets van"?'

'Iets van goed opgeleid?'

'Fijn uitgedrukt,' zei Yolonda.

'Wat?'

'Die goedopgeleide zwarte vrouw, met wie maakte ze ruzie, man of vrouw?'

'Vrij zeker een man.'

'Blank? Zwart?'

'Zijn stem?'

'Ja,' zei Yolonda. 'Zijn stem.'

'Blank, misschien? Ik weet niet... Ik weet het niet.'

Matty staarde Yolonda aan; ze dachten allebei hetzelfde.

'Nee,' zei Yolonda. 'Tering, nee.'

Matty bracht het niet op te antwoorden, hun problemen te rangschikken terwijl hij probeerde te berekenen hoeveel tientallen, honderden bevelen ze nu de komende vierentwintig uur in de Lower East Side ten uitvoer gingen leggen, in de vage hoop dat een van hun plaatselijk geteelde walgjes iemand kende die iemand kende die iemand kende die ergens iets had gehoord, en probeerde te berekenen hoeveel honderden oude overvalrapporten er bestudeerd gingen worden, de getuigenverhoren die overgedaan gingen worden, de nieuwe buurtonderzoeken, de dreigementen, het slijmen, de koehandel, het gelul, het gebluf – wat een hopeloze, totaal genaaide puinzooi dit nu elk moment ging worden als Boulware's relaas correct zou blijken, wat het waarschijnlijk was; als de twee getuigenverklaringen onbetrouwbaar zouden blijken, wat ze waarschijnlijk waren; als ze probeerden in te lopen op een overval met dodelijke afloop terwijl de paarden al veertien uur uit de starthokken waren gesprongen.

'En, gaat het met Ike?' vroeg Boulware schaapachtig.
'Je vriend Ike?' zei Yolonda opgewekt. 'Die is dood.'

Om zes uur 's avonds ging Kevin Flaherty, de substituut-officier die Randal Condo eerder die dag op straat een tweede verklaring had afgenomen, hem opnieuw te lijf, deze keer in een van de kamertjes op de rechercheafdeling, terwijl Matty op de gang als een aanstaande vader liep te ijsberen.

'Denk terug aan vlak voordat je het schot hoorde. Wat deed je op dat moment?' zei Flaherty.

'Ik loop door Eldridge naar Nikki toe terwijl zij naar mij toe loopt.'

Condo zag eruit alsof hij sinds de vorige avond geen moment slaap had gehad.

'Praatten jullie tegen elkaar?'

'Dat zit er wel in.'

'Met een deel van de straat tussen jullie in?'

'Dat neem ik wel aan.'

'Dan moeten jullie hard praten. Praatten jullie hard tegen elkaar?'

'Weet ik niet zeker.'

'Een woordenwisseling?'

'Nee.'

'Weet je dat zeker?'

Condo zweeg even, haalde toen zijn schouders op: 'Wellicht.'

'Iemand die tegen mij wellicht zegt, bedoelt meestal waarschijnlijk.'

'En wat dan nog?' Zijn stem was kleiner dan de strijdlustige respons deed vermoeden.

'Randal, het is midden in de nacht, je vriendin komt een halve straat van je af naar je toe lopen. Jullie hadden ruzie, ja?'

Hij gaf geen antwoord en Flaherty vervloekte zichzelf, het lag nu allemaal zo verrekt voor de hand.

'Nu heb ik je vanmorgen gezegd dat een aantal buurtbewoners tegen de collega's hebben gezegd dat ze rond het moment van het schot mensen op straat hebben horen schreeuwen, ja? Hard genoeg om op drie-, vier-, vijfhoog te worden gehoord, en weet je nog dat ik je daarnaar gevraagd heb?'

149

'Zo hard was het niet.'

'Je vriendin loopt een half blok bij je vandaan en je bent nog steeds bezig? Reken maar dat het hard was.'

Condo ademde door zijn neus, keek een andere kant op. 'Mogelijk.'

'En ik zal je nog eens iets vertellen. Mensen die op straat ruziemaken? Zo, in het openbaar? Daar moet je goed diep inzitten voordat het je niets meer kan schelen wie het ziet. Ik durf zelfs wel te beweren dat ze het amper merken als er tien meter bij ze vandaan een internationaal circus zijn tenten heeft opgeslagen.'

Condo sloot zijn ogen, wreef over zijn gezicht.

'Wat ik dus denk, is dat als jullie vanaf de hoek met Delancey Eldridge in lopen en zo'n ruzie hebben dat zij bij je vandaan loopt, en jij moet beginnen te *schreeuwen* om nog iets tegen haar te kunnen zeggen? Vergeet het maar dat jullie dat incident aan de overkant van de straat van het begin af aan hebben gezien.'

'Ik heb het niet verzonnen.'

'En dan wordt het alleen nog maar erger. Want op een gegeven moment moet jij iets hebben gezegd, iets hebben geroepen waarvan zij *zo* razend werd dat ze van het ene moment op het andere rechtsomkeert maakte en naar je *terug* begint te lopen? *Vergeet* het maar dat zij op dat moment niet jouw volledige aandacht heeft. *Vergeet* het maar dat jij iets ziet dat zich aan de overkant afspeelt. Dat is een quarterback die een blonde stoot op de tribune bekijkt terwijl er een verdediger door het midden op hem afkomt. En *daarom* denk ik dat het eerste wat jouw aandacht vanaf de overkant trok, was dat je het schot *hoorde* afgaan, en tegen de tijd dat je een keer goed keek, was alles al achter de rug. Je hebt misschien gezien dat twee van hen vielen en dat de derde hem dat gebouw in smeerde, maar ik geloof nooit dat jij met je hand op je hart kan zeggen of er voor dat moment drie, vier of vijf mensen stonden, wie er een wapen had, en of er behalve de vent die naar binnen rende, nog iemand anders is gevlucht.' De substituut wachtte even om dit door te laten dringen. 'Ze hoefden maar een fractie van een seconde voorsprong te hebben op jouw oog en ze waren alweer in het donker verdwenen alsof ze er nooit geweest waren.'

'Luister. Ik heb gezien wat ik gezien heb.'

'Dat bedoel ik dus.'

Condo haalde diep adem. 'Mag ik hier roken?'

'Eigenlijk niet, maar ga je gang.'

Flaherty keek hoe hij opstak, en hoe hij nadacht.

'We hebben nu praktisch op basis van wat jij hebt verklaard iemand in de Tombs zitten,' zei Flaherty, en vervolgde, naar voren buigend en met zachtere stem: 'Je vergissen is geen misdrijf, Randal. Soms halen we de woorden *zien* en *horen* door elkaar, en helemaal als iets zo snel en onverwacht gebeurt.'

'Oké,' zei hij schor.

'En dus.' De substituut tikte op Condo's over de andere geslagen knie. 'Weet je nog steeds zeker dat we de goeie hebben?'

'Ik heb gezien wat ik heb gezien.'

'Zeg nou gewoon maar ja of nee.'

'Nee.'

Flaherty leunde achterover en haalde zijn vingers door zijn haar, weerstand biedend aan de verleiding het er met bossen tegelijk uit te trekken.

'Even uit nieuwsgierigheid.' Hij werd zelf nu ook schor. 'Waar ging de ruzie precies over?'

'De definitie van een woord.'

'En welk woord dan wel?'

Condo deed zijn ogen dicht. 'Vriendin.'

'Ik heb je met nadruk gevraagd of je een woordenwisseling had gehoord.' Bobby Oh had niet de gewoonte zijn stem te verheffen, dus dat deed hij nu ook niet, maar het lag allemaal in zijn bloeddoorlopen ogen.

'Maar als je zelf een woordenwisseling voert, telt dat dan als "een woordenwisseling horen"?' antwoordde Nikki Williams zwakjes.

Bobby schoof zo plotseling op zijn stoel naar voren dat ze terugdeinsde. 'Zeg dat nog eens.'

'Net zoiets als, vind je jezelf nat als je al onder water zit?'

Hij staarde haar aan totdat ze haar blik afwendde.

'Hij had altijd gezegd dat ik pas de tweede gekleurde vrouw was met wie hij een relatie had gehad en toen hoorde ik van iemand op dat feest dat ik de vijfde was.' Nikki praatte nu tegen haar schoot en meed zijn ogen. 'Dat is een hele enge leugen.'

Bobby dwong zich een andere kant op te kijken.

'En onderweg naar huis maakte hij het nog mooier door over straat te schreeuwen dat het met die drie anderen alleen om de seks was gegaan.'

Bobby Oh was Nachtdienst. Hij zat hier, hij zat hier nog *steeds*, achttien uur na het begin van zijn dienst, puur om Matty Clark een plezier te doen, omdat hij een band had opgebouwd met deze getuige, deze waardeloze getuige. Hij kon nu naar huis gaan zonder dat iemand daar iets van zou zeggen, ook al had hij net zo hard als ieder ander de zaak in de vernieling gedraaid.

'Ik wilde er niets over zeggen,' zei Nikki, 'omdat het niemand anders iets aanging.'

Toen: 'Het was vernederend.'

Toen, met opwellende tranen: 'Het spijt me zo.'

Eric had drie uur in de hoek van de arrestantencel gestaan. Vier cellen lagen recht tegenover de hoofdbalie van de bewaarders, elk berekend op twintig personen. De dertien arrestanten in zijn cel, die zich voor het merendeel weinig van hun situatie leken aan te trekken, stonden of zaten met elkaar te praten alsof ze zich in een bar of kazerne bevonden, en er ontstond alleen enige activiteit als een nieuwe arrestant zijn weg door het doolhof had gevonden en met papierwerk en escorte voor de balie stond. De meeste arrestanten zagen dit als een gelegenheid om tegen de tralies te gaan hangen en naar de smerissen of de bewaarders te roepen dat ze een onschuldige hadden opgesloten, of dat ze nog steeds wachtten op die hoofdpijnpillen, die advocaat, dat astmamiddeltje, of wat er ook bij ze opkwam. De enigen in de cel die niemand schenen te kennen of die niet meededen aan de periodieke run op de tralies, waren Eric en een zwarte man met uitslaande ogen, een slappe pens, gestoord, die met zijn T-shirt als een frontje om zijn nek, in zichzelf fluisterend, verward langs de wanden van de cel patrouilleerde. Deze man had zich nu al uren gericht op Eric en had hem iedere paar minuten op zijn doelloze omzwervingen door de kooi in zijn hoek be-

naderd met de vraag of hij zijn tolpas mocht lenen, waarbij Eric hem
straal negeerde en terugglipte in zijn eigen inwendige ruis, alsof hij
teruggleed in bed. Hij was Eldridge Street 27 binnengerend omdat...
hij had het alarmnummer niet gebeld omdat... het was nooit bij hem
opgekomen te vragen of Ike Marcus het had overleefd omdat... hij
had overal over gelogen omdat...

Verloren als hij was in deze fragmentarische, onvolledige over-
peinzingen, drong zelfs de stank in de kooi niet tot hem door; zelfs
niet de ongeziene handen die af en toe in zijn zakken graaiden, of de
binnensmondse bedreigingen; zelfs zijn eigen naam die achter elkaar
door een zwangere bewaarder werd afgeroepen was niet genoeg om
hem uit de bosbrand in zijn hoofd te halen, totdat ze uiteindelijk
blafte: 'Hé, Cash. Wil je nou nog naar huis of niet?'

Toen hij opkeek zag hij dat dezelfde twee rechercheurs die hem
hadden afgeleverd terug waren en nog net zo schichtig stonden te
wachten tot ze in godsnaam weer naar buiten konden.

De eerste auto haalden ze die avond precies bij zonsondergang naar
de kant, toen de taxi van Leefomging toevallig in de buurt was op
het moment dat een Nissan Sentra voor de Dubinsky Co-ops aan het
oostelijke eind van Grand Street door rood reed: deze aanhouding
hoefde niet gerechtvaardigd te worden.

Lugo en Daley, deze dienst als soloteam, liepen aan weerszijden
van de auto naar voren en kruisten de bundels van hun lampen over
de voorstoelen. Toen de bestuurder, een vlezige blanke vent met een
crewcut en een open doos Kentucky Fried op zijn schoot, zijn raampje opendraaide wolkte de marihuanalucht als stoom uit een sauna
naar buiten.

'Dat geloof je toch zelf niet.' Lugo deinsde terug en wapperde met
zijn handen de lucht weg. 'Maak mijn werk op zijn minst een *beetje*
moeilijk.'

'Sorry.' De bestuurder glimlachte vaag en ging, met een glanzend
flintertje donker vlees in zijn mondhoek geplakt, door met kauwen.

De passagier, ook blank, een dom kijkende, in extra-extra-large
bullen en een opzijgedragen baseballpet van de voormalige neger-
competitie gepimpte teenager, staarde recht in de lichtbundel van

Daley's lamp, alsof hij naar een bioscoopscherm keek.

'Kom er maar uit.' Lugo deed het portier aan de bestuurderskant open maar in plaats van meteen doen wat hem werd gezegd, ontdeed de man omstandig een voor een zijn vingers van het vet, en boog zich toen over de schoot van zijn passagier om het handschoenen-kastje open te maken.

'Hoo!' Lugo dook voorover, greep zijn pols met de ene hand en graaide met de ander naar zijn wapen.

'Oké, oké,' zei de bestuurder rustig. 'Ik pakte alleen maar mijn papieren.'

'Had ik je dat *gevraagd*?' Lugo schreeuwde het bijna, met zijn nog trillende hand op de kolf van de niet-getrokken Glock.

De jongen op de passagiersstoel zat nu met rode, waggelende ogen te grijnzen. Daley stak een hand naar binnen en trok hem bij zijn kraag de auto uit, gooide hem met zijn buik naar beneden op de motorkap en hield hem daar vast.

'Ik zei dat je godverdomme uit de wagen moest komen,' bulderde Lugo, terwijl hij zo'n woedende ruk aan het al openstaande portier gaf dat het vanzelf weer dichtklapte.

De bestuurder wachtte tot Lugo een stap achteruit was gegaan en kwam toen met zijn handen omhoog de auto uit. 'We zijn collega's, mannen,' zei hij kalm, terwijl zijn kaak nog steeds kip maalde. 'Kijk maar in het handschoenenkastje.'

Daley maakte het kastje open en had een paar tellen later een po-litiepas van Lake George, New York, die hij over het dak van de auto heen aan Lugo liet zien.

'Wat mankeer jij, dat je zo naar iets grijpt?' blafte Lugo. 'Jij zou toch godbetert beter moeten weten.'

'Sorry,' zei de bestuurder. 'We zitten de hele dag al in de wagen en ik ben een tikje suf.'

'Een tikje suf? Je kan de lucht in je wagen snijden.'

De teenager gniffelde.

'Alleen maar een spulletje voor onderweg,' zei de collega uit het noorden.

'Een spulletje, ja?' Lugo had de uitdrukking al twee jaar niet meer gehoord.

'Dan heb ik een vraagje voor jou, met je spulletje,' zei Daley tegen de gepimpte knul. 'Wat is nu eigenlijk koegooien?'

'Hoe moet ik dat weten?'

'Waar gaan jullie precies heen?' vroeg Lugo aan de bestuurder.

'Daar.' De man wees naar de co-ops. 'De flat van mijn vader.'

'Doe me een plezier.' Lugo stak met nog steeds trillende handen een sigaret op. 'Als je een spulletje wil, doe het dan daar.'

'Ja. Daar zou pa helemaal voor zijn,' zei de jongere van de twee.

'Hij is ook bij de politie.'

Zijn broer wierp een blik in zijn richting.

'Hier bij de politie?' vroeg Daley.

'Helemaal,' kraaide de jongen, terwijl de bestuurder uit zijn waas kwam en kwaad begon te kijken.

Daley bekeek zijn pas opnieuw. 'Huh,' gromde hij en keek Lugo veelbetekenend aan.

Deze keer, nu alle gordijnen opzij waren geschoven en de glazen deuren openstonden, was het als je kamer 1660 van het Landsman binnenliep alsof je de rand van een afgrond naderde. Billy Marcus zat, alleen maar zichtbaar als silhouet, buiten op het lage balkonhek – met zijn rug naar de straat, zestien verdiepingen lager.

Matty liep naar hem toe.

'Derek Jeter heeft haatmail gehad,' zei Marcus terwijl hij een tikje achterover leunde, omkeek en naar het gewoel op straat tuurde. 'Dat is het nieuws, het grote nieuws vandaag.'

'Ik begrijp het,' mompelde Matty terwijl hij Marcus' elleboog onopvallend vastpakte en de man rustig van het hek haalde.

Het was om precies te zijn gisteren nieuws geweest, maar dat ging Matty niet tegen hem zeggen.

Matty manoeuvreerde Marcus terug naar binnen en deed toen alle deuren dicht.

'Waar is Elena?'

'Vertrokken.'

'Waarheen?'

'Dat weet ik niet.'

'Komt ze nog terug?'

'Ik denk het niet.'

Matty liet zijn blik over de rommel op de vloer gaan en zag dat er geen duidelijk vrouwelijke voorwerpen aanwezig waren.

'Ik hoopte dat ze hier zou zijn,' zei hij, terwijl hij de bureaustoel bijtrok.

'Omdat?'

'Ik heb nieuws.'

Aan de manier waarop het gezicht van de man oplichtte, zag Matty dat hij een fout had gemaakt, omdat het woord *nieuws* waarschijnlijk op Marcus overkwam als inleiding op de aankondiging van een wonderbaarlijke omkering van de recente gebeurtenissen, dat zijn zoon op een of andere manier was bijgekomen, of eindelijk was opgehouden met donderjagen en iedereen voor de gek houden.

'We hebben Eric Cash vrij moeten laten. De derde persoon die er vannacht bij was? Steven Boulware? Hij is bij kennis en heeft de verklaring van Cash min of meer bevestigd.' Matty zweeg even, liet dat doordringen. 'En dus hebben we onze ooggetuigen opnieuw ondervraagd en nu blijkt dat hun verklaring helaas een stuk vager is dan we aanvankelijk dachten.' Opnieuw een kort zwijgen. 'Kortom, zonder solide getuigenverklaringen, en zonder materieel bewijs, zonder...'

'Wie is Eric Cash?' zei Marcus.

'De verdachte die we hadden,' zei Matty effen. 'Die we hadden gearresteerd.'

'Oké.' Marcus knikte behoedzaam.

Matty staarde naar zijn handen. 'Luister, we moesten snel handelen op basis van wat wij beschouwden als een geloofwaardig verhaal.'

'Nee, dat is logisch.'

'Maar we zijn meteen opnieuw op zoek gegaan naar andere mogelijke getuigen, naar het wapen, naar...'

Marcus bleef knikken, alsof hij Matty wilde laten zien hoe goed en aandachtig hij wel niet kon luisteren.

'Mag ik het eerlijk zeggen?' zei Matty. 'We hebben geblunderd. We hebben een hele dag verspild met alles wat we hadden op de verkeerde verdachte te gooien en... We hebben geblunderd. Maar we gaan nu snel handelen en we zetten het recht.'

'Prima,' zei Marcus, gemaakt krachtig en stak zijn hand uit. 'Bedankt.'

Matty, die zich vanaf het moment dat hij het vertrek was binnengekomen had schrapgezet voor een woedeuitbarsting, voelde zich nu bij het volstrekte gebrek aan begrip van de man alleen maar treurig.

'Weet u zeker dat Elena niet hier terugkomt?'

'Wie zal het zeggen, maar nee, ik denk het niet.'

'Meneer Marcus, ik heb niet veel tijd tot mijn beschikking, maar...' Matty boog zich licht naar hem toe. 'Wilt u dat ik voor u contact zoek met uw vrouw?'

'Weet u,' zei Marcus, pratend tegen een punt ergens voor zich. 'Als ze klein zijn, hou je van ze, ben je trots op ze, en als ze opgroeien doe je dat nog steeds, maar het is heel gek dat als andere mensen, nieuwe mensen hem zien en denken: "Kijk, een jonge man, een jonge volwassene die dit of dat erg goed doet," en je ziet hoe hij door anderen op zo'n manier wordt geaccepteerd, serieus wordt gerespecteerd, en je, ik moet er gewoon om lachen, want ik denk, *welke* jongeman, dat is Ikey, je kunt je niet voorstellen wat een idiote ellende hij als kind uithaalde, maar ineens wordt hij gerespecteerd, en het is ook weer niet zo dat *ik* dat niet doe, juist ik, maar ik moet altijd een beetje lachen, niet dat ik hem uitlach, maar gewoon van: Kom op, dat is *Ike...*'

'Meneer Marcus...'

'Wilt u niet Billy zeggen?'

'Oké, Billy, moet je horen. Ik begrijp dat je radeloos bent, maar je moet me geloven als ik zeg dat je een grote fout begaat door nu alleen te zijn. Dit, wat je nu doormaakt? Dat gaat nog een hele tijd zo blijven, en je familie? Je familie kan je het leven redden.'

'Het is...' Marcus staarde naar het balkonhek. 'De mensen proberen je te overtuigen, en ze overtuigen je ook, dat je een kind niet gelukkig kunt maken als je zelf ongelukkig bent. Wil je voor hem zorgen? Dan moet je eerst voor jezelf zorgen.'

Hij schudde zijn hoofd in ongeloof, rukte toen zijn blik los van het balkonhek en keek Matty recht in de ogen. 'Met Ikey? ... Ik ben gewoon weggelopen.' Toen, in een uitbarsting van droge snikken en woorden die van een trap leken te tuimelen: 'Hij was nog zo klein, en ik ben gewoon weggelopen, weet je?'

'Meneer Marcus, Billy' – Matty was hier zo slecht in – 'heeft slachtofferhulp contact met u opgenomen?'

Matty had geen idee wat hij verder nog kon zeggen en merkte even later dat hij willekeurige rommel van de vloer liep op te rapen: een handdoek, een lege wodkafles uit de minibar en minstens tien kaartjes van verslaggevers van alle media in Groot-New York.

'Luister, meneer Marcus, Billy, ik moet nu weg.'

'Ik begrijp het,' zei Marcus. 'Ik moet even gaan liggen, alles op een rijtje zetten.'

'Ik kijk of ik terug kan komen, u op de hoogte houden, kijken hoe het gaat.'

Marcus staarde in de verte, fluisterde in zichzelf.

Maar toen Matty zich naar de deur toe draaide, zei hij: 'Wees niet te hard voor jezelf. Je deed wat je dacht dat goed was,' en liet zijn hoofd toen op het kussen zakken.

Hij moest zorgen dat Marcus naar een kamer op een lagere verdieping verhuisde. Aan de ene kant was het net zo efficiënt om van de vierde verdieping te springen als van de zestiende als je er een eind aan wilde maken, maar dat ombelemmerde uitzicht leek toch iets te uitnodigend.

Toen hij uit de lift de lobby inliep, zag Matty tot zijn verbazing de vrouw van Billy Marcus in spijkerbroek en verlept T-shirt over de balie leunen om oogcontact te maken met de receptioniste van dienst, een spectaculair blond meisje in een bloedrode Chinese blouse waarvan de kleur zo sterk overeenkwam met de helse verf op de wanden dat het wel een schutkleur leek.

'Hij is mijn man, hij is zijn kind verloren, het enige wat ik vraag is of ik zijn kamernummer mag hebben.'

Verstikt onder haar onschuldig stralende schoonheid, keek de receptioniste met open mond van ellende naar Matty. 'Mevrouw, het spijt me.' Een klein, smekend stemmetje. 'Ze zouden me ontslaan.'

Hij maakte aanstalten om naar ze toe te gaan, bleef toen staan; hij had zich de hele dag ingezet voor deze hereniging, maar nu hij man en vrouw onder hetzelfde dak had, bracht hij zich in herinnering dat de man een paar uur eerder had liggen neuken en vechten met de moeder van zijn dode kind, die misschien nog terug zou komen; en voor familieverzoeningen werd hij niet betaald.

'Luister.' De vrouw van Marcus stak haar handen uit naar het meisje, haalde diep adem. 'Ik kan me geen fatsoenlijk mens voorstellen die iemand in jouw positie zou straffen voor het tonen van een beetje medemenselijkheid.'

Daar kon hij zich dus duidelijk niet nader mee bemoeien; niettemin bleef hij hangen, alleen maar om naar haar te kijken.

Deze vrouw was niet gering: uitgeput, radeloos, waarschijnlijk sinds die ochtend tegen de ene muur na de andere opgelopen, maar toch op een of andere manier nog beheerst en in staat deze jongste aanslag te boven te komen zonder haar kalmte te verliezen, zonder zich te verlagen tot een scheldpartij of woedeuitbarsting: in zijn ogen een echte, moedige krijgsvrouw.

'Oké, anders...' begon de echtgenote, terwijl haar lange, slanke vingers van een hand boven de decoratieve kom met onverwoestbaar-uitziende appels zweefden. 'Iemand die je kunt bellen, die de verantwoordelijkheid van je kan overnemen.'

De receptioniste, met de minuut meer kind, pakte gehoorzaam de telefoon. Matty wachtte tot hij een stem op een antwoordapparaat hoorde en liep toen het hotel uit.

Buiten op straat belde hij Yolonda, hoorde dat de sectie Eric Cash' beschrijving had bevestigd van de manier waarop het wapen was gericht: boven het hoofd met de gekromde pols van de 'gangsta'-overvaller, waardoor de kogel door het hart was gegaan en in de onderrug was uitgetreden; dat de gevonden huls niets te maken had met andere hulzen in de database; en dat het leeghalen van twaalf mangaten en rioolroosters in een straal van drie stratenblokken rond de plaats delict zes messen, elf stanleymessen en de onderste helft van een samuraizwaard had opgeleverd, maar geen vuurwapen.

Hij ging met een omweg terug naar het bureau zodat hij nog een keer de plaats delict kon zien, en was niet bijzonder verbaasd de eerste kiemen van een geïmproviseerd gedenkteken te zien: een paar bij de minisuper gekochte boeketten in hun geniete cellofaan jasjes, een paar condoleancekaarten en twee kaarsen in glazen potjes, de een met Santa Bárbara, de andere met San Lázaro.

Hij was vergeten Marcus naar een lagere verdieping te laten verhuizen. Hij had het telefonisch kunnen, telefonisch moeten doen, maar wat hij echt had moeten doen was aansturen op een familiehereniging. Gezien de staat waarin de man verkeerde, dat Matty eraan had meegewerkt dat zijn vrouw hem niet te zien kreeg... Hij liep terug naar het hotel.

De lobby was leeg, op de blonde receptioniste na die stokstijf achter haar strenge stapel appels stond.

'Is ze naar boven?' vroeg Matty.

'Ze is weggegaan,' zei het meisje snel. 'Ik was mijn baan kwijt geweest.' Haar stem plotseling half verstikt door tranen.

'Nee, dat begrijp ik volkomen,' zei Matty, zijn teleurstelling maskerend.

'Ze heeft me een briefje voor hem gegeven,' zei de receptioniste.

'Heb je het naar boven gestuurd?'

'Ik wachtte nog op de piccolo.'

'Geef maar.'

Hij hoefde zich niet eens te identificeren.

In de lift terug naar de zestiende verdieping, met een jong stel dat in het Duits stond te ruziën, weerstond Matty de verleiding om het velletje hotelpapier open te vouwen.

De voordeur stond op een kier, de deuren naar het panoramische terras waren wijd open. Marcus was er niet.

Overspoeld door een hete angstgolf stapte Matty het terras op, keek naar de straat beneden en zag, niets. Mensen.

De man was gewoon verdwenen.

Het briefje van zijn vrouw was kort en terzake: BILLY ALSJEBLIEFT.

Zelfs op de allerzonnigste dagen gaf het stalen harmonicahek voor het raam aan de straatkant van Erics voor-en-achterflat de drie donkere, achter elkaar liggende kamers de aanblik van de cel van een penitent, temeer daar het raam uitkeek op een identiek hek voor een

raam aan de overkant van de smalle straat. Maar 's avonds kwam de
woning puur over als een graf.

Eric had een lift van de rechercheurs afgeslagen, was half verdwaasd
van de gevangenis naar zijn huis gelopen, door de kleine vestibule
waar het stonk naar kattenpis, vocht, wierook en een zweem van ont-
binding, waar alle muren, trappen en deuren uit het lood stonden, hij
was de vijf trappen naar zijn verdieping opgelopen, langs de ter ziele
gegane overlooptoiletten naar zijn woning, was naar binnen gegaan,
en draaide de deur op het dubbele slot, ging zonder het licht aan te
doen onder de douche, kotste in de wc, ging opnieuw onder de douche, poetste zijn tanden, liep naakt de woonkamer in, zette de tv aan
zonder dat er iets op het scherm tot hem doordrong maar waarvan
het stemmengeklets een even kalmerende uitwerking op hem had als
de dubbele wodka, die hij voor zichzelf inschonk en toen in een teug
leegdronk voordat hij het haalde naar de bank, de shittige futonbank,
en bleef daar toen glazig zitten, delibererend of hij op zou staan en
zich er nog een zou inschenken. Op dat moment viel zijn oog op de
uitdraai van zijn voor eenvijfde voltooide scenario, zijn flauwekul-
scenario, Pauline met de groentekar en de Dybbuk op Delancey, dat
op de hutkoffer/salontafel lag. Hij pakte de eerste pagina, probeerde
hem te lezen, maar de woorden gleden onbegrepen van zijn ogen
af, net zo nietszeggend en leuterig als wat er uit de televisie kwam:
daar had de wereld dus geen behoefte aan. Hij liet het vel terugvallen op de fluwelen omslagdoek die dienstdeed als tafelkleed, of wat
hij in godsnaam moest voorstellen als het niet een middel was waarmee zijn vriendin zelfs dit als haar eigendom afbakende; stond op,
zakte terug, stond op, was van het ene moment op het andere terug
en zag, hoorde dat bedrieglijke 'pop', die scherpe knak, het zoemen
van die stalen horzel, gevolgd door het langzaam, zo langzaam als een
flipboek, achterover vallen van Ike op de stoeptegels, een beweging
die Eric nu imiteerde zodat hij zijn schouder tegen een hoek van de
hutkoffer stootte maar dat gaf niet, hij had het verdiend en nog wel
meer, stond op en liep langs de boekenplanken van zijn vriendin, vol-
gestouwd met literatuur, academisch zowel als pornografisch, over
prostitutie en bondage, met Zuidoost-Aziatische taal- en seksgidsen,
met geassorteerde fetisjbladen en reproducties van Tijuana-bijbels,

ieder rukblaadje, tekstboek, stripboekje van acht bladzijden en blote-tietenblad kwistig voorzien van haar met de hand gekrabbelde aan-tekeningen; haakte het beveiligingshek voor het raam los, liep terug naar de badkamer, sloeg een handdoek om zijn middel, waadde door de enige kast, de zogenaamd gedeelde kast, tot in alle hoeken dicht-gestapeld met dichtgeritste zakken vol met alles wat ze in Manilla blijkbaar niet droegen, vond de minibarbecue op een hoge plank die volstond met haar laarzen, haar schoenen, zette hem op de brandtrap, ging terug naar de kitchenette, dronk nog een glas, rommelde tussen alle van etiketten voorziene zakjes en wijdmondige potten met haar gedroogde linzen en bonen en spelt en andere rotzooi totdat hij een klein zakje briketjes vond, en pakte een doos keukenlucifers mee. Hij was op de terugweg naar de brandtrap toen een scherpe, onverwachte klop op de deur van zijn woning als een pijl door hem heen schoot, hem als een tol om zijn as deed draaien.

'Eric.'

Yolanda stond op de overloop, klein, moe, haar handen in haar jaszakken.

Hij deed niet anders dan haar op onder zijn handdoek trillende benen aanstaren.

'Ik kom alleen maar even kijken hoe het met je gaat. Het spijt me verschrikkelijk dat je dat hebt moeten doormaken. Ik zou nu naar huis moeten gaan maar ik moet steeds maar aan je denken. Gaat het wel? Zeg dat het wel gaat.'

Hij knikte, niet in staat om iets te zeggen, om zijn ogen van haar af te wenden.

'Moet je horen, we hebben je nodig op het bureau, om die jongens te identificeren.'

'Nu niet.' Zijn stem een schor gepiep, het trillen werd erger.

'Heb je het koud? Moet je geen kleren aantrekken?'

'Nu niet.'

'Ja. Nee, je zult wel moe zijn. Ik begrijp het. Maar we moeten die jongens pakken, weet je? Bij zoiets als dit telt elke minuut.'

'Dat heb ik al gedaan.' Hij klonk alsof hij stond te gorgelen.

'Wat?' Yolanda kneep haar ogen tot spleetjes.

'Dat heb ik al gedaan.'

'Wat...'

'Geprobeerd jullie te helpen.'

'Luister, je staat te beven als een riet. Alsjeblieft, ik wil je niet bemoederen maar op deze manier word je ziek. Trek iets aan. Ik kom niet binnen, ik wacht hier wel.'

'Niet' – zijn ogen sluitend – 'nu.'

Yolonda haalde diep adem. 'Eric, luister naar me. We weten dat jij het niet hebt gedaan. Waarom denk je dat juist ik degene ben die bij je voor de deur staat? Omdat we voor dit verzoek eerst onze excuses moeten aanbieden en wie is dat nu meer aan je verschuldigd dan ik? Je hoeft nergens over in te zitten, dat zweer ik je op de ogen van mijn zoon.'

Eric bleef haar aanstaren, zijn lichaam trok en trilde alsof het aan iemand anders toebehoorde.

Yolonda wachtte weer even. 'Oké, ik weet het goed gemaakt. Ik kom je morgenochtend vroeg ophalen, op die manier kun je een beetje uitrusten.'

'Ik moet morgen werken.'

'Geeft niet. Hoe laat moet je op je werk zijn?'

Hij deed de deur voor haar neus dicht.

Yolonda belde Matty terwijl ze de trappen afliep.

'Ik baal dat ik het moet zeggen? Maar volgens mij hebben we het definitief verknald met deze jongen.'

Buiten op straat stond een kluitje voorbijgangers aan de overkant van Erics woning omhoog te kijken naar zijn enige raam.

Yolonda stak over om te zien waar ze naar keken: Eric, nog steeds met zijn handdoek om zijn middel, bezig vellen papier in een kleine barbecue op de brandtrap te stoppen, zodat ieder vel vlam vatte en omkrulde voordat het in de hete lucht opsteeg en dan in een wolk van gloeiende, zwarte sneeuw naar beneden zweefde.

Het getuigde van respect voor Yolonda's reputatie dat ze, nadat ze de hele dag had geprobeerd deze man te breken, nadat ze hem hadden gearresteerd voor iets wat hij niet had gedaan, nog steeds gold als de beste keus om hem, zo kort na zijn ontslag uit de Tombs, als getuige binnen te halen. Matty wist dat hij jammerlijk gefaald zou hebben, al had hij het niettemin ergens graag zelf geprobeerd, niet eens zozeer om zelf spijt te betuigen als wel om het gebeurde uit te leggen. Hoe dan ook, nu Cash op vrije voeten was gesteld en iedereen terug was bij af, of liever gezegd, verder terug dan af gezien het feit dat de schutter bijna een volle dag voorsprong had, mocht Matty zes maanden rapporten over gewapende overvallen in Manhattan napluizen, de maandelijkse compilatie van uitstaande misdrijven, weliswaar dicht bij huis: wijk Acht, Vijf en Negen, want een hert verwijdert zich nooit meer dan een mijl van de plaats waar het geboren is en volgt altijd de paden van zijn voorouders. De plaatselijke projects boden de beste kans, maar hij moest toch nog hele stapels uitdraaien doorwerken die de computer uitspuwde als reactie op de categorizeerbare details van de moord op Marcus die hij intoetste: plaats delict, aantal daders, ras van daders, gebruikte wapen, woordkeus van bedreiging, benaderingshoek van slachtoffer, methode van vlucht.

En dan zijn persoonlijke in/uit-stapels: zijn eigen voorraad foto's van plaatselijke rotzakjes, onderverdeeld in wie er los rondliep, wie er vastzat, wie onlangs was vrijgelaten. Matty keek speciaal naar twee categorieën: overvallers, en gepakt op wapenbezit. Naar schutters op zich hoefde hij niet te kijken, want hij geloofde niet dat het schot opzettelijk was gelost omdat het slachtoffer hoogstwaarschijnlijk op de dader was afgegaan of hem op een of andere manier in paniek had gebracht. Zijn psychopatenpatience doorspelend elimineerde hij iedereen die op basis van Cash' vage signalement te oud leek of niet in aanmerking leek te komen, of wier voorkeur van te werk gaan niet klopte: de binnendringers, de commerciële specialisten, iedereen die zijn misdrijven liever binnenshuis pleegde. Toen hij zijn verdachtenstapel van vijftig had uitgedund tot twintig, stelde hij een pamflet samen met foto's van iedereen, hun werkwijze en bekende maatjes, en postte het document – het opsporingsverzoek – op het politienet van alle wijken in New York. Als een van deze figuren ergens in de stad werd opgepakt, kwam er een waarschuwing op het scherm:

Matty Clark van wijk Acht op de hoogte stellen. De mogelijke dader werd omschreven als een gezochte getuige, niet als schutter, om al die gretige vingers aan de trekkers in de stad rustig te houden.

Meer te doen: plaatselijke uitstaande aanhoudingsbevelen natrekken, degenen die een zwaard boven hun hoofd hadden hangen en die zouden leeglopen om te zorgen dat dat zwaard tijdelijk teruggestoken werd in de schede; en vooral degenen die voor de derde keer nat zouden gaan, of beter nog hun mindere medeplichtigen, de bètabroeders die in dezelfde drieslagschaduw zaten, die sowieso gedwongen waren geweest mee te doen aan de klus; zij waren net zo goed slachtoffer, zo zou het althans aan ze worden gepresenteerd.

Meer te doen: navraag doen bij de reclassering, uitzoeken wie het zwaar viel op het rechte pad te blijven, wie de grootste kans liep zijn avondklok te missen, tegen de lamp te lopen bij urinecontrole; geschikte figuren om onder druk te zetten, makkelijk te misbruiken.

Meer te doen: de papieren indienen voor de 12.000 dollar beloning die de gemeente automatisch uitloofde en voor een extra 10.000 uit het fonds van de burgemeester voor mediagenieke moorden.

Meer te doen, meer te doen: Matty schoof met papier, riep schermen op, toetste gegevens in, op zoek naar iemand, naar iets wat hem opviel.

Om middernacht kwam er een verse golf rechercheurs binnen en de aanblik van deze relatief helder kijkende en frisse collega's dreef hem eindelijk in de richting van de uitgang.

Toen Matty het wachtlokaal uitliep sprak Lugo, in de deuropening van zijn kantoor Leefomgeving aan de overkant van de gang, hem zachtjes aan en wenkte hem mee te komen naar het trappenhuis.

Matty zat op een stoffige vensterbank in de lange, schemerige gang van de verlaten bovenste verdieping waar hij, god wist hoe lang geleden, Billy Marcus had gevonden toen die op de vlucht was voor wat restte van zijn familie.

'We waren vanavond dus auto's aan het aanhouden?' begon Lugo, en Matty wist al min of meer wat er ging komen. 'En we haalden jouw zoons naar de kant.'

165

'En?' vroeg Matty rustig.

'En niets.' Lugo stak een sigaret op. 'Maar dat je het even weet? Het stonk in die wagen de keet uit naar wiet.'

Matty knikte, knikte nog eens en stak zijn hand uit. 'Dit heb je te goed, Donnie.'

'Zo doen we het, broeder van me.'

'Goed, dan.' Matty voelde zich negentig jaar oud.

'Een vraagje...' Lugo spuugde een tabaksflinter op de grond. 'Die jongen van je, de oudste, die liet ons zijn schildje zien, ja? Wat voor diender is hij?'

'Ongeveer wat je zou verwachten,' zei Matty en ging op weg naar huis, zijn eenkamerflat in onderhuur in de Dublinsky Co-ops in Grand Street, nu gevuld met zijn slapende zoons, de Grote uitgestrekt op de bank, de Andere in een donzen slaapzak op de vloer.

Hij schonk een glas twee vingers vol met wat hij het eerst in zijn hand kreeg, liep naar de stapel kleren die over de armleuning van de bank hing en pikte de autosleutels uit de broekzak van de Grote.

Toen hij de Sentra op zijn parkeerplaats onder de flat doorzocht, vond Matty een halfopgerookte joint in het handschoenenkastje maar verder niets noemenswaards. Toen maakte hij de kofferbak open en vond twee sporttassen van de politie in Lake George volgepropt met marihuana, kant en klaar verdeeld in halve- en kwartzakjes voor de verkoop aan het thuisfront.

Een kennis in Washington Heights...

Terug in de flat zat hij in een stoel en keek hoe ze sliepen.

Morgenochtend gingen ze terug naar het noorden.

Hij stopte de sleutels terug in de spijkerbroek van de Grote, verliet de flat en ging terug naar het bureau.

Een uur later, terwijl hij klaarwakker in het bedompte, stinkende slaaphok lag, dacht Matty na over de gewelddadige dood van Isaac Marcus.

Hoewel er wel een paar pure atleten van het kwaad bestonden, voldeden de meeste moordenaars, als hij ze eenmaal te pakken had, vrijwel nooit aan zijn verwachting. Voor het merendeel was het een dom en fantastisch egocentrisch volkje; het gebeurde maar zelden dat ze de indruk maakten, althans op het eerste gezicht, dat ze in staat waren tot de bijbelse gruweldaad die ze gepleegd hadden.

Overlevenden daarentegen, zelfs zij die net zo bot en grof waren als de moordenaars die hun echtgenoten of kinderen van kant hadden gemaakt, maakten op hem altijd buitenproportioneel veel indruk en zijn werk in dienst van dat soort lijden maakte dat hij zich vaak nederig en tegelijk gezegend voelde.

'Wees niet te hard voor jezelf.' De man was in shock geweest toen hij het zei, maar dat maakte het alleen maar krachtiger, want waarop hij in zijn verdoving, zijn trance van verschrikking, was teruggevallen, was medegevoel.

Terwijl hij probeerde niet te denken aan zijn slapende zoons thuis in de flat, staarde Matty in het duister en peinsde verder over het ongelukkige lot van Billy Marcus.

Hoe vaak hij ook getuige was geweest van de zichtbare uitwerking van zo'n klap, het grootste deel ervan zou altijd, god zij gezegend, voor hem verborgen blijven. Maar van alles wat ondoorgrondelijk was, vond Matty het op dit moment het meest onbegrijpelijk – en het was niet dat hij zich de aandrang om je te verbergen niet kon indenken – waarom wie dan ook, ongeacht het trauma, zou wegvluchten voor de troost van een vrouw als Marcus' echtgenote.

Om half vier in de ochtend was het toneel voor de deur van Eldridge Street 27 vrij typisch: de laatsen van de zwalkende laatste-ronde-klanten, de meesten lopend alsof ze voor het eerst op schaatsen stonden; een knul op de achterbank van een taxi met open portier die zat te staren naar een vochtige prop bankbiljetten in zijn hand en probeerde wijs te worden uit de meter; en een zijstraat verder een bebaarde man die met zijn onbedekte bovenlijf uit een raam op de bovenste verdieping van een huurkazerne leunde en tegen de hele wereld gilde dat ze godverdomme hun kop moesten houden en teruggaan naar New Jersey, en toen zijn raam zo hard omlaag ramde dat het glas regende en het volk op straat stond te fluiten en te applaudisseren.

'Sorry als ik stoor,' zei de uitgemergelde rechercheur van de nachtdienst tegen de slonzig uitziende man die op de bovenste trede boven het aangroeiende gedenkteken zat. 'Gaat het goed met u?'

'Ja.'

'Woont u hier?'

'Niet exact hier.'

'Komt u uit de buurt?'

'Oorspronkelijk.'

'Er heeft zich hier voor de deur een schietpartij afgespeeld, gisterennacht, hebt u daar iets over gehoord?'

'Jawel.' Hij krabde zich heftig onder een oor.

'We zoeken mensen die rond die tijd eventueel in de buurt waren en misschien iets gehoord of gezien hebben.'

'Sorry.'

'Goed.' De rechercheur liep een paar stappen weg, kwam toen terug. 'Mag ik u vragen wat u op dit moment hier doet?'

'Ik?' De man haalde zijn schouders op. 'Ik wacht op iemand.'

Yolonda, die zich had opgegeven voor nachtdienst om te vermijden dat ze naar huis moest, of in dat weerzinwekkende slaaphok zou moeten slapen, zat in een aan de overkant geparkeerde personenwagen en keek hoe haar partner terugliep nadat hij had gepraat met de vader van de dode jongen. Marcus zag eruit alsof hij gewoon op die bovenste tree bleef zitten totdat de tijd een manier had gevonden om zichzelf om te keren.

'Wat is dat zielig,' zei ze tegen de collega terwijl die de auto weer in gleed.

'Wat?'

'Het is net of hij zit te wachten tot zijn zoon terugkomt, vind je niet?'

'Is dat de vader?' Hij deinsde achteruit. 'Fijn dat je het even zegt.'

'Arme kerel,' zei Yolonda. 'Ik hoop alleen maar dat hij ons niet een heleboel ellende gaat bezorgen, weet je wel?'

DRIE

*Eerste vogel
(een paar vlinders)*

DE AFSPRAAK WAS: elk een kant van de straat. Als ze een stel veel-belovende koppen zagen, ging degene die aan de overkant liep naar de volgende hoek, stak daar over en kwam dan terug zodat ze hen in een tang hadden, maar omdat Tristan de pipo had, moest Little Dap altijd doen alsof hij ook geript werd, maar net iets achter de echte slachtoffers blijven voor het geval ze probeerden weg te komen of zich te verzetten. Dat was het plan, en ze brachten uren zoek aan weerskanten van elke straat van de Bowery tot Pitt Street, van Houston tot Henry, allebei trekkend met een been om geen aandacht te vestigen op het trage tempo van de jager dat ze moesten handhaven, wat na een tijdje begon te vervelen zodat ze vergaten te hinken, en het zich toen weer herinnerden, en dan weer pauzeerden voor een pizza, wat dan ook; urenlang.

Eerst waren er te veel mensen op straat, toen niemand, toen dook die politietaxi op die Little Dap zag en hem straten ver stalkte totdat hij de Arabische 24-uurszaak binnenliep om ze eindelijk kwijt te raken.

Toen, om een uur of twee, halfdrie, toen de bars en de clubs begonnen leeg te lopen, waren er eerst weer te veel mensen, toen weer niemand, totdat Little Dap om halfvier had gezegd, barst maar, we kappen ermee. Ze gingen net samen op weg terug naar de Lemlichs, terwijl Tristan zich al ongerust maakte over hoe hij door de flat en langs de deur van zijn ex-stiefvader moest sluipen, en zich afvroeg hoe het zou voelen om de pipo mee naar huis te nemen, toen ze ineens drie blanke mannen zagen die hen in Eldridge Street tegemoet liepen, de middelste dronken, half ondersteund door twee anderen, en voordat ze iets konden ondernemen, gebeurde het al: Tristan, zijn hart mokerend in zijn borst, richtte het wapen op ze, de dronken vent klapte tegen de grond toen de anderen opzijstapten om elk een eigen reactie op Little Daps eis te organiseren. De vent rechts deed het goed, hij gaf zijn portefeuille af en ging met zijn ogen op de grond gericht achteruit; maar toen verknalde de andere alles doordat hij, bijna glimlachend, naar hem toe liep, naar het wapen toe liep, alsof hij een rol had in zijn favoriete film of zoiets, en zei: 'Vanavond niet, vriend.'

Toen de blanke kerel met zijn idiote kop zei wat hij zei, zag Little Dap Tristan veel te stijf en gestoord worden en wenste dat hij op dat moment het wapen had in plaats van hem om deze held met een paar klappen met de loop een andere houding aan te meten. Hij stond zelfs op het punt een graai naar het wapen te doen en het uit Tristans verkrampte greep te halen, maar toen – pop – te laat, de vent had een kogel in de borst, keek op het moment van de inslag omhoog alsof iemand uit een raam zijn naam had geroepen, zakte toen zonder nog omlaag te kijken in elkaar, en Tristan bukte zich bliksemsnel over over hem heen alsof hij een hap uit zijn gezicht wilde nemen, siste 'Oh!' en Little Dap siste 'Go!' en rukte hem daar weg, en toen vlogen ze gewoon met zijn tweeën door Eldridge Street naar het zuiden, smeerden hem met zo'n snelheid naar de Lemlichs dat Little Dap uit zijn ooghoeken niet meer zag dan een waas van rolhekken. Ze ontweken als schuimend water langs een rots een dronken stelletje, en naderden toen een oude Chinees, die met opengesperde ogen automatisch naar zijn portefeuille greep. Maar op het moment dat ze de overkant van Madison Street bereikten, greep Dap Tristans capuchon en dwong hem te stoppen: 'Gewoon lopen.' Het was een gepiep; toen, happend naar adem: 'Dak,' voordat hij een halve straat bij hem vandaan liep, Madison Street door tot aan de hoek van Catherine zodat ze los van elkaar konden oversteken naar de Lemlichs, allebei ademhalend door hun open mond, recht vooruit kijkend alsof ze blind waren voor elkaars bestaan, het terrein op en toen naar St. James 32 en tegelijk de hal in, dat was mooi verknald, toen elk in een trappenhuis aan weerszijden van de liften met twee treden tegelijk de dertig halve trappen op naar de vijftiende verdieping, met zijn tweeën stil de enige trap op naar de dakdeur, door het grind, bijna in de armen van twee flatbewakers die met de rug naar hen toe op de balustrade aan de rivierkant geleund na hun verticale patrouille stonden te pauzeren en, as aftippend, het uitzicht bespraken: Wall Street, de bruggen, de Brooklyn Promenade, de Heights. 'Een super Trump-uitzicht,' zei de ene bewaker, en probeerde te schatten hoeveel het op de vrije markt waard zou zijn. 'Het enige wat je hoeft te doen is de vijftien verdiepingen zwartjes lozen die eronder wonen.'

Little Dap en Tristan verstopten zich buiten adem achter de nu wijd openstaande dakdeur, Tristans hand als een klauw op de klink aan de buitenkant. Het duo bleef bevroren ineengedoken zitten tot de sigarettenpeuken over de rand waren geparachuteerd en de bewakers zich omdraaiden en terugliepen, waarbij Little Dap een gebedje deed dat het hun niet zou opvallen dat de deur ineens wijd openstond en dat zij er op hun hurken achter zaten; en toen moest Little Dap op het laatste moment Tristans hand van de klink trekken zodat de bewakers die klotedeur achter zich dicht konden trekken.

Zonder overeind te komen luisterden ze naar de echo van schuifelende voetstappen op weg naar beneden, en renden eindelijk naar de westelijke rand van het dak om terug te kijken naar waar ze vandaan waren gekomen. Ze konden in de wirwar van huurkazernes, nieuwe groen-glazen hoogbouw en torens van extra verdiepingen niets zien, noch hoorden ze sirenes of andere tekenen dat er alarm was geslagen, maar het lijk lag daar, het lag daar.

Tristan stond vastgenageld in het fijne kiezel op het dak, met een leerdroge tong in zijn mond en zijn hoofd vol door elkaar buitelende beelden en gewaarwordingen: het lichte schokje in zijn greep toen hij er eentje afdrukte, de man die omhoogkeek bij de inslag, zijn oogwit van onderaf zichtbaar, en dan steeds weer opnieuw die onverwachte ruk, als de uitval van een hond, in zijn hand bij het terugslaan van de .22. Wilde hij schieten? Hij wist het niet. Maar hij was oké.

Hij verbaasde zichzelf door weg te zakken in een herinnering aan toen hij nog klein was en bij zijn oma in die andere projects in Brooklyn woonde, de keer dat hij en die andere kinderen in de liftschachten aan het donderjagen waren, vanaf het dak van de stijgende lift op de dak van de dalende lift springen, toen die Neville was uitgegleden en klemgeraakt tussen twee liften die in tegengestelde richting gingen, hoe de veertjes uit de rug van zijn donsjack gewoon waren ontploft toen de hoek van de stijgende lift het had opengereten, hem had opengereten, en hoe er later nog meer uit waren gekomen toen de ambulanceverplegers het hadden opengeknipt om te proberen wat er binnenin nog over was te bereiken.

'Ben je *doof*?' siste Little Dap zonder zijn blik af te wenden van het uitzicht. 'Ik *zei* dus, geef me godverdomme dat wapen!'

Tristan stak zijn hand in de zak van zijn hoodie, raakte even in paniek omdat er niets in zat, ontdekte toen dat de .22 nog steeds in zijn rechterhand geklemd zat, daar in had gezeten sinds het moment dat hij er eentje had afgedrukt.

'Oké.' Little Dap pakte het aan, nog steeds recht vooruit kijkend in de richting van het lijk. 'Oké. Jij zegt *een* woord?' Zijn hoofd schuddend, zwaar ademend. 'Tegen *wie* dan ook?' Hij zweeg even. 'Ik heb dit nu.' Hij hield de .22 omhoog. 'Vol met jouw vingers.'

Het kwam bij Tristan op, ook met jouw vingers als jij het nu vasthoudt, maar hij bedacht dat het wel ingewikkelder zou zijn. Toch?

Toen had Little Dap hem ineens van achteren beet, pompte zijn kruis tegen het zitvlak van zijn jeans en siste: 'Vind je dat *lekker*? Zo gaat het daarginds dag en nacht door, snap je wat ik zeg? Maar jij *komt* niet eens zo ver.' Tristan wilde hem uitlachen met zijn stoere gladiatorschool, maar toen hurkte Little Dap achter hem, greep hem met zijn handen rond zijn dijen beet, tilde hem van het grind en hing hem bijna ondersteboven over de te lage balustrade zodat Tristan van angst geen woord kon uitbrengen en het bloed voelde bubbelen in zijn slapen terwijl hij klauwde naar houvast aan de buitenkant van het metalen rasterwerk dat hem van een val van vijftien verdiepingen scheidde.

'Niemand weet iets. Jij zegt niets, nu niet en *nooit* niet,' siste Little Dap terwijl zijn greep even verslapte. Tristan, zijn hoofd een grote gil, schokte een paar centimeter dichter naar de aarde toe. 'Luister. Je weet dat ze hier komen aankloppen en zoeken, dus je zorgt dat je ze geen reden geeft om bij *jou* te komen, en *jou* te bekijken, snap je wat ik zeg? Want ik ga daar niet terug naar toe.' Zelfs in zijn volslagen paniek hoorde Tristan het snikkerige stokken in Little Daps keel.

Little Dap trok hem terug en Tristan liet zich zwijgend op een knie vallen, alleen maar om het grind onder zich te voelen. 'Ik ga naar beneden,' zei Little Dap met nog steeds onvaste stem. 'Jij wacht twintig minuten en dan kom je ook.' Hij deed een paar passen in de richting van de dakdeur, draaide zich toen weer om. 'En van nu af aan? Kijk jij niet eens mijn kant uit.'

Een halfuur later sloop Tristan in ninja-stijl langs de slaapkamerdeur van zijn ex-stiefvader naar de kamer die hij deelde met de drie hamsters, waar de vier matrassen zo dicht op elkaar waren gepakt dat het praktisch een kamerbreed bed was. Zijn bed was het derde of het tweede, al naargelang je van het raam rekende of van de kast. De jongen, Nelson, links van hem, was zes; het meisje Sonia, rechts van hem, vijf; de jongste, Paloma, drie.

Er lag een briefje op zijn kussen: DENK MAAR NIET DAT DIT ONGESTRAFT BLIJFT, in dezelfde nauwgezette fantasieletter als die van de Huisregels die met punaises aan de muur waren geprikt.

Tristan ging de badkamer in en bekeek zich in de spiegel. Een lang moment later draaide hij de warmwaterkraan open, liet het water zo onhoorbaar mogelijk stromen, reikte in het medicijnkastje naar het weggooikrabbertje van zijn stiefvader en begon zich voor het eerst sinds hij oud genoeg was om een sikje te laten staan te scheren. Toen hij klaar was, liep de vette, witte bliksemstraal nog steeds in een getande S-bocht van zijn linkerwang naar zijn mondhoek, en van de tegenoverliggende hoek omlaag naar de rechterkaaklijn. Het dichte baardhaar had het zo goed verborgen dat het litteken tenminste niet het eerste was waar zijn oog op viel als hij zijn spiegelbeeld in een etalageruit zag, maar nu het na al die tijd weer helemaal zichtbaar was, bezorgde de aanblik hem een rauwe schok en maakte verscheidene ongevraagde herinneringen los.

Terug in de slaapkamer trok hij een spiraalblok onder de matras vandaan en probeerde een paar regels op te schrijven.

'raak me aan je krijgt een hijs'

Maar er kwam niets anders bij hem op en hij legde het blok terug waar hij het altijd verstopte.

Een paar minuten later, toen hij eindelijk plat op zijn rug lag, hoorde hij buiten de eerste vogel, de eerste vogel ter wereld; zonsopgang over een halfuur, schoolzaken een halfuur daarna.

Toen hij zijn ogen sloot, voelde hij weer het opspringen van de .22, zag de ogen van de vent omhoogdraaien, omhoogdraaien, en luisterde toen weer naar die vogel met zijn krankzinnige getwiet. Met zijn hoofd naar het raam gedraaid zag hij het beverige, vergrote silhouet op het zachtjes flappende manilla rolgordijn afgetekend staan: monstervogel.

Hij staarde een tijdje naar het plafond, deed toen zijn ogen weer dicht.

Hij was oké.

VIER

Laat het sterven

DE VOLGENDE OCHTEND, nadat hij de warboel en de rommel die zijn zoons bij hun vertrek hadden achtergelaten de rug had toegekeerd, stond Matty met zijn ellebogen op het hek van zijn met kunstgras beklede terras op zeventienhoog, kop koffie in de hand, en keek neer op nabijgelegen straten aan de westkant, een dambord van sloop en renovatie waarin geen enkel kavel, geen enkele huurkazerne gespaard leek te blijven; daarna naar het zuiden, in de richting van het financiële district, de afwezigheid van de Towers. Hij beeldde zich altijd in dat de gladde, grauwzwarte glazen wolkenkrabber die sinds vorig jaar het uitzicht beheerste, zich schaamde, als iemand die in zijn blootje staat doordat het douchegordijn plotseling opzij wordt gerukt.

Hij schaamde zichzelf ook enigszins omdat hij zijn zoons weer had gemeden en de nacht in het slaaphok had doorgebracht. In ieder geval was het alleen maar deze ene nacht geweest: Jimmy Iacone, die zijn leven na de scheiding van tafel en bed niet op de rails kreeg en zijn besteedbare inkomen liever naar de bars in Ludlow Street bracht, woonde al een half jaar continu in die inpandige wasmand.

Matty's buurvrouw met de dikke, witte benen stapte met haar pianopoten op het terras naast het zijne, negeerde hem en begon, alsof ze een onhandelbaar kind afroste, een kleedje te kloppen. Zij was de moeder van het enige orthodox-joodse gezin in de flat dat bereid was de volautomatische sjabbes-lift te gebruiken in plaats van na zonsondergang op vrijdag en de hele zaterdag de trap te nemen, en dientengevolge het enige orthodox-joodse gezin dat bereid of in staat was hoger te wonen dan de zesde verdieping. Maar ze hadden maar twee slaapkamers en zij was weer in verwachting, de derde keer in vijf jaar, en dus zouden ze binnenkort wel verhuizen, verkopen voor minstens een half miljoen, hoogstwaarschijnlijk aan een jong Wall Street-stel dat het wel aantrekkelijk vond te voet naar kantoor te kunnen gaan. Elk jaar in december kon je aan de nieuwe kerstverlichting aan de twintig verdiepingen terrashekken aan de voorkant van de flat precies zien hoeveel niet-joodse echtparen deze vroeger uitsluitend joodse enclave binnentrokken. De toevloed van het afgelopen jaar had eindelijk genoeg stemmen opgeleverd om naast de eeuwige chanoeka-menora een twee meter hoge grove den in de lobby te plaatsen.

De overgaande gsm deed het borstzakje van zijn overhemd trillen. Hij tuurde naar het nummer, Berkowitz. En zo begon het.

'Hoe is het, commissaris.'

'Hij wil je spreken.'

'Ja?'

'Je hebt heel wat uit te leggen.'

'O ja?' Matty liet zijn koffiedrab neerdalen op Essex Street.

'Waarom heb je ons nooit gezegd hoe zwak we stonden?' zei Berkowitz.

'Waarom *ik* dat nooit heb gezegd?' Hij ijsbeerde nu over het kunstgras. 'Hoe vaak hebt u mij niet horen zeggen dat ik grote problemen had met hem als verdachte. Hoe vaak?' Hij kreeg koppijn van het aanhoudende geklop op het terras naast hem. 'En het enige wat ik van u en van iedereen ooit heb gehoord, was "trek de stekker eruit, berg hem op, trek de stekker eruit". De substituut net zo goed. Ik heb het precies voorgelegd. Hij zegt: "Twee getuigen troeven geen wapen, we hebben schuldvermoeden met de getuigen." Als Justitie het groene licht geeft, wanneer zeggen wij dan ooit nee? Geef me *een* voorbeeld.'

'Elf uur.'

Het kantoor van de chef recherche in het hoofdbureau op 1 Police Plaza leek op een hut in de hemel; de receptieruimte op de vijftiende verdieping was opgesierd als een morsig wijkbureau, compleet met een oude, bekrast-houten balie, verwaarloosde opvangcellen, half-hoge houten hekjes met bladderende verf op de spijlen, de wanden bedekt met goedkoop ingelijste foto's, pietluttige interne mededelingen en een Amerikaanse vlag die groot genoeg was om er een supergroot bed mee te bedekken.

Als je dat decor eenmaal voorbij was, echter, in de kantoorsuites die erachter lagen, was het een en al teak, stilte en macht.

En daar stond Matty twee uur later, nu al uitgeput, in zijn beste kostuum voor de deur van de vergaderzaal van de chef recherche, met naast zich de adjunct-commissaris, die een hand op de deurknop had maar voorlopig bleef staan waar hij stond.

'Dit gaat niet goed.' Berkowitz zei het op een dringende fluistertoon.

'Zoals u al zei.'

'Ze proberen een uitweg te vinden.'

'Dat geloof ik graag.'

'Mijn baas wil niet in verlegenheid gebracht worden.'

'Dat geloof ik graag.'

'Dus. Wie heeft deze arrestatie gelast?'

'Hij.'

Berkowitz liet zijn adem door zijn neus ontsnappen, wierp een snelle blik door de kale gang en bracht toen zijn gezicht nog dichterbij.

'Wie heeft deze arrestatie gelast?'

'U?' Matty wist precies wat Berkowitz wilde horen.

Opnieuw gesnuif, gestaar met uitpuilende ogen.

'Nog een keer.'

'Dat gelooft u zelf toch niet?'

Een woedende blik van Berkowitz en Matty dacht, okido.

'Ik.'

Berkowitz aarzelde even, keek hem onderzoekend aan en deed ten slotte de deur open en zat al op zijn plaats voordat Matty zelfs maar over de drempel kon stappen.

Zijn gerechtvaardigde strijdlust ten spijt, veranderde Matty bij het zien van de zeven mannen die hem rond de lange, glanzende tafel hoog boven de East River opwachtten, even in een kleine jongen.

De chef recherche, Mangold, onberispelijk, telegeniek, woedend, zat aan het hoofd, geflankeerd door Berkowitz en Upshaw, de chef recherche van Manhattan; onder de anderen bevonden zich twee commissarissen, Mangini de divisiecommandant, en zo ver mogelijk bij de andere bazen vandaan, Carmody de inspecteur van wijk Acht. 'Goed.' Mangold richtte zijn kin min of meer in Matty's richting. 'Wat is hier in godsnaam gebeurd?'

Voor de duizendste keer zei Matty zijn les op: zijn onbehagen over het ontbreken van het wapen, het ontbreken van een motief, de twee schijnbaar perfecte ooggetuigen die uiteindelijk de doorslag hadden gegeven, de officier van justitie met zijn schuldvermoeden, en zijn 'je kunt het maar beter zeker weten'.

'Ik heb een simpele vraag voor je,' zei Mangold, zijn samengeknepen ogen gericht op de East River en de bergketen puin van – ooit met longlijders gevulde – huurkazernes die schuilging onder de schittering van zon op water. 'Heb je op zijn minst een paraffinetest gedaan?'

Matty wilde in lachen uitbarsten, denkend dat dit een stunt van Candid Camera was, of een 1 aprilgrap, maar nee. Iedereen zat dreigend naar buiten te kijken of fronste naar zijn nagels.

'Plaats Delict had een probleem met de verstreken tijd,' zei hij uiteindelijk, de deur openzettend voor het volgende schot.

'In dat geval heb ik nog een simpele vraag voor je.' Mangold had hem nog steeds niet recht aangekeken. 'Wie had de leiding van dit onderzoek, jij of de technische jongens?'

Matty voelde zich rood worden. 'Ik.'

'En je laat je door hen een paraffinetest uit het hoofd praten. Je hebt geen wapen, geen motief, in zo'n situatie, dat is toch wel het meest elementaire, fundamentele...' Hij schudde ongelovig zijn hoofd. 'Een rechercheur met jouw ervaring.'

'Ik hoor dit allemaal voor het eerst, baas.' De chef recherche van Manhattan klonk treurig en verbijsterd tegelijk.

Het volgende ogenblik zat de hele tafel geërgerd het hoofd te schudden, de hele telefoonladder plus Carmody die hier helemaal buitenspel stond, die in het doodsimpelste onderzoek nog geen stuk steenkool in een sneeuwbal zou kunnen vinden.

'Jij kunt dat hoofdschudden wel bij je houden,' beet Matty de inspecteur toe voordat hij zich kon inhouden. Carmody was de enige in het vertrek tegen wie hij bijna ongestraft kon uitvallen. Bijna, maar niet echt.

Iedereen keek nu naar hem – waar gaat hij hiermee naartoe – totdat Mangold zei: 'Goed. Genoeg,' alsof de zaak hem verveelde. 'Nu doe je het op mijn manier.'

Iedereen haalde adem.

'Heb je Zeden ingeschakeld?' vroeg Mangold aan Matty.

'Zeden?'

'In '92 barstte het in die buurt van de hoeren. Bel Zeden en kijk of ze signaleringen of informanten in dat blok hebben, misschien was het een pik die bij een hoer vandaan kwam.'

'Komt voor elkaar,' zei Berkowitz.

Een hoerenloper...

'Ga de nachtclubs af, de eventuele goktenten.' Mangold praatte weer tegen de rivier. 'Weet je wie in wijk Acht de overvallers met voorwaardelijk zijn?'

'Dat weet ik, ja,' zei Matty. 'De meesten zijn in de dertig of veertig, geen kandidaten.'

'Haal de Reclassering er evengoed bij. We hadden een van die lui daar, in de jaren tachtig, toen ik patrouille liep? Die vent heeft zeker vijf, zes zaken voor ons opgelost. Een menselijke computer.'

'De jaren tachtig?'

En die bar, waar ze het laatst waren.'

'Berkmann's.'

'Daar is iemand die iets weet en het nog niet gezegd heeft. Ik wil dat Zeden een minderjarigeninval doet en bel Narcotica of ze daar signaleringen hebben. Ik wil daar een volledige inzet totdat iemand iets boven water haalt.'

Matty bedacht dat hij een bar kon beginnen, lesgeven, middelbare school, lagere school, het gaf niet wat. Waar wist hij genoeg van om les te kunnen...

'Oké. Volgende punt. Hij beweerde dat hij een wapen had?'

'Wie.'

'De vent die je ingesloten had.'

'Niet meer,' zei Matty. 'Hij zegt dat hij het een aantal jaren geleden heeft ingeleverd bij een van die wapens-voor-cash-actie in wijk Acht.'

'Oké. Prima. Zoek uit of hij dat ook heeft gedaan.'

'Dat gaat niet, Chief.' Matty weer. 'Dat houden we niet bij.'

Ten langen leste keek Mangold hem recht aan, zijn ogen sprankelend van verbazing. 'Man, jij bezorgt me alleen maar ellende.'

Maar toen kwam Berkowitz hem tot zijn verbijstering te hulp, al zei hij alleen maar wat voor de hand lag. 'Het punt van zo'n actie is juist dat we geen namen vragen en geen vragen stellen, daardoor werkt het, want anders…'

'Dan ga je naar de wijk, zoek uit in welk jaar hij zegt dat hij het ingeleverd heeft en ga in het logboek na of er in die tijd een .22 is afgetekend. Geef me in godsnaam *iets* waarmee ik een beetje gelukkig kan zijn.'

'Dat is een speld in een hooiberg, Chief.' Matty begon in zijn wanhoop zowaar te genieten van alle negatieve antwoorden die hij gaf. 'Met alle respect.'

'Jezus christus, zeg. Die vent woont toch zelf op sluipafstand van de plaats delict? Je gaat naar zijn huis, gaat naar binnen en praat met hem, stook een vuurtje onder hem, ik wil meer weten van dat wapen. We zijn nog niet klaar met hem.'

'Chief. 'Matty bloosde. 'Wacht even, waarom zouden we onze schepen verbranden? Die vent is onze enige getuige en hij heeft nu al de pest aan ons. Ik zie niet…'

Mangold negeerde hem en draaide zich naar Upshaw toe. 'Dit gaat niet goed. Met de pers? Dit is een probleem.'

'Wat dat betreft?' zei de chef recherche van Manhattan op zachte toon, alsof hij een patiënt besprak die zich net buiten gehoorsafstand bevond. 'Voor mij laten we het bedaren en wachten af tot het overwaait.'

Opnieuw die ring van ernstig hoofdknikken en Matty kon het uittekenen: de pers werd van nu af aan gekneveld. Dan, onvermijdelijk, over een paar dagen, een meer persvriendelijke moord, waarop negentig procent van de mankracht die hij had gerekruteerd zonder ophef naar hun eigen bureau werd teruggestuurd; met achterlating van Matty in het midden van een kamer met een kartonnen doos vol 61-ers en 5-jes en geen steun, behalve misschien, uit medelijden, van Yolonda, en iedereen zou hem wat deze zaak betrof zwijgend uit de weg gaan, als een door land ingesloten Ahab, als een etter van een Ancient Mariner, alsof hij leed aan hersenhalitose.

De peinzende stilte die in de vergaderzaal was neergedaald, werd ten slotte verbroken door Mangold zelf, die zijn ogen voor de tweede en laatste maal op Matty richtte.

'Een doodsimpele paraffinetest,' zei hij dromerig, met een stem vol vernietigende verbijstering.

Matty merkte dat hij van zijn stoel loskwam tot hij half voorover gebukt stond, met zijn vingers rood en wit uitgespreid op het tafelblad, en een paar gezwollen seconden lang leek het of hij iedere baas in het vertrek ging aanvallen, alles aan Mangold uitleggen, telefoontje na telefoontje, en iedereen keek uitdrukkingloos toe en las zijn gedachten, maar toen, maar toen... slikte hij het gewoon. Elk van deze carrière-lange carrièremakers had genoeg in de melk te brokkelen om zijn eigen carrière te torpederen en hem voor de rest van zijn werkzame leven op te bergen aan de andere kant van de Verrazano Bridge, met zijn zeven dollar tol.

Terwijl hij zich op zijn stoel liet zakken, kon hij de opluchting achter de façades voelen.

Barst maar. In ieder geval weten ze het allemaal.

'Luister, ga gewoon naar hem toe, klop aan, bied je verontschuldigingen aan en kom terug,' zei Matty tegen Iacone en Mullins, in een poging de bevelen op te volgen zonder Eric Cash nog hoger in de gordijnen te jagen dan hij al zat.

'Geen huiszoeking?'

'Geen huiszoeking. Geen huiszoeking.' Toen, met tegenzin: 'Ik weet het niet. Kijk of hij nog iets te zeggen heeft over het wapen, maar doe het voorzichtig en maak dan dat je als de donder weg komt.'

De inspecteur beende zonder een blik in zijn richting voorbij.

Matty wachtte tot Carmody's deur dichtknalde en belde toen een kennis bij Zeden. 'Hé. Jullie krijgen een belletje van Police Plaza voor een minderjarigencheck bij die bar Berkmann's.'

'Dat is al gebeurd.'

'Zijn jullie al geweest?'

'Nee, we zijn al gebeld. We gaan deze week. Morgen, overmorgen of zo.'

'Moet je horen. De eigenaar is goed met het bureau, heeft ons nooit problemen gegeven, altijd goed geholpen, dus vraag ik me even af, heb je enige idee wie je gaat sturen?'

De kennis bij Zeden aarzelde even, zei toen: 'Ik heb een Dominicaanse, dat is wel wat. Nog in opleiding, maar heeft het al eerder gedaan.'

'Ja? Aantrekkelijk?' Matty greep een pen.

'Niet echt, klein, nogal gedrongen, draagt een ringetje in haar linkerwenkbrauw.'

'Je meent het.' Al schrijvend.

'Heeft een beetje een metallic rode streep in het haar.'

'De jeugd van tegenwoordig, hè?' Matty grinnikte, nog steeds schrijvend. 'Krijg ik een seintje wanneer jullie gaan?'

Hij wist niet echt goed hoe dit iets ging opleveren, maar nu het onderzoek op het punt stond als een nachtkaars uit te gaan, leek het een goede instinctieve zet te zorgen dat Harry Steele hem een wederdienst verschuldigd was.

Toen Eric opendeed verbaasde het hem niet dat New York nog niet met hem klaar was. Hij had de hele ochtend op zijn dubbelgevouwen futon zitten wachten tot er iets dergelijks zou gebeuren.

'Eric?' Jimmy Iacone stak zijn hand uit. 'Ik ben Iacone en deze grote jongen' – met een duim over zijn schouder – 'heet Mullins. We komen eigenlijk even kijken of het een beetje gaat en nogmaals onze excuses aanbieden voor gisteren.'

Het was een stel uit een droom: Mullins, een zwijgende blonde reus, die zijn doffe ogen gericht hield op het midden van Erics voorhoofd; de andere dik en doorzichtig zalverig, als de schurk in een spaghettiwestern.

'Gelukkig,' vervolgde Iacone, 'zijn we geen moment opgehouden voor je te werken. Doorgegaan tot we iemand hadden gevonden die je

verhaal kon bevestigen... Helaas zitten we nog met een enkel puntje.'
Erics schouders begonnen weer te trekken en te trillen, wat
Mullins' blik afleidde van die *sweet spot* boven zijn ogen.

Iacone deed opgewekt een stap naar voren, waardoor hij Eric achteruit dwong. 'Mogen we even binnenkomen?'

De woning had geen deuren, helemaal tot aan het raam, en terwijl
Mullins de met boeken gevulde voorkamer inslenterde, stuurde Iacone Eric de eethoek/kitchenette in, waar hij hem omdraaide zodat
hij met zijn rug naar de collega toe stond.

'Je hebt verklaard dat je een .22 had?'

'Ja, ik heb tegen die rechercheur gezegd, hoe heet...' Erics vingers
flipperden door zijn portefeuille tot hij het kaartje van Matty vond.
'Clark. Brigadier Clark. Dat ik hem ingeleverd had.' Hij hoorde
Mullins achter zich rondneuzen.

'Juist,' zei Iacone, terwijl hij zijn hand op Erics arm legde om te
voorkomen dat hij zich omdraaide. 'Is er iemand die kan bevestigen
dat je...'

'Dat ik hem echt heb ingeleverd? De man die het innam heeft me
een bon voor het geld gegeven, het is jaren geleden en ik heb geen
idee hoe hij heette, maar wacht, ik geloof dat ik met een vriend was,
Jeff Sanford.'

Iacone schreef de naam op. 'Hoe kunnen we Jeff bereiken?'

'Om te checken dat ik niet sta te liegen?'

'Zo gaan de dingen bij ons.' Iacone haalde verontschuldigend zijn
schouders op en hield de pen schrijfklaar boven zijn notitieblokje.

'Hij zit ergens in het noorden. Elmira?'

'De penitentiaire inrichting?'

'De wat?' Eric deinsde achteruit. 'Nee, in de stad. Hij geeft les aan
de middelbare school.' Toen, op het moment dat hij een boek hoorde vallen: 'Wat doet hij daar?' Ten slotte draaide hij zich om naar
de voorkamer, waar Mullins de met Allessandra's researchmateriaal
volgepakte boekenplanken doorzocht.

'Dat is niet wat het lijkt,' zei Eric. 'Dat is allemaal van mijn vriendin, voor haar master, vraag maar aan Clark, we, dat is allemaal research, alles...'

Met een Arabische seksgids voor Thailand in de ene hand en een

Duits spankingblad in de andere wierp Mullins een blik op Eric die alles verpulverde wat er nog van hem over was.

'Alstublieft.' Zijn stem brak.

'Johnny,' zei Iacone zachtjes.

Mullins probeerde gespeeld zorgvuldig elk deeltje terug te zetten op de plaats waar hij het vandaan had gehaald, maar de planken stonden veel te vol, en iedere keer dat hij iets terugduwde vielen andere, telkens engere boeken en tijdschriften op de grond.

'Laat mij maar. Laat mij maar.' Eric knielde aan Mullins voeten en begon het gevallen materiaal met trillende handen op te stapelen.

'Wat zit daar in?' vroeg Mullins met een gebaar naar de met een hangslot afgesloten hutkoffer die, bedekt met een fluwelen franjedoek, tussen de futon en de televisie in stond.

'Zal ik u eens iets zeggen?' Eric keek op vanaf de vloer. 'Ik heb geen idee. Hij zat op slot toen ik hier introk, ze heeft me nooit de sleutel gegeven en ik heb nooit gezien dat ze hem openmaakte. Het zal wel iets heel gênants zijn, maar het is van haar. Alles in dit huis is van haar, kijk maar.'

Hij sprong overeind, beende naar de kitchenette, gooide de kastdeurtjes open en liet de met linzen, bonen en voedingssupplementen volgestouwde schappen zien. 'Van haar.' Toen met grote passen naar de enige, gedeelde kast die uitpuilde met dichtgeritste zakken vol jassen, truien en jurken. 'Van haar.'

Toen naar de badkamer, waar hij het douchegordijn opzijtrok en de tientallen op de tegels geplakte plaatjes van dolfijnen, pijlinktvissen en walvissen onthulde. 'Allemaal van haar. En weet u wat? Ik weet niet eens wanneer of zelfs maar of ze ooit terugkomt. Oké?'

'Goed, goed,' zei Iacone, zich met zijn handen halfhoog terugtrekkend. Zoals ik al zei, we kwamen alleen maar voor een laatste puntje.'

'En om de excuses over te brengen,' voegde Mullins nog toe.

Eric hoorde ze terwijl ze de trap afklosten.

'We moeten eigenlijk een bevel halen voor die hutkoffer,' zei Mullins.

'Krijg wat,' zei Iacone, en toen: 'Research.'

'Je had ze moeten zien, Yoli.' Matty zat op de rand van haar bureau. 'Kakkerlakken als het licht aangaat. "Dat wist ik niet." "Dat heb je ons nooit gezegd." "Dat hoor ik voor het eerst, baas." "Goed plan, baas." En ik had het maar te slikken. Iedereen glibberde onder het fornuis, en ik had het maar te slikken.' 'Ja, daarom ben ik dus nooit opgegaan voor brigadier,' zei ze. 'Dat is de eerste stap naar zo'n instelling. Instapdrugs.' Mullins en Iacone kwamen terug in het wachtlokaal. 'Hoe ging het?' Matty vreesde het antwoord. 'Goed,' zei Iacone. 'Denk je dat we op zijn hulp kunnen rekenen?' 'Ik zou niet weten waarom niet.'

Op de voormalige ondervragingsstoel van zijn nieuwe cliënt in de verhoorkamer van wijk Acht zat Danny Fein, alias Danny the Red, van de wetswinkel in Hester Street, zijn dikke, vierkante tanden als antieke mahjongstenen glanzend in zijn baard, tegenover Matty, Yolonda en Kevin Flaherty, de substituut-officier van justitie.

'Moet je horen,' zei Flaherty. 'We hebben een redelijk signalement van de daders, we kennen de meeste van de lokale boeven, we willen alleen maar dat Eric een paar bladen met foto's bekijkt, misschien nog een keer een sessie doet met een portrettekenaar zodat we een betere gelijkenis krijgen en iets goeds neer kunnen zetten.'

'"Een betere gelijkenis." Dus een schets die niet alleen maar dient om tijd te winnen om een zaak tegen mijn cliënt rond te krijgen?'

'Precies,' zei Flaherty.

'Dat is geen enkel probleem.' Danny sleurde zijn ene been over het andere heen. 'Zoals ik al zei, zo gauw als ik een getekende verklaring heb dat hij gevrijwaard is van vervolging.'

'Je wilt niet...' Flaherty wendde zijn blik af en lachte tussen zijn tanden. 'Kom op, Danny, alles wijst erop dat hij niet de dader is, maar dat kunnen we niet doen en dat weet je heel goed. Het is een lopend onderzoek.'

'Dat spijt me te horen.'

Matty en Yolonda wisselden een strakke blik. Matty had al een paar mappen met foto's bij wijze van visueel hulpmiddel op zijn schoot liggen.

Het gerucht ging dat Danny net zijn zwarte vrouw Haley en twee zoontjes, Koufax en Mays, had verlaten, en dat in de wetswinkel niemand met hem praatte.

'Wat we graag willen,' zei Yolonda zacht, 'zijn beschrijvingen van kleding, gezichtshaar…'

Danny hield zijn hoofd scheef in overdreven gespeelde verbazing. 'Jullie hebben hem acht uur lang op het rooster gelegd en dat alles niet uit hem gekregen?' Toen, naar voren gebogen: 'Laat de verklaring maar zien.'

'Hadden we opener kunnen zijn over hoe het gegaan is?' zei Flaherty. 'Ze zijn de hele dag op pad geweest om zijn verhaal te onderbouwen.'

'Onderbouwen? Jullie hebben mazzel dat hij geen zaak aanspant.'

'Niemand vindt het erger dat het zo gelopen is,' viel Matty uiteindelijk in. 'Maar we hadden twee ooggetuigen. Wat zou jij gedaan hebben? We hebben hem laten gaan zodra we konden. Maar nu is hij onze enige getuige en het is gewoon niet meer dan fatsoenlijk dat hij zijn steentje bijdraagt.'

'Kom maar met de verklaring.'

'Deze jongen, Isaac Marcus, heeft ouders,' zei Yolonda. 'Weet je waarom ik *heeft* zeg in plaats van *had*? Omdat als een kind vermoord wordt en iemand op een gegeven moment in zijn onschuld vraagt: "En, hoeveel kinderen hebben jullie?" Dan tellen ze altijd het dode kind mee. Gaat altijd op. Net als met geamputeerde armen of benen.'

'Yolonda,' waarschuwde Flaherty. Zij was de enige die Fein tot dit onderhoud niet had ontmoet.

'Hebt u ooit te maken gehad met de ouders van een vermoord kind, meneer Fein?'

'O, shit,' mompelde Flaherty, en Matty dacht, daar gaan we.

'Toevallig wel,' zei Danny opgewekt. 'Die van Patrick Dorismond, onder anderen.'

Een stille zucht vulde het vertrek.

'Neem me niet kwalijk.' Yolonda weer: 'Hebben we gisteren uw cliënt doodgeschoten?'

'Kom maar met de verklaring.'

'Kom op, Danny.' Flaherty probeerde terug te komen. 'Ike Marcus en Eric Cash waren vrienden. Het waren collega...'

'Kom maar met de verklaring.'

Het werd de substituut eindelijk te veel. 'Dacht je dat we dit niet aan de pers zouden geven? Hoe moet hij zich ooit nog ergens vertonen?'

'Je ondervraagt hem acht uur lang, gooit hem zonder bewijsgrond in de Tombs en dan dreig je... wat, eigenlijk, hem publiekelijk te vernederen?' Danny leunde achterover alsof hij hen beter wilde bekijken. 'Ik zal me altijd blijven verbazen, dat botte lef van jullie soort.'

'Jullie soort?' Yolonda probeerde beledigd te kijken.

'Luister eens, je kunt het draaien zoals je wilt, maar je weet dat wat we vragen alleen maar juist is.'

'Kom maar met de verklaring.'

Matty volgde Danny naar buiten en sprak hem aan op de rolstoel-baan.

'Ik hoor dat Haley en jij uit elkaar zijn.'

'Ja, maar in goede verstandhouding.'

Twee collega's in uniform begeleidden een geboeide latino, een oog opgezwollen en bezig metallic paars te worden, de hellingbaan op. Danny stopte zijn visitekaartje in een zak van zijn spijkerbroek terwijl hij langsliep.

'Ik heb een vraag,' zei Matty. 'Ik wil niet persoonlijk worden, maar wat is er erger voor een zwarte vrouw. Dat je blanke man je verlaat voor een andere zwarte vrouw? Of dat hij teruggaat naar zijn eigen soort.'

'Ik haat dat soort generalisaties,' zei Danny. 'Hoe moet ik dat in jezusnaam weten? Dat hij er vandoor gaat met een kerel.'

'En wie is er gelukkiger: haar schoonfamilie of de jouwe?'

'Als je het weten wil? Geen van beiden. We konden het prima met elkaar vinden.'

'Ja?' Matty stak een sigaret op. 'Hoe doen de kinderen het?'

'Gestoord.'

'Dat is rot.'

'Nee, rot was het geweest als we bij elkaar waren gebleven.'

Ze zwegen even om te kijken hoe twee zwervers voor de deur van de kogelvrije drankzaak, voorbij de pijlers van de Williamsburg Bridge, slaags raakten; twee jong-oude mannen die zonder veel effect tegenover elkaar stonden te molenwieken.

'Dat hele gedoe van je met "kom maar met de verklaring", hè?' zei Matty. 'Dat had je Flaherty net zo goed over de telefoon kunnen vertellen.'

'Dat zal wel, ja.'

'Waarom kwam je dan naar ons toe, kleine Danny spelen in de leeuwenkuil?'

De advocaat snoof en keek glimlachend een andere kant op.

'Of wou je de kans niet voorbij laten gaan onze gezichten te zien als je het zei?'

Danny keek door samengeknepen ogen naar het verkeer dat op de Williamsburg richting Brooklyn ging. 'Allebei.'

'Kom op, Danny,' zei Matty. 'Je gebruikt die knul gewoon om ons een beurt te geven.'

'En wat dan nog,' zei Danny terwijl hij de hellingbaan afliep om terug te keren naar zijn kantoor, een paar straten verder. 'Vind jij niet dat de politie af en toe een beurt verdient?'

'Lul niet. Zeg nou eens eerlijk wat hier terecht is.'

'Wat hier terecht is?' Danny liep nu achteruit. 'Wat vind je van ervoor zorgen dat jullie rekenschap afleggen?'

'Stop hem in je eigen reet, vuile rooie rat,' zei Matty afwezig.

'Als ik dat kon, kwam ik nooit de deur meer uit.'

Tristan moest naar de wc, maar hij hoorde vanuit de slaapkamer het geluid van een stoel die werd versleept en daarna dat van toeschouwers op televisie en van de commentator van de Yankees: 'Tweede helft vierde inning,' en hij wist dat hij in de val zat. Zijn ex-stiefvader had in 1984 tijdens de finale van de interscholaire honkbalcompetitie in het stadion van de Yankees gespeeld, als kortestop voor James Monroe – geen fouten en een eenhonkslag op een werper van De-Witt Clinton die later nog onder contract was genomen door de

Expos – en was nu ober bij Dino's Café in de Bronx waar veel spelers van de Yankees en bezoekende ploegen met hun vriendinnen kwamen eten, en ook al had hij te veel zelfrespect om het met zoveel woorden te zeggen, zij wisten dat hij meer was dan iemand die zomaar in de bediening liep. Bernie Williams en El Duque begroetten hem altijd bij naam en het was dat de fooien in een pot gingen, want anders zou hij tijdens het seizoen meer geld mee naar huis nemen dan wie dan ook. Wat maar wilde zeggen dat hij, als hij vrij was en de Yankees speelden, zijn stoel, zijn stoel dus, van zijn plek in de hoek naar het midden van de kamer sleepte, erin ging zitten en stierf, en dat de rest van de wereld op zijn tenen kon lopen – en reken maar dat ze dat deden. Tegen de derde inning was hij doorgaans gevaarlijk dronken, maar toch alert genoeg om die meedogenloos-snelle binnenveldershanden te gebruiken; in de zesde inning was hij te ver heen om echt schade aan te richten, maar dat weerhield hem er niet van te proberen je te grijpen als hij je zag of hoorde, dus kwam het erop neer dat je tot na de pauze na de zevende inning moest wachten, tot het snurken in de achtste inning het sein gaf dat alles veilig was en dat iedereen tevoorschijn kon komen en de dagelijkse bezigheden kon hervatten. Maar gezien het feit dat de wedstrijd pas vier innings oud was, restte Tristan geen andere keus dan uit het slaapkamerraam te plassen.

Nadat hij had gecontroleerd of er niemand uit de tegenoverliggende ramen naar buiten keek en hem net als vorig jaar bij de bewaking kon aangeven, ging hij op zijn tenen staan en duwde zijn heupen naar voren om te zorgen dat de straal vrij bleef van de buitenkant van de vensterbank. Hij dacht dat het redelijk goed ging, totdat hij hoorde, voelde en rook dat er plas tegen de muur spetterde; en zag hoe de jongen van zes hem nadeed en, met zijn dingetje in zijn hand lachend naar hem opkijkend, zijn plasje over de slaapkamervloer en zijn schoenen liet lopen.

Na vier uur zoeken in processen-verbaal en twee jaar arrestatierapporten van het district opvragen, liep Matty weer naar buiten om op de hellingbaan een sigaret te roken. Terwijl hij daar stond, zwaaide aan de overkant het bestuurdersportier van een Mini Cooper open, en werkte Mayer Beck, de jonge verslaggever met de klompvoet van de *New York Post*, zich moeizaam naar buiten, met op zijn gezicht een schaapachtige, ik-ben-niet-echt-hier-grijns.

Het was pijnlijk duidelijk hoe slecht op zijn gemak Beck zich voelde terwijl hij voor de ogen van een toeschouwer Pitt Street over kurkentrekkerde en de hellingbaan op liep, en Matty keek, hoofdschuddend alsof hij schoon genoeg had van al die persgieren, een andere kant op om zijn vernedering te verlichten. In werkelijkheid mocht hij de jonge vent eigenlijk wel.

'Geen commentaar zeker?' zei Beck, terwijl hij zijn keppeltje met het football-logo rechtduwde. 'Het mag een persloze dood sterven?'

'Integendeel,' zei Matty. 'Ik heb zelfs een primeur voor je. Colin Farrell heeft het gedaan.'

'Dat spijt me dan.' Met een vage glimlach: 'Serieus, kun je praten?'

Matty flipte zijn peuk de goot in. 'Ik zie je nog wel, Mayer.'

'Denk je echt?' zei de verslaggever, terwijl de openzwaaiende glazen deuren zijn spiegelbeeld opvingen. 'Laatste kans.'

Het was tien uur in de avond en Eric had zich weer verstopt, deze keer in zijn laatste toevluchtsoord, de schimmelige kolenkelder, voormalige kolenkelder die als een crypte twee verdiepingen onder Café Berkmann lag. Het spaarzame licht uit de vier werklampen die verspreid lagen op de vloer van aangestampte aarde bescheen zowel de langwerpige, onregelmatige bakstenen, bakstenen zoals ze sinds de Burgeroorlog niet meer in de stad gezien waren, als de vier primitieve open haarden die zich nog steeds, als neolithische ovens, elk in een van de vier hoeken van de ruimte bevonden, en als warmte- en lichtbron hadden gediend voor degenen die ooit hier beneden hadden gewoond, en van wie nu niets meer restte dan de namen en Jiddische opschriften die, sommige in romeinse, andere in Hebreeuwse letters, makkelijk binnen handbereik in de beroete balken waren gekerfd.

Boven was Café Berkmann in vol bedrijf, bomvol bezet aan de bar en de tafeltjes en met de gebruikelijke rij tot op straat van de dertig procent dubbele boekingen en klanten die zonder reservering binnenliepen.

Normaal gesproken draaide alles, als het zo zinderde in de zaak, beter dan wanneer het er halfleeg was, zorgde de hoogspanning ervoor dat het hele personeel op de automatische piloot overging en deed waarvoor ze waren aangenomen; er werd niet weggedroomd of rondgehangen. Als je goed bediend wilde worden, moest je naar een druk restaurant gaan, mocht Steele graag zeggen, maar vanavond, met Eric Cash aan het roer, was het een hel in de zaal. Hij voelde dat hij de oorzaak was van een kettingreactie van bokkigheid en slecht functioneren die reikte van de deur via de tafeltjes tot in de keuken – te beginnen met de klanten die Eric de hele avond in een rotstemming bracht door ze persoonlijk op een manier alsof het niet zijn taak was naar hun tafel te begeleiden, waar hij menu's liet vallen en hen de rug toedraaide zodat de nietsvermoedende ober een weerloos doelwit werd. De obers zelf reed hij in de wielen door af en toe zelf een bestelling op te nemen en die dan zwijgend aan hen te overhandigen alsof ze te traag waren om op aarde rond te lopen, wat hij ook deed met de hulpkelners door zelf tafeltjes af te ruimen, klachten van het personeel negerend over de haperende doorstroming uit de keuken, over verkeerde bestellingen, over morrende klanten, waardeloze fooien.

En de barkeeper die Steele had aangenomen als vervanging voor Ike Marcus had hem het bloed onder de nagels vandaan gehaald. Iedere keer als Eric zijn kant op keek, zag hij dezelfde waardeloze instelling: de norse kop en tolerante houding van iemand die werkelijk dacht dat hij de enige was in de zaak die zichzelf een hogere roeping toedacht, met de klanten pratend alsof ieder woord hem bloed kostte en zijn nagels bestuderend als het even stil was…

Eric was alleen maar komen werken omdat Steele het had geopperd: meteen weer in het zadel. En het moest gezegd worden dat hij zijn best deed: de hele avond had hij geprobeerd even weg te glippen om zich te vermannen, alleen was het altijd weer de vraag waar, waar: hij kon niet *helemaal* verdwijnen, en hij was al naar de toiletten gegaan om zogenaamd het wc-papier aan te vullen, nieuwe papieren handdoeken te halen, de doseerflessen met vloeibare zeep bij te vullen, hij was al in het trappenhuis geweest om de stapels extra stoelen na te lopen, alsof stoelen de neiging hadden uit eigen beweging op stap te gaan, had in de geprefabriceerde voorraadschuur op de kleine binnenplaats achter de zaak staan koekeloeren naar gloeilampen en reservebestek, en nu zat hij dan hier, in de kelder...

Het enige wat hij wilde, was tien minuten, vijf minuten om te roken, om alleen te zijn, al was *alleen* een relatief begrip te midden van de talloze camera's, maar elke keer dat hij onbevoegd afwezig was geweest, kwam hij alleen maar depressiever weer boven, want elk moment rust beneden betekende onvermijdelijk meer chaos boven.

Dus was het de hele avond, na de paar gespannen minuten in een of andere bedompte hoek, terug naar het restaurant, naar de deur, de in zijn afwezigheid verdubbelde drom bij de reserveringsbalie waardoor niemand zich meer van de stoep de zaak in kon wringen en hij gedwongen was te gaan selecteren: gezichten lezen, sommigen rechtsomkeert laten maken naar New Jersey, naar Long Island, de Upper West Side, waarheen dan ook, anderen naar de bar sturen waar men drie rijen dik stond, met de valse belofte van een paar minuten wachten, en die lul van een barkeeper...

En zo was het nu ook weer tijd: Eric duwde zijn sigaret uit in de beschimmelde aarde, wierp een laatste blik op de verzameling teksten boven zijn hoofd en vond zijn favoriete, een van de weinige Jiddische die hij kon lezen: GOLDENEH MEDINA, Gouden Stad. Het had iemand die ooit hier beneden woonde duidelijk niet aan gevoel voor humor ontbroken.

'Ik rouw niet alleen om mijn vriend en zijn verwanten,' zei Steven Boulware, zijn alcoholweke gezicht ingelijst op de televisie in de eethoek van politiebureau Acht. 'Ik rouw om de moordenaars en de verwording van hun mens-zijn. Wij moeten als samenleving eens goed naar onszelf kijken, naar onze cultuur van geweld, van gevoelloosheid...'

Yolonda kwam uit het aangrenzende toilet, bezig haar holster terug te schuiven op haar riem.

'Zolang onze wetgevers doorgaan met giften van de nationale wapenlobby in hun zak te steken, zolang ze een manier van zakendoen blijven gedogen die wapens in de handen stopt van iedere marginale en wanhopige groep, van kinderen die geen andere manier zien om hun aandeel in de Amerikaanse droom...'

'Hebben wij die zak niet gevraagd om niet met de pers te praten?'

Ze mikte de flarden van een papieren handdoek in de prullenbak.

'Ja, maar zal ik je eens iets zeggen?' Matty veegde de tomatensaus van zijn mond en dumpte de korst van zijn pizzapunt. 'Op dit moment zal me dat gekookte worst wezen, want zolang het nog op de buis is en in de kranten staat? Kunnen zij niet doen alsof het nooit gebeurd is.'

Het was precies zo gelopen als hij al geweten had. De enige mogelijkheid dat een op praten met de pers betrapte rechercheur niet naar Staten Island werd overgeplaatst, was als hij daar al woonde, en in dat geval werd hij naar de Bronx gestuurd. En nu negentig procent van zijn geronselde mankracht binnen achtenveertig uur al weer naar de eigen bureaus was teruggehaald – niks cosmetisch uitstel van executie – verkeerde de moord op Ike Marcus binnen recordtijd in een staat van nooit-gebeurd-zijn.

Over vier dagen zouden ze in ieder geval de na een week verplichte herhaling van het buurtonderzoek kunnen houden; de uniformdienst zou alle hoeken en gaten in de omgeving van de plaats delict bevolken op zoek naar voorbijgangers op hun vaste route die op dezelfde dag en hetzelfde tijdstip een week eerder misschien door de buurt waren gekomen. Dat moesten ze hem op zijn minst toestaan; maar tot die tijd stond zijn afdeling vrijwel alleen.

Alle uren die Matty had doorgebracht met de complete processenverbaal van zuidelijk Manhattan, waren hem maar drie openstaande overvallen in dat gebied opgevallen: de slachtoffers, twee Chinezen en een Israeli, waren in de Lower East Side onder bedreiging met een wapen beroofd door jonge zwart-latino koppels. Tenzij er iemand op een van zijn opsporingsverzoeken werd gepakt en de schutters aanwees, konden ze in feite niets anders doen dan de drie slachtoffers die toen aangifte hadden gedaan opnieuw te ondervragen.

'Luister, ik weet dat het mijn eerste avond is en ik weet dat je me niet kent, dus je moet me maar gewoon geloven als ik zeg dat ik geen klager ben.' De nieuwe serveerster, Bree, had Ierse ogen als vochtige sterren en de manier waarop ze haar gezicht een tikje schuin hield, wekte het idee dat ze voortdurend op het randje van extatische over-gave verkeerde. 'Maar ik ben net weer in mijn kont geknepen.'

'Zo, alweer?' Eric probeerde zich nog in te houden, maar... 'Door een nieuwe klant.' Of dezelfde als een uur geleden.'

Ze weifelde, werd vuurrood en mompelde toen: 'Een nieuwe.'

Ja, het kon waar zijn.

De taxi van Leefomgeving scheurde langs de grote etalageruit aan de kant van Norfolk Street en Eric onderdrukte een paniekaanval toen de lui rondzwaaiende jammerlichten even over het fijne ge-zichtje van de nieuwe serveerster speelden.

Het kon waar zijn...

'Goed, wissel maar van tafels met Amos,' zei hij, niet in staat nog langer naar haar te kijken.

Hij keek hoe ze naar de serveerbalie aan het uiteinde van de bar liep om een blad met martini's-met-een-nieuwigheidje te pakken en iets te zeggen tegen Amos, die Eric vanaf de andere kant van de zaal een wat-nou-blik toewierp en een gebaar kreeg dat hij niet moest zeuren – de zoveelste die hij vanavond blij maakte – draaide zich toen om en botste bijna op een hem bekend voorkomende man met een gifgroen keppeltje.

'Ben je alleen?'

'Ik ben alleen.'

'We zitten nogal vol, wil je aan de bar eten?'

'Mij best.' Hij keek Eric glimlachend aan, alsof hij iets heel fijns wist. 'Red je het een beetje?'

'Of ik het red?' Aanvankelijk niet-begrijpend, toen: 'O, barst. Nee.'

'Nee?'

'Geen commentaar.'

'Nee, alleen... Het moet wel een verschrikking zijn geweest.'

'Wil je iets aan de bar bestellen of niet?'

'Jazeker, alleen... Ik heb je al eerder gezien. Ik kom uit deze buurt.'

'De helft van het land komt uit deze buurt.'

'Ook weer waar,' gaf Beck toe. Hij nam een kruk, legde een licht, nerveus roffeltje op de bar en wenkte toen de nieuwe barkeeper die eerst alleen maar een monsterende blik op hem wierp terwijl hij doorging met het poleren van een paar wijnglazen, en toen in zijn richting kwam op een manier alsof hij zich op blote voeten een weg zocht door een laag glasscherven.

En Eric hield het niet meer en stortte zich ongeveer half over de bar heen. 'Kan ik jou even spreken?'

'Ik kom zo bij u.' Alsof Eric voor zijn beurt ging.

Cleveland, de andere barkeeper, die met de dreadlocks, kwam erbij om Erics bestelling op te nemen. 'Zeg het maar, baas.'

Eric wuifde hem weg. 'Jij.' Wijzend naar de nieuwe vent die nu een pils tapte voor de verslaggever. 'Nu.'

'Mag ik eerst dit serveren?'

Eric wachtte, verwelkomde dit voorwendsel om zijn woede op te stoken.

'Hoe heet je ook alweer?'

'Eric,' zei de barkeeper.

'Eric, ja? Je meent het, ik ook. Wat is je probleem, Eric, denk je dat voor iets beters bent voorbestemd?'

'Pardon?'

'Hoe volmaakt uniek.'

'Pardon?'

'Ik zal je eens wat vertellen. Wat je hier doet, is geen research voor je volgende rol. 'Het is *werk*. Wij *betalen* je er zelfs voor. En ik zal je nog iets vertellen. Het is proactief. De klanten komen niet in een bar voor de drank, ze komen voor de barkeeper. Iedere barkeeper die een paar centen waard is, weet dat, maar jij, jij staat daar en je hebt overal een enkel woord voor over: huh, uh, duh, ja, nee, misschien. Je geeft de mensen het gevoel dat ze losers zijn, alsof ze de straf zijn die jij van een of andere jaloerse God krijgt opgelegd. Ongelogen, als je Cleveland neemt?' Met een knikje naar de rastakop aan het andere einde van de bar. 'Hij schenkt een martini alsof hij vleeshaken heeft in plaats van handen, maar hij is twee keer beter als barkeeper dan jij omdat hij er iets van maakt. Iedereen is zijn vaste klant en hij staat geen moment stil, hij komt geen moment over alsof dit werk een of andere vernederende kruiswegstatie is op de route naar een recensie in de *Village Voice*. Als ik jullie tweeën vanavond bekijk? Dat is een waas en een stuk steen. En ik zal je eerlijk zeggen, zelfs met de drukte van vanavond zou ik je liever hier en nu uitbetalen en hem solo laten werken, of een van de obers achter de bar zetten of er zelf gaan staan dan nog tien minuten jouw spiel van "was ik maar aan het repeteren" te moeten aanzien, heb je dat begrepen?'

'Ja.' De man was bleek geworden.

'Sorry? Wat zei je?' Een hand achter een oor.

'Ja.' De ogen opengesperd. 'Ik heb het begrepen.'

'Zeer goed. Niet vergeten. Geen energie? Geen werk. Praten. Vrolijk kijken. Doe het. Je ligt zo op straat.'

'Mag ik iets zeggen?' Zijn hand half omhoog. Eric wachtte.

'Het geval wil dat ik medicijnen studeer.'

'Hetzelfde laken,' zei Eric en dacht bij zichzelf: min of meer, ja, absoluut, erger nog, *het geval wil* – wat een brave hendrik, en hij draaide zich om, zag Keppeltje langs de bar naderbij komen, had duidelijk alles gehoord en hij kon ook doodvallen, en liep weer tegen die serveerster aan, Stella met de sterrenogen, en moest een opstandige aanval van lust neerslaan. 'Wat *nu* weer,' zei hij. 'Hebben we een *derde* kontknijper in de zaak?'

Ze deinsde terug alsof ze een klap in haar gezicht had gekregen. 'Ik wilde alleen maar bedanken voor het wisselen van tafels.' Ze bekeek hem met een blozend gezicht. 'Het gaat nu goed.'

'Mooi,' zei hij, wachtte tot ze zich had omgedraaid en ging terug naar de kelder.

Een van de weinige overgebleven *rookeries* in de stad, de onderkomens die dateerden van voor de echte woonkazernes, East Broadway 24, was een gedrongen, onsamenhangend pand in een blok dat gevuld was met soortgelijke oeroude en vormloze gebouwen, met een voordeur die op dit late uur werd opengehouden met een strip tape die het slot blokkeerde.

Matty en Yolonda begonnen de trappen naar de bovenste verdieping op te sjokken met een kopie van de aangifte van mishandeling die drie weken eerder was gedaan door het slachtoffer, Paul Ng; twee donkere mannen en een vuurwapen, drie straten van de moord op Marcus, omstreeks hetzelfde tijdstip in de nacht. Ng, afkomstig uit Fujian, minder dan twee jaar in het land en werkzaam in de horeca, had, zo vermoedde Matty, hoogstwaarschijnlijk tegen zijn zin aangifte gedaan, maar hij had niet veel keus gehad aangezien hij bijna was overreden door de taxi van Leefomgeving toen hij vijf minuten na het gebeurde verdwaasd midden op de rijbaan in Madison Street stond, met zijn zakken als olifantsoren binnenstebuiten gekeerd en bloed druipend uit zijn met een pistool bewerkte mondhoek. Als Matty moest raden wat er die nacht vervolgens was gebeurd, zou hij zeggen dat Ng een halfuur op de achterbank van de neptaxi op zoek naar de daders door de buurt was gereden, een zinloze onderneming omdat alle jongens met een donkere huid in zijn ogen op elkaar leken, en omdat de dienders er zelf, gezien hun ervaringen met tientallen andere Paul Ng's op dezelfde achterbank, ook weinig heil in zagen.

Vervolgens, nog steeds zoals Matty het raadde, was Ng, terwijl Leefomgeving terugreed naar het bureau om hem over te dragen aan de recherche, begonnen te wensen dat ze hem nooit hadden gevonden, misschien vanwege een onduidelijke status als immigrant of omdat hij in een illegale woning zat, of omdat hij slechte herinneringen had aan de politie in zijn vaderland, maar hoogstwaarschijnlijk omdat, in combinatie met een van, of alle bovengenoemde redenen, de tijd die hij kwijt was met het aangeven van diefstal van geld tijd was waarin hij geen geld kon verdienen, wat de enige realistische manier was om zijn verlies goed te maken, dus…

Maar dat raadde Matty alleen maar.

Op de bovenste verdieping van East Broadway 24 bevond zich slechts een woning met een eveneens op een kier staande voordeur die Matty, na een blik te hebben gewisseld met Yolonda, helemaal openduwde terwijl hij aanklopte en, met zijn politiepas in zijn gekromde hand, op vlakke toon riep: 'Hallo, politie.' Het eerste wat ze, eenmaal binnen, zagen was een slordige piramide van mannenschoenen, misschien twee dozijn paren, zwarte instappers of plastic teenslippers, die lagen opgestapeld onder een warenhuis-stilleven van geschoten fazanten met kruithoorn. Er kwam niemand naar de deur, maar door de gang klonk Aziatische popmuziek.

'Hallo, politie.' Nog een kreet in het wilde weg en toen liepen ze in de richting van de muziek. De woning was een verbouwde spoorwegflat, in feite een lange, centrale gang met kamers aan weerszijden, waarvan de meeste met gipsplaat waren onderverdeeld en opnieuw onderverdeeld in cellen, elk met een schuimrubber matras en een prop lakens, behalve twee grotere vertrekken, elk aan een kant van de gang, die helemaal leeg waren, op wat nog het meest leken op extra brede boekenplanken na, die in rijen van drie boven elkaar tegen de muren waren geschroefd. Op een paar van de planken lagen mannen of in het donker te roken, of te slapen, en degenen die wakker waren rolden langzaam met hun gezicht naar de muur toen de schaduw van de rechercheurs over de deuropening viel. De spoorlijn liep dood in een grotere keuken waar vier andere mannen aan een tafel zaten en van kranten iets aten dat in piepkleine schelpjes zat, met een broccoliachtige groente, en waar een vijfde man met zijn gezicht naar een karaokemonitor in een microfoon zat te zingen. Op een formica werkblad achter de eettafel stond een aquarium met een karper die zo groot was dat hij zich niet kon omkeren. Matty bedacht dat het ellendige beest al jaren geleden krankzinnig moest zijn geworden.

'Hoe gaat het,' zei hij, onnodig zijn pasje ophoudend.

De mannen knikten ter begroeting, alsof het de gewoonste zaak was dat er twee politiemensen onaangekondigd binnen kwamen lopen en richtten hun aandacht toen weer op de zanger. Alleen een gedrongen man met korte ledematen snelde de keuken uit en kwam terug met twee extra stoelen. 'Zitten.' Hij wees naar de stoelen en gebaarde hun te genieten van de zangkunst van de vent met de microfoon. 'Zitten.'

'Nu even niet,' zei Matty langzaam en luid. 'We zoeken Paul Ng.' Toen: 'Hij heeft niets gedaan.'

Het karaokenummer kwam ten einde en de man gaf de microfoon aan een van de anderen.

'Zitten,' herhaalde de energieke man, nog steeds stralend als een zonnetje.

'Waar is Paul Ng,' schalde Matty op vlakke toon.

'No.'

'Wat nee?

De volgende man begon aan zijn nummer dat klonk als een Chinese coverversie van Roy Orbisons 'Dream Baby'.

'*Wat* nee?

'Misschien spreek je het verkeerd uit,' opperde Yolonda.

'Helemaal niet. Zo zegt die jongen van Fenton het.' Toen, loeiend: 'Paul *Eng.*'

'Jezus, je hoeft niet te schreeuwen,' snauwde Yolonda. 'Ze zijn niet doof.'

'Jongens, doe even mee. Wie is Paul Ng.'

De mannen reageerden niet, maar keken alleen verwachtingsvol grijnzend van de zanger naar de dienders alsof ze wilden weten of ze hem goed vonden.

'Hoe heet jij?' vroeg Yolonda aan de stoelendrager.

'Ik?' De man lachte. 'No.'

'No? Hcct jij No?

'Huh?'

'Dr. No,' zei Yolonda.

'Hoe heet hij?' Matty wees naar de zanger.

'Goed, hè?'

Matty keek Yolonda aan. 'Houden ze ons voor de gek?'

Ze haalde haar schouders op en keek met halfdichte ogen naar de vis.

'Luister, we blijven gewoon terugkomen en weer terugkomen totdat...'

'Oké.' De stoelendrager zwaaide, nog steeds glimlachend.

'We komen gewoon terug met Bobby Oh,' zei Yolonda.

'Oh is Koreaan.'

'Oké, dan met die knul, Fenton.'

Ze verlieten de woning zonder nog iets te zeggen, maar voordat ze aan de trap konden beginnen kwam die gedrongen stoelendrager de gang in, pakte Matty bij de arm en gebaarde dat ze achter hem aan de korte trap naar de dakdeur op moesten komen, naar de wigvormige, schuin onder het dak aflopende overloop die bezaaid was met weggegooide glazen buisjes, lucifers, geblakerde lepels en spuiten. Een paar treden hoger dan de politie gaf hij met zijn duim op een onderarm een doeltreffende imitatie van iemand die een spuit zet, zei 'Psssht!' en beelde toen het verdwaasde wankelen uit van

een of andere agressieve junk. 'Arrgh! Vechten! Pssht! Arrgh!'
'Wat dacht hij anders?' zei Matty. 'Als hij de voordeur zo open laat staan.'
'Vaker komen,' zei de man.
'Ja, we zullen een oogje in het zeil houden,' zei Yolonda vriendelijk. 'Nog een prettige avond.'

Steven Boulware kwam in zijn eentje Berkmann's binnen en liep, met een air van iemand die automatisch zijn omgeving opneemt rechtstreeks door naar de bar.

Eric had sinds de moord niet meer aan de man gedacht. Gedesoriënteerd, zelfs een beetje bang: geen idee wat te zeggen of hoe zich te gedragen. Maar toen Boulware zich langs zijn balie drong, bleek dat hij Eric in het geheel niet herkende.

Maar hij kon ervan uitgaan dat men hem wel herkende, aangezien zijn portret op de voorpagina of een van de eerste pagina's had gestaan van alle dagbladen die op de krantenstokken van het café hingen. Zowel de plaatselijke zenders als CNN hadden de hele avond fragmenten uit zijn eerdere televisieoptreden herhaald.

Met zijn ene schouder naar de bar gekeerd wenkte hij Cleveland om een bestelling op te nemen, en Eric zag de herkenning verschijnen in de ogen van de barkeeper, en de herkenning van de herkenning in die van Boulware, het opleven in zijn gezicht, en hij zag hoe Boulware zich installeerde voor een bevredigende avond.

Hij wachtte tot Boulware zijn glas had, verliet zijn post en wenkte Cleveland naar het uiteinde van de bar.

'Luister goed.' Met een hand op zijn arm. 'Die vent daar? Van de televisie? Als hij zijn glas bijna leeg heeft, schenk je hem bij. Zonder te wachten. Ik wil niet dat hij iets moet bestellen of met een leeg glas voor zich zit. De hele avond niet.'

'Moet ik zeggen dat hij het van jou krijgt?'

'Nee.'

'Goed.' Cleveland knikte, glimlachte bijna, Erics anonieme vrijgevigheid verkeerd interpreterend.

Matty stond tegen de motorkap van een auto geleund, een paar panden voorbij het stedelijke stilleven dat voor de deur van Eldridge Street 27 was opgebloeid. Het gedenkteken was inmiddels een paar dagen oud en dreigde het trottoir over de volle breedte, van de buitentrap tot de goot, te versperren.

De bijdragen vertegenwoordigden, voor zover hij kon zien, drie van de werelden die in deze buurt het heelal uitmaakten: Latino; Jong, Begaafd, Blank; en Ouwe gozer/Gestoord/Hippie – taal noch teken van de Chinezen.

Er stonden tientallen kaarsen in glazen potjes, er lag een handvol munten op een rood fluwelen kussen, een kruis van riet op een grote, ronde steen, een cd-speler met Jeff Buckley's 'Hallelujah' op permanente herhaling, een nog nooit uit de doos gehaalde videocassette van Mel Gibsons *The Passion of the Christ*, een paperbackuitgave van *Black Elk Speaks*, een of ander onherkenbaar wit vachtje, een paar versteend-uitziende joints, zakjes met diverse kruiden, nasmeulende wierookspiralen waarvan de geuren elkaar naar de kroon staken, en een kruikje olijfolie. Boven dit geheel was met plakband het portret van een glimlachende Ike Marcus van de voorpagina van de eerste *New York Post* na de moord aan de bakstenen muur bevestigd, onder de kop met zijn inmiddels alom beruchte tekst VANAVOND NIET, VRIEND (Matty had geen idee wie dat aan de pers had gelekt). Daarnaast had iemand om onnaspeurlijke redenen een oude sensatiefoto geplakt van Willie Bosket, de vijftienjarige sensatie uit de jaren zeventig die befaamd was omdat hij in de ondergrondse iemand had neergeschoten 'omdat hij wilde weten hoe dat voelde,' en daar weer naast hing de eigengemaakte, handgeschreven tirade 'AmeriKKKa's oorlog tegen de armoede is een oorlog TEGEN de armen,' waarvan de rest onleesbaar was. Zelfs aan de voorgevel van het pand waren aan vlaggenstokachtige staketsels herdenkingstekens bevestigd, zodat ze recht boven de plaats van de moord bungelden: een als een boterbloem ondersteboven hangende, open paraplu met daarin een teddybeer en een met bonen gevuld zakje in de vorm van een adelaar; en een eigen fabrikaat mobile van stalen buizen waarvan het onregelmatige gerinkel op deze vrijwel windstille dag een echt geluid van rouw veroorzaakte.

Matty stond hier in zijn eigen tijd, in de hoop dat er een bekende van de eenheid zou opduiken om het resultaat van zijn inspanningen te bewonderen of te betreuren. Of hij zou iets toevallig kunnen horen, iets wat doorverteld werd, een gerucht, het waren allemaal kleine kansjes, maar hij voelde nu al dat dit een nachtelijk ritueel zou worden totdat het gedenkteken over misschien een week in het niets zou oplossen.

De meeste voorbijgangers moesten wel blijven staan, al duurde dat meestal maar een paar tellen en viel het commentaar uiteen in gelijkwaardige categorieën van triest en sarcastisch, waarbij de plaatselijke mannelijke teenagers de ergsten waren, alsof de hele uitstalling hen uitdaagde om zich onmiddellijk totaal ongevoelig-grappig tegenover hun vrienden voor te doen. Er waren mensen die echt bleven staan, met triest vertrokken gezichten, maar niemand die hem interesseerde: latina's van middelbare leeftijd, af en toe een van de twintig-dertigjarige nieuwkomers.

'Wat dit geweest is?' Er stond nu een kleine Puerto Ricaan met opgepompte spieren naast hem, met in zijn hand een weckfles met een tabakskleurige vloeistof. 'Een inwijding van de Bloods. Het tuig dat hem gepakt heeft, dat waren Bloods, en ik weet dat omdat mijn dochter nu met een Blood is en zwanger van hem is, wat ook een inwijding is, en *mij* sluiten ze op wegens kindermisbruik?' Hij stompte zichzelf op de borst.

'Ja?'

'Vijfentwintighonderd dollar borg, zonder strafblad, zonder bewijs, maar weet je waarom dat is?' De man keek nu dwars door Matty heen. 'Het is omdat ze bang voor me zijn, de politie, voor wat ik van dat bureau weet, wat daar echt gaande is, ik zou mijn dochter nooit met geen vinger aanraken, dat kan je iedereen die daar woont vragen, de muren zijn net papier. Niks misbruik, ze moesten me het zwijgen opleggen. Vijfentwintighonderd dollar voor de eerste keer dat ik borg betaal voor iets wat ik nooit heb gedaan? Schei nou toch uit...'

De opgepompte Puerto Ricaan draaide zich om om weg te lopen, bracht het niet op, keerde zich weer naar Matty toe en begon opnieuw. 'Maar dit hier?' Een waggelende vinger naar het gedenkteken.

'Dit is jullie taak, de blanken, jullie moeten de gangs uitroeien zodat dit soort shit niet meer gebeurt. De gangs, de projects, dit hele gebied, alles.' Hij stampte weg, met zijn rug naar Matty. 'Alles!' Hij loeide het naar de daken en was toen in twee stappen in het duister verdwenen, waarmee hij het enige onderstreepte wat deze avond pijnlijk duidelijk was geworden: hoe makkelijk twee overvallers een portefeuille konden grijpen, een schot afvuren en vervolgens binnen een hartslag in het donker verdwijnen.

Berkmann's liep deze avond eerder leeg dan gebruikelijk; het was nog niet eens een uur en het leek nu al of de obers stonden te lanterfanten. Eric kon de gesprekken aan de bar volgen alsof hij tussen de klanten stond.

Boulware zat aan zijn zevende of achtste Grey Goose wodka-tonic; hij lag bijna van zijn kruk af, uit zijn mond hing een gordijn van speeksel en hij hield audiëntie voor twee – jazeker – jonge vrouwen tegelijk, van wie de ene hem met haar duim als een liefdevolle metronoom over de rug van zijn hand streelde.

Cleveland stond te popelen hem niet meer in te schenken, maar Eric weigerde.

'De, de ironie is, als Ike...' Boulware viel stil, duwde even zijn handpalmen tegen zijn ogen, misschien wel omdat zijn geweten hem om de oren begon te meppen, hoopte Eric. 'Als Ike nu door die deur naar binnen kon lopen? Zijn duit in het zakje kon doen? Hij zou de eerste zijn die het voor die jongens opnam. Niet vanwege wat ze deden, maar dat, dat niemand met een wapen in zijn hand geboren wordt... Dat we in een cultuur leven van geweld, van ongelijkheid, gevoelloosheid...'

Eric, niet in staat om nog een woord aan te horen, maakt oogcontact met Cleveland en trok eindelijk zijn vlakke hand langs zijn keel.

Net op het moment dat de straat voor de rest van de nacht tot rust leek te komen, liepen er drie jonge zwarte vrouwen langs het gedenkteken en bleven, aangetrokken door de uitstalling, staan om het verhaal in zich op te nemen, waarbij twee van hen bevangen door ontzag en ontstelenis, automatisch een hand naar hun gezicht ophieven. De derde, die een slapende peuter over haar schouder had hangen, schudde langzaam haar hoofd.

'Mijn god, hij was nog maar een kind.' Haar stem hoog, op het punt van breken.

'Waar heb je het over?' zei een van de anderen.

'Kijk dan.' Ze wees naar de oude foto van Willie Bosket.

'Dat is hem niet,' zei haar vriendin en wees toen naar Ike Marcus.

'Dat is de dode jongen. Kijk je nooit naar het nieuws?'

De derde vrouw gromde wat en hees het slapende kind op haar andere schouder. 'Hij?' zei ze lijzig. 'Dan is al die shit hier een stuk logischer.'

Terwijl Boulware dubbelgebogen tegen het rolhek van een Dominicaanse juwelier in Clinton Street cocktails stond te kotsen, kwam Eric van achteren op hem af en gaf hem een hoek in zijn ribben. Omdat hij zijn hele volwassen leven nog nooit iemand een stomp had gegeven, deed de klap hem waarschijnlijk net zoveel pijn als het slachtoffer. Niettemin was het zo'n goed, zo'n terecht gevoel dat hij niet ophield, niet kon ophouden met rammen tot zijn knokkels zo groot waren als kauwgumballen en Boulware zich ineengekrompen in zijn overgeefsel had genesteld.

Op zijn hurken zittend richtte Eric zich tot het ene oog dat nog min of meer open was. 'Weet je wie ik ben?' Hij kreeg tranen in zijn ogen van de stank. 'Weet je nog wie ik ben? Ik had dit meteen moeten doen toen je vanavond binnenkwam, maar je bent twee keer zo groot als ik en met "fair play" kunnen ze mijn rug op.'

Boulware's goede oog begon als een ondergaande zon dicht te gaan.

'En dus. Wat ben je van plan? Een aanklacht indienen? Misschien moet je maar een aanklacht indienen, wat vind jij?'

Boulware was bewusteloos.

'Serieus…'

Terwijl de opkomende zon de bovenste verdiepingen van de torens langs de East River begon te kleuren, liep het team Leefomgeving voor het ontbijt aan het eind van de dienst de Sana'a binnen, waar

Nazir hun half begroette en toen de twee meter van zijn met tele-foonkaarten omzoomde kassa naar de grill schuifelde.

'Zo.' Hij reikte naar het witbrood. 'Ik hoor dat jullie de schoft heb-ben opgepakt die onze ruit gebroken heeft.'

'Als ik me niet vergis?' Lugo's ogen dwaalden naar de minitelevisie op een schap achter de toonbank. 'Volgens mij hebben ze hem laten gaan.'

'Wat?' Nazir richtte zich op. 'Waarom?'

'Iets met dat hij het niet had gedaan.'

'Gelul.'

'Ondanks dat.'

'Ons vertellen ze nooit wat,' zei Scharf.

'Ze houden er niet van als wij ons met hun zaken bemoeien,' zei Daley.

'Bazen zijn bazen,' zei Geohagen. 'Wij zijn maar voetvolk.'

'Maar dat is stom.' Nazir zwaaide met een broodmes. 'Wie zit er nu altijd op straat, jullie of zij?'

'Vertel mij wat,' zei Lugo.

Een korte stilte in de zaak terwijl ze keken hoe in een herhaling van *Fear Factor* een jonge vrouw een broodje naaktslak at.

'Wat heeft dat in godsvredesnaam met "angst" te maken?' zei Daley. 'Dat is alleen maar walgelijk.'

'Voor goede deelnemers aan *Fear Factor* moet je in mijn deel van de wereld zijn,' zei Nazir, terwijl hij de eerste bacon en ei-sandwich inpakte. 'Wij zouden het te gek doen in dat programma.'

Er kwam een jongen met hechtingen in zijn wang de zaak in stui-ven die zo overdreven in Crip-blauw was uitgedost dat niemand hem serieus nam.

'Vier quarters,' met een dollarbiljet in een hand gericht op de on-geopende kassa en zijn hoofd naar de straat gedraaid, alsof er daar iets was.

'Oh!' Lugo deinsde met een pijnlijk vertrokken gezicht achteruit. 'Waar heb je die snee opgelopen?'

'Huh?' zei de jongen, en toen: 'In mijn wang.'

Daley gaf hem vier quarters voor de dollar.

Toen Nazir het volgende gebakken ei van de grill schepte, begon het nieuws van zes uur, met het beeld van de president in korrelige golven op de beeldbuis.

'Hij komt volgende week toch naar de stad?' zei Daley.

'Overmorgen of zoiets,' zei Lugo. 'Naz, heb jij gisteravond zijn toespraak gehoord?'

'Ja, maar op de radio.'

Lugo en Daley keken elkaar aan.

'Alles wat hij zei, ben ik het mee eens.' De tweede vetbom ging in folie. 'Mijn broer ook.'

'Mooi,' zei Lugo. 'Dat doet me goed, man.'

'Jemenieten willen een sterke vader. Wij zijn gevoelig voor een sterke vader. De jonge mensen die hier komen, die spotten met hem en met wat hij nu moet doen.'

'In *deze* buurt?' Scharf stak een sigaret op. 'Vertel mij wat.'

'Soms doet je vader dingen die je niet begrijpt, maar je vader hoeft niet alles uit te leggen wat hij doet,' zei Nazir. 'Je moet geloven en vertrouwen dat achter alles wat hij doet liefde zit. En dan kijk je later terug, of je denkt rustig na, en dan wordt duidelijk dat de dingen die toen hardvochtig leken, jouw redding zijn geweest. Je was alleen nog te veel kind om het te begrijpen, maar nu ben je een man die gezond is en welvarend, en het enige wat je kunt zeggen is dank je wel.'

'Niet meer dan redelijk.' Lugo nam een gigahap uit zijn sandwich.

Voorafgegaan door zijn stank kwam Boulware binnenwankelen; zijn kleren scheef dichtgeknoopt en zijn gezicht een wafelijzer van schaafwonden.

'Hebben jullie een geldautomaat?' vroeg hij Nazir.

'Hola, vriend.' Lugo richtte zich op. 'Is dat net gebeurd?'

'Wat…' Boulware knipperde.

'Het is hier vannacht net een messen- en pistolenclub, Naz,' zei Daley.

'Waar heb je die grote beurt laten doen?' vroeg Lugo.

'Waar?' Boulware voelde afwezig zijn zakken na.

'Geen automaat,' loog Nazir.

Boulware stommelde weer de straat op; de mannen van Leefomgeving nuttigden hun ontbijt en keken hoe hij zich in het vroege verkeer begaf.

'HALLO.' MINETTE DAVIDSON, blozend en buiten adem, bracht het weer mee het wachtlokaal in.

'Hallo, hoc gaat hct?' Matty schoot overeind, streek zijn das glad en bood haar de stoel aan die als een dameszadel naast de zijne stond.

'Ik ben Minette Davidson, de vrouw van Billy Marcus?'

'Ja, dat weet ik. Clark, Matty Clark.'

'Ik weet het.' Ze schudde werktuigelijk de hand die hij haar toestak. 'Heeft, heeft Billy contact met u gehad?' Haar ogen waren gerimpeld door het niet slapen, haar rossige haar was achteloos geborsteld.

'Billy? Nee.'

'Dus u weet niet waar hij is…'

'Of ik dat weet?' Toen: 'Wat is er aan de hand.'

'Niets. Hij kwam gisterochtend eindelijk thuis, gisteravond verdween hij weer, en hij is niet teruggekomen. Ik zat te denken dat hij misschien hier ergens in de buurt zit, met u is komen praten.'

'Hebt u geprobeerd hem te bellen?'

'Hij heeft zijn telefoon niet meegenomen.' Ze begon onbewust allerlei voorwerpen op zijn bureau aan te raken.

Matty dwong zijn ogen niet af te dwalen naar haar rusteloze vingers.

'Maar u denkt dat hij ergens hier in de buurt is.'

'Waarom.' Een glimlach als een zenuwtrek. 'Waar denkt u dan dat hij is?'

'Ik?' Matty dacht ik mag doodvallen als ik het weet. 'Volgens mij zit hij waarschijnlijk ergens te proberen de zaken op een rijtje te krijgen.'

Minette staarde hem met heldere ogen aan, alsof ze meer verwachtte.

Meer.

'Persoonlijk? Als ik in zijn schoenen stond? Dan zou ik bij mijn gezin willen zijn, maar in dit soort situaties, in mijn ervaring, zie je dat mensen gewoon… het kan alle kanten op, weet je?'

Minette bleef hem gretig aankijken, alsof ieder woord de sleutel tot iets was.

Toen verbrak ze de betovering, dook in haar tas, pakte pen en papier en schreef haar telefoonnummer op.

'Ik wil je twee dingen vragen.' Ze gaf hem het papier. 'Als hij hier komt of als je hem ergens tegenkomt, wil je me dat dan alsjeblieft laten weten?'

'Natuurlijk.' Hij stopte het velletje in de bovenhoek van zijn vloeiblad.

'Het tweede is, als er ontwikkelingen zijn…' Ze keek met een ruk om toen Yolonda het vertrek binnenkwam. 'Als je me op de hoogte zou kunnen houden.'

'Absoluut.'

'En van mijn kant…' Ze maakte de zin niet af.

'Gaat het wel?'

'Ik denk… Het gaat. Ik hoop dat het alleen maar, ik denk dat het is zoals je zei: hij zit waarschijnlijk ergens en probeert er wijs uit te worden.'

'Goed.' Matty keek even naar Yolonda die aan haar bureau weer de aanhoudingen zat door te nemen, maar wel luisterde.

'Want hij had iets van, heeft iets van, als hij nu maar… Ik weet het niet… als hij nu maar *dit* had gedaan in plaats van dat, of *dat* in plaats van dit…'

'Je hebt geen idee hoeveel ouders zich in die hel dwingen.'

'Dus je zegt dat het zinloos is, ja?' vroeg ze behoedzaam, terwijl haar vingers weer met de spullen op zijn bureau speelden.

'Ik zal je eens wat zeggen,' viel Yolonda hem bij en Minette draaide om haar as bij het horen van haar stem. 'Als je in zo'n situatie de ouder bent en je wilt jezelf de schuld geven? Dan is elke reden goed genoeg.'

'Juist. Ja.' Minette knikte achter elkaar.

'Dan is het alsof je hoofd een soort vicieus pakhuis is geworden.'

'Ja.' Minette hing nu aan haar lippen.

'Al ben ik bang dat het niet veel helpt wat ik zeg, hè?'

'Nee, nee, alles, het maakt niet uit.'

'Denk je dat hij misschien probeert de dader zelf te vinden?' vroeg Matty waardoor Minette zich weer naar hem toe draaide.

'Hoe zou hij zelfs maar weten hoe dat moest?' Haar gezicht vertrokken van ongeloof.

Matty zei niets, keek alleen maar naar haar ogen.

'Dat is krankzinnig.'

'Oké.'

'Dat is een film.'

'Goed.'

Toen was ze weer weg; er was iets waardoor ze, met licht geopende lippen, dieper ademhaalde.

'Minette...'

'Wat?'

'Ben je bang dat hij zichzelf iets aan zou kunnen doen?'

'Iets aandoen?'

Matty wachtte, raakte toen met zijn vingertoppen haar hand aan.

'Het is geen strikvraag.'

'Ik denk niet... Nee. Nee.'

Yolonda draaide zich half om en bekeek hen.

'Oké. Goed.' Hij trok zijn hand terug. 'Ik moet eerlijk zeggen dat we niet echt de tijd hebben om hem op te sporen en tegelijk de rest van ons werk te doen.'

'Dat begrijp ik.'

'Maar ik zal het doorgeven.'

'Dank je wel.'

'Iedereen weet hoe hij eruit ziet.'

'Dank je wel.'

'Misdaadpreventie patrouilleert permanent in deze buurt,' zei Yolonda. 'Als hij hier rondloopt, vinden zij hem altijd.'

213

'Bedankt.'

'Ik wilde je niet zo aan het schrikken maken,' zei Matty.

'Dat heb je niet gedaan.' Toen, na een lang moment van stilte: 'Dat heb je niet gedaan.' Haar stem klonk hees en ver weg.

Ze sloot haar ogen en viel onmiddellijk in slaap; haar kin zakte, en ze schoot weer wakker.

'Hola,' zei ze. 'Sorry.'

Er was niets meer, niets meer te bespreken, maar Minette bleef zitten en Matty voelde zich niet geneigd haar snel weg te werken.

'Kan ik iets voor je halen?' vroeg hij. 'Koffie?'

'Weet je, toen Billy zijn vrouw verliet en bij mij en mijn dochter introk, was Ike wat, misschien tien?' Ze keek Matty aan alsof hij het kon bevestigen. 'Hij woonde bij Elena maar hij kwam ieder weekend bij ons en als hij bij ons was zaten wij, Billy en Nina en ik bijvoorbeeld televisie te kijken en dan keek Ike naar ons. Ik bedoel, mijn god, we gingen naar een restaurant, de bioscoop, een honkbalwedstrijd, en het was altijd hetzelfde. Hij lachte niet, hij zei niets tenzij je hem iets vroeg, en hij verloor ons geen seconde uit het oog.'

Minette werd meegevoerd door de herinnering; Matty zat op zijn stoel en keek naar haar.

'Maar het was geen mokken, het had meer iets van observeren. Mijn god, ik heb me nooit van mijn leven zo geobserveerd gevoeld.' Ze glimlachte naar hem, door hem heen.

'Nina had ook iets dat ze Ike en Billy niet zag zitten, maar ze was jonger dan hij, veel kinderlijker en met haar kon ik praten, maar dat eerste jaar met Ike? Dat was niet leuk. Ik deed wat ik kon om hem op zijn gemak te stellen bij ons. En Billy natuurlijk ook, maar de afstand die dat joch bewaarde, dat kijken, het was als in *Children of the Damned*, weet je wel?'

'Doodeng vond ik die film,' zei Yolonda.

'En toen, toen dat pakweg een jaar had geduurd, zitten we op een zondag in Van Cortland Park, wij met de kinderen, en Billy probeert Ike te bewegen om te gaan overgooien, want hij vertikt het om zijn neus uit een of ander boek te halen, weet je wel, hij zit weer te gluren, maar Billy krijgt hem zover en Ike vangt en gooit alsof hij een medizinbal van twee ton in zijn handen heeft, en opeens ziet hij achter zijn vader iets, gooit zijn handschoen op de grond en spurt weg: "Hé! Hé!"

'Wij hebben iets van, wat nou? Wij achter hem aan. Blijkt dat een stel oudere kinderen mijn dochter ergens tussen de bomen heeft omsingeld en probeert haar spulletjes af te pakken, oorbellen, bedelarmband, kinderportemonnee en ik denk dat ze te bang was om om hulp te roepen, maar Ike, Ike stortte zich gewoon op hen, en het waren nog grotere kinderen ook, maaide als een cirkelzaag door hen heen, maar voordat ze hem met hun allen een pak op zijn kleine donder kunnen geven, zien ze Billy en mij achter hem aan komen en dus moeten ze hem smeren. Maar Ike is niet klaar met ze, hij gaat ze tot halverwege de speelwei achterna en daar blijft hij staan en roept: "Blijf met je stinkpoten van mijn zus af!"

'Zijn zus.' Minette was even ergens verdwenen, en kwam lachend terug. 'En mijn dochter hoort het en ze kijkt mij aan: "Heeft Ike een zus?"'

'Wauw.' Matty liet zijn vingers over zijn lippen glijden.

'Ja. En dat was min of meer de doorbraak. Tegen de tijd dat we twee jaar later trouwden? Toen brachten de kinderen samen een toost op ons uit.'

Matty zat op zijn stoel, zijn gezicht in zijn hand uitgesmeerd.

'Weet je wat ik het mooiste vond aan Ike? Het was een fijne knul en zo, maar het beste aan hem was dat hij altijd zo *klaar* leek te staan. Slaat dat ergens op?'

'Zeker,' zei Matty.

'En wat zo, zo ironisch is, is dat Billy zich wel altijd voor zijn kop kon slaan dat hij Ike achter moest laten, maar in feite? Die jongen was dik in orde. Een groot hart, en gelukkig. Een stuk gelukkiger dan allebei zijn ouders.'

Minette hees haar tas over haar schouder en veegde haar ogen af. 'Soms pakt het gewoon zo uit, weet je?'

Een paar tellen nadat ze vertrokken was, mompelde Yolonda tegen haar computerscherm: 'Als die jongen iets minder "klaar" had gestaan, leefde hij nu misschien nog, snap je wat ik bedoel?' En ze keek naar Matty, die nog steeds naar de deur keek.

Eric zat in zijn eentje in het benauwde kantoortje in het souterrain van Café Berkmann, met voor zich het smalle plankenblad, vol nette stapeltjes geld en lege enveloppen.

Hoewel zijn knokkels sinds de afgelopen nacht zo ver waren blijven opzwellen dat de huid opengesprongen was, roffelden zijn vingers in beheerste razernij over de toetsen van de rekenmachine. En zoals altijd als hij geld uit de fooienpot stal, bewoog hij niet alleen zijn lippen, maar fluisterde hij de getallen hardop, alsof de TI-36 medeplichtig was aan de zwendel.

Als manager, in tegenstelling tot bijvoorbeeld barkeeper, vond hij het moeilijk om te stelen of, zoals hij het liever noemde, af te romen, maar Eric deed wat hij kon.

Bij het verdelen van de fooienpot van een avond draaide alles om de elke avond wisselende waarde van een 'punt', en welk deel van dat punt aan jouw baan werd toegekend.

Managers, gastvrouwen en obers kregen een vol punt per uur, minder hoog aangeslagen banen, driekwart tot een kwart punt.

Gisteravond was er 2400 dollar aan fooien binnengekomen wat, gedeeld door 77 – het totaal aantal punten in de zaal – een puntwaarde opleverde van $31,16.

Een ober die acht uur had gewerkt kreeg dus $31,16 maal zijn acht volle punten, ofwel $249,28; een hulpkelner die eenderde van een punt kreeg, had voor hetzelfde aantal uren ongeveer $83 te goed.

Maar, maar... Als Eric zich 'verrekende' en de puntwaarde voor de avond niet op $31,16 zette maar op, zeg, $29,60 (niemand controleerde ooit wat hij deed), dan ging die ober naar huis met $236,80, de hulpkelner met $78,93, en stak Eric respectievelijk dertien en vier dollar in zijn zak, maal tien obers, zeven hulpkelners en alle anderen die de fooien deelden, wat erop neerkwam dat Eric elke week met een paar honderd in contanten de deur uitliep.

Het geheim om niet betrapt te worden was zelfbeheersing: hij roomde nooit meer dan $1,50 van de werkelijke waarde van een punt af en haalde de truc zelden meer dan een keer per week uit – nooit vaker dan twee keer.

Maar sinds de schietpartij had hij elke dag met zijn vingers in de pot gezeten en gisteren had hij zijn afgeroomde deel opgeschroefd tot $2,50, voor hem een nieuw hoogte- of dieptepunt.

Er rende iets pluizigs langs het kantoor, op weg naar de voorraad-kamer, en Eric krabbelde een briefje aan zichzelf dat hij de ongedier-tebestrijding moest bellen. Toen zag hij het kreng nog een keer, maar nu achteruitrennend: gezichtsbedrog. Sinds hij uit de Tombs was vrijgelaten, had hij niet meer dan een paar uur achter elkaar kun-nen slapen, een combinatie van vrije-valdromen en 's avonds laat drinken. En dus legde hij in de ondergrondse rust van het kantoor even zijn hoofd tussen het geld en de enveloppen, sloot zijn ogen en zweefde weg. Toen hij wakker werd, zaten Matty en Yolonda aan de andere kant van het werkblad tegenover hem, Yolonda's ogen vol met dat meedogenloze mededogen, Matty ondoorgrondelijk... Toen hij wakker werd, stond hij overeind en staarde naar de bakste-nen muur. Hij schudde het zo goed als hij kon van zich af en wijdde zich aan het vullen van de enveloppen, vandaag drie dollar per punt achterhoudend, wat waarschijnlijk zelfmoord was, maar hij moest gewoon weg: uit deze stad, dit leven en hij zou doen wat nodig was om dat te bereiken.

Avner Polaner, een lange, magere Asjkenazim-Jemenitische Israeli, zat voor de digitale fotomonitor lusteloos te staren naar de portretten die met zes tegelijk op het scherm verschenen, en herhaalde, met zijn hoofd scheef op het begin van zijn handpalm eentonig: 'Nee, nee, nee.'

Van de drie overvallen met twee donkere mannen en een hand-vuurwapen in de verzamelde processen-verbaal, vertoonde de bero-ving van Polaner de meeste overeenkomsten met die van Ike Mar-cus: drie uur in de ochtend en maar een paar straten verderop, in Delancey bij Clinton Street. De keerzijde was dat het incident tien dagen geleden was gebeurd en dat hij nooit was gehoord aangezien hij vijf uur na het voorval in het vliegtuig naar Tel Aviv had gezeten. Maar nu Eric Cash niet meer beschikbaar was, kwam Avner voor Matty en Yolonda het dichtst bij de beste kans.

'Nee, nee, nee.' Het hing hem mijlen de keel uit.

Yolonda, die het apparaat bediende, wierp een blik richting Mat-ty.

Polaner was, zo te zien, begin dertig, lang als een basketballer en hij had zijn kroezende haar opgebonden in een hedendaags samoerai-knotje. Een uur eerder, toen hij met een fiets over zijn schouder die net zo lang en dun was als hij het wachtlokaal was binnengekomen, had Matty gedacht dat hij zich bewoog met de sullige gratie van een flamingo.

'Nee, nee, nee.' Toen, met zijn gezicht in zijn handen gedompeld: 'Oké. Stop.' Hij schoof achteruit. 'Luister, een donkere knul met een wapen is een donkere knul met een wapen. Dat is de prijs die je betaalt als je hier woont, af en toe gebeurt er zoiets, dus doe je geen domme dingen zoals de vent over wie jullie het hebben: je haalt je schouders op en gaat over tot de orde van de dag. Je gaat door.'

'Ben je bang dat er wraak wordt genomen?'

'Alsjeblieft zeg. Ik ben twee jaar aan de Libanese grens gestationeerd geweest, ik zit niet in over een beroving af en toe. Bovendien, zoals ik al heb gezegd, wist ik wel beter dan hem eens goed in zijn gezicht te kijken, dus dit is een typisch geval van tijdverspilling.' Hij haalde diep adem en herstartte. 'Dat gezegd zijnde, heb ik een vraag.'

Ze wachtten.

'Wat zou er voor nodig zijn om Harry Steele te arresteren?'

'Even een stukje terug, Avner.'

'Willen jullie weten waarom ik eigenlijk meteen na de overval naar Tel Aviv ben gegaan in plaats van hier te komen om dit gedoe te bekijken? Om te *slapen*.'

'Avner,' zei Matty. 'Even terug.'

'Van al zijn huurders betaal ik het meest, zestienhonderd dollar voor een flatje dat zo klein is dat ik de deur uit moet om van gedachten te veranderen, want verder woont iedereen daar al sinds de zondvloed. De uitkeringskoningin onder mij betaalt zeshonderd, de ouwe hippie-vrijster boven de duizend, en de miljonair, een man van vijfentachtig die nog weet dat hij Fiorello La Guardia in de lobby een hand heeft gegeven, die zich de sodaflessenman nog herinnert, de ijscoman, toiletten op de overloop, die eigenaar is van drie peesmotels in de Bronx en van de helft van Kerhonkson, New York, *die* man betaalt driehonderdvijftig dollar.

'En als je ziet hoe die lui de boel bijhouden: aangekoekt eten op het fornuis, douchegordijnen waar je penicilline op kunt kweken, kattenpis op de kleedjes, kakkerlakken, muizen... Weet je wat ik op mijn vloer heb liggen? Wit grenen in brede delen. Zelf gelegd, zelf betaald. En als ik verhuis? Dan neem ik het mee zodat Steele niet nog een reden heeft om de volgende arme sukkel met een nog hogere huur een poot uit te draaien.'

'Is dit waar Berkmann's op de begane grond zit?' vroeg Yolonda, terwijl ze haar hoofd langzaam van het ene oor naar het andere rolde.

'Erger. Ik zit aan de overkant, dus *hoor* ik niet alleen alle dronken idioten die *elke* nacht tot drie uur in de morgen naar buiten moeten om te roken, niet alleen *hoor* ik de kotsers en de taxifluiters en de maanhuilers, maar ik zit precies onder de goede hoek om ze ook nog te *zien*. En wat zegt Steele met zijn gore lef? Hij zegt: "Ach Avi, jij bent de enige die ooit klaagt." Een "auditieve hypochonder" noemt hij me. Moet je je voorstellen.'

'Huh.'

'Ik heb vrienden met restaurants en winkels in de buurt en iedereen zegt: "Avi, je moet het gewoon over je heen laten komen. De man drijft zijn zaak net zoals jij de jouwe. Wees realistisch, leef met hem mee." Niet dus. Niet net zoals ik. Ik heb twee levensmiddelenzaken in deze buurt. Een op de hoek van Eldridge en Rivington...'

'De Sana'a?'

'Die, ja.'

'Ik dacht dat de broers die zaak dreven.'

'Die twee clowns? Die kunnen op de Dode Zee nog niet eens drijven. Ze werken voor mij.'

'En hoe vond je het dat de heilige Maria daar laatst verscheen?' vroeg Yolonda.

'De wie?'

'De heilige Maria.'

Avner haalde zijn schouders op. 'Heeft ze iets gekocht?'

'Ik ben even weg.' Matty stond op en ging een stukje lopen.

Bij de gedachte dat hij met een Chinees van de uniformdienst terug zou moeten naar het huis van Babel om nog eens te proberen Paul Ng op te sporen, kreeg hij de neiging om radeloos op zijn knieën te vallen.

Het enige andere slachtoffer in de processen-verbaal die eventueel overeenkomsten vertoonde met de overval op Marcus, was ene Ming Lam, ook een Chinees, die ook met tegenzin aangifte had gedaan, met als extraatje dat hij bejaard was – zesenzeventig, volgens het rapport.

Zonder Eric Cash hingen ze; hij wist het gewoon.

'Mijn punt is dit,' zei Avner. 'Geen van mijn zaken heeft ooit een waarschuwing vanwege de hinderwet gehad. Dus ik ga elke maand naar iedere zitting van het bureau Drankvergunningen en ik dien de ene klacht wegens geluidsoverlast na de andere in. "Avi, je bent de enige die klaagt." O ja? Ik heb zo veel namen op petities staan dat ik mijn eigen politieke partij zou kunnen beginnen. Ik ga naar zo'n zitting en klaag over het feit dat hij binnen honderdvijftig meter van een school alcohol schenkt, over de vervuiling door de uitlaatgassen van zijn leveranciers, dat zijn neonreclame te fel en te groot is. Ik zoek alles na, ik probeer alles. Inmiddels ken ik ieder lid van het bureau Drankvergunningen bij zijn voornaam, maar hij is Harry Steele en ze zitten allemaal in zijn reet, en dat is het dan.'

Matty speelde met het idee om via de achterdeur te proberen Danny the Red zover te krijgen dat hij het haantjesgevecht om vrijwaring van vervolging opgaf.

'Hij zegt dat hij me tienduizend dollar betaalt als ik verhuis. Dat hij de verhuiswagen betaalt, dat hij me helpt een andere woning in de buurt te vinden, dat hij zelfs het sleutelgeld voor me betaalt, dat ik al bijna de marktwaarde betaal, dus wat er nu helemaal aan de hand is. Wat er dus helemaal aan de hand is, meneer de grote pief Harry Steele, is dat ik hier al woonde voordat jij je restaurant opende. Ik was hier het eerst, verhuis jij maar.'

'Waarom ga je niet gewoon terug naar Israël?' zei Yolonda, meer uit verveling dan om een andere reden.

'Als ik zwart was en zo klaagde' – Avner glimlachte – 'zou je dan tegen me zeggen dat ik terug moest gaan naar Afrika?'

'Wel als je daar opgegroeid was.'

'Ik hou van Israël. Ik ga de hele tijd terug. Ik hou alleen iets meer van New York. Mijn personeel is Arabier, mijn beste vriend is een zwarte uit Alabama, mijn vriendin komt uit Puerto Rico en mijn huisbaas is een halfjoodse schoft. Weet je wat ik vanochtend heb gedaan? Ik had gisteren in de krant gelezen dat het circus aan het opbouwen is in de Madison Square Garden en dat de olifanten bij zonsopgang door de Hollandtunnel zouden lopen. En ik fotografeer ook een beetje, weet je wel? Dus ik sta om vijf uur op, fiets naar de tunnel en wacht af. Blijkt dat de krant het verkeerd heeft en dat ze door de Lincolntunnel komen, maar evengoed, weet je wel? Dit is een te gekke stad.'

'Avner.' Yolonda boog zich, ellebogen op de knieën, naar voren. 'Je moet naar de foto's blijven kijken.'

'Het is tijdverspilling.'

'Het is een moord,' snauwde Matty. 'De daders lopen nog vrij rond en het slachtoffer, dat had jij net zo goed kunnen zijn.'

Avner leek daarover na te denken, verdween even achter die wasbeerogen van hem, en was toen ineens terug: 'Weet je wat het ergste is?' Hij boog zich in hun richting, glimlachte vaag. 'Nu wil hij tafeltjes op de stoep.'

Eric zat aan de bar met een cognac-soda in het laatste, door de jaloezieën gestreepte licht van de ondergaande zon.

Hij stond verbaasd van zichzelf toen hij op de rolgordijnen aan de kant van Rivington Street het silhouet van Bree herkende en had de envelop met haar fooi in zijn hand voordat ze de zaak binnenkwam.

Ze bleef bij zijn balie staan en keek waar hij was, en Eric dacht opnieuw 'Ierse ogen', half de titel van een liedje en helemaal een cliché.

Ze was een jaar of twintig, eenentwintig, veertien of vijftien jaar jonger dan hij, en ze droeg een lichtoranje, Indiase jarenzeventigblouse en een versleten spijkerbroek waarvan het zitvlak een maat te groot was. Hij zag voor zich hoe ze vanochtend was opgestaan en de kleren uit de gekreukelde stapel naast haar matras-op-de-vloer had gegrist.

'Hallo.' Ze kwam naar de bar toe waar hij zat, pakte haar envelop aan en haalde toen diep adem, alsof ze haar moed bij elkaar raapte. 'Moet je horen.'

Hij luisterde en keek: haar gezicht was zo wit dat het lichtblauw werd, als afgeschepte melk.

Hoe had die dronken smeris het ooit genoemd? Goedkoop Iers vel. Bepaald niet.

'Ik weet niet of je weet wie ik ben, of wie je denkt dat jij bent, maar de toon die je gisteren tegen me bezigde was absoluut ongepast.'

Het klonk gerepeteerd, het klonk alsof het haar niet makkelijk viel om te zeggen, en hij ging voor de bijl.

'Absoluut ongepast,' stemde hij in, terwijl hij zijn ogen op de handen richtte waarmee ze de envelop vasthield. 'Het spijt me.' En hij voegde er toen, inpulsief, aan toe: 'Ik heb er gisteren de hele nacht aan liggen denken. Kon er niet van slapen.' In de woorden klonk de hese, halve hapering door die hij tegenwoordig niet meer in zichzelf vertrouwde, maar goed.

Ze bleef even staan, nam hem op en zei toen langzaam: 'Ik ook niet.'

En net zo makkelijk hadden ze het ineens over iets anders.

'Dus, het is goed?' vroeg hij, terwijl hij zich dwong zijn ogen op de hare te richten.

'Ja, hoor.'

Nu was het de bedoeling dat ze doorliep, naar de kleedkamer, maar ze aarzelde, nam een seconde te veel om een pasje achter zichzelf aan te lopen, en Eric wist alles van dat pasje te veel: de hele wereld lag in dat pasje van een seconde te veel besloten.

'Waar kom je vandaan?'

'Ik?' De vraag leek een opluchting; ze waren op dezelfde bladzijde.

'Daar heb je nooit van gehoord.'

'Probeer het maar.'

'Tofte, Minnesota?'

'Weet je het zeker?' Dat maakte haar aan het lachen.

Veertien, dertien jaar verschil. Misschien minder.

'En hoe lang ben je al hier?'

'Hier, in New York?'

'Hier in New York.'

'Zes weken?' Haar ogen glinsterden, zo krankzinnig was het allemaal.

Zes weken...

'En wat ben je...' Ineens, tot zijn schrik, voelde hij zich wegzakken.

'Wat ik *ben*? Van mijn geloof, bedoel je?'

'Nee, nee. Wat wil je...' Hij had moeite om de vraag af te maken, kon amper het 'ooit doen' uitbrengen.

'Het liefst?' begon ze en hij hoorde niet wat ze daarna zei.

'Dat is interessant,' zei hij automatisch, en toen: 'Goed...'

Ze hoorde in zijn toon dat ze weggestuurd werd en, teleurstelling en tegelijk verwarring uitstralend, liep ze weg, richting kleedkamer.

'Wacht even,' riep hij haar na en toen ze omkeek met die ondraaglijk blauwe ogen, stak hij zijn hand uit naar haar envelop. 'Laat me even checken of ik je de goede gegeven heb.'

Hij nam de envelop mee de keuken in, staarde ernaar zonder hem open te maken, kwam toen weer tevoorschijn en gaf hem terug, met nog steeds negenentwintig dollar te weinig erin.

'Het is in orde.' Een laatste blik op die rijstpoeder-blanke hals, die parelwitte handen en denkend: geen genade.

Ze zaten met zijn allen op het bed van Irma Nieves: Crystal, Little Dap, David, Irma, Fredro, Tristan en Devon, gaven elkaar de joint door en aten chips, toen Fredro het niet laten kon en begon:

'Bzzzt.' De anderen keken hem aan.

'Wat?'

Fredro knikte in de richting van Tristans onbedekte kin en deed het nog een keer: 'Bzzzt.' Het klonk als een elektrische stroomstoot, als het geluid van Tristans over zijn mond zigzaggende litteken.

De meesten, stoned als ze waren, snapten hem, zagen hem en barstten in giechelen uit; Tristan legde zich eens te meer neer bij de last van het natuurlijke doelwit van anderen zijn. Als het niet het litteken was, was het wel iets anders geweest. Veel was er niet voor nodig, en het was er bij iedereen ingesleten: wat Tristan vandaag weer doet of laat, zegt of niet zegt – iedereen rekende op hem zoals steuntrekkers rekenen op de postbode.

Maar het alternatief was thuis, thuis en hamsterwacht.

'O, nigga.' Fredro, tranen in de ogen, deinsde in geveinsde afschuw achteruit. 'Laat dat dingetje in godsvredesnaam weer staan.'

'Oh!' Het bed schudde van het gegniffel.

'Of bind er een bandana voor, of zoiets.' Devons bijdrage.

'Nergens geen plek meer om het te verstoppen.'

'Ik heb zat plek om hem te stoppen,' zei Tristan zonder het te willen, heel goed wetend dat hij niets ergers kon doen dan op welke manier dan ook reageren.

'Zat plek...' Irma snoof rook uit haar neus, wat weer een ronde gegier opleverde.

Hij vond Irma toch leuk, met haar uitstaande voortanden en zoals ze haar handen gekromd met de palm omhoog in haar schoot hield als ze niets anders aan het doen was.

'Als die arme lul geen karbo om zijn nek hangt speelt de *hond* niet eens met hem.' Dat was Devon weer, en Tristan zag de ogen van die blanke vent omhooggaan, omhoog terwijl hij neerging, en deed alsof het Devon was geweest, die avond, of Fredro, of allemaal; behalve Irma.

'Zijn de kleintjes zo niet bang voor je?' Fredro schoof van het bed af om, met zijn armen omhoog naar boven kijkend, een van Tristans hamsters na te doen: 'Ome Tristan, optillen, billen afvegen – *jezus, shit.*' Alsof het kind ineens het litteken zag, en iedereen in het benauwde, met rook gevulde kamertje rolde weer om van het lachen.

Alleen Little Dap deed niet mee, maar keek met een woedende blik in zijn richting; haat dat hij hem ermee opzadelde.

'Yo, sorry man,' zei Fredro tussen twee gierende uithalen door, terwijl de tranen over zijn gezicht liepen. 'Ik hou het gewoon...' En hij barstte weer uit in gierend gelach.

'Man, ik smeer hem.' En binnen een paar minuten was zowat iedereen van het onopgemaakte bed af en snuivend en gierend en wel bezig de plakkerige, smerige flat te verlaten.

Alleen hij en Irma waren nog over. Tristan, trillend alert, aan het hoofdeinde van het dubbele bed, Irma op het voeteneind, nog steeds trekkend aan de joint, totdat ze ten slotte opkeek en het tot haar doordrong dat ze nog maar met hun tweeën waren.

'Was je vergeten waar de deur is?'

Zijn ex-stiefvader stond er tenminste nog op dat het huis schoon was.

De zeemeermin leek haar het makkelijkst. Ze was niet slecht in natekenen, zelfs uit het hoofd, en aanvankelijk wilde ze alleen maar tekenen en lukte het heel aardig, maar toen de punt van de pen iets dieper ging dan ze bedoelde, toen hij door de huid begon te prikken, toen het allejezus pijn begon te doen maar niet zo erg dat ze ermee wilde stoppen, werd het steeds moeilijker om met vaste hand door te gaan.

En een uur later, toen haar moeder zonder te kloppen binnenkwam en na een blik op de hoop bebloede handdoeken aan haar voeten als een gek begon te gillen, begreep Nina dat Ike's panter en duivelskop tot een andere gelegenheid zouden moeten wachten.

'Waar woont hij?' vroeg Fenton Ma.
'East Broadway 24.'
'Is hij Fook?'
'Ik zou het niet weten,' zei Matty. 'Ik spreek geen Fook. Ik zou maar duimen dat hij Mandarijn spreekt.'
'Ben jij Mandarijn?'
'Mandarijn is de taal. Ik ben Cantonees. Uit Flushing. Maar East Broadway is Fook. Het uitschot woont waar het uitschot hoort.'

Het was een warme avond en East Broadway, onder de ijzeren schaduw van de viaductbogen van de Manhattan Bridge, stonk naar de op ijs gelegde vis waarmee de stoepen omzoomd waren, en Fenton Ma raakte met ieder snaterend stel vrouwen dat ze passeerden meer gestrest.

'Iedereen brabbelt dat achterlijke boerentaaltje. Serieus, ik versta er geen kloot van.'

Voor de tweede keer liepen ze zonder een enkele afgesloten deur tegen te komen zo van de straat naar de woning op de bovenste verdieping. Op weg naar de gemeenschappelijke keuken achter in de flat tuurden ze de geïmproviseerde kamers en hokjes in en zagen de mannen in de kooien en op de planken liggen, en hun sigaretten als vuurvliegjes dansen in het donker.

De keuken was leeg, de eettafel brandschoon, het karaokeapparaat uitgeschakeld en de bak van de karper leeg.

'Hallo, politie,' zei Matty tegen niemand.

De jonge, gedrongen vent die hen de vorige keer de gang in was gevolgd kwam uit een toilet tevoorschijn.

'Volgens mij is dat de man die we moeten hebben,' zei Matty tegen Fenton en ging opzij om de twee mannen te laten praten.

'Hebben ze die vis opgegeten?' fluisterde Yolonda met een knikje richting aquarium.

Na een paar zinnetjes nam de manager Fenton langs Matty en Yolonda mee terug de gang in naar een van de grotere slaapkamers, zei iets tegen een van de rokende mannen in het donker en liet het toen verder aan hen over.

De man had de derde plank van onderen en bevond zich dus, hoewel hij plat op zijn rug lag, op ooghoogte met Ma, en hun gezichten werden met tussenpozen verlicht door de gloed van het trekken aan zijn sigaret.

Een paar tellen later kwam Fenton onder het mompelen van 'achterlijk koeterwaals' naar buiten en wenkte de manager om te komen vertalen.

Na een paar minuten dwong de stank van zweet en rook uit de slaapkamer hen zich terug te trekken naar de keuken, waar ze zwijgend wachtten totdat Fenton in de gang verscheen en gebaarde dat ze konden vertrekken.

'Dat was Paul Ng niet?' vroeg Matty terwijl hij als eerste de trap afdaalde.

'Dat was zijn huurder.'

'Wie zijn huurder?'

'Paul Ng.'

'Huurder van wat?'

'Van de plank.'

'Van de wat?'

Fenton bleef staan op de overloop van de tweede verdieping.

'Ng huurt die plank voor honderdvijftig per maand van de man in de keuken die de hele woning gehuurd heeft, maar Ng moet drie dagen per week werken in een restaurant in New Paltz, dus geeft hij zijn plank voor vijfenzeventig piek in onderhuur aan de vent die daar nu ligt.

'Jezus.'

'Moet je horen, als je rekent dat hij waarschijnlijk zeventig mille moet afbetalen aan de slangenkop die hem hierheen heeft gebracht en een klein beetje naar zijn familie op het vasteland stuurt? Dan is hij ongeveer tachtig procent kwijt van het schijntje dat ze hem betalen, wat gewoon wil zeggen dat je die plank dus doorverhuurt.'

'Weet je waar hij in New Paltz werkt?'

'De Golden Wok.'

'Er zal iemand heen moeten,' zei Yolonda.

'Ik denk het ook.' Matty haalde zijn schouders op; niemand zag bijster veel heil in de expeditie, noch in die hele Paul Ng.

'Hebben jullie nog met iemand anders hulp nodig? Het tempo bij jullie bevalt me eigenlijk best.'

'Toevallig wel,' zei Matty. 'We hebben nog een andere kandidaat voor het patroon van de overval, ook een Chinees.'

'Je hebt mij.'

'Hij heet' – een blik in zijn aantekeningen – 'Ming Lam.'

'Oké.'

'Voel je er wat voor?'

'Ik wel. Ook in een bootpand?'

'Nee, hij heeft een woning met zijn vrouw.'

'Hier in de buurt?'

'Bowery 155.'

'Met zijn vrouw? Hoe oud?'

'Zesenzeventig.'

'O, vergeet het dan maar.' Fenton bloosde bij voorbaat al dat hij ging falen. 'Die oude gozers praten nooit.'

'Dat komt doordat we nooit iemand als jou hebben gehad om met ze te praten.' Yolonda keek de jongen in de ogen en Fenton begon weer van voren af aan te blozen. 'Wees niet de hele tijd zo negatief.'

Toen ze weer op East Broadway stonden, vonden ze de taxi van Leefomgeving met draaiende jammerlichten pal voor het pand geparkeerd, terwijl een aftandse Toyota met getinte raampjes een paar auto's verder op ze stond te wachten.

Matty stak zijn hoofd door het raampje aan de passagierskant naar binnen terwijl Lugo het kenteken van de Toyota via de computer op het dashboard natrok.

'Kom op, kloteding.' Scharf gaf het apparaat een mep terwijl ze wachtten tot de informatie verscheen.

'En, hoeveel dope hebben jullie vannacht van de straat gehaald?' vroeg Matty.

'Voor een uur of zes?' zei Geohagan droog.

Op het handschoenenkastje zat een vergroting van Billy Marcus' pasfoto van zijn rijbewijs.

'Taal noch teken?'

'Je bent de eerste die het hoort,' zei Lugo.

Omdat ze dachten dat de jongen wel aan versterking van de inwendige mens toe was, schoven ze in de kosjere pizzeria in Grand Street, om de hoek van Ming Lams appartement, aan een tafeltje en bestelden een paar punten.

Het was een grote zaak, op dit uur van de dag vrijwel leeg – een zee van binnen geplaatste picknicktafeltjes, met aan de andere kant van de zaal maar een ander gezelschap, een zware orthodoxe jood met een grijze baard in hemdsmouwen aan een tafeltje met een jongere man in een elegant driedelig kostuum die er gebronsd en goed verzorgd uitzag, alsof hij een persconferentie ging geven.

Yolonda boog zich half over het tafeltje heen en fluisterde tegen Fenton: 'Die vent daar? Als hij een vingerbeweging maakt, vallen er vijf doden in Oklahoma.'

'Het is hem aan te zien.'

'Hij niet. Die dikke.'

De pizza arriveerde, drie punten, drijvend in een heldere, oranje vloeistof.

'Willen jullie een goed verhaal horen?' Het was Matty's beurt om te fluisteren. 'Ik probeerde dus al jaren hier een woning te vinden? Ken je de Dubinsky Co-op verderop in de straat? Een wachtlijst van drie jaar. Ik stond iets van vijftigste van boven. Niet dat ik het ooit had kunnen betalen, maar goed. De rabbi daar heeft een zoon en die wordt twee jaar geleden opgepakt bij een hoerenlopersrazzia in Allen Street. Hij wordt opgebracht en ik ken hem wel uit de buurt, ik weet dat hij getrouwd is, hij heeft drie kinderen, zijn vrouw is ziek. Hoe dan ook, de hele bende belandt in wijk Acht voor de verbalen en ik zie hem daar staan met handboeien om en hij ziet eruit of hij zich elk moment van kant gaat maken. Mijn contact bij Zeden is erbij, ik heb wat van hem te goed, om een lang verhaal kort te maken: hij laat me de kudde een beetje uitdunnen en ik kan de zoon van de rabbi door de achterdeur afvoeren met de vermaning "zondig niet meer".'

'"Zondig niet meer,"' grinnikte Yolonda.

'Zondig niet meer. Mijn goede daad voor die avond, nietwaar? De volgende morgen moet ik bij de inspecteur komen. Ik denk: "Wat heb ik nu weer gedaan?" Ik ga naar binnen, en die oude rabbi? Die zit daar bij de baas, plus, *plus* adjunct-commissaris Berkowitz, 1 Police Plaza. Ik ga naar binnen, ik krijg zo'n soort blik van de baas en de commissaris, en ze gaan gewoon de kamer uit. De rabbi blijft zitten, biedt me een stoel aan en zegt: "Ik hoor dat u op zoekt bent naar woonruimte." Ik zeg: "Waar hebt u dat gehoord?" Hij haalt zijn schouders op, en ik weet ineens weer wie hij is, hier in de buurt, en ik zeg: "Ja, ik sta inderdaad op de wachtlijst voor de Dubinsky." Hij zegt: "Dat is eigenlijk wel toevallig, want er woont daar een stel overwinteraars die hebben besloten dat ze een beetje te oud worden om ieder jaar heen en terug naar Florida te reizen, en die zoeken een betrouwbare onderhuurder voor hun woning hier. En de huur is heel redelijk." … Een week later sta ik op mijn nieuwe terras, uitzicht vanaf een hoek, ik zie alledrie de bruggen en ik heb drieëneenhalve kamer achter mijn rug, voor veertienhonderd per maand.'

'Heb je het gehoord?' zei Yolonda. 'En ik schaduw de zoon van die vent elke dag in de hoop dat hij weer iets verkeerd doet, zodat ik hem kan redden en eindelijk uit die klere-Bronx wegkom.'

'Het punt is, die vent repte tegenover mij met geen woord over zijn zoon. Alleen maar: "Ik hoor dat u op zoek bent."'

'En allemaal omdat hij rabbi is?'

'Allemaal omdat hij zegt, stem op die-en-die, waarop vijftienduizend kiezers in de buurt het doen.'

'Natuurlijk moet Matty zolang hij hier woont wel de zoon uit de wind houden…'

'Een bagatel,' zei Matty, en toen, terwijl hij zijn gsm openklapte: 'Hallo?'

'Brigadier Clark?'

'Dat ben ik.'

Even een aarzeling; Matty dacht dat het de vrouw van Marcus was, maar wachtte.

'Ja, hallo, met Minette Davidson?' Alsof ze het niet zeker wist.

'Minette.' Even het spoor bijster door de achternaam.

Yolonda herkende de stem eerder dan hij en wierp een blik terwijl ze met een servetje een deel van het vet van haar tweede punt depte.

'De vrouw van Billy Marcus?' zei Minette.

'Ja, natuurlijk. Hallo, sorry.'

Hij hoorde een eentonige stem door luidsprekers op de achtergrond: vliegveld of ziekenhuis.

'Hallo. Is er iets…' Ze maakte de zin niet af.

'We praten met eventuele getuigen, op ditzelfde moment, maar…'

Fenton stond op om een derde punt te bestellen, slenterde langs de rabbi, nam hem op.

'Geen nieuws over Billy?'

'Hij heeft niets laten horen. Maar er wordt naar hem uitgekeken.'

Weer een eentonige stem uit luidsprekers op de achtergrond, een naam die werd omgeroepen.

'Minette, waar ben je.'

'Waar?'

Opnieuw een stem, dit keer in dezelfde ruimte als zij, aarzelend de naam Miguel Pinto omroepend, alsof iemand het handschrift van een ander las.

'Ben je in een ziekenhuis?'

'Ja, nee, het is niets.'

'Wat is niets. Is alles goed met je?'

'Met mij? Ja hoor.' Toen, met een hand op de telefoon: 'Mag ik wat vragen?' En weer tegen hem: 'Ik moet ophangen.' En ze hing op.

Fenton kwam terug met zijn pizzapunt.

'Je vriendin?' vroeg Yolonda met wijdopen ogen.

'Ze belde ergens vanuit een ziekenhuis.'

'Gaat het goed met haar?' vroeg Yolonda op vlakke toon.

'Ik heb geen idee.'

Matty toetste Binnengekomen Gesprekken, en kreeg 'nummer niet bekend'.

'Shit.'

'Heb je haar nummer niet op het bureau opgeschreven?'

'Het ligt nog daar.'

'Ga het anders maar snel ophalen,' zei ze zonder een spier te vertrekken.

Toen gaf zijn telefoon helemaal de geest.

'In welk ziekenhuis ligt ze dan?'

'Dat zeg ik net. Ik heb geen idee.'

'Gaat het wel goed met haar?'

'Dat zeg ik net, ik weet het niet.'

'En in welk ziekenhuis ligt ze dan?'

'Waarom zit je me te stangen?'

'Ik?'

Fenton hapte in zijn derde pizzapunt.

De rabbi stond op, veegde zijn mond af, gaf de man aan zijn tafeltje een hand, liep toen naar de deur en gaf Matty, zonder naar hem te kijken, in het voorbijgaan een kneepje in zijn schouder.

'Rabbi,' zei Matty.

Fenton boog zich achterover in het gangpad om hem na te kijken terwijl hij Grand Street in liep. 'Ja, dat soort figuren hebben we ook in Chinatown,' zei hij terwijl hij weer rechtop ging zitten. 'Maar ik heb tot een halfjaar geleden in Brooklyn North gezeten, vandaar dat ik nog niet echt weet wie het zijn.'

'Zorg dat je het te weten komt,' zei Yolonda.

'Jezus.' Matty wierp een woedende blik op zijn dode telefoon.

Uiteindelijk bleek dat Ming Lam wel degelijk Engels sprak, niet dat dat veel uitmaakte gezien het feit dat de eerste helft van het gesprek zich via een intercom op straat afspeelde, omdat de oude man pas na twintig minuten overreden bereid was hen zelfs maar binnen te laten.

Hij woonde met zijn vrouw in anderhalve kamer; het zitbad in de keuken kon worden afgedekt met een houten plaat, om ook als eettafel dienst te doen.

Ook nu weer deden Matty en Yolonda een stap opzij om Fenton te laten praten, waarbij de vrouw van Ming Lam, een vrouwtje met exact hetzelfde formaat en dezelfde gedaante als haar echtgenoot, hun met tegenzin een zitplaats aanbod op de met een laken afgedekte bank, die voor de helft in beslag werd genomen door stapels Chinese kranten.

Ze zagen meteen al dat Fenton niets van deze man gedaan zou krijgen, hoe duidelijk ingenomen de oude man ook was bij het zien van een Chinese jongeman in uniform.

'U moet ons helpen.'

'O ja?' zei Ming Lam. Ze stonden met de tenen tegen elkaar in het midden van het kleine vertrek. 'En als jullie hem pakken, wat doen jullie dan? Zijn handen eraf? Afranselen? *Nee*. De volgende dag loopt hij weer vrij rond. En dan grijpt hij mij.'

'Nee, dat doet hij niet. Niet als u ons helpt hem gevangen te zetten. Maar als u ons niet helpt? Ja, *dan*, dan misschien wel. Dat voelen dat soort types.'

Matty wist dat ze het de jongen moeilijker maakten door hun aanwezigheid.

'Jullie zetten nooit gevangen. Ik ben twaalf keer beroofd, ik ben de eerste drie keer naar de politie gegaan en toen heb ik het opgegeven. Jullie pakken een man een dag op en dan loopt hij weer vrij rond, en toen moest ik wegkruipen omdat hij wist dat ik naar de politie was gegaan.'

'Goed, maar nu is het anders.'

'O ja?'

'Ja. Want nu hebt u mij.'

'Wat is er zo speciaal aan jou?'

'De laatste die u heeft beroofd? Ik weet dat hij u nog steeds in de gaten houdt, om u nog een keer te beroven. Maar weet u wat? *Ik* houd u ook in de gaten. Gisteren liep u toch in Essex Street? Ja toch?' Hij gokte het. 'Ik zag u maar u zag mij niet, of wel? En u zag hem ook niet. Ik zorg nu al dat u niets overkomt. En ik beloof u dat ik die vent gevangen zet als u me helpt.'

'Nee. Hij komt de volgende dag weer vrij en dan vermoordt hij me.'

'Zal ik u eens wat zeggen?' Fenton begon te sputteren. 'Als u me niet helpt om hem op te bergen, dan vermoordt hij u misschien echt wel. Of uw vrouw. Of uw kinderen. Hoe zou u dat vinden, als ik u vraag om te helpen en u doet het niet, en dan pakt hij iemand van uw familie. Wat dan?'

'Nee.'

Omdat hij met de jongen meevoelde, maakte Matty aanstalten om de zaak over te nemen, maar Yolonda legde haar hand op zijn arm en hij liet zich terugzakken op de bank.

'Luister, we kunnen u dagvaarden, u *dwingen* om ons te helpen. Wilt u dat dan?

'Ik ben niet bang voor jullie.'

'U hoeft alleen maar een paar foto's te bekijken, misschien een rij gezichten. Geen advocaten, geen rechtbank.'

'Nee.'

Fenton draaide zich om naar Matty en Yolonda op de bank, met de snelle zie-je-wel-blik.

'Maar, weet je?' Bij het horen van de stem van de oude man draaide Fenton zich weer om. 'Dit,' met zijn handen op zijn borst, op het uniform, en glimlachend: 'Dit doet me plezier.'

Matty zat op de muffe bank: we zijn genaaid.

Onderweg naar beneden sloeg Matty zijn arm om Fentons schouders. 'Kan ik je iets in vertrouwen vertellen?' Hij bracht hem buiten gehoorsafstand van Yolonda, ook al wist hij dat Yolonda wist wat hij ging vertellen. 'Dat verhaal over hoe ik de zoon van de rabbi die avond heb behoed voor arrestatie? Dat was gelul. Ik wist alles van die vent en dat hij altijd naar de hoeren ging, dat was algemeen bekend, en mijn kennis bij Zeden wist dat hij me een seintje moest geven als die jongen ooit opgepakt werd, en weet je waarom? Omdat ik ook wist dat als ik ooit kans zag om hem uit de nesten te halen, dat zijn ouweheer waarschijnlijk wel iets zou regelen om mij in de Dubinsky binnen te loodsen.' Matty bleef staan en boog zich naar achteren om te zie hoe het verhaal bij de jongen overkwam.

'Woonruimte, dat is een nachtmerrie in deze buurt.'

Matty had hem verteld hoe het werkelijk was gegaan bij wijze van een soort troostprijs voor het feit dat de oude man hem zo voor schut had gezet, maar het was duidelijk dat Fenton Ma zich nog schaamde, en hij had er geen woord van gehoord.

Het had eerder die dag een paar uur lang hard geregend en deze avond, de vierde sinds de moord, voelde het gedenkteken totaal verkeerd aan: doorweekt en geblakerd, sardonisch en op een of andere manier dreigend, alsof het wilde zeggen: dit is wat de tijd doet, wat er binnen een paar uur na de tranen en de bloemen van ons wordt. Iemand had de teddybeer zo verplaatst dat het nu leek alsof hij de opgezette adelaar van achteren neukte, de andere knuffeldieren lagen als verdronken ratten op hun zij, alle munten die aan Lazarus en de heilige Barbara waren geofferd waren gepikt en van de wierook was niets over dan sporenachtige hoopjes en spiralen van as. De buizenmobile die aan een zelfgemaakte vlaggenstok had gehangen, was geplunderd en teruggebracht tot een enkele staaf die in een spleet in een neergelaten rolhek was gestoken en nu diende als afscheiding tussen het gedenkteken en een berg vuilniszakken voor de pui van de aangrenzende Sana'a Deli. Het enige achtergelaten object dat niet aangetast leek, was een wit T-shirt met het logo van de Hells Angels, fris en strak opgevouwen, als een kil aanbod van vergelding, op de stoep gelegd.

Van alle beelden en boodschappen die voor het oog van de omringende huurkazernes waren opgeplakt, leken alleen Ike's laatste woorden VANAVOND NIET, VRIEND onaangetast door grafitti en weersomstandigheden – krachtig en onverweerd, alsof ze in de muur waren uitgehakt.

Vanavond niet, vriend... Een op de vijf, zes voorbijgangers hield in om de woorden te lezen; sommigen in stilte, je zag hoe hun ogen de letters volgden; sommigen fluisterden het; anderen zeiden het hardop en schudden hun hoofd, vertrokken hun lippen, grijnsden verbijsterd. Wat een sufferd. Sommigen zeiden het zelfs zonder omwegen tegen Eric die aan de rand van het gedenkteken stond: zo is het toch, of niet?

Ze zeiden ook allerlei andere dingen tegen hem. Wie het gedaan had: de Albanese maffia, de Ghost Shadows-gangsters, Moslim Five Percenters van Rikers Island, jihadisten uit Brooklyn, de kit, de overheid. En ook waarom: als wraak voor het naaien van de koningin van Latin King, om hem te beletten een boekje open te doen over Cheney en de Trilateral Commission, de Illuminati, de Ku Klux Klan, om te voorkomen dat hij Sputnik en Skeezix erbij zou lappen, twee rechercheurs uit Alphabet City die hem bij een drugstransactie hadden geript; en al deze schichtig wegkijkende, vertrouwelijke informanten richtten zich specifiek tot Eric omdat hij, hoewel hij amper kon volgen wat tegen er hem werd gezegd, hen niet uit de weg ging en leek te luisteren, alsof hij het echt wilde weten.

Vanavond niet, vriend...

Hij voelde doffe wanhoop als hij luisterde naar de lijzig uitgesproken herhaling van Ike's laatste woorden, de grappen over verbale zelfmoord, zelfmoord door de mond, zelfmoord door bier; verblindende woede dat hij ondergedompeld moest worden in deze studie waar hij niet om had gevraagd: dit werd hem opgedrongen door die naïeve zak die had besloten het hoekje om te gaan met een laatste regel waar Eric om had gelachen als hij hem niet met zoveel geweld met zichzelf had geconfronteerd; als hij zijn leven niet binnenstebuiten had gekeerd.

Alles gezegd zijnde, wist hij eigenlijk niet waarom hij niet op zijn minst deed alsof hij zijn medewerking verleende, al was het alleen maar om van het gezeur af te zijn... Maar een ding wist hij wel: die jongen was dood en je kreeg hem niet terug, noch deed je hem recht als Eric geen gezichten zag of iets interessants hoorde zeggen. En dit wist hij ook: nadat de daders hem die nacht doormidden hadden gebroken, hadden die rotzakken in die verhoorkamer het karwei afgemaakt en ieder laatste spoortje onschuld, inspiratie of optimisme dat na al die jaren nog aan hem kleefde verwijderd, en hem ieder vormloos verlangen om te stralen, om iets te *zijn* dat hij nog over had, afgepakt; hij had zich op zijn best toch al aan strohalmen vastgeklampt, en nu – en nu zei hij gewoon Nee. Hij wilde niet meer meegaan om maar meegaand te zijn. Hij wilde niet meer breken. Hij had misschien het slechtst mogelijke moment uitgekozen om nee te zeggen, maar dat moest dan maar.

'Lafaard.'

Eric keek op en zag een man van middelbare leeftijd met een wazig gezicht pal aan de andere kant van het licht van de straatlantaarn tegenover hem staan.

'Grote lafbek.'

Het was de vader van Ike, wie zou het anders kunnen zijn, die daar met een kromme nek naar de resten van het gedenkteken stond te staren, alsof het een kampvuur was. Gegrepen door het beeld deed Eric een paar stappen in zijn richting – om uit te leggen, om zijn zaak te bepleiten.

'Gore kut.'

En hij bleef staan, trok zich terug; de man was zich zijn aanwezigheid niet bewust en had het tegen zichzelf.

Een als een ooievaar zo dunne gek in een zelfgemaakte boernoes doemde uit het duister op en snelwandelde met een winkelwagentje langs het gedenkteken. 'Vanavond niet, vriend. Vanavond *wel*, achterlijke lul, slip de lip zink een schip, nu toch al te laat.' Hij reed Eric bijna van de sokken.

AANGEZIEN DE DONKERE, magere mixologe uit de No Name het hem gisteravond weer had geflikt, weer de hele geslachtsdaad lang had gehuild maar deze keer met gierend uitgehaalde snikken als bonus achteraf – 'Het is niets persoonlijks, het ligt niet aan jou' – was Matty zondagochtend als eerste in het wachtlokaal, waar het beieren van concurrerende kerkklokken – Spaans katholiek uit Pitt Street, zwart Anglicaans vanuit Henry Street – de boven de zee van verlaten, volgepakte bureaus zwevende stofdeeltjes heen en weer stuwde. Hij zat in de onbeweeglijke stilte met zijn handen voor zich gevouwen en keek neer op de voorpagina van de *Post* van vandaag. De foto onder de naam van de krant toonde een ietwat verfomfaaide Steven Boulware die plechtig een bloemstuk legde op het steeds havelozer ogende, geïmproviseerde gedenkteken in Eldridge Street, met als onderschrift 'Een laatste groet aan een vriend, na ontsnapt te zijn aan de dood.'

Maar de kop zelf was gegund aan een schandaal bij de gemeentelijke reinigingsdienst en de moord op Marcus was verwezen naar pagina vijf, waar er eigenlijk niets over stond.

Een stille dood; de moord was vijf dagen geleden en Matty had nul: geen aanwijzingen en geen echte mankracht, behalve Yolonda, Iacone en Mullins maar vooral Yolonda, want ze stond bij hem in het krijt omdat hij haar was blijven helpen toen ze een jaar geleden zelf zo'n uitzichtloze stille-dood-moordzaak had gehad.

Nog twee dagen tot de herhaling van het buurtonderzoek, maar dat voelde nu al als een gelopen race. En gezien de albatrosachtige uitstraling die hij uit 1 Police Plaza opving, begon hij steeds meer te vermoeden dat zelfs dat er niet meer van ging komen.

De bergketen paperassen op zijn bureau negerend trok hij zijn map met lokale veelplegers tevoorschijn en begon degenen door te nemen die hij in zijn opsporingsverzoek had staan en diegenen opnieuw te bekijken waarvan hij aanvankelijk had gedacht dat ze niet in het profiel pasten.

Toen viel zijn oog op het telefoonnummer van Minette Davidson dat in een hoek van zijn vloeibladhouder zat gestoken.

'Ze heeft zich gesneden terwijl ze een broodje smeerde,' zei Minette.

'O ja?' Matty geloofde er geen woord van. 'Moesten er hechtingen in?'

'Een paar. We hebben bijna zes uur zitten wachten tot de plastisch chirurg eindelijk verscheen, maar hij kwam.'

'Goed.'

'Jij had het ziekenhuis gisteravond toch ook niet kunnen bellen zodat we sneller geholpen werden, hè? Zeg alsjeblieft van niet anders sla ik mezelf voor mijn kop.'

'Nee.'

'Dank je.'

'Gaat het met haar?'

'Jawel. Min of meer.'

'Goed.' Matty's gsm ging over, zijn kennis bij Zeden. 'En ik neem aan dat meneer Marcus hier niets van weet?'

'Meneer Marcus?' zei ze en Matty ving het scherpe randje op. 'Hoe dan?'

'Goed,' zei hij, en toen: 'Luister, ik weet dat het veel langer lijkt maar het is nog maar achtenveertig uur.' Overwoog intussen of hij de lijkenhuizen zou laten nazoeken.

'Ik weet het.' Ze klonk te afgemat om er nu nog iets om te geven.

'Goed.'

'Ja. Het spijt me dat ik je gisteren niet kon helpen.'

'Bedankt. Dank je.'

'En zoals je weet, leef ik van ganser harte met jou en je naasten mee.'

Het was even aarzelend stil. Daarna: 'Dank je.'

'Zoals je weet, leef ik van ganser harte met jou en je naasten mee.'
Matty kromp ineen terwijl hij Zeden terugbelde, een gesprek dat vervolgens leidde tot een telefoontje naar Harry Steele. 'Professor Steele.' Matty klemde zijn gsm met zijn schouder tegen zijn oor terwijl hij zijn hand uitstak naar een rechtopstaand, halfvol bekertje koffie van gisteren in de prullenbak, en het leegdronk. 'Ik hoor uit onvoorwaardelijk betrouwbare bron dat je vanavond een minderjarigenoperatie voor je kiezen krijgt. Je moet uitkijken naar een kleine Latijns-Amerikaanse vrouw, rode streep in het haar, gepiercete wenkbrauw, nogal gedrongen. Zorg dat je haar papieren controleert. Waarschuw Clarence en hou samen de deur in de gaten.'

Buiten in Pitt Street reed een auto met dermate krachtige bassen voorbij dat de potloden over zijn vloeiblad rolden.

'Ik heb geen idee hoe laat. Het is geen reservering om te komen eten. Besteed er gewoon wat waakzaamheid aan, goed? Luister... jij moet iets voor me doen...' Matty stond op het punt om hem te vragen te helpen met Eric Cash, toen hij op de begane grond commotie hoorde en daarom ophing. De diender achter de balie blafte 'Hé, ho!', gevolgd door de trap op rennende voeten met daarachteraan de collega. 'Blijf godverdomme staan, zei ik!' Matty kwam overeind en zette zich schrap toen de deur van het wachtlokaal tegen de muur werd gemept en Billy Marcus piepend, met starre ogen en voorafgegaan door zijn drankkegel, naar binnen kwam stuiven en uitriep 'Ik weet wie het gedaan heeft,' voordat hij van achteren in een vliegende omhelzing werd gegrepen en de massa van de diender achter de balie hen beiden op de grond deed belanden – Billy met zijn gezicht vooruit, zijn armen tegen zijn lichaam geklemd zodat het bloed uit zijn onbeschermde neus over de vloer spoot toen de woedende, buiten adem geraakte tweehonderdponder boven op hem landde.

'Ik weet wie het gedaan heeft,' zei Billy nog eens, en deze keer klonk het geknepen en nasaal terwijl hij, ogen naar het plafond, in een achterover gekantelde stoel aan de geïmproviseerde eettafel zat en Matty achter hem stond en een vuist vol papieren handdoekjes tegen zijn neus hield. 'Ik weet wie het gedaan heeft.'

'Oké, goed, rustig aan maar.' De walm van whiskey om tien uur 's ochtends maakte zijn ogen aan het knipperen.

'Oké, goed, rustig aan maar,' aapte Marcus hem na, piepend als een radiateur.

'Meneer Marcus, hebt u astma?'

'Billy. Ik heet Billy. Dat heb ik' – hij stopte om adem te halen – 'de vorige keer al gezegd. Ja. Een beetje.'

Matty pakte Billy's hand en legde hem op de papieren handdoekjes, liep naar een van de verlaten bureaus en haalde de Advair-inhaler uit de toilettas die John Mullins in zijn onderste la bewaarde.

'Weet u hoe u zo'n ding moet gebruiken?' Hij schudde ermee voordat hij hem aan Marcus gaf.

'Ja, bedankt.' Hij nam een shot met zijn vrije hand.

Terwijl hij Billy nu van minder dan een halve meter afstand aankeek, drong het tot Matty door dat hij, hoe vaak ze elkaar de afgelopen dagen ook hadden gezien en gesproken, Marcus nooit goed had opgenomen. Zijn gezichtstrekken leken half uitgewist en tegelijk voortdurend te fluctueren, alsof het trauma hem zowel lichamelijk als geestelijk had vervaagd; zijn gezicht zou gewoonlijk op geen stukken na zo opgezet en uitgemergeld zijn, noch zijn gelaatskleur zo vaalbleek en blozend, zijn ogen zo troebel en fel, zijn haren zo sluik en wild. Hij leek tegelijk ouder en jonger dan hij was, lichamelijk was hij slank en lenig, en tegelijk had Matty hem zien bewegen met de aarzeling van een hoogbejaarde die in het donker een onbekend vertrek oversteekt – waar het uiteindelijk op neerkwam was dat Matty, zelfs van zo dichtbij en volledig geconcentreerd, nog steeds niet kon uitmaken hoe Billy Marcus eruit zag.

Wat hij echter wel zeker wist, was dat de man nog steeds dezelfde kleren droeg als drie dagen geleden.

'God weet dat ik er niets van wil zeggen, maar ben je dronken?'

Marcus negeerde de vraag, stak een hand in zijn broekzak en trok er een verkreukelde pagina van de *Post* van die dag uit.

'Alsjeblieft.' Hij hield hem aan Matty voor.

Het was een pagina uit de sportbijlage, een stuk over de onvolwassenheid van de nieuwe point-guard van de Knicks, maar toen zag hij de krabbel met balpen in de marge: '22 Oliver magere caramel lat roze vel rits train st-was niks zwart.'

'Wat staat hier?'

Marcus sloeg een hand op zijn borst en liet zijn hoofd tussen zijn knieën zakken.

'Wat staat hier.'

Marcus kwam met zijn ogen op het plafond gericht weer overeind. 'Ik stond...' Hij haalde adem. 'Ik stond bij een kiosk en ik zie de kranten, en de voorpagina? Ik weet niet of je hem gezien hebt, met dat adres in Eldridge Street waar al die bloemen en zo liggen? Die foto, op je bureau?' Hij praatte nu ratelend snel, alsof het ijskoud was in het vertrek. 'Naast me staat, staat een meisje, latina, en ze pakt die krant, kijkt naar de foto en haar ogen worden gigantisch groot. En ze zegt: "Oh *shit*, ik dacht dat die niggers zaten te bullshitten." Ze legt de krant neer en ze loopt weg en dus volg ik haar om te zien waar ze heen gaat, want zoals ze het zei klonk het alsof ze de jongens die het hadden gedaan erover had horen opscheppen, denk je niet?'

Of vrienden had die haar hadden verteld over een schietpartij in de buurt die ze op televisie hadden gezien. Ze hadden zes, zeven van dat soort slappe aanwijzingen gehad.

'Dus je ging achter haar aan.'

'Ja. Na de eerste zijstraat bedacht ik dat ik die krant had moeten kopen die ze had opgepakt, want daar stonden natuurlijk haar vingerafdrukken op? Maar... Ik volg haar naar... waar?' Hij probeerde de aantekening die Matty in zijn hand hield ondersteboven te lezen.

'Oliver Street 22?' zei Matty.

'Ja.'

'In de Lemlichs?'

'Een van die projects, ja. Niet te geloven dat ik de naam niet heb gezien.'

'We weten waar het is.'

'Daar ging ze dus naar binnen en het leek me niet zo slim om haar nog verder achterna te gaan, dus heb ik opgeschreven wat ze aanhad, op mijn krant, en ben ik meteen hierheen gekomen.'

Marcus had niet een keer met zijn ogen geknipperd sinds Matty en de collega hem van de vloer hadden getild.

Aan de andere kant was Oliver Street 22 hier helemaal niet zo'n slecht adres voor: het lag redelijk in de vluchtrichting van de schutter en ze hadden de Lemlichs van het begin af aan in gedachten gehad.

'En dit is haar signalement.'

'Ja.'

'Kun je het voorlezen?' Hij gaf hem zijn aantekening terug.

'Magere, caramelkleurige latina met een roze velours trainingsjack met rits, stonewashed spijkerbroek en zwarte Nikes.'

'Hoe oud ongeveer?'

'Middelbare school.'

'En waar was die kiosk?'

'Eldrigde, bij Broome Street? Je weet wel, om de hoek bij...'

Marcus schudde met de inhaler maar vergat nog een shot te nemen. 'Lijkt het je niet een goed spoor?'

'We trekken het na. Maar ik heb een vraag...' Matty aarzelde. Zei toen: 'Billy, wat doe je nog steeds hier?'

'Hoezo?' Zijn mond hing ongelovig open.

Matty trok zich terug.

'Wanneer gaan jullie erheen?'

'Om?'

'Om die meid te vinden.'

'Gauw.'

'Hoe gauw?'

'Zo gauw jij uit de buurt bent.'

'Pardon?'

'Jij moet naar huis.'

'Nee.'

'Je vrouw is hier geweest. Totaal radeloos dat ze je niet kan vinden.'

Billy keek een andere kant op.

'En je dochter was gisteravond in het ziekenhuis.'

'Wat? Wat is er gebeurd?'

'Ze had zich gesneden.'

'Zich gesneden?'

'Voor zover ik weet heeft ze niets,' zei Matty. 'Maar ze moest wel gehecht worden. Moet je eigenlijk niet naar huis, kijken hoe het gaat? Ik kan je zo laten brengen.'

'Maar je zegt dat ze niets heeft?'

Matty kreeg de neiging hem een draai om zijn oren te geven. Hij gebaarde naar de telefoon op zijn bureau. 'Bel je vrouw. Zeg haar waar je uithangt.'

'Zal ik doen.' Hij keek weg, zijn handen in zijn schoot. Val dood. Matty belde haar later zelf wel.

'Ik moet mee,' zei Billy.

'Waarheen?'

'Hierheen.'

'Meneer Marcus, dat doen we niet.'

'Het *moet*. Die beschrijving kan op wel duizend jonge meiden slaan. Ik ben jullie ogen.'

Matty vroeg zich dikwijls af wat erger was, weten wie je zoon, je vrouw, je dochter had vermoord, of niet. Een naam, een gezicht hebben voor je demon, of niet.

'Het *moet*.' Billy wierp zich bijna uit zijn stoel. 'Je moet me mijn...'

Toen, uit het oog verliezend wat hij had willen zeggen, knipperde hij eindelijk met zijn ogen, en leek daarna niet meer te kunnen ophouden met knipperen. 'Ik ben niet zo dronken als je denkt. En ook niet zo gestoord.'

'Dat heb ik geen van beide gezegd.'

'Het is een goed spoor, ik weet het gewoon. Ik *smeek* het je op mijn knieën.'

Yolonda kwam binnenlopen met een *café con leche*. Zag Marcus en zei: 'Mijn god,' op een toon die automatisch hoog en teder werd. 'Hoe is het met u?'

'Ik heb een meisje horen praten over de schietpartij en ik ben haar naar een adres gevolgd.'

Yolonda wierp een blik richting Matty, die zijn schouders ophaalde en zei: 'Ik zei net tegen meneer Marcus dat we het zouden natrekken, maar dat hij echt niet mee kan.'

Yolonda blies op haar koffie. 'Waarom niet?'

Matty pakte de telefoon en gaf hem aan Billy. 'Bel naar huis.' Toen pakte hij Yolonda bij haar elleboog en trok haar buiten gehoorsafstand.

'Wat mankeer jij?' Zijn gezicht een paar centimeter van het hare.

'Doe niet zo moeilijk. Laat hem gewoon meekomen.'

'Hij heeft al dagen geen contact meer met zijn gezin.'

'Doet me aan jou denken.'

'Heel leuk. Die vent is door het lint.'

'Natuurlijk. Ik zie hem zitten en ik weet meteen dat hij iets moet doen, dat hij het gevoel moet hebben dat hij iets doet en dat hij zich anders van kant maakt.'

'Laat hem dan voor zijn gezin zorgen. Dat is iets doen.'

Yolonda haalde haar schouders op, nam een slokje koffie.

Jimmy Iacone, voorafgegaan door een wolk bedlucht, verscheen stommelend, met een handdoek en een tandenborstel in zijn linkerhand, uit het slaaphok.

'Hebben jullie enig idee hoe hard jullie praten?'

Matty keek de zaal in. Billy hing op nadat hij met zijn vrouw had gepraat of zogenaamd met zijn vrouw had gepraat. Hij griste een blocnote van het bureau van Mullins en begon te schrijven.

Matty liep rond in een klein kringetje terwijl Yolonda kleine teugjes van haar koffie dronk. 'Hij blijft in de auto.'

'En, meneer Marcus,' Yolonda draaide zich om en haakte een elleboog over de rugleuning van haar stoel. 'Ik weet dat het een beladen vraag is, maar redt u het een beetje?'

'Nee... Ik probeer om, om, je moet rationeel nadenken om hier overheen te komen?'

'Dat is al goed,' zei ze. Ze gaf hem een kneepje in zijn pols. 'Maar u moet geduld hebben. Het is niet alsof je een soort ladder beklimt, dat het elke dag een stukje beter gaat, begrijpt u wat ik wil zeggen?'

Maar Marcus had zich al weer uitgeschakeld en zat levenloos te staren naar de wereld die langs zijn portierraampje voorbijrende. Aan de andere kant van de auto deed Jimmy Iacone min of meer hetzelfde, en de twee mannen zagen er voorlopig uit als kinderen die zich tijdens een lange rit zaten te vervelen. De auto was vergeven van de lucht van alcohol die bij iemand uit de poriën stroomde, maar dat had net zo makkelijk Jimmy kunnen zijn.

'En de familie,' zei Matty, die probeerde Marcus' ogen in de spiegel vast te houden. 'Redden zij het een beetje?'

'Ze begrijpen het,' zei Billy van een afstand.

'Wat,' zei Matty. 'Wat begrijpen ze.'

Yolonda legde haar hand op Matty's arm. Het stenoblok dat Marcus uit het bureau had bevrijd lag opengeslagen op zijn schoot en Matty las in de achteruitkijkspiegel wat er op geschreven stond.

BEN IK OOIT EEN TROOST VOOR JE GEWEEST

'En je dochter?' Hij hield vol. 'Hoe is het met haar? Hoe is het afgelopen in het ziekenhuis?'

'Ik heb, ik had als kind astma?' zei Marcus tegen Yolonda. 'Het is weer terug. Dertig jaar geleden en het is terug.'

'Dat is de stress,' zei Yolonda.

'Nee, dat weet ik. Dat weet...'

'Echt waar, het is de stress. Ik heb eens een vrouw meegemaakt? Haar zoon – ' Yolonda onderbrak zichzelf. 'Hoe dan ook.'

Toen ze stilhielden aan de Madison Streetkant van de Lemlich Houses, staarde Marcus naar iedere bewoner die voorbijkwam alsof hij zijn ogen niet helemaal wijd genoeg kon opensperren.

'Het gaat dus zo.' Matty draaide zich achterom. 'We hebben je signalement van het meisje, we hebben het adres. Mijn collega Bello en ik gaan kijken of we haar kunnen vinden. Collega Iacone blijft bij jou. Als we iemand vinden die in aanmerking komt, lopen we langs de auto. Je zegt tegen Iacone of je haar herkent. Onder geen enkele voorwaarde verlaat je dit voertuig. Is dat begrepen?'

Billy, zijn mond nog steeds slap open van de concentratie, bleef ieder gezicht, ieder paar vernikkelde ogen dat voorbijkwam bestuderen.

'Is, dat, begrepen?'

'Is het hier gevaarlijk?' vroeg Billy op lichte toon, terwijl zijn borst heftig op en neer ging.

'Niet al te,' zei Yolonda.

'Hallo?' Matty keek hem strak aan.

'Ik begrijp het.'

Terwijl Matty het signalement dat Billy had opgegeven in zijn notitieblok overschreef, draaide Yolonda zich weer naar de achterbank. 'Waarom het hier wel meevalt? De jongeren hier staan dicht bij alles, weet je? Bij de meeste van dit soort projects is het dat niemand beter weet, maar twee straten hiervandaan sta je in Wall Street, Chinatown, de Lower East Side, en dat zijn net veiligheidskleppen, weet je? Een soort zelfvertrouwen om de wereld in te gaan...'

'En iedereen te rippen die je tegenkomt,' mompelde Iacone.

'Wat ben jij toch cynisch, ongelooflijk,' zei Yolonda. 'Ik kom zelf uit de projects, en ik heb nooit iemand beroofd.' Toen weer tegen Billy: 'Ik heb daar zo de pest aan, zoals iedereen zegt dat iemand uit de projects komt, alsof je daarmee in een vakje past.'

'Klaar?' zei Matty tegen haar.

Eenmaal uitgestapt liep Yolonda om de auto heen naar Jimmy Iacone's portierraampje, gebaarde dat hij het moet opendraaien, en fluisterde in zijn oor: 'Krijg jij maar een dikke in je reet, vieze, vette, dakloze italiano-lul dat je er bent.'

De Clara E. Lemlich Houses, een morsig, onregelmatig gevormd samenraapsel van vijftig jaar oude torenflats, stonden ingeklemd tussen twee eeuwen. Naar het westen werden de veertien verdiepingen hoge gebouwen overschaduwd door 1 Police Plaza en het hoofdkwartier van Verizon, reusachtige, futuristische bouwsels die zich slechts onderscheidden door hun oneindig-blinde oprijzen; en naar het oosten torenden deze flats op hun beurt uit boven de bakstenen, uit de Burgeroorlog daterende huurkazernes in Madison Street.

Toen Matty en Yolonda op deze doodgrijze zondag het terrein op weg naar Oliver Street 22 betraden, maakten veel van de jonge mannen die aan de voet van de flats rondhingen uitdrukkingsloos de weg vrij toen ze dichterbij kwamen en hergroepeerden zich vervolgens achteloos toen ze eenmaal voorbij waren gelopen.

'Het Nature Channel,' mompelde Matty.

'En wat heb je vandaag nu weer?'

'Hij liegt dat hij barst.'

'Wie?'

'Marcus. Hij heeft niet naar huis gebeld.'

'Dan heeft hij niet naar huis gebeld. Ben jij zijn moeder?'
Matty liep zwijgend door, probeerde eruit te komen. 'Vorige week heb ik hem beloofd dat we het zouden oplossen en nu zakt de hele zaak zo hard de grond in...'
'En dus reageer je het op hem af?'
'Je had ze moeten zien, Yoli. Een godvergeten bende kakkerlakken als je het licht aandoet.'
Yolonda nam zijn spiel over, imiteerde hem perfect: '"Daar wist ik *niets* van." "Dat heb je *ons* nooit gezegd." "Hoe kom je erbij hem geen paraffinetest af te nemen?" "En ik had het maar te slikken. De hele bende verdween onder het fornuis, en ik had het maar te slikken."'
Er zaten drie jongens met hoodies op de houten lattenbank voor de deur van nummer 22, een zwarte, een latino en een blanke, als de voorhoede van een jeugdbrigade van de vn, allemaal met de ogen halfmast naar de grond starend.
'Hoi, alles goed?' Yolonda liep naar ze toe, Matty liet haar zoals altijd op straat het voortouw nemen. 'Hebben jullie een uur of zo geleden een meisje naar binnen zien gaan: licht latina, een jaar of vijftien, zestien met een roze ritsjack, een beetje mager?'
Ze hielden hun hoofd omlaag en gromden iets, wat Matty deed denken dat er waarschijnlijk geen kwaad bij zat, gezien hoe overdreven ze weigerden mee te werken.
'Nee?' Yolonda glimlachte. 'En jij?' Dit was tegen de zwarte jongen, driehonderd pond met de vooruitstekende wenkbrauwen van een neanderthaler. 'Niet iemand die je kent?'
'Nuh-uh,' zei hij, zonder op te kijken. Hij had de gameboxen van *Carlito's Way 3* en *Danger Mouse: Likely to Die* op zijn schoot liggen.
'Dat klinkt niet als iemand die hier woont? Of hier in de buurt?'
Ze schudden hun met hoodies bedekte hoofden: als drie treurende monniken.
'Ze wordt niet gezocht of zoiets...'
Er kwam een meisje naar buiten dat er min of meer uitzag zoals Yolonda net had beschreven.
'Hallo, gaat het goed?' Yolonda ging voor haar staan. 'Moet je horen, wie is dat meisje dat een beetje op jou lijkt, ze woont hier of

ze komt hier bij vrienden, draagt een roze ritsjack. Ze heeft niets gedaan of zo.'

'Lijkt op mij?' zei het meisje langzaam.

'Ja, misschien iets minder mooi...'

Yolonda haakte een arm in de hare en stuurde haar in de richting van de auto.

'Irma, misschien?' lijsde het meisje.

'Welke Irma?'

'Ik weet niet hoe ze heet.'

'Woont ze hier?'

'Weet ik niet. Misschien.'

'Hoe oud ongeveer?'

'Groep elf? Maar ik weet het niet echt.'

'Bij wie woont ze?'

'Dat weet ik niet van haar.'

'Hoe heet jij?'

'Crystal.'

Yolonda wachtte.

'Santos.'

Ze stonden in Madison Street.

Yolonda keek naar de auto. Iacone boog zich naar Billy toe en schudde toen van nee.

'Is je familie trots op je, Crystal?'

'Weet ik niet.'

'Zorg dat je familie trots op je kan zijn, oké?'

'Nu op dit moment?'

'In het algemeen. Elke dag.'

'Oké.'

Toen Yolonda terugkwam bij de voordeur van Oliver Street 22, zaten de drie jongens nog steeds te fronsen en door samengeknepen ogen te turen, elk in een andere richting, en stond Matty met zijn handen op zijn rug voor de bank.

'Irma,' zei Yolonda tegen Matty, en toen tegen de drie: 'Waar woont Irma?' De jongens keken haar aan alsof ze Urdu sprak.

'Ze weten het allemaal verrekte goed,' mompelde Yolonda. 'Bel Huisvesting maar.'

De politie-informatielijn van Huisvesting had drie Irma's op het adres Oliver Street 22: Rivera, zesenveertig, Lozado, elf en Nieves, vijftien.

'Geef me die van vijftien,' zei Matty, en kreeg het nummer van de flat. 'Iets naders bekend over het adres?'

Volgens de dienst werd er op 8G niemand gezocht, deed er nooit iemand open en werd alles muisstil als je aanbelde.

In de lift rook het naar gebraden kip en pis, en de wanden waren bekleed met wat eruit zag als gedeukt aluminium. Het was vol, op weg naar boven: een Afrikaanse moeder met haar drie kinderen, die met haar felgekleurde, ingewikkelde hoofddoek op haar hoofd, alsof ze ergens schoon genoeg van had, onzachtzinnig jasjes en hoofddeksels rechttrok, en een bejaard Chinees echtpaar dat samen met hun boodschappenwagentje in krimpfolie leek te zijn verpakt.

Op de schemerig verlichte achtste verdieping klonken achter minstens drie deuren luide stemmen of televisieseries, maar toen Matty aanbelde bij 8G werd alles stil, zoals hij al verwachtte. Hij wierp een blik richting Yolonda en begon toen de deur met de zijkant van zijn gebalde hand te bewerken. Niets.

'Wat een gezeik,' mompelde zij, en belde toen overal aan – zonder resultaat.

Maar toen ze zich omdraaiden naar de liften, ging 8F op een kiertje open.

'Hallo, gaat alles goed.' Yolonda stapte op het naar buiten glurende oog af en liet haar insigne zien. 'Mijn naam is Bello. Recherche?'

De vrouw deed de deur verder open en stond in peignoir en vest in de opening.

'Ik heb een vraag, we proberen Irma te bereiken? Bij Nieves, hiernaast? U kent haar wel, toch? Het is niet omdat ze iets gedaan heeft, maar zou ik...?'

'Anna!' brulde de vrouw plotseling, waarop de deur van 8G een stukje openging en er in de doorgang een vrouw in een vormloze stretchbroek en extra large T-shirt, zonder tanden in de linkerhelft van haar gezicht, uit samengeknepen ogen naar hen tuurde.

'*¿Tú eres la abuela de Irma?*' Yolonda zwaaide opnieuw met blik.

De vrouw sperde onmiddellijk haar ogen wijd open en sloeg haar handen voor haar mond.

'*No, no, no, no es nada malo,*' Yolonda raakte even haar arm aan. '*Ella no tiene ningún problema, solamente tenemos que hablar con ella. Tenemos que preguntarle algo de su amiga.*'

De oude vrouw zonk weg in zichzelf, haar oogleden trilden van opluchting.

'*¿Está ella en la casa?*'

'*Entra.*' Ze deed de deur verder open.

De woning was vettig en nauw; het zeil plakte aan hun schoenzolen. De kleine voorkamer waar ze hen had achtergelaten om haar kleindochter te gaan halen, lag vol met bergen kleren: op sofa's, stoelen, in open vuilniszakken op de vloer en uitpuilende opgestapelde plastic opbergkratten. Een paar uit tijdschriften gescheurde afbeeldingen van Jezus waren met punaises aan de verder kale muren geprikt.

Twee jongetjes kwamen uit een kamer achter in de flat naar hen kijken.

'Wat is ze gaan doen?' vroeg Matty. 'Haar wakker maken?'

'Ik geloof van wel,' zei Yolonda.

'Als ze nog ligt te slapen, is het haar niet.' Hij haalde zijn schouders op en ging richting deur.

'Wacht nou even.' Yolonda legde haar hand op zijn arm. 'We zijn nu toch hier, dus…'

Matty staarde door het enige raam in de woonkamer naar buiten, naar het uitzicht dat waarschijnlijk ooit landelijk was geweest – de East River en de oever van Brooklyn – maar waarin nu tussen de mazen van wolkenkrabbers en het steen-en-staal van de Manhattan Bridge door amper een golfje loodkleurig water zichtbaar was.

De grootmoeder kwam terug en gebaarde hun mee te komen.

De kamer van Irma Nieves was klein en benauwd en werd voor driekwart in beslag genomen door drie opgestapelde supergrote matrassen. Het meisje zat in pyjamabroek en baby-T-shirt ineengedoken op een hoek van het onopgemaakte bed, haar handen met de palmen omhoog in haar schoot. Ze had schuinstaande ogen, wat haar slaperigheid midden op de dag nog benadrukte en was slank-knap, behalve dat ze krokodilachtige, vooruitstekende boventanden had, en een smalle strook donkere puistjes op een kant van haar gezicht.

'Hoi, Irma. Ik heet Bello, ik ben rechercheur. We zijn op zoek naar een meisje dat een beetje op jou lijkt en hier woont, of hier wel eens komt, een lichte latina, jouw leeftijd, ze draagt een roze velours ritsjack. Ze heeft niets gedaan, we willen haar alleen spreken.'

De twee jongetjes kwamen de kamer binnenstormen en doken op het bed; Irma klikte loom-geërgerd met haar tong.

'Lijkt op mij?' zei ze uiteindelijk en leek toen weg te drijven.

'Het zou niet Crystal Santos kunnen zijn, hè?'

'Crystal? Die lijkt niet op mij.'

Yolonda keek Matty aan: zie je wel?

De grootmoeder stond ongerust en niet-begrijpend in de deuropening.

Matty nam de rest van het vertrek in zich op: een toilettafeltje met flesjes babyolie, vaseline, een half-opgegeten Big Mac en een paperback getiteld *The Bluest Eye* met een sticker van de Seward Park High School; een spiegel met een serie foto's van latino en zwarte tieners in een pretpark; en smetteloze paren sneakers, geparkeerd waar er maar plek was. Het uitzicht uit het enige raam was bijna abstract, de hemelbelemmerende dubbele arcering van die monolieten in het westen: Police Plaza en de Verizon-toren.

'Er moet hier iemand zijn die op jou lijkt,' zei Yolonda. 'Misschien niet zo knap.'

'Tania?' zei Irma. 'Maar ik weet het niet.'

'Woont Tania hier?'

'Bij mij?'

'In het gebouw.'

'Ik denk van wel, maar ik weet het niet.'

De jongetjes begonnen te knokken. Irma klikte weer met haar tong en keek haar grootmoeder in de deuropening aan om iets te doen, maar de vrouw leek niet over de drempel te durven stappen.

'Hoe zei je dat Tania nog meer heet?'

'Weet ik niet.'

'Waar is dit, Rye Playland?' Yolonda wees naar de foto's die in de rand van de spiegel waren gestoken.

'Ja. Uh-huh.'

'Staat zij hier op?'

'Nee. Zo ken ik haar niet.'

'Is ze wild, goed…'

'Wild?' Toen: 'Ik zou het niet weten.'

'Die Tania, wie kent haar nog meer?'

Er kwam een derde jongetje de kamer binnenstormen, met een jong katje onder elke arm.

'Wie kent Tania nog meer, Irma?'

'Ze is soms met een dikke jongen, Damien of zoiets?'

'*Moreno?*'

'Zwart, ja. Uh-huh.'

Yolonda dacht aan die zware jongen op de bank.

'Hoe is die Damien?'

'Om op te vreten.'

'Nee. Als persoon.'

'Wel aardig, denk ik.'

'Met wie gaat ze nog meer om?'

'Een jongen, ik geloof dat hij True Life heet?'

'Goed? Slecht?

'Ik ken hem niet, maar hij is duidelijk darkside.'

'*Moreno?*'

'*Dominicano*. Nee. Nou ja, half?'

'Half en half?'

'Zo lijkt hij, maar ik weet het niet.'

'Ooit opgesloten?'

'Ik denk van wel.'

'Hoe oud is hij?'

'Achttien zoiets? Twintig? Maar ik weet het niet.'

'Maar hij is darkside.'

'Ja, zeker.'

'En wat doet hij?'

'Irma haalde haar schouders op. 'Zou ik niet weten.'

'Heeft hij een wapen?'

'Kan.'

'En een maatje? Iemand met wie hij graag uit rippen gaat?

Irma haalde haar schouders op.

'Kun je naar het bureau komen om foto's te bekijken?'

'De gezichtenmaker?' Ze glimlachte. 'Oké.'

'Over een uurtje?'

'Een uur? Ik heb afgesproken.'

'Met wie?'

'Mijn vriend. We gaan naar mijn nicht in Brooklyn.'

'Kun je dat uitstellen?'

'Dat weet ik niet.'

'Ik denk het wel,' zei Matty. 'Kom over een uur naar ons toe, dan heb je het maar gehad, oké?'

'Heb je gehoord van die schietpartij vorige week in Eldridge Street?' vroeg Yolonda.

'Die blanke jongen die dood is?'

'Heb je daar iets over gehoord?'

'Niet echt.'

'Het zijn gevaarlijke mensen die we zoeken,' zei Matty.

'Oké.'

'Jij hoeft nergens bang voor te zijn,' zei Yolonda.

'Oké.'

Yolonda draaide zich naar de grootmoeder toe. '*Ella no tiene ningún problema.*'

'Oké,' zei de grootmoeder.

'Je hebt een fijne familie,' zei Yolonda tegen het meisje. 'Je *abuela* zorgt voor heel wat kinderen.'

'Dank u,' zei Irma.

'Bezorg je haar ooit zorgen?'

'Ze is gewoon zenuwachtig aangelegd,' zei Irma en knikte toen in de richting van een van de jongetjes. 'Dat is de erge hier in huis.'

'Een tikje onnozel, hè?' zei Yolonda toen ze uit de lift kwamen.

'De oma misschien ook,' zei Matty. 'Maar ze houdt de boel mooi bij.'

De drie jongens zaten nog steeds op de bank en Yolonda opende meteen de aanval op de dikke die de gameboxen op zijn dijbeen had liggen: 'Hoi.'

Overrompeld als hij was, keek hij haar zowaar even aan met ogen die vanonder die vooruitstekende wenkbrauwbrug wel uit een grot leken te turen.

'Jij bent Damien, ja?'

Hij kon zijn gekwetste uitdrukking niet maskeren en de twee anderen lieten ogenblikkelijk hun hoofd zakken om hun gegiechel te verbergen.

'Nuh,' zei hij met een verrassende piepstem. 'Dat is die andere.'

'Welke andere?'

'Die andere vette nigger,' brulde de latino, bijna in tranen.

De dikke jongen snoof door zijn neusgaten, liet het gaan.

'Dus, jij heet?' speelde Yolonda verder.

'Donald.'

'Zoals Trump?' vroeg ze vriendelijk.

'Kun je ons zeggen waar we hem kunnen vinden, Donald?' vroeg Matty.

'Nee.' De jongen vertrok zijn gezicht. 'Ik ken hem alleen maar van…' Hij keek omlaag naar zijn explosieve omvang.

'Ho.' De blanke jongen had zo'n moeite om zijn lachen in te houden dat zijn hoodie ervan schudde.

'Ene Tania, dan. Ken je haar?' vroeg Yolonda rechtstreeks aan de blanke jongen om het lachen te laten ophouden.

'Tania?' Lijzig. 'Tania's ken ik *zat* hier in de buurt, yo.' En hij en de latino sloegen elkaar op de vlakke hand.

'En een jongen die True Life heet, ken je True Life?'

'True Life? Weet ik niet, misschien wel, ik weet het niet zeker.'

'Hoe kun je nu niet zeker weten of je iemand kent die True Life heet?' zei Matty.

'Ik ken een jongen Blue Light,' zei de blanke jongen.

'True Life,' herhaalde Yolonda.

'Ik weet het niet.'

'En jij?' vroeg ze aan de latino.

'Hah?'

'Jij?' Ze gaf de beurt weer aan Donald, die nog steeds zijn gameboxes vasthield.

Maar hij was doof voor de vraag, van zijn stuk gebracht door de aanblik van Billy Marcus die uit de auto was ontsnapt en hem nu, terwijl de tranen over zijn gezicht stroomden, stond aan te staren.

Iacone, die achter hem aan was gekomen, keek hen aan en haalde zijn schouders op: ik heb het geprobeerd.

Yolonda wierp een blik richting Matty: jij wint, weg met die man.

'Dat was het,' zei ze.

De drie jongens stonden als een man op, draaiden zich om en begonnen met nonchalant, starogig onbehagen, met zondagmiddagverveling, weg te waggelsjokken.

Iacone deed of hij een hoodie over zijn gezicht trok en zette een hoog stemmetje op: 'Die schoften, ze hebben Kenny vermoord.'

'Zie ik je op de zaak?' vroeg Yolonda aan Matty met een snel kingebaar naar de huilende Billy: weg met die man.

'Wat had ik nou gevraagd?' zei Matty terwijl hij met de roodbehuilde Billy Marcus naast zich de stad weer in reed.

'Ik ben geen klein kind,' mompelde hij, star naar voren kijkend.

Matty wilde doorgaan op het onderwerp, en liet het toen maar rusten.

Ze staken Canal Street over en waren in de Lower East Side waar de namen van reeds lang opgeheven manufacturengroothandels nog steeds leesbaar waren onder de bladderende verf boven dichtgetimmerde deuren.

'Was het nog nuttig?' Billy ademde nog steeds een beetje moeilijk. Tussen de woorden door klonk er een gepiep als van een verre theeketel uit zijn mond.

'Ik hoop het,' zei Matty, en onderdrukte een aanvechting om hem te vertellen over Eric Cash die hen had gedumpt, over de stille dood die de zaak moest sterven.

'Denkt u dat het True Life is?'

'Eerlijk gezegd? Nee.'

'True Life,' herhaalde Marcus en zei toen, op het moment dat Matty Houston Street indraaide in de richting van de West Side Highway: 'Waar gaan we heen?'

'Ik breng u naar huis.'

'Stop.' Marcus stak een hand op. 'Daar ben ik niet.'

Matty zette de auto voor een 24-uurs kebabzaak aan de kant.

'Waar dan wel.'

Marcus liet zijn hoofd op een vuist rusten en zijn ogen werden weer rood. 'Weet je... ik word elke ochtend wakker en dan is er heel even niets aan de hand...'

'Meneer Marcus, waar verblijft u?'

'...en dat maakt het erger. Kun je niet gewoon Billy zeggen? Jezus christus.'

'Billy, waar verbijf je ergens?'

'Ik denk steeds dat ik hem zie, weet je wel? Niet *hem*, maar bijvoorbeeld zijn manier van lopen, zoals hij bij me vandaan loopt, en gisteravond rook ik hem in een kruidenierszaak in Chrystie Street, maar heel vaag, alsof ik hem op het nippertje was misgelopen.'

'Billy, laat me je naar huis brengen.'

'Nee. Niet...' Marcus onderbrak zichzelf, zijn ogen vol plannen. Onder zijn piepende adem klonk nu een zwak gezoem, de vibratie van een meesterplan, maar Matty wist vrijwel zeker dat het niets was, een uit gekte gesponnen suikerkasteel.

'Dit gaat niet goed.' Matty knikte grimmig.

Billy staarde met woest wippende knieën uit het portierraampje.

'Luister, het spijt me, maar je maakt je eigen kwelling erger en je kwelt hen ook. Ik wil niet...'

'Nee, je hebt gelijk,' zei Billy terwijl hij naar buiten bleef staren alsof hij iemand zocht.

'Je vrouw slaat elke dag mijn deur in. "Waar is hij? Waar is hij?" Je dochter, ik kan me bij benadering niet...'

'Je hebt gelijk, zeg ik toch. Je hebt gelijk. Je hebt gelijk. Je hebt gelijk.'

Matty wachtte even. Zei toen: 'Geef me je adres nog eens?'

'Over de Henry Hudson naar Riverdale,' zei Billy na een lange pauze. 'Vandaar wijs ik het wel.'

De zondagmiddag was de informele vrijdag van het wachtlokaal, als het gebruikelijke jasje met stropdas vervangen werd door een T-shirt met het logo van het wijkbureau en spijkerbroek onder de militaire borstelkapsels die de hele week de boventoon voerden.

'Kent iemand een zekere True Life?' riep Yolonda terwijl ze haar tas op haar bureau mikte.

'Ik ken wel ene Half Life,' zei John Mullins.

'Ik ken iemand bij *Life*.'

'Ik ken een Blue Light.'

Yolonda ging achter de digitale fotomanager zitten en tikte True Life in; het systeem leverde niemand op die zich van die naam bediende. Vervolgens begon ze factoren in te voeren voor de selectie die Irma Nieves te zien zou krijgen: ras, leeftijd, jachtgebied.

Ze waren in Riverdale en zaten in de auto voor de deur van Billy's flatgebouw aan de Henry Hudson Parkway.

'Mijn excuses voor mijn uitval van daarnet.'

'Geen punt,' zei Billy afstandelijk terwijl hij naar de luifel boven de ingang van de flat tuurde.

Matty overwoog opnieuw of hij hem zou vertellen hoe melaats dit onderzoek was verklaard; zelfs uit slecht nieuws putten nabestaanden vaak kracht, ieder snippertje nieuws was kostbaar, ieder nieuwtje op zich iets goeds. Hij begreep dat maar kon er nooit echt achterstaan. Hoe dan ook, zelfs hier, voor de deur van zijn flat, zelfs nu, na een lange dag samen, had Matty nog steeds het gevoel dat hij niet helemaal tot de man was doorgedrongen.

'Dat gedoe van je, dat je in die buurt rondhangt en mensen bij kiosken vandaan schaduwt en ze volgt naar hun schuilplaats, dat is nu dus afgelopen, ja?'

'Dat was niet eens mijn bedoeling,' zei Marcus die nog steeds met samengeknepen ogen naar zijn flat tuurde. 'Dat ging gewoon vanzelf.'

'Dat is nu dus afgelopen, ja?' Matty keek van opzij naar Billy's gezicht, naar de bloeddoorlopen wallen onder zijn linkeroog. 'Want ik kan hier niet mijn volledige inzet aan geven als ik me ook nog te sappel moet maken over jou.'

'Oké.'

'Wat zeg je?'

'Oké. Ja.' Toen, Matty recht aankijkend: 'Ik heb het begrepen.'

Marcus haalde het tot halverwege de voordeur, kwam toen terug en boog zich het raampje van de bestuurder in. 'Weet je, je hebt het de hele dag over "je familie, je familie". Je moet een ding goed begrijpen. Ik hou van Nina, maar ze is niet van mij. Toen ik Minette leerde kennen, was ze al zes.' Toen: 'Ike is van mij.'

Irma Nieves kwam twee uur later het wachtlokaal in slenteren dan ze had gezegd, maar niet later dan Yolonda had verwacht.

'Ik zet zes gezichten tegelijk op het scherm,' zei Yolonda, nadat ze het meisje achter de monitor had neergezet. 'Als je niemand herkent, zeg je gewoon nee en dan gaan we verder. Oké?'

Irma scheurde een zak Cheetos open. 'Oké.'

Yolonda zette de eerste koppen op het scherm.

'Nee,' zei Irma, terwijl ze zonder te kijken de Cheetos van haar schoot naar haar mond transporteerde. Het scherm werd grijs, met de boodschap EEN OGENBLIK GEDULD.

'Je hebt een fijne familie,' zei Yolonda.

Zes nieuwe gezichten verschenen op het scherm.

'Nee.'

'Alle jongens liegen, dat weet je wel, hè?

Weer EEN OGENBLIK GEDULD, weer zes portretten.

'Nee.'

'Je bent knap, maar slim is beter.'

'Nee.'

'Spijbel je vaak?'

'Nee.' Toen: 'Nee.'

'Je boft dat je een fijne *abuela* hebt, zorg maar dat je haar geen verdriet bezorgt.'

'Nee.' Twee van de gezichten in deze serie waren bebloed en boven de vijftig .

'Neem nooit iets te drinken aan van iemand die je nog maar net kent.'

'Nee.'

'Gebruik je condooms?'

'Nee.' Toen, Yolonda voor het eerst aankijkend: 'Wat?'

'Zorg dat je niet de zoveelste zwangere tiener wordt, dan mag je arme grootmoeder ook nog voor jouw kinderen zorgen.'

'Hem.'
'Wat?'
'Hem.' Ze wees. 'True Life.'
Yolonda las de info: 'Shawn Tucker, ook bekend als Blue Light.'

'Rits die dingen dicht, ik vries al halfdood als ik alleen maar naar jullie kijk,' zei Lugo tegen de twee jonge latino's die op hun achterbumper zaten terwijl Daley op de achterbank snuffelde.

'Ja, het is koud geworden,' mompelde de bestuurder berustend beleefd.

'Wat een avond, hè?' Lugo stak een sigaret op. 'Waar komen jullie vandaan?' vroeg hij aan de bestuurder.

'Maspeth?'

'En jij?' Aan de andere jongen die een ooglapje droeg.

'D.R.'

'D.R. Dominicaanse Republiek? Daar ben ik vorig jaar nog geweest. Ik wed dat je nu liever daar zat, hè? Ik anders wel. Waar precies?'

'Playa?'

'Dat is me een partij mooi daar. Wij zaten in het Capitán, ken je dat?'

'Daar werkt mijn oom.'

'Mag ik even?' Daley gebaarde ze van de bumper af en maakte de kofferbak open.

'Het Capitán is het beste, hè?' zei Lugo. 'De meiden. We hadden een soort lijfwacht/gids om de stad te bekijken. Hij nam ons overal mee naar toe, deed het woord voor ons, liet ons de mooiste dingen zien. En hij had een wapen op zak.'

'Wel zo slim,' zei de bestuurder nu iets levendiger, misschien omdat hij zichzelf al over een paar minuten zag wegrijden. 'Wat kostte dat?'

'Vijftig per dag,' zei Lugo terwijl hij afwezig met zijn armen zwaaide en een vuist in een handpalm liet landen.

'Pesos of dollars?'

'*Dólares* baby.'

'Dat is daar een hoop geld,' zei de passagier.

'Je leeft maar een keer, toch? Wat is er met je oog gebeurd?'

'Mijn neef heeft me met een stuk ijzerdraad gestoken toen we nog klein waren.'

Lugo vertrok zijn gezicht. 'Lag het eruit?'

'Alleen maar blind.'

'Dat is balen.' Toen, tegen de bestuurder: 'Is dat niet balen?'

De bestuurder haalde zijn schouders op en glimlachte verlegen naar zijn schoenen.

De jongen met het ooglapje lachte: 'Het was hem, hij heeft het gedaan.'

'En toch trek je nog met hem op?' piepte Lugo.

'Hij is mijn neef.' Schouderophalend.

'Kijk hier eens.' Daley haalde een kartonnen, tijdelijke nummer-plaat uit de kofferbak tevoorschijn. 'Iemand heeft met de cijfers zitten klooien, zie je wel?'

Ze dromden alledrie om hem heen. Daley hield het karton met twee handen op, als een pasgeboren kindje. 'Kijk maar. De negen is veranderd in een zeven. Dat betekent dat dit een vervalst hulpmiddel is.'

'Een wat?' zei de jongen met het ooglapje.

'Ik heb de wagen net gekocht,' zei de bestuurder. 'Lag dat in de koffer?'

Lugo en Daley liepen een paar passen weg om te overleggen.

'Wat wil je?'

Lugo keek op zijn horloge. Tien uur. 'Doen.'

Ze liepen terug naar de twee neven achter de auto.

'Lag dat in de koffer?' zei de bestuurder nog een keer. Zijn ogen stonden omlaag van benauwdheid. 'Dat is niet eens het nummer van de wagen, kijk zelf maar.'

'Draai je maar even om?'

'Kom op, zeg,' zei de bestuurder. 'Ik heb de wagen gisteren van iemand gekocht. Ik heb nog geeneens in de koffer gekeken. Ik weet niet wat dat is.'

'Ik maak het niet uit,' zei Lugo afstandelijk.

'Maar waarvoor moet dit?' De stem van de bestuurder werd almaar hoger.

'Verdorie, jij hebt me een paar polsen, vriend,' zei Daley.

Twee bedden verder was de kleinste, Paloma, voor de derde keer vanavond wakker geworden, en Tristan moest als een slaande damsteen over het tussenliggende bed stappen om haar ruggetje te wrijven totdat ze weer insliep. Maar deze keer was ze verder wakker, draaide zich om en keek hem, met ogen als röntgenstralen strak aan in het donker.

'Ga nou gewoon slapen.'

Maar ze bleef hem gewoon aankijken, met die volwassen blik in een gezichtje van drie jaar, zodat Tristan verscheidene keren een andere kant op moest kijken terwijl hij doorging haar te masseren zoals haar moeder hem had gezegd.

'*Mami*,' jammerde het kind, al kwam het jammeren niet tot in haar ogen – wat hem van zijn stuk bracht.

'Hou nou je mond, joh.'

'*Mami*.' Een dof geblaat.

'Verdomme…' siste Tristan.

'*Mami!*'

De slaapkamerdeur ging eindelijk open en de moeder van het kind kwam met ruisend nachthemd en geërgerd tonggeklik binnen.

'Ik vind Tristan niet *lief*.'

'Sssh.' Ze bewoog zich tussen hen in alsof hij gewoon niet bestond.

'Ik vind Tristan niet *lief*.'

'Mij best kreng,' mompelde hij. 'Mijn rug op.'

De moeder bevroor toen hij dat zei, tilde toen haar dochter op om haar mee te nemen naar haar eigen bed, waarbij het kind hem over haar schouder met die kalme, volwassen ogen aankeek.

'Ik heb niks gedaan.' Tristans gezicht was bessenrood in het maanlicht.

Hij graaide zijn beatboek onder de matras vandaan en schreef woedend in het donker:

'de wil om te voldoen
doem of roem
een man staat op een man gaat neer
zit stil als hij wil
mijn nee

beukt als de zee
op jouw ja
mijn macht
en mijn kracht
groeit in de nacht'

'Hallo, bel ik te laat?' zei Matty zachtjes in zijn gsm.
'Met wie spreek ik?' antwoordde Minette een tikje beverig.
'Mat… Matthew Clark van de recherche.' Hij weerde een golf
gêne af, terwijl hij met zijn ellebogen op het hek van zijn balkon nog
een slokje bier nam.
'O, hallo,' zei ze. 'Heb je iets nieuws?'
'Niet… Ik belde eigenlijk alleen om te vragen hoe het gaat.'
'Ja…' Ze zong het half, zo'n beladen vraag.
'Is het goed afgelopen met je dochter?'
'Ze… We zitten naar een film te kijken.'
'O ja?'
Zeventien verdiepingen lager scheurden twee ziekenwagens, de
een van Hatzolah, de andere van Cabrini, van tegenovergestelde uit-
einden van Grand Street naar dezelfde aanrijding toe. Ze leken, door
de combinatie van hoogte en bier, net elektrische insecten.
'En hoe gaat het met meneer?'
'Met wie?'
'Matty aarzelde. 'Met je man.'
Een lange stilte aan Minette's kant van de lijn. Toen: 'Hoe bedoel je?'
'Ik heb hem vanmiddag thuisgebracht, weet je nog?'
'Wat?' Minette's ademhaling klonk iets nadrukkelijker. 'Wanneer?'
Matty begon over het kunstgras te ijsberen. 'Vanmiddag.'
'Ik ben de hele dag thuis geweest.' Haar stem werd schriller. 'Was
hij *hier*?'
Hij wist dat hij een paar minuten had moeten wachten nadat die
lul naar binnen was gegaan.
'Hij is in ieder geval ongedeerd,' zei Matty terwijl zij in snikken
uitbarstte. 'Dat weten we in ieder geval zeker.'
Ze bleef huilen in zijn oor en haar frustratie klonk zo dichtbij dat
hij er duizelig van werd.

'Goed,' begon hij en raakte toen het spoor bijster. 'Kan ik nog iets anders voor je doen?'

Twintig minuten nadat de echtgenote haar hamster had meegenomen, voelde Tristan hoe zijn ex-stiefvader hem recht overeind sleurde in zijn bed.

'Wat zei jij tegen mijn vrouw?'

'Wat?' Tristan greep werktuigelijk de armen die hem hadden gegrepen.

'*Wat? Wat? Wat?*' Door het lint, met ogen van veertig procent.

'Nestor.' Een gesis, ergens uit het duister.

'Wou jij *mijn vrouw* beledigen? Hij besproeide hem met zijn spuug.

Tristan had zijn ex-stiefvader vastgepakt om te voorkomen dat hij geslagen werd en hij merkte ineens dat zijn duim en wijsvinger elkaar rond de polsen van de man overlapten.

De ex-stiefvader probeerde een hand te bevrijden om hem een klap op zijn hoofd te geven en, gewoon om te kijken of hij het kon, gaf Tristan hem de gelegenheid niet. De ogen van de man puilden nu als eieren uit hun kassen.

Duizelig-opgewonden, doodsbang barstte Tristan plotseling uit in: 'I AM POPEYE THE SAI-LOR MAN...'

De ex-stiefvader probeerde opnieuw zijn hand los te krijgen. Tristan greep hem nog vaster beet en brulde nog harder: 'I LIVE IN A GARR-BAGE CAN.'

Toen werd het allemaal te verwarrend, te makkelijk om de man in bedwang te houden en dus liet hij los, heel goed wetend wat er zou gebeuren.

Een seconde later lag hij weer plat op zijn matras, terwijl de smaak van koper zijn keel in sijpelde.

Ten slotte zei zijn vrouw weer 'Nestor' en hield het slaan op – en stond zijn ex-stiefvader over hem heen gebogen alsof hij hem een nachtzoen was komen geven. 'Jij maakt alles kapot, maar *mijn huis* maak je niet kapot.' Toen kwam hij overeind en beende de kamer uit, op de hielen gevolgd door zijn al even gestoord ogende, slettige sloerie van een vrouw.

In het donker, vredig, grijnsde Tristan door zijn bloedomrande tanden heen.

Aangezien de eenheid Misdaadpreventie op de eerste verdieping voorlopig nog bezig was met drie andere aanhoudingen, zat de Dominicaanse jongen met de kartonnen nummerplaat uiteindelijk geboeid tussen Lugo en Daley in de minuscule verhoorkamer voor minderjarigen op de begane grond van het wijkbureau.

'Om te beginnen kun je dag met je handje zeggen tegen je auto.'

'Wat?' De jongen deinsde achteruit. 'Nee, waarom pikken jullie mijn auto in?'

'De jongens van Autodiefstal slopen hem,' zei Daley.

'Schei uit.'

'Dikke kans als ze het chassisnummer natrekken, dat het overgezet is van een of ander allang gesloopt wrak. Maar wat de wet betreft? Die jongens maken heus geen verschil tussen jou en die eikels van georganiseerde autodieven van wie je die kar hebt gekocht.'

'Nee, hè.'

'Bezit is negen-tiende van hangen.'

'Criminalistisch gezien? Met die vervalste nummerplaat hang je automatisch voor georganiseerde misdaad. Twintig jaar minimaal.'

'Jaren, dus.'

'Hou *op*!' De jongen gooide zijn hoofd zo hard achterover dat zijn haren vervaagden.

'Die baby die over vijf maanden komt?' gaapte Lugo.

'Die gaat tegen iemand anders papa zeggen,' maakte Daley af.

'En jij bent ome zakjesplak.'

Er viel een gewonde stilte in het vertrek.

'Ideeën?' zei Daley uiteindelijk. 'Commentaar? Suggesties?'

'Ik snap niet waarom jullie mijn auto moeten inpikken.'

'Joh... Heb je gehoord wat we net zeggen?'

'Jawel, maar waarom moeten jullie mijn auto inpikken?'

Daley en Lugo staarden elkaar even aan.

'Je hebt wel grotere problemen.'

'Als ik die auto kwijtraak, ongelogen...'

Lugo zette grote ogen op en legde zorgvuldig de toppen van zijn vingers tegen zijn slapen. 'Ik heb een vraag,' zei hij zachtjes. 'Je onderwijzeres op school, toen je nog klein was, werd die bleek en begon ze te sidderen als jij 's ochtends de klas binnenkwam?'

'Wat?'

'Tussen ons gezegd en gezwegen?' Daley boog zich helemaal naar hem toe. 'Die nep-plaat laat ons volkomen koud. Wij zitten hier na werktijd met jou te praten omdat jij volgens ons best een fatsoenlijke vent bent en omdat je, eerlijk gezegd, genaaid wordt.'

'Maar zoals we al zeiden, we kunnen alleen maar hopen dat je een wapen voor ons hebt.' Lugo klonk terneergeslagen. 'Want anders staan we machteloos.'

'En het moet binnen een uur, want langer mogen we niet hier blijven...'

'Hé, ik zou jullie best helpen als ik kon.'

'Nee, je begrijpt het niet, joh.' Daley leunde achterover, zijn handen op zijn buik. 'Wij proberen jou te helpen.'

'Ik weet nergens geen wapen.'

'Je hoeft het niet eens te weten.' Daley sprong hem meteen weer in de nek. 'Iemand anders weet altijd iemand die iemand weet.'

'Jij bent geen slecht iemand.' Lugo maakte de klem af. 'Dat weten we heel goed.'

'En daarom praten we met jou.'

'De andere keren dat je opgepakt bent, hebben de collega's toen met je gepraat zoals wij nu? Heeft iemand toen zijn nek uitgestoken voor een gesprek als dit?'

'Nee.'

'Moet je horen.' Daley raakte even zijn arm aan en keek hem in de ogen. 'Wij tweeën, wij hebben dit al zeker veertig keer gedaan. Iemand zegt: "Ik weet nergens een wapen," en we vinden er een.'

'En ze zaten ons niet te dollen.'

'Op sommigen na.'

'Toegegeven, maar door de bank genomen? Je hebt het over zes stappen afstand. Iemand belt iemand en die belt iemand en wij zijn binnen. De vorige die hier zat, exact waar jij zit? Zat dieper in de stront dan jij, eerlijk, en hij hielp ons? Hij liep bij zonsopgang buiten de deur zijn polsen te wrijven en te bedenken waar hij zou gaan ontbijten. Zo gaat het, joh. Maar in jouw geval? Gezien de omstandigheden moet het wel nu.'

'Ik weet, nergens, geen, wapen.'

'Dat zeggen we ook helemaal niet. Luister je eigenlijk wel?'

Blijkbaar niet. Hij zat in zichzelf te mompelen, en staarde in zijn schoot.

Lugo en Daley wierpen elkaar een blik toe, haalden hun schouders op en schakelden over. 'En dat neefje van je?'

'Benny? Hij is mijn beste vriend.'

'We zien hier de hele tijd dat beste vrienden elkaar verlinken. Maar daar gaat het ons niet eens om.'

'Benny weet nergens een wapen.'

'Nee? Denk je dat hij iemand kan vinden die wel iets weet?'

'Nee, man. Benny is al dik zes jaar hulpkelner bij Berkmann's. Hij... heeft mij geleerd over werken.'

'Weet je het zeker.'

'Ja.'

'Dan spijt het me wel, joh, maar je hangt.'

De jongen schudde droevig zijn hoofd en keek toen Lugo aan. 'Maar waarom moeten jullie mijn auto inpikken?'

Nadat hij een uur bij het gedenkteken had rondgehangen, in de hoop dat hij op zijn minst Billy, zo niet iemand anders, te pakken zou krijgen, liet Matty de deur bij No Name voor zich opendrukken en worstelde zich door de dubbele laag van geluiddempende gordijnen heen die, op het moment dat hij door de gehavende, industriële straatdeur heen was, pal voor zijn gezicht hingen.

Het late uur ten spijt, stond de smalle ruimte stampvol en hanteerden de twee barkeepers, de glanzend-harige eigenaar en de lange Italiaans-ogende vrouw die hem zijn twee meest deprimerende seksuele ervaringen van het jaar had bezorgd, de zilveren shakers alsof het maracca's waren.

De nieuwe gastvrouw, die hem nog niet eerder had gezien, maakte aanstalten hem te vragen of hij gereserveerd had, bedacht zich en gebaarde elegant naar de laatste vrije barkruk. Niet omdat ze wist dat hij ooit in de zaak had gewerkt maar omdat ze hem goed had ingeschat en omdat er in deze buurt geen bar of restaurant was die ooit iemand van de politie weigerde.

Matty zat op de kruk en keek vanaf een paar centimeter afstand naar zijn narrige minnares, naar haar magere, sombere gezicht, van onderen verlicht door de discreet-zwakke peertjes boven de vier, voor verschillende cocktails bestemde ijsbakken: geschaafd, blokjes, dikke plakjes en gekarteld.

'Hoe gaat het?' Hij zei het zo gedempt mogelijk, zonder te fluisteren.

'Goed,' zei ze kortaf, met haar ogen op haar werk, gelijke hoeveelheden geperste gember en vers appelsap uitgietend op een dubbele aardappelwodka met een schaaf ijs.

'Dat ziet er goed uit,' zei hij.

'Een sazerac en een sidecar?' riep de ene ober op vragende toon, alsof hij iemand in een sjieke hotellobby omriep.

Matty zat in de sepiagetinte ruimte en staarde in de lichtgevende bakken met ijs.

Het punt met Minette was dat ze geen kind was, dat ze – hoe kon je het anders uitdrukken – een vrouw was, een stoere vrouw met persoonlijkheid; scherpzinnig, volwassen, met een roodbruin zadeltje sproeten over de brug van haar neus, en Matty dacht: komt het nog steeds daarop neer? Ogen, uitstraling en sproeten op een neus met karakter? Ja en nee, ja en nee, maar goed, ja, natuurlijk, tot aan het doodsbed; het zijn de visuele prikkels die het dagdromen in gang zetten.

'Weet je?' Hij boog zich naar de barkeeper toe, onwillekeurig pratend op de delicate toon die de ruimte leek te eisen. 'Het is *wel* persoonlijk. Het heeft dus *wel* iets met mij te maken.'

Ze keek niet zijn kant op, noch verslapte haar razende ijver; en Matty dacht: mixoloog, en maakte aanstalten om te vertrekken, toen ze, nog steeds zonder glimlach of enig oogcontact, zo'n appelwodka-gember-ding voor zijn neus schoof, en Matty was in stilte dankbaar dat ze op het laatste moment zo zijn waardigheid redde en wilde niets liever dan dat hij nog wist hoe ze heette.

VIJF

Opsporing verzocht

HET TELEFOONTJE VAN KENNY CHAN, een brigadier van Berovingen in wijk Negen bereikte Matty op het moment dat hij een vergroting van Billy Marcus' rijbewijsfoto aan de barkeeper gaf die overdag bij Kid Dropper's werkte.

'Mister Matty, we hebben vanochtend een van de jongens van je verzoek opgepakt. Shawn Tucker?'

'Wie?'

'Tucker, noemt zich Blue Light? Verlinkt door zijn partner bij een beroving.'

'*Mijn* opsporingsverzoek?' Hij wist het niet meer. 'Wie is de partner?'

'Van welke beroving? We hebben een paar confrontaties gedaan en Tucker is er tot nu toe drie keer uitgehaald, maar de slachtoffers beschrijven elke keer een andere partner. Vriend Tucker is blijkbaar democratisch aangelegd en pakt wie er maar beschikbaar is, pakt het eerste wapen dat hij ziet, knaller, mes, tomahawk, zegt: "We gaan iemand rippen," en daar gaan ze. Er zijn nog zeven slachtoffers onderweg hierheen, het lijkt wel uitverkoop met die leipgozer. Wil je wachten tot wij klaar zijn of wil je hem nu spreken?'

'Wacht maar. Laat hem eerst natgaan op alle berovingen.'

'Een van zijn slachtoffers komt trouwens bij jou uit de buurt vandaan.'

'Ja?'

'Een oude Chinees. Ming Lee?'

'Wie?'

'Moment.' Hij dekte de hoorn af om iemand iets te vragen, toen: 'Sorry. Ming Lam.' Toen: 'Je krijgt de groeten van Fenton Ma.'

Matty had geen flauw idee wie die Blue Light was, maar nu minstens een vergelijkbaar slachtoffer een verdachte had herkend, wilde Matty koste wat het koste dat Eric Cash de man te zien kreeg – bij een confrontatie, uit foto's, vanuit een auto, het gaf niet wat – en dus belde hij ten slotte Danny the Red om achter de rug van de officier om te smeken hem te helpen. Hij kreeg een opgenomen boodschap, eerst in het Spaans, toen in het Engels.

'Danny. Matty Clark. Bel me. Alsjeblieft.' Ervan uitgaande dat hij het niet zou doen.

In de hoop dat nog iemand Blue Light zou aanwijzen, belde hij de Israëlische flamingo, Avner Polaner. Weer een antwoordapparaat: 'Als u belt voor informatie over de Anti-Berkmann's-Campagne, ga dan naar de Sana'a Deli, Rivington Street 31, en vraag naar Nazir of Tariq. Als u belt voor mij, Avner Polaner, persoonlijk: ik ben tot het eind van de de maand in Tel Aviv.'

Niets. Matty dacht even na en herinnerde zich toen Harry Steele: tijd om zijn tegoedbon te innen.

'Ik heb je hulp nodig met iemand.'

'Wie is iemand.'

'Eric Cash. Hij moet ophouden met moeilijk doen. Ik neem aan dat je weet waar ik het over heb.'

'Weet je nog waar ik woon?'

'De synagoge?'

'Kom over een uur maar langs. Nee. Anderhalf uur. Dat zou briljant zijn.'

'Wat bedoel je met "briljant"?'

'Gewoon een uitdrukking.'

'Wie is in godsvredesnaam Blue Light?' vroeg Matty aan Yolonda in de naar schoonmaakmiddelen stinkende lift naar de eenheid Berovingen op de tweede verdieping van wijkbureau Negen.

'Blue Light is True Life,' zei ze. 'Albertina Einstein had zijn naam verkeerd. Ik heb hem gisteravond als gezocht gepost.'

Op de gang naast de deur van het wachtlokaal zat Ming Lam met een van opwinding gevriesdroogd gezicht dubbelgevouwen op een bank. Naast hem zat Fenton Ma, met een arm bezitterig op de rugleuning en een blik alsof hij intens trots op zichzelf was.

Toen Lam Matty en Yolonda zijn kant op zag komen, gromde hij bijna.

'Die vent, die Tucker, die bergen ze voorgoed op, hè?' zei Ma op luide toon.

'Absoluut,' zei Yolonda met hetzelfde volume en Ma herhaalde het ene woord voor de oude man, eerst in het Engels, toen uitgebreider in het Mandarijn, wat nog een halve grom opleverde, in gelijke delen angst en woede.

'Goed gedaan,' zei Matty zachtjes tegen Ma.

Ze zagen Shawn 'Blue Light' Tucker zodra ze het wachtlokaal binnenkwamen: een magere, lichtgekleurde zwarte jongen die amper de achttien, negentien voorbij was, en in de houding van de Denker in een van de twee kleine cellen zat te mokken.

Kenny Chan kwam met een arm vol rapporten van overvallen uit zijn kamer. 'Sinds we elkaar gesproken hebben, hebben we hem voor nog vier zaken, waaronder twee inbraken. We zitten nu op zeven.'

'Heeft hij een vuurwapen gebruikt?'

'Bij die oude Chinees op de gang en bij de eerste waarvoor we hem hadden opgepakt.'

'Welk kaliber?'

'Die partner van hem, die hem verraden heeft? Hij wist niet eens dat Tucker een wapen had tot hij het ineens tevoorschijn haalde en nu is Tucker boos op ons en vertikt het om het te zeggen.'

'Wie is de partner?'

'Een jongen uit de Walds, Evan Ruiz?'

Matty en Yolonda wisselden een blik: zwart en beige.

'Wacht even,' zei Yolonda en slenterde de ruimte door, met de ogen gevolgd door Tucker. Op de terugweg glimlachte ze eventjes naar hem, waarop de jongen zijn hoofd wegdraaide.

'Sorry,' zei ze. 'Ga verder.'

'Maar Ruiz zegt dat hij alleen heeft meegedaan aan de overval waarvoor we hem gepakte hebben. Zoals ik aan de telefoon al zei, vertoont Tucker impulskoopgedrag als hij een tweede man moet hebben.'

'Komt hij uit de projects?' vroeg Yolonda.

'Ja. Cahan, maar de familie deugt blijkbaar wel. De vader is metrobestuurder en de moeder caissière bij Chase. Hij is zo'n beetje het zwarte schaap.'

'Hij heeft mooi haar,' mompelde Yolonda.

'Een ding kan ik je wel zeggen: hij praat tegen niemand.'

'Nee?' zei Yolonda. Toen tegen Matty: 'Vind je niet dat hij mooi haar heeft?'

Toen Matty vertrok, bleef Yolonda in het wachtlokaal van wijk Negen achter, waar ze een onbezet bureau vorderde om haar mail te lezen en dringend werk op de computer te doen. Op gezette tijden stond ze op en ging naar de koffiehoek aan de andere kant van de zaal en elke keer drentelde Tucker naar de tralies om haar na te kijken, maar hij keek een andere kant op als ze zijn blik beantwoordde of naar hem glimlachte.

Toen dit een uur zo was gegaan, liep ze eindelijk recht naar de cel toe en wenkte hem naar de tralies toe.

'Hoe zit dat met jou?' vroeg ze half fluisterend. 'Ik hoor niet anders dan dat je een fijne familie hebt. Wat is er dan gebeurd, hebben ze je slecht behandeld? Omdat jij de lichte huid had of zoiets?'

Tucker trok een minachtende grimas.

'Jij hebt zo'n fijne *café-con-leche*-huid,' zei ze. 'Zo noemden wij het.'

'Welke wij?'

'Bij ons thuis. Ik durf te wedden dat dat het was. Je vader is zeker donkerder dan jij? En je broers en zussen? Goed gezien?'

Hij klikte met zijn tong en ging terug naar de bank. Yolonda bleef nog even staan en liep toen ook weg.

Een paar minuten later liep ze het wachtlokaal uit, ging naar Katz's en kwam terug met een dodelijke, vijftien centimeter dikke, driedubbele sandwich pastrami-roggebrood, bij elkaar gehouden met twee superlange tandenstokers met cellofaan strikjes.

Ze pakte hem uit aan het bureau en zei toen hardop: 'Waar zit ik met mijn hoofd?' Verdeelde de sandwich in tweeën, wikkelde er een papieren servetje omheen, liep terug naar de cel en gaf hem door de tralies aan de jongen.

'Je ziet er best goed uit, maar je bent te mager.'

'Mij best.' Maar hij nam de sandwich aan voordat hij haar zijn rug toekeerde.

'Hoe kom je aan dat "Blue Light"?'

Tucker haalde zijn schouders op en mompelde met een mondvol Katz's: 'En jij aan dat "rechercheur"?'

Yolonda stond op het punt te antwoorden – het was een interessant verhaal – besloot toen om het te laten rusten.

'Gebruik je ooit True Life?'

'Ze verstaan het verkeerd,' zei hij.

'Oké.'

Eenmaal terug aan het bureau, schrokte ze haar helft van de sandwich op en liep toen bij Kenny Chan naar binnen.

'Wil je iets voor me doen? Ongeacht wat er verder de rest van de confrontaties gebeurt, laat ze die jongen Tucker nergens naartoe overbrengen. Hou hem gewoon hier voor me, oké? Ik kom vanavond terug.' Ze keerde weer terug naar het bureau, bestelde bij Netflix een paar films voor haar kinderen in Riverdale, ontsloeg de hondentrainer die haar man de vorige week met alle geweld had willen inhuren en vertrok, zonder nog een blik richting Tucker te werpen.

Harry Steele woonde in een buiten gebruik gestelde, verbouwde synagoge in Suffolk Street, die vijfennegentig jaar geleden zelf van een standaard huurkazerne was verbouwd. En nu was het een particulier palazzo, met het reusachtige ovalen, met een houten ster van David bedekte glas-in-loodraam boven de ingang als enige uitwendige teken van de bijna honderd jaar dat het als gebedshuis had gediend.

Een jonge Oost-Indische vrouw met een stierenring in haar neustussenschot, weer zo'n verwarrend hippe bediende die Matty hier in de buurt steeds weer tegen leek te komen, wachtte hem bij de deur op en ging hem, na een korte aarzeling, voor naar binnen, de trap op naar de galerij die vanaf alle wanden neerkeek op de begane grond.

Het pand telde drie bouwlagen, waarvan de oorspronkelijke woningen op de twee verdiepingen waren gesloopt zodat er een hoge, holle zaal overbleef, even smal als lang, met slechts dat inpandige balkon boven aan de trap waar de vrouwen de gebedsdiensten konden gadeslaan.

Op de begane grond waren aan weerskanten van de ruimte elk zes, ruw geschilderd tekens van de Hebreeuwse dierenriem op de oker-gepleisterde muren aangebracht. Een ingebouwde Thora-ark bevatte Harry Steele's collectie van achttiende- en negentiende-eeuwse kookboeken, afgewisseld met prehistorisch aardewerk en kookgereedschap.

Matty had over de woning gehoord van een rechercheur van wijk Acht die er was geweest vanwege een poging tot inbraak en had er ook over gelezen. Maar ook al was dat niet het geval geweest, hij kon het aura van een heilige-der-heiligen dat hier nog steeds aanwezig was, nog voelen, ondanks dat de al lang gestorven immigranten die hier hadden gebeden waren vervangen door een groep managers, gastvrouwen en barkeepers van Café Berkmann die, overgoten door dezelfde regenboogkleuren, rond het vrijstaande, granieten kookeiland geschaard zaten dat nu, in plaats van de lessenaar van de chazan, het hart van het huis vormde.

Steele had niets gezegd over een bijeenkomst en al helemaal met geen woord gerept van het feit dat Eric Cash zelf aanwezig zou zijn. Matty zag hoe de zielenpoot asgrauw werd toen hij zijn voormalige ondervrager zeven meter boven zijn hoofd, achter de nu kindveilig gemaakte en versterkte vrouwenbalustrade ontwaarde.

Dit was klote. Juridisch gezien kon hij toch al niet met Cash praten, maar zelfs als hij dat wel had gekund, had iemand anders de opening moeten maken, niet hij.

Matty stapte achteruit, het halfduister in.

'Mocht iemand vergeten zijn dat we in een ingewikkelde stad leven…' Steele sprak de troepen toe. 'Dan is het tragische incident van een paar dagen geleden…' Iedereen keek onwillekeurig naar Eric Cash, die met zijn schouders begon te trekken alsof hij een messteek opliep. Steele schakelde.

'Luister. Laten we realistisch wezen. Het voorval was geen misdaadgolf, geen plaag, geen uitbarsting, maar het is wel voorgevallen en een van de staties op de kruisweg was onze bar, waarmee we zijn aangeland bij het onderwerp bescherming van onze klanten en van onszelf, dus, mensen...' Steele zocht de gezichten af. 'Je moet een zesde zintuig ontwikkelen voor problemen. Je ziet dat een klant niet goed gaat? Je gaat naar de deur en haalt Clarence erbij.' Een gebaar naar Matty's ernstig kijkende protégé, die in zijn eentje met de armen voor zijn belachelijke borst gekruist aan het eind van het kookeiland zat.

Matty voelde dat Cash wanhopig probeerde niet omhoog te kijken naar waar hij stond, zag de man recht voor zich uit kijken en voorover wippen, alsof een van de allang dode Thora-lezers bezit had genomen van zijn lichaam.

'Een klant praat met dikke tong? Zit te slapen, in zichzelf te mompelen, valt andere klanten lastig?' zei Steele. 'Je roept Clarence. Hij hoeft niet honderd procent van de tijd bij de deur te staan. Van nu af aan komt hij een keer per uur binnen om te vragen hoe het gaat. Natuurlijk ligt het gevoelig en kan hij niet constant in de zaak naar een klant staan te kijken, dat moeten we verder uitwerken maar voorlopig, in het algemeen? Als het maar enigszins lijkt alsof we met iemand zitten die zelf niet veilig over straat kan? Niet wachten.'

Steele zweeg terwijl een andere bediende een schaal binnenbracht met wat er van boven uitzag als gemengde mini-tortilla's; de managers wachtten totdat de baas er zelf eentje had voordat ze zelf toetastten.

'De rode zone voor dit alles is natuurlijk' – Steele slikte – 'de laatste ronde. Als je bij de laatste ronde iemand hebt, en dan vooral een vrouw, die niet op haar benen kan staan, die dronken is, die een verleiding is, die vraagt om moeilijkheden, dan gieten jij en Clarence haar samen in een taxi. Je zet haar samen met Clarence in een taxi zodat je elkaar als getuige hebt. En zorg dat ze genoeg geld heeft. Schrijf het nummer van de taxi op. Zorg dat de chauffeur *weet* dat je het nummer hebt opgeschreven. Zorg dat ze veilig thuiskomt.'

'En als iemand niet wil?'

'Ga op je eigen oordeel af. Kunnen ze zichzelf niet redden? Dan bel je de politie. Anders zijn wij verantwoordelijk. Doe alsof het familie is. Behandel ze alsof het familie is.'

'Een lul van een familielid blijft een familielid,' bracht een van de managers te berde.

'En,' zei Eric Cash schor, 'herinner je barkeepers eraan dat ze bevoegd zijn te stoppen met iemand te schenken. En dat ze dat ook moeten doen.'

De managers staarden hem aan alsof ze nog meer verwachtten, maar Cash keek ten langen leste op, maakte oogcontact met Matty en vergat wat hij had willen zeggen.

'Zonder meer,' zei Steele, in de bres springend. 'En maak je geen zorgen dat je misschien iemand kwetst. Als ze al zo ver heen zijn dat je er zelfs maar over begint te denken, weten ze de volgende dag toch niets meer.'

Op Erics gezicht, nog steeds opgeheven naar dat van Matty, lag dezelfde eng inschikkelijke uitdrukking als die dag in de verhoorkamer toen Matty hem een slappe, van zelfmedelijden vervulde mislukkeling had genoemd en, laten we wel wezen, een moordenaar.

Matty stapte opnieuw achteruit bij de balustrade vandaan, uit het zicht, en zwierf afwezig tussen de divans, leren leunstoelen en boekenplanken tegen de achterwand. Net als in de ark met kookboeken beneden werden de oude, in plasticfolie gewikkelde gebonden delen hier boven afgewisseld door objecten: een handgeschreven rapportenboek van politiedistrict Acht uit 1898, een leren dokterstas met instrumenten die waren gebruikt om immigranten op Ellis Island te controleren op trachoom en andere aandoeningen waarvoor ze teruggestuurd werden, een achttiende-eeuwse, Hollandse stenen pijp, opgegraven in het privaat achter Steele's huis, opgesteld naast de twintigste-eeuwse glazen crackpijp die ernaast in het gras was gevonden, een nog geladen revolver die ooit had toebehoord aan Dopey Benny Fein.

Ondanks vindingrijkheid van deze koetshuisrenovatie, de gewiekste poging om de eigen geschiedenis te bezweren en tegelijk zichzelf tot het nieuwste van het nieuwste uit te roepen, was het de dubbele laag van uitgezette geesten – verpauperde huurders, pas aangekomen gemeenteleden – die voor hem de boventoon voerde; Matty had altijd geleden onder Politieogen: de dwangmatige neiging om zich overal waar hij kwam de laag van de overledenen voor te stellen.

Hij liep zachtjes via een van de armen van de galerij naar de voorkant van het pand en keek door de onderste driehoek in de davidster neer op het People's Park, op de hoek met Stanton Street, duizend met een hek afgezette vierkante meter vol gestoorde sculpturen, piramides van plastic emmers, een vlag van een land dat alleen in het hoofd bestond, waar een zwaar getatoeëerde Hells Angel opdrukoefeningen deed op een klimrek. Matty keek grijnzend toe tot er ineens een hijgend gegrom in zijn oor klonk, gutturaal maar menselijk, dat even zijn hart vastklemde en toen verdwenen was – het spookte in dit godvergeten oord, hij wist het gewoon.

Toen maakte een ander onverwacht geluid achter hem dat hij zich met een ruk van het gebrandschilderde glas wegdraaide en zomaar uit de muur aan de overkant van de galerij een jonge vrouw zag opduiken.

'Fuck,' siste hij en enkele van de managers keken omhoog om te zien wat er gebeurde.

Maar de vrouw was echt. Matty zag nu het kozijn van de deur waar ze doorheen was gekomen.

'Hallo,' fluisterde hij.

'Hallo.' Ze kwam naar het raam toe, waar hij stond. 'Ben jij de nieuwe beveiligingsman?'

'Zoiets, ja.' De vraag creëerde ogenblikkelijk een kloof, niet dat hij iets op zo'n parttime baantje tegen zou hebben. 'Matty Clark.' Hij stak een hand uit.

'Kelley Steele.'

Bij het horen van haar stem keek Harry Steele glimlachend naar boven en zwaaide eventjes.

'Wat ligt daarachter?' Matty gebaarde naar de verborgen deur.

'Het andere huis.'

'Welk andere huis.'

'We hadden eerst alle slaapkamers in het souterrain hieronder? De rabbi woonde daar vroeger met zijn gezin, maar het was te vochtig en dus hebben we het huis hiernaast gekocht om te slapen.'

Ze was fantastisch om te zien, lang met grijze ogen, eenentwintig, hoogstens, en Matty dacht: die kerels...

'En wat hebben jullie met het souterrain gedaan?' Alleen maar om haar aan de praat te houden.

'Het is nu een fitnessruimte.'

'Ik vind die zodiak mooi,' zei hij, weer om maar iets te zeggen.

'Maak er maar een foto van, want die dagen zijn geteld.'

'Gaan jullie ze overschilderen?' Op een toon alsof het hem iets kon schelen. 'Dat is ook zonde.'

'Vind je? Ze zijn mij een beetje te eng. Voor joden is het toch verboden om gezichten te schilderen? Dus de Boogschuter, welke is dat, Sagittarius?' Ze wees. 'Kijk maar, een boog en een arm, een wapen en een lichaamsdeel. En hetzelfde met Virgo, zie je? Een vrouwenhand met een schoof tarwe. En de Taurus daarginds is een koe, want stieren gelden als heidens.'

'Serieus.'

Beneden stond Cash, nadat hij een blik omhoog had geworpen naar de lege kant van de galerij, half voorovergebogen om de lege schaal aan een van de bedienden te geven.

'Zie je die vent?' Kelley knipte met een vinger. 'Eric?'

'Ja.'

'Hij was bij de moord. Je wilt niet weten hoe zwaar de politie hem onder druk heeft gezet.'

'Ja?'

'Wat een stelletje eikels.'

'Ik hoorde dat hij nu niet meer meewerkt.'

'Wat dacht je? Jij wel, dan?'

Het was een stom spelletje en Matty liet het schouderophalend voor wat het was.

'Weet je wat mijn favoriete is?' vroeg ze.

'Je favoriete wat.'

'Cancer.'

'Wat?'

'Die.' Ze wees naar een paneel met wat hem een Zuid-Afrikaanse rotskrab leek.

'Cancer is de Kreeft, ja? Maar de schilder was kosjer en wist niet hoe zo'n dier eruit zag. Toen heeft een andere kosjere jood hem in de etalage van een restaurant een krab laten zien en gezegd: "Daar heb je er een," en dat is het resultaat.'

'Wauw.'

'Harry vindt hem geweldig. Waarschijnlijk houdt hij hem als thema voor een nieuw restaurant.'

Op de begane grond liep de bijeenkomst eindelijk op zijn einde en restten er nog slechts gebabbel en anekdotes, leunde men achterover, ontspanden de gezichten, klaar om ergens om te lachen. Een van de managers, een pezige vrouw gekleed in een zwaar gesteven, te groot, wit mannensmokinghemd, begon aan een verhaal over dat ze in de kleedkamer gevangen had gezeten terwijl in het vertrek ernaast de Chinese kok en de Dominicaanse koksmaat een goor-onverhuld gesprek voerden over hoe ze hun echtgenotes neukten. Ze beschreef hoe ze met van alles sloeg en haar keel schraapte zodat ze langs de keuken kon lopen zonder iemand in verlegenheid te brengen, maar dat ze de wenken maar niet begrepen.

'Ik kon zeker een halfuur niet weg.'

'En wat zeiden ze allemaal?' vroeg Steele.

'Dat zeg ik liever niet.'

'Kom op zeg, doe ons dat nu niet aan,' zei Cash te hard en met een vreemde, onmelodieuze guitigheid, alsof hij zijn tekst oplas van een vel papier.

Toen de bijeenkomst afgelopen was, wachtte Matty tot Cash vertrokken was voordat hij naar beneden ging.

'Zo.' Steele stak een hand uit en bood hem een stoel aan het eiland aan.

Tussen hen in hingen drie luchters die bestonden uit volle, rode Campariflessen, in cirkels rond halogeenlampen opgehangen aan staaldraden die in de schemerachtige hogere regionen van de ruimte verdwenen.

'Waarom heb je me niet verteld dat Cash hier zou zijn?'

'Als ik het hem had verteld, denk ik niet dat hij gekomen was.'

'Nee. Waarom heb je het mij niet verteld?'

'Als ik het jou had verteld, had ik het hem ook moeten zeggen.'

Matty aarzelde. Steele leek zich op dit moment iets te veel te amuseren.

'Goed, hoe dan ook, ik kan niet zomaar op hem af stappen,' zei hij. 'Heb je met hem gepraat?'

'Over wat er gebeurd is? Ja.' Steele lachte besmuikt. 'Jullie zijn wel goed bezig geweest, weet je dat?'

'Ik weet het. Daarom hoopte ik dat jij me zou helpen de strijdbijl te begraven.'

'Moet je horen. Ik dacht, als jij hier bent en hij is hier, het is bij iemand thuis... Wat kan ik nog meer doen?'

'Het probleem is,' zei Matty, 'dat ik hem juridisch gezien niet eens meer mag benaderen. Daarom kwam ik bij jou.'

'Niet benaderen... Vanwege de advocaat?' zei Steele. Toen, alsof hij meer in zichzelf praatte: 'Ik had geen idee.'

Matty bekeek hem even. 'Je hebt hem niet... Shit. Heb jij hem die vent bezorgd?'

Steele keek een andere kant op. 'Dat is niet een vraag die jij mag stellen.'

Matty leunde achterover, nam de panelen met de dierenriem in zich op, de maagdelijke en tegelijk oorlogszuchtige beelden, de Thoranis met kookboeken.

'En je betaalt hem ook, of niet?' Grijnzend terwijl hij het zei.

Steele staarde hem met droevige wallen onder de ogen aan.

'Ik zal je zeggen wie zich hiermee nog meer amuseert,' zei Matty. 'Die advocaat? Ik ken die Kingston Trioklootzak, en hij geniet zich te pletter. En van jouw centen. En ik houd de druk op de ketel, dus ga er maar vanuit dat die meter blijft doorlopen.'

Steele haalde hulpeloos zijn schouders op.

En hij was op dit moment wel de enige ingang die hij had bij Cash, dus...

'Hebben ze gisteren die minderjarigenoperatie nog uitgevoerd?'

'Ja,' gaapte Steele. 'Maar pas na middernacht. Ik heb godverdomme urenlang bij die deur gestaan.'

'Maar liever dat dan het alternatief, toch?'

'Dat is waar.'

'Goed, ik wil je een volgende keer graag weer kunnen tippen, als je weet wat ik bedoel?'

'Dat zou briljant zijn.'

'Nietwaar? Praat dan met die vent. Alsjeblieft. En dump die klojo van een advocaat.'

'Het is zijn advocaat.'

'En jouw geld.'

Kelley Steele verscheen weer, deze keer ergens achter de ark vandaan, leunde tegen Steele's schouder en nam een slokje van zijn koude koffie alvorens het huis te verlaten.

'Ik weet niet hoe jullie het voor elkaar krijgen,' zei Matty in een poging aardig te zijn.

'Wat voor elkaar krijgen?'

'De laatste keer dat ik een vrouw van eenentwintig had? Was ik tweeëntwintig.'

Steele deinsde een tikje terug, vertrok zijn gezicht. 'Dat is mijn dochter.'

'Je meent het.' Matty kleurde. 'Dan ben ik dus geen beste rechercheur.'

Maar het voelde ook ietsje beter.

Terwijl hij na de bijeenkomst van Steele's huis terugliep naar zijn werk, stapte Eric voor een op de hoek van Rivington en Essex Street geparkeerde, lege bestelbus en deinsde, denkend dat hij nog in beweging was, geschrokken terug.

De onverwachte verschijning van Matty Clark had hem verlamd en gooide, zelfs nu nog, zijn waarneming van de buitenwereld volkomen in de war.

Die rotzak. Welke andere redenen Eric ook had om niet aan het onderzoek mee te werken, en het waren vrijwel ieder uur andere, het enige wat hij na vandaag absoluut zeker wist was dit: hij zou zich nog liever de keel afsnijden dan ooit nog met die man of zijn collega achter een gesloten deur gaan zitten. Het zou sneller zijn.

Om zeven uur die avond kwam Yolonda met twee zakken etenswaren het wachtlokaal van wijk Negen weer binnen. Er waren inmiddels drie verdachten in de cel van de jongen bijgekomen en toen ze klaar was met koken in de keukenhoek, had ze voor iedereen sandwiches met gebakken ei gemaakt, zonder hem extra aandacht te geven of zelfs maar oogcontact met hem te maken.

Toen ze zijn ogen een halfuur in haar rug had gevoeld, liep ze terug naar de traliedeur. Tucker kwam uit zichzelf naar haar toe.

'Hou je het een beetje vol?' vroeg ze op samenzweerderige fluistertoon, met haar lange, bruine vingers om de tralies gekruld.

Hij haalde zijn schouders op.

'Heb je nog trek? Ik heb nog twee eieren over.'

Weer gingen de schouders omhoog, maar hij bleef bij de tralies staan.

'Je roept maar als je wat wilt.' Yolonda zette haar droevige glimlach in en keerde terug naar haar bureau.

'Je had gelijk,' zei hij een paar minuten later.

Yolonda draaide zich om op haar stoel en vroeg vanaf het andere eind van de ruimte: 'Waarover?'

'Ze zien me niet echt zitten.'

'Wie is ze?' Ontspannen teruglopend naar de tralies.

'Mijn ouders. Mijn broers, ze zijn precies als mijn vader.'

'Donker, ja?'

Hij keek haar strak aan. 'Mijn moeder was ook donker.'

'Oh ja?'

Met een seintje naar een van de bureaus liet ze Tucker van de cel overbrengen naar een verhoorkamer, waar de rechercheur van de afdeling hem aan de onruststang in een van de wanden vastboeide. 'Dat is voorschrift,' zei Yolonda verontschuldigend, en wachtte toen tot de collega hen alleen had gelaten.'

'Shawn, hoe oud ben je?' Ze schoof zo dicht naar hem toe als ze, zonder bij hem op schoot te klimmen, kon.

'Negentien.'

'Negentien en je bent herkend voor zeven overvallen.' Ze leunde achterover alsof ze overweldigd was, handpalmen in wanhoop naar hem gekeerd.

'Voor zeven hebben ze me gepakt,' zei hij, opschepperig en terneergeslagen tegelijk.

'En waarvoor.'

'Ik weet het niet... stomme shit. Je hebt honger, geen geld, laat iets komen, grijpt de bezorger, pakt het eten, pakt wat hij in zijn zak heeft.' Hij haalde zijn schouders op. 'Meestal weet ik niet eens meer wat ik heb gedaan, zo stoned was ik.'

'Ik wou dat ik je grote zus was.' Yolonda maakte een vuist. 'Ik had je compleet doorgehad voordat je zelfs maar de deur uit was. Wat mankeer je in vredesnaam?'

Hij gaf haar nog een schouderophalen en zijn ogen dwaalden over de met vochtplekken bezaaide plafondtegels.

'Je weet dat je de bak in draait, toch?'

'Daar zit ik al.'

'Nee. De *bak* dus. Je weet wat ik bedoel.'

'Kom je me opzoeken?' vroeg hij zonder haar aan te kijken.

'Ik wil dat je me iets belooft.' Ze legde een hand op zijn arm. 'Je bent nog zo jong. Zorg dat je je tijd niet verspilt, zorg dat je iets leert, een vak, iets waar je iets mee kunt.'

'Ja. Ik heb al zitten denken aan slotenmaker.'

'Dat geloof je toch zelf niet?'

Hij staarde haar aan.

'Je bent net gepakt voor twee inbraken.'

'Nou en? Dat is geweest.'

'Nee. Iets in de trant van elektricien, isoleren, loodgieter. Deze hele buurt gaat op de schop. Je eigen buurt. Nieuwbouw, renovatie, sloop. Je doet hier geen oog meer dicht. Dus als jij daarginds iets in de bouwvak leert? Over een jaar of twee, als je vrijkomt en zolang we niet een smerige bom op onze kop krijgen, kun jij lopend naar je werk.'

'Ja. Oké.'

Yolonda gaf het even, liet een stilte vallen die van hen alleen was, legde toen haar hand weer op zijn onderarm. 'Ik wil je iets vragen… Je zegt dat we je maar voor zeven zaken gepakt hebben. Was een van de andere in Eldridge Street?'

Tucker wachtte een paar lange tellen, haalde diep adem: 'Ja. Eentje. Een blanke vent.'

Yolonda knikte, gaf hem nog een bandscheppende stilte en vroeg toen zacht: 'Wat is daar gebeurd?'

'Ik denk dat ik hem heb doodgeschoten.'

'Denk je?' Haar hand lag nog op zijn arm en de jongen keek weer naar de plafondtegels.

'Ik was stoned. Misschien, ik weet het niet.'

'Wanneer was het?'

'Acht oktober?'

Yolonda sloot even, licht teleurgesteld, haar ogen: er was niemand die ooit een exacte datum noemde. Als alles meezat kreeg je hoogstens de dag van de week.

'Hoe laat ongeveer?' Haar stem verloor zijn glans.

'Vier uur 's nachts?'

'Waar precies in Eldridge Street?' Ze kon nauwelijks de interesse opbrengen om het te vragen.

'Voor de deur van nummer zevenentwintig.'

'Ik dacht dat je zei dat je stoned was.'

'Was ik ook.'

'Je herinnert je de exacte datum, de tijd tot op de minuut, het huisnummer, maar je weet niet zeker of je hem al dan niet hebt neergeschoten? Dat is een grappig soort stoned.'

'Het was zo.'

'Wat was zo.'

'Dat ik hem neergeschoten heb. Het was niet de bedoeling, maar...'

'Was je alleen?'

'Met mijn maat.'

'Wie is je maat.'

'Alsof ik dat vertel.' Hij snoof.

'Maar jij schoot.'

'Uh-huh.'

'Wat voor wapen.'

'Wat voor?'

'Wat voor.' Toen: 'Punt-vijfenveertig, ja?'

'Ja.'

'Nu zit je me te beledigen. Heb ik iets gedaan dat ik dat aan je verdiend heb?'

'Hoezo?'

'Shawn, waarom zit je me iets voor te liegen?'

'Liegen...' Hij deinsde achteruit.

'Je geeft jezelf aan voor een moord die je niet begaan hebt.' Ze moest bukken en haar hoofd verdraaien om hem in de ogen te kijken. 'Kijk me aan.'

'Het had gekund.' Wegkijkend.

'Waarom?'

'Waarom wat?'

'Nu stel je me zo teleur.' Yolonda liet haar ogen glanzen. 'Je steekt een dolk in mijn hart.'

'Ik weet het niet.' Hij bestudeerde zijn knokkels. 'Het leek me wel gunstig voor jou.'

'Voor mij?'

'Je weet wel, voor je carrière.'

Ze boog zich zo dicht naar hem toe dat ze hem kon bijten. 'Mijn carrière?' Soms was Yolonda zo goed in haar werk dat ze er zelf misselijk van werd. 'Hoe kom je eigenlijk op het idee van die zaak?'

Tucker haalde voor de zoveelste keer zijn schouders op en masseerde met zijn vrije hand zijn nek.

Pas toen ze hem terugbracht naar de cel zag ze de poster met informatie-gevraagd over de moord op Marcus die daarbinnen op de muur was geplakt, de poster die inmiddels waarschijnlijk in alle politiecellen, kooien, dagverblijven en reclasseringskantoren in Zuid-Manhattan was aangeplakt, en die de hele dag pal voor zijn neus had gehangen.

Alvin Andersons reclasseringsbegeleider had John Mullins eerder die dag verteld dat Anderson de neiging had om zijn avondklok aan zijn laars te lappen, dus toen hij eindelijk om kwart over negen 's avonds de woning van zijn moeder in de Lemlich Houses binnen kwam lopen, waarmee hij een kwartier over tijd was, wachtten Matty, Yolonda en Mullins hem daar op. Ze zaten in de woonkamer op stoelen die ze uit de eethoek hadden gesleept en als een geïmproviseerd tribunaal in een onregelmatige hoefijzervorm hadden opgesteld. Zijn moeder, die hen een paar minuten voor negen zeer tegen haar zin had binnengelaten, zat in haar eentje op de met plastic beklede bank.

'Hallo.' Alvin, tonrond, kaalgeschoren kop, stond in de deuropening en probeerde wanhopig uit te puzzelen in wat voor problemen hij verkeerde. 'Hoe gaat het?'

'Zeg jij het maar,' zei Mullins, terwijl hij zich naar voren boog en op een dubbelgevouwen pols fronste hoe laat het was.

Hij had Anderson iets meer dan een jaar geleden gearresteerd.

'Hé zeg, ik heb een uur lang geprobeerd thuis te komen. Er is iets van een langzaam-aan-actie aan de gang bij het openbaar vervoer.'

Zijn moeder hield een hand voor haar mond en schudde met iets van overgave haar hoofd.

Matty was Alvin Anderson tegengekomen bij het doorpluizen van de arrestatierapporten van Zuid-Manhattan over de afgelopen twee jaar, en was bij hem blijven steken: drie mannen, een vuurwapen, een toerist, waarbij Alvin de andere snel had verraden in ruil voor een vederlichte straf: een makkelijk doelwit, volgens Mullins.

'Wat gebeurt er allemaal,' vroeg Matty vanaf een van de andere eettafelstoelen.

'Niets.' Alvin bleef staan alsof hij overwoog om een sprint naar buiten te trekken. 'Bent u hier omdat ik te laat ben?'

'Liever niet, maar…'

'Maar…'

'Heb je werk?' vroeg Mullins.

'Ik ben op zoek.'

'Waar?'

'Overal,' zei Alvin met een air van uitputting. 'Vraag mijn moeder maar, mijn begeleider. Gisteren, eergisteren was ik bij Old Navy? Alles ging goed, tot ze zagen dat ik in Cape Vincent heb gezeten en dus…'

'Bij het vervoerbedrijf zoeken ze toezichthouders,' zei Yolonda. 'Daar telt je strafblad niet.'

'Ja?' Alvin ging dankbaar voor de tip. 'Oké. Oké.'

'Hoe is het met je vriendin?' vroeg Mullins.

'Welke?' Een poging om over te komen als ontspannen-onweerstaanbaar.

'Wat ben jij erg,' zei Yolonda.

'Ik word weer vader,' zei hij tegen Mullins.

'O ja?' Mullins vertoonde wat bij hem doorging voor een glimlach.

Alvins moeder keek weer een andere kant op, zuchtte, stond toen op en verliet de kamer, nagekeken door iedereen.

'Ga zitten,' zei Matty.

Alvin liet zich op een stoel bij de eettafel zakken alsof het een heet bad was. 'Waarom zijn jullie hier?'

'Wat denk je?' zei Matty.

'Omdat ik vijf minuten over tijd ben?' Hij vertrok zijn gezicht. 'Drie man?'

Ze zaten op hun stoel en keken hem aan, en wachtten.

'Yo,' zei hij. 'Als het dat geval van vorige week was? Ik weet niet wat jullie hebben gehoord, maar ik was er niet bij. Ik doe dat niet meer. Vraag mijn moeder maar waar ik die avond was.'

'Dan hebben we het dus over hetzelfde, ja?' zei Matty.

'Ja. Die Chinese bruidswinkel, toch?'

'Dus als jij het niet was,' zei Yolonda, 'wie dan?'

'Een of andere Messicaanse gozer.'

'Wie.' Het was Mullins' beurt.

'Een of andere vent.'

'Welke vent.'

'Een Messicaan. Dat is zowat alles wat ik heb gehoord en meer niet. God is mijn getuige.' Toen, met een gebaar naar Big John: 'Vraag meneer Mullins maar hoe het met me gaat.'

'Van wie heb je het dan gehoord?' vroeg Mullins.

Alvin aarzelde en zei toen: 'Reddy.'

'Reddy Wilson?' vroeg Matty. 'Is die vrij?'

'Vorige week, zoiets.'

Als Matty had geweten dat Reddy Wilson vrij was, had hij hem automatisch als gezocht gemeld. Dat was tenminste iets.

'Afgezien daarvan' – Alvin keek van de ene rechercheur naar de andere – 'weet ik niet goed wat ik voor de dame en heren van de politie kan betekenen.'

'Nee?' Mullins gaf hem de strakke blik.

'Zeg het anders maar.'

Yolonda zette haar stoel terug in de eethoek en legde haar hand op die van Alvin, alsof ze hem bij de tafel wilde houden. 'Die moord van vorige week, weet je wel?'

'Die blanke jongen?'

Weer de zwangere stilte en weer keek Alvin van het ene gezicht naar het andere. 'Oh.' Hij snoof. 'Dat geloven jullie zelf niet.'

Ze bleven hem aanstaren om te zorgen dat hij bleef praten, al was er niemand die echt dacht dat hij erbij betrokken was.

'Kom op, zeg.' Alvin lachte nerveus.

'Wordt erover gepraat?' vroeg Matty.

'Ik heb niks gehoord behalve "Jezus, heb je dat gehoord?"' Alvins gezicht glom van opluchting.

'Het is maar dat je het weet,' zei Yolonda. 'Er is tweeëntwintigduizend dollar uitgeloofd.'

'Tweeëntwintig?' Toen: 'Hebben jullie die extra tienduizend van het Blanke Slachtoffersfonds binnen?'

'Dat heet het Fonds van de Burgemeester,' zei Matty terwijl hij probeerde niet te glimlachen.

'Ja. Oké.'

'Het punt is,' zei Mullins, 'dat een jongen als jij heel goed iets zou kunnen horen, en een mooi zakcentje verdienen.'

'Oké,' zei Anderson. 'En het is vertrouwelijk, hè?'

'Altijd.'

'Oké dan.' Hij sloeg zich op de knieën en kwam half overeind, alsof hij kon uitmaken wanneer ze vertrokken. 'Ik hou mijn oren open.'

'Goed,' zei Yolonda terwijl ze opstond. 'En vergeet niet wat ik heb gezegd over het vervoerbedrijf.'

'Vervoerbedrijf?' Alvin knipperde met zijn ogen.

Buiten in de hal drukten ze op de knop van de lift en wachtten in stilte.

'Wat voor Chinese bruidszaak?' vroeg Matty ten slotte.

'Geen idee, zei Mullins, terwijl hij ongeduldig op de liftknop ramde en toen zijn oor tegen de deur legde om te horen of de cabine op zijn minst in beweging was. 'Waarschijnlijk ergens in wijk Vijf.'

Toen de lift uiteindelijk arriveerde, stond hij vol met dienders die op weg waren naar een hogere verdieping.

'Hé,' zei Matty. 'Wat hebben we gemist?'

Ze gingen mee naar de oproep, huisvredebreuk op de veertiende, en kwamen daar amper de lift uit, omdat er in de smalle ruimte tussen de liftdeuren en de woning al tientallen collega's op elkaar gepakt stonden.

Het was zo'n typische avond waarin er in de hele omgeving niets aan de hand was, en dus was iedereen die de radioboodschap kon ontvangen erop af gekomen om maar iets om handen te hebben: uniformdienst van Acht, van Huisvesting, supervisors van allebei, Leefomgeving en andere preventie-eenheden, en nu ook nog Matty met twee andere rechercheurs. En de schriele vrouw met bolle ogen in de deuropening van de woning, bang geworden van de menigte, deed niets anders dan zeggen: 'Het is oké, niets aan de hand.'

'Wat is er aan de hand?' vroeg Matty aan Lugo.

'God weet het, een of ander huiselijk geweld,' zei hij, en gebaarde naar zijn ploeg dat ze vertrokken. 'We kunnen net zo goed meteen de verdiepingen aflopen.' Hij ging zijn mensen voor door de menigte naar het trappenhuis op de veertiende.

Matty maakte ook aanstalten om te vertrekken maar Yolanda was gewoontegetrouw al begonnen zich door de verveelde drom politiemensen heen te wringen.

'Wat is er, vriend?' hoorde Matty Lugo aan de andere kant van de deur van het trappenhuis tegen iemand zeggen.

'Ik zit hier gewoon.' De stem klonk bekend.

'Gewoon te zitten...'

'En te denken.'

'Woon je hier?'

'Niet echt.'

'Mag ik papieren zien?'

Matty stak zijn hoofd om de hoek van de openstaande deur en zag Billy Marcus op de trap tussen de dertiende en veertiende verdieping zitten, en het gejatte stenoblokje van zijn schoot vallen toen hij zich omdraaide om zijn rijbewijs te laten zien.

'Het moet niet nog gekker worden,' zei John Mullins half-fluisterend tegen Matty terwijl hij naast hem kwam staan in de deuropening.

Lugo gaf het rijbewijs terug. 'Als je nu eens in Riverdale ging zitten nadenken.'

'Ik mag niet roken van mijn vrouw.'

'Je zit nu ook niet te roken.'

Matty legde zijn hand op Lugo's schouder. 'Ik ken hem.'

'Neem hem maar over.' Lugo haalde zijn schouders op en het team Leefomgeving begon aan de nachtelijke verticale patrouille, twee man per trap die de even en oneven verdiepingen gingen afzoeken, helemaal tot beneden in de hal op de begane grond; Daley en Lugo glipten langs Marcus die nog steeds op de treden zat, en gingen op weg naar beneden.

Matty wachtte tot ze om de hoek van de dertiende verdieping verdwenen waren, stapte toen het trappenhuis in en trok Marcus niet helemaal zachtzinnig overeind. 'Alle respect en zo, maar je begint me goed de keel uit te hangen.' Toen fouilleerde hij hem op een wapen.

Yolonda had zich eindelijk een weg de woning in gevochten door de flessenhals van dienders van wie sommigen de tegengestelde kant op kwamen, als stadionbezoekers die tegen het eind van een verpletterend gewonnen wedstrijd proberen de files voor te zijn.

De woning had geen vestibule; de voordeur gaf direct toegang tot de woonkamer waar een latino van midden veertig, met drankadem en een verse, door een stomp veroorzaakte snee op zijn jukbeen, exact in het midden stond, als op een podium, en een toespraak afstak tegen de vijf, zes dienders die nog over waren. Zijn kleine vrouwtje met de uitpuilende ogen stond nu in een hoek, haar armen om twee kleine, al even bol-ogige maar verder onbeweeglijke kinderen heen geslagen, die zich tegen haar peignoir aandrukten.

Yolonda had nog nooit zo'n schoon en opgeruimd vertrek gezien: doorzichtige plastic slopen of hoezen over alle meubels, inclusief de videorecorder en het kabeltelevisiekastje. Op de tv speelden de Yankees, met het geluid uitgeschakeld.

'Want ik verwijt het zijn moeder dat hij zo geworden is,' verklaarde de man, op een toon alsof hij oprecht geloofde dat het iemand een moer uitmaakte.

De vrouw in de hoek reageerde niet: hij heeft het niet over haar, dacht Yolonda. De heftig wijzende vinger van de man volgend, ontdekte ze wie de *hij* was over wie de man het vermoedelijk had: een magere teenager met een litteken dwars over zijn mond die in de half-afgescheiden eethoek stond, naast een diender van Huisvesting die een hand licht tegen zijn borst hield alsof hij hem in bedwang wilde houden. De vrouw in de hoek was duidelijk niet zijn moeder.

'Ik verwijt haar dat ze hem nooit de basisprincipes heeft bijgebracht van zorgvuldige verantwoordelijkheid, van zorgvuldige impulsbeheersing, zorgvuldige zelfbeheersing.'

'Meneer, wilt u aangifte doen of niet…' zei een van de andere politiemensen.

De teenager stond rustig, met een hand op de tafel in de eethoek, met naast zich de man in uniform om hem in bedwang te houden – al was dat niet echt nodig, zo volkomen werd hij in beslag genomen door het observeren van de oudere man, het bestuderen van ieder woord en gebaar, met rond zijn mond en in zijn ogen iets dat tegelijk verslagen en triomfantelijk was.

'*Mijn* moeder heeft ons namelijk goed opgevoed.' De oudere man rekte tijd. 'Ik ben nu zesenveertig en ik heb een stuk langer geleefd dan heel wat jongens van mijn leeftijd die in deze flats zijn opgegroeid, maar mijn moeder zei tegen me…'

'Meneer…' dreunde de man van Huisvesting.

De man ging helemaal niets doen en de jongen wist het, maar hij wist het, voelde Yolanda instinctief, nog maar net; ergo dat vage glimlachje. Yolanda keek nog eens naar de verse snee in de wang van de man, het zigzaggende litteken dat als de grafiek van een leugendetector over de kin en de mond van de jongen liep, en dacht: de eerste keer dat hij teruggeslagen heeft.

Ze glipte langs de overgebleven collega's van wie er iedere seconde meer vertrokken en kwam onopvallend naast de jongen staan. 'Ik wil je kamer zien.'

Nadat hij Billy bij de elleboog twee trappen af had meegenomen om bij de rest uit de buurt te komen, zette Matty hem met zijn rug tegen de muur. 'Wat doe je hier?'

'Ik ben hier niet bang,' zei Billy terwijl hij zich achterhoofd tegen de rook-bevuilde betonblokken liet stuiten en wegkeek om Matty's ogen te ontwijken.

'Geef antwoord,' zei Matty, zich dichter tegen hem aandrukkend en zijn hoofd scheef houdend.

'Je had de kankerbehuizing eens moeten zien waar ik ben opgegroeid.' Tegen de traptreden die terugleidden naar veertienhoog.

'Was je naar iemand op zoek?

'Bovendien' – Billy haalde zijn schouders op – 'wat kunnen ze me nu nog maken.'

'Wie zijn *ze*. Wie was je aan het zoeken.'

Billy bleef zijn hoofd wegdraaien om onder Matty's blik uit te komen.

'Wie, True Life?'

'Ik weet het niet.'

'Was je op zoek naar True Life?'

'Ik weet het niet.'

'Je weet het niet?'

'Nee.'

'En wat zou je doen als je hem vond?'

'Ik wil gewoon ...'

'Wat. Wat wil je.'

'Ik wil alleen dat iemand het uitlegt.'

'Je wilt dat True Life het uitlegt? Wat had je gewild dat hij uitlegt? Als je uitleg wil, praat je met je vrouw. Je priester. Je psychiater. True Life is niet van de uitleg. Dan vraag ik het nog een keer, wat doe je hier?' Toen: 'Geef hier.' Hij trok het opengeslagen notitieblokje uit zijn geen weerstand biedende vingers.

Hij verwachtte half-en-half er een of andere vendetta in te vinden, een of ander heftig manifest, maar las een lijstje met dingen om te doen:

Accepteren
Zoek hogere betekenis
Familie
Vrienden
Gebed (??)

Alle karaktervastheid
Wees geen tweede slachtoffer – vakantie, hobby's enz.

Matty las het nog eens: *hobby's*.
'Ik wil alleen...' Billy praatte tegen de verlaten trap. 'Ik ben hier, ik ben hier, omdat ik een plek moet vinden, begrijp je, een richting, zodat ik kan beginnen...'
'Goed. Stop,' zei Matty.
'Ik bedoel, hoe ga ik nu verder, wat begin ik met mezelf...' Zijn gezicht onder een rechte hoek met dat van Matty. 'Ik wil gewoon een richting vinden, en dan...'
'Stop.'
En eindelijk deed Billy het.
'Goed.' Matty tuurde het trappenhuis in alsof er iets onzichtbaars te zien was. 'Kom, we gaan hier weg.' Hij nam hem mee de twaalf trappen af naar de lobby en vandaar de straat op.

De slaapkamer van de kinderen was al net zo keurig opgeruimd als de woonkamer, hoewel er duidelijk een hele menigte sliep. Er stonden vier bedden met de matrassen tegen elkaar onder het kale peertje aan het plafond, met in een ervan een slapend kind van drie, vier jaar, een rij gehavende ladenkasten en een grote rieten mand met de resten van poppen, autootjes met afstandbesturing en nog wat onherkenbare speelgoedonderdelen. Er lag niet een verdwaald stukje plastic op de vloer – de kamer was zo benauwd vol dat Yolonda verkoos in de deuropening te blijven staan.
De teenager zat in elkaar gezakt op een van de lege bedden, blijkbaar het zijne, en staarde de ruimte in.
'Hoe heet je?' vroeg Yolonda.
'Tristan,' mompelde hij.
'Noemen ze je zo?'
'Hah?' Zonder haar aan te kijken.
'Je vrienden.'
'Weet ik niet.' Dat eeuwig populaire, schouderophalende, eentonige refrein.
Yolonda begaf zich voorzichtig het vertrek in voor een vertrouwe-

lijker gesprek, ging naast hem op de rand van het bed zitten en zag, vanaf de plaats waar ze nu zat, de HUISREGELS die met viltstift op extra zwaar papier waren geschreven en met punaises pal boven de deur aan de wand waren bevestigd:

1. AVONDKLOK is tien uur op weekdagen, middernacht in het weekend – zondagavond is een weekdag omdat het overgaat in MAANDAGOCHTEND
2. Naar school brengen – OP TIJD
3. Van school halen – OP TIJD
4. NIEMAND IN HUIS zolang ik aan het werk ben. Dit geldt ook als mijn vrouw thuis is en ik niet
5. STERKE DRANK is VERBODEN in dit huis, ook mijn eigen voorraad die VERBODEN TERREIN is
6. GEEN DRUGS al hoor ik dit niet eens hoeven te zeggen
7. Geen harde of GODSLASTERLIJKE muziek en geen koptelefoons waardoor je niets hoort in geval van een NOODGEVAL
8. BIJDRAGE AAN HET HUISHOUDEN is de helft van je inkomen – met automatisch ETEN en ONDERDAK is dit HET KOOPJE VAN DE EEUW
9. GEBREK AAN RESPECT is ONDANKBAARHEID

Het handschrift was exquis, opgetooid met krullen en zwaardachtige op- en neerhalen, tiranniek in zijn overdadigheid.
'Heeft je vader dat geschreven?'
'Dat is mijn vader niet.' Hij hield zijn hoofd omlaag, weigerde haar aan te kijken.
'Stiefvader?'
'Vroeger.'
'Hij heeft je moeder van je verlost?'
'Zoiets.' Een woedende blik op zijn gympen.
'Waar is zij?'
'Weet ik niet.'
'Slaap je hier?'
'Ja.'
'Je past op de kleintjes.'

'En of.' Een halfdood gesnuif.

'En die vrouw van hem, als jij steigert kiest ze zeker altijd zijn kant?'

Hij haalde nukkig zijn schouders op, de gympen aan zijn voeten bleven maar fascineren.

Yolonda schoof iets dichterbij. 'Waarom dan...' Toen: 'Wat is er gebeurd? Je grootmoeder gestorven?'

'Uh-huh.' Zijn smalle ogen kregen een glans.

'En je kunt helemaal niet bij je moeder wonen.'

'Dat kan niemand niet meer.' Hij bleef haar ogen mijden.

'Wat mankeert jou dan.' Ze gaf een stootje tegen zijn schouder.

'Het is zijn huis.'

'Kan me niet schelen.'

'Wil je dakloos zijn?'

'Kan me niet schelen.'

'Je kan hem niet slaan.'

'Hij mij ook niet.' Het was bijna onhoorbaar.

'Heeft hij dat gedaan?' Met een blik op zijn litteken.

'Nee.'

Yolonda gaf het een minuutje; hij zat roerloos maar zo alert als een vogel.

'Moet je horen,' zei ze, en maakte hem aan het schrikken door zijn hand te pakken. 'Mijn vader sloeg mijn broers altijd in elkaar? Ik had drie broers en mijn vader kwam altijd dronken thuis? De allerenigste keer dat mijn broer Ricky terugsloeg, brak hij zijn kaak en liet mijn vader hem arresteren. Hij heeft zes maanden in Spofford gezeten. Het is niet eerlijk, maar zo is het nu eenmaal.'

Hij reageerde niet, maar Yolonda wist dat hij het gehoord had.

'Maar weet je wat?' Haar lippen raakten nu bijna zijn oor. 'Na vanavond? Ik denk niet dat hij je nog een keer slaat.'

Hij bleef zijn gympen bestuderen en onderdrukte met moeite een glimlach.

'Je ziet eruit als een aardige jongen,' zei ze terwijl ze opstond. 'Ik wil me geen zorgen maken om je als ik naar huis ga, goed?'

'Luister, het is ook weer niet zo dat ik compleet hulpeloos ben,' zei Billy. 'Dat ik nergens op kan terugvallen. Ik heb zitten lezen, bedoel ik, en wat het dan ook waard is, en voor zover ik het kan uitmaken, komt het erop neer dat ik drie dingen moet doen om te beginnen hier doorheen te komen.'

Ze zaten tegenover elkaar in rotan leunstoelen in de verder verlaten achterkamer van een club in Delancey Street, een onderclub, Chinaman's Chance, binnen de grotere club Waxey's, en tuurden naar elkaar in het schemerige licht van papieren lampionnen in een ruimte waarvan de wanden dofrood waren geschilderd, zodat alles eruit zag alsof het in bloed gedrenkt was.

'Drie stappen naar verlossing, naar een zekere verlossing,' zei Billy. 'De sleutel tot, tot niet alleen maar overleven, maar tot een zekere schijn, of, of mogelijk zelfs een nog betere persoon worden dan ik vroeger was.'

Matty had de plek uitgekozen omdat Chinaman's Chance tot middernacht gesloten was, behalve voor speciale vrienden, ergo dienders en bevoorrechte dealers, en hij wist dat ze er alleen zouden zijn. Maar Billy was op het moment dat ze waren binnengekomen van sprakeloos-ontzet omgezwaaid naar spraakwaterval, en nu wist Matty niet goed meer hoe hij het moest spelen.

'Een. Accepteer dat de moord niet ongedaan kan worden gemaakt. Dat moet je accepteren.'

'Oké.' Matty kon vrij precies uittekenen wat er ging komen, had al tientallen variaties op dit thema aangehoord, van tientallen vers aangemaakte Billy's.

'Twee, zoek de hogere betekenis. Zie de tragedie als onderdeel van de menselijke staat, weet je wel, in de zin dat iedere gebeurtenis een bedoeling heeft, of, of dat er iets ergers voorkomen is volgens Gods plan. Oké? En, tussen haakjes, het is helemaal niet gezegd dat je de band met de geliefde niet kunt bewaren.'

'Nee.'

'Ik bedoel dat hij of zij nog steeds bij je is als je dat wilt. Misschien zelfs nog wel sterker nu ze gezuiverd zijn tot geestelijke vorm. En er is niet echt een reden om niet meer met ze te praten, alleen maar omdat...'

'Klopt.'

'En ze leven natuurlijk voort in je herinnering, in je eeuwige herinnering…'

Altijd weer die ongelukkige gretigheid die hem in het diepst van zijn wezen trof als de essentie, niet van de rouwende volwassene maar die van het eenzame kind, alsof de ouders onbewust een impersonatie uitvoerden van kinderlijke onschuld, en hoe afstandelijk Matty zich ook probeerde op te stellen, altijd kreeg hij er, minstens vluchtig, weer een klap van.

'En ten derde en dat is het belangrijkste…'

'Het klinkt allemaal heel verstandig, Billy.' Matty leunde naar voren en onderbrak hem. 'Maar ik hoop dat je wel beseft dat het lang duurt voordat dergelijke dingen echt vat op je hebben.'

'Ja,' zei hij droog. 'Dat stond ook in de literatuur.'

De serveerster kwam met hun bestelling uit het voorste deel van de bar. Het was Sarah Bowen van de zeven dwergen, Ike Marcus' laatste wip, maar dat zou Matty voor zich houden; en omdat zij voelde dat Matty, een oude eenmalige vrijpartij, ergens aan bezig was met die andere vent, liet ze van haar kant niets van vertrouwdheid merken.

Ze boog tussen hen in voorover om de glazen van haar dienblad te zetten en in de paar seconden die het duurde voordat ze zich weer oprichtte, was het alsof een illusionist zijn hand tussen hen had bewogen en verscheen Billy totaal veranderd weer in Matty's blikveld: duister, dof kijkend, elders.

'Gaat het?'

'Zal ik je eens iets vertellen?' zei Billy, met zijn handen over de zijkant van zijn keel strijkend. 'Toen Ike zeven was… sloeg een oudere jongen hem op school in elkaar en kwam hij huilend thuis. Ik zei tegen hem: "Luister goed. Jij gaat terug en je komt niet eerder terug naar huis dan dat je voor jezelf opkomt. Pas als je die knul laat zien dat je niet met je laat sollen, anders…"'

Billy keek Matty aan.

'En hij deed het. Hij ging terug en hij deelde een pak slaag uit en kreeg slaag terug maar… En toen hij terugkwam? Toen had ik zo iets van, van… *Yeah!*' Billy schudde zijn gebalde vuist. 'Weet je wel?' Keek toen weg. 'Wat was dat. Wat was dat in godsvredesnaam.'

'Dat doen vaders,' zei Matty voorzichtig. 'De mijne net zo.'

'Gelul. Het leek van geen kant op mij. Ik ben de bangste man die ik ken. Altijd geweest. Ik denk dat ik in paniek was vanwege die oudere jongen, dat Ike later…'

Sarah Bowen verscheen in Matty's blikveld en tilde haar kin vragend in zijn richting.

Hij schudde zijn hoofd: vraag maar niets, en gebaarde om af te rekenen.

'En dus… Is mijn zoon door *mij* de jongen geworden die vorige week op een wapen is afgelopen. Dat is zo, hè?'

'Luister, dat wilde ik je nog vertellen,' zei Matty, in een poging om hem van zichzelf af te leiden. 'Zodat je het maar weet, die True Life? We hebben hem gevonden. Hij was er niet bij betrokken.'

Billy keek hem aan toen hij dat hoorde. 'En wat nu.'

'Nu? Er moet van alles gedaan worden. In een geval als dit moet er altijd van alles gedaan worden. We hebben aanhoudingsverzoeken uitstaan, een tiplijn openstaan, morgen een hernieuwd buurtonderzoek na zeven dagen, maar…' Hij boog zich naar Marcus toe: 'Ik zal je nooit iets voorspiegelen. Wat geen goed voorteken is, is dat we een beloning van tweeëntwintigduizend dollar hebben en geen reactie. Er is niemand die de telefoon pakt en je kunt van mij aannemen dat ze het deden als ze konden. Dus als je het mij vraagt, wordt dit zo'n zaak die een heleboel geduld gaat vergen.'

'Geduld.'

'Wachten tot iemand die aanvankelijk niet met je wil praten ineens klem komt te zitten. Een zaak als deze eindigt altijd als iemand probeert zich onder een rotsblok uit te werken.'

Sarah Bowen kwam terug met de rekening en haar mobiele nummer op een stukje papier, wat Matty zo'n lift gaf dat hij nog een stroom informatie prijsgaf.

'Ik geef een voorbeeld: ik heb nog een onopgeloste zaak, een overval met dodelijke afloop van vorig jaar, een Chinees neergeschoten in de vestibule waar hij woonde door twee zwarte jongens met een .38, en ik zit nu te wachten tot ik naar het noorden kan om te praten met een zekere D-Block, die deel uitmaakte van een overvalteam dat bij voorkeur binnen opereerde, niet *dat* overvalteam, maar hij heeft me nooit verteld wie zijn partner was. Oké? Maar de vrouw van D-Block is onlangs gearresteerd en als zij achter de tralies gaat, haalt de kinderbescherming zijn kinderen weg, en dus vraagt hij ineens naar mij en wil hij praten om haar uit de gevangenis te houden. Alles goed en wel, hoop doet leven en zo, maar ik zal je zeggen wat er waarschijnlijk gaat gebeuren...'

Matty zweeg even om te kijken of dit het soort tekst was waarmee Billy weer onder de mensen gebracht kon worden.

'We gaan naar het noorden, hij zegt wie zijn partner was, we pakken zijn partner op, zijn partner zegt dat D-Block een gore leugenaar is, zegt: "Kijk dan, honderdtien kilo, puur spieren. Ik heb van mijn leven geen wapen hoeven te gebruiken." Maar hij gaat ons ook iets vertellen, bijvoorbeeld dat de enige vent die *hij* kent die een .38 gebruikt en binnen werkt een of andere figuur is die, zeg maar, E-Walk heet. Oké, wij op zoek naar E-Walk. Het probleem is, E-Walk werkt solo, maar dan blijkt dat E-Walk een *ander* stel overvallers kent waarvan wij nog nooit gehoord hebben. We sporen die eikels op. Het enige probleem met die jongens, als we ze eenmaal gevonden hebben, is dat de ene ten tijde van de moord vastzat en dat de andere in het ziekenhuis lag. Maar! Degene die in het ziekenhuis lag? Die gaat iemand kennen die een .38 gebruikt en soms met een partner werkt, alleen blijkt dan dat *dat* een lichte Dominicaan is, zo licht dat hij bijna blank lijkt. Maar. Maar. Maar. Waarmee ik maar wil zeggen, Billy, dat het met jouw zoon allemaal gaat neerkomen op geluk hebben en op doorhengsten, doorhengsten...'

'Hoe wist je dat het twee zwarte jongens waren?' vroeg hij ernstig.

'Omdat een getuige ze naar buiten zag rennen, maar zonder hun gezicht te zien.'

'En die getuige bij Ike dan? Die stond tegenover ze.'

'Eric Cash?'

'Was dat die zo dronken was?'

'Nee. De andere.'

'En?'

'Hij weigert mee te werken.'

'Weigert... Dat begrijp ik niet. Waarom niet? Hij stond er bovenop.'

'Iets te. Als je nog weet…' Matty zweeg.

Natuurlijk wist de man het niet meer: de dag was een koortsdroom voor hem geweest en er had niets over in de krant gestaan vanwege de mediastilte.

'Wacht. Je dacht dat hij het gedaan had?'

'We weten nu dat hij het niet was. Nu, dus. Maar we hebben hem een beetje het vuur aan de schenen gelegd en hij heeft een paar uur in de Tombs gezeten.'

'Een paar uur?' Billy knipperde met zijn ogen. 'En nu helpt hij niet?'

'Niet zonder schriftelijke vrijwaring van vervolging, wat niet… Dus niet.'

'Maar als hij het niet gedaan heeft, wat kan hem die vrijwaring dan schelen?'

'Dat is, volgens mij, de invloed van zijn advocaat.'

'Dat begrijp ik niet.'

Billy keek eerder ontredderd dan kwaad, maar het was zo'n zaadje waaruit van de ene dag op de andere een hele reuzensequoia kon groeien.

'Luister, ik wil niet dat jij erover gaat zitten piekeren. Wij komen er wel uit.'

Sarah Bowen kwam terug om af te rekenen en Matty legde afwezig dollars neer, bang dat hij iets ernstig verknald had. 'Billy, we moeten weg.'

Billy bleef zitten, ergens in een eigen wereld.

'Billy…'

'Nee, ik zat te denken aan die andere moord waarvan je vertelde, die Chinees.'

'Ja?'

'Hoe zorg ik dat jij, of wie dan ook, iets geeft om mijn zoon, niet als werk maar als persoon, in tegenstelling tot je eigen zoon, of de zoon van wie dan ook. Ik bedoel, waarom zou *ik* iets geven om de zoon van een ander.'

'Daar hoef je bij mij niet voor te zorgen,' zei Matty. 'Ik werk voor hem.'

Billy keek hem met hondenogen aan. 'Weet je?' Zijn stem werd water. 'Hij zou je graag hebben gemogen. Ikey. Dat weet ik gewoon. En jij hem ook.'

'Zo te horen was het een geweldige knul.'

'Dat is hij,' zei Billy, stond toen ineens op zodat zijn stoel achteruit over de vloer vloog. 'Kan ik je iets laten zien?'

Ze liepen de bar aan de voorkant in, die nu zinderde van een mengsel van New Jersey en Long Island, rechercheurs van wijk Acht en een paar van de beter opgedofte lokale figuren, al leek het of er vanavond meer politie stond dan anders. Matty zag onmiddellijk waarom: de terugkeer van Lester McConnell, een collega die een halfjaar eerder uit de Lower East Side was overgeplaatst naar de Taakgroep Terrorismebestrijding en verhuisd was naar Washington, en nu waarschijnlijk terug was als voorpost van de Eenheid Bescherming Hooggeplaatste Personen voor het bezoek van de president aan de Verenigde Naties. Lester was groot, een reus, een meter 96, 160 kilo, en stond nu aan de bar bier te hijsen: kin naar het plafond en rook uitblazend als een bultrug. En er kwamen nog steeds nieuwe collega's binnen die zich de tussen de anderen wrongen om Lester met harde, schouderkloppende omhelzingen te begroeten; terwijl degenen die er al een tijdje waren zo'n beetje half op hun kruk zaten, zo stil als Boeddha's, dronken als torren, met oogleden die reageerden op spraak als het hun uitkwam, of staarden naar de mobiele telefoons die scheef aan hun riem hingen en baden om vrede op aarde.

Matty had McConnell altijd graag gemogen. Hij liep in de richting van de bar om hem op weg naar buiten een hand te geven.

'Dus, wacht even,' brulde McConnell tegen de menigte. 'Die klojo zegt, wat? "Vanavond niet, vriend"? Jezus christus, wat heb ik nog meer gemist?'

Matty's ingewanden draaiden zich in een knoop.

Een paar van de dienders herkenden Billy en keken, in verlegenheid gebracht en kwaad, snel een andere kant op, en de gesprekken stierven onder de muziek weg tot gekuch en gemompel. En McConnell, die voelde dat er iets mis was, begreep uit de gezichten en de plotselinge stilte, de ademloze blik in Billy's ogen en Matty's beschermende hand op zijn schouder, dat hij niet zuinig op zijn eigen pik was gaan staan. Dus begroette hij Matty niet maar wierp hem een woedende blik toe: Wat lever je me voor een gore streek. Matty baalde voor McConnell en voor Billy, en het werd nog erger toen Billy, zonder dat hij zijn stem onder de muziek hoefde te dempen, zei: 'Hij kan er niets aan doen. Ik had waarschijnlijk nooit hier moeten komen.' Toen liep hij voorop de deur uit, Delancey Street in.

Even later stonden ze voor het gedenkteken dat er vanavond havelozer uitzag dan ooit. Matty gaf het nog een paar dagen voordat het voor eeuwig zou verdwijnen in de moordtrivia van de stad.

'Heb jij… Jij hebt ooit wel wapens op je gericht had, toch?' vroeg Billy.

'Niet zo vaak als je misschien denkt,' zei Matty.

'Ik een keer, twintig jaar geleden? Ik houd toezicht op noodreparaties op Avenue C tijdens de stroomstoring? Ik loop om een uur of elf naar een winkel om de hoek en er duiken twee junkies uit het donker op en eentje heeft zo'n weggooipistool, een stuk rotzooi dat waarschijnlijk zijn hand van zijn arm zou blazen als hij de trekker overhaalde. Maar ik zweer het je, als iemand wat voor wapen dan ook op je richt? Het verlamt je. Het is *daar*. Ik kon mijn ogen er niet van afhalen. Ik kon me niet eens bewegen om mijn portefeuille af te geven, ik heb ze gewoon gezegd in welke zak hij zat en het volgende ogenblik stond ik in mijn eentje te trillen op knieën als drilboren. Dus, wat Ike, wat mijn zoon deed? Op zo'n manier op een wapen af gaan? Waar haalde hij het lef vandaan dat hij dat deed? Kun je je dat indenken? De moed die daarvoor nodig was?'

'Wat wilde je me laten zien, Billy.'

'Het kan me geen ruk schelen. Dronken, nuchter, slim, stom; in een loop kijken en er toch op af gaan?' Zijn gezicht vertrok plotseling, een snelle rimpelende tic. 'Godverdomme.'

'Billy' – een hand op zijn schouder – 'wat wilde je me laten zien?'

'Geloof jij in dromen?'

'Daar weet ik nooit het antwoord op.'

'Vannacht?' zei Billy, zorgvuldig niet kijkend naar de gehavende krantenfoto van zijn zoon die nog steeds op de gevel van Eldridge Street 27 geplakt zat. 'Vannacht droomde ik dat Ike zich leeuwen van het lijf hield. Ik was te bang om hem te helpen. Ik bedacht steeds maar redenen om hem niet te hulp te schieten.'

'Dat is gewoon…'

'Schuldgevoel. Ik weet het, maar moet je zien.'

Billy wees naar de gevel van het pand en daar waren ze, leeuwen, een stuk of zes die de bovenste laag bakstenen tegenover de plaats van de moord opsierden: verweerde, honderd jaar oude, met open muil grauwende beesten, uitgehakt in de gore steen.

'Ik begrijp niet waarom die vent jullie niet helpt.'

'Wie,' vroeg Matty, zijn autosleutels zoekend.

'Als hij het niet gedaan heeft, wat kan hem die vrijwaring dan schelen?'

Er lag iets van gevaarlijk letterlijk herhalen in Billy's klacht en Matty dacht: en zo begint het.

Een halfuur later zat Matty met hem in de geparkeerde auto voor de deur van zijn flatgebouw in Riverdale, zonder dat Billy veel aanstalten maakte om naar boven te gaan.

'Ik heb een vraag,' zei Matty. 'Niet dat het mijn zaak is, maar je vrouw…'

Billy keek hem aan.

'Misschien wil je haar hier niet bij betrekken, om wat voor… Ik weet het niet, jullie zijn allebei volwassen. Maar het kind. Het meisje.' Matty haalde hulpeloos zijn schouders op. 'Je lijkt toch een fatsoenlijke vent.'

Billy's kin verdween trillend in de boog onder zijn mond. 'We praten,' wist hij uit te brengen. 'We praten.'

Een paar tellen later kwam Minette naar buiten, stak op blote voeten het trottoir over naar de auto, stak haar hand door het raampje aan de bestuurderskant en legde hem even op Matty's hand. 'Het spijt me,' fluisterde ze.

'Hoeft niet,' zei Matty.

Terwijl Billy aan zijn kant uit de auto stapte, liep ze voorlangs naar hem toe en hij stortte in, stak als een kind zijn armen naar haar uit.

Matty keek hoe ze haar man terug naar huis leidde en bleef nog een paar minuten zitten toen ze verdwenen waren.

Op de terugweg via de West Side Highway trok hij de auto bijna uit elkaar op zoek naar het telefoonnummer van Sarah Bowen, voordat hij zichzelf toegaf dat hij het kwijt was.

Albert Bailey, met een pols aan de bureaustoel van Lugo geboeid, trok een overdreven ongemakkelijk gezicht terwijl hij via een mobiele telefoon van de afdeling met iemand zat te praten. Daley en Lugo zaten tegenover hem in de verder verlaten zaal, vingers in elkaar gestrengeld op hun pens en gympen bij de enkel gekruist op hun bureaus.

'Anders die jongen Timberwoolf?' zei Albert in de telefoon. 'Timberwoolf in Cahan... Niemand doet je daar iets als je zaken komt doen... Huur het van hem of zoiets, je krijgt het terug van me als ik hier uit de ellende ben, als ik hier... Kom ermee naar St. Mary's in Pitt dan tref ik je... Nee, nee, nee de politie doet je niks, man... Moet je horen, ik moet ze een blaffer bezorgen anders hang ik, ik zweer het je op mijn ongeboren kind, man... Goed bel me terug, bel me terug. Op dit nummer. Bel me terug.' Toen, terwijl hij de gsm dichtklapte: 'Hij belt me niet terug.'

'Ik hoop van wel, jongen.' Lugo gaapte tegen de rug van zijn hand. 'Voor jou.'

Albert begon zachtjes te wiegen, alsof hij zichzelf wilde troosten.

'Heb je nog iemand anders die je kan bellen?' vroeg Daley. Zijn enkelholster speelde kiekeboe onder de zoom van zijn spijkerbroek terwijl de eigenaar losjes tegen de geveerde rug van zijn stoel achterover wipte.

'Als ik het kon, deed ik het man, maar een wapen. Ik weet... Daar heb ik nooit wat mee gehad, wapens...' Weer een pijnlijke grimas terwijl hij probeerde de boei die in zijn pols beet in een andere positie te brengen.

'Nee, nee, dat snap ik best,' zei Lugo welwillend. 'Maar serieus, er zijn er toch wel die zich niet onthouden?'

'Jawel, maar ik niet... jullie kennen me namelijk niet. Het enige wat jullie zagen was een zwarte man in een oude slee met voor honderd dollar bruin in de wagen.'

'Je vergeet het stanleymes.'

'Ik ben bijvoorbeeld helemaal weg van nieuws. Jullie hebben mijn wagen doorzocht, dus ik zal wel een krant bij me hebben gehad, ja? Ik zou je over van alles kunnen bijpraten: Tyco, Amron, anabole steroïden, Bin Laden, Rove...'

'Wie is Rove?' vroeg Daley.

'Shit. Mijn meisje. Ze is drie maanden onderweg met mijn eerste kind. Een zwarte man van vijfendertig krijgt nu pas zijn eerste kind? Reken maar dat ik zat te wachten.'

'Ja, we proberen je dus te helpen,' zei Lugo met een blik op zijn horloge. 'Maar het is een wapen of je bent er niet bij als ze achttien wordt.'

'Plus de rest,' zei Daley.

Bailey sloot zijn ogen en praatte sneller, als om af te werken, te overstemmen. 'Mijn meisje, ze is, ze is niet van de straat, ze heeft haar college afgemaakt, ik bedoel maar, ik snap niet wat ze ooit in me zag, weet je wel? En in het begin? Was het te makkelijk om haar voor de gek te houden... Als je high was noemde je het gewoon moe. Ze is naïef, weet je wel? Maar soms met zo iemand, als je een geweten hebt? Dan is het veel moeilijker om te liegen tegen iemand die van niets weet dan tegen iemand die het doorheeft. Dus heb ik een half jaar geleden alles opgebiecht over mijn verslaving? Ongelogen, ze verraste me compleet, knipperde niet eens met haar ogen. Ze bond me twee dagen op bed vast tot ik clean was, net als de Wolfman.'

'Wauw,' zei Daley.

'Maar in alle eerlijkheid tegenover mezelf? Ik ben zo slecht nog niet...' Bailey ratelde, schommelde van de opkomende pijn. 'Bijvoorbeeld in de buurt? Daar ben ik zo'n beetje de babysitter. De mensen weten wel dat ik, weet je wel... Maar ik doe het nooit waar iemand het ziet, ik verleid niet, die shit... Ik heb een, een schaakclub opgezet en een basketbalteam. Op de middelbare school? Daar sportte ik. Man, tot mijn vijfentwintigste had ik nog niet eens een sigaret opgestoken. Ik haatte de stank van die dingen.'

'Wat is er dan gebeurd?'

'Nieuwsgierigheid,' mompelde Albert.

'Dat is balen,' zei Lugo met een blik op het kabelkastje: 1:15. 'Bel anders je maatje nog maar eens.'

'Als ik hem bel, weet je wat er dan gebeurt? Hij neemt gewoon niet op.'

'Probeer maar,' zei Daley.

Albert belde en kreeg de voicemail. 'Eh, hoi…' begon hij halfhartig en knakte toen van het ene moment op andere voorover op zijn stoel, alsof hij probeerde iets van de vloer te rapen, en kwam toen sissend van de pijn weer overeind.

'Je begint een tikje benauwd te kijken, jongen.. Begin je het te voelen?'

'Ja.' Zijn gezicht werd een en al rimpel en het volgende moment puilden zijn ogen uit. 'Ik voel het nu. Dit gaat niet leuk worden.'

'We doen nog steeds ons best voor je, man.' Lugo hield zijn handen omhoog. 'Maar het is geven en nemen.'

'Ik weet het, ik weet het, maar…' Alberts hand fladderde boven de gsm. 'Tering. Ik verdien niet beter.'

Er viel een korte, teleurgestelde stilte in de grote, vrijwel lege ruimte, die ineens verbroken werd doordat Geohagan en Scharf binnenkwamen met hun eigen laatste-ronde-arrestant, een te dikke, jonge latino met een Yankees bomberjack en een lange vlecht op zijn rug. Ze stuurden hem naar een bureau dat zo ver mogelijk van Lugo en Daley's operatie verwijderd was, boeiden hem aan een stoel en legden Scharfs gsm op het bureau voor hem.

'Je kent de procedure, jongen,' zei Geohagan. 'Begin maar te bellen.'

Matty zat met Minette en zijn eigen zoons, die weer klein waren, op het strand toen zijn gsm hem uit zijn slaap rukte.

'Wat moet ik tegen mezelf zeggen?' siste Billy in zijn oor. 'Dat zijn tijd gekomen was? Dat hij geroepen is? Het was voor zijn eigen bestwil? Hij heeft het nu beter? Hij huppelt nu door een of andere wei in de wolken? Hij is opgeofferd om een of ander groter kwaad af te wenden?'

'Oké, luister…' begon Matty.

'En mijn zoon waakt niet over me. Hij leeft niet voort in mijn hart. Hij praat niet tegen me. *Ik* praat tegen mezelf en wat ik tegen mezelf zeg…'

'Oké, wacht, stop.'

'Koester je herinneringen... Mijn herinneringen voelen aan als messen en ik zou ze met plezier wegbranden...'

'*Stop*, zeg ik.'

'En die vent die niet meewerkt? Een paar uur in de cel, en nu vertikt hij het om foto's te bekijken? De Tombs. Val *dood* met je Tombs. Mijn zoon zit de rest... zit voor de *eeuwigheid* in de Tombs.'

ZES

De duivel die je kent

TERWIJL MATTY AAN DE TELEFOON ZAT met de uniformdienst om te proberen patrouilles te reorganiseren voor het buurtonderzoek van die avond, verscheen Steven Boulware weer op het televisiescherm, met een baard van microfoons onder zijn gezicht.

'Morgenmiddag om een uur zal er in het Eugene Langenshield Center in Suffolk Street een herdenkingsdienst plaatsvinden ter ere, ter viering van het leven van Ike Marcus, mijn vriend Ike Marcus, gevolgd door een plechtige tocht naar Eldridge Street 27, waar hij' – Boulware kreeg het moeilijk – 'ons verlaten heeft. Iedereen is welkom, ik nodig u allen uit om aanwezig te zijn, niet om te rouwen om zijn dood... maar om vreugdevol terug te kijken op zijn leven, zijn geest, zijn nalatenschap.'

'Is die Boulware acteur?' vroeg Mullins.

'Hij doet zijn best,' zei Matty.

'Nu heeft hij camera's.'

'Matty.' Yolonda hield de telefoon op. 'Dargan van Berkowitz.'

Matty zette zich schrap: Dargan, de slecht-nieuws-brenger van adjunct-commissaris Berkowitz. 'Hé, Jerry.'

'Ja, Matty, hallo. Luister, we krijgen net te horen dat de president vanavond al de stad in komt in plaats van morgen.'

'Oké.' Matty wachtte op de andere schoen.

'Dus zullen we je herhaalde buurtonderzoek moeten uitstellen.'

'Wat?' Matty probeerde verbijsterd over te komen. 'Waarom?'

'Hogerhand wil mankracht uit alle eenheden, de jouwe inbegrepen. Geen vrijstellingen.'

'Ben je nou helemaal gek geworden? Ik ben net twee dagen bezig geweest om iedereen hiervoor klaar te zetten. Had je me dit niet eerder kunnen zeggen?'

'We horen het net zelf.'

'Hoe kunnen jullie in godsvredesnaam pas op de dag zelf horen dat de president komt?'

'Hé,' zei Dargan rustig. 'Ik heb hier niets mee te maken. Ik geef alleen de boodschap maar door.'

Die lul van een Berkowitz.

'Is hij er? Laat me met hem praten.'

'Geen goed plan,' zei Dargan.

'En jullie halen mensen van *mijn* afdeling weg? Dit is een herhaald buurtonderzoek na zeven dagen. Daar *kunnen* jullie mijn mensen niet vanaf halen.'

'Geen vrijstellingen,' zei Dargan. 'Sorry.'

'Wat een teringzooi. Laat me met hem praten.'

'Geen goed plan. En Matty? Serieus... laat rusten.'

Toen hij de hoorn op de haak smeet, klapte Yolonda haar gsm dicht. 'Ze nemen mij en Iacone,' zei ze. 'En weet je? Ik geloof niet dat ik ooit in het Waldorf ben geweest.'

Om elf uur die ochtend was Berkmann's opnieuw een witte droom; het zonlicht viel als een fanfarekorps door de hoge ramen naar binnen en kaatste terug van de met zorg gepokte spiegels, de eiglanzende tegels, de glinsterende rekken bistroglazen.

De enige klant op dit vergeten moment was echter een vrouw alleen aan een tafeltje voor twee bij het raam die zich rustig zat te bezatten aan wodka-chocola-cocktails terwijl ze de *New York Times* van gisteren doorbladerde.

'Gisteravond hadden we even een incidentje aan de bar.' De stem van Eric Cash galmde door de holle ruimte terwijl hij de rond een eettafel achterin verzamelde obers en serveersters toesprak. 'Eric de Tweede, die niet meer bij ons is, pakte het wisselgeld van een klant, denkend dat het een fooi was, en de klant, die dronken was, beschuldigde hem van diefstal en probeerde hem te slaan. Cleveland, hier' – Eric gebaarde naar de barkeeper met de dreadlocks – 'schoot te hulp, sprong als Zorro over de bar en werkte de klant persoonlijk de deur uit, geen gewonden en niets gebroken.'

Er klonk een verspreid applausje en Cleveland stond op en boog als een knipmes.

'De reden waarom ik Cleveland heb uitgenodigd dit overleg bij te wonen is om hem het volgende te zeggen. Als je zoiets ooit nog eens probeert, lig je eruit.'

De jongen glimlachte onzeker, wist niet of Cash een grapje maakte.

'Ik zou niet willen dat de beveiliging de margarita's maakte en ik wil zeker niet dat jij de amateurheld uithangt. Hou je van lezen, Cleveland?'

'Soms.' De jongen, verward en vernederd, stond het nog te verwerken.

'Dan weet je dat helden dikwijls tragische figuren zijn,' zei Cash en liet hem met een knikje in de richting van de bar inrukken, en wachtte tot hij weer op zijn post achter de tap stond alvorens de vergadering te vervolgen.

'Oké, ten slotte,' zei Cash tegen de anderen. 'Dit geldt voor iedereen. Als de boel in de zaak zo loopt te stuiteren als de laatste tijd en de hulpkelners het niet aankunnen? Dan moeten jullie beginnen ze te helpen, zonder gezeur van "Dat is mijn werk niet". Als het hier begint te lijken op een of andere Sovjet-achtige kan-mij-het-verrekken cafetaria, dan is het dus *wel* je werk.

'Iedereen aan deze tafel kan gemist worden en het barst in deze buurt van de lui met ervaring in de bediening. Dus. Afrekenen en de vuile borden laten staan? Dus niet. Staat de ketchup nog op tafel als het dessert komt? Dus niet.

'De klant rekent af, dan is de tafel schoon. Wil je bedienen? Dan ruim je ook af.'

Eric Cash sloeg het bovenste vel van zijn folioblok om. 'Dat is het wat mij betreft. Heeft iemand nog iets anders in te brengen? Vragen? Suggesties?'

Zelfs in de staat van onthechting waarin hij verkeerde, was Eric nog wel bij de tijd genoeg om te voelen dat niemand aan de tafel het zou wagen zijn mond open te doen, uit angst om te zeggen hoe ze waarschijnlijk dachten over deze zak, over dit tirannieke wezen dat van hem bezit had genomen. Het was alsof hij zichzelf vanaf de zijlijn bezig zag zijn eigen mensen tegen zich in het harnas te jagen. 'Goed dan.' Hij tilde zijn handen op en legde ze op de rand van de tafel. 'Ik ben nog bezig met de enveloppen; ze zijn rond een uur of drie wel klaar. Ingerukt.'

Iedereen stond zwijgend op; men durfde niet eens oogcontact met elkaar te maken.

Hij bleef echter bij de tafel staan, recht voor zich uit kijkend, en de ergernis op zijn gezicht maakte plaats voor een broedend uitzakken terwijl hij wegdreef in een berekening hoeveel geld uit de fooienpot hij deze week tot nu toe in zijn zak had gestoken. Vijfhonderd dollar: veel te veel, bij lange na niet genoeg.

Boulwares studioappartement in het pand naast Eldridge Street 27 was een nietszeggend efficiënt geheel dat geen spoor vertoonde van het negentiende-eeuwse exterieur: wanden, deuren, hang- en sluitwerk, het was allemaal goedkoop en nieuw – en Matty bedacht dat ze alles uitgebroken hadden en herbouwd voor de nieuwkomers: jongeren die zo van de campus kwamen.

'Die herdenkingsdienst?' Matty zat tegenover Boulware, met een salontafel tussen hen in, en schoof naar voren in de vlinderstoel. 'Ik vind het fantastisch dat je zoiets doet voor je vriend en we staan voor honderd procent achter je. Alleen zou het voor ons goed zijn als we van tevoren wisten waar je morgen over wilt praten.'

'Over praten?' Boulware stak zijn hand uit naar een van de biertjes die tussen hen in stonden. 'Over Ike, waar anders over?'

Zijn mobieltje ging. 'Sorry.' Hij hield een vinger omhoog en riep de naam van degene die hem belde. 'Je komt, hè?'

Matty stond op en drentelde naar Boulware's enige raam, dat uitzicht bood op de afvalcontainers achter een Chinees restaurant in Forsyth Street.

De wanden waren leeg, op drie ingelijste posters van toneelproducties aan de Universiteit van New York in Buffalo na – *Mutter Courage und ihre Kinder, Equus* en *Lost in Yonkers* – waar Boulware als eerste of tweede op vermeld stond.

De enige andere persoonlijke toets werd gevormd door de tientallen plastic soldaatjes en Star Wars-figuurtjes die over de rug van de bedbank en over de aanrecht in de keuken optrokken, of aan schoenveters vanaf de televisie en de koelkast abseilden.

Na het telefoontje van Dargan had Matty de rest van de ochtend zoekgebracht aan de telefoon in een poging om, Berkowitz' uitstel ten spijt, die avond stiekem een eigen buurtonderzoek op touw te zetten. Hij had iedere wederdienst die hij te goed had bij Aanhoudingen, Zeden, Narcotica en de Patrouilledienst opgevraagd en was afgepoeierd door mensen die gigantisch bij hem in de schuld stonden, wat hem toch te denken had moeten geven – maar hij was te kwaad om de hint te begrijpen.

'Ik zweer het je, als jij morgen niet komt opdagen?' Boulware glimlachte bij het horen van het antwoord, zei 'Peace' en hing op met een gezicht waar het leven als elektriciteit vanaf vonkte. 'Het spijt me, u zei?' Zijn mobiel ging weer. 'Sorry, even... Ja? Hoi, ik moet je terugbellen... Ik moet je terugbellen... Ik moet je terugbellen... ja... Ja... Oké... Oké.' En hij hing op. 'Sorry, maar wat we morgen doen, wordt gigantisch.'

'Dat is mooi, heel goed. We moeten alleen weten of je van plan bent iets over het onderzoek te gaan zeggen.'

'Zoals wat?'

'Wat dan ook.'

'Dat begrijp ik niet.' En Matty geloofde hem.

'Is er iets dat u *wilt* dat ik zeg?'

'Eerder niet zegt.'

'Niet zegt.'

'Het is alleen, het is moeilijk, dit onderzoek, en kritiek op ons, negatieve geluiden naar de pers toe...'

'Waarom zou ik dat doen?'

'Iets over Eric Cash...'

Eerst herkende hij de naam niet eens en Matty dacht: laat rusten.

'Wat is er met hem?'

'We proberen met hem te werken maar het ligt heel gevoelig. Hij heeft behoefte om... hij vindt dat hij een tijdje ondergedoken moet blijven, dus misschien moet je hem maar niet meerekenen, als je be-

grijpt wat ik bedoel: hem op zijn eigen manier laten rouwen.'
'Ik volg het nog steeds niet honderd procent.'
'Zit er maar niet over in.'
'Oké.' Toen: 'U komt toch ook? Met uw collega?'
'Hoogstwaarschijnlijk.'
'Het is goed dat we dit doen.' Boulware knikte. 'Heel erg goed.'

'Bliksemschicht rotgezicht
Je pens slaat dicht
Bewijs ontoelaatbaar
Macht ondeelbaar
Raak me aan je krijgt een hijs
Zet me klem je ligt op ijs'

Tristan sloeg het notitieblok dicht en ging op pad met zijn bezorging voor Smoov, de laatste van de drie en de makkelijkste, naar de wetswinkel in Hester Street, een paar straten van de Lemlichs.

Het was een diepe, houten ruimte, het stonk er een beetje naar een ouderwetse kroeg en op een foto van een oude blanke vent met een gitaar na, hingen de wanden vol met overwegend oude posters van *morenos* en *morinqueños* met afrokapsels en Lennon-zonnebrilletjes, die hun vuisten balden tegen camera's of menigten.

Normaal voelde hij zich gespannen als hij hier kwam, was hij zijn stem kwijt, was de hele tocht de vijfentwintig dollar amper waard, al was hij, sinds het gebeurd was, een stuk minder zenuwachtig als hij ergens zoals hier naar binnen moest, zelfs niet met de adressen verder de stad in. Zin om te praten had hij nog steeds niet, maar...

Hij liep naar de receptioniste, een Chinese dame met dicht, platinageverfd stekeltjeshaar, die toen ze hem zag meer rechtop ging zitten en glimlachte alsof hij haar hele dag goedmaakte, al vermoedde hij dat hij die glimlach alleen maar verdiende door geboren te zijn in Puerto Rico en te wonen in de projects.

'Che!' riep Danny van achter zijn bureau halverwege de zolderverdieping en wenkte hem naar zich toe.

Tristan zag dat Danny een cliënt bij zich had, een blanke die hem vaag bekend voorkwam, maar het ging om dope afleveren, geld vangen en wegwezen, geen foto's maken.

'Wat ik wil zeggen is dat ik waarschijnlijk wel een contactverbod voor die bepaalde rechercheur kan krijgen, maar...'

'Ik zei dat ik dat niet wilde.'

Eenmaal bij Danny's bureau, verstijfde Tristan bij de herkenning; hij kon zelfs de spieren niet vinden om zich om te draaien.

'Dan weet ik niet goed wat je wilt dat ik...'

'Niets, ik wil niet eens... Ik weet het niet, ik weet het niet.'

'Che!' Danny liet zich achterover vallen alsof hij hem wilde bewonderen en keek toen onverhuld een tweede keer toen hij zijn geschoren kin en de onbedekte bliksemschicht zag. Dat gebeurde de hele tijd. Tristan hield zijn ogen omlaaggericht en liet de gekreukte bruine zak op het bureau vallen.

De andere vent ging te zeer op in zijn eigen ellende om meer dan een afwezige blik in zijn richting te werpen, maar ze bevonden zich nu net zo dicht bij elkaar als die nacht.

Danny leunde nog verder achterover in zijn stoel om het geld uit een zak van zijn spijkerbroek te halen en glimlachte pijnlijk naar Tristan alsof hij niet wist alsof hij iets moest zeggen over zijn litteken, of moest blijven doen alsof hij er niet naar zat te staren.

'Hoe staat het leven, broeder van me?' Danny streek stralend met zijn vlakke hand vier verfrommelde briefjes van twintig glad – voor de neus van zijn cliënt, die er uitzag alsof hij van ellende uit een raam wilde springen.

'Oké.'

'Hoe gaat het met het volk?'

'Oké.' Hij hield zijn ogen op het geld gericht.

Ze keken nu alledrie naar het geld.

'Jezus christus, Danny. Een twintigje is twintig dollar, gekreukeld of gestreken,' snauwde de vent. 'Geef die jongen dat geld gewoon.'

'Dat is gebrek aan respect.' Danny knipoogde naar Tristan. 'Zo is het toch...'

Tristan wist dat Danny hem weer Che ging noemen, maar hij hield zich in en die oude bijnaam was eindelijk verleden tijd.

De andere man keek hem weer aan en een tel lang lag de herkenning in zijn ogen. Tristans maag tuimelde naar zijn keel, maar het licht ging net zo snel weer uit en de man keek fronsend naar het bureaublad.

Terwijl hij langs de receptioniste weer naar buiten liep, kon Tristan zich amper bedwingen om in een brede grijns uit te barsten. Eerst die vrouwelijke rechercheur gisteravond en nu deze figuur. Hij had zichzelf altijd al gezien als onzichtbaar voor anderen, maar het nooit als een superkracht beschouwd.

Hij was onderweg van Boulware's appartement terug naar wijk Zeven en stak Delancey over naar de westkant van Pitt Street, toen hij achter zich zijn naam hoorde roepen.

Er was niemand op straat.

'Matty.'

Ze stonden dubbelgeparkeerd in Pitt Street, Billy en zijn dochter.

'Hallo.' Matty liep naar de Toyota Sequoia toe; het meisje bij het open raampje aan de trottoirkant.

Billy boog zich voor haar langs om Matty aan te kunnen kijken. 'Matty, ik geloof niet dat je mijn dochter al hebt ontmoet.'

'Nee, dat klopt.' Hij glimlachte maar wist niet meer hoe ze heette, ze heette, Nina. 'Nina, hè?'

Ze knikte en hij stak zijn hand uit. 'Matty. Brigadier Clark.'

'Hallo.' Ze zag er sterk uit, maar had een klein stemmetje.

Hij schudde de hand met lange vingers en zag het verband om haar biceps, en bedacht dat het hoog zat voor een wond die je opliep bij het maken van een sandwich.

'We zijn zomaar de stad in gekomen,' zei Billy. 'Ze wilde je ontmoeten.'

Nina draaide zich naar hem toe, dodelijk vernederd.

'Sorry,' zei hij. 'Ik wilde dat ze je ontmoette.'

'Moet je horen.' Matty legde zijn onderarm in haar open portierraampje. 'Ik vind het erger dan ik zeggen kan, maar we doen alles wat we kunnen.'

Ze knikte zonder iets te zeggen; haar ogen liepen snel vol.

'Lieverd?' Billy deed zijn portier open. 'Kan ik even…' Hij stapte uit. 'Heel even maar.'

Matty bij de elleboog nemend, bracht Billy hem een paar meter bij de auto vandaan en bleef daar toen gewoon staan, zijn ogen samengeknepen tegen de zon die boven de brug stond. Hij droeg een spijkerbroek en een donker bezwete hoodie, als een jongen op straat of iemand van Leefomgeving, maar het was zo'n dag waarop zijn gezicht een en al rimpel was en oeroud leek.

Matty wachtte.

'We hebben vanochtend gebasketbald.'

'Ja?'

'Ik heb als jongen in de Bronx wel gespeeld en ik was niet slecht, het tweede op Evander Child, maar zij?' Billy duimde naar de auto achter zich. 'Man, zij is beter dan ik ooit geweest ben.'

'Zo.' Matty wachtte nog steeds.

'Weet je, ik zat wel eens te kijken als zij een-tegen-een speelden? Ike was steengoed, maar zij kon het hem knap lastig maken.'

'Wauw.'

'Hij is een paar keer goed geschrokken.'

'Ja?'

Er viel een stilte. Billy's gezicht vertrok.

'Ik doe mijn best,' fluisterde hij betraand. 'Ik doe mijn best.'

'Dat kan ik zien,' zei Matty vriendelijk, de pest in dat je de vader van wie dan ook moest zijn. 'Dat kan ik zien.'

'Dank je,' zei Billy, gaf hem een hand en draaide zich om naar de auto. Matty zwaaide naar het triest kijkende meisje dat reageerde met een kort vinger-glissando. Toen maakte Billy rechtsomkeert en stapte weer op hem af.

'Laat me je dit vragen, voor mijn eigen… Die Eric Cash…'

Fuck.

'Alleen maar…' Billy las zijn gedachten. 'Stel, jij bent hem. Oké? Goed… De gozer die je vriend heeft doodgeschoten weet dat jij de enige ooggetuige bent. Zou jij niet bang zijn dat die vent terugkwam om de puntjes op de i te zetten? Zou jij niet voor je leven vrezen? Zou jij niet als de donder maken dat je wegkwam uit Dodge totdat de sheriff die vent gepakt had? Maar die Cash, als ik me vergis moet je het zeggen, die Cash doet dat niet.'

'Billy…'

'Voor zover ik weet, woont hij nog steeds waar hij woont, werkt hij waar hij werkt en gaat hij zijn gewone gang, alsof hij niets of niemand te vrezen heeft. Waarom is dat?'

'Doe dit jezelf niet aan,' zei Matty.

'Kun je me met honderd procent zekerheid zeggen dat hij het niet heeft gedaan?' Met samengeknepen ogen naar hem kijkend.

'Dat wat?'

'Is dat de echte reden dat ze hem niet vrijwaren van vervolging?'

'Luister, dit is een lopend moordonderzoek. Ze geven hem geen vrijwaring omdat ze niemand vrijwaring geven. Ze zouden *jou* niet eens vrijwaren. Begrijp je dat?'

'Niettemin, kun jij tegen mij zeggen: "Billy, honderd procent dat hij het niet heeft gedaan."?'

'Luister…'

'Zeg dat tegen me. Zeg: "Billy, honderd procent."'

'Dat zeg ik nooit.'

'Oké, dan.' Knikkend. Hij leek bijna blij.

Achter zijn schouder leek Nina's gezicht uitgesmeerd in de palm van haar hand terwijl ze naar de voorbijgangers in Pitt Street keek.

'Maar deze keer zeg ik het. Honderd procent dat hij het niet gedaan heeft.'

Van zijn stuk gebracht maakte Billy pas op de plaats, als een rekenend paard in het circus.

'Ik bedoel, ik wil niet zeggen dat hij degene is die, zeg maar, de trekker heeft overgehaald.' Billy praatte nu evenzeer in zichzelf als tegen Matty. 'Ik denk alleen… Ik denk dat hij misschien iets te verbergen heeft.'

'Heb je nou gehoord wat ik zei?' Matty boog zich naar hem toe.

'Hij heeft een rotdag gehad,' mompelde Billy. 'Ja, dat is zeker zo, absoluut, dat moet ik hem nageven. Een ontzettende rotdag…'

'Billy, luister naar me.'

'Maar weet je wie de ergste rotdag van allemaal had? Mijn zoon. Mijn zoon had de ergste rotdag die je van je leven kunt hebben.'

En met die woorden liep Billy terug naar de auto, nagekeken door Matty. Zo gestoord als hij was, dacht Matty, had hij op zijn minst iets kwieks in zijn tred, en waarom ook niet… Vandaag had hij tenminste zijn demon gevonden.

Net toen Big Dap zei: 'Wat zeg ik je nou altijd over die shit?' terwijl Little Dap de laatste hand legde aan een in onuitwisbare inkt aangebrachte pik in het oor van de militair op de rekruteringsposter in de bushalte, lichtte de hoek van Oliver Street en St. James op in het flakkerende zwaailicht op het dak van de taxi van Leefomgeving, waarop beide Daps en alle anderen automatisch en geduldig de ogen ten hemel hieven, alsof ze poseerden voor een religieus schilderij.

'Heb jij hem dat geleerd?' vroeg Lugo aan Big Dap terwijl hij uit de taxi stapte, met een drievoudig portiergeknal gevolgd door Daley, Scharf en Geohagan.

'Wat?' Big Dap hief zijn handen op. 'Nah.'

'Overheidseigendom vernielen?' Lugo begon hem te fouilleren. 'De oorlog tegen het terrorisme saboteren?'

'Moet je tegen *hem* zeggen,' teemde Big Dap met een onbeheerste ruk van zijn kin in de richting van zijn broer, zodat Little Dap nu zuur was.

'Wie? Deze Lex Luthor?' mompelde Daley terwijl hij Little Daps zakken doorzocht. 'Als deze jongen van zijn leven ooit *een* oorspronkelijke gedachte heeft, sterft die van eenzaamheid.'

Tristan, die iets terzijde stond, keek naar een spel zoals hij al meer keren had gadegeslagen dan hij kon tellen. Vanaf het moment dat Big Dap vorig jaar onder het schot in het been van een smeris was uitgekomen, reed de helft van de patrouillewagens in de wijk met zijn smoel op het dashboard rond: altijd en overal op zijn nek zitten.

'Alle mensen, Dap,' zei Lugo terwijl hij een dik pak bankbiljetten uit een van zijn kniehoge basketbalsokken trok. 'Wat is hier het verhaal?'

'Ik moet iets kopen,' mompelde Dap, een andere kant op kijkend.

'Een woning?'

'Nee, een wieg. Voor de baby.'

'Daar is dit veel te veel voor.'

'Ik weet niet wat zo'n ding kost.'

'Ik wel. Ik heb daar ervaring mee. Maar, hoe kom je aan zo veel geld?'

'De bank.'

'Heb jij een bankrekening? Bij welke bank?'

'Bij de… ginds in Grand Street, mijn moeder d'r bank. Ik weet niet hoe hij heet.'

'De First Kletskoek?' zei Scharf.

'Zou kunnen.'

'Dit zouden we in beslag moeten nemen.'

'Vraag mijn moeder maar.'

'Dan doen we,' zei Lugo. 'En als dit geld van haar is, kan ze het op het bureau komen ophalen.'

Big Dap schudde bedroefd-geamuseerd zijn hoofd.

'Kom op,' zei Lugo. 'We tellen het samen, dan weten we allebei over hoeveel we het hebben.'

Dap keek een andere kant op en zei lijzig: 'Klootzakken pikken het 'schijnlijk toch in.'

'Wat 'schijnlijk?' Lugo keek met samengeknepen ogen, zijn mond open van concentratie.

'Niks, man.'

'Alsjeblieft.' Lugo boog zich naar hem toe, zijn gezicht vlak bij het zijne. 'Ik ben een tikje doof.'

'Hé, man. Doe wat je niet laten kan.' Dap draaide zijn hoofd weg om een beetje ruimte te krijgen. 'Jullie zijn toch allemaal een pot nat.'

'Een pot wat?

'Kom op, pak het nou maar, dan zie ik je wel weer.'

'Pardon?'

'Dan zie ik je wel weer.'

'Bedreig jij mij?'

'Wat?'

'Was dat een bedreiging?' vroeg Lugo aan Tristan.

Lugo stapte onverwacht precies zo hard op Daps voet dat die een arm naar voren moest steken om zijn evenwicht te bewaren – mishandeling van een ambtenaar in functie – en werkte hem toen met een stoot op de borst tegen de grond.

'Hé, schuttertje.' Lugo stond wijdbeens over hem heen. 'Weet je wat dit is? Dit is het lied zonder einde. Ik heb geen enkele scrupule waar het jou aangaat.'

Lugo strooide het pak bankbiljetten uit de losse pols op Big Daps borst, liep toen met de andere jongens van Leefomgeving terug naar de auto en scheurde zonder om te kijken weg.

Big Dap negeerde het geld dat op de grond gleed toen hij opstond en het vuil van zijn kleren klopte, en iedereen om hem heen stond ineens te koken van verontwaardiging. Little Dap, die nu klappen ging krijgen, vloekte het hardst van allemaal op de smerissen, terwijl hij rond rende om dollarbiljetten op te rapen.

Tristan stond stilletjes terzijde te kijken hoe hij rondhipte als een kip in Chinatown.

'Vuile racistische klootzakken,' mompelde Little Dap. 'Yo, Dap, tel het maar na.'

'Raap die shit nou maar op.' Hij wuifde hem weg.

'Hé, yo,' mompelde Tristan. 'Kom eens hier.'

'Zie je dat ik bezig ben?' Little Dap liet zijn ogen uitpuilen terwijl hij doorging met bukken naar dollars.

Tristan gebaarde opnieuw dat hij moest komen en wachtte.

'*Wat* nou?'

'Ik wil die pipo terug,' mompelde Tristan wegkijkend.

'Die wat? Vergeet het maar. Dat is mijn verzekering tegen dat jij hem peert.'

'Ik wil hem hebben.' Zonder hem zelfs maar aan te kijken.

'Ja, en?' Little Dap draaide zich om om weg te lopen.

'Je kan hem zo aan me geven of ik kom hem wel halen,' zei Tristan alsof hij in zichzelf stond te praten.

Little Dap draaide zich terug en staarde hem aan.

'Ook goed.' Tristan haalde zijn schouders op en ging op weg naar huis. 'Dan zie ik je nog wel, hè?'

Little Dap bleef hem nakijken totdat zijn broer zei: 'Wat zeg ik je nou altijd over die stomme shit?' en hem toen een stoot tegen zijn draaiende hoofd gaf waardoor hij halverwege naar de overkant van de straat stuiterde.

Bij het tjirpen van zijn gsm zat Matty rechtop, knipperend in het donker, terwijl het kabelkastje 03:15 aanwees.

'Ja.'

'Nou, ze hebben het eindelijk voor elkaar.' Lindsay, zijn ex in het noorden van de staat, klonk hysterisch opgewekt.

'Wat hebben ze gedaan?'

'Zich laten arresteren.'

'Wat?'

'Dat zeg ik net.'

'Wie. De jongens?'

'Ja. De jongens.'

'Wat is er gebeurd.' De huid op zijn schedel begon te tintelen.

'Dat zeg ik net.'

'Waarvoor zijn ze gearresteerd.'

'Waarvoor?'

'Waarvoor, op verdenking waarvan.' Hij zwaaide zijn benen uit bed.

'Weet ik niet. Het was wiet.'

'Bezit, verkoop…'

'Weet ik niet. En tussen haakjes, fijn dat je zo'n goed gesprek met ze hebt gehad toen ze bij je waren, dat heeft echt goed gewerkt.'

'Waar is het gebeurd?' Matty stond op en stootte zich onmiddellijk ergens aan.

'In de stad.'

'In de stad. Lake George?'

'Ja. Daar wonen we dus.'

'Oké. Matty junior heeft een advocaat van de bond, toch?'

'Dat zal wel. Gaat dat niet automatisch?'

'En Eddie?'

'En Eddie wat?'

'Ik word gek van je, Lindsay.'

'Pardon?'

Hij stak zijn hand omhoog als teken van overgave, alsof ze door de telefoon heen kon kijken. 'Heeft Eddie een advocaat.'

'Weet ik niet. Zou die van Matty junior hem er niet bij nemen?'

'Helemaal niet.'

'Zou Matty junior hem er dan niet een bezorgen?'

'Als hij een oogje op hem houdt, ja, maar…'

Hij liep op de tast naar het balkon, worstelde met de schuifdeur en voelde de nachtwind zijn boxershorts in blazen.

'Weet je wat? Geef me het nummer van die lui maar.' Toen, tussen knarsende tanden: 'Hartelijk dank.'

'Lake George Openbare Veiligheid, brigadier Towne.'

'Hallo, hoe gaat het, briggs. Brigadier Matty Clark, recherche New York.' Toen, met een pijnlijke grimas: 'Ik heb begrepen dat mijn zoons zijn aangehouden. Matthew en Edward Clark?'

'Dat hebt u goed begrepen.'

'Kan ik de collega spreken die hen heeft aangehouden?'

'Die is in het veld.'

'Zijn supervisor dan?'

Towne ademde door zijn neus en mompelde: 'Blijf aan de lijn.'

Matty ging ervan uit dat ze waarschijnlijk op ditzelfde moment met de jongens aan het praten waren en ze zouden hem er van geen kant bij willen hebben; als hij in hun schoenen had gestaan, en dat had hij, vaker dan hij kon tellen, dan zou hij zichzelf er ook niet bij willen hebben: een arrogante lul van een rechercheur uit New York City, ook dat nog. Op kousenvoeten lopen, hield Matty zichzelf voor, of je hoort alleen nog maar de kiestoon.

'Met brigadier Randolph, wat kan ik voor u doen?'

'Ja, hallo briggs, met brigadier Matty Clark, recherche New York. Ik begrijp dat u mijn zoons in hechtenis hebt?'

'Dat klopt.'

'Mag ik vragen op verdenking waarvan?'

'Daar zijn we nog mee bezig. Strafbaar Bezit, zeg maar.'

'Strafbaar Bezit... Een? Vijf? Wat schat u?'

Een lange stilte, en toen: 'Zoals ik al zeg, daar zijn we nog mee bezig.'

'Ik begrijp het,' zei Matty welwillend. 'Kunt u me zeggen over welk gewicht we het hebben?'

'Nee, dat kan ik echt niet.'

'Weet u of ze juridische bijstand hebben?'

'Voor zover ik weet heeft niemand gebeld.'

'Maar de oudste heeft iemand van de bond, toch?'

'Dat zou ik wel denken.' De vent zat te genieten.

'Kan ik ze spreken?'

'Eentje slaapt er op dit moment en bij de andere worden vingeraf-drukken afgenomen, dus...'

'Als het niet te veel moeite is, kunt u degene die slaapt wakker maken? Dat zou ik echt op prijs stellen.'

'Zal ik hem anders zeggen dat hij u belt als hij uit zichzelf wakker wordt.'

Matty staarde naar de telefoon in zijn hand.

'Goed, luister, ik hak al twintig jaar met dit bijltje. Ik heb al twintig jaar aan uw kant van dit gesprek gezeten. En als ik uw zoons in hech-tenis had en u belde mij?'

'Mijn zoons zijn vier en acht,' zei Randolph.

Haal adem.

'Briggs, een verzoek als collega's onder elkaar... Praat niet met ze zonder advocaten. Doe het correct.'

'We doen alles correct.'

'Ongetwijfeld. En ik zou het bijzonder waarderen als ik, als col-lega's onder elkaar, een van mijn zoons zou kunnen spreken. Alstu-blieft.'

Er viel opnieuw een stilte-om-de-macht. Toen: 'U woont in New York City?'

'Ik woon in New York City, ja.'

'Ik was daar een jaar of vijf geleden? Ik moest negen dollar betalen voor een Amerikaans biertje.'

'Dat was dan waarschijnlijk in de buurt van uw hotel. De volgende keer dat u hier bent zal ik u met plezier in mijn buurtje rondleiden, en drinken we zoveel drie-dollar-biertjes als u aankunt.'

Nog zo'n stilte-om-de-macht, en: 'Blijf aan de lijn.'

Nu hij binnen een paar minuten zijn zin zou krijgen, voelde Matty hoe hij instortte; hij wilde niet echt met een van zijn kinderen pra-ten.

Nog steeds in de wacht staande, keek hij naar beneden en zag een eenzame figuur, gekleed in wat eruit zag als aluminiumfolie, door de verder verlaten Essex Street naar het noorden benen.

'Hallo?' Het was de grote, met een dikke, uit de keel klinkende stem.

'Hallo, met mij. Gaat het?'

'Wat denk je?' Alsof Matty de idioot was.

'Wat ik denk? Dat je een ernstig probleem hebt. Dat je op zijn al-
lerminst je schildje kwijt bent.'

'Hebben ze me wakker gemaakt om naar die shit te luisteren?'

'Praat je met ze, Matty? Zeg alsjeblieft dat je niet met ze praat.'

'Ik ben niet gek.'

'Nee?'

'Wat?'

Haal adem.

'Met hoeveel wiet hebben ze jullie gepakt?'

'Vraag je me dat aan de telefoon?'

'Heb je je advocaat?'

'Hij is onderweg.'

'En je broer?'

'Wat is er met hem?'

'Wat er met hem is?'

'Ik geloof dat ma dat regelt.'

'Zij denkt dat jij het doet. Praten ze met hem?'

'Ik geloof het niet. Geen idee.'

'Heb je hem op zijn minst ingefluisterd dat hij zijn mond moet
houden?

'Wat denk je?'

'Wat ik *denk*? Je bent een diender die gepakt is met drugs en je wilt
weten wat ik *denk*?'

'Wie denk je eigenlijk dat je bent dat je zo'n toon aanslaat. Wat
denk je...'

'Matty, Matty, wacht even, het spijt me. Ik wil alleen maar dat
jullie niets overkomt. Ik wil alleen maar weten dat je niet nog meer
stomme...'

'Kut op.'

Over en sluiten.

Matty leunde op het balkonhek, leunde verder tot zijn voeten los-
kwamen, trok terug.

Beneden in Essex Street keerde de aluminium man terug naar
waar hij vandaan was gekomen, alsof hij aan het wachtlopen was.

Hij belde zijn ex terug.

'Hé. Die vrouw, die rechtbankstenograaf, woont die nog steeds naast je?'

'Hoezo?'

'Oké, luister goed. Je gaat nu naar haar toe, maakt haar wakker en vraagt haar de naam van een advocaat. Eddie heeft niemand en ik vertrouw die klootzakken voor geen meter.'

'Het is halfvier in de nacht, Matty. Ik ga nu niemand wakker maken.'

'Mij maak je wel wakker.'

'Huh. En waarom zou ik voor jou een uitzondering maken.'

'Nee, ik bedoel niet... Alsjeblieft, ik ken daarginds niemand, anders... Je moet nu direct zorgen dat hij iemand heeft.'

'Ik ben niet van plan om ergens aan te gaan kloppen zodat iedereen ineens alles van ons weet.'

'En je dacht dat ze er anders niet achter kwamen?'

'Vergeet het maar.'

'Doe het nou maar voor je zoon.'

'Pardon?'

'Het is geen kritiek.'

'Rot op.'

Matty stond in zijn boxershorts glazig te staren naar het houtskoolsilhouet van het financiële district, tot hij in zijn ooghoek de zwaailichten zag van de presidentiële colonne die via de afgezette Manhattan Bridge de slapende stad binnenreed: een dichte formatie van tientallen zwarte suv's, voorafgegaan, geflankeerd en gevolgd door motoren en patrouillewagens van de New-Yorkse politie. Hij wachtte tot de hele karavaan, geluidloos op de gorgelende motoren na, onderweg naar het midden van de stad onder zijn terras langs was gereden, sleepte zich toen eindelijk naar binnen, naar de koelkast en trok een biertje open.

Kutkinderen.

TRISTAN BRACHT DE HAMSTERS naar lagere school 20, liep met ze door de te hel verlichte gang vol foto's van beroemde oud-leerlingen uit het gesloopte gebouw, vooral joden en voornamelijk uit films van vroeger, en begeleidde ze naar hun klas, waar de lucht van gluton hem deed kokhalzen.

Buiten in Ridge Street sloeg hij de richting van Seward Park High School in, liep de hal binnen en naar de beveiliging toe voordat hij zich herinnerde dat hij een wapen bij zich had, maakte aanstalten om weer naar buiten te lopen en zag toen dat de bewakers alleen maar tassen inspecteerden en fouilleerden, wat betekende dat de metaaldetectors weer kapot waren, wat betekende dat je waarschijnlijk een handkanon naar binnen kon smokkelen als je wist waar je het moest verstoppen.

De eerste les was Engels jaar 10 waaraan hij, omdat hij twee jaar ouder was dan alle andere leerlingen in het lokaal, een pesthekel had. Maar vandaag voelde het anders. Met Little Daps .22 bij zich voelde hij zich alsof hij jarig was en ook al kon je wel zeggen dat het niet veel voorstelde als verjaardag als niemand het wist, was dat voor Tristan juist de kick, die geheime identiteit, want iedereen had iets geheims nodig.

Terwijl de lerares, mevrouw Hatrack, doorzeurde over een of ander gedicht dat ze geschreven had, haalde hij zijn echte notitieblok tevoorschijn en flanste een vers in elkaar.

'Lone ranger
Is een stranger
Moet dat wel
voor de danger'

'"Ik vertel dit later met een zucht / Ergens, eeuwen hier vandaan / Twee wegen splitsten in een woud, en ik – / Ik nam de weg die er minder gingen / En dat heeft alles goedgedaan."'

'want als ze het weten
zijn ze weg
kun je het vergeten'

'Tristan?'
Hij keek op en zag mevrouw Hatrack naar hem kijken en wijzen naar haar gedicht op het bord. 'Wat denk je dat hij hier bedoelt?'
'Hij?'
'De dichter. "Heeft alles goedgedaan." Hoezo?'
'Wat goedgedaan?'
De lerares haalde even adem. 'Hij koos de weg die minder mensen namen. Wat betekent dat voor jou?'
Minstens drie meisjes in de klas zaten terwijl ze hun tegenoverliggende schouders vasthielden met hun handen te wapperen. 'Oooee, Ooee, Ooee....'
'Wat zou het voordeel zijn van een weg die er minder gaan?'
'Geen verkeer?'
Gelach.
'Oké. Logisch. Maar waarom neemt dan niet iedereen die weg?'
'Waarom?' Tristan zette zijn tanden op elkaar. 'Omdat ze te stom zijn.' Toen, blozend: 'Ik weet het niet. Zijn ze de weg kwijt?'
'Oké, misschien zijn ze bang om de weg kwijt te raken,' zei mevrouw Hatrack. 'Betrek het eens op je eigen leven...' Ze keek de klas rond, maar focuste weer op hem. 'Kun je een moment bedenken waarop jij koos voor de weg die minder mensen nemen?'
Iedereen keek, de monden half open, al klaar om te lachen voordat hij nog maar iets had gezegd en die stomme trut had het niet door – vraag niets aan mij. Geef ze de kans niet.
'Tristan? Heb jij ooit?...'
'Nee.'

Toen de les afgelopen was liep hij gewoon de school uit en ging de straat op. Hij had geen bestemming, geen route, behalve dat hij iedere straat wilde afwerken, van Pitt tot de Bowery, van Houston tot Pike, elke straat uitlopen, ieder gebouw passeren, elke winkel binnengaan waar hij met een ellendig, bang of stom gevoel voor had gestaan om ze nu, met de .22 behaaglijk tegen zijn onderbuik gedrukt, allemaal voor zich op te eisen.

De vroege rouwdragers die op de brede treden van het Langenshield Center en in de met reportagewagens volgeparkeerde Suffolk Street stonden te roken en koffie te drinken, waren wat Eric had verwacht: overwegend in de twintig, overwegend blank met her en der verspreid de rest; nette rebellen met gekleurd haar, androgyne stekeltjes of kaalgeschoren koppen, hoge laarzen, diepe décolletés, gekleed in respectueus zwart, wat voor sommigen niet echt veel verschilde van wat ze gewoonlijk zouden dragen. Zij waren de kam van de golf, jong, begaafd, bevoorrecht, ze maakten voorlopig ernst met het maken van kunst of het opstarten van een of andere buitenissige zakelijke onderneming of gewoon met wereldburger zijn, en ze hadden niet slechts een redelijk vertrouwen in hun vermogen om dat te doen, maar zeker ook in het feit dat het hun van God gegeven recht was. En waarom ook niet, dacht Eric. Waarom ook niet.

Het Langenshield Center was zijn bestaan begonnen als een danszaal voor immigranten en berucht geworden als het toneel van een vuurgevecht tussen joodse en Italiaanse vakbondsgangsters dat een kwartier had geduurd en een enkel dodelijk slachtoffer had geëist: een naaistertje dat in een donkere hoek met haar vriendje had staan zoenen. Sindsdien had het pand dienstgedaan als verenigingsgebouw, vakbondshoofdkwartier, boksarena, pakhuis en tot kortgeleden, als grootste leegstaande gebouw in de Lower East Side.

Nu te huur als evenementenruimte, was het van binnen door de eigenaars met zorg ruig gehouden: niet weggewerkte balken, luchters met ontbrekende tanden en kiezen, sleetse katoenfluwelen gordijnen, ter ziele gegane, in onbruik geraakte gasarmaturen die uit muren staken die op hun beurt hier en daar kaal gehaald waren om de verschillende incarnaties van het pand te onthullen – alles van onderaf aangelicht om het idee te geven van een reusachtige archeologische ontdekking.

Eric ging met de eerste deelnemers mee naar binnen, sloeg scherp linksaf en liep de trap op naar het eerste balkon dat was gereserveerd voor de media. Hij zocht zich een weg door een jungle van kabels en camera's en bereikte de rand van het overhangende deel en keek uit over de zaal: zo groot als de aula van een high school, waar een zee van klapstoelen was opgesteld tegenover een verhoogd podium en, opzij daarvan, een lege, draagbare filmprojectieset. Vier plaatsaanwijzers waren bezig op elke stoel een herdenkingsprogramma en een in een plastic bekertje gestoken kaars te deponeren. Recht onder hem liep Steven Boulware in een Nehru-jas met een T-shirt eronder, pratend in zijn gsm met drie anderen door het middenpad naar de trap achterin, naar de wachtende pers, met de sporen van het pak slaag dat Eric hem had verkocht – een amberkleurige halve maan als een lepel onder zijn rechteroog – nog tot op het balkon zichtbaar.

Op het moment dat Boulware en de anderen – een jonge vrouw met lichtgroene ogen en een strakke, afwachtende mond, en twee op hun hoede kijkende mannen – het gezichtsveld in stegen, werden ze klemgezet in een hoefijzer van camera's en naar voren dringende verslaggevers. Boulware, triest kijkend en tegelijk koortsachtig alert, wachtte tot men bedaarde.

'Kun je beschrijven wat er die nacht gebeurde?'

'Niet… Het ging allemaal zo snel. Maar een ding kan ik wel zeggen. Ike…' Hij zweeg en hield, zich vermannend, even een hand op. 'Nee. Laat ik het anders benaderen. De overvaller? Die ene vluchtige, impressionistische seconde voordat hij vuurde, zag ik de angst in zijn ogen. En ik zag de menselijkheid. Hoezeer die misschien ook was aangetast, ik geloof niet dat hij werkelijk iemand wilde doden. Hij rekende op onze angst. Hij rekende op een Ike die niet Ike was.'

'Zou je Ike Marcus beschrijven als iemand die geen angst kende?'

'Nee,' zei Boulware. 'Hij was moedig. Hij was moedig omdat hij wel degelijk angst kende. Maar hij was een leeuw toen het erom ging op te komen voor wat juist was, ongeacht de gevolgen.'

'Was hij een leeuw, die nacht?'

'Reken maar.'

'Waar kwam hij precies voor op?' vroeg de lange, jonge verslaggever met het keppeltje die achter Eric was aangegaan.

'Voor zijn vrienden,' zei Boulware zonder aarzelen. 'En ik moet nog iets zeggen over de jonge man die hem heeft neergeschoten. Hij zal gepakt worden, twijfel daar niet aan. Maar door die blik in zijn ogen wist ik dat hij zichzelf had veroordeeld op het moment dat hij de trekker overhaalde, en niemand heeft een onbarmhartigere rechter dan het gezicht in de spiegel.'

Eric was even furieus als verbijsterd: waarom had niemand *deze* aanstellerige lul op zijn nek gezeten? *Hij* was die nacht dronken geweest. Het was allemaal zijn schuld geweest. Eric had alleen maar gedaan wat correct was, wat slim was en nu wilde iedereen hem uit elkaar trekken.

'En als ik nu...' Boulware draaide zich half om naar de drie figuren die hem flankeerden. 'Dit zijn enkele van de... ik wil niet zeggen, lofredenaars... enkele van de... celebranten van vandaag.'

Eric stond versteld van de honger die in Boulwares ogen lag, van de levendigheid die hij tentoonspreidde en hij dacht: ik heb hem niet hard genoeg geslagen.

Yolonda en Matty, die waren gekomen om de aanwezigen te observeren, zaten onopvallend aan het middenpad toen Billy, Minette en Nina als verlegen blozend koninklijk bezoek de zaal binnenkwamen en op de stoelen pal voor hen gingen zitten. Minette, in een anoniem smaakvolle zwarte jurk en met een onwrikbare glimlach op haar gezicht, keek de zaal in alsof ze zich zorgen maakte over alles op aarde. Nina droeg een soortgelijke jurk als haar moeder en keek deels verdrietig, deels uitdagend, alsof iedereen hier bijeen was gekomen om tegen haar uit te varen. Tussen hen in, de hand van zijn vrouw vastklampend, zat Billy, een immobiele vlek die leek te verschijnen en verdwijnen zonder zich te bewegen: een radiozender op de snelweg.

Yolonda gaf Matty een duwtje om contact te leggen maar op het moment dat hij zijn hand uitstak om Billy op zijn schouder te tikken, kwam het lege scherm op het podium plotseling tot leven met een diashow over Ike die zijn vader een schok in de ruggengraat gaf alsof hij met een taser was geraakt: zijn zoon als peuter, op zijn vijfde of zesde verjaardagsfeestje, als jonge tiener, met Halloween verkleed als *Clockwork Orange*-schurk, en dan tijdens een basketbalwedstrijd aan het eind van de lagere school, passend vanuit de point-guardpositie, en later op de middelbare school, de bal opbrengend naar de basket.

En toen startte de soundtrack, Joe Cocker met 'You Are So Beautiful to Me', waar Billy op reageerde door overeind te springen en net zo plotseling weer te gaan zitten en eerst tegen Nina, en toen tegen Minette op te vliegen, die hem allebei instinctief bij een hand grepen om te voorkomen dat hij als een ballon zonder knoopje het luchtruim zou kiezen.

Toen het licht in de bestofte luchters begon te dimmen, werden de beelden scherper: Ike die op een feestje op het strand zo'n moeiteloos tienerfysiek liet zien, met het ene meisje, met een ander meisje, met Billy, met zijn moeder, met Minette en Nina, Ike die zo te zien zijn eerste tattoo liet zetten, een dia waar de jongeren in de zaal zo enthousiast om lachten als ze maar konden. Billy straalde nu naar ze terwijl zij dapper probeerden mee te doen met de eufemistisch genaamde 'viering'.

De muziek ging over in 'He's a Rebel', weer een schop in zijn maag maar, bedacht Matty, welk nummer zou dat niet zijn.

De dia's leken elkaar chronologisch op te volgen: Ike met vrienden van studentenleeftijd in een of andere stad in Europa; op een podium, gebarend naar een zelfde soort publiek als dit; met een meisje met lange haren op een futon liggend, zijn ogen met de rug van zijn hand beschermend op het moment dat ze blijkbaar waren gewekt door de flitser op de camera. Opnieuw floot en klapte de zaal goedkeurend.

Met deze foto's leek Billy minder moeite te hebben; waarschijnlijk hoefde zijn zoon, redeneerde Matty, als man minder onder zijn vleugels te worden genomen maar had hij genoeg aan een soort ontspannen, aanmoedigende bewondering, of wat een vader dan ook geacht werd te voelen voor een zoon die de puberjaren achter zich had gelaten.

Het punt met Matty junior was dat hij een bullebak was en het was zo moeilijk liefde op te brengen voor een bullebak. Maar hij was altijd een niet al te slim, te groot kind geweest, vanwege zijn gestalte onder druk gezet om football en basketbal te spelen, maar hij had absoluut geen aanleg voor sport waardoor hij er feitelijk als een grote lummel bijstond. Al vrij vroeg had Matty de gewoonte aangenomen al zijn wedstrijden te mijden. En hij had in die tijd altijd ruzie met Lindsay en hij dronk te veel. Matty herinnerde zich nu een avond dat de jongen, hoogstens zeven jaar oud, in pyjama de woonkamer was binnengekomen, waarop Matty, half lazarus, eruit had geflapt: 'Jezus, moet je nou zien hoe groot hij is,' alsof ze een goede kans maakten een rozet te winnen op de jaarmarkt.

En toen hij tien was, was hij vanwege een of ander gedragsprobleem naar de schooltherapeut gestuurd; dat werd geacht vertrouwelijk te zijn, maar iedereen in zijn klas wist al waar hij naartoe ging voordat hij er was. Matty junior was die dag hysterisch lachend thuisgekomen en had geroepen: 'Ik ben een halve gare! Ik ben een halve gare! Ik moest naar de gekkendokter en dat zeggen de kinderen tegen me,' alles gillend van het lachen, maar hij wilde niet aangeraakt worden, en Matty was doodsbang maar stond op het punt naar zijn werk te gaan; Lindsay was degene die de volgende dag naar school ging en ze daar onder uit de zak gaf.

Op de laatste dia draaide Ike de fotograaf zijn blote billen toe en terwijl het begeleidende nummer, Wilson Picketts 'International Playboy', het pleister van de wanden blies, barstte de zaal weer in luid, waarderend gelach uit, en draaide Billy zich plotseling naar Matty om en zei, alsof ze de hele tijd in gesprek waren geweest, 'Wat zijn het toch een jongelui, hè?' Zijn stem verstikt van dankbaarheid en met een kneepje in Matty's arm.

De eerste spreker, een daas kijkende jongen van Ike's leeftijd, liep in de verwachtingsvolle stilte die volgde op Boulware's introductie naar de microfoon, bleef daar toen staan en knipperde met zijn ogen naar het publiek alsof er een zaklamp op zijn ogen gericht stond. Zelfs vanuit het midden van de reusachtige zaal kon Matty zien dat zijn handen trilden.

'Ik heet Russell Cafritz?'

'Russell…' mompelde Billy.

'En ik heb Ike zeven jaar gekend, sinds we als eerstejaars een kamer deelden op Ohio State.' Hij kuchte in zijn vuist en verschoof zijn voeten tot zijn schoenen elkaar raakten.

'Toe maar, Russ,' riep iemand in het publiek en hij glimlachte dankbaar. 'De eerste… Laat ik vertellen wat Ike die eerste week dat we een kamer deelden voor mij heeft gedaan. Ik had zo'n ontzettende heimwee en… Ik ben langer huilend in slaap gevallen dan ik wel wil toegeven, totdat Ike op een avond op mijn bed kwam zitten en zei dat hij precies hetzelfde had. Hij zei: "Ik zal je zeggen wat ik doe en misschien moet jij het ook proberen. Bel een tijdje niet naar huis. Je bent niet alleen, je hebt mij, ik ben je kamergenoot, probeer gewoon maar om niet zo vaak naar huis te bellen en schaam je niet voor wat je voelt. Als het even meezit, komen we er allebei overheen." En dat lukte. Bij mij tenminste. Volgens mij loog Ike me iets voor. Volgens mij heeft hij geen dag van zijn leven heimwee gehad. Maar het punt is… Ik kwam uit Columbus. Mijn ouders woonden tien straten bij de campus vandaan. Maar daar begon hij nooit over en hij heeft het ook nooit aan iemand verteld. Hij bezorgde me niet meer schaamte dan ik zelf al deed. Hij was mijn geheime deelgenoot. Mijn geheime broeder. En hij hielp me er doorheen.'

Minette en Nina zaten onbeweeglijk te luisteren, maar Billy dook plotseling ineen, met zijn ellebogen op zijn knieën en schudde zijn hoofd. Minette streelde hem over zijn rug zonder haar ogen van de spreker los te maken.

'En het laatste jaar, zoiets, toen we hier weer in contact kwamen en weer vrienden werden? Dat was een nieuwe versie van het voorgaande. Telkens als ik in de put raakte, in paniek dat ik niets met mijn leven deed, als ik de ene beurs aanvroeg, of de andere toelage, of in een of ander stom restaurant werkte om de eindjes aan elkaar te knopen, altijd stond Ike klaar om me op te beuren. Dat we het allebei helemaal gingen maken, dat we waarschijnlijk samen in de academie opgenomen zouden worden, al weet ik niet precies welke academie hij bedoelde. Hij zei altijd: "Als jij het bijltje erbij neergooit en rechten gaat doen, vermoord ik je."'

'En zo is het!' riep iemand en men begon, elkaar opstokend, te lachen.

'Hij zei altijd: "Niet zeuren over baantjes waarmee je de rekeningen betaalt, daar krijg je levenservaring van. Bovendien, we hebben verdomme alle tijd van de wereld." ... Alle tijd van de wereld.' De jongen hoestte weer in zijn vuist om zijn tranen te verbergen. 'Ike gaf me het gevoel dat de wereld van mij was, of misschien niet echt van mij maar in ieder geval van hem en dat ik er een schitterende backstagepas voor had gekregen. Ike maakte me sterk. Hij maakte dat ik in mezelf geloofde, hij gaf me hoop... Wie doet dat voortaan voor me? "Bel een tijdje niet naar huis."' Russells stem begon eindelijk te breken. 'Ik wil niet meer naar huis bellen, Ike... Ik wil jou bellen.'

In het uitgestrekte snotterige geritsel dat de spreker naar zijn stoel begeleidde stond Billy plotseling weer op, fluisterde hij schor tegen Minette: 'Het spijt me, ik red dit niet.' Hij was al halverwege de uitgang voordat ze zelfs maar haar mond open kon doen, maar draaide zich toen om, liep terug door het middenpad en boog zich deze keer naar zijn dochter. 'Lieverd, het spijt me. Ik zie je thuis.'

En smeerde hem toen definitief.

'Mam?' Nina's stem zweefde bij haar vandaan. 'Hoort hij niet wat ik ga zeggen?'

Minette, plotseling een en al traan, reageerde door haar voorhoofd tegen dat van Nina te leggen.

'*Mam*,' zei Nina scherper, terugdeinzend voor de eskimogroet.

'Toe...' Minette glimlachte tegen haar. 'Laat hem maar met rust.'

'*Ik*? Wat heb *ik* gedaan?'

Yolonda boog zich naar voren en legde een hand op Minette's schouder. 'Gaat het wel met hem?'

Minette draaide zich om terwijl ze haar ogen afveegde. 'Hij heeft alleen even wat ruimte nodig.'

'We kunnen hem waarschijnlijk wel thuis laten brengen door iemand van het bureau.'

'Laat...' Een strakke glimlach. 'Dank. Bedankt.'

Yolonda streelde Nina even over haar haren, fluister-koerde 'Het komt wel goed,' en boog zich toen terug naar Matty: 'Hopelijk loopt hij niet onder een bus.'

Tussen de telelenzen over de rand van het balkon leunend, vermeed Eric naar de familie van Ike te kijken en naar de twee rechercheurs die achter hen zaten. In plaats daarvan staarde hij naar de honderden belangstellenden, zich afvragend – en hoe had je dat niet kunnen doen – hoeveel mensen er waren gekomen als hij het was geweest die de kogel had opgevangen. Wie zou er zelfs maar op het idee zijn gekomen om zoiets te organiseren? En wat zouden ze in vredesnaam kunnen zeggen? Het leek of Ike dood meer met deze wereld te maken had dan hij levend.

De tweede spreker had bij de persconferentie gestaan en leek met zijn dunne, zwarte kostuum, smalle, zwarte stropdas en Elvis Costello-bril op een ska-muzikant uit de jaren zeventig.

'Hai, ik heet Jeremy Spencer? En ik ben alcoholist.'

'Hai, Jeremy!' riep de helft van het publiek in koor. 'Wij zijn ook alcoholist!' Alsof het 's werelds beste ingewijdengrap was.

'Wat is daar leuk aan,' zei Yolonda opzij. 'Die jongen is dronken gestorven.'

'Het was de ochtend na de avond dat ik Ike leerde kennen,' begon Jeremy zonder aantekeningen. 'Ik begon net over mijn helft van onze gezamenlijke kater heen te komen, en zat met een soepkom koffie voor me bij Kid Dropper's en had mijn eerste goede inval sinds een week? Op het moment dat ik mijn vingers op het toetsenbord legde, stond hij stiekem achter me en fluisterde in mijn oor: "Wie een gedicht schrijft, zuigt ook een pik af."'

De zaal gierde en Jeremy wachtte tot ze bedaarden voordat hij weer met zijn hoofd naar de microfoon dook.

'Ik wil geen van beiden beledigen.'

Opnieuw gegier, door de spreker beantwoord met een vaag glimlachje.

'Zoals Russell daarnet al zei, wist Ike altijd zo zeker dat we het gingen maken. Als je zijn vriend was, was je lid van een exclusieve club, de toekomstige beroemde Amerikanen. Als je zijn vriend was, was je automatisch de beste onbekende schrijver, acteur, zanger, boekhouder, tapdanser, uitsmijter, sociaal werker of warme-olie-worstelaar van je generatie, en was het slechts een kwestie van tijd voordat dat tot de wereld doordrong. En, inderdaad, Ike zei altijd dat we zeeën van tijd hadden.

'En net als Russell, als ik depressief was of aan mezelf begon te twijfelen, ging ik naar de bar waar Ike op dat moment werkte, en keek me aan, schoof een koude pils van het huis naar me toe en zei: "Haal het niet in je *hoofd* om op te geven. Je hebt er de rest van je leven spijt van." ... Hij gaf me het gevoel dat we allemaal met zo gigantisch veel talent gezegend waren. En dan zei hij: "Maar, Jeremy? Talent zonder doorzetten is een tragedie."'

'Dan zei hij: "Kijk maar naar mij. Dacht je dat ik me dag in, dag uit stond af te beulen met dit shitwerk als het ook maar iets anders was dan een middel om een doel te bereiken?"'

'Waarop ik dan onveranderlijk moest zeggen: "Ike, je werkt hier pas sinds maandag."'

Opnieuw luid gelach in de zee, waaraan Matty tot zijn eigen verbazing meedeed.

Hij moest toch op zijn minst naar het noorden bellen om te kijken hoe de voorgeleiding verliep voor de jongens, maar op dat moment werd hij gelukkig afgeleid door een meisje uit het midden van hun rij dat, 'pardon, pardon,' tinkelend in haar gretige haast om het podium te bereiken, zijdelings voor zijn knieën langs schoof.

'Hai. Ik heet Fraunces Tavern.'

Het publiek lachte en floot bij het zien van het opgetutte, ravenzwarte meisje met hoge schapenleren Uggs en een diep uitgesneden jurk in de rood-oranje kleur van Fiesta-serviesgoed. 'Hallo.' Ze zwaaide naar haar vrienden. 'Mijn beeld van Ike was ietsje anders dan de anderen tot nu toe? In de eerste plaats ben ik anders. Ik wil niets zijn? Behalve dan met Halloween?

'Ik ken Ike omdat we, hoe zeg je dat, een jaar, anderhalf jaar met elkaar gingen, nu en dan, en niet verliefd? Maar Ike? ... Mag ik dat eigenlijk wel zeggen?' vroeg ze zogenaamd aan spreekstalmeester Boulware die op de eerste rij zat. 'Ike was...' ze staarde in de verte. 'Ike was geweldig in bed.'

Het gejuich was een explosie; men sprong overeind en joelde.

Minette draaide snel haar hoofd opzij, met haar profiel richting Matty om haar glimlach te verbergen voor Nina die stijf als een stok op haar stoel zat en Matty glimlachte samenzweerderig terug, al dacht hij niet dat Minette het zag.

'Ike was net zo'n schildwacht bij Buckingham Palace? Je weet wel, stram en stijf – nee, *dat* bedoel ik niet. Daar ben ik te slim voor, laat me nou.' Ze straalde, liet zich meevoeren door het gelach.

'Ik bedoel dat hij altijd klaar stond, van het ene op het andere moment klaar, weet je... Ik bedoel, kerels zijn kerels, dus zo bijzonder klinkt dat niet? Maar hij was altijd zo *aanwezig* met mij, het was nooit iets van, ogen dicht en vooruit maar. Ik bedoel, hij maakte plezier, *met* mij.

En voor mij was het niet, je weet wel...' en ze liet zo'n luid, diep uit de keel komend gejodel vliegen dat men van de stoelen rolde. 'Het was dat je met iemand samen was die echt, echt van je genoot, die je een goed gevoel over jezelf gaf. Wat Ike wist, of misschien is *aanvoelde* een beter woord, was dat het geheim van een goede minnaar is A. weten dat je het niet in je eentje doet en B. als je dat eenmaal hebt vastgesteld? Soms kun je de ander het meest bevredigen door jezelf te bevredigen.' Ze zweeg weer even en wachtte tot het eerste verwarde gelach begon op te komen, en toen nog wat verder opkwam, omdat ze wist dat men hier even over moest nadenken, en zei toen: 'Dat kwam er niet goed uit. Kom op, jullie weten wat ik bedoel.'

De enige die niet meelachte was het zusje van Ike dat, haar gewonde arm vasthoudend, met onverholen walging naar de vrienden van haar broer blikte.

'In mijn leven?' zei Frances Tavern. 'Ik weet, nou ja, ik *hoop* dat ik meer mannen vind voor wie ik, je weet wel, misschien meer hartstocht voel? Maar ik zal mezelf al heel, heel erg gelukkig prijzen als ik ooit nog eens gewoon net zoveel plezier heb met een vent.

Ik mis je Ikey, en ik zie je terug in mijn dromen.'

Begeleid door gefluit en gejuich, blozend met haar coup, glipte ze weer voor Matty langs en viel, opgewonden fluisterend met haar vrienden, haar ogen wild in haar hoofd, terug op haar stoel.

'Weet je, als ze haar huid wat beter verzorgde,' zei Yolonda opzij, 'zou ze er best leuk uitzien.'

In de nasleep van Fraunces Taverns performance verviel de zaal in een hoesterige stilte waarin iedereen iets te lang zat te wachten op de volgende spreker. Met een blik in het programma zag Matty de reden voor het oponthoud en hij keek naar Minette om te zien hoe ze dit ging aanpakken; en toen zij haar dochter schoorvoetend de slagvolgorde liet zien, bevroor Nina – precies wat Matty had verwacht.

'Nu?' Spierwit van afschuw.

Steven Boulware stond op van zijn stoel aan het middenpad en keek uit over het publiek. 'Nina Davidson.'

'Nina.'

'Ik ga niet daarna!' Haar stem brak.

'Wil je dat eerst iemand anders gaat?' vroeg Minette zo kalm als ze kon.

Nina sloeg de tranen van haar wangen en staarde recht voor zich uit.

'Nina Davidson.' Boulware stak een vinger op. 'Eenmaal...'

Links van Matty werd Fraunces Tavern, die nog steeds hoogrood van haar overwinning oplettend en hongerig iedere zucht, elk koeren, alle commentaren in zich opnam, aangetrokken door het verhitte gefluister in de rij voor haar. Al snel begrijpend waar het drama over ging en welke rol zij zonder het te weten had gespeeld, stortte ze compleet in. Het allesomvattende hoogtepunt van daareven sloeg om in een pijnlijk doorzichtig walgen van zichzelf.

'Nina Davidson, andermaal...'

'Nina.' Minette bracht haar lippen aan het oor van haar dochter. 'Als je dit nu niet doet, heb je de rest van je leven spijt.'

'Jammer voor mij, dan.'

Toen keek Boulware haar recht aan, glimlachte gespeeld-verwijtend. 'Oh, Ni-na...'

'Mam,' siste ze smekend en Minette gebaarde Boulware met tegenzin op te houden.

'Goed, dan ben ik aan de beurt,' zei hij en liep naar het podium.

De gedachte om Boulware's lofrede te moeten aanhoren was ondraaglijk en dus liep Eric snel de trap af en de deur uit, waar hij onmiddellijk midden in een soort fanfarekorps belandde dat op de traptreden voor het Langenshield stond: een verzameling kroesharige knullen die te jong waren voor hun baarden en krulsnorren; uitgedost met broederschapsmutsen, hoge hoeden, derby's, narrenkappen, en boernoesen, tunieken met brandebourgs en linten, vliegersbrillen en Salomé-sluiers, uitgerust met trombones en tuba's, slide whistles en sousafoons, kornetten en kazoes. Het was allemaal te godvergeten veel en hij maakte onmiddellijk rechtsomkeert en terug naar de bijeenkomst, naar Boulware, naar de uitputtende inspanning om niet naar de smerissen en Ike's overgebleven familie te kijken.

'Wat te zeggen dat nog niet gezegd is,' begon Boulware. '"Hij gaf me hoop, hij liet me in mezelf geloven, hij liet me... geloven." "Waar ga ik nu heen? Tot wie wend ik me nu"' Toen, met een blik op zijn gehoor: 'Jezus, het mijnenveld de laatste spreker te zijn.'

Nina stond plotseling op en liep, haar ogen op de vloer gevestigd, zo rustig alsof ze naar voren kwam om een diploma in ontvangst te nemen, naar het korte trapje aan de zijkant van het podium.

Boulware weifelde, niet wetend wat te doen. Aanvankelijk liet hij zich niet verdringen, toen week hij aarzelend bij de microfoon vandaan, daarna bood hij hem met een hoffelijke buiging aan haar aan, om vervolgens als een presentator bij de uitreiking van de Oscars achteruitlopend in het halfduister te verdwijnen.

Nina stond stil, haar ogen omlaaggericht en de verscheidene pagina's van haar toespraak in haar vuist gefrommeld.

De stilte leek eeuwen te duren; Matty zag Minette's schouders oprijzen en toen met de adem in haar longen op slot gaan.

De zaal wachtte terwijl Nina zich vermande.

'Mijn broer vroeg me twee weken geleden om hierheen te komen om samen wat te gaan doen en zijn nieuwe woning te zien,' mompelde Nina in de microfoon. 'Ik zei dat ik zou komen... Maar toen had ik eigenlijk geen zin en heb ik hem die dag gebeld dat ik moest trainen.'

Weer wachtte de zaal op haar.

'Het spijt me zo...' flapte ze eruit. Ze bereikte snelwandelend de coulissen en zat alweer op haar stoel voor zich uit te staren voordat Boulware zelfs maar kans zag de microfoon terug te claimen.

'Nu blij?' Haar tranen wegvegen.

Minette kneep alleen maar in de hand van haar dochter; haar gezicht, de rand van haar gezicht die Matty kon zien, was nat en trilde.

'Ik moet even bellen,' zei hij tegen Yolonda.

Matty, in beslag genomen door het onderweg naar de buitendeur intoetsen van het nummer van zijn ex, botste bijna tegen Billy op die met een gestrekte arm tegen de gebogen, halfhoge muur geleund stond die het achterste deel van de zaal afscheidde van de hal. Hij hield zijn hoofd omlaag, alsof hij de toespraken via een tuner met veel ruis had aangehoord.

'Hé,' zei Matty.

'Hé!' Billy richtte zich snel op, alsof hij ergens op betrapt was.

'Waarom heb je me niet gezegd dat je zou komen?'

Hij had slappe ogen van de slapeloosheid en zag eruit alsof hij in geen dagen bij stromend water in de buurt was geweest.

'Ik wist niet dat dat de bedoeling was,' zei Matty.

'Heeft die vent zich nog gemeld?' zei Billy. 'Hoe heet hij, Eric Cash?'

'Nee.'

'Nee. Waarom ben ik niet verbaasd?'

'Wat heb ik je daarover gezegd?'

'Nee, ik weet het.'

'Laat dat nou maar aan mij over.'

'Ik weet het. Het spijt me.'

'Ik zeg alleen maar...' Matty verzachtte zijn toon en sprong toen achteruit omdat hij de stem van zijn ex in zijn oor hoorde. Hij klapte zijn gsm dicht. 'Weet je wat bij mij opkomt, als ik hoor wat ze daar allemaal zeggen? Die zoon van je was een geweldige knul.'

'Dat heb ik je toch gezegd?' Billy straalde.

'Hoe gaat het nu met je?'

De vraag leek Billy te treffen als een doorbrekende zon en een golf van euforie in hem los te maken. 'Verbazend goed, eigenlijk.'

En toen, net zo snel als het gekomen was, zag Matty het verdwijnen

345

en kromp Billy's opgetogen uitdrukking ineen naar het midden van zijn gezicht. 'Echt goed.'

'Mooi.' Matty keek naar het mobieltje in zijn hand. Hij ging niet naar huis bellen. Hij wilde het niet weten.

'Ga je terug naar binnen?'

'Nee,' zei Billy met een vaag gebaar naar de straat. 'Ik wacht maar, weet je wel, op de auto.' Toen: 'Zou jij tegen...'

'Tegen...'

'Tegen Nina willen zeggen dat wat ze zei...'

'Ga het haar zelf maar zeggen.'

'Dat doe ik,' en hij wuifde Matty weg.

Toen hij door het middenpad terugliep stuitte Matty op Mayer Beck, die met zijn keppeltje eindelijk in harmonie met zijn omgeving op de achterste rij aan het middenpad zat.

'Triest, hè?

'Nu even niet.'

'Misschien had ik moeten zeggen, het mijnenveld de voorlaatste spreker te zijn,' begon Boulware opnieuw.

'Jeremy, wat zei Ike tegen jou? "Wie een gedicht schrijft, zuigt ook een pik af."?'

Een golf van zacht gelach in de zaal.

'Goed, hoeveel ik ook van Ike hield, hoe groot ook onze zielsverwantschap, hoezeer hij ook mijn kamergenoot was, mijn spirituele Siamese tweeling, ik moet hem toch even onderuit halen. Dat had hij niet van zichzelf. Hij had het van mijn vader. Dat zei mijn vader tegen mij toen ik hem vertelde dat ik acteur wilde worden: "Wie een gedicht schrijft, zuigt ook een pik af." Ike vond het om te gieren, maar bij ons thuis was het geen geintje. Waar ik vandaan kom gold: tenzij je goed genoeg was om te spelen voor Joe Paterno of kon passen als Joe Willie, werkte je in de kolenmijn. De eerste in de familie die zijn middelbare school afmaakt komt bij zijn vader en zegt dat hij acteur wordt? Maak je de kachel met ons aan, Steve? Sta je ons te belazeren? Het was geen geintje, Ike...

Maar ik hield vol, ik hield vol.

En toen gaf ik het op.

Ike kwam op een dag thuis en zag dat ik aan het pakken was. "Steve, wat doe je?" Ik zei dat ik ermee kapte.

Vier jaar spraak en stem en beweging en tekstanalyse en speeltechniek en improvisatie en Shakespeare en Ibsen en Pinter en Brecht en Tsjechov. Vier jaar workshops en studio's en impresario's en audities. Vier jaar afwijzing. Vier jaar elke keer dat ik faalde de stem van mijn vader: "Wie een gedicht schrijft..." Ike, het is tijd. Ik kap ermee.

En toen zette ik me schrap voor een van zijn wereldberoemde peptalks. Maar weet je wat hij tegen me zei? Hij zei: "Goed zo. Want je bent nooit een echte acteur geweest."

Hij provoceerde me, weet je wel? Maar nee. Hij zei dat een echte acteur, welke echte kunstenaar dan ook, fysiek niet in staat is om die woorden "ik kap ermee" te uiten. "Echte kunstenaar pakken hun spullen niet," zei hij tegen me. "Echte kunstenaars zitten klem, en voor hen zit er niets anders op dan bidden dat ze goed genoeg worden om er een succes van te maken. Dus is het goed dat je er nu achterkomt, Steve. Heb je hulp nodig met pakken?"'

Boulware liet een pauze vallen om even met zichzelf en een paar anderen te lachen.

'Zo razend...

Goed, ik had de volgende dag nog *een* auditie. Voor de tweede hoofdrol in een of andere kleine film. Het personage moest een onweerstaanbare vrouwenversierder zijn.' Met een blik op zichzelf, het gelach afwachtend.

'Ik ga erheen, ik lees, de casting director zegt: "Je bent totaal ongeschikt."

Vertel mij wat.

Ik sta halverwege de gang en ze zegt: "Wacht even."

En ze geeft me een nieuwe tekst en zegt: "Maar zijn beste vriend is een dikke vent."

De eerste keer dat ik mocht terugkomen...

Ik ga er de volgende dag heen en ik *ben* die dikke vent. Ze zegt: "Kom volgende week maar voor de regisseur lezen."

De tweede keer dat ik terug mocht komen.'

Hij stak zijn handen in zijn zakken en stond een paar lange tellen zijn schoenen te bestuderen.

'Dat waren we die nacht aan het vieren... Daar ging die tocht langs de bars over. Niet mijn verjaardag maar mijn wedergeboorte. Ik weet niet of ik die rol nu krijg of niet, maar uiteindelijk maakt dat niet echt veel meer uit. Want, Ike?' Dit zei hij tegen het plafond. Dit weet ik nu. Ik *ben* kunstenaar. Ik pak mijn spullen niet en ik kap er niet mee. Ik ben nog steeds hier, Ike, en ik blijf.

Ik zou wel willen zeggen dat je altijd in mijn herinnering zult voortleven, jongen, maar het is meer dan dat. Je zult altijd aan mijn zijde staan.'

Eric, niet bij machte om zijn oren te geloven, besloot dat hij alles gewoon verkeerd had verstaan, en dus voelde hij, in de stilte die onmiddellijk op Boulwares lofrede volgde, niets.

Men zat nu in een stilte die werd onderbroken door verspreide zuchten en slikgeluiden te kijken naar een uitvergrote foto van Ike uit het jaarboek van zijn college, terwijl Eric Burdons 'Bring It On Home to Me' uit de luidsprekers klonk. Maar de diapresentatie was afgelopen, het beeld deed verder niets, de onbeweeglijkheid van zijn loom gekrulde vingers miste de suggestie van leven die de kiekjes op een diacarroussel hadden gewekt; dit portret leek zelfs de spot te drijven met het idee van een leven na de dood. Niemand dacht aan opstaan, niemand leek ertoe in staat totdat Boulware ging staan en met een teken naar de ingang de verrassende entree in gang zette van die bij elkaar geraapte Sergeant Pepper's jazzband, die nu via alle deuren door alle gangpaden binnenstroomde en, als lawaaiige genadeengelen, 'St. James Infirmary' door de zaal lieten schallen. Ze marcheerden naar voren en beklommen van twee kanten het podium waar ze zich hergroepeerden en met hun gezicht naar het publiek het nummer de zaal in tetterden, met een volume dat de levenloosheid op het scherm wegbleekte – en iedereen was zo dankbaar, iedereen stond overeind en toen kwam, als de kers boven op de sorbet, een zwarte jongen met een babyface, uitgedost als Cab Calloway, in een wit rokkostuum en met witte sneakers, zijn haren ontkroest en opgemaakt in een spuuglok zo groot als een paardenstaart, en een ivoren dirigentenstok in zijn hand, langzame pirouettes draaiend door het middenpad naar voren – de zaal schreeuwde het uit van plezier, van opluchting, cameralieden dromden als kevers om hem heen terwijl hij met slepende danspassen de treden naar het podium beklom, en toen weer afdaalde, op en neer over de drie lage treden alsof de muziek hem binnenstebuiten keerde, totdat hij eindelijk front maakte en achterovergebogen met dat dunne, elegante stokje begon te dirigeren, totdat de fotografen als bakvissen het podium bestormden en de rouwdragers het uitgilden van de pret, totdat Ike Marcus eenmaal, andermaal en ten slotte, toen de jongen begon te zingen, begon te Calloway-en alsof hij in de Cotton Club stond, definitief verdwenen was.

Matty, die om niet op te vallen tegelijk met de rest van de zaal was opgestaan, kon zijn ogen niet van Minette en Nina afhouden; het meisje stond dapper rechtop te klappen, maar zonder licht op haar gezicht.

Minette deed echter keihard haar best en stond te klappen alsof de geest vaardig over haar was geworden, maar hij zag dat ze er ook niet bij betrokken was, dat ze verscheurd werd tussen bezorgdheid om haar kind hier binnen en haar echtgenoot buiten; dat ze al begonnen was vrede te sluiten met de dood van Ike teneinde haar gezin bijeen te houden – hoe gewond en verward en kwaad de leden op dit moment ook mochten zijn.

Want dat is wat je doet, bedacht Matty, dat is de bedoeling, je zorgt voor ze, je geeft je leven voor ze als het moet en je brengt niet je hele leven van ouder wordende hamster in een molentje door met je bezatten en jagen op het onbekende, of met wachten tot die zee van kwaadwillige krachten je borstzakje aan het trillen brengt.

'Zie je hem?' Yolonda stompte Matty zachtjes op zijn arm. 'Die knul daar?' Een knikje in de richting van een strak kijkende, met een sikje uitgedoste latino in slobberige jeans en een hoodie, de enige in zijn rij die nog op zijn stoel zat. 'Klopt hij, volgens jou?'

Matty keek om en vond de jongen niet bijster alarmerend, al kon

349

het waarschijnlijk geen kwaad om hem buiten staande te houden.

'Wat is er met je?' vroeg Yolonda.

'Wat bedoel je?'

Ze raakte zijn gezicht aan, en haar vingertoppen waren nat toen ze haar hand terugtrok.

Terwijl de band van 'St. James Infirmary' overschakelde op 'Midnight in Moscow' sleepte Boulware drie van de lofredenaars mee het podium op en begon daar aan een dansje, een verbazend elegant, minimalistisch wiebelen, een heupwiegend schuifelpasje, met een hand op zijn buik en de andere met de palm naar boven opgeheven, alsof hij getuigenis aflegde. Fraunces Tavern probeerde hem na te doen maar het ging, beschaamd als ze nog steeds was na de ramp met het zusje van Ike, niet van harte. Hetzelfde gold voor Russell en Jeremy die, verward en schaapachtig kijkend, zo dicht mogelijk naar de coulissen schoven.

Calloway junior haalde uit een binnenzak van zijn rok een tweede stokje tevoorschijn en bood dat aan Boulware aan; die speelde even voor tweede dirigent en draaide zich toen om naar de stoelen, en naar de camera's, en balkte: 'Vergeet jullie kaarsen niet!' Wat voor de band het teken was om aan weerskanten het podium af te dalen en door de gangpaden naar het daglicht te stromen en daarmee het publiek een uitweg te bieden.

Zodra ze op straat stonden, had Yolonda hem te pakken.

'Hé, kom je even mee?' Haar hand op de elleboog van de jongen met het sikje, terwijl ze hem onopvallend bij de menigte vandaan stuurde.

'Waarvoor?' Alsof hij het niet al wist. Hij had een gouden ringpiercing in het uiteinde van zijn linkerwenkbrauw waardoor hij zijn hoofd achterover moest houden om dat oog even ver open te krijgen als het andere, wat hem een uitdrukking van chronisch vechtlustige verbazing gaf.

'Hoe heet je?'

'Hector Maldonado. En jij.'

'Rechercheur,' zei ze. 'En de dode jongen, hoe heette die?'

'Waarom vraag je dat aan mij?'

'Gewoon een vraag.'

'Waarom.' Hij sloeg zijn armen over elkaar.

Yolonda wachtte gewoon af.

'Ik weet niet hoe die gozer heette. Ik doe een werkstuk voor media-studie en je weet heel goed waarom je mij moet hebben.'

'Ja? Waarom moet ik jou dan hebben?'

'Omdat jullie de gozer niet kunnen vinden die hem afgeknald heeft en omdat ik een *plátano* uit de projects ben. En *dat* van een Ricaanse als jij? Wat een *kut*zooi.'

'Heb je je werkstuk bij je?' vroeg Yolonda rustig.

'Mijn aantekeningen.' Maldonado trok een handvol losse vellen papier uit een voorzak van zijn spijkerbroek en hield ze zo dat zij de halfslachtige krabbels kon lezen.

GEEN RECHTEN DOEN BEL NAAR HUIS GELOOF
IN ME IKE WERELD WAAR WE WONEN

'Ja. *Ike...* zie je?

'Hoe heet jij ook alweer?

'Dat zeg ik net. Hector Maldonado. Schrijf het anders maar op.'

'Je hebt wel een grote mond, weet je dat?'

'Jij net zo goed!'

'Ik kan je ook aanhouden, dat we op het bureau verder praten.'

'Ja, moet je vooral doen! Dan loop ik zo naar die niggers in de reportagewagens en dan zal ik ze eens uitleggen waarom je *echt* naar me toe komt. Dat zou een teringgoed mediawerkstuk opleveren, hè?'

'Smeer hem maar.'

'Hah.' Maldonado beende triomfantelijk weg en Yolonda liet de zaak schouderophalend rusten.

Matty sloot zich niet aan bij de stoet die op weg ging naar de plaats van de moord, zes straten verder. Hij bleef hangen op het trottoir voor de ingang van het Langenshield, wachtend op Yolonda maar kijkend naar Minette die heen en weer liep terwijl ze, met een hand tegen haar oor om de herrie buiten te sluiten, via haar gsm met haar man praatte. Nina liep naast haar en nam de telefoon van haar moeder over om ook met Billy te praten en Matty vroeg zich af of hij tegen haar zou zeggen dat hij uiteindelijk toch was gebleven, in ieder geval zo lang dat hij had gehoord wat ze binnen nog had gezegd.

Wat het ook was dat Billy tegen haar zei, het leek te werken – zag Matty aan het gezicht van Minette die naar de zachter wordende uitdrukking op het gezicht van haar dochter keek.

Yolonda kwam even later bij hen staan en keek Matty aan; de jongen in de hoodie was niets geworden.

'O mijn god, wat was dat dapper van je.' Haar stem steeg in tederheid terwijl ze haar armen om Nina heen sloeg.

'Dank u.' Het kind hield haar eigen armen om zich heen.

'Je man is thuis?' vroeg Yolonda aan Minette.

'Of thuis of onderweg,' zei Minette. 'Hij kon dit gewoon nog niet aan.'

'Gaan jullie daar nog heen?' Yolonda richtte haar kin op de staart van de optocht.

'Ik ben daar.' Een blik van Matty: zit me niet op mijn nek.

'Oké dan.'

Ze keken met zijn drieën hoe Yolonda wegliep, terwijl de muziek zwakker werd op het moment dat de stoet, bijna een stratenblok lang, op het eerste kruispunt linksaf sloeg.

'Goed,' zei Matty. 'Gaan jullie naar huis?'

'Straks,' zei Minette. 'Ik geef hem een beetje ruimte.'

'Mag ik een beetje rondlopen?' mompelde Nina tegen haar moeder.

Minette keek nadenkend naar Matty om te zien wat hij vond, en hij haalde zijn schouders op: waarom ook niet.

'Niet te ver en laat je mobiel aan,' zei Minette alsof Nina al iets had uitgehaald. 'En niet screenen als je gebeld wordt.'

Buiten op straat leek de band, aangevoerd door Boulware en Cab Calloway, veel van zijn magie verloren te hebben en zagen de ongeveer honderdvijftig rouwdragers, die hen onder de klanken van 'Old Ship of Zion' volgden, er nu, onder de voor hun in plastic bekertjes gestoken kaarsstompjes te lichte middaghemel, ietwat gegeneerd, een beetje gegijzeld uit.

Eric, niet bij machte zich uit zijn verontwaardiging jegens Boulware te bevrijden, liep aan de overkant van de straat met de stoet mee, verborgen in de kudde van ineengedoken cameralieden die de show op de tocht door Suffolk Street filmden.

Maar toen de band onverwacht overschakelde op wilde, wervelende klezmermuziek, en Boulware en de zwarte jongen, zo soepel alsof ze het de hele vorige avond samen hadden gerepeteerd, trage, sierlijke Tevje-pirouetten begonnen te draaien, en de mensen met de camera's overstaken en aan hun eigen, omsingelende, snorrende en klikkende tarantella begonnen, bleef Eric zonder dekking onder de geel-rood-metalen luifel van een levensmiddelenzaak achter.

Nadat hij de hele ochtend door de buurt had gezworven, zat Tristan nu op zijn hurken onder het zijraam van een pizzeria iets voorbij het Langenshield Center, met zijn schrijfblok opengeslagen op zijn brandende dijbenen. Hij had gedacht dat hij inmiddels veel meer genoteerd zou hebben, maar die bezopen fanfare die op het bordes van die kerk verderop had gehangen, had hem afgeleid. En toen ze begonnen te spelen terwijl ze naar binnen liepen en het gebouw in een boombox veranderden, en vervolgens nog *steeds* spelend weer naar buiten kwamen, had er niets anders voor hem opgezeten dan te wachten tot de parade zo ver uit zijn buurt was dat hij zijn eigen beat weer kon horen.

Maar zodra hij op gang kwam, werd hij zich bewust van het meisje, ongeveer van zijn leeftijd, dat een paar meter verder in de etalage van de winkel naast de pizzeria stond te kijken. Normaal gesproken keek hij dwars door blanke jongens en meisjes heen, waarschijnlijk ongeveer net zoals ze dwars door hem heen keken, maar zij had haar hele bovenarm in het verband zitten: hechtingen of een tatoeage, raadde hij.

Hij wierp een blik op wat hij had geschreven en stelde zich voor dat hij het meisje was dat het las.

'Parels gooien voor de zwijnen
Ieder woord een school
hoog verheven
dood of leven
je kijkt me nooit niet aan
want je weet
hoe ik heet
en jullie hebben slechts een traan.'

Toen hij weer opkeek, was ze verdwenen.

Terwijl de stoet in zuid-zuidwestelijke richting verder trok, slalomde Yolonda door de rijen, over de trottoirs, op zoek naar een gezicht dat er niet thuishoorde, maar het was hopeloos: er waren gewoon te veel levenslange buurtbewoners op de parade afgekomen, te veel camera's en de rest: hopeloos.

Op het ene kruispunt na het andere stuurden afzettingen van schragen hen van Suffolk Street naar Stanton, naar Norfolk, naar Delancey en naar Eldridge.

Het duurde ongeveer een halfuur tot iedereen van het Langenshield naar Eldridge Street 27 was gelopen, waar ze in het afgezette blok tussen Delancey en Rivington werden opgewacht door een geparkeerde vuilniswagen, een brandweerwagen en een levensgrote, met stro gevulde, Ike Marcus-pop die op een onder vijfenveertig graden opgestelde, houten pallet lag, als een zelfgemaakte raket, klaar voor de lancering. Het gezicht was van beschilderd papier-maché.

De muzikanten en de rouwdragers trokken langs de wagens van de gemeente, waar de brandweerlieden en vuilnisophalers onbewogen tegen hun cabines geleund stonden en beschreven toen een lus rond de pop tot ze een kring van zes kaarsjes diep hadden gevormd, met daarbuiten een zevende kring van overwegend etnische buurtbewoners, van wie er velen jonge kinderen op hun schouders hadden zitten, en daar weer buiten een zelfs nog vormlozere achtste kring van binnendruppelende verkeerspolitie die de afzettingen langs de route hadden opgeheven.

Terwijl iedereen daar peinzend naar Ike's gelijkenis stond te kijken, ging de band door met zijn mix van klezmer, jazz en spirituals: 'Precious Memories' gevolgd door 'Kadsheynu', 'Oh Happy Day' en toen 'Yossel, Yossel'. Boulware en wie het verder nog opbracht, dansten nog steeds en de fotografen lagen tussen de papieren Ike en de eerste kring toeschouwers als scherpschutters op de grond om hun gezichten erop te krijgen.

Toen ze achteruit de stoep op liep om een beetje lucht te krijgen, zag Yolonda Lugo en Daley die allebei stonden te roken, Daley tot aan zijn enkels in wat er nog restte van het gedenkteken.

'Toestand, hè?' Lugo knipte zijn peuk weg.

'Mijn god,' zei Yolonda. 'Ze zijn allemaal zo creatief, weet je wel?'

'Ik zou nog geen pop kunnen maken als mijn leven ervan afhing,' zei Daley.

'Hoe gaat het bij jullie?' vroeg Yolonda. 'Schudden jullie voor ons aan de bomen?'

'Aan welke?' vroeg Lugo. 'Je zit hier in Sherwood Forest.'

Een oudere Latijns-Amerikaanse vrouw met boodschappen wierp, terwijl ze zich door de menigte heen probeerde te worstelen om op nummer 27 naar binnen te gaan, een vernietigende blik op Yolonda en de jongens van Leefomgeving, mompelde: 'Ja, *nu* is er ineens politie,' en glipte toen het pand in.

Matty zat met Minette op de treden voor het nu verlaten Langenshield en ratelde voor de vorm een rapport over zijn vorderingen af, uiteraard zonder melding te maken van de nog steeds ingestelde persbreidel, het getorpedeerde tweede buurtonderzoek en de niet-beantwoorde telefoontjes.

'Dus, bereik je iets of niet?' zei ze.

'Er moet nog van alles gedaan worden. Bij een moordonderzoek is er altijd een heleboel te doen.' Toen, doodziek van zijn clichématige mantra: 'Ik moet je wel zeggen, ik zat daar en je doet het heel goed met ze, weet je?'

'Met wie.'

'Je gezin. Ik zat…'

'Vind je?'

Met jou was het anders geweest, was wat hij dacht.

'Goed met mijn gezin.' Minette kreeg tranen in haar ogen. 'Gisteren vroeg Billy me waar Ike was. Hij wist niet meer wat we met het lichaam hadden gedaan. *We*. Dat zijn moeder hem had laten cremeren en de as had meegenomen.'

'Dat is…' Hij wist niet hoe hij het moest afmaken.

'De helft van de tijd kan hij geen spier bewegen, en de andere helft stuitert hij bijna zijn lijf uit. Ik was gisteravond de deur uit, ik kom terug en ik hoor de muziek terwijl ik nog drie verdiepingen lager in de lift sta. Ik kom binnen en hij is doornat van het zweet in zijn eentje aan het dansen op keiharde rythm and blues. Ik heb iets van: "Billy, wat doe je?" Hij zegt: "Ik kijk hoe Ike danst."' Ze veegde haar ogen af. 'Mijn dochter, heb je haar arm gezien?'

'Het ongeluk met de sandwich.'

'Het ongeluk met de sandwich,' mompelde ze en gaf geen details.

'Het spijt me.'

'Heb jij kinderen?'

'Twee.' Matty zakte in. 'Jongens.'

'En ze deugen?'

Hij zei 'Ja,' maar Minette las er doorheen, zocht in zijn ogen naar wat hij niet zei.

Er kwamen drie bazen voorbij die net de optocht hadden gevolgd, een divisiecommandant en twee commissarissen, in groot tenue om hun medeleven met de familie en de rouwdragers te tonen. Maar toen Matty hen half en half begroette, reageerden ze met kille staarogen, alsof deze hele santemekraam wat hun betrof zijn idee was geweest.

'Is er iets niet goed?' vroeg ze, zodra ze voorbijgelopen waren.

'Te strakke uniformen,' zei Matty en liet het daarbij.

De hemel boven Eldridge Street had van licht groen-blauw geleidelijk een hardere late-middagkleur aangenomen en Boulware trok nog steeds het grootste deel van de aandacht: dansend als Zorba, als een derwisj, als een of andere in een paars gewaad gehulde gospeltetteraar in een kerk achter een winkelpui en hij deed het goed, dat moest Eric toegeven, misschien wel goed genoeg, al was er niemand die dat kon zeggen.

En net als in het Langenshield probeerden sommigen gelijke tred met hem te houden, maar hij was onbereikbaar; Eric kon zelfs niet uitmaken of de man besefte dat zijn 'lied van mijzelf' werd gedanst op het graf van een ander.

Het leek of de muziek nooit zou ophouden, maar omdat het spitsuur naderde, baande een van de hogere politiemensen ter plaatse zich een weg naar de binnenste kring, zei iets tegen Cab Calloway, en even later kreeg Boulware een stok aangereikt waarvan het uiteinde in brandende lappen was gewikkeld. En terwijl de band 'Prayer for a Broken World' speelde, hield hij de toorts eerst plechtig op naar welke goden ook geacht werden omlaag te turen en stak toen de pop aan, waarop Ike ogenblikkelijk in fel geel-blauw vlamvatte, alsof hij ten langen leste zijn razernij uitte over wat hem was overkomen – en alle georkestreerde uitsloverij van die middag ten spijt, viel Erics mond open toen hij zag hoe deze man-jongen-golem werd gegrepen door bolle vlamgolven die eerst de menselijke contouren leken af te tekenen voordat ze hem eindelijk begonnen te verzwelgen.

En toen de opstijgende hitte langzaam een met stro gevulde arm in zijn geheel, als in een laatste vaarwel optilde, voelde Eric zich verlamd raken bij de aanblik van Billy Marcus die door de menigte heen brak en naar zijn zoon toe rende alsof hij de vlammen wilde doven die hem vermoordden, en het volgende moment, als een hond die achter een hommel aanzit, rechtsomkeert maakte, en bijna een bejaarde vrouw onder de voet liep die net de voordeur van haar woning van het slot had gedraaid, om langs haar heen het duister van de vestibule binnen te rennen.

Alle commotie werd rustig gadegeslagen door de buurtbewoners, van achter uit de menigte, uit ramen, vanaf de bovenste treden van de buitentrappen, voor het merendeel met die verlegen, halfscheve glimlach van verbijstering. Er was slechts een vrouw die op haar brandtrap haar mond met beide handen bedekt hield, alsof ze het nieuws nog maar net had gehoord.

Ike was mijn broer. Ik wilde hem zijn. Ik wil het nog steeds.

Dat was alles wat ze had willen zeggen. Nina walgde van zichzelf, dat ze voor de ogen van zijn maffe, verwijfde vrienden zo was ingestort maar ze had, nog steeds, zo'n spijt.

'Hé joh, geeft niets,' had Eric gezegd. 'We zien elkaar gewoon volgende week…'

Ze onderdrukte de neiging om gewoon maar op het trottoir te gaan liggen en haar ogen dicht te doen en liep doelloos naar binnen bij She'll Be Apples, een winkel in Ludlow Street die amper genoeg ruimte bood aan de twee vrouwen die er werkten en haarzelf, de enige klant. Slechts een rek op wieltjes met kleding, een paar hoeden aan haken hoog in de muur van metselwerk en op tafeltjes verspreide, amberkleurige sieraden die er in haar ogen uitzagen alsof ze ze in de ladenkast van haar grootmoeder zou kunnen vinden. Het fascineerde haar dat de voorraad zo pover was, dat iemand gewoon een paar artikelen in zo'n piepkleine ruimte kon rondstrooien en het een winkel kon noemen. En de vrouwen waren groot, tegen de twee meter en ze spraken met elkaar met een Engels accent dat net niet helemaal Engels was. Ze begon de kleren aan het rek door te kijken, een zo te zien willekeurige collectie van met zeefdrukken versierde singlets, polyester overhemden met dolkkragen, hippie-boerenblouses en denim microrokjes, tot ze bij een kriebelig-uitziend, roodbruin, visgraat ruiterjasje kwam. Niets bijzonders, behalve dat het paste, maar toen ze zich, bij gebrek aan spiegels, half omdraaide om de rug te bekijken, zag ze tot haar verbijstering een gigantisch, van kraag tot stuit en tot beide schouders uitgesneden gat, een volmaakte cirkel van niets, een gril van de ontwerper, maar het onverwachte ervan schokte Nina tot in haar diepste wezen, maakte haar bijna bang en het was plotseling het mooiste dat ze ooit had gezien. Daarmee was deze winkel, deze straat, deze buurt, een weergaloos exotisch land; en toen een van de reuzenvrouwen met haar niet-Engelse-Engelse accent zei: 'Schat, staat je beeldig,' begon ze te huilen.

In Eldridge Street, waar de vlammen eindelijk uitdoofden en nog maar een paar verkoolde strosprietjes trage buitelingen maakten voordat ze op straat bleven liggen, knikte de man van Burgercontacten eindelijk tegen zijn collega's in uniform: verspreiden maar.

Maar niemand leek er iets voor te voelen de plek te verlaten: de muzikanten schroefden langzaam hun mondstukken los, de rouwdragers omhelsden elkaar en bleven praten, Cab Calloway deed de ronde met zijn visitekaartje. De brandweerlieden slenterden in de richting van de smeulende brandstapel en namen hun positie in.

'Mensen.' De man van Burgercontacten ging nu groepjes mensen langs, legde hier en daar een hand op een schouder, alsof hij de gasten waarschuwde dat het eten werd opgediend.

En toen de menigte bleef rondhangen zonder acht te slaan op de politie, op de brandweerlieden en zelfs de stad zelf negeerde die in de verstopte straten van de buurt op claxons hamerde, nam de man van Burgercontacten zijn toevlucht tot een megafoon: 'Mensen, met alle respect. Het is tijd om dit elders voort te zetten.'

De brandweerlieden lieten een beetje water door hun slangen pulsen en lawaaiig voor hun voeten neerkletsen.

De vuilnislieden trokken hun werkhandschoenen aan en duwden zich los van de zijkant van hun wagen.

Maar nog steeds ging er amper iemand weg.

Terwijl de laatste camera's in de wagens met satellietschotels werden opgeborgen en de waterdruk in de slangen toenam, begon Boulware, nu met iets van paniek in zijn ogen, zijn vrienden aan te spreken met haastige plannen om elkaar in bar te treffen en kondigde toen luidkeels aan: 'We gaan naar Cry!' waarop Eric, die het tafereel vanaf een trap gadesloeg, eindelijk iets van mededogen met de man voelde opkomen. De komende maanden zou hij waarschijnlijk makkelijker een wip kunnen maken in de buurt, hij zou wat meer drankjes van het huis krijgen, misschien een nieuwe, niet-zo-goede impresario vinden maar er zou niets wezenlijks veranderen. Hij zou jaar in, jaar uit achter dat brandende stro aan blijven jagen dat met al zijn grote plannen in de blauwe hemel was verdwenen. Wat Boulware kon verwachten, wist Eric, kwam neer op een lange periode van depressiviteit en een gestaag groeiend gevoel van gemis, niet om zijn dode vriend maar om deze middag, de laatste beste dag van zijn leven.

'Die jongen,' zei Minette hoofdschuddend.

'Welke.'

'Die vriend van Ike, de, de ceremoniemeester? Ik bedoel, Ike was zelf niet bepaald bescheiden, maar…'

Ze zaten nog steeds op de treden voor het Langenshield Center te wachten tot Nina terugkwam.

'We hebben een truc die we soms toepassen bij een klus,' zei hij, starend naar haar handen. 'Als we met iemand praten die beweert dat hij een getuige is en we denken dat hij wel eens… iets meer betrokken kan zijn? We noemen het de "ik"-test. We zetten zo iemand op een stoel en nemen zijn verklaring op, op schrift, gedicteerd, maakt niet uit, en als je dat gedaan hebt, maak je een telling en verdeling van de voornaamwoorden. Als een vrouw doodgeschoten is en de verklaring van het vriendje bevat zestien keer "ik" en "mijn", en maar drie keer "zij" en "haar" – dan is hij dus gezakt.'

Minette volgde zijn blik naar haar trouwring en schoof die hand toen onder haar dijbeen.

'Wat bedoel je, denk je dat hij er iets mee te maken had?'

'Nee, helemaal niet.' Matty bloosde. 'Ik merkte alleen maar op…'

'Ik wil je iets vragen,' onderbrak ze hem. 'Die eerste dag, toen ik bij dat hotel was omdat ik Billy zocht…'

'Ja?'

'Ben je ooit in de kamer geweest?'

'Ja, heel even.'

'Was Elena daar?'

'Ik geloof het wel.'

'Hoe was dat daar, hij en Elena?'

'Hoe bedoel je?'

Ze keek hem alleen maar aan.

'Het ging niet goed met ze.'

Ze bleef hem aankijken, maar hij vertikte het toe te geven dat hij haar gedachten las.

Toen leek ze dat te begrijpen en liet het rusten.

'Dat gaat toch wel ver,' zei ze, voornamelijk tegen zichzelf, en Matty stond op het punt iets terug te zeggen toen ze zich met een abrupte beweging naar hem toe draaide en naar voren boog – om hem te kussen, dacht hij – maar het was omdat ze achter zijn rug haar dochter zag aankomen.

'Alles goed met je?' Minette's stem klonk vurig van bezorgdheid.

'Ik heb de creditcard gebruikt,' zei het meisje.

'Voor...'

'Hiervoor.' Ze liet hun de kleine, vergelende verkiezingsbutton zien: I LIKE IKE. 'Hij kostte dertig dollar maar ik kreeg er nog een gratis bij. De verkoper noemde het een variatie op een thema.'

Toen liet ze de tweede zien: groter en witter, met hetzelfde I LIKE IKE, maar met een portret van Tina Turner op de achtergrond.

Tristan zat nog steeds verderop in de straat toen het meisje met het verband om haar arm terug kwam lopen en stilhield bij haar moeder en een smeris. Ze bleven even praten, toen stak de smeris een hand in zijn jasje om hun allebei zijn kaartje te geven en liep daarna in zijn eentje weg, waarna de twee anderen even later in de tegenovergestelde richting vertrokken.

Hij kwam een stukje overeind uit zijn gehurkte positie onder het raam van de pizzeria om de .22 te verschuiven die in zijn onderrug porde, liet zich toen weer terugzakken en wierp een laatste blik op wat hij die middag geschreven had, en vond het niet slecht. Hij maakte aanstalten om weer overeind te komen, deze keer om naar huis te gaan en kreeg toen nog net een ingeving die hij in zichzelf fluisterend opschreef.

'Soms heb ik spijt
maar je kan eropaan
ik ben veteraan
en ik ga
er nog niet aan'

Matty keek Minette en haar dochter na terwijl ze, diep in gesprek, richting Houston Street liepen. Op de rug gezien, in hun bijna identieke slanke zwarte jurken, konden ze wel voor zusjes doorgaan: allebei lang, met de boogschutterschouders van wedstrijdzwemsters. Hij staarde hen na tot ze werden opgeslokt door het verkeer, draaide zich toen om en ging richting wijkbureau Acht.

'Hallo.' In zijn mobiel.

'En, hoe was het?' vroeg Yolonda.

'Hoe was wat.'

'Heb je al met haar geneukt?'

Matty hing op.

Een straat verder liep hij langs Billy die zo onbeweeglijk op een trap zat dat hij al drie huurkazernes verder was gelopen voordat zijn aanwezigheid tot hem doordrong.

'Wat doe je hier,' zei Matty.

Billy richtte langzaam zijn ogen omhoog, en kwam toen overeind. Hij kwam zo dichtbij dat Matty een stap achteruit moest zetten.

'Luister,' zei hij zachtjes, terwijl zijn vingertoppen vederlicht over Matty's revers dansten. 'Wat kan ik doen om te helpen?' Zijn mond begon te trillen. 'Het enige wat ik wil, het enige wat ik nodig heb, is iets doen om te helpen.'

Er kwam een politiewagen door de smalle straat in hun richting. Een paar tellen later besefte Matty dat hij recht in de ijzige gezichten keek van Upshaw en Langolier, op de achterbank van de wagen die bijna stopte en, toen de boodschap was overgekomen, weer vaart maakte.

Matty draaide zich weer naar Billy toe en keek in zijn vragende ogen. 'Wil je iets doen?'

Hij wachtte tot de patrouillewagen de hoek om was en zocht toen het kaartje van Mayer Beck in zijn portefeuille; ik mag doodvallen…

'Je belt deze vent. En je zegt het volgende…'

Die avond gebeurde hetzelfde: Eric verving een van de andere managers om niet alleen te zijn met zijn gedachten en verdween, zodra de avonddrukte begon, onmiddellijk naar de kelder. Maar toen hij de laatste treden naar de vloer van aangestampte aarde afdaalde, hoorde hij en zag hij daarna Bree, de serveerster met de Ierse ogen, die met haar rug naar hem toe exact in het midden van de lage ruimte stond, haar hoofd bijna met de kin op de borst voorover gebogen, alsof ze stond te bidden. Toen, nog steeds met haar rug naar hem toe, produceerde ze zo'n machtig gesnuif dat haar schouders omhooggingen – dus dat was geen bidden…

Hij wilde haar niet aan het schrikken maken, maar dit was zijn plek en hij had hem nodig.

Hij schuifelde op de onderste tree en kuchte, zodat ze met wijdopen schrikogen om haar as draaide, de coke nu in haar zorgvuldig gesloten hand geklemd.

'Hallo,' hijgde ze.

'Je klinkt een beetje verstopt. Gaat het wel?'

'Ik heb af en toe voorhoofdsholteontsteking.'

'En dan sta je in een vochtige kelder?'

'Het is een gek soort voorhoofdsholteontsteking.'

'O ja? Hoezo, gek?'

Ze keek diep ongelukkig.

'Weet je, ik kom helemaal naar beneden en het is al erg genoeg dat ik een medewerker met coke betrap, maar dan kan er voor mij geen snufje af?'

'Oh!' Ze riep het bijna, deed haar hand open en hield de hele voorraad onder zijn neus.

Het plafond van de kelder was zo laag dat ze bijna gebukt moesten lopen en dat alle vier de hoeken van de muffe ruimte in duisternis gehuld waren.

'Kijk uit waar je loopt.' Eric ging voorop met een van de werklampen met verlengsnoeren die her en der verspreid lagen.

'Wat bewaar je hier, lijken?' Ze klonk los en kwebbelig van de blow.

'Champignons.' Hij richtte de lamp in de noordoostelijke hoek van de ruimte, waar de lichtbundel even weerkaatste in het oog van iets dat maakte dat het wegkwam.

'Getver, een muis,' zei ze.

'Moet je zien.' Hij liep verder de hoek in en liet het licht op een van de oude stookplaatsen vallen.

'Lijkt wel een barbecuekuil.'

'Het is een schouw. Er zit er een in elke hoek, wat betekent dat hier mensen gewoond hebben, dat ze zich hier warmden. Ik denk ergens rond 1880, 1890.'

'Serieus?' Ze bood hem nog een lijntje aan.

'Maar deze hier' – Eric boog zijn hoofd naar het met een wit laagje bedekte papier in haar handpalm, met zijn hand onder de hare alsof hij die stil wilde houden – 'deze is beroemd. Er bestaat een foto van Jacob Riis van een man die in een kolenkelder voor zo'n ding zit; hij heeft een homp brood op zijn schoot en hij kijkt naar de camera, en tussen de baard en het vuil zie je alleen maar ogen. De vent leeft praktisch als een beest.' Erics kaak trilde en hij proefde de zure smaak achter in zijn keel. 'Ik sta hier te kijken en ik ken die foto goed, dus ik heb iets van: dit is net die foto van Riis, en op dat moment zie ik dit.'

Hij richtte de lamp op een zware, zwartgeblakerde balk, een paar centimeter boven hun hoofd.

'Kijk.' Hij liet zijn vingers over de letters glijden die in het hout waren gekrast, twee woorden, en hij las ze hardop voor. '*Gedenken mir.*'

'Is dat Nederlands?'

'Jiddisch: Vergeet mij niet.'

'Hoe komt het dat jij Jiddisch kan lezen?'

'Gegoogeld. Hoe dan ook, gewoon uit nieuwsgierigheid? Ik ben naar huis gegaan en ik heb de foto's van Riis opgezocht op de site van 88 Forsyth House. En daar kun je zien dat deze woorden op de foto staan, maar je kunt ze niet lezen, maar dit is het. En dit is de plek, waar we nu staan. En nu weet ik wat die krabbel, die hand, ons probeerde te zeggen. Van die hele, van die miljoenen die hierheen zijn gekomen, is er dit oneindig kleine stemmetje dat zegt: "Ik ben. Ik was." Dat zegt: 'Vergeet mij niet." Ik kan er wel om janken.'

En hij deed het ook, een beetje.

'O.' Ze streelde bijna zijn wang. 'Zit er maar niet te erg over in. Hij staat toch op een beroemde foto? Dan heeft hij er dus *iets* aan overgehouden, weet je wel? Ik bedoel, het had erger gekund.'

'Dat is ook weer waar,' gaf hij toe terwijl hij zijn ogen afveegde. 'En...' Hij wilde nog een heel klein snufje en knikte in de richting van de coke. 'Hoe gaat het?'

'Bedoel je hiermee?' Ze kleurde. 'Nee, nee, ik ben niet – dit is alleen maar om door mijn dubbele dienst heen te komen. Dit zijn de omstandigheden.'

'Nee, ik bedoelde hoe het boven gaat, met je werk.'

'Dat? Ook omstandigheden.'

Eric hielp zichzelf aan spul voor op zijn tandvlees om de volgende vraag te halen. 'Oké. Goed. Wat doe je. Eigenlijk.' Toen: 'Nee, wacht. Laat me raden. Riverdancer.'

Ze keek verpletterd.

'Wat? Nee, hè.'

'Ik heb het je verteld, hè? Of was het sarcastisch bedoeld?'

'O Jezus, nee. Wat ben ik een ongelooflijke zak.' Maar toen viel ze uit haar rol en proestte om zijn rode kop. 'Ik studeer aan de NYU.'

'O, goddank.' Zijn handen gekruist op zijn hart.

'Ik wist wel dat je niet luisterde.' Ze bediende zichzelf nu.

'Ik had, heb, veel aan mijn hoofd.'

'Ik heb het gehoord.'

'Wat heb je gehoord?'

'Je was erbij toen het gebeurde?'

'O ja?' Hij zette zich schrap voor meer shit.

'Ik zag je bij de herdenking,' zei ze. 'Waarom zat je niet in de zaal?'

'Waarom?' Eric haperde, zag toen Ike's vader naar zijn in vlammen gehulde zoon toe rennen. Hij deinsde terug alsof hij een por in zijn ribben had gekregen.

'Het is ingewikkeld,' zei hij. En toen: 'Kende je hem?'

'Die jongen? Nee. Maar de bandleider? Met die witte rok? Is een vriendje van school.'

'Een vriendje?' Duidelijker kon het niet.

'Ja.' Met een glimlach.

'Wat voor soort vriendje?'

'Waarom wil je dat weten?'

Hij wilde haar gewoon kussen. Nog een snufje misschien, zijn ogen dicht...

Maar toen kwam Billy Marcus er weer aan, als een aanstormende trein, en Eric begon te ratelen.

'Ik bedacht iets tijdens die herdenking vandaag, dat er *een* ding is, ondanks alle onderlinge verschillen, dat dat publiek en de jongens die hem vermoord hebben, met elkaar gemeen hebben... En dat is narcisme. Het verschil is, en ik weet dat het een aanname is die ik maak, dat de daders wel narcisten zijn? Maar hun egocentrisme heeft niet echt een kern. Ze zijn waarschijnlijk praktisch gevoelloos voor zichzelf, en ook voor de buitenwereld, weet je wel, alleen hebben ze hun primitieve behoeften en zoiets als impulsieve reacties op bepaalde situaties. Maar de, de anderen? *Wij?* Ook narcisten, alleen heeft ons egocentrisme wel een kern, iets te veel een kern en die is in de meeste gevallen niet bijster aantrekkelijk, maar…' Hij draaide een keer om zijn as, zo gespannen was hij. 'Ik wou dat ik dat tegen iemand kon zeggen.'

'Dat doe je dus nu.'

'Wat.'

'Wat.' Ze aapte hem na en Eric lachte: wat gek.

En toen nam hij gewoon haar gezicht in zijn handen en zij liet het toe, ze liet het toe.

'Oké,' zei Billy en klopte op zijn zakken om zijn verklaring te vinden. 'Oké.'

Mayer Beck, stenoblok in de aanslag, wachtte.

Marcus had hem een halfuur eerder uit zijn bed gebeld waar hij op dat moment in lag met zijn vriendin die over drie uur terug zou vliegen naar Ghana om de bruiloft van haar zus bij te wonen. Het zat er dik in dat ze haar studentenvisum niet zou kunnen verlengen, dat hij haar nooit meer zou zien, maar wat deed je eraan.

'Oké,' zei Billy, die zijn aantekeningen had gevonden. 'De politie in deze stad is, voor zover ik heb begrepen, zo goed als maar kan.' Hij praatte met zijn ogen dicht, uit zijn hoofd. 'Maar ze zijn bij deze zaak op een dwaalspoor gebracht door foutieve, maar geloofwaardige getuigenverklaringen en iedere minuut telde.'

'Oké.' Beck noteerde.

'Deze persoon, deze Eric Cash, ik begrijp dat hij door een hel is gegaan maar mijn zoon…' Billy zweeg. Beck keek op.

'Het heeft iets van, had Eric Cash een rotdag? Ongetwijfeld. Ongetwijfeld…'

'Ik weet het,' mompelde Beck.

'Je *meent* het,' snauwde Billy. Beck hoorde het porselein in de op elkaar geklemde kiezen piepen.

'Ik deed niet alsof,' zei Beck rustig.

Achter hen, op East Broadway, stopte een bestelbus met nummer-platen uit Ohio, en een zwaar getatoeëerde, Ierse trash-metalband begon hun installatie de bar binnen te dragen die zich naast de voormalige drukkerij van *The Jewis Daily Forward* bevond. Beck kende de band, Potéen, en hij kende de bar ook. Hij had wel willen voorstellen om daar te praten zodat hij de man met een glas van het een of ander op dreef kon helpen, maar je kwam daar zelfs niet boven de jukebox uit.

'Het is…' Billy deed zijn ogen weer dicht. 'Zoiets van: "Goed, Eric, neem even de tijd om je veren glad te strijken, en dan…"'

Beck begon weer te schrijven en Billy keek hoe hij werkte.

'En dan…' spoorde Beck hem voorzichtig aan.

'Ik bedoel, die tering…'

Billy beende plotseling een paar stappen weg en begon binnensmonds te tieren – zijn gebalde vuisten waren bloedeloze knuppels.

Aanvankelijk probeerde Beck verstaanbare informatie uit het getier op te pikken, dat gaf hij al snel op. Hij wist wat er aan de hand was: Matty Clark had deze man naar hem toe gestuurd om de pers een bot voor te houden, dat was duidelijk, en nu werd de arme drommel heen en weer geslingerd tussen het zorgvuldig geformuleerde script dat hem gevoerd was en de explosieve gal die voortdurend naar boven kwam borrelen.

Goed. Hij kon Matty helpen, of hij kon zorgen dat hij op pagina drie stond.

Voor de laatste keer in dit leven met zijn vriendin neuken, behoorde niet meer tot de mogelijkheden.

'Meneer Marcus,' zei Beck. 'Zeg gewoon wat u voelt.'

Toen de laatste stralen van de dag onder de bruggen verdwenen, bracht Matty het eindelijk op om te bellen.

'Hoe is het gegaan,' vroeg hij. 'Hebben ze ze uit elkaar gehaald?'

'Ja,' zei zijn ex. 'Ik ben de hele dag als een flipperbal van de ene rechtbank naar de andere gestuiterd.'

'En?'

'Eddie is onder mijn toezicht geplaatst, Matty junior zit nog vast.'

'Op verdenking van?'

'Strafbaar bezit?'

'Strafbaar bezit in welke graad?'

'Eerste. En die rechter gaf hem van onder uit de zak. Dat hij zijn uniform te schande had gemaakt, het vertrouwen van de bevolking beschaamd, verachtelijk zus, laakbaar zo.'

'Goed. Dat doet me genoegen. Hoe hoog is de borgtocht?'

'Vijftigduizend.'

'*Vijftig?*'

'Ik probeer de tien procent bij elkaar te krijgen, met het huis als onderpand.'

'Waarom probeer jij dat bij elkaar te krijgen? Waar is het geld van die grote gangster?'

'Ik kan me niet voorstellen dat jij iets in de pot wil doen, of wel?'

'Je bent stoned.'

'Het was maar een vraag.'

'En dit het antwoord.'

'Goed dan.'

Matty stond op het punt op te hangen, en hing toen op. Belde meteen weer terug.

'Met mij.'

'Wat.'

'Is de Andere daar?'

'Op zijn kamer.'

'Mag ik hem even?'

Matty stond zijn tekst te repeteren, hoorde de voetstappen naar de telefoon toe komen.

'Hallo?'

'Hé, hoe gaat het?'

'Oké.'

'Even een vraag. Wanneer word je zestien?'

'Wanneer ik *jarig* ben?'

'Ik... Ik probeer je te helpen.'

'Hoezo weet je niet wanneer ik jarig ben?'

'Eddie ik ben vierentwintig uur achter elkaar aan het bikkelen geweest,' zei Matty haastig. 'Ik kan niet meer normaal nadenken, oké?

'28 december. Jezus.'

'En dan word je zestien?'

'Ja, pa,' toeterde Eddie als een gans. 'Dan word ik zestien.'

'Oké. Heb je vandaag bezoek gehad?'

'Wat?'

'Bezoek. Een vriend van je broer, iemand van zijn werk.'

'Cyril is geweest.'

'Goed. Die Cyril, wat heeft hij gezegd. Wat heeft hij gezegd dat je moest doen?'

'Weet ik niet.'

'Dat je moest zeggen dat de wiet van jou was en dat je broer niet wist dat het spul in de auto lag? Heeft hij gezegd dat als de Officier van tevoren weet dat jij dat gaat verklaren, hij nooit van zijn leven zijn tijd gaat verspillen aan een vervolging van je broer?'

'Weet ik niet.'

'Heeft hij gezegd dat als je dat *niet* doet, je broer zijn baan kwijt is en misschien de gevangenis in draait?'

'Dat is zeker zo.'

'En dat jij, omdat je nog maar vijftien bent, in december wat er ook gebeurt met een schone lei opnieuw kan beginnen?'

'Dat is zo, dus nou en?'

'Heeft hij *ook* gezegd dat je hoogstwaarschijnlijk voorwaardelijk krijgt met drie jaar proeftijd? Een keer in de fout en je hangt?'

'Nou en?' Ietsje aarzelend. 'Dan ga ik dus niet in de fout.'

'Hoe niet? Geen wiet verkopen of niet gepakt worden.'

Weer een enkele hartklop aarzeling, toen: 'Geen wiet verkopen. Jezus, wat dacht jij dan?'

'Eddie, ik weet wat je doet en het is ergens best nobel van je, maar ik haat het hele idee dat hij gewoon vrijuit gaat en jou met een zwaard van drie jaar boven je hoofd laat zitten.'

'Nou en? Wat dan nog?' De stem van de jongen ging weer van hoog naar laag over de oscilloscoop. 'Denk je dat ik dat niet haal?'

'Eerlijk zeggen?' Matty ineens zo doodmoe. 'Ik heb geen idee of je dat kan of niet.'

'Hartelijk dank, pa.'

'Dat zegt meer over mij dan over jou. Maar dat is het punt niet. Het punt is... je wordt gebruikt.'

'Helemaal niet! Ik houd mijn broer uit de bak. En trouwens?' Eddie stond nu bijna te schreeuwen. 'Jij bent op *zes* mei jarig.'

Het was vier uur na hun eerste kus in de kelder en hoewel het restaurant de hele avond stampvol zat, gingen ze zoiets elk uur, elk halfuur terug voor nog een snufje, gevolgd door verwoed tongen en tasten, elke keer ietsje verder dan de keer daarvoor. Ze bleven nooit langer dan een minuut weg, maar Eric liep elke keer dat hij weer boven kwam door de zaal met een stijve zo groot als een gymnastiekknots.

De tweede keer dat ze beneden waren legde ze alleen maar haar vlakke hand op de bobbel in zijn broek.

De volgende keer was het zijn beurt: haar tepel in zijn mond, lang, langzaam zuigen, waardoor het ding rubberig omhoog ging staan en twee keer zo groot in haar blouse terugging als hij eruit was gekomen; het was net een hoog hoedje.

De keer daarna kreeg zij een hand van voren in zijn jeans: ijswitte vingers streelden zijn ballen.

En daarna ging zijn hand bij haar naar beneden, tot aan haar krulletjes, terwijl hij haar adem in de holte onder zijn keel voelde.

En iedere keer dat ze, elkaar angstvallig negerend, weer de trap op kwamen, leek de zaal iets geagiteerder dan daarvoor; maar hij had vanavond alles in de hand, Eric. Hij was beslist, las de klanten als een snelheidsradar; jij naar de bar, jij naar huis, jij mag nu meekomen; hij omhelsde de vaste klanten, gaf passerende obers en afruimers twee seconden durende schouderkneepjes en strelingen over de rug, is iedereen gelukkig? Heeft iedereen het naar zijn zin? Hij in elk geval wel.

De laatste keer dat ze beneden waren geweest, iets van drie kwartier geleden, had ze zijn rits opengetrokken, hem eruit gehaald, zich gebukt en hem in haar mond genomen.

En nu was het elf uur en de volgende keer dat ze gingen was het zijn beurt om de inzet te verhogen; Eric was dronken van de mogelijkheden, van hoop. Hij snapte niet meer waarom hij het zo hardnekkig vertikte met de politie samen te werken. Waarom hij zo bang was. Ga morgenochtend gewoon meteen daarheen en doe wat je hoort te doen. Doe het, en laat het achter je. En dan schrijven, acteren, yoga leren, vrijaf nemen, maakt niet uit: leven.

De voordeur bood even onbelemmerd uitzicht op straat. Eric zag dat Clarence de uitsmijter een lange, roodharige kettingrookster stond te versieren, en toen verscheen de scheve gedaante van die verslaggever van de *Post*, Beck, in de deuropening – Eric stond zelfs met een vage glimlach van herkenning klaar voor die gier met zijn sleepvoet.

'Hallo, bar of een tafeltje?' Hij stak zijn hand uit naar een menukaart ter grootte van de Tien Geboden.

'Eigenlijk wilde ik even praten, als het kan?' Beck glimlachte verontschuldigend.

'Over?' Eric begon al te zinken.

Hij hoorde de woorden: interview, vader, laf, schandalig, verfoeilijk.

'Het lijkt me niet meer dan redelijk dat jij de kans krijgt om jouw kant van het verhaal te vertellen voordat dit van de pers rolt, als je begrijpt wat ik bedoel?'

Eric stond doodstil.

En toen hij zich eindelijk naar de zaal toe kon draaien, stond Bree aan het dichtstbijzijnde tafeltje voor twee een fles rood te ontkurken en keek ze hem bijna brandend van spanning aan en vormde over de hoofden van de klanten heen de woorden: Zullen we?

In de piepkleine, verder verlaten Mangin Street liepen Lugo en Daley naar de BMW met kenteken uit South Carolina, die in het duister recht onder de Williamsburg Bridge stond geparkeerd, waar iedere auto die boven hun hoofd passeerde zich met een rommelend geratel aankondigde.

De bestuurder, een zwarte man met een blauw button-down overhemd, draaide zijn raampje omlaag voordat ze bij hem waren en bekeek Lugo en zijn zaklamp met een nuchter geduldige blik, een verstrakking van daar-gaan-we-weer rond zijn mondhoeken. Terwijl ze langzaam haar armen over elkaar sloeg, mompelde het meisje op de passagiersstoel tegen hem: 'Heb ik het niet gezegd?'

Lugo keek van de ene inzittende naar de andere en glimlachte. 'Heb ik iemand geholpen een weddenschap te winnen?

ERIC VERSCHEEN DE VOLGENDE MORGEN een uur te laat op zijn werk, met ogen als gebarsten gebakken knikkers.

Pagina drie:

Had Eric Cash een rotdag? Misschien, maar weet je wie echt een rotdag had? Mijn zoon. Mijn zoon Ike had de dag die alle andere dagen in het niet deed verdwijnen. Er is je onrecht aangedaan, Eric, ongetwijfeld. Maar neem even de tijd om je veren glad te strijken en meld je dan. Anders is het laf, schandalig, verfoeilijk.

Hij zou zich vandaag gemeld hebben. De advocaat ontslagen hebben en aangetreden zijn. Gisteravond had dat meisje, dat meisje met de Ierse ogen, met de mogelijkheid die ze bood, hem voorbij zijn monumentale NEE geholpen, voorbij zijn angst voor dat vertrek zonder ramen, voorbij zijn wanhopige en eenzame besluit om te vluchten, maar het was alsof ze hierop hadden gewacht, gewacht tot zijn hart zich weer openstelde, alsof er een of andere kosmische klootzak in de bosjes had liggen wachten en had gefluisterd: Ja, nu.

Verpletter me. Weer. Dus, nee. Til me op om me plat te slaan. Dus, nee. Nee.

Ze keken naar hem…

Tot vanochtend was, behalve de politie en zijn advocaat, Harry Steele de enige geweest die het hele verhaal kende. En toen hij de krant van vandaag zag, voelde zijn baas met hem mee, al dacht Eric dat zijn medelijden iets sinisters had; iets wat opgeslagen werd voor later.

Hij keek naar de andere kant van het café, waar de kranten op hun stokken hingen – zijn vernedering hing er als strengen haar. De fooienpot afromen was niet genoeg. Hij had negenduizend dollar, vijfduizend als voorschot voor dat kutscenario dat hij nooit zou afmaken, en verder niets, geen talent dat iets waard was, geen enkele capaciteit behalve het runnen van de eetzaal van een restaurant en het idee dat in het noorden van de staat te moeten doen, of waar dan ook...

Hij dacht aan het huis van zijn ouders: wit chenille spreien en bloemetjesbehang; aan Binghamton: velden vol sneeuwbrij en grauwe autowegen nergens heen.

Het gerucht ging dat Steele uitkeek naar een nieuwe plek in Harlem. Maar daar hadden ze ook politie. Daar lazen ze ook kranten.

Het ging er nu om zo snel mogelijk zoveel mogelijk geld bij elkaar te krijgen en te verdwijnen.

Ze keken naar hem.

Val allemaal maar dood.

Ik ben weg.

Matty kwam om twaalf uur het wachtlokaal binnen en zag Berkowitz, de adjunct-commissaris, met zijn gesteven-jeugdige gezicht kalm naar het raam gericht, aan de bezoekerskant van zijn bureau zitten.

Ja, zelfs als Billy zich gisteren perfect aan het scenario had gehouden, wat had hij anders verwacht?

'Baas.'

'Hallo.' Berkowitz stond op en de ring van de politieacademie fonkelde aan de hand die hij uitstak. 'Druk?'

'Een paar inbraken rond Henry Street, schietpartij in Cahan, scouts zijn een kind kwijt...'

'Chroesjstjov landt straks op Idlewild.'

'Zoiets dus.' Matty ging achter zijn bureau zitten en wachtte op de klap.

'Mag ik?' Berkowitz gebaarde naar Matty's *Post* en sloeg de sportpagina op: Bosox 6, Yanks 5.

'Die nieuwe die ze hebben, Big Papi, wat heeft hij dit jaar, vijf beslissende homeruns? Hij is al gigantisch, maar denk je eens in wat een monster hij in New York zou zijn. Met de mediamachine die wij hebben?'

Daar kwam het. Matty hield zich voor om het slim te spelen door dommetje te spelen.

Berkowitz bladerde eerst naar de foto's van de brandstapel op pagina 2 en toen naar dat krankzinnige, totaal onbeheerste interview met Billy Marcus op pagina 3, vouwde de krant dubbel en liet hem met de kop naar Matty toe op het vloeiblad vallen.

Klootzak, Mayer.

'Wat had je niet begrepen aan de mediastilte?'

'Ziet u mijn naam ergens staan?' Matty ging aan het werk. 'Dat andere stuk net zo goed, dacht u dat de vrienden van die dode jongen bij mij zijn gekomen om toestemming te vragen voor die herdenking? En die klootzak van een verslaggever, Beck, die heeft zich van het eerste begin af aan bij de vader naar binnen geluld. Wat moet ik? Ik zeg tegen die man, praat alsjeblieft met niemand, zeker niet met die slang, maar weet u? Hij werkt niet voor mij. Hij kan zelf uitmaken wat hij doet. En eerlijk gezegd? Ik wou dat die arme drommel thuisbleef en zich met zijn gezin bemoeide, want ik heb mijn handen meer dan vol. Ik loop rond als een nikkelen nelis. Ik krijg niet eens iemand aan de lijn, als ik iemand probeer te bereiken, is het: "Jimmy, die is op het ogenblik in het veld." Ik bel zo veel mensen die ineens in het veld zijn dat het wel oogsttijd lijkt. Jongens die hun kinderen naar mij hebben vernoemd: "O ja, hij is net even de deur uit." Dacht u dat de boodschap niet overkwam?'

'Luister.' Berkowitz legde een hand op het vloeiblad. 'Niemand wil dat deze dader vrijuit gaat, maar je kunt dit op de goede manier aanpakken en op de verkeerde.'

'Ja?'

Berkowitz wierp een blik en Matty hield zich in.

'Het punt is: Mangold of Upshaw slaat vandaag de krant open en ik word op het matje geroepen. Is Engels niet Clarks moedertaal?'

'Baas, ik leg net uit...'

Berkowitz hield een hand omhoog. 'Hoe het lijkt, hoe het is, maakt niet uit. Ze zijn niet blij en stront rolt de helling af. Zij zitten op de top, ik halverwege de berg en jij zit ergens op de bodem van een ravijn aan de voet. Als ik het nog schilderachtiger kan uitdrukken, zeg je het maar.'

'In het huis van mijn vader zijn vele bazen,' zei Matty.

'Wat dan ook. Luister, niemand zegt dat je niet voluit mag gaan, als je het maar in stilte doet.'

'Hoe kan ik nu ooit voluit gaan met wat ik net heb uitgelegd.'

'Goed.' Hij zuchtte. 'Ook dit zal voorbijgaan. Hopelijk zijn er deze week andere koppen...'

'Waarom is dat hopelijk? Het was een prima knul uit een fatsoenlijk gezin. Ik ga me niet gedeisd houden totdat het hoofdbureau een beter persimago heeft omdat er drie mensen ineens omgelegd zijn.'

'Er is dus een berg, ja?'

'We zijn op de berg geweest.'

'Juist.' Berkowitz sloeg zijn benen over elkaar en plukte een raagje van de revers van zijn jasje. Hij zat te koken, klem tussen Scylla en Charybdis, en Matty was wel zo verstandig om, in ieder geval voorlopig, zijn mond te houden.

'Je maakt van jouw probleem mijn probleem, dat heb je toch wel door?' zei Berkowitz ten slotte, en Matty maakte bijna een buiging om dat te erkennen. 'Maar, ik kan niet ontkennen dat je het goed hebt gedaan, bij die bijeenkomst vorige week.'

'Baas.' Matty deed bijna een uitval naar de andere kant van het vloeiblad. 'Als u me hiermee wilt helpen? Dan heb ik inzet van mensen nodig. Dan moeten ze de telefoon opnemen als ik bel, dan heb ik meer...'

'Goed, stop, stop.' Berkowitz schoof op zijn stoel, steigerde, overdacht het. 'Oké. Ik weet het goed gemaakt. Om jou te kunnen helpen en mijn eigen nek niet op het blok te leggen, doen we het als volgt: Wat je nodig hebt, wat je wilt, van nu af aan kom je daarvoor bij mij, alleen rechtstreeks bij mij en ik regel het.'

'Serieus.'

'Serieus.'

'Fantastisch.' Matty leunde achterover en boog zich toen weer naar voren, met zijn ellebogen op het bureau. 'Om te beginnen?

Mijn buurtonderzoek na zeven dagen. Beter laat dan nooit. Maar dat houdt in dat ik de mankracht moet kunnen vragen, bij Aanhoudingen, Narcotia, Patrouilledienst, Preventie…'

De adjunct haalde een agenda en een gouden pennetje uit zijn binnenzak en begon te schrijven.

'Gerichte raids van Narcotica en Zeden in de Lemlichs en in Cahan. Gerichte arrestatiebevelen. Een bus van Misdaadpreventie in wijk Vijf, Acht en Negen, van de East River tot de Bowery en van Fourteenth Street tot aan Pike.' Matty probeerde zijn verlanglijstje door te laten lopen terwijl hij tegelijk zijn hoofd praktisch ondersteboven hield om te kijken of Berkowitz werkelijk iets opschreef. 'Ik heb recherche en uniformdienst nodig vanaf een uur voor, tot een uur na de overval, ofwel vier uur 's ochtends, om pamfletten uit te delen op alle belangrijke hoeken en ter plekke getuigen te zoeken…'

Hoe meer Berkowitz zonder klagen of vragen opschreef, des te misselijker werd Matty.

'Ik wil rechercheurs die klaarstaan om iedereen die is opgepakt op bureau Acht te ondervragen, en het moet allemaal gebeuren… Wanneer kan ik dit krijgen?'

'Zondagnacht,' zei Berkowitz terwijl hij de agenda als een sigarettenkoker dichtklapte en weer in zijn jasje stak. 'Ik regel het.'

'Zondagnacht? Van zaterdag op zondag?'

'Van zondag op maandag.'

'Baas, we zoeken vaste klanten. Wie is daar dan op straat? Wie gaat nu zondagnacht de bars af?'

'Je wilt dit of je wilt het niet. Zaterdag is te snel. Maandag kan ik niet beloven. Dinsdag is ongeveer zo onzeker als science fiction.'

'Oké. Goed. Ik neem…' Door zijn volgende zorg kon hij de zin niet eens afmaken.

'Oké?' Berkowitz stond op.

'Wacht even, wacht.' Matty stak een hand uit. 'Even, met alle respect… Even bedenken dat het verkeerd gaat. We hebben het over zondag, vandaag is het al vrijdag…'

'Ik zeg toch dat ik het regel?'

'Het is alleen…' Matty legde zijn handen plat op het bureau en deed zijn ogen even halfdicht. 'Als u het niet erg vindt, schets ik even een rampzalig scenario. Oké, morgen is het zaterdag, ja? Omdat ik nu eenmaal zo ben, kan ik mezelf er toch niet van weerhouden u op uw vrije dag te bellen om te horen hoe de zaak vordert. Als het meezit, bent u net bezig ontbijt te maken voor uw kinderen, of u komt de bouwmarkt uit met een nieuw schuurapparaat, wat dan ook, maar u bent bezig, u bent afgeleid en u zegt: "Ja, ja, alles is geregeld," en ik verkeer niet in de positie dat ik kan doorvragen.

'Als ik nu zondagochtend niettemin de beloofde mankracht begin te bellen en ik hoor overal weer "Hij is in het veld"? Als, en nogmaals, ik beschrijf het allerslechtste geval, als alles op D-Day in de soep draait? Vergeet het dan maar. Dan is het zondag en bent u niet bereikbaar. Ik zou *zelf* niet eens opnemen als ik belde. Baas, ik moet het kunnen geloven.'

'Het enige wat ik je kan zeggen is, behoudens een massamoord tijdens het weekend, regel ik het.'

Berkowitz stond op, schikte zijn London Fog-jas over zijn arm.

'Baas...' Maar Matty kon niet op meer zekerheid aandringen, had er gewoon de macht niet voor en dat was het probleem.

'Matty, je bent een goeie vent. Ik probeer te voorkomen dat je hieraan kapotgaat.'

Tristan, in zijn eentje in de lift, fluisterde nieuwe beats in zichzelf, terwijl hij met zijn schouders trok en de lucht doorkliefde met snelle kappende gebaren met omlaaggedraaide handen, en deed toen of hij op een podium stond en dat Irma Nieves in het publiek zat, en misschien Crystal Santos ook, maar in ieder geval Irma Nieves – een optreden dat abrupt werd afgebroken toen de deuren op de zevende openkreunden en Big Dap binnenstapte.

Zoals van hem werd verwacht, schoof Tristan de tegenovergestelde hoek van de cabine in, dezelfde waarin Big Dap een jaar geleden een politieman met zijn eigen wapen had neergeschoten.

Dap vertikte het om zelfs maar zijn kant op te kijken, maar onder dat vorstelijke negeren greep Tristan de kans om hem eens goed op te nemen. Big Dap was een-op-een helemaal niet zo groot, iets langer dan hij, veel zwaarder, maar zijn lichaam had de vorm van een pinda, van een peer, het had een of andere voedselvorm, en hij was lelijk: stoppelhaar met spleetogen onder zware, vooruitstekende wenkbrauwen en een zure mond, net een kleine McDonald's-boog. Wat was er dan zo groot aan Big Dap? Wat zo groot aan hem was, was dat hij geen spier vertrok als de pleuris uitbrak. In een wereld van vechtersbazen dacht hij met zijn handen en handelde de gevolgen later af. Maar was dat niet wat Tristan zelf had gedaan? Dan houden we dus alleen groter en lelijker over. En we houden over of het bekend is of niet...

Toen de lift op de begane grond stopte en de deuren opengingen en voordat hij de dag in stapte, draaide Big Dap langzaam zijn hoofd min of meer in Tristans richting en zoog op zijn tanden.

'De mijne stond tenminste niet meer op,' zei Tristan een paar tellen later, nadat hij de buitendeur tegen de brievenbussen had horen klappen.

Zodra Bree hem bij de bar zag staan, begreep hij dat ze, net als alle anderen, het artikel had gelezen.

Ze liep rechtstreeks door de zaal naar hem toe.

'Was dat waar?' Ze keek hem met die hartstompend heldere ogen aan.

'Het is ingewikkeld.'

'Ingewikkeld?'

Het was afgelopen tussen hen. Afgelopen voordat het begonnen was.

'Ik begrijp het niet. Waarom zou je hen niet helpen?'

Eric kon het niet opbrengen iets te zeggen.

'Ik bedoel, hij is dood, jij leeft nog, en je *kende* hem?'

'Niet echt goed.'

Zei hij dat echt?

Ze klonk nu net als de politie, als de vader in de krant, als de officiële woordvoerder voor de minachting in deze zogenaamde buurt.

Cocaïne.

Hij zou er indertijd goed aan verdiend hebben als hij niet vervolgens gastheer had moeten spelen voor iedereen die het spul in zijn bar van hem kocht, als hij niet had ingezeten over het feit dat iedereen hem een geweldige vent vond.

Houd het deze keer strak. Erin en eruit.
'Een vraag,' zuchtte hij. 'Dat spul dat je gisteren had.'
Ze staarde hem aan. 'Wat?'
Wat haalde hij in zijn hoofd?
'Niets...'
'Ik snap jou van geen kant,' zei ze met een laatste blik en liep toen naar de kleedruimtes.
Hij was er al heel lang uit. Een ounce deed tegenwoordig waarschijnlijk tussen de zevenhonderd en negenhonderd dollar, wat je kon verdelen in porties van twintig en veertig, of meteen in grammen van honderd dollar, maal 28 geeft 2800 dollar minus negenhonderd, is 1900 dollar winst in een paar dagen, en dan had je het niet eens versneden.
Er lag een weggegooid exemplaar van de *Post* op een onafgeruimd hoektafeltje. Eric liep erheen, stak het onder zijn arm en trok zich terug in het kantoor.
'Anders is het laf, schandalig, verfoeilijk.'
En toen kwam het volgende citaat; Eric was de vorige keren dat hij het had gelezen nooit zo ver gekomen.
'En de inwoners van deze stad staan aan mijn kant.'
Hij mikte de krant op het bureau.
De inwoners van deze stad staan aan niemands kant.
De inwoners van deze stad zijn ramptoeristen, dacht hij, en ik ben het verkeersongeluk.

'Die vent lijkt op, hoe heet hij, Ice-T.' De stem achter Matty's rug was jong, van een man en latino. Hij plakte de nieuwe beloningsposter verder vast op het bushokje bij de Lemlichs; op deze stond de schets die Eric Cash voor de politie had gemaakt, de algemeen opgaande, lynx-ogige overvaller in de grote stad die op iedereen leek maar, hadden ze uiteindelijk besloten, beter was dan niemand.
'Tweeëntwintigduizend?' zei de jongen.
'Yup.'
'Huh.'
'Heb jij iets gehoord?' Matty hield met opzet zijn rug naar hem toegekeerd om hem niet op de vlucht te jagen.

'Ik?' snoof de jongen. 'Nah.'

'Tweeëntwintig is een hoop geld.'

'Ik heb zoiets gehoord dat het een nigger uit Brooklyn was, zoiets.'

'O ja? Waar heb je dat gehoord?'

'Gewoon, dat werd gezegd, weet je wel?'

'Maar van iemand in het bijzonder?'

'Ik weet van wie ik het heb, maar…'

'Ja? Van wie dan?'

Toen hij geen antwoord kreeg, draaide Matty zich om zodat hij de jongen in ieder geval goed kon bekijken voordat hij verdween, maar hij was te traag.

En toen stak hij de straat over om de vestibules van de Lemlichs zelf af te werken, de posters stevig tegen zijn ribben geklemd en een rol afplaktape als een armband om zijn pols.

Om zeven uur die avond kwam Erics vriendin Alessandra, live uit Manilla, met een man het restaurant binnen.

Haar onaangekondigde verschijning na negen maanden, midden in zijn eigen krankzinnige toestanden, had zo'n desoriënterend effect op hem dat hij hen al halverwege naar hun tafeltje voor twee had gebracht voordat het tot hem doordrong wie ze was.

'Jezus,' zei hij uiteindelijk, half over hun tafeltje gebogen.

'Carlos.' De man stak zijn hand uit. Hij had een hoge, zwarte kuif, zoals zo'n Mexicaanse filmster van vroeger.

'Waarom heb je me niet laten weten dat je terugkwam?' Terwijl hij daar stond, zich vastklemmend aan de rug van een stoel, herinnerde hij zich wat hij leuk aan haar had gevonden, die groenig-groene ogen in een hartvormig gezicht, waar de rest alleen maar bij had gehoord. Ze was slim, nam hij aan, dat scheelde.

Ze hadden twee jaar samengewoond, voor hem een record, maar op dit moment voelde hij zich alleen maar afgeleid.

'Misschien kun je beter even gaan zitten, Eric,' zei ze. 'Carlos en ik…'

'Zijn verliefd,' maakte hij het voor haar af, terwijl hij zijn blik door de zaal liet gaan. 'Gefeliciteerd.'

'Dank je,' zei Carlos en stak opnieuw zijn hand uit.

'En hoe gaat het verder?' vroeg Eric aan haar.

'Ik verhuis permanent naar Manilla.'

'Oké.'

'Oké?'

'Wat wil je dan dat ik zeg?' Bij de deur begon een opstopping te ontstaan.

'Wil jij de woning?' vroeg ze.

Bree kwam voorbijzetten met een zwaar blad voorgerechten.

'Eric?'

'Ik ben, ik weet het niet. Niet voor lang.' Toen, zich met geweld concentrerend. 'Willen jullie daar vannacht slapen?'

'Zou dat ongelegen komen?'

'Nou moet je godverdomme ophouden!' gilde een vrouwelijke klant pal voor de voordeur. 'Mijn hele leven zit daarin!'

Clarence de portier stoof achter de tasjesdief aan, terwijl het leek of heel Berkmann's half achter de tafeltjes overeind kwam om de achtervolging via de lange etalageruit aan de kant van Norfolk Street gade te slaan. Clarence had de vent in zijn nekvel nog voordat die het eind van de ruit had bereikt en de zaal barstte los in applaus.

'Eric?' Alessandra wachtte.

'Wat.'

'Zou dat ongelegen komen?'

'Wat.'

'Als wij daar vannacht slapen.'

'Uitermate.'

'Het geeft niet,' zei Carlos tegen Alessandra. 'We kunnen bij mijn tante in Jersey City logeren.'

'Kan dat?' vroeg Eric.

'Ja hoor,' zei ze aarzelend. En toen: 'Gaat het wel?'

'Of het wel gaat?' Hij probeerde iets gevats te bedenken, maar…

'Heb je de krant van vandaag gelezen?'

'Waarover?' zei ze.

'Hier in de stad,' zei Lester Kaufman, met zijn ene been over het andere geslagen en een geboeide hand loom aan de onruststang hangend. 'Het gaat iedereen zo goed, weet je wel? Maar je kan geen hond meer iets vragen. Het is nog nooit zo slecht geweest.'

Matty gromde meelevend.

Clarence had Matty verteld dat het eerste wat de man had gezegd toen hij hem na de mislukte tasjesroof op straat bij Berkmann's had gegrepen, was geweest: 'Laat me los, dan vertel ik je wie die blanke jongen heeft afgeknald.'

'Ik zweer het je,' zei Lester minstens voor de tiende keer in het afgelopen halve uur. 'Ik zei dat gewoon in een soort paniek. Het eerste wat in mijn hoofd opkwam. Wat daar nog van over is.'

Jammer genoeg geloofde Matty hem.

Lester geeuwde als een leeuw, waardoor een doffe stalen balpiercing in zijn tong zichtbaar werd.

Iacone, die hiervoor wakker was gemaakt, geeuwde automatisch mee.

'Maar serieus, ik zit wel gigantisch in over mijn vriendin. Ik heb haar honderd dollar gegeven om iets voor me te halen, je weet wel, om beter te worden? Een kwartier, zei ze, en ze heeft me daar drie uur laten staan. Ik had geen idee waar ze was, wat er met haar gebeurd was. Een kwartier… Ik bedoel, ik had dat nooit gedaan als ze me daar niet de halve nacht had laten staan terwijl iedereen uit die zaak naar buiten kwam om te roken, steeds dronkener, met de helft van de tasjes op de stoep.' Weer een gigantische geeuw en uitzicht op dat vieze, dof glanzende bolletje.

'Balen,' zei Iacone. Bij ontstentenis van een partner had Matty hem met de belofte van overuren en makkelijk forenzen uit het slaaphok gepraat.

'Ik bedoel, ik hang, dat weet ik, maar kunnen jullie op de computer checken of ze in het systeem zit? Ik hoop dat ze alleen maar opgepakt is, niets ergers, maar…'

'Hoe heet ze?'

'Anita Castro of Carla Nieves.'

Iacone stond op en liep naar het scherm op Yolonda's bureau.

'Hoe kom jij aan honderd dollar, Lester?' vroeg Matty.

'Hoe?' Hij rilde, hoestte toen in zijn vuist. 'Man, je moet niet op zoek gaan naar extra werk door dat soort vragen te stellen.'

'Nee?'

'Serieus niet.'

Matty liet het lopen.

'Niets,' riep Iacone.

'Heb je Brooklyn gedaan?'

'Nee, alleen Manhattan.'

'Kun je Brooklyn checken? Ze scoort op South Second, South Third. Niemand scoort meer in Manhattan, Manhattan is dood. Dankzij jullie.' Lester sloeg zijn benen andersom over elkaar, waarbij een streep van een goor-rode, lange onderbroek tussen zijn lichtblauwe enkel en de pijp van zijn spijkerbroek door gluurde. 'Ik bedoel, wat is er godverdomme met haar gebeurd? Ze zou me naar het ziekenhuis brengen. Ik heb vocht in mijn longen.'

'Dat is geen probleem, we laten je wel brengen zo gauw we hier klaar zijn.'

'Niets,' riep Iacone. 'Heeft ze nog een derde naam?'

'Dus ze zit niet in het systeem? Jezus. Wat denk jij dat er met haar gebeurd is?' vroeg hij aan Matty. 'En ik... Dit is toch ook een ernstig misdrijf?'

'Dat hoeft niet. Ligt eraan hoe je zegt wat je zegt, weet je wel, gezien oprechtheid, berouw.'

'Ik *heb* ook berouw. Ik heb niet bedreigd, niet gedreigd, ik heb niets dinges, terroristisch gezegd.'

'Goed, zorg dat dat in je verklaring komt. Als je wilt kunnen we je verklaring zelfs voor je schrijven. Maar wat kan ik je zeggen dat je niet al duizend keer eerder hebt gehoord? Jij helpt ons, wij helpen...'

'Denk je dat jullie er gewone diefstal van kunnen maken. Het was gewoon, ik wilde het niet eens, ik pakte dat kutding gewoon van de stoep. Ik dacht niet eens dat iemand het zou merken. Toen die grote zwarte kerel achter me aan kwam, had ik iets van: "Hier heb je hem." Ik kreeg niet eens de kans om dat stomme ding open te maken. Ik heb geen idee wat erin zat. Ik ben hier duidelijk geen beroeps in.'

'Kom, kom, niet jezelf zo de grond in praten,' zei Iacone vanaf Yolonda's bureau.

'Weet je, ik kan je wel vertellen dat we praktisch uit de vuilnis eten, Anita en ik, maar een paar jaar geleden? Toen hadden we een zaak, die was wel tweehonderdduizend dollar waard.'

'O ja?' Het was Matty's beurt om te geeuwen. 'Wat voor zaak?'

'Zoiets als een punkboetiek?'

'Serieus.'

'Mag ik een sigaret? Jezus, ik moet echt naar de poli.'

'Goed.' Matty klapte in zijn handen. 'Daar komt hij. Eenmalig aanbod. Laat dat tuig die die jongen overhoop hebben geschoten maar zitten, geef ons alleen maar een overvalkoppel, alleen maar een paar namen van jongens van wie je weet dat ze de buurt bewerken. Als het klopt, mag jij niet alleen hier weg, maar brengen we je ook naar de poli, geven je daar onderdak en gaan op zoek naar je meisje.'

'Een koppel overvallers?' Lester haalde zijn schouders op, sloeg zijn benen weer andersom en keek een andere kant op. 'Weet je, vroeger gebruikte ze Carmen Lopez. Dat was zo'n beetje haar artiestennaam waar ze optrad, de kant van Massapequa op. Ze danste in bars, exotische danseres, heel goed, heel populair, had haar vaste klanten, mannen die haar graag zagen en bij sommigen kon ze ook thuis komen, dertig, veertig dollar lenen, maar ze is nu vier maanden zwanger, dus...' Hij liet zijn voorhoofd op de bocht van zijn vrije hand rusten. 'Ik weet het niet. Misschien is het tijd om naar het noorden te gaan. Het begint hier te zwaar te worden, weet je?'

'IK WEET DAT IK JE WAKKER BEL, maar ik weet zeker dat je benieuwd bent hoe het gisteren bij de rechter is afgelopen met de jongens, dat ik dacht dat je het wel niet erg zou vinden.'
'Ah, shit.' Matty wreef over zijn gezicht. De klok stond op zeven uur. 'Sorry.' Te moe om te proberen een excuus te verzinnen. 'En hoe is het gegaan...'
'Nou, de Grote is vrij en weer aan het werk.'
'En de Andere?'
'Dit zul je fantastisch vinden.'
'Wat vind ik fantastisch.'
'Een vraagje: hoe groot is je flat?'
'Wat vind ik fantastisch, Lindsay.'
'En hoe is de buurt?'
'Wat vind ik fantastisch.'
'Die kinderrechter? Die wil niets van Eddie weten. Helemaal nu Eddie zijn broer bijna zijn baan heeft gekost.'
'Dat geloof je zelf toch niet.'
'Hij zei dat als hij het kon, hij Eddie in de jeugdgevangenis zou gooien.'
'Dat kan hij niet.'
'Dat zei hij ook. Maar hij zei ook dat als Eddie de komende drie jaar ook maar *dat* doet wat niet strookt met zijn proeftijd, hij voorgoed opgeborgen wordt.'
'Jezus. Gaat die jongen zich gedragen?'
'Laat ik het zo zeggen. Het was niet zijn eerste contact met de kinderrechter.'

'Dat heb je me nooit verteld.'

'Hoezo, wat had je dan gedaan, in je auto springen, hierheen scheuren en een hartig woordje met hem praten?'

'Dat weet ik niet.' Nee, dus. 'Hij is ook mijn zoon.'

'Ik ben blij dat je dat zegt, want zo komen we bij wat je fantastisch gaat vinden. Het komt erop neer dat die rechter Eddie kwijt wil, weg uit het district. De advocaat merkt op dat zijn vader rechercheur is in New York City, ja? En die rechter klaart helemaal op en beveelt ten *sterkste* aan dat de tijd misschien is gekomen dat de jonge Eddie bij zijn vader gaat wonen en onder behoorlijk ouderlijk toezicht komt, aangezien ik daar blijkbaar waardeloos in ben.'

'Wat heb je gezegd?'

'Dat ik het ermee eens was.'

'Lindsay...'

'Ik geloof dat hij ongeveer een week nodig heeft om de dope kwijt te raken die ze niet gevonden hebben en dan zit hij in de bus naar jou toe.'

'Wacht. Wacht nou even. Om te beginnen heb ik geen plaats.'

'Eddie zegt van wel.'

'Zegt hij dat?'

'Hij zegt dat je een bankbed hebt.'

'Huh.'

'Het is een beetje een stomme zak maar hij heeft een goed hart. Waarschijnlijk mag je hem wel.'

'Huh.' Toen, terwijl hij rechtop ging zitten: 'In welke klas zit hij ook alweer?'

Zodra hij het gesprek met Lindsay had beëindigd, begon hij het privénummer van Berkowitz te kiezen om te horen hoe de voorbereidingen voor het grote buurtonderzoek van zondag verliepen, maar herinnerde zich toen dat het pas een paar minuten over zeven op zaterdagochtend was, dus verbrak hij de verbinding voordat de telefoon kon overgaan en vermaande zichzelf om godbetert te kalmeren.

Het was zijn vrije dag en dus probeerde hij weer te gaan slapen.

Mooi niet.

Iedereen was naar de voorkant van Oliver Street 22 gekomen om de nieuwe poster te bekijken.

'Wie moet die nigger voorstellen,' zei Devon. 'Lijkt net Storm.'

'Wie?'

'Storm, de X-Girl in *X-Men*, die met de macht over het weer.'

'Ja, die bitch was *phat*.'

'Wie was dat' – Fredro knipte met zijn vingers – 'Jada...'

'Halle Berry. Halle Berry.'

'O, die zou ik *zo* een beurt geven,' zei Little Dap.

'Deze goof heeft een baard, man, die geeft *jou* een beurt.'

Tristan lachte met de rest mee en de hamster op wie hij moest passen keek verbaasd naar hem omhoog.

X-Girl. Bitch.

Hij was niet beledigd of paranoïde of bang, het fascineerde hem, en hij probeerde zichzelf te zien in de tekening, hij wilde zichzelf zien maar het lukte hem al net zo min als zichzelf in de spiegel zien.

'Weet je op wie dat lijkt?' Fredro tikte op de poster. 'Wie is die vent in die film, hoe heet die, *The Best Man*, die lichte vent met die groenige ogen?'

'Ja, ja, maar ik weet niet hoe hij heet.'

Crystal Santos, op haar hoede en gretig, verscheen uit de flat in hun starende blikken.

'Hé, yo, hoe heet die nigger met die groene ogen in *The Best Man*, met de gitaar.'

'Ja, die vind ik goed,' zei ze. 'Zat ook in *Big Momma's House*.'

'Fijn voor hem, hoe heet hij.'

'Weet ik niet.'

Little Dap spoog door de spleet tussen zijn voortanden heen. 'Voor mij blijft hij op een bitch lijken.'

Tristan hield zijn hoofd schuin en wachtte op Little Daps ogen, maar zoals hij al wel had verwacht, kwamen ze geen moment zijn kant uit.

Tegen het eind van het lunchuur zat Harry Steele's cultuurdealer in zijn eentje gepocheerde eieren te eten, waarbij hij elke keer dat hij een hap op zijn vork van zijn bord tilde zijn hoofd scheef hield en er dan, halverwege op de weg naar zijn mond, een uitval naar deed.

'Hebt u even?'

De dealer keek een paar lange tellen de zaal rond en deed toen weer een uitval naar zijn eieren. 'Wat.'

Eric stond tegenover hem aan de andere kant van het tafeltje, met zijn handen op de rug van de tweede stoel. 'Ik zoek iets van voorraad om iets op te starten.'

'Om iets op te starten. Om wat voor iets op te starten.' Weer een zijdelingse hap van zijn vork.

Eric zuchtte en trommelde met zijn vingers op het hout.

'Heb je het nu tegen mij of niet?' De man moest zijn eerste blik nog in zijn richting werpen.

Nog een preutse zucht: 'Wat denkt u.'

'Wat ik denk? Voor zover ik weet kan ik geen gedachten lezen, dus als je het eens zegt?'

Eric keek weg, tikte tegen zijn neusvleugel.

'Wat?'

'Jezus christus, wat denkt u?'

De cultuurdealer bewoog een paar tellen niet en at toen verder.

'Hoe heet ik.'

Eric wist het maar kon er niet opkomen.

'Juist. In de zes maanden dat ik nu hier kom, heb je nog niet *een* keer zelfs maar een vriendelijke opmerking tegen me gemaakt, maar hiervoor zie je er geen been in om linea recta naar mijn tafel te komen. Waarom.'

Eric zocht de spelonkachtige zaal af naar een redelijkklinkend antwoord.

'Omdat ik gewoon zo, zo… fretachtig uit mijn ogen kijk?' Hij keek hem voor het eerst aan.

'Het spijt me.' Elke dag, op elke manier. Eric zonk, zonk gewoon weg.

'Ik kom hier omdat de eigenaar, jouw baas, en ik toevallig goed bevriend zijn. Ik kom hier in mijn eentje om rustig te eten en die lul van een manager van hem, juist die zak…'

'Het spijt me. Ik sta onder enorm veel druk.'

'Ik lees de krant.'

'Ik weet, ik weet dat ik geen...' Eric wilde niets liever dan terug naar zijn desk, en beeldde zich in dat de houten rugleuning in zijn greep versplinterde. 'Ik zou het waarderen als u dit niet aan Harry vertelde.'

'Daar kan ik heel goed inkomen.' Hij gooide walgend zijn vork op zijn bord. 'Die eieren zijn ijskoud.'

Toen iedereen weg was, trok Tristan de poster van de muur bij de brievenbussen in de flat waar hij woonde en ging, met de hamster die hij onder zijn hoede had en de .22 op zijn rug in zijn broekband gestoken, op weg naar de flat van Irma Nieves, om... wat.

Haar de poster te laten zien en vragen of ze deze vent kende? Haar vragen of het portret op hem leek? Haar zeggen dat hij wist wie... dat hij het was... Nee. Eerst zeggen: O, ik dacht dat iedereen hierheen was gekomen. Huh. Dan: O, heb je dit gezien? Of...

Toen de lift kwam, stond die dikke Donald, die iedereen Gameboy noemde erin – zijn ogen waren net twee windbukskogeltjes in een grot. En net als alle andere keren dat Tristan hem zag, had hij zijn gameboxen bij zich; de keuze van vandaag: *Tectonic II* en *NFL Smashmouth.*

Ze kenden elkaar van gezicht, zagen elkaar bijna dagelijks op school of ergens in de Lemlichs, maar praatten nooit echt met elkaar.

'Speel je die games?' zei Tristan terwijl de lift naar boven ratelde.

'Yeh,' zei Gameboy met zijn ogen gericht op de opgerolde poster. 'Is dat die gozer?'

Bij wijze van experiment rolde Tristan de poster uit zodat hij hem kon bestuderen, en keek in zijn kleine oogjes.

'De politie wilde het wel uit me rukken.' Gameboy praatte met een hoge, piepende stem. 'Maar ik heb niks gezegd.'

'Weet je wie het is?'

Gameboy keek nadrukkelijk naar de hamster en toen naar het plafond van de cabine. 'Kleine potjes hebben grote oren, als je begrijpt wat ik bedoel?'

Tristan niet.

Toen, terwijl de vetzak op zijn verdieping uitstapte: 'Hij komt niet eens hier uit de buurt vandaan.'

Er werd niet opengedaan toen hij bij Irma Nieves aanbelde, maar toen hij weer op de lift stond te wachten, had hij kunnen zweren dat hij gelach achter de deur hoorde.

Om acht uur die avond, terwijl hij de mogelijkheden om dope te kopen overwoog en geen stap verder kwam, hoorde Eric de sleutel in de voordeur, een geluid dat hij in geen negen maanden, of hoe lang dan ook, had gehoord.

'O, sorry,' Alessandra trok een pijnlijke grimas. 'Ik dacht dat je aan het werk zou zijn.'

'Joh, het is jouw huis.' Eric haalde zijn schouders op.

Ze plofte naast hem op de dubbelgeslagen futon.

'Is alles goed?'

'Die tante van Carlos zat me weg te kijken.'

'O ja?'

'Katholiek.'

'Juist.' Eric staarde naar de televisie alsof die aanstond.

'Je bent anders,' zei ze.

'Dan hij?'

'Dan je was.'

'Heb je het huis vannacht nodig?'

'Ik denk het. Kan ik beginnen te pakken.'

'Oké.' Hij kwam overeind en begon wat spullen bij elkaar te zoeken.

'Je hoeft niet meteen weg te rennen.'

'Nee dat weet ik, ik wil alleen…'

'Waar ga je heen?'

'Ik kan wel een paar mensen bellen.' En hij dacht, ja, wie dan?'

In de korte stilte die volgde, fantaseerde hij dat hij op de deur van het appartement klopte dat Bree met anderen deelde, hij wist zeker dat het een gedeeld appartement was, dat zij hem meenam naar haar kamer, de matras op de vloer.

Overweldigd liet hij zich terugzakken op de futon.

'Het was niet mijn bedoeling je eruit te schoppen,' zei ze.

'Het geeft niet.' Hij meed haar ogen, zei: 'Hoe gaat het met je scriptie?'

'Goed.'

'Fantastisch.'

Ze nam langzaam de inrichting van de kamer in zich op, intussen op het gewricht van haar duim bijtend, een gewoonte die Eric vergeten was en hem nu een licht nostalgisch gevoel gaf, maar niet genoeg.

'Heb je de krant al gezien?'

'Die van gisteren?'

'Ja.' Eric zette zich schrap.

'Ja,' zei ze. 'Ik kan me gewoon niet voorstellen dat je bijna dood was.'

'Wat?'

'Als je tussen de regels leest, is het die jongen zijn schuld dat je bijna dood was.'

Erics ogen begonnen te prikken.

Ze stond op en liep naar haar planken met vieze boekjes, liet haar vingers over de dronken dansrij van voornamelijk slappe kaften glijden. 'Dag jongens, hebben jullie me gemist?' Draaide zich toen om naar Eric. 'Het is zo raar, hier terug te zijn.'

'Dat kan ik me voorstellen.'

'Maar het was niet mijn bedoeling je eruit te schoppen.'

Matty had de adjunct-commissaris in de loop van de dag vier keer gebeld; 's ochtends had hij te horen gekregen dat de unit Aanhoudingen zich voorbereidde, maar dat Berkowitz met de andere eenheden 'nog bezig was'.

Om een uur 's middags kreeg hij te horen dat hij er met de rest 'bijna uit was'.

Om vier uur was de uitdrukking 'de laatste plooitjes gladstrijken'.

Om zes uur kreeg hij Berkowitz' antwoordapparaat, en Matty hield zich op dat moment voor dat dat alleen maar betekende dat het tegen zaterdagavond liep en dat de man niet gestoord wilde worden.

Hij had gezegd dat het, een massamoord daargelaten, door zou gaan en Berkowitz was zo'n beetje zo recht door zee als iemand in zijn positie maar zijn kon, dus neem nog een biertje.

Maar om acht uur opende het nieuws op televisie met de ontvoering van de kleindochter van een predikant met veel politieke connecties uit Washington Heights. Matty wist dat zijn tweede buurtonderzoek, opnieuw, verneukt was.

Het was een gek soort neuken.

Hij wist eigenlijk niet eens of ze in hetzelfde bed zouden slapen, niet dat er een alternatief was, en zat rechtop, volledig gekleed op de futon en wachtte tot het water in de badkamer niet meer stroomde om te zien wat er tevoorschijn zou komen, en ze was spiernaakt, haar lichaam strak, mager, ongecompliceerd, een en al tepel en heupbot, en Eric werd gewoon iemand anders, die zich zwijgend uitkleedde en haar toen vasthield, een hand in haar nek en de andere op haar buik, en haar op de futon legde alsof hij een zeldzaam muziekinstrument in zijn kist vlijde. Niets was gehaast maar er was ook geen voorbereiding, hij drong gewoon direct in haar binnen en bewoog in een en hetzelfde niet trage, niet snelle tempo, balancerend maar diep, met een concentratie die hij nooit eerder had bezeten. Niets kon hem doen versnellen, niets kon hem doen stoppen, en Alessandra begon hem uit haar ooghoeken aan te kijken – wie ben jij? – haar lichaam onbuigzaam onder het zijne, spanning tegen spanning, maar ze hield het niet en begon klaar te komen, en toen nog meer, en nog steeds kon, wilde hij niet veranderen wat hij deed, kon hij de hele nacht in haar blijven stoten, had hij het ook gedaan als ze niet tegen zijn borst had geduwd omdat ze even moest stoppen – waarop Eric zich net zo keihard als hij in haar was gegaan uit haar terugtrok, haar bleef vasthouden maar niets te zeggen had, gewoon wachtte tot ze meer kon hebben, en toen in hetzelfde gestage, gekmakende tempo doorging, terwijl Alessandra een beetje uitpuilende ogen kreeg van haar pogingen in hem te kijken, maar hij was onvindbaar en al snel had ze zelfs niet meer de kracht om te vragen weer even te stoppen en zweefde ze gewoon weg.

Om middernacht, terwijl hij ladderzat bij Waxey's het nieuws rond de ontvoering volgde, wist Matty niet meer of zijn ex hem die ochtend echt had gebeld dat de jongen naar New York zou verhuizen of dat hij het zich had ingebeeld en dus liep hij de minder drukke, rode gloed van Chinaman's Chance in en zette zijn duim op zijn gsm om dat na te vragen.

'Hallo?'

Hij wist niet of hij onwillekeurig Minette Davidson had gebeld of dat zij om tien over twaalf 's nachts zijn nummer had gedraaid, precies op het moment dat hij zijn telefoon openklapte om naar het noorden te bellen. De vraag was hoe dan ook te ingewikkeld om op dat moment over na te denken, dus verbrak hij alle verbindingen en ging terug naar de bar.

OP ZONDAGOCHTEND WAS BERKOWITZ weer een stem op een bandje. En toen Matty een vriendje bij Aanhoudingen belde om te horen hoe de voorbereidende veegoperaties in de Lemlichs en Cahan waren verlopen, kreeg hij te horen van niet.

'Man, de pleuris brak gisteravond uit met dat ontvoerde kind van die predikant. We zijn naar de Heights toe geronseld, we hebben iets van vijftig adressen afgewerkt en zo meteen doen we er weer vijftig.'

Wie hij bij Zeden, Narcotica en de uniformdienst ook belde, was, wat een verrassing, 'in het veld', vermoedelijk dus bij die ontvoering, en zou hem terugbellen zo gauw hij terug was.

Zondagmiddag om drie uur kwam het meisje eigener beweging terug, liep gewoon het huis van haar grootouders binnen met een verhaal dat ze door zeven mannen in een geblindeerd busje was meegenomen naar een groot huis waar ze haar hadden geblinddoekt en een verdovend middel gegeven. Ze kon zich niet herinneren wat ze daar had gedaan, wat men met haar had gedaan of hoe ze thuis was gekomen.

Niettemin was iedereen om vijf uur die middag nog steeds in het veld of ze hadden net uitgeklokt na een dubbele dienst met rente om dat meissie thuis te brengen.

Om zes uur kreeg hij een telefoontje van een ander vriendje, bij Narcotica, dat hem in vertrouwen vertelde hoe het werkelijk was gegaan, dat zij nooit naar de Heights waren gehaald maar de hele dag voorbereidingen hadden getroffen om vanavond voor hem de Lemlichs en Cahan in te gaan, maar dat ze op het laatste moment van hun inspecteur opdracht hadden gekregen in te rukken, zonder nadere uitleg.

Matty probeerde vanaf dat moment aan een stuk door Berkowitz te bereiken, kreeg iedere keer het apparaat, maar ook al had hij hem aan de lijn gekregen, had de man zich waarschijnlijk alleen maar beroepen op Hogere Machten, gezegd dat zijn eigen meerderen er lucht van hadden gekregen (die ratten, de hele afdeling is ermee vergeven) en dat ze de zaak hadden afgeblazen, hij had zijn uiterste best gedaan.

Matty zou er nooit achterkomen wie in laatste instantie zijn herhaalde buurtonderzoek voor de tweede keer had getorpedeerd, maar het maakte niet echt veel uit.

Twee keer genaaid, ik moest me schamen.

En dus riep hij later die avond vijf van zijn eigen rechercheurs op, allemaal in niet-goedgekeurde overuren, en deed wat hij met de beschikbare mankracht kon, wat erop neerkwam dat ze de kruispunten het dichtst in de buurt van de moordplek bemanden tussen drie en vijf uur in de ochtend, een uur voor en na het exacte tijdstip van de schietpartij tien dagen eerder, en daar pamfletten uitdeelden en voor zover mogelijk ter plekke mensen hoorden, terwijl Yolonda als vrije man tussen de hoek van Eldridge en Delancey en het bureau heen en weer pendelde voor het verhoren van iedereen die de op overuren beluste jongens van Leefomgeving binnen wisten te slepen.

Het was geen verrassing dat het allemaal geen barst opleverde.

En dus veranderde Matty bij zonsopgang van tactiek.

ZEVEN

Intimidatie

ZE ZATEN TEGENOVER ELKAAR bij Castillo de Pantera, nadat Billy zo snel na Matty's telefoontje naar de Lower East Side was teruggekomen dat Matty, als de man de telefoon niet zelf had opgenomen, had vermoed dat hij de hele tijd om de hoek op de loer had gelegen. De enige andere klanten op dit uur halverwege de ochtend waren twee jonge vrouwen met crewcuts, gekleed in tuinbroeken met verfspetten, van wie er een haar bestelling in aarzelend Spaans aan de Mayaogende serveerster opgaf.

'Moet je horen.' Matty boog zich naar Billy toe en liet zijn stem dalen. 'Ik ben altijd open en eerlijk tegen je geweest, ja? En ik moet je nu zeggen dat ik deze hele zaak met supersonische snelheid naar de donder zie gaan.'

'En Eric Cash?'

'Niets.'

'En als ik…'

'We laten hem rusten.'

'En als…'

'Ik heb je gevraagd om bepaalde, specifieke dingen tegen die verslaggever te zeggen, waarvan er geen enkele in de krant stond. Ik begrijp dat je emotioneel…'

'Emotioneel…'

'Ja. Emotioneel. Het was dus de bedoeling Cash binnen te halen, niet hem onder de grond te stoppen.'

'Misschien als ik nog eens met hem ga praten,' zei Billy. 'Uitleggen…'

'Nee. Laat rusten. Wat we hebben gedaan, ging al ver. Nog iets verder en we kunnen allebei zwaar onderuitgaan.'

'Maar als ik nou…'

'Laat rusten, zeg ik.'

Billy probeerde nog iets te zeggen, maar gaf het op en verviel in een alert niets, alsof dat onderdeel van zijn programmering ineens verwijderd was.

'Luister.' Matty legde een hand op zijn arm om hem bij de les te krijgen. 'De hogere machten willen dat deze zaak een stille dood sterft en dat kan ik niet laten gebeuren. Dat kunnen *wij* niet laten gebeuren.'

'Oké.'

'En op dit moment is de enige manier om dat te voorkomen, de enige manier om te zorgen dat de zaak niet nog verder afkoelt, de aandacht erop gevestigd houden, en dus heb ik het volgende bedacht… De beloning bedraagt op dit moment tweeëntwintigduizend dollar, maar als we daar nu eens, zeg, nog twintigduizend bij kunnen doen? Dat is genoeg voor nog een persconferentie.'

Billy knikte.

Matty wachtte.

'Nog twintig, dus.' Matty hield zijn hoofd schuin. 'Wat vind jij?'

'Klinkt goed,' zei Billy, die nog steeds leek op een replica van zichzelf.

De man begreep het niet.

'Wat ik dus bedoel, is dat het wel voorkomt dat familieleden van een slachtoffer, als ze daartoe in staat zijn, een vrijwillige bijdrage doen voor nieuwe publiciteit, peper in de reet van het hoofdbureau.'

'Oké.' Hij knipperde met zijn ogen.

'Dus. Kun jij…'

'*Ik?*' Billy schoot achteruit bij de tafel vandaan.

De man had het geld niet.

'Neem me niet kwalijk.' Matty kleurde. 'Ik dacht…'

'Nee. Wacht even.' Billy schakelde, perste.

'Luister, ik vind het rot,' zei Matty. 'Ik weet niet waarom, maar ik had de indruk…'

'Wacht even.'

'Het was niet mijn bedoeling je tegen een muur te zetten...'

'*Wacht,* zeg ik!' Een verbale oorveeg waarvan de grootstedelijke boerenmeisjes aan het andere tafeltje op hun stoel opwipten. 'Goed, er is een rekening. Van hem, er staat ongeveer vijfentwintigduizend op.'

'Oké.'

'Bij elkaar gespaard geld van verjaardagen, voornamelijk van zijn moeders kant, dat ik – waar zij niets van wil weten, dat aan mij is teruggevallen.'

'Oké.'

'Geld van zijn verjaardagen.'

'Billy, ik kan je niet vertellen wat je moet doen.'

'Hoezo kun je me niet vertellen wat ik moet doen? Je doet het net.'

Matty hield zijn handpalmen op. 'Ik wil het best mogelijke resultaat.'

'Jezus christus. Moet ik het vandaag opnemen?'

'Hoe eerder hoe beter, maar...'

'*Fuck,*' braakte Billy, en hij sprong overeind, beende het restaurant uit en kwam toen weer binnenstormen. 'Het geld van zijn verjaardagen!' Hij sproeide zijn gal door de zaak heen.

Eric maakte er vandaag een zooitje van, zijn handen trilden zo erg dat hij niets breekbaars durfde op te pakken. Een paar obers vuurden vernietigende blikken in zijn richting, enkele klanten ook en een van hen zei onderweg naar de uitgang, zonder hem zelfs maar aan te kijken: 'Boontje komt om zijn loontje.'

Maar het ergste was dat Bree, iedere keer dat ze langs hem heen liep alsof hij lucht was, kleine stukjes uit zijn hart beet. De enige manier waarop Eric erin slaagde zijn dienst te overleven was door zich te concentreren op zijn strategie om te vertrekken en te bedenken dat hij in zo veel opzichten al verdwenen was.

Thuis in de flat was het dezer dagen makkelijker; makkelijker in de zin van nietszeggender, puur lichamelijk, krankzinnig. Eric deed zichzelf en Alessandra versteld staan door haar te neuken alsof hij zich tijdens haar afwezigheid uitsluitend had gewijd aan het bestuderen van de hele rij sekshandboeken en pornoblaadjes die ze had achtergelaten. Hij was van zijn leven nog nooit zo geconcentreerd geweest, zo traag geweest met klaarkomen en bezorgde haar nu het ene orgasme na het andere, iets wat hem voordien alleen maar met zijn tong was gelukt, en zijn voormalige vriendin was op zondagochtend wakker geworden en had haar Filippijnse verloofde in Jersey City gebeld dat ze nog een dag meer nodig had, en op maandagochtend nog een dagje, *mi amor*, en had Eric van voren af aan laten beginnen toen ze amper had opgehangen. Zij vatte het op als een teken van hernieuwde hartstocht tussen hen, maar het kwam niet door haar, het kwam door wat ze zaterdagavond had gezegd, dat hij zo dicht bij de dood was geweest. Het was niet dat hij dat niet had geweten, maar gedurende de anderhalve week sinds het was gebeurd, had hij geen moment de innerlijke rust gehad om dat echt te ervaren, om dat door te laten dringen, en de schok toen hij haar, vlak nadat ze hem dat had gezegt, naakt uit de badkamer had zien komen had hem in een klap teruggevoerd naar Eldridge Street 27, en die kogel zo dichtbij hem dat hij hem met zijn hand had kunnen opvangen – Eric had dat hele weekend gewoon zo geneukt, al zou hij dat nooit willen zeggen, om dat rotding voor te blijven.

Zijn dienst zat er bijna op en hij had een uur pauze voordat de tweede helft van de dubbele dienst begon. Hij kon amper op zijn benen staan. Hij klokte uit en begon aan de vier straten terug naar zijn flat, herinnerde zich dat Alessandra daar op hem wachtte, maakte rechtsomkeert, liep Berkmann's weer binnen en ging plat in een van de ondergrondse voorraadkamers.

De winkel, vier straten van school, heette BD WING UITVAARTEN, en Tristan had nog nooit zoiets gezien: niets dan papieren replica's van ieder luxeartikel dat je maar kon bedenken, van Gucci-loafers tot mobiele telefoons tot sloffen sigaretten tot een woonhuis van vier verdiepingen, waarvan iedere baksteen en ieder rolgordijn op schaal was ingetekend.

'Wat is dit?' Tristan hield een papieren rokkostuum op dat in plastic was verpakt en opgevouwen tot het formaat van een gesteven overhemd.

'Niet voor jou,' zei de eigenaar, een grijze Chinees die hem in de

gaten had gehouden vanaf het moment dat hij was binnengekomen.

'Ik steel niks. Waar is dit voor, voor kinderen?'

'Voor niemand,' zei de man met een knikje in de richting van de
deur.

Aan de overkant van Mulberry Street, in Columbus Park, was een
basketbalwedstrijd van shirts tegen blote bovenlijven aan de gang,
allemaal Chinese jongens die hoogstwaarschijnlijk net als hij aan het
spijbelen waren.

'Hé, yo.' Uit het schemerduister achter in de zaak, vanonder zijn
zware wenkbrauwen, doemde Gameboy op, in zijn ene hand een pak
Chinees geld dat er in Tristans ogen vals uitzag, en twee videodozen
in zijn andere.

'Hoort hij bij jou?' zei de oude man.

'Ja.'

'Zeg dat hij iets koopt of verdwijnt.'

'Oké.' Gameboy knikte en hield toen zijn hoofd in Tristans richting. 'Hoes 't?'

'Kom jij hier?'

'Ja.'

'Wat is het?'

'Gestoorde shit, ja?'

'Kopen of weg,' kefte de eigenaar vanachter zijn toonbank.

'Ja, ja.' Gameboy wuifde hem weg. 'Ik koop hier vaak dingen. Ik
had eerst een hele verzameling thuis maar toen zei die vent dat het
ongeluk bracht, dus…'

'Wat?'

'Al die shit is voor dooien. Je verbrandt het op een Chinese begrafenis, dan kan de dooie het meenemen naar het hiernamaals…
behalve dit?' Gameboy gaf Tristan het ingepakte speelgoedgeld. 'Dit
hier is Helgeld. Dit verbrand je om de koning van de hel om te kopen
zodat de dooie daar niet al te lang hoeft te blijven.'

'In de hel?' Tristan wierp een blik op stapels en schappen namaak-
artikelen en wilde alles, van elk soort een.

'En je mag dit spul nooit cadeau doen want dat geldt als een vloek.
Daarmee zeg je gewoon dat je iemand dood wilt hebben.'

'Waarom koop jij het dan?

'Soms vind ik het lekker om het in mijn eentje te verbranden, bijvoorbeeld op het dak waar ik woon? En soms geef ik het aan iemand die ik dood wil hebben.'

'Hoe weet je dat allemaal?'

'Gewoon.' Toen, terwijl hij de *Berserker* gamebox ophield. 'Ken je deze?'

'Nah.'

'Ik heb het je in twintig minuten geleerd.'

'Oké.'

'Jij woont op Oliver Street 2?'

'Ja.'

'Ik op St. James 3.'

'Oké.'

'Heb je zin om een keer te komen?'

'Ja, oké.' Nee, hij hield zijn adem in vanwege de lucht die de dikke jongen verspreidde.

'Ik woon op 12-D.'

'Oké.'

'Niks aan.'

'Alright.'

Gameboy liep naar de toonbank en rekende zijn geld af, gevolgd door Tristan die zijn vingers langs de rijen papieren aanstekers, Helbank creditcards en autohandschoenen met gaatjes liet glijden.

Buiten in Mulberry Street trok Gameboy een centimeter bankbiljetten van de stapel en gaf hem aan Tristan. 'Dit is geen vervloeking of zo. Als je maar zorgt dat je het verbrandt. Anders komt de koning van de hel het zelf halen.'

'Oké.' Tristan knikte en slenterde toen naar de overkant, zogenaamd om de wedstrijd van de Chinezen te bekijken maar in werkelijkheid om de papieren Rolex nader te bestuderen die hij uit de winkel had gejat.

Eric was naar de kelder gegaan om even te pitten tussen zijn twee diensten en sliep vijf uur, werd in paniek wakker, rende de kleedruimte in om water in zijn gezicht te gooien, zijn tanden te poetsen en een hand door zijn haren te halen en vloog toen, zijn overhemd nog instoppend, naar boven.

De eerste die hij zag was de gastvrouw die zijn werk had overgenomen. 'Waarom heeft niemand me wakker gemaakt?'

'Waarvandaan wakker gemaakt?' Ze liep weg zonder een blik in zijn richting.

De volgende was Bree, een blad vol glazen torsend.

'Doe je een dubbele?'

'Yup.' Met een strak, onpersoonlijk glimlachje terwijl ze langs hem heen liep.

'Ik ook,' zei hij in de leegte.

Een paar minuten later, op weg terug naar zijn balie nadat hij een groep van vier naar hun tafel had begeleid, zag Eric een man alleen op hem staan wachten; ergens in de dertig, met een horizontaal gestreept T-shirt aan en een baret op.

'Alleen?'

'Ben jij Eric?'

Zich schrapzettend voor de volgende golf ellende keek Eric hem alleen maar aan.

'Paulie Shaw zei dat je iets wilde bespreken.'

'Paulie?'

De cultuurdealer; Eric had even nodig om de naam en het gesprek te plaatsen.

Op dat moment overviel Eric het beeld van de rechercheurs van wijk Acht die hem in een drugsdeal lokten om hem te dwingen mee te werken, van nog meer shit in de kranten, van zijn eigen zelfmoord.

'Paulie Shaw?' probeerde de mogelijke infiltrant het nog eens.

Dat Franse matrozenshirt was een leuk detail.

'Ik ken jou niet,' zei Eric.

'Ook goed, je zegt het maar.' Hij haalde zijn schouders op en knikte naar de menukaart. 'Heb je een tafeltje voor me?'

Een uur later bracht Eric zelf de koffie en ging tegenover de carnavalsfransman zitten.

'Goed. Wie ben jij?'

'Morris.'

Eric zat op een stoel en probeerde zich hier doorheen te redeneren.

Bree kwam naar hen toe en ruimde zonder een blik in zijn richting de tafel af.

'Kom mee naar mijn kantoor,' zei Eric.

'Oké, zeg het maar.' Hij pijnigde zijn hersens om de minst strafbare formulering te vinden. 'Waar zou ik het eventueel over willen hebben...'

Morris wandelde verder door de lage kelder en bekeek de graffiti op de balken. Toen, zonder zijn ogen van de grove boodschappen boven zijn hoofd af te halen, stak hij een hand in zijn jeans en gaf Eric een dun, papieren kokertje, zoiets als een suikerstick.

Eric wikkelde de in elkaar gedraaide uiteinden los: vier, vijf lijntjes, een weekend special.

Hij schaamde zich voor zijn trillende handen en gaf het terug. 'Na jou.'

'Ik gebruik dat spul niet.'

'Ik ook niet.'

Met een zucht trok Morris een Bic van de rand van zijn shirt en gebruikte de lange clip van de dop als lepeltje om de helft van het poeder op te snuiven. 'Nu doe ik vannacht geen oog dicht,' zei hij. 'Jij mag.'

De sneeuw deed de tranen in zijn ogen springen; Eric vroeg de prijs van een ounce nog voordat hij de kleurenprisma's had weggeknipperd.

'Twaalfhonderd,' zei Morris.

'Voor een *ounce*?' Al zijn behoedzaamheid was verdwenen in het zingen van zijn bloed. 'Maak hem nou, Maurice, ik ben misschien geen Superfly, maar ook geen Jed Clampett. Jezus christus, man, doe me een lol, zeg.' Eric de gladde, ineens.

'Waar dacht jij dan aan?'

'Zevenhonderd.'

'Grapje.'

'Grapje?'

Morris verkrampte even, huppelde op de coke. 'Alle kabelgarens, Popeye.'

'Wat?'

'Ik ga tot elf-vijftig, maar dat is het dan. Guh.' Hij schudde zijn hoofd als een paard.

'Zeven-vijftig.'

'Sta ik hier soms met een winkelwagentje?'

'Acht, lager ga ik niet,' zei Eric, en toen: 'Hoger niet.'

'Moet je horen.' Morris doorkruiste de kelder met stijfgehouden armen, onhoorbaar in zijn handen klappend. 'Je kunt altijd naar de Lemlichs huppelen, daar proberen voor achthonderd dollar een ounce te scoren, en terugkomen met een zak eersteklas bakmeel of helemaal niet, oké? Maar dit is gegarandeerd goede, risicovrije blanke-mensen-coke voor een blanke-mensen-markt. Aan de prijs, maar het waard. Je kan het twee keer, drie keer versnijden, en het blijft goed, en zelfs als je niet de moeite neemt, hou je met twintig per wikkeltje, honderd per gram, altijd nog zestienhonderd op het pak over. Het kost geld om geld te verdienen, jochie; anders was iedere armoedzaaier koning.'

'Acht-vijftig.'

'De hele nacht voor joker wakker,' mopperde Morris, krabbelde toen een telefoonnummer op de achterkant van de lege coke-wikkel en gaf die, samen met nog een gratis volle wikkel uit zijn spijkerbroek, aan Eric.

'Ik weet het goed gemaakt. Hier, denk er nog maar eens over na en als je je bedenkt, bel je dit nummer. Oké?'

'Acht-vijfenzeventig.'

'Tot kijk.'

Eric, opgeleefd door de coke en de wetenschap dat hij een tweede wikkel in reserve had, bleef in de kelder achter nadat Morris vertrokken was. Hij dacht aan Ike Marcus, aan Bree, en dat hij nu de hele nacht ongestraft kon doordrinken.

En die steek dat hij de Lemlichs kon proberen? Waarom ook niet? Er was niemand in de projects die, als hij winst kon maken op de verkoop van een ounce, als hij zijn zaakjes ver genoeg voor elkaar had dat hij een ounce *kon* verkopen, ooit van zijn leven zo idioot, zo kortzichtig zou zijn om de kip met de gouden eieren te slachten.

Geld om geld te verdienen...

Vanavond, na zijn dienst, ging hij naar de projects. Nee, barst maar, hij ging nu – een vervanger regelen, en erheen.

Hij beende met grote stappen de trap op, terug naar de zaal en liep naar zijn desk.

'Luister, ik moet om persoonlijke redenen dringend weg.' Hij legde een hand op de arm van de gastvrouw die eerder zijn werk had overgenomen en die nu naar haar arm keek alsof hij die net had afgelikt. 'Ik kom straks weer terug.'

Op weg naar de uitgang kruiste hij het pad van Bree, die een blad desserts droeg.

'Het was niet mijn bedoeling om zo over je heen te vallen,' zei ze zachtjes. 'Je zult je redenen wel hebben.' Ze liep verder voordat hij kon reageren.

Eric haalde een paar keer adem, wreef over zijn gezicht en liep toen terug naar de reserveringsbalie.

Misschien ging hij morgen.

Om tien uur die avond zat Matty zich thuis geestelijk voor te bereiden om naar Eldridge Street 27 te lopen, daar een tijdje bij het gedenkteken rond te hangen en daarna misschien naar de No Name te gaan voor een consult met zijn mixologe, toen zijn gsm ging.

'Ja, hallo, met Minette Davidson. Ik vroeg me af, ik moet je even spreken.'

'Ja, dat kan.'

'Ik sta beneden.'

'Beneden?' Toen begreep hij dat ze dacht dat hij op het bureau was. 'Twee minuten.'

Ze zat op de vastgeboute rij geperste plastic stoeltjes in de wigvormige vestibule waar hij haar man voor het eerst had gezien en keek naar dezelfde wand met herdenkingsplaquettes achter de balie.

'Hallo.'

Ze draaide met een ruk haar hoofd naar hem toe, een beetje wild ogend onder haar ruige corona van haren, en gebaarde toen naar het bronzen profiel van agent August Schroeder, gedood in 1921.

'"Verdriet is een wereld op zich,"' las ze. 'Helemaal mee eens.'
'Kom mee naar buiten,' zei hij.

Door de enorm zware onderstellen van de brug die de hele omgeving beheersten, was het uitzicht voor de deur van het bureau 's avonds om negen uur hetzelfde als om vijf uur 's ochtends: doods, uitgezonderd het komen en gaan van politie en het gerommel van onzichtbaar verkeer boven je hoofd.

Ze stonden naast elkaar in de desolate stilte; Minette, ondanks een dikke trui, met haar armen in de nog warme oktoberlucht om zich heen geslagen.

'Waar kan ik je mee helpen,' zei hij ten slotte.

'Billy is de hele dag bezig geweest om twintigduizend dollar bij elkaar te brengen voor de uitgeloofde beloning, weet je dat?' Haar ogen zwierven zonder focus door het schemerduister.

'Ja, dat weet ik.'

'Hij zei dat het jouw idee was.'

'Luister, dat was het, maar...'

'Ik wil alleen maar weten of het echt zo is.'

'Ik bedoel, er is geen garantie...'

'Dat het jouw idee was.'

'Dat klopt.'

'Oké.' Ze knikte, haar blik gleed nog steeds naar het harteloze uitzicht. 'Dan weet ik genoeg.'

'Je had niet dat hele stuk hierheen hoeven komen. We hadden kunnen bellen.'

'Het spijt me.'

'Nee, nee, ik bedoel als last voor jou.'

'Ja, maar nou ja, ik denk dat ik behoefte had om daar even weg te zijn, een paar minuten.'

'Uit je huis.'

'Ja, het wordt soms een beetje een tijgerkuil, vandaar, weet je wel, een paar minuten.'

'Logisch,' zei hij, en toen: 'Waar is ze, waar is Nina?'

'Bij mijn zus en haar kinderen. Ik moet er gewoon even uit.'

De brigadier van de balie kwam naar buiten om te roken, knikte naar Matty en ging toen verderop staan om hen niet te storen, maar even later stopte er een busje waarna nog een paar tellen later vier collega's van Zeden een stoet van zes geboeide Aziatische vrouwen naar binnen begeleidden om aangehouden te worden. De voorste in de rij was de grootste, aantrekkelijkste en het best gekleed; de vijf die haar volgden zagen er boers uit: gedrongen, met platte gezichten, verdwaasd kijkend.

'Fuck, nee hè?' kreunde de brigadier. 'Niet Oriental Pearls.'

'Sorry, briggs,' zei de voorste diender.

'Waar moet ik nu heen?' jammerde hij en de hele ploeg van Zeden barstte in lachen uit.

'Vind je het grappig?' snauwde de grootste hoer. 'Ik verdien goed. Meer dan jij.'

'Nou en? Mijn eigen vrouw verdient meer dan ik.'

'Doet ze ook voor-en-achter?'

'Ik hoor van wel.' Iedereen weer grote lol.

'Weet je wat?' zei Matty terwijl hij een hand op Minette's arm legde. 'Kom mee naar boven.'

Hij stuurde haar door het lege wachtlokaal het kantoor van de inspecteur binnen, trok de luxaflex aan de binnenkant van de ramen dicht en parkeerde haar op een kunstleren bank die half vol lag met stapels rapporten.

'Wil je iets drinken?' Hij trok een stoel bij.

Ze schudde van nee, kroop toen in elkaar en legde haar gezicht in haar handen. Matty gaf haar opnieuw een paar tellen en zei toen: 'Wat is er aan de hand.'

'Hier had ik niet op gerekend,' fluisterde ze terwijl ze haar ogen verborg.

Matty knikte en dacht, wie wel?

'Ik hield van die jongen, ik zweer het, maar jezus...'

'Weet je wat?' Hij liet een hand licht op haar arm rusten. 'Je zult doen wat je moet.'

'Hoe weet je dat.' Ze verborg zich nu achter haar gebalde vuist.

Hij wist het niet, maar wat moest je anders zeggen?

'Luister, het is pas een week.'

'Precies.' Weer een verslagen gefluister.

'Ik weet het goed gemaakt.' Matty boog zich naar voren. 'Jij zorgt voor je gezin, dan neem ik al het andere voor mijn rekening.'

Hij klonk zo rotsvast, alsof er echt iets inzat in wat hij zei, maar het was meer dan gewoon maar een operatie positief denken: hij wilde zelf dat ze sterker zou zijn, dat was de vrouw die in zijn gedachten verscheen en nu stond hij erop.

'Jij zorgt voor hen. Dat kun je,' zei hij zacht, alles gevend om tegelijk nuchter en bovennatuurlijk helderziend over te komen, zijn mond op een paar centimeter van haar gebogen hoofd. 'Ik weet dat je het kunt.'

Uiteindelijk keek ze hem aan, keek ze met wanhopige, hulpeloze aandacht naar de alwetende toon in zijn stem.

'Ik weet dat je het kunt.'

Ze keek naar hem als naar een rots in een kolkende zee.

'Laat mij me nu maar druk maken over...'

'Oké,' zei ze als verdoofd, stak toen haar handen uit, pakte zijn gezicht en stak haar tong in zijn mond. Matty had amper tijd om voorzichtig zijn vingers op haar schouders te leggen voordat ze al terugdeinsde, geschrokken, uitgekust.

Even bleven ze gewoon zo zitten, de ogen wijd open van wat ze dachten, allebei het vertrek rondkijkend alsof ze iets kwijt waren, totdat Minette opstond en zonder een woord naar de deur liep.

Hij begreep dat het een fuck-god-kus was, een eenmalig protest, hij begreep en accepteerde het. Dus kon hij nu alleen maar opgelucht zijn dat ze vertrok; maar toen ze, met een hand al op de deurknop, zich weer naar hem toe draaide, zwaar ademend alsof ze in verwarring was, alsof dit niet was wat ze had verwacht, een half stapje naar hem terugkwam omdat ze meer wilde, en zich toen met geweld bedwong – nee, dat ging recht naar zijn hart, en Matty zakte in elkaar alsof hij geslagen was.

Ze draaide zich weer om en liep het vertrek uit en trok de deur zachtjes achter zich dicht.

'Jezus,' zei Matty en veegde zijn mond af en had toen gewild dat hij dat niet had gedaan.

Rusteloos, geagiteerd, druk bezig met niet denken aan wat er niet gebeurde, bevond Matty zich een uur nadat ze was vertrokken nog steeds in het lege kantoor, verdiept in verbalen en dossiers, bestudeerde de ellende van de dag en sorteerde de stapel in wat terugging naar de uniformdienst en wat de aandacht van de eenheid waard was: misdrijven natuurlijk, maar ook huisvredebreuken, altijd mogelijke startpakketten voor iets ernstigers, en dood-bij-aankomsten en vermissingen, om dezelfde reden.

Het was een slappe dag geweest: een paar aangiften van lastigvallen, twee ongewapende overvallen, een paar kruimeldiefstallen en een geval van zware mishandeling dat al met een arrestatie was afgerond.

Toen viel zijn oog op een melding van Vermissing, Olga Baker, een meisje dat Matty kende, een veelweglopertje, van wie de moeder, Rosaria, met de regelmaat van een klok eens per maand belde, en dat altijd na een paar dagen weer thuiskwam. Niets om je zorgen over te maken, maar de laatste keer dat Rosaria had gebeld, een week of zes geleden, was hij er uiteindelijk heen gegaan, een goed onderhouden flat in de Cuthbert Towers, een paar treetjes beter dan de projects en iets buiten het platgetreden pad. Rosaria, eind dertig, misschien begin veertig, klein, stevig gebouwd met zwart, hoog opgestoken haar, had hem zomaar ineens gevraagd of hij kinderen had, wat had geleid tot 'Ben je nog met hun moeder', wat had geleid tot 'Hou je van dansen' en dat had ertoe geleid dat hij, om een of andere reden waar hij vanavond met zijn kop niet bij kon, snel had gemaakt dat hij wegkwam.

Hij had collega's gekend die bij gelegenheid naar bed waren geweest met getuigen, met verdachten, met daders, met de vrouwen, zusters en moeders van slachtoffers, zelfs met slachtoffers zelf, als ze er bovenop kwamen. Je loopt levens binnen die van het ene moment op het andere door het willekeurige kwaad van de wereld op hun kop zijn gezet, en jij, met je kostuum en je stropdas, je zware zwarte schoenen, je nette kapsel en je serieuze manier van doen, je wordt de ridder, de vader, de beschermer... Wat er maar op neerkwam dat je het soms gewoon in de schoot geworpen kreeg als je zo iemand was. Wat hij dus niet was, dus niet.

Het telefoonnummer stond in het rapport.

'Rosaria, hoe gaat het? Clark, van de recherche. Weet je nog? ...
Ja, die dus. Ik trek het even na. Is Olga al weer thuis?' Poppetjes te-
kenend. 'Goed, nou, we keren alles binnenstebuiten... Alleen, red
jij het een beetje? Gaat het? ... O ja? ... Als je wilt, kan ik wel even
komen kijken of er iets... Helemaal geen probleem... Het schikt nu
wel.'

Matty ging naar de toiletten om zijn tanden te poetsen en zijn
overhemd in te stoppen, kwam naar buiten, verliet het wachtlokaal,
kwam toen terug en zocht Henry Baker op in de computer, zag dat
Rosaria's echtgenoot nog steeds vastzat in Green Haven, en ging
toen het veld in.

Technisch gezien viel Rosaria Baker in geen van bovenvermelde
categorieën.

Eric, nog steeds chagrijnig en zich oppeppend voor een nieuwe,
door de dood voortgedreven neukmarathon, kwam thuis en overviel Alessandra bij het inpakken, of uitpakken – dat viel moeilijk te
zeggen totdat hij zag dat de boekenplanken halfleeg waren.

'Misschien moet je maar even gaan zitten,' zei ze.

'Wat heb je toch met dat zitten. Zeg het gewoon.'

'Het wordt tijd dat ik ga.'

'Ja.' Eric probeerde gewond te kijken.

'Het spijt me zo.'

'Ja, nee,' zei hij.

'Misschien bega ik...'

'Nee, helemaal niet. Helemaal niet,' zei hij teder en snel.

'Carlos komt me over een uur ophalen,' zei ze, met een blik op het
bed.

Dit was te gek, dit... hij moest dit vaker doen. Matty zat als een tiener te vrijen op de bank, zijn hand in Rosaria Bakers blouse, de hare
over zijn dijbeen strijkend alsof ze bladerdeeg uitrolde en ze maakte
zachte geluidjes en rook naar lipstick, naar parfum, naar haarspray,
en ze droeg kousen met jarretelles en clipjes en Matty dacht: waarom
heb je dat niet meer, waarom is dat ineens een fetisj, het is normaal,

het is heerlijk, alles is heerlijk, alles is een hartaanval in slowmotion, en toen hoorden ze een sleutel in het slot en zaten ze allebei haastig te frummelen toen de vijftienjarige Olga, de vermiste, binnen kwam zeilen – en de hele bezopen zaak was opgelost.

'Koning van de hel
Die ken ik wel
Ik loop zo binnen
Druk op geen bel'

Tristan sloeg zijn blok dicht en bekeek de hamsters die om hem heen lagen te ademen. De jongen had tegenwoordig godbetert elke nacht een stijve in zijn slaap, als een mini-periscoop.

Hij glipte zijn bed uit en stapte de gang in. Toen hij, met een hand op de deurklink voor de ouderslaapkamer stond, werd hij duizelig van angst. Hij begreep het niet, nu nog niet – hij stapte naar hem toe, naar hem met zijn snelle kortestophanden, hij incasseerde en hij betaalde hem meteen terug, en zag hoe hij terugdeinsde en als een slap kutje de kit belde; en toch voelde hij dit – hij was een moordenaar, en toch voelde hij dit: alsof hij zich in de leeuwenkuil waagde.

Hij opende de deur op een kier, liet zich toen op zijn buik op de grond zakken en kroop de slaapkamer in, voelde weer een duizelige roes bij het ruiken van het slapen met open mond, totdat hij pal onder het nachtkastje van zijn ex-stiefvader lag. Hij reikte omhoog en trok de bovenste la voorzichtig ver genoeg open om de Chinese papieren Rolex erin te laten vallen en duwde hem toen weer dicht.

Dit krijg je van mij.

'IK HAD, IK HEB MIJN REDENEN.' Eric had grote ogen van de high op het moment dat hij Bree vanuit de kleedkamers onderweg naar boven onderschepte.

'Sorry?' Ze stapte op zo'n manier bij hem vandaan dat hij begreep dat het niets uitmaakte wat hij nu zei.

'Gisteravond zei je: "Je zult wel je redenen gehad hebben." Dat klopt.'

'Oké.' Ze wachtte, niet op wat hij ging zeggen maar om langs hem heen te komen. Het liet hem koud.

'Kun je, luister... Kom even mee naar beneden.' Hij knikte richting kelder en voegde eraan toe: 'Geen trucs, eerlijk.'

'Ja, dat buurtonderzoek van het weekend.' De stem van adjunct-commissaris Berkowitz in Matty's oor.

'Baas, ik vraag al niets meer.'

'Die flauwekul met dat kind van die predikant...'

'Ik weet het.'

'Wat een verspilling van tijd en mankracht.'

'Zo is het.'

'Weet je waar ze dat kidnapverhaal met die duivelsekte vandaan had?'

'Van de film?'

'Ja, maar welke?'

'Geen idee.' Matty was het gedraai al zat voordat het goed en wel op gang gekomen was. '*Rosemary's Baby*?'

'*Eyes Wide Shut.*'

'Eyes wat?'

'Je weet wel, met die orgie in dat sjieke huis?'

'Die heb ik niet gezien.'

'Iedereen loopt in een groot huis rond, naakt met een soort uilenmaskers op.'

'Niet gezien.'

'Ik kan er met mijn kop niet bij dat de regisseur die ons *Spartacus* gaf met die rotzooi is gekomen.'

Genoeg. 'Luister, ik ben net gebeld dat de man besloten heeft om persoonlijk twintig mille bij de beloning te doen, waarmee die op tweeënveertig komt, en hij wil een persconferentie om het bekend te maken.'

'Ho even, welke man.'

'Marcus.'

'De vader?'

'Van zijn eigen geld,' zei Matty.

'Een persconferentie, nu?'

'Overmorgen, dan heeft hij tijd om het geld op een depotrekening te zetten.

'Overmorgen.'

'Ja.'

'Daar bel ik je over terug.'

'Baas, heel even. Hij vraagt niet om toestemming, hij wil weten of we aanwezig zijn om de boodschap te onderstrepen.'

'Ben je tegenwoordig zijn persofficier?'

'Maak het nou helemaal? U begrijpt het totaal verkeerd. Ik doe mijn uiterste best die arme zool in toom te houden zodat hij niet iedereen voor de voeten loopt. Maar mij best, ik geef hem uw nummer wel, dan kunt u zijn zaakjes opknappen, en dan kan ik misschien mijn tijd besteden aan het oplossen van die godvergeten rotzaak in plaats van de hele dag naar zijn gezeur te luisteren.'

'Wanneer wil hij dat doen?'

'Overmorgen. Op de plaats delict. Als u het niet overneemt en de zaak naar wijk Acht of Police Plaza verplaatst, wordt het daar een puinzooi.'

'Laat me maar wat mensen bellen.'

'Betekent dat ja?'

'Ik bel je terug.'

Matty hing op en keek Billy aan, die neerslachtig maar tegelijk gretig op de stoel tegenover hem zat.

'En, wat gebeurt er?' Zijn mond hing open als een scharnier.

'Wat er altijd gebeurt.'

'Niets?'

'Je leert snel,' zei Matty. 'Goed. Nu moet jij het volgende doen.'

'Oké... ik was bang,' begon Eric, en moest niezen door de combinatie van de lucht in de kelder en het gram waardeloze coke dat hij die ochtend tegenover Hamilton Fish Park op proef had gekocht. 'Een stel, een stel straatschooiers bedreigde ons, schoot de jongen naast me dood en ik? Ik ben gewoon gevlucht. Het gebouw in. Je ziet een vuurwapen, dus je vlucht. De menselijke natuur, oké? Maar zelfs toen ik verstopt zat, zelfs toen de dader verdwenen was, was ik zo verlamd dat het niet eens bij me opkwam om het alarmnummer te bellen. Ik zei tegen de politie van wel, maar dat was gelogen. En zij dachten eerst dat ik loog omdat ik iets strafbaars te verbergen had. Alsof het voor hen ondenkbaar was dat je zo bang kon zijn dat je gewoon uit schaamte over zoiets zou moeten liegen. Maar die lui weten dus wel hoe ze leugens uit elkaar moeten pluizen. Misschien weten ze niet wat er achter een leugen zit, al denken ze misschien van wel, maar in het begin maakt dat ze niet uit, ze gaan gewoon achter die leugen aan en blijven eraan plukken en plukken en zitten gewoon te kijken hoe ik in elkaar stort, alsof ze het aanmoedigen. En ik voelde me alsof mijn leven weer van voren af aan in gevaar was. Het enige wat ik wilde, was weg. Ik wilde alleen maar die kamer uit.

'En tot het einde aan toe vertikten ze het mijn lafheid te erkennen; het was gewoon te ondenkbaar. Ik bedoel dat ze waarschijnlijk deden alsof, want tegen het eind viel die ene met zijn volle gewicht over me heen in een soort uiterste poging om me te laten bekennen om mijn mannelijkheid of zoiets te redden, maar je zag dat hij nog steeds dacht dat ik ze iets op de mouw zat te spelden.'

Bree stond naar hem te kijken alsof er nog meer mensen in de kelder waren en hij al haar tijd in beslag nam, en Eric dacht: hoe kan iemand zich zo snel tegen je keren?

'Maar erger dan die me vernederde?' tripte Eric verder. 'Was die andere, die me troostte.'

'Het klinkt afschuwelijk,' zei ze voordat hij kon zeggen waar het om ging, en haar afgemeten toon verscheurde hem gewoon. Het was alsof hun bliksemsnelle seksgestoei van een paar avonden geleden slechts een droom was geweest.

'En er is nog meer, dingen die op dit moment zo moeilijk onder woorden te brengen zijn...' Hij viel stil.

'Jezus.' Ze kromp ineen en haar blik schoot als de staart van een kattenklok naar links en rechts.

'Hoe dan ook.' Een vaag handgebaar in de richting van de trap achter haar: de gevangene kan gaan.

Hij wachtte tot ze boven de lijn van het lage plafond verdwenen was voordat hij de rest van zijn gram opsnoof.

Hoe kon iemand zo snel zo anders tegenover je staan?

Een uur nadat hij Matty's kantoor had verlaten, stond Billy weer bij Mayer Beck, deze keer voor de deur van Eldridge Street 27, waar ze samen naar de laatste sporen van het gedenkteken keken: er was nu niets meer van over dan een paar zielige ballonnen die tot rimpelige bolletjes waren gekrompen, de steeds verder ingescheurde, aan de pui fladderende krantenfoto van Willie Bosket en de laatste straaltjes weerkaatst zonlicht op een paar scherven gekleurd Botanica-glas die tegen de muur waren geveegd.

'En.' Beck draaide zich naar hem toe en haalde een stenoblok uit zijn achterzak. 'Vertel het maar.'

Eric wachtte tot de misdaadpreventietaxi bij de Lemlich Houses was weggereden, liep toen pal aan de overkant langs een miniwinkel-centrum – vier verlopen zaken, een pizzeria, een buurtwinkel, een afhaalchinees en een wasserette – allemaal verder van de stoeprand af dan de gebouwen aan weerszijden, wat een paar meter extra trot-toir opleverde die een natuurlijke arena-hangplek vormden voor de jonge mannen die daar nu, de meesten met opzijgedraaide baseballpetten op en bollende witte T-shirts tot onder de knie, pas op de plaats waggelden.

Het zou geen punt zijn om later vanavond langs hen heen de pizzeria in te lopen; weer naar buiten komen met de pizzapunt en daar als een met snoepgoed gevulde yup blijven staan, dat werd riskant.

'Ik heb het hem verteld,' zei Billy terwijl hij, plukkend aan de stof van zijn broek, Matty over het bureau heen aankeek. 'Donderdag om een uur.'

'En hij heeft het gesnapt,' zei Matty. 'Dat Police Plaze niet meedoet?'

'Ja. Hij snapt het. Helemaal.'

'En je bent niet geflipt?'

'Geflipt?'

'Gaan razen en tieren.'

'Nee. Ik, nee.'

'Oké. Goed.' Matty gaf een klopje op Billy's hand op het vloeiblad. 'Goed gedaan.'

Billy knikte bevestigend en bleef zitten waar hij zat.

'Ik bel je.' Matty deed overdreven of hij met iets anders bezig was. 'Zodra er iets gebeurt.'

'Kan ik anders gewoon een tijdje hier blijven?' Billy trok een pijnlijke grimas. 'Niet om je in de weg te zitten.'

'Ik vind dat je beter naar huis kunt gaan, uitrusten voor je…'

'Op dit moment?' Billy's stem werd schel. 'Ik hoef alleen maar naar mijn bed te *kijken* en ik krijg vanaf de andere kant van de kamer al nachtmerries.'

Matty aarzelde. 'Goed. Ja, mij best. Rust hier dan maar een beetje uit.'

Na een minuutje met zijn kop in de papieren te hebben gezeten, terwijl Billy in gedachten verzonken zat, ving Matty de blik van Mullins en seinde met zijn hand: bel me. 'Wil je iets drinken, Billy? Frisdrankje? Koffie?'

'Ik hoef niets,' zei hij, boog zich toen naar voren: 'Ik droomde gisteravond…'

Matty's mobiel ging. 'Clark.'

'Wat is er?' vroeg Mullins.

'Serieus?' Matty sprong overeind en begon een of ander niet-bestaand adres op te krabbelen. 'Ik kom eraan.' En tegen Billy: 'Er komt iets binnen.'

'Deze zaak?'

'Een andere. Het kan wel een paar uur duren. Ik zal je thuis laten brengen.'

Toen hij zijn pizza op had, had hij geen idee wat hij met zijn handen moest doen, waar hij moest kijken.

Om tien uur 's avonds kwam er geen eind aan de stroom voet-gangers tussen dat winkelpleintje en de Lemlich Houses pal aan de overkant van Madison Street, maar de groep van tentdragende jon-gens en jonge mannen bleef min of meer in de buurt van de winkels geconcentreerd.

Hoe meer ze hem leken te negeren, des te sterker zijn gevoel dat er naar hem gekeken werd.

Mooi dat hij ze niet benaderde. Of was dat de bedoeling...

Na een paar martelende minuten vertrok een van de T-shirts, stak op zijn dooie akkertje Madison Street over en liep de Lemlichs in, terwijl Eric dacht dat hij zelf ook maar moest verdwijnen; terug naar Berkmann's, dit kon met geen mogelijkheid goed aflopen.

Toen kwam een van de andere jongens, zonder een ogenblik naar hem te kijken, langzaam zijn kant op waggel-wiegen; met zijn bui-tenmodel T-shirt en gekunstelde heen en weer zwaaiende gang leek hij sprekend een hardcore pinguïn.

'Wat moet je, agent,' zei de jongen, nog steeds bij hem vandaan kijkend.

Een gouden medaillon, een van de drie om zijn nek, vermeldde zijn naam: David.

'Zie ik eruit als een smeris?' Eric vroeg het serieus.

'Expres niet.'

'Ik ben geen smeris.'

'Oké.'

Eric maakte aanstalten om weg te lopen.

'Hé, agent?' riep de jongen en toen Eric zich omdraaide kwam de hele ploeg, lachend en elkaar lage handklapjes gevend, eindelijk tot leven.

'Dat is geen politie.' Vanaf zijn zitplaats op de reling van de hellingbaan voor de deur van St. James 32 wuifde Big Dap zijn broer weg. 'Dat weet ik zo net nog niet,' zei Little Dap. Hij was vanaf het winkelpleintje overgestoken omdat hij niet wist of die vent van de schietpartij hier niet naar hem op zoek was.

'Ik *weet* dat jij het niet weet,' smaalde Big Dap en knikte toen naar Hammerhead, een van de oudere jongens die hij altijd in zijn buurt had: opschieten.

Terwijl Hammerhead een lui holletje naar de overkant van Madison inzette, maakte Little Dap ook aanstalten om te verdwijnen, naar boven totdat dit zaakje afgelopen was, maar...'

'Ho, yo. Terugkomen, ventje. Je moet wel meedoen als je wat wilt.'

'Nee, want...' Maar zijn broer gebaarde hem zijn kop te houden.

'Ik doe mee,' zei Tristan, maar zoals gewoonlijk hoorde niemand hem.

Vernederd, maar denkend Beter een levende lul dan... liep Eric verder door Madison Street naar Montgomery, maar bleef stokstijf staan toen hij achter zich snelle voetstappen hoorde naderen. 'Ho, ho,' en een hand op zijn elleboog.

De man die hem aan zijn jas trok was iets ouder dan de anderen: halverwege de twintig, had het obligate plukje haar onder zijn lip en zulke uitpuilende ogen dat het leek of hij naar twee kanten tegelijk om zich heen keek.

'Die vlooien weten van niks. Wat moet je?'

'Niets.'

'Hoeveel niets?'

'Een ounce.' Had het niet willen zeggen.

'Een wat?' De bolle ogen glinsterden van verbazing. Een half blok achter hen stonden de leden van de jongere ploeg, elk van hen waggelend op hun twee stoeptegels, de uitwisseling gade te slaan. Eric dacht, wegwezen, en begon weer te lopen.

'Ho, ho, ho, wacht even, wacht.' De man pakte halflachend Eric bij zijn pols. 'Dat is een hoop spul voor zomaar een spontaan contact. Maar dat geeft niet, het kan. Kom maar even mee.' Hij trok hem zachtjes in de richting van de Lemlichs.

'Niets persoonlijks' – Eric nam een lichte waterskihouding aan om zich schrap te zetten – 'maar daar ga ik niet heen.'

'Hé, ik zal je iets over mezelf vertellen, want ik begrijp dat je dit nooit kunt weten.' Hij hield Erics hand nog steeds vast en Eric geneerde zich te erg om hem terug te vragen. 'Ik studeer met een volledige beurs aan het Borough of Manhattan Community College, iets van zes colleges van mijn afstuderen af, dus…'

'Wat is je hoofdvak?'

'Mijn wat?' Toen: 'Natuurkunde.'

'Ik ga daar niet heen.' Eric had eindelijk zijn hand terug.

'Mij best, kleed je dan hier maar uit.'

'Waarom? Voor een zender?'

'Jazeker.'

'Kijk dan, ik heb niet eens geld bij me.' Hij trok zijn zakken binnenstebuiten.

'Geeft niet, ik heb geen product bij me. We zijn gewoon in gesprek en als alles kits is gaan we misschien een stapje verder.'

Als compromis gingen ze naar het toilet van de pizzeria, waar ze met zijn tweeën door de eetzaal liepen en vervolgens langs de Bangladeshi's die in de ruimte erachter deeg stonden te kneden.

Het toilet was groter dan nodig maar je kreeg tranen in je ogen van de stank van de pillen in de urinoirs.

De man zakte op zijn hammen terwijl hij Eric achteloos fouilleerde, en deed toen twee stappen achteruit.

'Alright chef, laat maar zakken.'

'Ruk op,' zei Eric, alleen maar om het te zeggen, liet toen zijn spijkerbroek zakken en keek een andere kant op terwijl hij zijn boxershorts omlaaghield.

'Alright, alright.' Hij ging nog verder achteruit. 'Ik hoef niet meer te zien dan ik al zie.'

Niet dat Eric hier nu bepaald veel ervaring mee had, maar de hele procedure had iets verontrustend onoprechts.

'Wat wilde je ook alweer?'

'Dat heb ik al gezegd.'

'Wat.' De man grijnsde en het leek of zijn groothoekogen pulseerden. Wou je kijken of ik een zender heb?' Hij hield zijn armen wijd.

'Ik heb het al gezegd.'

'Dat is waar. Dat is waar.' Toen: 'Duizend ballen.'

'Nee.'

'Dan gaat het over.'

'Oké.' Opgelucht reikte Eric naar de knop van de toiletdeur.

'Ho, ho, ho.' Hij pakte de rug van Erics overhemd tussen zijn vingers. 'Wat had je gedacht dat het zou zijn?'

'Zeven had ik gehoord.'

'*Zeven?*' hij lachte. 'Welke idioot zegt hier in *deze* buurt zeven?'

'Oké, dan heb ik het verkeerd gehoord.' Hij reikte weer naar de deur.

'Ik ga tot negen.'

'Sorry,' zei Eric. 'Hoe heet je?'

'Vraag ik hoe jij heet?'

'Oké, laat maar. We gaan nu van, ik zeg zevenvijftig, jij zegt achtvijftig, dus oké, achtvijfentwintig.'

'Achtvijftig.'

'Dag.'

'Alright, alright, achtvijfentwintig. Verdomme.'

'Oké dan.' Eric zat in de val van zijn eigen overwinning. 'Hoe snel kun je het hebben?'

'Hoe snel heb jij het?'

'Ik? Het geld?'

'Ja, dus.'

'Een halfuur?' Hij wilde het achter de rug hebben, wat het dan ook mocht blijken te zijn.

'Wacht even.' De man richtte zijn ogen op het plafond en rekende de tijd uit. 'Maak er drie kwartier van.'

'Oké, drie kwartier.'

'Goed, dan zie ik je hier.'

'Hier niet.' Eric dacht na, dacht na. 'Ergens landinwaarts.'

'Land in? Wat is dat in jezusnaam?'

'Ergens in de buurt van Orchard, Ludlow, Rivington.'

'O, je bedoelt het *blanke* land.' Hij lachte. 'Zeg het dan gewoon. Waar?'

'Waar?' Eric rekte tijd. 'Er zit een tacotent op de hoek van Suffolk en Stanton, weet je die?'

'Ik weet Suffolk en Stanton.'

'Daar is een tacotent.'

'Staat er taco op het bord?'

'Dat neem ik wel aan.'

'Dan is het akkoord.'

'Over drie kwartier?'

'Drie kwartier.'

Eric weifelde en stak toen weer zijn hand uit naar de deur.

'Hé, yo.' De man draaide hem op het laatste moment weer terug. 'Ik zie dat je best nerveus bent en zo?' Hij trok een vijfpuntig schildje uit zijn zak en greep Eric bij de pols. 'Dat was niet voor niks.'

Eric stond aan de grond genageld, een vage glimlach van schrik op zijn gezicht.

'Bawww.' De man gierde het uit en stapte in zijn handen klappend achteruit. 'Sorry, sorry.' Hij liet hem het schildje nogmaals zien, een dun blikken ding met SUPER GEHEIM AGENT erop. 'Sorry, had ik niet moeten doen.'

'Nee.' Erics voorhoofd was overdekt met zweet.

Het ergste aan zijn arrestatie al die jaren geleden in Binghamton was het dag in, dag uit wachten tot het zover was. Daarom had Eric, op het moment dat die gestoorde gek dat schildje voor zijn neus hield, een golf van opluchting over zich heen voelen slaan. Nu, op de terugweg van de Lemlichs naar huis, probeerde hij dat gevoel weer op te roepen, alsof wat er te gebeuren stond al was gebeurd, en alle schulden waren voldaan.

Dit ging niet goed aflopen, dat wist hij vrij zeker maar hij voelde zich niet in staat er iets aan te doen.

De afgelopen twee weken had hij het gevoel gekregen dat hij langzaam in een van zijn Lower East Side-geesten aan het veranderen was; en geesten, geloofde hij, waren slechts gedachteloze naspelers, die maar over een uiterst vaag gevoel van déjà vu beschikten.

En zo zweefde hij de vestibule van zijn liftloze gebouw in, zweefde de vijf schots en scheve trappen op en zijn leeggehaalde appartement in, alsof hij slechts de vaagst mogelijke herinnering had ooit eerder onder dit dak te hebben vertoefd.

Maar toen hij het van de fooienpot afgeroomde geld uit een bergschoen in de kast haalde en negenhonderd dollar aftelde, waarvan hij er vijfenzeventig voor het onvermijdelijke gesjacher op de valreep in een aparte zak stopte, verschoof er iets binnen in hem. Het was alsof de naakte waarde van de biljetten die door zijn vingers ritsten hem meer substantie gaf, substantie en zelfvertrouwen, en voor het eerst die hele avond ving Eric een glimp op van zichzelf, niet als een hersenloze schim die een voorbeschikt scenario volgde, maar als een individu dat bezig was de zaken in eigen hand te nemen en in zijn eigen voordeel te doen omslaan.

Met zijn spijkerbroek volgepropt met geld, schonk hij zich een wodka in om moed te scheppen en bleef er toen alleen maar naar kijken. En spoelde hem door de gootsteen.

Vanavond niet, vriend.

Met een lichter en scherper gevoel dan hij sinds dagen had gehad, deed hij de deur van de flat achter zich op slot, huppelde de trappen af en kwam tot aan de brievenbussen – hij kon Stanton Street door de glazen vestibuledeur heen zien – en voelde hoe in een enkele zucht alle lucht zijn lichaam verliet.

Eerst dacht hij dat hij in de baan was gestapt van iets dat met warpsnelheid op hem af was geraasd, een kogel misschien, *de* kogel misschien – neergeschoten worden, had hij gehoord, voelde soms zo, als een gigantische klap met een hamer – maar toen hij vanaf de gore tegelvloer omhoogkeek en de koppen uit de Lemlichs zag, begreep hij dat hij alleen maar een stoot in zijn niet-aangespannen onderbuik had gehad.

Een van hen, met een halsdoek tot aan zijn ogen over zijn gezicht, boog zich meteen over hem heen en begon in zijn zakken te zoeken naar het geld voor de drugs, waarbij zijn opbollende T-shirt over Erics gezicht heen viel en hem intiem uitzicht gaf op strakke buikspieren en een platte borst.

Toen siste een van de anderen: 'Wacht, wacht,' en voelde hij hoe hij bij zijn enkels over de tegels naar de wigvormige ruimte onder en achter de trap werd gesleept, buiten het zicht vanaf de straat, nog een klap om zijn ogen dicht te krijgen, zijn brein een stemvork. Toen gegrabbel in zijn zakken en hij hoorde een van hen zeggen: 'Vijfenzeventig? Hij zei iets van achthonderd.' En weer een stoot, Eric hoorde, meer dan hij het voelde, iets onder zijn oog breken, en: 'Ho, ho, ho, hier zit het,' en de rest van zijn geld werd bevrijd en een tweede gezicht, ongemaskerd, kauwgumadem, vlak bij het zijne: 'We weten waar je woont,' gevolgd door een laatste stoot die zijn rechteroog deed opzwellen in de kas, de deur naar de straat die openging en een flard nietsvermoedend vrouwengelach van verderop in de straat binnenliet, en stilte toen de deur weer dichtviel, en Eric dacht: dit is genoeg.

Nadat hij zich de hele dag had lopen opvreten dat hij Billy Marcus in iets had gemanoeuvreerd waarop hij totaal niet was voorbereid, merkte Matty bij het invallen van de avond dat hij weer aan Minette Davidson liep te denken. Dus ging hij, bijna als boetedoening, op weg naar de No Name om zich uit te leveren aan zijn mixologe, onderweg voortdurend oefenend op haar naam, Dora, Dora, Dora, en voelde zich iets minder honds omdat hij het deze keer nog wist.

Maar toen hij eenmaal door de zware zwarte gordijnen heen de bar had gehaald, was ze er niet.

Haar vervangster achter de bar was echter net zo onweerstaanbaar humeurig en afstandelijk, lang, mager, donkerpaarse ogen en een glanzende zwarte pony. Ze zette zijn pils voor hem neer met een strak glimlachje dat maakte dat hij een praatje wilde aanknopen.

'Ik was op zoek naar Dora.'

'Mijn Engels...' Ze kneep haar ogen halfdicht.

Hij wuifde het weg, het was maar een babbeltje, maar zij draaide zich naar de mannelijke mixoloog toe en zei iets tegen hem in wat volgens Matty Russisch was.

'Het spijt haar,' zei de jonge knul. 'Haar Engels...'

'Laat maar zitten.' Matty haalde zijn schouders op.

'U zei dat u uw dochter zocht?'

Tristan zat op het dak van de flat waar hij woonde en keek uit over de East River, met zijn gespierde stroom onder de verlichte bruggen die naar het grotendeels donkere Brooklyn reikten. Wat had die smeris gezegd, die nacht dat Little Dap en hij hier hadden gezeten? Een uitzicht van een miljard boven op volk van een paar centen. Iets in die richting. Hij tuurde naar de ramen op de bovenste verdieping van de dichtstbijzijnde Lemlichtoren, een meter of vijftig bij hem vandaan, zag het leven zich daar als muizentoneel afspelen, vrijwel iedereen voor de televisie of aan de telefoon.

'In de nacht
Het licht lacht
en ik wacht
onverwacht
verborgen als een ninja'

Hij stopte, kon niets bedenken dat rijmde op *ninja*, en draaide de woorden om:

'Als een ninja wacht ik'

Het kwam niet.

Hij sloeg zijn blok dicht en liep naar de andere kant van het dak waar Little Dap hem die eerste nacht ondersteboven over het hek had gehangen, ondersteboven, kijkend naar het trottoir vijftien verdiepingen lager.

Probeerde hier te schrijven.

'Een keer vallen
Maakt een eind
Aan de pijn
Het brein
Krijgt alles klein'

Hij ging over het hek hangen, probeerde de positie waarin Little Dap hem die nacht bij kop en kont had gepakt zo dicht mogelijk te benaderen. Terwijl de bovenrand van het hek in zijn heupen beet, en een groter deel van zijn lichaam zich buiten de dakrand bevond dan erbinnen, liet hij zijn voeten loskomen van het grind en probeerde zich in evenwicht te houden. Het lukte hem een paar tellen, maar toen begon hij naar voren te kantelen en moest hij zich vastklampen aan het gaas onder zijn buik om te voorkomen dat hij viel: een slechte sensatie.

Little Dap. Kleine bitch.

Duizelig maar rechtop liep hij terug naar de andere kant van het dak, trok de .22 achter uit zijn spijkerbroek, speurde alle woonkamerramen, alle muizentoneeltjes in de dichtstbijzijnde toren af, draaide toen zijn hoofd opzij en vuurde twee schoten af alvorens op een holletje de trap weer af te dalen.

MATTY ZAT AAN ZIJN BUREAU, ellebogen op het vloeiblad, de *New York Post* van vandaag voor zich en Berkowitz in zijn oor.

'Wat denkt die klootzak wel...'

'Baas, ik heb u gisteren ingeseind.'

'Dat gaat dus niet door op de plaats delict. Daar krijgt hij nooit toestemming voor.'

'Toestemming? Want wat doen we anders, hem insluiten? Luister, het is geen verkeerde vent, maar hij slaat gewoon om zich heen.'

'Om zich heen.'

'Dat gezegd zijnde, kan ik het eigenlijk geen slechte ontwikkeling vinden. Want tenzij iemand de telefoon pakt om met iemand aan onze kant te praten, zijn we op dit moment nergens.'

De AC bedekte de hoorn van zijn toestel om iets tegen iemand te zeggen en Matty wachtte met zijn ogen dicht.

'Ja, dus...' Berkowitz kwam weer aan de lijn.

'Wat wordt het?' zei Matty. 'Met de pers praten en de tiplijn laten rinkelen. Zoals het er nu voorstaat heb ik liever een valse tip dan helemaal geen.'

Stilte.

'Hij moest vanochtend naar Miami om de grootouders van zijn zoon te spreken, maar hij komt hier morgenochtend vroeg voor terug.'

'We moeten een intentieverklaring van de bank hebben.'

'Ik geloof dat die al gefaxt is.' Matty trok een pijnlijke grimas terwijl hij dit zei.

'Je bent wel goed op de hoogte, hè?'

'Zal ik het eerlijk zeggen? De beslissing is niet aan mij, maar ik zit wel heel erg te wachten tot er iets gebeurt, want anders…'

'Hij wil dit wanneer?'

'Morgen.'

'Ik weet het niet, we moeten kijken wat er hier nog meer in de pijplijn zit. Ik weet dat er morgenavond in Richmond een grote illegaleninfiltratie gepland staat en Voorlichting zal daar morgen zeker iets mee willen doen. Misschien is vrijdag beter.'

'Vrijdag?'

'Bel me morgen.'

Matty hing op en keek Billy aan die tegenover hem zat.

'Waarom vlieg ik naar Miami?'

'Omdat je zo overkomt als iemand met een missie.'

'Maar ik ga niet echt.'

'Nee.'

'Vrijdag…' Billy tikte afwezig tegen zijn slaap. 'Weet je wat ik zat te denken? Dat ik me misschien kan melden bij Slachtofferhulp.'

'Absoluut.' Matty knikte. 'Dan krijg je hulp.'

'Nou, nee. Ik bedoelde meer als vrijwilliger, weet je wel, *anderen* helpen.'

Matty staarde naar zijn vloeiblad.

'Ik weet het niet,' zei Billy. 'Misschien niet.'

Little Dap, die het gisteravond, had Tristan gehoord, niet alleen praktisch in zijn broek had gedaan van angst maar ook de hele tijd als een struikrover vermomd was geweest, was niettemin degene die het verhaal vertelde.

'Die vent gaat van: "Hola, hola, wat, mag ik even, jongens?" weet je wel, en wij slepen hem onder de trap en zoeken in zijn zakken en er zit iets van zeventig dollar in. En Hammerhead had gezegd iets van achthonderd, dus Devon ramt hem, zo van *bam, bam, bam*: "Geld achterhouden, vuile vieze klootzak!" en ik heb de andere zak en ik zeg: "Het zit hier," en Devon gaat van: "Kan me geen ruk schelen! Had hij maar moeten zeggen dat het in zijn andere zak zat!" *Bap, bap, bap.*'

Iedereen lachte en dolde in de naschoolse middag. Ze hingen met zijn allen voor de deur van St. James 32, boven op of tegen de balustrade van drie gebladderde buizen aan weerskanten van de brede treden die naar de vestibuledeur leidden.

Zoals altijd had Tristan een van de hamsters bij zich; zijn lange vingers strekten zich als bretels over de voorkant van zijn shirtje.

Hij liep een paar passen bij de anderen vandaan en koos een plek waar iemand, als hij hem riep, zijn zitplaats zou moeten verlaten en naar hem toe lopen.

'Dev, yo' – Little Dap liet zijn pols voor zijn borst langs knakken – 'dic knul is *wreed.*'

'Hé, yo.' Tristan knikte naar Little Dap, die hem negeerde. 'Yo.' Hij staarde hem aan totdat hij zich met tegenzin van de balustrade liet glijden en naar hem toe slenterde.

'Wat moet je?'

'Geef me een dollar.' Wegkijkend terwijl hij het zei.

'Een wat?'

'Ik moet een Nesquick voor hem kopen.' Hij trommelde met zijn vingers op het shirtje van de hamster.

'Nou en?' Little Dap haalde zijn schouders op. 'Koop zo'n kut-Nesquick voor hem.'

'Geef me een dollar.'

'Ben je doof?' Hij liep weg.

Tristan wachtte tot hij weer op de balustrade was gewipt en zei het opnieuw en niet harder dan toen hij pal naast hem had gestaan. 'Geef me een dollar.'

Little Dap keek hem aan.

'Geef me een dollar.' Hij keek hem strak aan totdat Little Dap zich weer liet zakken.

Klikkend met zijn tong stampte Little Dap terug naar Tristan en schoof hem een biljet toe. 'Hou je tenminste je kop,' en beende, nagekeken door Tristan, weer terug naar zijn aluminium zitplaats.

Ze waren weer op deuren aan het kloppen, deze keer in de Walds, op zoek naar de grootmoeder van een jongen die gisteravond door de verkeerspolitie in North Carolina was aangehouden toen hij onderweg was naar de stad met op de stoel naast zich vier boodschappentassen vol vuurwapens, waaronder drie .22's. Niemand thuis. Toen koffie drinken bij de Cubaan aan het eind van Ridge Street.

Terwijl Yolonda naar het toilet ging, liep Matty weer naar buiten en stuitte op een plaats delict aan de overkant van de straat in de Mangin Towers die zo recent was dat de omstanders nog maar net tevoorschijn begonnen te komen uit de schuilplaatsen die ze hadden opgezocht toen de schoten vielen. Zonder weer naar binnen te gaan om Yolonda te roepen, goot hij zijn koffie weg en was aan de overkant op het moment dat de ziekenwagen stopte; de verplegers bleven zitten waar ze zaten totdat de eerste patrouillewagen pal voor hen indraaide en het lijk wachtte geduldig op het trottoir.

De eerste minuten was het een wirwar van mensen die zowel naar, als bij de plek vandaan renden, uniformjongens druk bezig met bijeendrijven, wegsturen en afzetten, zonder dat iemand acht op hen sloeg, met als soundtrack een kakofonie van gehuil, gegil en scherp, boos mannelijk geblaf van burgers zowel als ambtenaren. Matty stelde zich tevreden met rustig blijven staan tot het geregeld was.

En toen zag hij het meisje dat in de schemerduistere passage van het gebouw stilletjes stond te huilen. Hij liep met zijn handen in zijn zakken tot waar hij met haar kon praten, en keek toen een andere kant op.

'Blanke man in een pak,' mompelde ze.

Matty richtte zijn kin in de richting van Yolonda, die net de straat overstak.

'Wil je liever met haar praten?'

'Met haar?' Het meisje trok een gezicht. 'Ik haat die bitch.' Toen richtte ze haar kin op Jimmy Iacone, die net uit een personenwagen klom. 'Die dikke.'

'Weet je waar Katz's is?' vroeg Matty zonder haar aan te kijken.

'Mijn neef was daar vleessnijder,' zei ze. 'Totdat die bitch hem opgepakt heeft.'

'Goed, loop maar in de richting van Katz's, dan komt die dikke achter je aan.'

432

Ike moest herbegraven worden. Hij lag opgebaard in Erics flat, op de futon die nu was voorzien van een hoog voetbord, wat goed uitkwam omdat je zo het lijk niet zag.

Toen kwamen de twee kerels op wie Eric had zitten wachten eindelijk opdagen met de halve kilo coke die hij besteld had. Ze legden het spul op de afdruipplaat naast de gootsteen. Het enige probleem was dat hij overvallen was en dus moest hij nu naar het kantoor van Diners Club om het geld te halen om te betalen, wat inhield dat hij die kerels met het lijk van Ike alleen moest laten, maar hij had geen keus. Hij wilde die coke voor de roadtrip die hij meteen na de begrafenis ging ondernemen. Hij ging pal naar het noorden, misschien voorbij Canada, en hij zag het helemaal zitten; het werd zijn beloning, de reis en de coke, voor het pikken van dit gedoe met herbegraven, opnieuw ter aarde bestellen, wat de zus van Ike had bedacht.

Toen hij de flat uit liep en de twee drugdealers, de coke en het lijk daar achterliet, zag hij tot zijn verbazing dat het pand weer bevolkt werd door de huurders van een eeuw geleden, die allemaal door elkaar heen liepen en renden en de trappen opsjokten met allerlei shit in hun handen – patronen voor kostuums, emmers water, nachtspiegels – en het hele gebouw stonk naar zweet, zware maaltijden en uitwerpselen. Maar dat kwam ook goed uit want als er toevallig iemand in zijn flat kwam terwijl hij er niet was en die halve kilo daar zag liggen, zouden ze, zolang ze niet bij de Hudson Duster-bende waren, geen idee hebben wat het was, dus…

Maar halverwege het kantoor van Diners Club op Times Square herinnerde hij zich iets geks aan die opnieuw tot leven gekomen huurders: ja, ze waren gekleed zoals rond de eeuwwisseling, met gehavende bolhoeden, sleetse vesten en jurken van lagen stof over elkaar, maar ze hadden allemaal een lange, gebogen nagel aan hun linkerpink, net als alle pooiers en hosselaars en iedere gladde versierder in de jaren zeventig, die uitsluitend bestemd was om makkelijk coke uit een baggie te kunnen scheppen… Dus dat kon niet goed gaan. Er zat niets anders op dan te maken dat hij weer in Stanton Street kwam om te zorgen dat die zogenaamde immigranten niet aan zijn spul zaten.

En ja hoor, toen hij zijn voorkamer binnenviel, stonden er een stuk of tien voorovergebogen naar hartelust te snuiven. Maar wacht even, de coke lag nog op de afdruipplaat; ze stonden achter dat voetbord over Ike's lijk gebogen luidruchtig te slurpen en te snuiven en alstublieft, God, kunt u me wakker laten worden, maar als hij wakker wordt ligt Eric in een ziekenhuisbed, staat de rechterhelft van zijn gezicht in brand en is het erger.

Acht uur later, een paar minuten na middernacht, stond Matty op het dak van het bureau een sigaret te roken en naar Brooklyn te kijken.

Het huilende meisje van de Mangin Towers had Iacone met twee frankfurters en een celery-soda op tafel alles verteld. De schutter heette Spook, het slachtoffer, dat het na een operatie haalde, Ghost; de grappen die over de twee bijnamen gemaakt gingen worden waren ondraaglijk voorspelbaar. De kwestie, als dat iemand iets kon schelen, betrof een of ander meisje genaamd Sharon, die hen geen van beiden kon uitstaan en volgend week trouwens toch het leger in ging.

Ze had Iacone het hele verhaal verteld, tot en met de plaats van Spooks slaapkamer bij zijn grootmoeder thuis in de Gouverneurs. Maar in plaats van daar onmiddellijk heen te gaan terwijl de jongen op dat moment hoogstwaarschijnlijk ergens verstopt zat, had Matty na een korte aarzeling besloten om af te wachten.

De ervaring had hem geleerd dat, als het ging om zelfbehoud, de overgrote meerderheid van de sufkoppen in het veld last had van terminaal geheugenverlies; hopelijk zou Spook, als ze hem lang genoeg met rust lieten, uit zichzelf naar huis komen en dus hadden ze niets gedaan, deden ze nog steeds niets.

Matty keek hoe laat het was; nog een sigaret en dan gaan.

Zijn mobiel ging.

'Oh.' Minette.

'Hallo,' zei Matty rustig, alsof hij het telefoontje had verwacht.

'Sorry, ik dacht…'

'Met Matty Clark.'

'Ik weet het. Sorry.'

'Is alles goed?'

'Wat? Jawel. Ja…'

'Wat.'

'Billy is in een hotel gaan zitten. Die Howard Johnson bij jullie.'

'Jezus christus.'

'Hij zegt dat hij dicht bij het bureau moet zitten. Dat jullie samenwerken.'

'Weet je? Mensen gaan iedere dag naar huis. Dat noemen ze forenzen.'

'Moet je horen, als hij die behoefte nu eenmaal heeft... Maar ik wil je iets vragen. Dat is toch waar hij mee bezig is? Jou helpen?'

'Geloof het of niet?' Matty zag vanuit de hoogte hoe Leefomgeving net een auto van de Williamsburg Bridge naar de kant haalde. 'Op het moment helpt hij ons, ja.'

'Oké. Dat is goed. Denk ik.'

'Hij komt wel weer thuis.'

'Ik weet het.' Haar stem was een hees gefluister.

'Dus het gaat?'

'Ja.'

'Je zou het wel zeggen als je niet...'

'Dan zou ik het zeggen.'

Een paar tellen hing de stilte als een verzwaard gordijn tussen hen in.

Toen stond Yolonda achter hem. 'Grijpen we die halvegare nog in zijn kraag of niet?'

Het verliep allemaal zo makkelijk als post bezorgen: Matty, geflankeerd door Yolonda en Iacone, belde aan, Spook deed zelf open, op blote voeten en met een broodje in zijn hand. Achter zijn rug lag een tweeschots Derringer op de keukentafel, duidelijk zichtbaar van waar ze stonden.

Matty zei: 'Laten we zorgen dat je grootmoeder niet van streek raakt. Kom even in de hal staan,' en hij deed het.

En dat was, godbetert dat.

Een arrestatie volgens het boekje, perfect gespeeld van misdrijf tot boeien. Zo deed je het dus. Zo werd het geacht te verlopen. Matty wenste, terwijl hij de gewillige Spook op de achterbank van zijn auto schedelstuurde, dat hij de naam Marcus nooit had gehoord. Ike, Bil-

435

ly, Minette, geen van allen. En hij stelde zich voor wat een heerlijk makkelijk leventje hij zou hebben als dat ellendige rotjoch zich vorige week drie straten verderop, in wijk Vijf, had laten vermoorden.

OP DONDERDAG BEGON MATTY Berkowitz om negen uur te bellen en sprak, telkens een tikje korzeliger, de ene boodschap na de andere in, terwijl Billy in de stoel tegenover hem een elastiekje als een spinnewiel door de vingers van een hand liet spelen. Een volle dag voor het meest optimistische tijdstip voor een persconferentie was hij al in sportcolbert met stropdas. Om elf uur, nog steeds niet teruggebeld en met een Billy die afwisselend naar hem zat te staren en eindeloos lang naar het toilet vertrok, stuurde Matty hem naar huis of naar de plek waar hij op het moment verbleef, en zei dat hij contact opnam zodra hij de man aan de lijn kreeg.

Toen Eric zijn ogen opende, zaten er twee rechercheurs aan zijn bed, een zwarte vrouw in broekpak en een Chinese vent in driedelig.

'Hoe gaat het ermee?' zei de vrouw en noemde een paar vervaagde namen, terwijl de andere even opzijstapte om zijn mobiel te beantwoorden. 'Wil je ons vertellen wat er gebeurd is?'

'Niet echt.'

'Niet echt?' Alsof hij haar een grote bek gaf.

De andere rechercheur klapte zijn telefoon dicht. 'Sorry.'

'Hij wil ons niet vertellen wat er gebeurd is,' zei zij.

'O ja?'

'Het was mijn eigen schuld,' zei Eric.

'Goed.' Ze haalde haar schouders op. 'Het was je eigen schuld. Zeg dan alleen maar wie erbij betrokken was.'

'Niemand.' Hij kromp ineen terwijl hij het zei. Hij had moeten zeggen: Ze vielen me van achteren aan.

'Als die "niemand" terugkomt, willen ze nog wel eens afmaken waaraan ze begonnen zijn,' zei de Chinese rechercheur. Hij had een opvallend zwaar accent voor iemand die uit de uniformdienst had weten te komen, dacht Eric, maar wat wist hij ervan.

'Luister, we kunnen je dwingen het te vertellen.'

'Dat klopt.'

De vrouwelijke rechercheur haalde haar schouders op. Het kon haar niet echt schelen maar ze baalde van de tegenwerking.

De gsm van de andere ging weer en hij stapte opzij om hem op te nemen.

'Auw,' zei Eric, en dook weer onder in de medicijnen die ze hem hadden gegeven.

Berkowitz belde Matty pas om een uur 's middags terug.

'Wat is er?'

De montere toon zei Matty alles wat hij hoefde te weten over de nulstatus van de persconferentie.

'Nou, hij is er.'

'Wie?'

Matty staarde naar de hoorn in zijn hand. 'Marcus, hij heeft de nachtvlucht uit Miami genomen.'

'Ja? Hoe is het met hem?'

'Na de persconferentie van morgen gaat het wel beter.'

'Morgen?' zei Berkowitz, alsof het nieuws voor hem was.

Het was alsof de twee mannen in een toneelstuk stonden en alsof geen van beiden mocht toegeven dat ze alleen maar tekst opzegden.

'Oké,' zei Berkowitz. 'Hoe hoog staat de beloning nu?'

'Tweeënveertigduizend dollar,' zei Matty langzaam.

'Goed, moet je horen. Ik ga je terugbellen. Ik moet even met een paar mensen praten.'

Een uur later kwam Billy het wachtlokaal weer binnen.

'Hoe staat het ervoor?'

'Ik wacht tot ik teruggebeld word,' zei Matty. 'En ik wacht nog steeds.'

'Jezus christus.' Billy plofte in de stoel die als een dameszadel naast het bureau stond.

'Dit is vertragen en afschuiven met vier sterren.'

'Ik snap niet hoe je het volhoudt.' Billy deed zijn ogen dicht; zijn adem rook te zoet.

'Heb je gedronken?'

'Ja, maar ik red het prima.'

'Ja?'

'Ja.'

Matty keek hem even taxerend aan. 'Weet je wat?' Hij graaide de hoorn van de telefoon op het bureau. 'Ze kunnen me wat.'

'Ja, hallo baas.' Matty hield de hoorn schuin zodat Billy mee kon luisteren.

'Ik zou je net bellen,' zei Berkowitz.

'Luister, ik moet wel zeggen' – Matty wierp een blik op Billy – 'die Marcus begint zwaar te balen.'

'Ja? Wat is zijn probleem?'

'Zijn probleem? Hij is hiervoor midden in de nacht op het vliegtuig gestapt en nu is het twee dagen later en zit hij nog steeds met zijn duimen te draaien en te wachten of wij nu nog meedoen of niet.'

'Ja, ik had dus net Upshaw aan de lijn. Het blijkt dat er een probleem is met het geld voor de beloning.'

'O ja?' Matty krabbelde dwars door het papier van zijn stenoblok heen.

'Zijn aandeel? De twintig mille? Hij heeft een fout gemaakt met die depotrekening. Volgens de intentieverklaring staat die op zijn naam, wat betekent dat hij over de uitbetaling gaat. Zo werken wij niet.'

'Wat gaan we nou krijgen?' Billy hing dronken voorover en Matty keek hem woedend aan dat hij zijn mond moest houden.

'De intentieverklaring, ja?' zei Matty, met een vinger op zijn lippen.

'Eerst wilde Upshaw het wel goedkeuren, maar toen werd hij nerveus en belde hij Mangold en die zegt, geen persconferentie. Hij zegt: "Ik dacht dat het duidelijk was. Laat het een stille dood sterven."'

'*Sterven*?' siste Billy bij zichzelf, en Matty dacht: koffie.

'Ik wind er maar geen doekjes om,' zei Berkowitz.

'Ja? Dan wind ik er ook geen doekjes om. De brief van de bank, de depotrekening, het is allemaal in goed vertrouwen gedaan en u en dat hele kantoor daar weet het.'

'Daar gaat het niet om.'

'Luister nou eens, baas, die man is het hele eind komen vliegen en hij wil met ons samen de pers te woord staan. Hij gaat dit doorzetten.'

'Dan moet hij het maar doen.'

Matty keek Billy aan alsof hij hem een stomp in zijn gezicht wilde geven.

'Ik weet het goed gemaakt. Ik zeg hem wel dat hij u belt want hier heb ik niet voor getekend en als hij de politie voor schut wil zetten, heb ik geen zin om de schuld in mijn schoenen geschoven te krijgen.'

'Prima. Laat hem maar bellen.'

'Ik?' Billy keek ineens doodsbang en was toen als een soort Ike verstopt onder de dekens totaal verdwenen.

Matty nam Billy mee naar Castillo de Pantera, zette hem aan een hoektafeltje en goot hem vol koffie.

'Ik wil dat je het volgende doet. Een. Zorg als de sodemieter dat je nuchter bent. Dan bel je deze man, adjunct-commissaris Berkowitz, en je zegt dat je dit doorzet. Jij hebt gezorgd dat er geld is en nu wil jij dat de tiplijn roodgloeiend komt te staan. Je zegt dat je een stapel kaartjes van verslaggevers hebt en je zegt dat die vampieren jou alleen maar willen horen zeggen dat de politie deze zaak vanaf het begin af aan heeft verkloot, maar dat je daar nooit in bent meegegaan. Je hebt geen kwaad woord gezegd, maar, adjunct-commissaris Berkowitz, als ik in mijn eentje voor de pers sta, dan zweer ik dat het afgelopen is met aardig doen en dan pak ik u, en uw baas de chef recherche en de hoofdcommissaris, maar *uw* naam noem ik het eerst, adjunct-commissaris Berkowitz, adjunct-commissaris Berkowitz — je herhaalt die naam en je noemt hem als eerste.'

'Wil je dat ik hem bel?'

Matty boog zich tegen het tafeltje aan. 'Heb je iets gehoord van wat ik heb gezegd?'

'Ja.'

'Ik leg mijn ballen voor jou op het blok, weet je dat?'

'Ja.'

'Dit is dus niet mijn werk, dit gekloot met die lui. Begrijp je dat?'

'Waarom doe je het dan?' De vraag floepte als een kikker uit Billy's mond.

Matty aarzelde slechts een fractie voordat hij zei: 'Voor je zoon.' De aarzeling duurde wel zo lang dat Billy, hoe bang en beneveld ook, hoorde hoe hol de bewering was.

Maar Matty hoorde het ook, hoe hij de vader van die dode jongen zat in te pakken...

'Weet je wat?' zei Matty zachter. 'Alle respect voor je zoon en ik hoop dat dit iets voor hem oplevert, maar het is gewoon dat ze me met deze zaak vanaf het eerste begin genaaid hebben en ik ben het gewoon spuug- en spuugzat. Ik wil gewoon mijn werk doen.'

'Dat zie ik,' zei Billy op vlakke toon en opnieuw bevestigde zijn weigering om te veroordelen Matty in zijn keuze om zich extra in te spannen.

'Moet je horen,' zei Matty. 'Wil je de hele zaak gewoon afblazen?'

'Nee.' Billy klokte koffie naar binnen.

'Wil je alles nog een keer doornemen?'

'Nee.'

'Niets?'

'Nee.'

'Goed dan.' Matty toetste het nummer van Berkowitz voor hem in en flapte het mobieltje als een pistool in zijn hand. 'Laat zien wat je kan.'

Maar toen Berkowitz aan de lijn kwam, was Billy zo bang dat hij van zijn eerste zin een compleet zootje maakte.

'Meneer Berkowitz, ik zou echt graag willen dat u meedoet met de persconferentie van morgen. Als ik daar in mijn eentje sta, heb ik geen idee wat ik moet zeggen.' En hij sloot zijn ogen van walging van zichzelf.

'Ja, moet u horen, meneer Marcus,' zei Berkowitz. Zijn stem klonk blikkerig, maar Matty kon hem goed verstaan. 'Laat me in de eerste plaats mijn deelneming betuigen met uw verlies.'

Billy leek dankbaar voor de gladde, onaangedane stem die hij hoorde. 'Dank u wel.'

Hij had hem hier beter op moeten voorbereiden. Dacht de man werkelijk dat Berkowitz als een of ander beest op hem af zou komen? 'Ik heb zelf twee zoons en ik kan me geen voorstelling maken van wat u doormaakt.'

'Dank u,' zei Billy zachtjes, met een blik op Matty.

'En ik hoor niet anders dan dat Ivan een geweldige knul was.'

'Ivan?'

'Enorm veelbelovend.'

'Ivan?'

Matty beeldde zich in of hoorde werkelijk hoe er op Berkowitz' bureau met papieren werd geritseld.

'Meneer Marcus, is er een nummer waarop ik u kan terugbellen?'

'Niet echt.' Billy was ineens broodnuchter.

'Misschien kunnen we elkaar dan persoonlijk spreken.'

'Dat is misschien beter,' zei Billy kil en Matty voelde zich eindelijk kalm genoeg om naar buiten te gaan en een sigaret op te steken.

Billy kwam een paar minuten later naar buiten.

'Waar?' vroeg Matty.

'Green Pastures, East Houston Street?'

'Wanneer.'

'Anderhalf uur.'

'Anderhalf uur?' Matty was verbijsterd. 'Goed, shit, oké... Dan moet je eerst naar je logeeradres om alle kaartjes van verslaggevers op te halen die je hebt.'

'Hij noemde hem Ivan,' zei Billy.

Matty stak een tweede sigaret met de vorige aan. 'Vergeet dat niet.'

Ze zaten in Matty's auto een half blok ten westen van Green Pastures, een halverwege de jaren zeventig door blanke pioniers gestarte veganistische levensmiddelenzaak aan het laatste stukje van East Houston Street, hun borst en kin oranje in de ondergaande zon.

Billy leek nogal wat moeite te hebben met ademhalen, alsof de gerechtvaardigde woede in hem door dodelijke plankenkoorts was gesmoord.

'Billy.' Matty greep zijn biceps. 'Luister naar me. Luister je naar me? Je ziet eruit of je elk moment een hartaanval kan krijgen, maar dat kan barsten. *Wees* razend. Je hebt het volste recht, hoor je wat ik zeg?'

'Nee. Ik weet het. Ik wil hem gewoon niet tekortdoen, weet je?'

Matty aarzelde – wie niet tekortdoen – en zei toen: 'Dat gebeurt niet.'

Billy knikte energiek en wilde het portier opendoen.

Matty greep weer zijn arm. 'Nog *een* keer. Chef recherche Manhattan?'

'Upshaw.'

'Chef recherche?'

'Mangold.'

'Hoofdcommissaris?'

'Patterson.'

'Lopen.'

Maar hij greep hem weer beet; Billy leek ieder moment te kunnen gaan kotsen.

'En waar ben ik?'

'Wat bedoel je?'

'Berkowitz vraagt: "Waar is brigadier Clark op dit moment," en jij zegt…'

'Hoezo moet ik dat weten?'

'Schitterend. Lopen.'

Billy probeerde haastig uit te stappen en Matty hield hem een laatste keer tegen. 'Heb je de kaartjes van die verslaggevers?'

'Fuck,' zei Billy. 'Vergeten.'

Billy stapte uit liep op een manier alsof hij op het punt stond zijn eerste overval te plegen in de richting van de winkel, en Matty voelde zich net een moeder die in de coulissen stond te bidden dat de arme zool niet zou instorten en het spel zou torpederen.

Moet je hem zien: Matty keek hulpeloos toe hoe Billy de zaak pal voorbijliep en toen helemaal bleef doorlopen totdat hij op de rotonde bij de FDR-snelweg geen trottoir meer overhad.

Even later, nadat hij zijn koers had gecorrigeerd en terug was gelopen, stopte Berkowitz in zijn eigen auto, zonder chauffeur, voor de winkel, en Matty liet zich onderuit zakken achter het stuur. De AC stapte uit, onderschepte Billy door hem de hand te schudden, liep met hem naar het rechterportier en deed het voor hem open, alsof Marcus een vriendinnetje was, en Matty dacht, jezus, nu moet ik een AC een staart geven, maar eenmaal in de auto bleven ze zitten en begonnen te praten.

'Zoals ik aan de telefoon al tegen u zei, meneer Marcus...' Berkowitz haalde de doordrukstrips van Pepcidtabletten uit de bekerhouder tussen hen in. 'Ik leef intens met u mee om wat u is overkomen.'

'Dank u,' zei Billy. Omdat hij te nerveus was om de adjunct-commissaris rechtstreeks aan te kijken, staarde hij naar een voetbalploeg van meisjes dat het viaduct overstak naar het park op de oever van de rivier, aan de andere kant van de autoweg.

'Moet u horen, ik vind het geweldig dat u zo'n betrokkenheid en belangstelling hebt... en ik wil u verzekeren dat we al het mogelijke doen om dit af te ronden, zodat u aan het rouwproces om uw zoon kunt beginnen.'

'Kunt beginnen?' Dat gaf bij Billy al een beetje druk op de ketel. 'Alsof ik nu hier bij u in de auto zit in een poging het rouwproces uit de weg te gaan?'

Berkowitz hield snel zijn handen op. 'Ik zou het niet wagen daar een uitspraak over te doen.'

'Want persoonlijk?' Billy draaide zich eindelijk naar hem toe. 'Ik vind dat ik prima aan het rouwen ben.'

'Het enige wat ik probeer te zeggen, meneer Marcus' – Berkowitz legde een hand op zijn arm – 'is dat ik begrijp dat u graag een persconferentie wilt, maar ik heb al dertig jaar met dit soort onderzoeken te maken en waar het de media betreft, draait alles om timing.'

'Timing.'

'Ik geef een voorbeeld, oké? Als we het vandaag hadden gedaan, zoals u oorspronkelijk wilde? Pagina twaalf. Op zijn best. Leest u de krant? Ze hebben gisteren in een vuilniscontainer achter het Jacobiziekenhuis in de Bronx een zuigeling gevonden. Ik wil niet ongevoelig klinken over zoiets, maar wij waren tussen de autoadvertenties beland.'

'Oké.' Billy haalde zijn schouders op. 'En morgen?'

'Dat ligt eraan wat er vanavond gebeurt,' zei Berkowitz geduldig.

'Ik kan niet in een glazen bol kijken.'

'Dus wat bedoelt u, op de achtergrond blijven? U staat met lege handen en lauw wordt koud en dat wordt ijskoud. Ik wil een persconferentie.'

'U hoort niet wat ik probeer te zeggen.'

'Ik hoor ieder woord.' Billy leek gesterkt door zijn zopas ontdekte helderheid.

'We staan aan dezelfde kant.'

'Zat ik u wat zeggen?' Droog lachend. 'Het feit dat u denkt dat u me op dat punt moet geruststellen, zegt mij dat het niet zo is.'

Berkowitz wachtte even en bestudeerde het drukker wordende verkeer op de FDR achter hen.

'Luister.' Hij vouwde zijn handen alsof hij iets ging smeken. 'U lijkt me iemand die de dingen graag zelf doet. Dat respecteer ik. Ik zou net zo zijn als ik niet beter wist, maar ik weet wel beter. Wat u vraagt, zit er gewoon niet in. We houden een persconferentie als we zoveel mogelijk waar voor ons geld kunnen krijgen. Als dertig jaar ervaring zegt: nu.'

'Nee.' Billy veegde pluisjes van zijn broekspijpen. 'Dan houdt u *uw* persconferentie. Ik houd de mijne wanneer ik wil. U wilt niet meedoen? Mij best. Maar zowaar als ik leef, ik heb niets dan lof voor jullie uitgesproken, maar dat is bij dezen afgelopen en als ze me vragen, en dat zullen ze doen, waar de politie ergens is? Dan geef ik zo eerlijk mogelijk antwoord. Dan zeg ik dat ik een gesprek heb gehad met adjunct-commissaris Berkowitz, van wie ik wel moet aannemen dat hij sprak namens de chef recherche Manhattan Upshaw, namens chef recherche Mangold, namens hoofdcommissaris Patterson, en dat volgens deze adjunct-commissaris Berkowitz het officiële standpunt ten opzichte van media-aandacht voor de verhoging van de beloning, het officiële…'

'Goed, goed.' Berkowitz liet heel even zijn hoofd zakken, alsof hij snel een dutje deed, en kwam toen schouderophalend weer boven. 'Ik heb het begrepen.'

Vanuit zijn onderuitgezakte observatiepost aan de overkant van de straat zag Matty het hele verhaal zich in pantomime afspelen. Je moest het hem nageven, bedacht hij, de AC was een prof; speelde zijn kaarten, werd getroefd, veranderde van ploeg, en ging verder. Even later stapten ze allebei uit en gaven elkaar een hand, waarop Billy wegliep en Matty ineens een knoop in zijn maag voelde dat hij onder het oog van de AC recht naar zijn auto terug zou lopen. Hij voelde zich een idioot dat hij een hand voor zijn gezicht hield en zijn blik afwendde – en Billy kwam godbetert recht op de auto af, Matty bestierf het en Billy sloeg de allerlaatste hoek om voordat hij het portier zou openen, liep Attorney Street in en met genoeg tegenwoordigheid van geest om geen seconde recht naar Matty of de auto te kijken – en Matty vroeg zich af of er een element van wraak zat in de manier waarop dat bijna misging.

Een paar minuten later belde Berkowitz hem op zijn mobiel. 'Ja, moet je horen, we doen het. Ik moet een paar mensen bellen, de boel voorbereiden, vandaag gaat niet meer, laten we zeggen morgenmiddag een uur?'

'Ik waardeer dit bijzonder,' zei Matty terwijl hij op zoek naar Billy langzaam door Attorney Street reed. 'Zoals u wel gemerkt zult hebben, is het hem ernst.'

'Ja, dat voelde ik wel.'

'Hoe dan ook, bedankt.'

'Hij liep bijna recht terug naar je auto, hè?' zei Berkowitz vriendelijk.

Matty bevroor.

'Zorg nu maar dat de papierwinkel klopt.'

'Bedankt, baas.'

'Barst maar,' zei Berkowitz. 'Ik had hetzelfde gedaan.'

Toen hij Billy eindelijk op de hoek van Attorney en Rivington vond, maakte de blinde berengang waarmee hij liep pijnlijk duidelijk hoeveel de confrontatie met Berkowitz hem had gekost, en daarom riep Matty hem niet meteen en bleef hij naast hem rijden om hem tijd te geven om het te verwerken.

Vanaf het bewerken van de pers, het bijeenbrengen van het geld tot het trotseren van de hoge baas – Billy had zich een kampioen betoond, maar Matty wist dat de overwinning doorgestoken kaart was. Hij wist dat Billy nu zou ontdekken, als hij het niet al wist, dat hij, zelfs nu het best mogelijke resultaat was behaald, geen moment verlost zou worden van dat knagende gevoel van anticipatie dat hij de afgelopen paar dagen in zijn onderbuik had meegedragen, dat ongeacht wat er ging gebeuren, welke gerechtelijke straf er uiteindelijk ook werd opgelegd, wat voor herinnerings- of studiefondsen er ook werden ingesteld, wat voor nieuwe kinderen er in zijn leven zouden komen, hij in zichzelf altijd dat slopende gevoel van wachten zou meedragen. Wachten op rust in het hart, op het moment dat zijn zoon ophield met die flauwekul en terugkwam, op zijn eigen dood.

Matty volgde hem tot hij de hoek van Broome Street had gehaald en tikte toen eindelijk op de claxon, waarop Billy omkeek naar het geluid maar de auto, anderhalve meter bij hem vandaan, niet zag.

'Billy.'

Toen hij zijn naam hoorde, liep hij naar het rechterportier en boog zich het open raampje in.

'Wat je ook tegen hem hebt gezegd, broeder, je hebt het goed gedaan.'

'Ja?' Billy keek dwars door hem heen.

'Serieus.' Matty boog opzij en duwde voorzichtig het portier open. 'Je hebt het fantastisch gedaan.'

Toen Matty thuiskwam, vond hij een ingesproken boodschap van zijn ex dat de Andere binnen een paar dagen al naar hem toe zou komen en dat ze hem morgen zou bellen over de exacte tijd en met welke bus. Lindsay belde alleen naar zijn huis als ze hem niet aan de lijn wilde krijgen, anders belde ze zijn mobiel. Hij begreep waarom dit bericht hem op deze manier bereikte: ze wilde hem niet de kans geven terug te krabbelen.

Hij stond in zijn woonkamer en staarde naar de bankstel alsof het een puzzel was, en trok het toen uit tot een bed. Eenmaal uitgetrokken nam het de hele kamer, de hele flat in beslag. Aan de andere kant, wat had hij eigenlijk echt nodig? De keuken om koffie te zetten, het terras om hem op te drinken, en de slaapkamer. Hij keek niet eens naar de televisie.

Om elf uur die avond zat Gerard 'Mush' Mashburn, sinds drie weken vrij uit Rikers, geboeid achter in de taxi van Leefomgeving, met Geohagan naast zich en Daley en Lugo voorin.

Toen Daley de honkbalhandschoen die tussen het dashboard en de voorruit geklemd zat aantrok en afwezig in de flap begon te stompen, liet Mush zich horen: 'Daar moet je wat tungolie op doen.'

'Wat moet ik erop doen?'

'O, fuck.' Lugo grijnsde in de achteruitkijkspiegel. '*Field of Dreams* draait op de achterbank.'

'Ik kende een kortestop op school, die gebruikte spekvet,' zei Mush. 'Dat was nog eens een soepele handschoen.'

'Speel jij honkbal, Mush?' vroeg Geohagan.

'Vroeger. Linksveld, rechts, eerste honk, noem maar op, ik heb het gespeeld. In mijn derde jaar? Eervol vermeld in het district.'

'Toe maar. Welk district?'

'Chemung, in het noorden? En we hadden daar steengoede spelers.'

'Hoe beland je daarvandaan in dit?' Daley deed of hij een spuit zette.

Mush keek naar buiten en haalde zijn schouders op. Waarom vragen naar een waarom.

'Kom je anders voor Leefomgeving spelen?' vroeg Lugo. 'We komen dit jaar een paar goede hitters tekort.'

'Dat zou mooi zijn. Een ploeg maken van iedereen die je gepakt hebt,' zei Mush. 'Dan zet je de tasjesdieven rond het binnenveld, weet je wel, goeie handen, licht op de voeten, de zware jongens in het verreveld en, ja, een moordenaar achter de plaat, dan doen de slagmensen het in hun broek.'

De dienders keken elkaar vrolijk aan en duimden naar de grappenmaker achterin.

Mush zag het en kreeg de smaak te pakken. Het enige spoortje van benauwdheid dat je nog zag, was het onbewuste, herhaalde flikken van zijn tong.

'Als je maar wel zorgt dat de veldcoaches geen gebruikers zijn, weet je wel, want als de honklopers al dat gekrab en dat geknip proberen te begrijpen, weten ze niet of ze moeten schijten, pissen of hun horloge opwinden.'

De dienders zaten nu voluit te gieren, wipten op de stoelen van de pret.

'En de pitcher, dat kan een probleem worden. Laat me even nadenken...'

'Nee, nee, nee, die heb ik,' zei Lugo terwijl hij Mush weer probeerde aan te kijken in de spiegel. 'Weet je wie perfect zou zijn? Iemand die jij vanavond belt en die ons een wapen bezorgt.'

DE BRIEFING VOOR DE PERSCONFERENTIE werd gehouden in het kantoor van de inspecteur van wijk Acht, waar een stuk of twintig verslaggevers een uur voor het startschot op elkaar gepropt stonden om de basisregels aan te horen. De hoofdcommissaris wilde niets met deze ellende te maken hebben en had het afgeschoven op de chef recherche, die het had doorgeschoven naar de chef recherche Manhattan, die op zijn beurt adjunct-commissaris Berkowitz ermee had opgezadeld, en tot verbazing van Matty had die gezegd dat hij het zou doen met de bewering dat deze zaak hem niet meer losliet en dat hij zich persoonlijk inzette voor een afronding-door-arrestatie.

Billy noch Minette had zich tot dusverre laten zien.

'Oké, het komt hierop neer.' Berkowitz sprak vanaf zijn zitplaats op de hoek van het bureau van de inspecteur. 'We geven een overzicht van de details van de moord, kondigen aan dat de beloning verhoogd is en laten de vader van Ike Marcus een verklaring voorlezen.' Hij keek het stampvolle vertrek rond en negeerde de nu al opgestoken handen.

'Gezien dat dit een lopend onderzoek is, geven we geen info over de voortgang die we hebben geboekt of details over het onderzoek zelf. Mayer.'

'Gaat u iets zeggen over de aanhouding en vrijlating van Eric Cash?' vroeg Beck.

'Nee, blijf daar uit de buurt. We doen dit niet om een pak slaag te krijgen. We proberen tot een resultaat te komen.'

'Maar het komt erop neer dat er geen aanwijzingen zijn, toch?'
Berkowitz keek Beck strak aan. 'Zie boven.'

Terwijl de handen omhoog bleven gaan, verliet Matty onopvallend het vertrek en belde in de gang Billy's mobiele nummer. Hij kreeg de begroeting die Billy in de dagen voor de apocalyps had ingesproken, en nu schokkend opgewekt klonk.

Toen belde hij de Howard Johnson waar Billy blijkbaar nog was, maar de telefoon op zijn kamer lag van de haak, of was in gesprek.

Restte Minette's gsm, maar toen hij die belde nam Nina op, met een aarzelend, bang klinkend 'Hallo?'

'Hallo Nina, met Matty Clark, is je vader daar?'

Op de achtergrond hoorde hij Minette: '*Billy...*'

'Mijn vader?'

'Zijn jullie, zijn jullie in het motel?'

'Ja.'

'Billy, sta *op*.'

'Luister.' Matty begon te ijsberen. 'Zal ik daarheen komen?'

'Zult u, wat?' Het kind klonk alsof ze vanuit een schuttersputje belde en zwaar onder vuur lag.

'Zal...' Matty maakte de zin niet af; idioot dat hij het haar vroeg. 'Mag ik je moeder even spreken?'

'Mam...' De stem van Nina werd zwakker toen ze zich naar de kamer toe keerde. 'Matty van de politie.'

Matty van de politie.

'Ja, hallo.' Minette gehaast. 'We komen eraan.'

'Wil je dat ik...'

'Nee, we redden het wel.'

'Je haalt het...'

'Ik *zeg* het toch?'

'...op tijd?'

'Ja. Als ik *nu* die stomme telefoon kan neerleggen.' En ze hing op.

Eric werd wakker van de stem van een nieuwslezer op NY-1, afkomstig uit de televisie die boven het bed van zijn nieuwe buurman hing – een kolossale man van onduidelijke leeftijd en ras, wiens handen door de drugs van pols tot knokkels tot het formaat van catcherhandschoenen waren opgezwollen, zo erg dat de vingers als de worstjes in saucijzenbroodjes in de onderste zwelling verdwenen.

Op het tafeltje naast Erics bed stond een rieten mandje van Berkmann's, van Harry Steele, met daarin een assortiment Carr's koekjes, in een doek gewikkelde Buratta-kaas, een nashi-peer en een fles Sancerre, maar geen kurkentrekker. Op het kaartje stond Als ik wat kan doen. H.S.

Hij kon de afstandsbediening van de televisie boven zijn bed niet vinden en dus keek hij, terwijl hij wachtte tot hij ontslagen werd, naar die van zijn buurman.

Pal voor de deur van het bureau in Pitt Street was een lessenaar opgesteld, vanwaar kabels voor diverse microfoons en camera's als tentakels van een kwal het pand in liepen.

Daar stond Matty nu met Berkowitz, een commissaris van Voorlichting en een ezel met daarop de generieke roofdierschets van Eric Cash.

Het was twintig over een, er was nog steeds geen spoor van Billy te bekennen, en Matty was weer bezig iedereen mobiel te bellen.

Berkowitz liet even zien dat hij fronsend op zijn horloge keek en boog zich toen met een verwijtend-onderzoekende blik naar achteren. 'Wat bezielt die vent?'

De fotografen en verslaggevers, mobieltjes tegen de schouder geklemd, sigaretten in de mondhoek, begonnen intens onrustig te worden en er groeide een hele oogst aan lege koffiebekertjes uit de daken en motorkappen van de patrouillewagens en onopvallende personenwagens die schuin tegen de stoeprand geparkeerd stonden.

'Het is niet te geloven,' mopperde Berkowitz. 'Hebben jullie deze puinzooi samen bedacht, of jij in je eentje?'

Matty dacht niet dat er een antwoord van hem werd verwacht.

Een geboeide verdachte die achter de lessenaar naar binnen werd gebracht, struikelde over de kabels in de deuropening en viel plat op zijn gezicht. Toen hij overeind werd gehesen door de diender die hem had opgepakt, had hij een schram op zijn wang.

'Jullie hebben dat allemaal op film staan!' brulde hij tegen de pers. 'Jullie zijn allemaal getuige!'

De agent die hem opbracht, bukte zich naar de stoeprand, raapte de hoed van de man op en flapte hem weer op zijn hoofd.

'Hij kan doodvallen,' zei Berkowitz en boog zich naar de baard van microfoons op de katheder.

'Helaas is William Marcus, de vader van Isaac Marcus, voor urgente familiezaken weggeroepen, maar we hebben eerder vandaag met hem gesproken, en zijn familie heeft, in samenspraak met de politie van New York...'

En toen zag Matty hen, de Davidson-Marcus-clan, aan de overkant van Pitt en Delancey, op het moment dat ze, verward en een wilde blik in de ogen, als een veelkoppig woestijnmonster uit het halfduister onder de Williamsburg Bridge opdoken.

Billy stond achter de microfoons, tuurde naar de witte anjer van verfrommeld papier in zijn handen en zijn mond werkte wel, maar de woorden waren onsamenhangend.

'In samenspraak met...' Billy keek naar de verzamelde pers, hoestte, schakelde. 'Ieder leven...' en stopte om opnieuw te hoesten.

Minette boog zich naar Matty toe, fluisterde: 'Die kamer...'

'Mijn zoon...' Billy hoestte en bleef hoesten alsof hij erin ging blijven.

Ten slotte stapte een van de verslaggevers naar voren en gaf hem een fles water. Billy gebruikte de tijd om de dop eraf te schroeven om tot rust te komen.

'Mijn zoon, Ike, hield van deze stad.' Eindelijk concentreerde hij zich, met een woedende blik op zijn aantekeningen. 'En met name hield hij van de Lower East Side, zowel zijn voorouderlijk' – zonder op te kijken stak hij zijn hand uit in een elegante zwaai, alsof hij een koninkrijk aanduidde – 'en aangenomen thuis... In de bloei van die liefde... is hij in koelen bloede, zonder profijt neergeknald door opportunistisch, laagbewust schorem. Door opportu – Door laffe...'

Berkowitz, een sombere blik in zijn ogen en zijn handen gekruist op zijn riem, liet zich een tikje vooroverhangen om Matty aan te kijken.

Matty stak een hand uit en raakte Billy's arm aan; de man schrok van het contact, maar begreep de boodschap.

453

'Mijn zoon, Ike, hield van New York...'

Vanaf de basketbalvelden aan de overkant van de straat, bij de pluimveemarkt, klonk plotseling het grove, nergens op lettende geschreeuw van de meisjes die er speelden, en Billy sloot zijn ogen in een donkerrood aanlopend gezicht.

'Mijn zoon, Ike, hield van New York.' Zijn stem ging nu op en neer van razernij. 'En deze stad heeft hem verscheurd... Deze stad heeft bloed op zijn muil. Deze stad...' Billy slikte en liet toen zijn aantekeningen als zwerfvuil op de grond vallen.

'Wat is er voor nodig om hier te overleven? Wie overleeft hier? Wie al halfdood is? Wie bewusteloos is?'

Berkowitz wierp opnieuw een blik in Matty's richting.

'Overleef je hier door wat je *in* je hebt? Of door wat je *niet...*'

Matty maakte aanstalten om hem nog een keer aan te raken, maar Minette fluisterde: 'Laat hem begaan.'

'Is, is een *hart* een handicap? Onschuld? *Vreugde*? Mijn zoon...' Zijn mond vertrok zich krampachtig. 'Ik heb zo veel fouten gemaakt... Alstublieft...'

Hij keek naar de samenscholing. 'Wie dit gedaan heeft...'

'Rauw gedoe,' mompelde Berkowitz tegen Matty, een paar tellen nadat Billy in de omhelzing van zijn vrouw was gelopen. 'Maar hij is vergeten het geld te noemen.'

Eric zat helemaal aangekleed op de rand van zijn ziekenhuisbed, zijn ogen nog steeds gericht op de televisie van zijn buurman waar de rechtstreekse uitzending van de persconferentie al lang was afgelopen.

Er kwam een ziekenverzorgster binnen met een lege rolstoel.

'Je lijkt wel bedroefd dat je ons gaat verlaten,' zei ze.

'Wat?'

'Wat is het.' Ze schopte de voetensteunen voor hem naar beneden. 'Onze fantastische cuisine?'

'Vanavond niet, vriend,' teemde de buurman en koos een andere zender.

Binnen een uur nadat de persconferentie rechtstreeks op NY-1 was uitgezonden zaten Matty en de rest van het team gevangen achter stapels roze formulieren die in een constante stroom vanuit de centrale beneden naar boven werden gestuurd en door de rechercheurs snel werden verdeeld in Natrekken en Niet In Aanmerking Genomen, waarbij de tips die het onderzoeken waard waren ongeveer tien procent van het geheel uitmaakten, en de andere negentig procent afkomstig was van de gebruikelijke gestoorden, chronische aangevers en, zijn favorieten, de rekeningvereffenaars die aan kwamen zetten met ontrouwe vriendjes, ex-vriendjes, alimentatieverzuimers, lakse huisbazen en wanbetalende huurders; met verdachten van het verkeerde ras, de verkeerde sociale klasse, de verkeerde leeeftijd en uit de verkeerde buurt; met daders die woonden op Sutton Place, Central Park West, in Chappaqua, in Texas, in Alaska nu, tenminste, maar daar is hij alleen maar gestationeerd. En zoals altijd belden de Heren van het Openbaar Vervoer met tientallen gelijk: ik zag hem net nog bij mijn loket, in mijn metro, in mijn bus, in mijn taxi, in mijn lijnbusje, in mijn dromen; allemaal zonder uitzondering bestemd voor de stapel Niet in Aanmerking Genomen. Maar hoe kon je het NIAG noemen als er een oude vrouw uit Brooklyn Heights tussen zat die haar zoon aangaf die in Hawaï woonde maar hiervoor kon zijn overgevlogen, dat doet hij de hele tijd; als er een collect call tussen zat van een gedetineerde op Rikers Island die de rechter aangaf die hem had veroordeeld, en wilde weten of hij die 42 mille cash kon krijgen omdat hij geen bankrekening had; als er een politieagente uit Staten Island bij zat die haar vriendje, ook bij de politie, aangaf die net een andere politieagente met kind had geschopt.

Maar dan was er die andere tien procent, de stapel Natrekken, de onvermijdelijken: de beweringen van derden, mensen die belden dat een vent in Fort Lee, in Newark, in Bushwick, in Harlem, in Hempstead me heeft verteld, of ik heb hem horen zeggen dat hij het gedaan heeft, of weet wie het gedaan heeft, ja hij heeft een wapen maar ik heb geen verstand van wapens; of, nog beter, de beller die het kaliber goed heeft; maar zelfs met die telefoontjes wist niemand ooit de echte naam: Cranky, Stinkum, Half-Dead, House – zoals in zo groot als een...

De besten waren natuurlijk de jongens die ze al uit de buurt kenden, die belden met de naam van een andere jongen uit de buurt die ze ook al kenden; iemand met de juiste geschiedenis, iemand die vrienden had met de juiste geschiedenis; dinges uit de Lemlichs die hangt met die-en-die uit de Riis en die andere uit Lewis Street, en allemaal met de juiste achtergrond... Maar tot nu toe kregen ze nog niets binnen dat zo goed was.

'Ja, met Clark, recherche wijk Acht, met wie spreek ik?'
   'Wie wil dat weten?'
   Matty staarde naar de hoorn, 'Recherche...'
   'O, o ja, ik had gebeld over de beloning?'
   'Wat heb je.' Inwendig hing Matty al weer op.
   'Het gaat over die jongen, Lanny heet hij. Ik had hem horen op-scheppen dat hij die andere jongen had omgelegd sinds het nieuws op tv was.'
   'Ja? Heeft Lanny een wapen?'
   'Ja, uh-huh.'
   'Weet je welk kaliber?'
   'Ik geloof een .22.'
   Matty werd een tikje wakker. 'Waar ken je hem van?'
   'Hij zat in Otisville, met mijn broer. Hij is net vrij.'
   'Wie is net vrij.'
   'Lanny. Mijn broer zit nog vast.'
   'Juist. Waarvoor zat hij vast?'
   'Lanny of mijn broer?'
   'Lanny.'
   'Een gewapende overval op een jongen in Brooklyn.'
   Matty keek Yolonda aan; dit kon iets zijn.
   'Weet je waar hij nu is?'
   'In de badkamer.'
   'Als je zegt dat hij net vrij is, hoe lang is dat geleden?'
   'Vanochtend.'
   Matty liet zijn pen door de lucht zeilen.
   'Komen jullie nu?'
   Matty schreef het adres op. Kon geen kwaad. Dat soort types ken-den altijd andere types.

'Ik heb drie telefoontjes over ene Pogo uit Avenue D,' zei Mullins vanachter zijn roze stapel.

'Pogo uit D?' antwoordde Yolonda vanachter de hare. 'Die ken ik. Een drugsdealer, die gaat heus niemand beroven.'

'Barst maar,' zei Matty. 'Pik hem ook maar op.'

'Ho *shit*, daar is de nigger met het kinnetje!'

Iedereen die op de balustrade zat keek om naar Tristan die net naar buiten kwam en barstte in lachen uit.

Het was Big Bird, die terug was van die speciale school en nu audiëntie hield.

'Waar is je dingetje, man?' Big Bird wiegelde zijn vingers van het formaat hotdog onder zijn eigen sikje.

'Wat valt er te zien?' mompelde Tristan tegen niemand in het bijzonder. 'Jullie zien me elke dag.'

'Wat zei hij?'

'Zei hij iets?'

'Nu weten we tenminste waarom je dat stomme ding had laten staan,' zei Big Bird met een pijnlijk vertrokken gezicht.

'Maar niet waarom ik hem heb afgeschoren,' antwoordde Tristan zijns ondanks, maar zoals gewoonlijk hoorde niemand hem.

Big Bird Hastings, vorig jaar op Seward Park gekozen in New Yorks sterrenteam, zou voor zijn vijfde jaar op een privéschool in de buurt van Baltimore voor veelbelovende, laagalfabete honkballers moeten zitten; een instituut met mentoren waar je een stropdas moest dragen en de hele tijd moest praten over discipline en punctualiteit, maar er was daarginds iets gebeurd en Big Bird was niet alleen al na een maand weer terug in de stad, maar hij was ook nog in dienst gegaan.

'Maar dat is cool, joh,' zei Big Bird. 'Jij bent niet bang om te laten zien wie je bent. De meeste niggers hier komen het huis niet uit als ze zo'n litteken hebben. Dus jij bent een *hartvolle* nigger, man.' Big Bird tikte een langzame bovenhandse linkse op Tristans borst. 'Jij hebt *hart*.'

Slechts met de grootste moeite kon Tristan een brede grijns inhouden.

'Kom anders vanavond met ons mee.' Bird had het voor het oog van iedereen nog steeds tegen hem. 'Ik kwam gisteren een meisje tegen bij het rekruteringskantoor in de Bronx? Ze heeft een heel stel vriendinnen die ook tekenen en ze vroeg of ik niet een stel jongens wist om een feestje te bouwen, weet je wel, een laatste keer uit je dak voordat de pink op de naad van de broek gaat… Heb je zin?'

'Ja.' Tristan waagde er een glimlachje aan.

Dat met die meisjes klonk goed, maar dat Big Bird hem 'hartvol' had genoemd galmde als een kerkklok in zijn hoofd.

'Bird, heb je wel plek voor iedereen?' Little Dap tilde een hand op naar Birds Mercury Mountaineer met het kenteken uit Maryland die aan de stoeprand stond, en wierp toen een blik van bedekte haat in Tristans richting. Little Dap. Little Bitch.

'Voor Scar?' zei Bird met een hand op Tristans schouder. 'Reken maar van yes.' En hij liep naar zijn wagen.

'We starten om een uur of tien, alright?' riep hij achterom naar de balustrade, stapte in zijn Mountaineer uit Maryland en scheurde weg. Tristan keek hem na tot hij om de hoek verdween.

Scar.

'Die Steak Lips,' vroeg Matty, met zo langzamerhand een permanente rode halvemaan op zijn voorhoofd van het leunen op zijn hand. 'Heeft hij een vuurwapen?'

Hij praatte met de derde van drie mensen die hadden gebeld over een zekere Steak Lips in White Plains, die allemaal min of meer hetzelfde verhaal vertelden.

'Ja.'

'Wat voor?'

'Weet ik niet. Een wapen.'

'Waar woont Steak Lips.'

'Bij zijn tante.'

'En die woont.'

'Ze is verhuisd.'

'Maar in White Plains?'

'Zou kunnen.'

'Goed, ik ga het een en ander uitzoeken. Ik bel terug.'

Matty stond op het punt om Steak Lips in de database van de stad in te toetsen, in de hoop dat ze er een in het systeem hadden, want anders kregen ze te maken met een lokale Steak Lips en dan werd het een tocht naar White Plains om contact te leggen met de plaatselijke politie en hun foto van Steak Lips op te halen om aan de drie bellers voor te leggen zodat iedereen op een lijn zat over welke dezelfde Steak Lips het precies ging. Matty wilde dat net doen, toen Eric Cash de zaal binnen kwam lopen en alles op losse schroeven zette.

Hij liep recht op Matty's bureau af. 'Wat moet ik doen.'

'Waar is je advocaat?' vroeg Matty rustig.

'Laat mijn advocaat maar zitten.'

'Wat is er met je gebeurd?'

Zijn gezicht was een puinhoop.

'Nee, alsjeblieft,' zei Cash. 'Wat moet ik doen.'

De eerste stap was hem hun opsporingsverzoeken te laten zien, hun beste kandidaten en hij bekeek de vijfentwintig gezichten zo gretig alsof hij op zoek was naar liefde, maar het leverde niets op, wat niemand verbaasde.

'Oké, luister,' zei Matty vanaf de rand van het bureau van de inspecteur. 'Wat we nu moeten doen, is met jou die hele avond opnieuw afwerken.'

'Dat heb ik gedaan.'

'Oké, maar deze keer is het verschil?' Yolonda schoof dichter naar hem toe. 'En ik schaam me dat ik het moet toegeven, maar deze keer luisteren we met andere oren.'

Twee uur lang lieten ze Eric alles wat er die avond was gebeurd opnieuw vertellen: iedere bar, iedere ontmoeting, ieder gesprek met derden, en eenmaal aangekomen bij de laatste, finale ontmoeting, werden hun vragen ondraaglijk minutieus; onder welke hoek waren ze Eldridge Street 27 genaderd, stonden ze ten opzichte van elkaar, van de daders; hoe was het licht, wie stond waar, wie stond voor wie; iedere flard van gelaatstrekken, van houding, kapsels, kleding; iedere flard van wat er was gezegd , door hen, door de daders, in welke volgorde. Hij zei dit, toen zei Ike dat en toen zei hij dit? Want de eerste keer heb je ons verteld... Iedere inconsistent element in Erics verhaal werd zo vriendelijk als maar kon aangestipt, ondersteund door de hernieuwde verzekering dat hij nu een onaantastbare getuige was, geen verdachte; nog even terug naar het licht, onder welke hoek viel het, en op wie, en op het wapen; het spijt ons, maar nog even: hoe wist je dat het een .22 was? Vervolgens het vluchtpatroon, in welke richting, vluchtten ze samen of splitsten ze zich, renden ze of liepen ze, waren er anderen, voertuigen, voorbijgangers ... Twee uur zonder dat er meer uitkwam dan wat hij hun de eerste keer had gegeven en ze zagen er alledrie uit als door de mangel gehaald.

'Goed.' Matty rekte zich uit. 'Ik geloof dat ik nu die schets van je eens nader wil bekijken.'

'Ik moet eerlijk zeggen,' zei Eric, terwijl hij zachtjes over zijn gebroken jukbeen wreef, 'dat ik hem eerder herken dan dat ik hem uitteken.'

'Niettemin,' zei Matty. En toen: 'Wil je eerst iets eten?'

'Doe het nu maar,' zei Eric en liet zijn hoofd in zijn over elkaar geslagen armen zakken.

Yolonda schoot toe om zijn schouders te kneden. 'Mijn god,' zei ze. 'Het lijkt wel of je daar golfballen hebt zitten.'

Toen de portrettekenaar, met een schets onder zijn arm die amper verschilde van degene waarmee hij twee uur eerder was gearriveerd, de deur van het kantoor van de inspecteur achter zich dichttrok, keek Matty Yolonda met onbewogen teleurstelling aan en legde toen geheel tegen zijn aard zelf een troostende hand op de wazig-kijkende, in elkaar geramde getuige. 'Goed, Eric. Dank voor je komst. Ik weet dat we het je niet echt makkelijk hebben gemaakt.'

'Is dat alles?'

'Het is al veel,' zei Yolonda. 'We gaan morgen verder.'

'Anders kunnen we naar de plek gaan,' zei Eric. 'Ik wil best. Misschien maakt het iets wakker.'

'Ga je ons vertellen hoe we ons werk moeten doen?' vroeg Yolonda vriendelijk.

'Nee, nee, nee.' Eric stak zijn hand naar haar uit. 'Het is maar een voorstel.'

'Eric,' zei Matty. 'Ze houdt je voor de gek.'

'Ze zit wat?'

'Ik haal de spanning weg,' zei Yolonda. 'Wil je daarheen? Dan gaan we.'

Het duurde twintig minuten om de autosleutels te vinden die niet op het bord hingen zoals wel de bedoeling was en toen nog twintig voordat ze auto hadden, die niet geparkeerd stond waar hij hoorde. Eldridge Street 27 was tien minuten lopen vanaf het bureau, maar behalve bij hoge uitzondering ging niemand ooit te voet ergens heen.

Toen Yolonda het linkerportier open wilde trekken, kwam Eric naast haar staan en zei dringend in haar oor: 'Mag ik alleen met jou mee? Alleen maar in de auto.'

'Waarom?'

'Of anders te voet. Maakt niet uit.'

'Ja, maar waarom?'

'Ik moet je iets vertellen.' Zijn ogen waren rood, alsof hij bij een brand had staan kijken.

Om Eric niet in verlegenheid te brengen door mee te luisteren, ging Matty te voet op weg, alsof hij dat al die tijd van plan was geweest, en gebaarde dat zij de auto konden nemen. 'Ik zie jullie daarginds wel.'

Eric begon al voordat Yolonda het sleuteltje in het contact had kunnen steken. 'Ik wil dat je weet dat ik niet zo ben als je denkt.'

'Ik denk dat je het niet makkelijk had,' zei ze, achteruitrijdend.

'Ik was een tor.'

'Hoezo, een tor.' Yolonda nam de langere route om Eric de tijd te geven.

'Je hebt die dag een tor van me gemaakt.'

'Ja, Matty ging op dat moment voor goud, toen hij zo over je heen viel maar je moet wel begrijpen…' Ze zwaaide naar een patrouillewagen.

'Nee.' Erics stem begon te trillen. 'Jij. Met die ene vraag.'

Yolonda draaide zich naar hem toe.

'Je vroeg me waarom, waarom ik, na een dag lang met jullie praten over wat er was gebeurd, uren en uren van doornemen en herhalen

461

en telkens weer vertellen, niet een enkele keer had gevraagd hoe het met Ike ging, of zelfs maar of hij nog leefde.'

'Wauw.'

Ze stopte drie straten bij de plaats delict vandaan en trok de handrem aan. Dit kon wel even gaan duren.

'En ik had dat niet gedaan. Ik had het niet gedaan omdat ik zo bang was voor jullie tweeën in die kamer; ik was zo druk bezig met overleven dat het me ontschoot. Kun je je dat voorstellen? Dat je zo wordt? Wat ben je voor mens dat je een ander leven gewoon maar geestelijk wegdrukt? Voorbijgaat aan het meest fundamentele... Een paar uur met jullie tweeën en ik was veranderd in een tor. Maar *ik* veranderde, begrijp je wat ik wil zeggen? Zonder mij had je het nooit gekund. Je bracht het alleen maar aan het oppervlak. Ik bedoel, wat die dader begonnen was, maakte jij af, maar het zat al *in* me, weet je? Begrijp je dat?'

'Huh.'

'Dus toen jullie me eindelijk de boeien omdeden? Dat was niets. Een peulenschil. Drie uur, drie jaar, op dat moment voelde het terecht.'

'Ja,' zei Yolonda. 'Sorry.'

'Maar ik ben zo veel beter dan dat.'

'Oké.'

'Ik ben zo veel beter dan wat ik ooit gedaan heb.'

'Ik snap het.'

'Ik wil dat je dat weet.'

'Absoluut.'

'En dat *ik* het weet.'

'Je moet jezelf niet zo hard afvallen, weet je?'

Eric huilde in zijn handen.

'Je bent een goeie vent, oké?' En ze draaide het verkeer weer in.

Matty wachtte hen op voor de deur van nummer 27, waar van het gedenkteken nu niets meer restte dan de flarden fladderend krantenpapier waarop Willie Bosket hen woedend, alsof hij door zijn eigen beeltenis heen keek, aanstaarde.

Toen ze uitstapten keek Matty naar Yolonda: Waar ging dat over?'

Yolonda haalde haar schouders op.

'Het was niet zijn bedoeling,' zei Eric binnen een minuut nadat ze waren aangekomen.

'Wie zijn bedoeling niet.'

'De jongen met het wapen.'

Matty en Yolonda keken elkaar aan, Eric werd in beslag genomen door wat hij in zijn herinnering zag.

'De jongen met de .22. Ike bewoog in zijn richting en hij drukte gewoon af. Toen boog hij naar voren, zo van' – Eric hing naar voren, deed zijn ogen dicht – "oh," of "oh, shit!" De andere, die zonder wapen, greep hem beet en zei: "Go!" En ze waren verdwenen.'

'In welke richting.'

'De stad in.'

'Eric, ik probeer je niet ergens op te betrappen maar aanvankelijk zei je naar het oosten.'

'Nee. De stad in.'

Dus, Lemlich.

'Die met de .22 zei: "Oh." De andere zei: "Go," en ze smeerden hem.'

'Zeiden ze nog iets anders?'

'Nee. Niet dat… Nee.'

'De schutter buigt zich voorover na het schot, valt er licht op zijn gezicht?'

'Misschien. Ik weet niet…'

'Doe je ogen dicht en zie het.'

'Een wolf. Ik weet dat ik dat al eerder heb gezegd, maar…'

'Haar?'

'Een sikje. Dat heb ik ook meteen al gezegd. Dat weet ik vrij zeker, een sikje.'

'Hoe is hij geknipt?'

'Kort, vrij kort.'

'Sluik, krullend, afro …'

'Geen afro, misschien krullend. Ik weet niet…'

'Ogen?'

'Nee… Ik had geen zin om hem zo aan te kijken. In zijn ogen…'

'Soms doe je het toch, terwijl je het niet wilt.'

'Nee.'

'Littekens?'

'Ik weet niet…'

'Hoe oud.'

'Negentien? Begin twintig? Het spijt me, al je aandacht gaat naar het wapen.'

'Logisch.'

'Wacht. Het kan dat hij een litteken had.'

'Wat bedoel je met "het kan"?'

'Hij had iets van een witte glans onder het sikje.'

'Een witte glans…'

'Ik weet het niet. Iets van een kale streep in de haren? Ik weet het niet, misschien. Het kan gewoon het licht zijn geweest, de straatverlichting, ik weet het niet.'

'Een kale streep?' Yolonda keek Matty aan, die het opkrabbelde.

'Ben ik… Is dit nuttig?'

'Jazeker,' zei Yolonda en Matty knikte instemmend; Eric verpletterd door het ontbreken van spanning, door de beleefdheid.

Na nog twintig minuten 'Misschiens' en 'Ik weet het niet zekers', ging de voordeur van het aangrenzend pand open en kwam Steven Boulware naar buiten, en keek, met een rugzak over een schouder, vanaf de buitentrap op hen neer.

'Hallo.' Een glimlach op zijn gezicht terwijl hij de afbrokkelende stenen treden afdaalde. 'Hoe gaat het?'

'We zijn er nog niet uit,' zei Yolonda.

'Ja.' Boulware, handen in de zij, keek fronsend naar het trottoir. 'Het is, ik kan geen… Het is een nachtmerrie, zonder dat je slaapt.'

'Is er ooit nog iets losgekomen?' vroeg Yolonda. 'Iets waarmee je ons kunt helpen?'

'Was het maar zo. Ik zou bijna dingen verzinnen als het nut had.'

'Ga je op trektocht?' Matty knikte naar de rugzak.

'O nee, nee.' Hij gaf het nog een moment van reflectie. 'Een auditie, iets voor televisie. Het was wel vergeefs zijn…'

'Vergeefs?' flapte Eric eruit.

Boulware hield zijn hoofd schuin en keek door halfdichte ogen naar Eric, alsof die enigszins verwarrend was, terwijl Matty en Yolonda van de een naar de ander keken om te zien wat er boven zou komen drijven.

'Maar' – Boulware schokschouderde zijn rugzak hoger – 'niet geschoten is nooit raak, weet je wel? Dus…'

Hij gaf de dienders een hand en liep weg in de richting van Delancey. Eric staarde hem na en keek toen naar de hemel, naar de
goden.

'Zal ik eens wat zeggen?' zei Matty. 'Ik vind het mooi geweest voor
vandaag.'

'Stoppen we ermee?'

'Zou je morgen terug willen komen en nog wat series foto's bekijken?'

'Waarom nu niet?'

'Weet je wat het met nu is?' viel Yolonda in. 'Je raakt gewoon zo
snel doorgedraaid als je te veel op een dag op je nek krijgt. Helemaal
met politiefoto's.'

'Het gaat dus wel om honderden gezichten,' zei Matty. 'Je zit al
snel te staren en eer je het weet is de schurk onder je neus voorbijge-
komen.'

'Ik ben zo fris als een limoen,' kraste Eric. 'We doen het nu.'

Terwijl ze op de terugweg naar het bureau voor een stoplicht stonden, zagen ze Boulware die, terwijl zijn taxi bij de stoeprand op de
hoek van Delancey en Essex op hem wachtte, een huilende jonge
vrouw troostend over het laagste stukje van haar rug streelde.

Yolonda draaide zich naar Eric toe en legde een hand op zijn arm.
'Als ik met pensioen ga, wil ik een boek schrijven,' zei ze. 'Als goede
dingen overkomen aan slechte mensen,' en ze boog achterover om
in zijn ogen te kijken. 'Weet je wat ik bedoel?'

'Dank je wel,' zei Eric, amper in staat om de woorden te uiten.

Scar
'De kop
Valt niemand op
De man het plan
Het wapen in de hand
Niemand weet ervan
Maar zo is het beter

Ga weg en speel
Zo blijf je heel'

Tristan hoorde hoe de leunstoel in de woonkamer in positie werd
gesleept, hij hoorde de herkenningsmelodie van de Yankees inzet-
ten, wat betekende dat het ongeveer halfacht was, wat betekende dat
zijn ex-stiefvader tegen kwart over negen, halftien op zijn laatst bewusteloos zou zijn. Perfect.

'Scar scar
Stap in de kar
Het is vlakbij
Maar ik breng je ver'

Nog tweeëneenhalf uur te gaan.

Ze wisten meteen dat het niets zou worden met de fotomonitor: Eric
keek te ingespannen, zat ineengedoken, zijn mond een gapend gat,
en wilde de schutter of zijn partner zo graag identificeren dat hij
uren deed over iedere serie van zes man en ieder gezicht bestudeerde
alsof zijn verlossing besloten lag in de halfdode ogen van de een of de
net kapotgeslagen lip van de ander.

Met zijn huidige tempo van kijken, berekende Matty dat het hem
elf uur zou kosten om alles door te werken.

Na drie kwartier zag hij een gezicht waarvan hij bijna van zijn stoel
sprong: Milton Barnes, een eenentwintigjarige, bologige harde jongen uit de Lemlichs.

'Wat.' Yolonda vergrootte de afbeelding.

'Nee,' zei Eric sneller dan hij tot nu toe nee had gezegd.

'Weet je het zeker?'

Matty kwam naar het bureau toe. 'Hammerhead.'

'Nee. Hij leek alleen op… laat maar.' Eric streek met een trillende
vinger over zijn voorhoofd.

'Je hebt ons nooit verteld wie je in elkaar geslagen heeft.'

'Nee, nee…' Eric richtte zijn kin naar het scherm. 'Ga door.'

Matty kwam terug bij zijn bureau en maakte een notitie om Hammerhead op te pakken voor een confrontatie, al zou het niet meevallen nog vijf figuren met zulke slinkse koppen te vinden.

'Wil je je ogen even rust geven?' bood Yolonda aan.

Eric keek niet eens op van het scherm om haar antwoord te geven.

'Niet echt.'

In de loop van het volgende uur keek Yolonda op gezette tijden in Matty's richting, totdat hij haar eindelijk het sein gaf om het Moment van de Waarheid-setje op het scherm te laten verschijnen. Tien minuten later was het afgelopen, de monitor werd zwart en Yolonda draaide Erics stoel naar zich toe.

'Eric, dat is het voor vandaag.'

'Waarom?'

'Je bent kapot.'

'Niet waar.'

'We waarderen je inzet, maar je kunt niet meer. We gaan morgen verder waar we gestopt zijn.'

'Ik snap het niet, jullie zitten me wekenlang op mijn nek om te komen helpen en als ik dat eindelijk doe, wat, sturen jullie me naar huis?'

'Ik zal je iets laten zien.' Yolonda toetste de code in voor een set portretten en keek naar hem, achteroverleunend en met haar hand voor haar mond, een gebaar dat benadrukte hoe groot haar ogen waren.

Toen de zes gezichten van het Moment van de Waarheid op de monitor verschenen, keek Eric naar het scherm en deinsde toen verward achteruit.

'Moet dit een grap voorstellen?'

Op de monitor stonden de als politiefoto's gemonteerde portretten van Jay-Z, John Leguizamo, Antonio Banderas, Huey Newton, Jermaine Jackson en Marc Anthony.

'Wat is dit?'

'Dit is een set die je vijf minuten geleden hebt bekeken en waarvan je niets hebt gezegd.'

'Wat? Nee.'

'Ja.'

'Dat is ongelooflijk racistisch,' zei hij wanhopig.

'Niet echt,' zei ze zonder nadruk. 'We hebben ook een blanke versie.'

'Eric, ga naar huis,' zei Matty. 'We gaan morgen weer verder.'

'Zal ik je eens iets zeggen?' Matty zat, tien minuten nadat Eric vertrokken was, op de rand van Yolonda's bureau. 'Volgens mij heeft die vent ons vanaf het eerste begin alles eerlijker verteld dan hij zelf weet. Volgens mij heeft hij geen ruk gezien. En ik zal je nog iets zeggen. Als wij ooit de mazzel hebben dat we deze jongen pakken? Dan komt Eric Cash niet in de buurt van de confrontatie. Want hij verknalt het voor ons door de verkeerde aan te wijzen.' Matty klopte met een knokkel op het lege scherm van de fotomanager. 'Ik meen het, Yoli; hij is onbruikbaar.'

Om kwart voor tien was het, omdat het spel in Boston godbetert halverwege de wedstrijd wegens regen was stilgelegd, in plaats van tweede helft negende inning of daaromtrent pas de eerste helft van de zesde. Maar zesde inning of negende, zijn ex-stiefvader had evengoed lang genoeg voor de buis gezeten om buiten westen te raken, en toen Tristan om de hoek van de slaapkamerdeur gluurde zag hij dat de man zijn ogen dicht had. Maar hij had iets over zich, de nietgerimpelde oogleden, het ontbreken van de gebruikelijke slaapgeluiden, waardoor Tristan wist dat hij deed alsof, dat hij wachtte tot Tristan zich in de gevarenzone van de stoel en de televisie tot aan de voordeur zou wagen, dat hij op een moment als dit had gewacht sinds Tristan hem vorige week had geslagen, en hij kreeg het zo benauwd van deze nieuwe tactiek dat hij, ondanks zijn overwinning in de slagenwisseling, weer niet de moed kon opbrengen om te gaan en dus in de slaapkamer wachtte tot in de achtste inning het gesnurk begon. Maar toen hij uiteindelijk tegen half elf beneden was, was Big Bird al met de rest vertrokken om in de Bronx feest te vieren, en waren de straten dood.

Matty zat aan de telefoon met een melding van horen zeggen uit de stapel Natrekken, afkomstig van de bejaarde zwarte eigenaar van een snoepwinkel bij de Red Hook Houses in Brooklyn die beweerde dat hij die ochtend een jonge vrouw iets had horen zeggen over de beloning en hoe zwaar ze omwille van haar kinderen in de verleiding was, maar dat je het beter niet kon doen als je geloofde dat je altijd alles betaald gezet kreeg.

'Kent u haar?'

'Ik ken haar stem,' zei de man.

'Kunt u haar beschrijven?'

'Ze had een diepe stem, met wat ik een karamel-toon zou noemen, met een Puerto Ricaanse tongval, en ze praatte tegen een Afro-Amerikaanse vrouw met een beugel die slissende speekselgeluiden maakte.'

Matty deed zijn ogen dicht en dutte drie seconden in.

'En haar uiterlijk?

'De Puerto Ricaanse klonk nogal petite, de zwarte te zwaar.'

'Klonk?'

'Ik ben blind, jongen.'

Tristan ging terug naar boven, liep tussen de stoel en de tv door, waar Joe Torre met een gezicht als een doodbidder zijn commentaar op de wedstrijd gaf en haalde zonder de kleintjes wakker te maken de .22 onder zijn matras vandaan. Hij kwam de woonkamer weer in, ging achter de stoel staan en richtte het wapen op de snurkende, voorovergezakte schedel.

Hij wist niet eens of er nog kogels in het wapen zaten en had niet echt de moed om het uit te zoeken, stond alleen maar te experimenteren met de weerstand van de trekker en glazig naar de tv te staren, terwijl de mond van de loop de hoofdhuid van zijn ex-stiefvader bijna raakte.

Derek Jeter kwam in beeld, toen een spotje voor *Survivor: Komodo Island* en toen een voor de nieuwe, kleinere Hummer, en toen het nieuws van elf uur.

Gehypnotiseerd door de televisie was hij alle besef van tijd verloren en dus wist hij niet hoe lang de vrouw daar al had gestaan, maar daar stond ze, aan de andere kant van de eettafel, te kijken hoe hij het wapen tegen het achterhoofd van haar man hield. Ze staarden zwijgend naar elkaar, de vrouw uitdrukkingsloos, Tristan niet in staat het wapen te laten zakken, en toen liep ze zonder een woord te zeggen terug naar haar slaapkamer en deed de deur zachtjes achter zich dicht. Zo bang als nu was Tristan sinds die avond niet meer geweest; het was nu zelfs nog erger, hij kon zich amper bewegen, en toen produceerde zijn ex-stiefvader een abrupte, luidruchtige snurk en Tristan, geschrokken, haalde de trekker over. De hamer klikte op een lege kamer.

Nog steeds denkend aan het onaangedane gezicht van de vrouw, ging Tristan terug naar zijn slaapkamer en trok, net zoals zij had gedaan, de deur zachtjes achter zich dicht.

De volgepakte Mercury Mountaineer met het Maryland-kenteken ging met een ruk naar de kant in Clinton Street zodat hij de smalle straat blokkeerde en Lugo vol in de remmen moest. De bestuurder boog zich vervolgens voor zijn passagier langs om het raampje aan de trottoirkant omlaag te draaien en drie meisjes te proberen te versieren die op een trap zatten.

Lugo tikte op zijn claxon. 'Kom op, doorrijden Humpy.'

Zonder op te kijken van de meisjes gaf de bestuurder hem via de achteruitkijkspiegel het gestrekte-vinger-gebaar, en ging door met zijn wervende praat.

'Nee, hè?' zei Lugo tegen Daley, Scharf en Geohagan, en zette het jammerlicht op het dak van de taxi.

Omdat ze onder Little Daps stoel drie kleverige propjes wiet hadden aangetroffen, stonden Lugo en Daley bij het kopieerapparaat de inhoud van zijn portefeuille te kopiëren terwijl de jongen vanuit de minuscule cel toekeek.

'De vorige politie zei dat je met alles onder de tien dollar vrijuit gaat.'

'Je meent het,' zei Daley.

'En dat was politie die dat zei.'

'Wat is dit?' Lugo hield een zwaar-verkreukelde, nooit-geïncasseerde cheque op.

'Wat.' Little Dap tuurde met halfdichte ogen tussen de tralies door.

'Dit.'

'Hah?'

'Wie moet jij in godsnaam kennen in Traverse City, Michigan?'

'In waar? O ja. Die heb ik van een vent gekregen. Iemand die ik tegenkwam.'

'Wat voor vent. Hoe heet hij. En niet lullen, zijn naam staat op de cheque.'

Lugo hield de cheque nu verborgen, alsof ze aan het gokken waren op het nummer van een dollarbiljet.

'Aw man, dat weet ik toch niet meer.'

'Oké... Dan weet ik wat,' viel Daley in. 'Waar staat Traverse City om bekend? Als jullie zulke dikke maatjes zijn, heeft hij je dat verteld. Als Traversiaan zal hij daar zeer trots op zijn.'

'Weet ik veel. Wat.'

'Het is de kersenhoofdstad van de Verenigde Staten, knurft, en volgens mij is het enige wat je van die vent weet dat je hem hebt geript. Morgenochtend vroeg gaan we bellen en jij staat lekker af te koelen terwijl we dat doen. En als blijkt dat ik gelijk heb? Dan hebben we het over interstatelijk vervolgbaar.'

'Ai, ai,' zei Lugo.

'Wat?'

'Het overschrijden van de staatsgrens bij het plegen van een misdrijf.'

'Ik ben geen grens over geweest.'

'Je slachtoffer wel.'

'Ik heb hem niet gezegd dat hij hier moest komen.' Little Dap knipperde als een schip in de mist.

'Dus hij was je slachtoffer, ja?'

'Wat? Nee, dat heb ik niet gezegd.'

'Hallo, als jij iemand van buiten de stad ript? Dat is een richtlijnmisdrijf.'

'Een wat?'

'Klassiek geval van richtlijnmisdrijf.'

'Komt nog bij dat de hele wijk historisch stadsgezicht is.' Lugo friste Daleys geheugen op. 'En dat geeft...'

'Pre-tenlastelegging.'

'Ofwel federaal.'

'En federaal…'

'Betekent federale straf.'

'Rot op! Het is alleen maar een cheque, niet eens geïnd!'

'De FBI neemt deze jongen gewoon mee.'

'Die eikels: iedereen is Bin Laden voor die lui. Naar ons luisteren ze niet.'

'Ik voel me niet lekker,' brabbelde Little Dap.

'Dat meen je niet.'

'Waar ben ik?'

'Een paar centimeter bij maximale beveiliging vandaan.'

'En als ik jullie een wapen bezorg?'

'Hé, dat is onze tekst.'

'Jullie willen altijd een wapen.'

'We zijn een en al oor.'

'Shit… En als ik jullie de schutter van die witte jongen bezorg?'

'Een en al oor, broeder.'

'Maar dan moet ik eerst wel een stuk vrijwaring hebben. Je weet wel, de eerste die praat krijgt een deal. Zoals jullie dat doen.'

'Een en al oor.'

Lugo belde Matty een uur later wakker.

'En aan het eind zegt hij tegen ons: "Ik wil vrijwaring."'

'En jij zei…'

'We zullen zien wat we kunnen doen, maar om te beginnen ga jij een heleboel C- en B-complex slikken.'

'Mooi.' Matty stond op en wreef over zijn gezicht.

Hij stond niet echt te springen, maar toch…

'Hoe dan ook, dat is wat die knul zegt, maar wie zal het zeggen.'

'Goed, ik ben er over een paar minuten.' Daarna, terwijl hij zijn overhemd pakte: 'Wat is hij: hard, zacht?'

'Boter.'

NA ZES UUR HERHALEN en nog eens herhalen, stond het verhaal van Arvin 'Little Dap' Williams nog steeds overeind. Hij wist Tristans achternaam niet, maar wel waar hij woonde en tegen de tijd dat Yolonda de volgende morgen binnenkwam, had Matty alle gegevens al bij Huisvesting opgevraagd.

Een uur later, terwijl Mullins en Iacone verderop verdekt op de overloop stonden, fluisterde Matty terwijl hij aanklopte tegen Yolonda: 'Weet je zeker dat je hem niet nog even onder vier ogen moed wilt inpraten?'

'Ik sleur dat klotejoch met plezier aan zijn haren naar buiten,' zei ze tussen haar tanden.

Matty klopte nog een keer en een vrouw met gele Playtex keukenhandschoenen aan keek door de spleet die de deurketting openliet en deed open toen ze de legitimatie zag.

'We willen Tristan even spreken,' zei Yolonda. 'Niet omdat hij iets heeft gedaan, of zo.'

'Tristan?' Haar gezicht rimpelde van angst terwijl ze onwillekeurig naar een slaapkamerdeur keek. 'U kunt beter wachten tot mijn man thuis is.'

'We zijn zo weg,' zei Yolonda.

Ze lieten Iacone in de woonkamer achter, en Matty, Yolonda en Mullins liepen langs twee kleine kinderen die rustig televisie zaten te kijken naar de slaapkamer, waar Matty de vrouw opzijduwde voordat hij de deur opende.

Tristan zat op het voeteneinde van het bed over zijn spiraalblok, zijn beatboek heen gebogen en keek door halfdichte ogen afwisselend naar de Huisregels van zijn ex-stiefvader en naar zijn gedichten.

'Regels van zotten bestemd voor zolen
Blijf met je poten van mijn drank
Drugs zijn beter maken je zieker
Bloed stroomt kwieker
over straat
waar wij de elite
genieten
van wat jij mietje
wil dat wij doen
nog geen zoen,
ik ben een rover een doder
dus wees je bewust
van de rust
die ik ken'

Er vielen schaduwen over de bladzijde, Tristan keek op en zag de drie rechercheurs boven hem uit torenen.

'Zeg je wat niet mag?'

'Wil je even opstaan?'
'Wacht even.' Tristan zat nog steeds met gebogen hoofd te schrijven en gebaarde hun te wachten.

'Zeg maar gedag
Dit is een gloednieuwe dag'

De handen die zijn bovenarmen beetpakten, tilden hem als een kind op en het schrijfblok gleed op de grond.

Het was twaalf uur 's middags en Eric probeerde zich te herinneren hoe je uit bed kwam. Het leek niemand op dit moment iets te kunnen schelen of hij een stuk uitschot was of niet, en hij ging er totaal aan kapot.

Het onverschillige koor in zijn hoofd bestond uit, onder anderen, de vader van Ike Marcus, die twee rechercheurs en Bree.

Vreemd genoeg bevond Ike Marcus zelf zich niet onder hen; hoogstwaarschijnlijk omdat hij was gestorven zonder te weten wat Eric al dan niet voor hem ging doen, al zouden ze dat snel genoeg ergens inhalen.

Er was geen slachtofferhulp, geen klachtencommissie, geen verlossingscentrum.

En toen zag hij de mand van Harry Steele.

Eric zat aan het granieten keukeneiland in het veelkleurige licht van de davidster van glas-in-lood.

'Ik hoor dat je Danny Fein hebt ontslagen,' zei Steele.

'Ik had hem niet meer nodig.' Eric keek een andere kant op; zijn knieschijven pompten onder de tafel. Na een half leven in dienst van Harry Steele, was hij nog steeds nerveus als hij buiten een restaurant met hem alleen was.

'Oké.'

Eric nam een teugje van zijn koude koffie en staarde toen in het bezinksel alsof er iets in te lezen viel.

'Wat,' zei Steele.

'Wat?'

Steele ademde door zijn neus en zijn rusteloze blik gleed, beoordelend, opnieuw inrichtend door de ruimte. 'Is er nog iets?'

Met een begin van natte druppels in zijn ooghoeken, waagde Eric de sprong.

'Ik ben een dief.'

'Jij bent een dief.'

De stilte viel weer in, benadrukt door het tikken van een onzichtbare klok.

'Ik room een percentage van de fooienpot af, een of twee keer per week, in totaal iets van tienduizend per jaar over ongeveer de afgelopen vijf jaar. Ik bedonder iedereen. Obers, de bar, hulpkelners, runners. En jou. Iets van tienduizend. Elk jaar.'

'Je meent het,' zei Steele.

Eric reageerde niet.

'Tien.'

'Ja.'

'Ik had je op iets van twintig ingeschat.'

'Wat? Nee.'

'Waarom vertel je me dit?'

'Waarom?'

'Je hoort je mond te houden.'

'Wat?'

'Iedereen steelt van me. Alleen komt niet iedereen aan mijn kop zeiken dat ze het doen.' Toen, hoofdschuddend: 'Tien.'

'Ja.'

'Vergeleken met alle anderen? De bar? De keuken?'

Dit verliep niet zoals Eric zich had voorgesteld.

'Wat is precies je probleem?' vroeg Steele.

'Mijn probleem?'

'Wat, heb je last van je geweten? En wat moet ik dan nu doen. Je ontslaan, voor de rechter slepen, een aanklacht indienen, wat...'

'Ik wil je terugbetalen,' zei Eric instinctief.

'Mij niet. Je hebt het over de fooienpot. Je zult de hulpkelners uit al die jaren moeten opsporen, al die serveersters van drie weken en tot kijk, god weet waar vandaan.'

Eric zonk weg in een hopeloos zwijgen.

'Weet je waarom je me dit vertelt? Omdat je baalt van jezelf vanwege Ike Marcus, en je wilt dat iemand je straft of vergeeft of god mag weten wat.' Steele schudde verbijsterd zijn hoofd. 'Tienduizend. De babysitter steelt waarschijnlijk meer. Mijn *kinderen* stelen meer. Jezus, heb je enig idee hoeveel *ik* hier in mijn zak steek?'

'Nee.'

'Nou, dat is tenminste iets positiefs.'

Eric keek naar zijn tussen zijn benen verstrengelde vingers.

'Je bent een goeie vent, Eric, dat heb ik altijd geweten.'

'Dank je,' fluisterde Eric.

'En je bent mijn vent.' Steele boog zich naar voren. 'Net zo goed als ik de jouwe ben, ja?'

Eric steigerde een tel en zei toen: 'Ja,' en liet alles gewoon in een golf van dankbaarheid los. 'Ja.'

'Je komt naar mijn huis voor iets van vergeving of, of bevestiging en ik zou niet eens weten waar ik moest beginnen... *Jaren* met elkaar, jij en ik. Je bent net familie. Je *bent* familie.'

'Ja.'

Steele stond op en Eric volgde zijn voorbeeld, maar Steele gebaarde dat hij moest blijven zitten en zette een pot verse koffie op tafel.

'Dat gezegd zijnde' – hij schonk in – 'zul je het in deze buurt wel goed zat zijn.'

'Ja.'

'Zoals je door de mangel bent gehaald.'

Eric kon geen antwoord geven.

'Nou, dan heb ik goed nieuws voor je... Ik ga een nieuwe zaak openen.'

'Ik heb zoiets gehoord,' zei Eric.' Zijn stem werd levendiger. 'Harlem? Dat lijkt me wel wat.'

'Dat is nog maar een gerucht, maar ik zal je zeggen wat wel gaat gebeuren.'

'Oké.'

'Atlantic City.'

'Waar?'

'Ik heb overleg gevoerd met het Steiner Rialto; ze ontwikkelen een nieuwe promenade grenzend aan het casino.'

'Waar?'

'In Vegas hebben ze toch de piramiden en de Eiffeltoren en weet ik veel? Deze jongens willen een mini-New York maken, historisch, met drie delen: Punky East Village, Schunnig Times Square en Geest van het Getto Lower East Side.'

'Atlantic City?'

'Je weet wel, huurkazernes, handkarren, geen synagoges natuurlijk, maar wel een verkoper van sodasorbet, en voor de zware gokkers een Berkmann's.'

Toen, bij het zien van de in nevelen gevangen blik op Erics gezicht: 'Wij weten dat Berkmann's tien jaar geleden een kraakpand vol crack was, maar nu lijkt het of we er altijd gestaan hebben en wat is het verschil? Deze hele buurt is per slot precies wat de makelaars ervan willen, toch?'

'Atlantic City?'

'En bovendien is het afgelopen. Het was afgelopen op het moment dat de mensen wisten dat ze hier moesten zijn.'

'Ja… Nee.'

'Al dat jonge volk hier, ze lopen de hoofdrol te spelen in de film van hun eigen leven, ze hebben geen idee.'

'Nee.'

'"Vanavond niet, vriend…" Wat bezielde die gast?'

'Nee… Ja.'

'Als je er even over nadenkt, Atlantic City? Dat hele kunstmatige wordt het meest waarheidsgetrouwe van die hele installatie.'

'Zeker.' Erics scherm was leeg.

'Hoe dan ook, ik wil dat je meekomt.'

'Oké.'

'Ik heb iemand nodig die ik kan vertrouwen.'

'Oké.'

'Iemand die het beperkt tot tienduizend.'

'Oké.'

'Ja?' Steele schonk hem nog een kop koffie in.

'Ja.'

'Je zult opnieuw kunnen beginnen.'

'Ja.' Wegzinkend, toen opkrabbelend. 'Mag ik je hiervoor iets vragen?' Steele wachtte.

'Ik wil iemand daarginds een behoorlijke baan aanbieden. In ieder geval aanbieden.'

'Aan wie, die serveerster? Hoe heet ze, Bree?'

Eric zakte naar achteren.

'Kom op Eric, dat kind is een kind. Laat haar een tijdje de droom beleven.'

'Oké.'

'En geen coke meer proberen te verkopen in mijn zaak.'

'Nee.'

'Afgesproken.' Steele stond op, sloeg een zegenend kruisteken, *Ego te absolvo*, en verdween achter een deur.

Eric bleef zitten en vroeg zich af wat er daarnet was gebeurd.

Yolonda vroeg Matty of ze de schutter in haar eentje kon nemen. Jongens als hij waren gesneden koek voor haar en het laatste waar ze behoefte aan had als ze met haar invoelende vragen begon, was wel dat een of andere grote Ierse vent met zijn vierkante kop stoorzender speelde. En hij wist uit ervaring dat het met verdachten als Tristan Acevedo pure zelfmoord was om Yolonda niet haar gang te laten gaan. Toch leek de jongen onbreekbaar. Ofwel, al zo vaak gebroken dat er niets meer te breken viel. Hij kwam over alsof hij op de achterste rij zat tijdens een les die hem niets zei, amper geïnteresseerd in zijn gelogen antwoorden op de vragen waar hij die avond was geweest, hoe hij aan het wapen was gekomen dat ze onder zijn matras hadden gevonden, op het verveelde af onverschillig tegenover de tegenstrijdigheden in zijn verhaal waarop hij gewezen werd; onverschillig tegenover zijn lot. Niet dat dat fataal kon worden, want ze hadden het wapen en de verklaring van Little Dap, maar ze mochten niet het risico lopen dat de jongen nu ontoegankelijk bleef en dan tijdens het proces veranderde in een spraakwaterval en onthulde dat Ike Marcus zijn zusje had misbruikt of iets dergelijks, waardoor de Officier voor lul zou staan.

Een uur later kwam Yolonda na de eerste ronde uit de verhoorkamer aan het eind van de gang om iets te eten te halen voor de jongen en zelf even te pauzeren.

'Zo valt hij in slaap,' zei Matty.

'Hij is achterlijk taai,' zei ze, terwijl ze een lok haar uit haar gezicht blies. 'Ik haat dat gelazer. Het kan ze niet schelen of ze leven of dood zijn. Dat is zo triest, weet je? Barst maar, ik krijg hem wel.'

Twintig minuten later, gewapend met een blikje fris en een chocoprince, ging ze weer naar binnen.

'Tristan, ben je hier opgegroeid?'

'Ja.' Zijn ogen gericht op de lekkernijen. 'Een deel.'

'Je moeder had problemen?'

'Weet ik niet.'

'Woonde je bij haar?'

'Een beetje.'

'Hoe oud was je toen je verhuisde?'

'Welke keer verhuisde.'

'De eerste keer.'

'Eerste klas.'

'En waarom was dat?'

'Wat.'

'Waarom moest je weg?'

'Weet ik niet.'

'Was ze ziek?'

'Ja.'

'Van drugs?

Hij haalde zijn schouders op.

'Je was nog zo klein.'

Weer een schouderophalen.

'Je ging bij je oma wonen?'

'Een tijdje.'

'En toen?'

'Weer bij mijn moeder een tijd. Haar vriend. Ik weet het niet.'

'Hoe was het verder voor je als kind?'

'Hah?'

'Wat voor kindertijd had je?'

'Dat zeg ik net.'

'Vertel verder.'

'Ik weet verder niks.'

'Je weet niet wat voor kindertijd je had?'

'Weet ik niet. Wat voor kindertijd had jij?' Een verongelijkt gemompel.

'Ik?' Yolonda leunde naar achteren. 'Slecht. Ik zat in pleeggezinnen omdat mijn moeder te verslaafd was om voor me te zorgen en mijn vader gevangen zat voor heroïnedealen. We stonden elke week urenlang in de rij voor van die grote blokken kaas van de regering en die sneden we thuis in kleinere blokje om te verkopen aan de winkels in de buurt. Het was waardeloos.'

Het was allemaal klets, behalve dat van de kaas, maar ze had hem aan het luisteren.

Ze stak een hand uit, maar kwam niet aan zijn linkerwang, waar het litteken begon en verder zijn linkermondhoek inliep, bij de rechtermondhoek tevoorschijn kwam en met een scherpe hoek omlaag liep naar zijn rechterkaak.

'Waar is dat van?'

'Op een snoer gebeten.'

'Snoer? Wat voor snoer?'

'Elektrisch.'

'Wat? Je hebt geluk dat je niet dood bent.'

Weer een schouderophalen.

'Waarom?'

'Ik wou mijn huis in brand steken.'

'Waarom?'

'Dat is geheim.'

Yolonda had het al gedacht. Ze had in te veel kamers gezeten met te veel jongens en meisjes als Tristan om dat angstaanjagende staren van hem, afwerend en tegelijk brandend, niet te herkennen.

'Hoe oud was je?'

'Weet ik niet. Vijf, zes.'

'Ah, jezus.' Alsof ze ieder moment in snikken kon uitbarsten. 'En wie deed het?'

'Ik zeg net dat ik het zelf deed.'

'Daar heb ik het niet over, Tristan.'

'Niemand heeft me wat gedaan.'

Yolonda keek hem aan, haar kin op de knokkels van haar vuist.

'Was het die klootzak bij wie je in huis woont?'

'Nee.' Toen: 'Ik zeg het niet.' Toen: 'Maar hij niet.'

'Oké.'

'En ik heb het nooit bij hen gedaan.'

'De kleintjes.'

'Ja.' Hij keek weer een andere kant op. 'En het had gekund als ik had gewild.'

'Want je weet het verschil tussen goed en kwaad.'

Weer een schouderophalen.

'Dat weet je.' Ze raakte zijn arm aan. 'En met wat jij hebt doorgemaakt? Je bent sterk. Niemand weet hoe sterk.'

Ze voelde hoe onder haar vingers de knopen uit zijn pezen begonnen te verdwijnen.

'Als wij ooit vrienden worden, jij en ik?' Ze wachtte tot hij haar aankeek. 'Ik heb een paar geheimen waar je haren van uitvallen.'

'Zoals.'

'Mijn vader zat vast, maar niet voor drugs.'

'Waarvoor dan.'

'Kijk me maar aan en zeg het zelf maar.'

Hij keek haar niet aan, kon haar niet aankijken, wist ze, alsof hij verwachtte zijn eigen ervaring weerspiegeld te zien.

Maar goed ook, want ze was niet echt dol op dit soort leugens.

Ze kneep in verbondenheid in zijn hand.

'Goed, Tristan, die *blanco* in Eldridge, kende je die al eerder?'

'Eerder dan?'

'Die nacht. Dat voorval.'

'Nee.'

'Wat deed hij?'

'Niks.'

'Niks?' Toen, naar voren leunend, fluisterend: 'Ik probeer je te helpen.'

Hij staarde naar haar hand.

'Hij moet toch iets hebben gedaan.'

'Hij liet me schrikken.'

'Schrikken, hoe dan?'

'Hij kwam naar me toe en ik had een reflex. Bap.'

'Bap. Bedoel je dat je schoot?'

'Ik weet het niet. Ik denk het.'

'Zeg het maar tegen me. Zeg maar wat je deed. Dan voelt het beter.'

'Ik schoot.'

'Oké.' Yolonda knikte en klopte op zijn hand. 'Goed zo.'

Tristan liet zijn adem ontsnappen als iets waar een gat in is gestoken en zijn lichaam zakte langzaam in.

'Ik mis mijn oma,' zei hij na een tijdje.

ACHT

17 plus 25 is 32

ZE ZATEN WEER BIJ CHINAMAN'S CHANCE, tegenover elkaar in de verder gesloten club, in de Cloroxlucht die vanuit de bar aan de voorkant binnen kwam drijven.

'Ik wil niet weten hoe hij heet.' Billy's stem trilde.

'Dat begrijp ik,' zei Matty, terwijl hij dacht: ga dan maar in Groenland wonen.

'Ik wil niet met zijn naam in mijn hoofd rondlopen.'

'Nee.'

'Ik ga niet vragen of ik hem mag spreken,' zei Billy.

'Dat zou ook geen goed plan zijn.'

'Heeft hij bekend?'

'Ja.' Matty nipte aan zijn derde glas. Stak een sigaret op. 'En we hebben zijn partner en het wapen.'

'Waarom?' Billy fronste, alsof hij tegen de zon inkeek.

'Waarom hij het gedaan heeft?' Matty ontdeed het puntje van zijn tong van een flintertje tabak. 'Zo te horen was het een uit de hand gelopen beroving. Wat we van het begin af aan al vermoedden.'

Billy maakte een abrupte halve draai om een opstandige traan te verbergen en draaide zich toen weer terug. 'Heeft hij spijt?'

'Ja,' loog Matty. 'Hij heeft spijt.'

Ze zaten even in stilte te luisteren naar de Chi-Lites op de jukebox in de bar aan de voorkant, waarmee de halfdakloze die de vloer dweilde zich vermaakte.

'En wat gebeurt er nu met hem?' vroeg Billy.

'Hij is zeventien dus hij staat terecht als minderjarige, maar hij

485

krijgt de behandeling van de grote jongens. De officier zal gevange-nisstraf eisen, moord begaan tijdens een beroving: vijfentwintig jaar automatisch.

'Huh,' ademde Billy.

'Het zit dus zo.' Matty boog naar voren. 'De Officier houdt zijn score bij, oké? Dit is een jongen uit de projects, niemand doet iets voor hem, geen familie, niets. Dus weet de man dat hij een of andere probono-advocaat tegenover zich krijgt, dus hij heeft de zaak prak-tisch voor het inkoppen.

'Die advocaat, die gaat dus de leeftijd van de jongen aanvoeren, het feit dat hij geen strafblad heeft enzovoort, enzovoort, maar de Officier weet ook wel wanneer hij een gewonnen wedstrijd speelt, dus houdt hij vast aan die vijfentwintig jaar. Het probleem is alleen dat hij daarvoor een rechtszaak moet voeren, iets waar geen enkele Officier ooit zin in heeft, en dus komt hij bij jou, als vader van het slachtoffer, met iets in de trant van: "We kunnen hem de volle vijf-entwintig jaar aansmeren, maar om u te besparen dat u in de rechts-zaal alles nog een keer moet doormaken, laat ik zijn advocaat uit-pleiten op twintig jaar en dan kunt u gewoon verder met uw leven."'

'Huh.'

'Maar wat de Officier jou dus *niet* vertelt, is dat als hij eenmaal vastzit, twintig jaar met goed gedrag meer iets wordt van vijftien.'

'Vijftien?' Billy keek langzaam op. 'Hoe oud is hij ook alweer?'

'Zeventien,' zei Matty. 'En dus loopt hij op zijn tweeëndertigste weer vrij rond.'

Billy draaide op zijn stoel alsof hij kapotging van de pijn in zijn rug.

'Het spijt me, ik probeer je te vertellen hoe het ligt.'

'Ik wil niet weten hoe hij heet.' Billy schoof op zijn stoel.

'Ik begrijp het,' zei Matty geduldig, terwijl hij zichzelf nog een paar vingers inschonk uit de fles die hij vanachter de verduisterde bar had bevrijd.

'Vast of vrij, hij blijft voor altijd in mijn leven.'

Matty's gsm ging.

'Neem me niet kwalijk.' Hij draaide zich half om.

'Heb je een pen?' Het was zijn ex.

'Yup.' Zonder aanstalten om er een te vinden.

'Adirondack Trailways 4432, aankomst Port Authority, morgen om kwart over vier.'

'Ochtend of avond?'

'Mag je raden.'

'Goed, laat maar.' Hij wierp een blik op Billy. 'Lindsay, wacht even.' Hij liet zijn stem dalen, boog verder voorover. 'Wat eet hij zoal?'

'Wat hij *eet*? Alles. Het is een jongen, geen tropische vis.'

Geen tropische vis; Matty hing razend op; Lindsay altijd met die grote mond, die superieure houding. Hij dronk zijn vierde glas leeg en keek woedend naar Billy.

'Een vraag... Zit je nog steeds hier?'

'Min of meer.' Billy keek weg.

'Min of meer?'

'Ik moet gewoon...'

'Want ik wil iets tegen je zeggen,' zei Matty. 'Je hebt een fijn gezin, weet je dat?'

'Dank je.'

Matty weifelde, zei toen: 'Maak er dus geen meervoudige van.'

'Geen wat?'

Matty hield zich nog een paar tellen in, boog zich toen – fuck maar – op de rieten stoel naar voren, ellebogen op de knieën. 'Het gaat dus als volgt.' Hij wachtte op Billy's ogen. 'Hoe je het ook wendt of keert, jij en je dierbaren gaan het nog heel lang heel zwaar krijgen, oké? Maar ik zweer het je, als jij hen in de steek blijft laten zoals je nu doet, dan duurt het niet lang voordat iedereen bij je thuis aan een variatie op hetzelfde thema begint, en het wordt *erg*.' Matty haalde adem. 'Wie heeft de wodka opgedronken, er was gisteren nog een hele fles, waar zijn mijn slaappillen, ik had gisteren nog een vol flesje, u spreekt met hoofdagent Jones, ik heb uw zoon hier, uw dochter, uw vrouw, uw man, gelukkig is er niemand dood maar de adem-test is positief, ze hebben de ademtest geweigerd, u spreekt met on-derdirecteur Smith, uw zoon heeft weer gevochten, uw dochter was weer stoned, weer dronken, een vuurwapen in zijn kastje, een zakje drugs in haar kastje, u spreekt met Ontwenningskliniek Happy Valley, met de kinderrechter, met wijkbureau Acht, de Eerste Hulp, het lijkenhuis, het kan een ongeluk zijn geweest, het kan iets anders zijn geweest, daar is de autopsie voor, maar dan weet u het, ze is achter in een club gevonden, in een motelkamer, een busstation, een vuilniscontainer, tegen een boom aan, een telefoonpaal…

'Die arme mensen, Marcus, vorig jaar de enige jongen verloren, en nu dit.'

Billy gaapte hem aan, hield een hand op alsof het een stopbord was maar Matty kon niet stoppen.

'*Hoor* je wat ik zeg? Iedereen begint de deur voor elkaar dicht te gooien en ik geef je op een briefje, ik verwed er mijn pensioen onder dat er iemand aan onderdoor gaat.'

'Nee, je begrijpt het niet.'

'Ik bedoel, jezus, als ik zo'n vrouw had…'

'Ik weet het. Ik weet het.'

'…en zo'n kind: het zusje, het meisje.'

'Nina,' zei Billy, alsof hij zich schaamde.

'Ben je er ooit achtergekomen wat er onder dat verband zit? Of wil je het liever niet weten.'

Terwijl zijn knieën als zuigerstangen op en neer gingen, leegde Billy, alsof hij te laat was voor een afspraak, zijn derde glas maar hij maakte geen aanstalten om op te staan.

Matty's gsm ging weer.

'Wat nu weer.'

'Pardon?' zei Yolonda.

'Sorry, ik dacht…'

'We hebben een dode in de Cahans.'

'In de Cahans?'

'Dat zeg ik dus.' Toen: 'Je klinkt alsof je op glas loopt te kauwen.'

'Alsof wat?'

'Ben je hier te bezopen voor?'

'Nee, niets aan de hand.'

'Nee?'

'Ik kom eraan. Waar in de Cahans?'

'Ik haal je op,' zei ze.

'Hoek Clinton en Delancey.'

'Dan zit je bij Chinaman's. Fuck, zeg, het is nog niet eens donker.'
'Clinton en Delancey.'
Matty hing op en vocht zich wankel overeind.
'Waar ga je heen?' vroeg Billy.
'Shit, ik ben strontlazarus.'
'Kan ik iets doen?'
'Jij doet niets meer.' Matty sperde zijn ogen open om lucht in de kassen te krijgen. 'Ga naar huis.'
'Ik moet eerst even terug…'
'Waarheen, het motel? Waarom. Wat is daar.'
Billy staarde hem aan.
'Billy' – Matty legde een hand op zijn knie – 'je zoon is hier niet meer. Ga naar huis.'
Billy's ogen leken in de duistere ruimte op te gloeien en toen te doven terwijl hij wegzonk in wat Matty hoopte dat aanvaarding was, al bleef hij zitten toen Matty zich slingerend tussen de tafeltjes door baande en, op weg naar zijn volgende klant, door de zijdeur naar buiten liep.

Tegen de tijd dat ze in de Cahans aankwamen lag er al het begin van een gedenkteken, een overtreding in karton, twee op hun kant gezette supermarktdozen die beschutting boden aan het handjevol kaarsen in glazen potjes dat erin was gezet. Er lagen een paar in cellofaan geniete bosjes bloemen op het trottoir, en Iacone en een nieuwe jongen, Margolies – nog zonder volle rang en pas overgekomen van Misdaadpreventie – waren al eventuele getuigen aan het verhoren.

Het in het hart geschoten lijk dat als een zeester voor een bank op de tegels lag, was dat van een jongen uit de Cahans, Ray-Ray Rivera, gekleed in een vele maten te groot wit T-shirt en shorts tot op de schenen, met een buik die zelfs onder het tent-achtige shirt een aanzienlijke berg vormde.

Er stonden twee afzonderlijke clusters huilende mensen tegenover elkaar buiten de PD-tape; de ene bestond uit huilende tienermeisjes, de andere uit ouderen, ook voornamelijk vrouwen, die een groepje vormden rond een kleine, gedrongen, witharige man in een werk-

489

mansoverhemd, wiens rood aangelopen gezicht verkrampt was van verdriet.

Er waren geen jongens of mannen van zelfs maar ongeveer de leeftijd van het slachtoffer.

De pd-jongens waren er nog niet.

'Waardeloze vrienden,' zei Iacone.

'Waar zijn ze?'

'Precies.'

'Maar ze waren er wel?'

'Blijkbaar. We vinden ze wel. Waar zouden ze heen willen?'

'En zij.' Yolonda knikte in de richting van de meisjes. 'Heb je met ze gepraat?'

'Dat wou ik aan jou overlaten.'

'Zijn er ergens camera's?' vroeg Matty, terwijl hij naar een kort rijtje winkels aan de overkant tuurde.

'Geen die werkt,' zei Iacone.

Yolonda bekeek de groep ouderen en focuste op de huilende man in het midden. 'O shit, die ken ik. Hij heeft de snoepwinkel om de hoek, en hij runt daar al *bolita* sinds ik klein was. Wat, wat doet hij hier?'

'Het is zijn kleinzoon.'

'Dat meen je niet, zijn kleinzoon? Zijn zoon is ook doodgeschoten. O mijn god, Matty, weet je nog vijf jaar geleden in Sheriff Street? Angel Minoso? Jezus. Deze man heeft veertig jaar een loterij gerund zonder een schrammetje op te lopen. En nu zijn *kleinzoon*?'

'Weet hij iets?' vroeg Matty.

'Ik denk het niet,' zei Iacone. 'Ze zijn hem gaan halen toen het gebeurd was.'

Yolonda stapte op het lijk af. 'Die meisjes daar?' zei ze tegen de nieuwe. 'Bij elkaar drijven en naar het bureau.'

'Ik heb al met een paar gesproken,' zei hij.

'Ja?' Ze trok haar handschoenen aan. 'En?'

'Niemand heeft iets gezien. Ze hoorden iets over een zwarte jongen uit Brooklyn. Maar blijkbaar kende niemand hem.'

'Nee? Hoe wisten ze dan dat hij uit Brooklyn kwam?'

'Dat zei ik ook al.'

490

'Ja? En?'

Hij keek haar aan, en toen naar de meisjes van wie er twee al weg begonnen te lopen.

'Naar het bureau.'

Ze keek hoe hij met uitgespreide armen naar de meisjes toe liep, alsof hij afdwalende dieren naar de kudde dreef.

'Wie is dat ook alweer?'

'Zo-en-zo Margolies.' Matty haalde zijn schouders op. 'We moeten de briefjes in de dozen ook natrekken.'

'Ja, maar niet waar mensen bij zijn,' zei Yolonda.

'Ik bedoelde niet nu meteen,' snauwde Matty enigszins beledigd en liep toen weg, denkend aan het verschil tussen het gedenkteken voor Raymond Rivera en dat van Ike Marcus.

Hij zou tot in zijn graf zweren dat hij om al zijn slachtoffers evenveel gaf, dat als er iets was waardoor hij bij de een meer betrokken raakte dan bij de ander, dat geen ras of sociale klasse was, maar onschuld. Zijn betrokkenheid was gelijk, misschien voor sommigen gelijker dan voor anderen, maar zelfs als hij zichzelf daarmee een rad voor ogen draaide, dan was Yolonda degene die alles gelijktrok, want dit was waar zij vandaan kwam, waar zij wilde schitteren en waar zij het het makkelijkst vond om dat spoortje echt medelijden te vinden waardoor ze haar werk zo effectief deed.

Hij keek op en zag een jongen in een roze-wit T-shirt en met hetzelfde stoppelige kapsel als het slachtoffer om de hoek van een Chinees restaurant aan de overkant gluren wat er aan de hand was. Matty richtte een vinger op hem: daar blijven, maar de jongen smeerde hem evengoed. Matty zette een paar passen achter hem aan, maar bleef staan. Zoals Iacone al had gezegd: waar wil hij heen?

Toen hij zich weer naar Yolonda toe draaide, zat ze binnen de gele tape op een knie naast het lijk en staarde er in lichte verwarring naar, alsof ze het weer tot leven kon wekken als ze zich alleen maar kon herinneren hoe.

'Wil je iets geks horen?' zei ze. 'Deze jongen kende ik ook. Niet dat we elkaar echt kenden, maar hij woonde in dezelfde flat als mijn grootmoeder. Ik zag hem wel in de lift.'

'O ja? Deugde hij?'

'Ik geloof dat hij een beetje wiet dealde, maar geen slechte jongen.'

Nog steeds met een knie op de tegels en nu een hand voor haar mond, speurde ze als een spoorzoeker de vettig-bakstenen muren van de Cahans af.

'Zijn vrienden zijn dus waardeloos, ja?' zei ze droogjes. 'We zullen zien.'

En toen keek ze Matty met die blik in haar ogen aan.

Nu ben ik.

NEGEN

Het komt dik in orde

DE BEGANE GROND van het Steiner Rialto Hotel in Atlantic City liep oneindig ver door. Hij deed vijf minuten over het stuk van de ingang tot de afgezette bouwplaats, het overdekte New-Yorkse themapark dat aan de rand van de casinovloer werd gebouwd. Het onafgebroken gieren van cirkelzagen en kreunen van betonmolens, slechts door lappen plastic met verfspatten afgescheiden van de halve hectare rood-gouden fruitmachines, leek – wat een verrassing – geen moment de concentratie te verstoren van de spelers die daar, met starende blik en milkshakebekers met zilvergeld in de hand, aan de hendels trokken.

Het bord van Berkmann's hing al, maar aan het restaurant, half zo groot als het origineel, werd temidden van gehamer en machinegeraas nog gewerkt.

Zeven meter verder de trompe-l'oeildoeken van huurkazernes op hun plaats gehesen en met spijkerpistolen op hun houten frames bevestigd; sommige vensters waren getooid met katten of aspidistra's, andere met dikarmige Molly Goldbergs, de ellebogen rustend op kussens.

Om de hoek van Yidville lag het Times Square-land van het hotel, blote meiden in neon, luifels met de titels van kungfu-films en een werkende automatiek.

En daar weer voorbij lag Punktown, een lang, met posters beplakt en graffiti beklad model op ware grootte van St. Mark's Place anno 1977, tattoozaken, winkels met grammofoonplaten en een rockclub/restaurant, BCBG's.

Wat Eric betrof, probeerde Harry Steele hem te verbannen naar de hel.

Toen zag hij een gezicht dat hem bekend voorkwam, Sarah Bowen van de zeven dwergen, die voor de deur van de bijna voltooide reconstructie van de Gem Spa op de hoek van St. Mark's Place en Second Avenue verwikkeld was in een woordenwisseling met een man in een duur pak en met een bouwhelm op.

Eric wachtte tot ze bij elkaar vandaan liepen voordat hij naar haar toe ging.

Aanvankelijk kon zij hem ook niet plaatsen; het kwam door de veranderde omgeving, dat was althans wat ze tegen hem zei en wat hij verkoos te geloven.

Ze had net de baan van gastvrouw bij BCBG's binnengesleept.

'Die lul wil dat ik als onderdeel van mijn kostuum overal veiligheidsspelden doorheen draag, wil je dat wel geloven? De laatste keer dat ik ergens een veiligheidsspeld heb gehad, was in mijn luier.'

'Volgens mij is het de bedoeling dat ik met een bolhoed en mouwophouders rondloop.'

Ze verkasten naar de houten promenade waar de meeuwen sigarettenpeuken aten, waar vierentwintiguursgokkers rondstrompelden als vampiers met een zonnesteek en het zand veel weghad van kattenbakkorrels.

'Ik zie het zo,' zei ze. 'Hier verdien ik meer en houd ik meer over, en dus kan ik over drie, misschien vier jaar terug naar Ottawa om die massagesalon te openen.'

'Heel goed.' Eric voelde hoe hij zich ontspande.

'Wanneer verhuis je hierheen?' Ze bood hem een sigaret aan.

'Ik weet niet of ik wel kom.'

Ze keek hem een paar tellen nadenkend aan en richtte haar blik toen weer op de golven. 'Ik zou het maar doen.'

'Ja?'

Ze haalde haar schouders op en bleef over de zee uitkijken.

'Herinner je je ons tweeën, die ene keer een jaar, anderhalf jaar geleden?' vroeg hij.

'Als ik geluk heb, weet ik nog hoe ik indertijd heette.' Ze krabde met een lange nagel over haar kin.

'Heel fijn. Bedankt.'

'Maar ik weet het nog wel.' Toen: 'Dat was niet echt een goed jaar voor me. Heb jij wel eens zo'n jaar?'

'Nee.' Eric nam eindelijk een van haar sigaretten. 'Ik ben altijd gezegend geweest.'

'Dat heb ik gehoord,' zei ze, en glimlachte meelevend terwijl ze zijn handen in de hare nam tegen de wind en hem vuur gaf. 'Als je hier je geld verdient, hoef je hier nog niet te wonen. Ik heb met een paar andere vluchtelingen samen drie plaatsen verderop een huis gehuurd, een negentiende-eeuwse kast, ligt tegen een reservaat aan. Er is nog een slaapkamer over. Wil jij hem?'

'Wat voor vluchtelingen. Uit de stad?'

'Altijd wel uit een stad. New York, Philadelphia, waar dan ook. We zitten allemaal zo'n beetje in hetzelfde schuitje, ergens gastvrouw of manager, geen zwervers, moordenaars in de regen, wat dan ook... Dus ik dacht, als het niets wordt met die maffe toestand hier, CBGB, BCGB, misschien dat we er dan nog een tv-serie aan overhouden, een realityshow of zoiets.'

'Jij was die avond nog met Ike?' Eric overviel zichzelf met de vraag die hij zelf stelde.

'Ja,' zei ze voorzichtig.

'Hoe was dat.'

'Pardon?'

'Die stierf waar ik bij was. Bij wie ik was.'

'Eerlijk gezegd?' zei ze. 'Ik wist niet eens hoe hij heette totdat de politie bij me kwam.'

Eric wachtte.

'Ik weet het niet... Ik was stoned, maar... Hij was behoorlijk enthousiast, weet je wel? Net een heel groot, jong hondje. Maar heel lief. Het was vleiend.'

'Huh.' Hij wilde meer.

'Die slaapkamer, wil je hem?'

Eric keek uit over het water. Hoe was het mogelijk, bedacht hij, dat een oceaan, een van de grootste die we hebben, eruit zag alsof er vuilniswagens langs moesten komen, eruit zag als een overstroomde steeg in de buurt van East Broadway.

'Eenmaal…'

'Vleiend,' zei Eric. 'Wat bedoelde je dat hij je dat gevoel gaf?'

'Ike? Alsof hij het zelf niet kon geloven dat hij het met me deed. Alsof hij zijn hele leven niet zo'n mazzel had gehad.'

'Oh.' Eric liet zijn adem ontsnappen.

'Andermaal…'

'Wacht nou even, jezus…'

'Derde…'

'Oké, oké.' Hij nam een laatste trek en knipte zijn peuk toen in het zand onder de promenade. 'Ik doe het.'

Hij haatte Port Authority. Vijftien jaar geleden, toen hij bij de uniformdienst van Midtown North zat, had de verglijdende roofdier/prooi-vibratie die er hing hem altijd het gevoel gegeven dat hij onder water zat.

Maar voor die tijd, de drie semesters dat hij zijn studie had volgehouden, kwam hij hier een stuk of tien keer per jaar, onderweg tussen zijn huis in de Bronx en de universiteit van New York in Cortland, in het noorden.

Uit de bus stappen betekende toen vakantie, hereniging, familie; de jongere Matty was te vol geweest van zijn eigen gewaarwordingen om te zien wat voor oord dit was, om zichzelf te zien in de ogen van de vleeseters om hem heen.

En terwijl hij er nu zat te wachten tot de bus uit Lake George aankwam, vroeg hij zich af of de Andere diezelfde ervaring zou hebben als hij hier binnenkwam, dat opwellen in de borst dat werd losgemaakt door het hydraulische sissen van openschuivende busdeuren, dat klaar-zijn voor wat er nu ging gebeuren.

Toen de bus van de jongen, oorspronkelijk afkomstig uit Montreal, het vak inrolde stond Matty met een paar anderen pal achter de deuren, zijn ogen gericht op de silhouetten van de binnenkomende passagiers die tegen het kunstlicht van de ondergrondse garage stonden afgetekend.

Geen Eddie.

Zijn eerste gedachte was dat hij ergens tussen Lake George en New York was uitgestapt, hem gesmeerd was, de boel belazerd. Gebruikertje.

Hij had zijn mobiele nummer niet en belde daarom zijn ex, waar hij het antwoordapparaat kreeg. 'Waar is hij, Lindsay? Ik sta hier voor lul bij een lege bus. Bel me terug.'

In zijn oplaaiende woede begon hij te ijsberen, zag een meisje van ongeveer Eddie's leeftijd, pafferig, niet al te snugger ogend, maar met de lege behoedzame blik van een weglopertje in haar ogen, en zag toen – of beeldde zich in dat hij zag – hoe de jagers rustig, alert, elk op zich, voorzichtig, geduldig naderden, en hij besloot dat zijn zoon iets was overkomen.

'Lindsay, weer met mij. Bel me. Alsjeblieft.'

Ze belde twintig minuten later terug. 'Waar is hij?'

'Stond je op de bus van kwart over vier te wachten? Die heeft hij gemist.'

'Waar is hij? Weet je waar hij is?'

'Ja, hij heeft de volgende genomen. Hij is over iets van drie uur in New York.'

'En het was te veel moeite om mij even te bellen?'

'Hij zou je zelf bellen.'

'Dat heeft dat lulletje dus niet gedaan en nu sta ik hier te stuiteren.'

'Hij zei dat hij je zou bellen. Wat wil je dat ik zeg?'

Matty stond te koken. Ik moet dit niet, ik heb hier geen zin in.

'Wat mankeert die knul?'

'Ik weet het niet, Matty. Misschien doet zijn telefoon het niet, misschien is hij stoned, ik kan niet in zijn hoofd kijken.'

'Geef me zijn nummer.' Hij noteerde het op zijn stenoblok met dezelfde haastige hanenpoten als een miljoen vitale details over honderdduizend misdrijven in tienduizend nachten. 'Hoe laat komt die bus hier aan?'

'Iets van halfacht,' zei Lindsay. En toen: 'Veel plezier.' Altijd op dat ergerlijk onnodig zangerige toontje.

Matty ging op de bank naast het weglopertje zitten, het eventuele weglopertje, overwoog om iets tegen haar te zeggen en besloot het niet te doen. Vanaf de overkant van de hal kwam een man van middelbare leeftijd aanlopen die hem het hele stuk achterdochtig bekeek. Matty deed alsof hij niets merkte, maar zette zich schrap. Maar voordat de figuur bij de bank aankwam, stond het meisje op en sloeg haar armen om hem heen. Hij zei in haar haren: 'Mam zit op hete kolen,' en tilde toen zijn hoofd op om Matty nog een keer goed op te nemen.

In verlegenheid gebracht wendde Matty zijn blik even af en keek ze toen na terwijl ze zich een weg zochten door de menigte en in het zonlicht verdampten.

Hij dacht terug aan wat Minette hem had verteld, hoe moeilijk het voor Billy was geweest om zijn vrouw en zoon te verlaten voor haar en haar dochter. Wat hem zelf het zwaarst was gevallen toen hij bij Lindsay en de jongens was weggegaan, was hoe misselijkmakend makkelijk hij het had gevonden.

Hij keek naar de telefoon in zijn handen, toetste het mobiele nummer van de Andere in om hem van onder uit de zak te geven, maar stopte voordat het andere toestel kon overgaan.

Halfacht: nog drie uur. Hij besloot te blijven zitten en te wachten, dan deed hij het als hij hem in de ogen keek.

Dankbetuiging

Irma Rivera, Kenny Roe, Keith McNally, Dean Jankolowitz, Josh Goodman Bob Perl, Arthur Miller en de POMC, Steven Long en de staf van het Lower East Side Tenement Museum, Henry Chang, Geoff Grey, Rafiyc Abdellah, Randy Price, politiebureau wijk Zeven Judy Hudson, Annie en Gen Hudson Price, gewoon omdat ze er waren.

Mijn redacteur Lorin Stein.

En John McCormack – mijn goede vriend en leraar.